漢語文字學史

增訂本

黃德寬、陳秉新◎著

增訂本前言

　　《漢語文字學史》書稿完成於1989年5月，1990年底出版。初版時雷射排版剛引進出版社不久，對古文字和生僻字的處理還沒有太好的辦法。我和請來幫忙的朋友，在安徽教育出版社的照排室裡，摹寫字形、校對和挖補膠片，忙碌了一個令人難忘的暑假。但是，初版的校對和印刷質量依然很差。不過，也許這本書的出版正好可應一時之需，同行們沒有計較這些技術問題，卻對它給予了我們未曾預期的評價。1994年韓國河永三先生來函聯繫，要將它翻譯介紹給韓國讀者，使我們有機會做了一次校訂工作。十餘年來，出版社也幾次加印，以滿足讀者要求。但是，隨著雷射排版技術的進步和印刷裝幀水平的不斷提高，再看到這本校對和印刷粗劣的小書時，總是於心不安。尤其是拿到2000年韓國東文選出版社出版的印刷精美的韓文版時，更是覺得初版不宜再印了。

　　適應讀者需要並反映文字學研究的最新成果，安徽教育出版社決定出版此書的增訂本；同時，安徽教育出版社還與臺灣聯經出版公司合作，商定將正體和簡體字版在海峽兩岸分別出版。這樣，不僅使我們有機會將初版中的一些錯誤逐一進行校改，而且能對本書出版以來文字學研究的新進展有所補充。十餘年來，文字學各個領域的研究全面展開，當初我們在撰寫本書時處於良好發展態勢的戰國文字研究，今天已蔚為大觀；當時尚較為薄弱的俗字研究，近年來取得突出成果；而現代漢字學的形成和現代漢字研究的進步更是引人注目。凡此等等，都需要及時予以總結和反映。因此，我們覺得有必要增寫一章，對近年來的研究進展作一個簡要的介紹和初步的評價。除此之外，我們還對初版做了少量必要的文字調整和技術處

理。但是，凡涉及內容的則不作大的改動，目的是保持原版的學術眞實。儘管隨著著者研究的深入和本領域研究的進步，過去對某些問題的認識今天會有所變化。書後所附漢語文字學主要參考書目，既是漢語文字學不同歷史時期的代表性著作，也是學習和研究漢語文字學的重要參考書。這次我們對參考書目做了較大調整，增補了近十餘年來新發布的資料和新出版的較爲重要的論著。

初版時對本書寫作的背景和一些考慮未做詳細交代。韓文版出版時，應譯者之約我寫了一篇引言，這篇序文對讀者閱讀本書也許是有意義的，故將該文全文次列於後，供讀者參考。

學術史的研究在世紀之交頗爲熱鬧，這是我們撰寫此書時所未曾料想到的。以我等的積累和學識，當時敢寫這樣一本書，眞是有一股「初生牛犢」的莽撞。雖然今天看來這本書還顯得非常粗淺，但就個人治學而言，這又實在是一個難得的歷練。這項工作使我深切感到，只有了解、尊重前人時賢的學術勞動和貢獻，我們才會做到學術的誠實並在已有的研究基礎上取得進步，既不自欺欺人，亦不欺於人。本書的增訂再版，如果對讀者和作者還有些許意義的話，那大概也更在於此吧！

黃德寬

2005 年 8 月於安徽大學

序

　　從事任何學科的研究，都必須了解其整個的發展過程。只有在繼承和總結前人研究工作的基礎上，積累經驗，吸取教訓，擷取精華，剔除糟粕，才有可能認識問題的癥結所在，不斷地有所創新，促進本學科的發展。

　　關於漢語史的研究，文字學史的研究應該具有特殊重要的意義。戴東原曾經深刻地指出：「經之至者道也，所以明道者辭也，所以成辭者字也。必由其字以通其辭，由辭以通其道，乃可得之。」我們研究古代漢語，是通過歷代的有關文字記載來進行的。離開了文字形體的研究，就不可能從事古代語言的研究。尤其是漢字形體結構的複雜性，及其發展變化的複雜性，更加使得漢語文字學在整個漢語語言學中具有特殊重要的意義。

　　從歷史的實際情況來看，傳統的中國文字學是以研究文字形體的發生、發展、演化爲主導，而同時又非常緊密地聯繫到音韻學、訓詁學、詞彙學等各個方面，形成一個完整的漢語語言學研究體系。然而，在目前的漢語史研究工作中，漢語文字學史的研究，卻成爲一個非常薄弱的環節，這種狀況，應該加以改變。

　　漢語文字的歷史，我們可以上溯到六千年前的半坡文化時期。然而作爲一種完整的文字體系，或者說，一種能完全勝任記錄語言的文字符號系統，根據目前已經掌握的資料，還只能是三千多年前小屯文化的甲骨文字。應該承認，像小屯殷墟甲骨文這樣成熟而完整的文字體系，不可能是突然地在一夕之間自天而降的，它必然經歷了一段長期發展變化過程。

雖然目前我們已發現在小屯文化之前的一些零星的所謂「古陶文」資料，以及商代晚期青銅器上的所謂「圖形文字」，但這些都只是孤立的文字符號，還不能具有完全勝任記錄語言的功能，尚處於文字前期的不成熟階段。

從殷商的甲骨文直至今天的通行漢字，其形體結構始終處於不斷發展變化過程之中。與此同時，人們為了閱讀古代典籍文獻的需要，也一直在對這些發展變化的文字形體進行辨識和釋讀的研究工作。歷代的史官，就是職掌這項研究工作的專職人員。

傳說周宣王時太史籀作《史籀篇》，書已亡佚，難以稽考。這和黃帝之史倉頡始作書契一樣，只能是一種傳說。春秋時期楚國的左史倚相，能讀《三墳》、《五典》、《八索》、《九丘》等古代典籍。孔子整理「六經」，也應該是在精通文字的基礎上進行的。

能夠辨識、釋讀古代典籍中的古代文字形體，需要對這些文字形體進行研究和掌握；但僅僅這樣，還不能稱之為文字學。作為一門獨立的學科，應該是對其研究的對象，有一個完整而系統的規律性認識，形成其自身的理論體系。漢語文字學的理論體系究竟在什麼時候具備的呢？這是一個值得我們深入探討的問題。

《周禮》保氏教國子以「六藝」，「六藝」之一有「六書」。根據鄭眾的解釋，「六書」即「象形、會意、轉注、處事、假借、諧聲」。這種解釋缺乏根據，是值得懷疑的。任何理論體系的建立，都只能是在全面、深入地研究客觀實際，並總結對這些客觀實際內在規律性認識的基礎上形成的。不僅是西周，即使是春秋、戰國時期，沒有任何跡象表明，在當時曾經對文字形體進行過系統而深入的研究和探索，因而也就沒有形成有關理論體系的可能。

西漢初年，革秦之弊，廢藏書之禁，民間藏書得重見天日。尤其是孔子壁中書的被發現，極大地豐富了可供研究的資料。加上當時推崇學術，廣立博士之官，有力地促進了有關研究工作的開展。孔安國、張敞、揚雄、司馬相如等著名學者，都應該是這項研究工作的積極參加者和推動

者。值得特別加以提到的是：劉向、劉歆父子，校中秘藏書，花費了畢生的精力。他們在各個學術領域都取得了廣泛而精深的成就。可惜的是，流傳到現在的，僅有《別錄》和《七略》可以算是專門的學術著作。但是，大量的先秦典籍是經過他們的整理和校訂，才得以保存和流傳的。在他們整理和研究古代典籍的工作過程中，必然曾經對不同時期的文字形體的發展變化過程，做過全面而深入的研究和探討，否則，他們將無法整理和校訂如此大量的古代典籍。當然，這僅僅是一種推論；可是我個人深信，這種推論是合理的，是符合客觀實際的。從班固和賈逵等都與劉歆有著非常密切的學術淵源這一點，可以得到比較充分的證明。

我們現在所能見到的最早的有關「六書」的具體名稱，是班固《漢書・藝文志》所羅列的「象形、象事、象意、象聲、轉注、假借」。這和上面所提到的鄭眾所注《周禮》大同小異。班固《漢書・藝文志》本之於劉歆的《七略》，而鄭眾的父親鄭興乃是劉歆的弟子。這些現象絕不是一種偶然的巧合。

再進一步來看，許慎是賈逵的弟子，而賈逵的父親賈徽也是劉歆的弟子。古代學術講究師承，均有其淵源關係，這樣問題就非常清楚，所有關於「六書」的說法，都是一個來源，都可以上溯到劉歆。

現在我們所能見到最早的、利用「六書」理論全面系統地分析文字形體的專門著作是許慎的《說文解字》。這部書博采通人，保存了大量的前期有關文字的研究成果。由於有了《說文解字》這部書，使我們得以了解早期文字學的系統而完整的科學體系。我們必須承認，許慎的《說文解字》在漢語文字學史上具有無比的權威性，在將近兩千年的時間裡，一直被奉為經典，處於至高無上的地位。

毋庸置疑，許慎的《說文解字》在漢語文字學方面的成就和貢獻，迄今為止，還沒有任何一部著作可以與之相比擬。但是，人們對於客觀事物的認識，永遠不會停留在已有的水平上。任何一門學科，都會繼續不斷地向前發展，永遠不會終結；否則，這門學科將失去其應有的生命力。

長期以來，許慎的《說文解字》在漢語文字學的研究工作中，一直被

奉爲神聖不可侵犯的經典；其所有的見解和結論，全都作爲進行有關論證的依據和出發點。這是一種極不正常的現象，然而卻普遍地被認爲理所當然。直至目前爲止，這種狀況並沒有在根本上得到改變。

任何事物總不會是那麼完全一致的，任何人對於客觀事物的認識也是如此。在漢語文字學史的發展過程中，曾經有人對「六書」的理論和某些文字的解釋提出了與許愼不同的見解。其中比較凸出的有：唐代的李陽冰，他曾經對《說文解字》中有關文字形體的解釋提出過很多疑義。他的許多見解保存在徐鍇的《說文繫傳》的〈袪妄篇〉中。李陽冰的最大特點在於：從文字形體的客觀實際出發，敢於向傳統的權威結論提出挑戰。現在看起來，其中有很多疑義是有根據的，有很多新義是值得肯定的。宋代鄭樵在「六書」理論方面有所突破，提出了他自己獨到的見解，力圖超越傳統思想的藩籬。其早期的著作《象類》現已不可得見。可以肯定的是，《象類》的內容已包括在《通志‧六書略》之中。鄭樵的文字學理論，現在看起來不免有些幼稚，然而卻是新穎而獨到的。任何新生的事物，在其發生的階段，都不可避免地顯得有些幼稚，這是情理之常，絲毫不足爲怪。令人遺憾的是，鄭樵所需要研究和整理的範圍過於廣博，他沒有能夠在文字學方面作進一步的探討，從而使他的文字學理論得到進一步的發揮和完善。尤其令人感到遺憾的是，鄭樵關於文字形體結構的一些具有啓發性的見解，一直未能得到足夠的重視，這既是長期以來傳統思想束縛的結果，也是失去一個突破傳統思想大好良機的原因。

宋代金石學的興起，爲人們提供了大量有關文字學的新資料，同時也爲人們突破傳統思想的束縛提供了一個機會和可能。但是，由於人們對這些新的資料研究得不夠深入和系統，因而成就非常有限。

元代戴侗作《六書故》，周伯琦作《說文字原》、《六書正譌》，都曾利用新的文字資料，糾正了許多傳統的錯誤見解。然而他們卻因此受到了非議，被認爲是離經叛道，遭到排斥。同時，他們也未能在已取得成就的基礎上進一步形成新的理論體系。

清代漢學復興，考據之學盛極一時。段玉裁、王念孫、王引之、錢大

昕等以其廣博的學識和堅實的基礎，將文字、聲韻、訓詁之學推向一個新的頂峰，而其基礎和先導就是文字學。可惜的是，這些學者都沒有能夠利用新的文字資料，甚至都對新的文字資料抱著漠視以至懷疑的態度。這樣就不僅使他們的成就受到很大的局限，同時也使得他們陷入傳統思想的窠臼而不能自拔。他們只不過是對傳統的認識加以維護和豐富，而未能加以突破和發展。

與之形成鮮明對比的是，乾嘉以後的學者如王筠和徐灝等，能夠利用一些新的文字資料，具有獨到的見解，富有新意，給人以啓迪。任何學科的發展，都需要有新資料的補充，並開拓新的領域。漢語文字學也不能例外。地下文字資料的不斷大量出土，這些都是許慎所未及能見的。這些資料不僅豐富了人們的認識，而且也不能不對舊有的說解提出挑戰。自李陽冰、鄭樵開始，就曾經利用了這些新的資料，儘管是十分有限的。到了清代末葉，吳大澂、孫詒讓等，更是對新的文字資料做了大量的整理和研究工作，並取得了可喜的成就。尤其是殷墟甲骨文字的出土，為漢語文字學的發展，提供了無限廣闊的前景。

在新的事物面前，人們往往抱著兩種截然不同的態度：一種是採取積極的態度，給予足夠的重視，認真地加以研究和探索；另一種則是採取漠視和懷疑的消極態度，加以拒絕和排斥。

例如，在語言、文字方面有著卓越成就和巨大貢獻的學者章太炎和黃季剛，就對《說文解字》所未載的商周文字抱著懷疑的輕蔑的態度，斷然否認其真實性而加以摒斥，這樣就不可避免地限制了他們的成就。如果說，乾嘉時期的那些大師們未能認識到這一點還情有可原，到了20世紀仍然如此固執，則只能是一種偏見了。章太炎到了晚年，開始意識到自己在這方面認識上的錯誤，但已悔之晚矣。

20世紀興起的中國古文字學，實際上就是漢語文字學的深入和發展。由於古文字學跨越了語言學的領域，與歷史學、考古學等緊密地發生了聯繫，形成了一門獨立的邊緣學科，由此似乎導致了一種不應有的傾向：漢語文字學輕易地放棄了殷商兩周古文字這一領域，不能深入加以涉及。甚

至許多有關文字學的著作，還是以《說文解字》為依據，來談論文字的本形、本音和本義。

漢語文字學的研究對象，應該是全部已經掌握的漢字形體，商周古文字不應該是古文字學的禁臠。不同的學科可以在研究的手段、方法、方向、重點上有所不同，但是，這並不能排斥不同的學科有著共同的研究對象。我個人認為，漢語文字學不應滿足於簡單地利用一點點古文字資料，而必須像對待其他文字形體一樣，廣泛而深入地探討所有古文字形體的發生、發展和變化規律，從而在理論性的認識上有一個新的突破。

本書著者多年來在文字學和古文字學方面潛心鑽研，並且經過嚴格而系統的鍛煉，其所論述，多有創獲。《漢語文字學史》一書，系統地總結了我國歷代文字學的研究發展過程，並表達了著者在這方面的獨到見解。這對於當前和今後漢語文字學研究工作的進一步開展，將是有所裨益的。在《漢語文字學史》行將出版之際，不揣鄙陋，略陳管見，就正方家。

姚孝遂

1988 年除夕識於長春

引言

　　漢語文字學萌芽於周秦，創立於兩漢，經歷代的發展、完善，逐漸成爲中國傳統語文學和現代語言學的重要分支。作爲中國傳統語文學的一個組成部分的漢語文字學，其歷史悠久，著作宏富，在中國學術史上占有相當顯著的地位，是一份十分寶貴的遺產；作爲現代語言學一個重要分支的漢語文字學，它今天仍有其生命力，並面臨著科學技術現代化所提出的一系列的全新課題。因而，反省漢語文字學的歷史，總結這門學科發展的規律，對繼承文化傳統，推進文字學研究，是一件頗有意義的工作。

　　我們認爲漢語文字學的發展歷史，可以劃分爲四個大的時期：創立時期(周秦——兩漢)、消沈時期(魏晉——元明)、振興時期(清代)、拓展時期(近代以來)。

　　文字學的創立經歷了一個較長的孕育過程，周秦典籍中存留的漢字分析、《周禮》所說的「六書」以及「倉頡作書」的傳說和「書同文」的記載，都是漢語文字學萌芽時期的產物，《史籀篇》、《倉頡篇》等早期字書出現，更能顯示這棵幼芽的破土欲出之勢。漢代文化的復興和經學的興起，則爲漢語文字學的創立提供了豐厚的文化土壤，文字訓詁之學隨著文化經典的整理和經學今古文的論爭，獲得了一個充分發展的時機。在這種背景下，產生了《說文解字》(簡稱《說文》)這部文字學史上影響深遠的巨著。它的出現表明漢語文字學的正式創立。魏晉至元明的文字學，主要是因沿兩漢學者開闢的研究途徑緩慢推進。這一時期編纂出的各類不同的字書，受到《說文》的明顯啓發，甚至直接模仿《說文》。字書的發展及其反映的水準代表了這一時期文字學研究和發展的水平，是文字學的重要

組成部分。除承襲《說文》出現了李陽冰、徐鉉、徐鍇等《說文》學者外，唐代的字樣之學、宋代的金石學和宋元的「六書」研究，也給這一時期的文字學帶來某些突破；但是，從總體上看，並未能根本改變文字學研究的消沉局面。清代是文字學的振興時期，《說文》學經長期的發展到清代盛極一時，產生了以段、桂、王、朱等四大家為代表的一大批《說文》學者，以《說文》為主體的傳統文字學發展到巔峰。宋代開創的金石學，經元明的消沈，到清代也得以復興。晚清孫詒讓、吳大澂等人的金文研究，突破了《說文》學的藩籬，使古文字學最終從金石學中分立出來，成為文字學的分支。近代漢語文字學跨入拓展時期，19世紀末甲骨文的發現，為古文字學的發展提供了一個重要契機。20世紀各種古文字資料的大量出土，開拓了古文字學研究的領域，甲骨文、金文、戰國文字及秦系文字的研究相繼興起，形成古文字學研究的幾個重要分支。古文字學的進展是近代以來漢語文字學最重要的成就。西方學術文化的影響，推動了近代漢語文字學理論的探索和體系的建構。清末以來規模盛大、歷時漫長的漢字改革運動，是文字學史上最引人注目的事件，對現行漢字體系的整理和研究，是漢字改革運動帶來的文字學研究的重大轉變。近代以來的漢語文字學研究領域得到了很大的開拓，作為一門獨立的學科，它獲得了多方面的進展。

　　本書以這四個大的歷史時期為經，分為四編，勾畫出漢語文字學兩千餘年發展演進的總體脈絡。在每編之始，先簡略介紹這一時期的歷史文化背景，再以文字學史上的重要問題為緯，展現不同時代漢語文字學的具體面貌。近代以來的漢語文字學則是我們闡述的重點。

　　漢語文字學與音韻學、訓詁學有著密切關係。漢字是一種自源的文字體系，與漢語的關係密不可分。在傳統小學中，文字學與音韻學、訓詁學既鼎足而立，又相互滲透，便是這種密切關係的反映。文字學研究，離不開音韻、訓詁，王念孫為《說文解字注》作序時曾說：「《說文》之為書，以文字而兼聲音、訓詁者也。」歷代治文字學者莫不兼治音韻、訓詁之學。音韻學、訓詁學的發展推動了文字學研究的不斷深入，文字學研究

的深入又促進音韻學、訓詁學的不斷發展。清代學者在小學方面之所以成就卓著，就在於研究過程中能將三者密切結合起來。由於漢字與漢語的這種密切關係，傳統文字學與語言學的界限分得並非十分清楚。近代以後的文字學者在提倡形、音、義綜合研究時，仍存在將文字學、音韻學和訓詁學三門兼收並蓄的現象。

　　漢語文字學是一門富有凸出的民族特色的學科。漢字體系是世界上來源最古老的文字體系之一，幾千年來延續不斷，未有發生根本的改變。漢語文字學以漢字為研究對象，深植於民族語言文字的沃土之中，是世界上獨一無二的專門學科。地下出土和傳世的歷代文字資料，異常豐富生動地展現出漢字不同時代的形態風貌，為漢語文字學的發展提供了優越的條件。漢語文字學基本理論、方法的形成，是歷代語言文字學者長期摸索和積累的結果，是前人留下的寶貴財富，是民族文化傳統的精華。

　　漢語文字學是一門實用性很強的學科。古代典籍的整理、研究和經學的沿革發展，與文字學的發展始終休戚相關。傳統文字學依附經學，「明經致用」，注重文字個體形、音、義的闡釋，致力於本字本義的推求，都與講求實用有一定關係。直到近代以後，這種狀況才得以改變，真正進入到開拓研究領域、進行理論體系建設的新時期。即便如此，理論的研究仍是文字學的薄弱環節。當代的漢語文字學既要發揚其講求實用的優良傳統，以適應社會經濟文化和科學技術發展的需要，又要加強基本理論的研究，以便在前人的基礎上將這門歷史悠久的學科推向一個新的、更高的發展階段。

目次

第一編

文字學的創立時期
(周秦——兩漢)

　　漢語文字學的創立，經歷了一個漫長的過程。周秦時代，是漢語文字學的萌芽時期。《周禮》「六書」和先秦典籍保存的有關漢字結構的零星分析，隱約透露出當時對漢字結構的初步的理性認識。「倉頡作書」的傳說和漢字起源的猜想，也蘊涵著若干合理的因素。

　　西周中晚期的漢字顯得非常規整劃一，當有過一次全面的整理工作。而周宣王太史籀所作《史籀篇》，作為文字學史上第一部字書，正產生於這個時代，它很可能就是這次文字整理活動的產物。春秋以降，七國紛爭，諸侯力政。學術上百家爭鳴，語言文字也得到高度發展；政治上的地域分歧，導致了語言文字的地域性變異，出現了「言語異聲，文字異形」的局面。秦始皇統一六國後，在統一度量衡的同時，實行「書同文字」。李斯等為配合這一規範文字的活動，編《倉頡篇》等字書，確立了小篆的正統地位。這是漢字發展史上有文字記載的一次大規模的整理活動。《倉頡篇》以《史籀篇》為本，對文字書的編纂有所發展，對後世字書的編輯有啟迪作用，也反映了當時文字學的水平。考察先秦時期有限的資料，我們完全可以肯定，西周中晚期以後，漢語文字學即已萌芽。

　　秦始皇實行「書同文字」是對中國文化的一大貢獻，但是，他「焚書坑儒」，對中國文化的發展也產生了消極的影響。漢朝代興，重整文化。惠帝廢挾書之律，文景開獻書之路，武帝推崇儒家學說，經學遂極一時之盛。學術文化的振興和繁榮，促進了語言文字學的發展。西漢末年經學今古文學派的形成和論爭，又直接刺激了文字學的創立。漢字經秦篆而統一，結束了古文字時期。隸書地位的確定，開始了現代漢字的新階段。文字形制的變更，也使文字學的創立顯得必要。兩漢的歷史文化背景，為漢語文字學的最終創立，提供了優越的條件。經周秦長期的萌芽和漢代眾多學者的努力研究，漢語文字學到東漢已完全建立起來了，許慎《說文解字》的問世，就是漢語文字學創立的標誌。漢代文字學的成就，在於進一步深化了周秦萌芽時期所涉及的文字學有關問題的認識，確立了文字學的基本理論和方法，對漢字的歷史和現狀進行了全面的梳理和系統的研究，並確定了漢語文字學的基本格局，這些在《說文》中都得到了集中的體現。

第一章
文字學的萌芽

　　先秦時代漢字稱作「文」、「名」、「書」或「書契」。《左傳・宣公十二年》：楚莊王說，「夫文，止戈爲武」。西晉杜預注：「文，字。」《儀禮・聘禮》：「百名以上書於策，不及百名書于方。」東漢鄭玄注：「名，書文也，今謂之字。」《韓非子・五蠹》：「古者倉頡之作書也。自環謂之私，背私謂之公。」《易・繫辭下》：「上古結繩而治，後世聖人易之以書契。」「書」、「書契」也都指的是漢字。「文字」連稱，始於秦代，據《史記・秦始皇本紀》所載，琅邪台秦石刻有「書同文字」之語(始皇二十八年，西元前219年)。秦以後「文、名、書、書契」等名使用漸少，「文字」一詞流行並沿用至今。東漢許慎對「文字」做了這樣的解釋：「倉頡之初作書也，蓋依類象形，故謂之文。其後形聲相益，即謂之字；字者，言孳乳而浸多也。」按許慎的說法，「文」指獨體象形字，「字」指形聲相益的合體字，「文字」連稱則指全部漢字。

　　「文字學」漢代叫「小學」。「小學」本指貴族子弟學習的學宮。《漢書・藝文志》載：「古者八歲入小學，故《周官》保氏掌養國子，教之六書。」因文字爲小學必修課程，所以後來又用「小學」指「文字學」。漢代劉歆《七略》「六藝略」中有「小學類」。班固作《漢書・藝文志》沿用之，於「小學」之下，列文字學書目「十家四十五篇」。唐代顏師古注《漢書》說：「小學，謂文字之學也。」[1]「小學」之名，漢代

1　見《漢書・杜鄴傳》注。顏師古所說的「文字之學」並未通行，宋代「文字之學」與「小學」異名同實，包括文字、聲韻、訓詁三個方面。晁公武，《郡齋讀書志》卷一：「文字之學凡有三：其一體制，謂點畫有衡縱曲直之殊；其二

以降，沿用至清，直到近代章太炎等人，才正式倡導「語言文字之學」這一名稱[2]。儘管「小學」之稱始於漢代，「文字學」一名至近代才正式確定，然而漢語文字學的歷史卻可以追溯到先秦。

漢字經歷了長時期的發生、發展，到西周已經成爲相當完善的文字體系。隨著文字用途的日漸擴大，使用範圍越來越廣，使用者自發產生了認識它、控制它、調節它的要求，以更好地發揮文字的職能。漢語文字學正是在這種狀況下萌發了，這個時間大致始於西周晚期。文字學萌芽時期的典籍材料大多亡佚，有關記載也語焉不詳，殘章零簡，雖然不能反映先秦時期文字學的全貌，但足以展現漢語文字學悠久的歷史源頭。

一、周秦的漢字分析與《周禮》「六書」

剖析字形結構以解說文字的音、義，是漢語文字學的一大特色。這種分析方法周秦已經出現。上舉「止戈爲武」、「自環謂之私，背私謂之公」，就是析形說義，《左傳》中還有如下例子：

> 〈宣公十五年〉伯宗曰：「故文，反正爲乏。」
> 〈昭公元年〉醫和曰：「于文，皿蟲爲蠱。」

這些零星的材料，保存了周秦時代人們對漢字認識的蛛絲馬跡。從它們出現的語言環境看，這種分析只是一種修辭手段，隨文說義以爲言論的證明，未必就是該字結構的本義。即便如此，仍然透露出當時人們分析漢字的某些訊息。從「武、私、公、乏、蠱」等字的解說，可以看出當時已能對漢字的結構作合理的解剖。「武、蠱」皆爲會意結構，由兩個基本單位組成，前者「從戈從止」，後者「從蟲從皿」；「私」字戰國文字作

(續)—————
訓詁，謂稱謂有古今雅俗之異；其三音韻，謂呼吸有清濁高下之不同。」
2　章絳(太炎)，〈論語言文字之學〉，載《國粹學報》1906年第五冊；渾然，〈中國文字學說略〉，載《教育今語雜誌》1910年第1期。

「◖、○、▽」等形，均爲自環狀；「公」則作「㕣」，上兩筆與「八」形同，下與「私」形近同，「八」從語源上講有「背」的意思，所以韓非說「背私謂之公」，將「公」、「私」作爲相對的觀念，這種解釋也頗合理；至於「乏」字篆文正作「正」字的反寫之形。由此可見，《左傳》等書保存的漢字分析材料，雖然是一種修辭手段，就其分析字形結構的準確性和說解的合理性而言，則表明周秦時代對漢字結構的認識已達到了相當高的水平。許愼著《說文解字》全部吸收了這些分析，充分反映出這種方法對漢字結構分析的深遠影響。另一方面，就析形說字者而言，楚莊王爲楚國之主，伯宗爲晉大夫，和爲秦之醫，韓非則爲戰國韓著名學者，他們國別不一，身分不同，都能於言談之中信口析字，這也使我們有理由推測，春秋戰國期間，對漢字結構的分析不是個別的、偶然的現象。雖然他們的解釋還有不甚切當之處，但這些分析，使我們看到了一種學術胚胎的萌動，足以顯示其在文字學史上的地位和意義。

漢語文字學傳統理論的核心「六書」，也出現於先秦。《周禮·地官·保氏》載：

> 保氏掌諫王惡，而養國子以道，乃教之「六藝」：一曰五禮，二曰六樂，三曰五射，四曰五馭，五曰六書，六曰九數。

「六書」作爲「六藝」之一，是貴族子弟的必修課程。漢代鄭玄注引鄭眾說：「六書，象形、會意、轉注、處事、假借、諧聲也。」班固《漢書·藝文志》也說：「《周官》保氏掌養國子，教之六書，謂象形、象事、象意、象聲、轉注、假借，造字之本也。」許愼《說文解字·敘》（簡稱《說文·敘》）說：六書，一曰指事，二曰象形，三曰形聲，四曰會意，五曰轉注，六曰假借。三家說「六書」，只是具體名目和順序小異，實質無別，許愼還做了進一步的界定。漢代以後談「六書」者，基本不出三家軌範，均推《周禮》爲言「六書」之始。對於《周禮》「六書」之名，是否即漢人所說，雖有人表示過疑惑，但也提不出否定的論據。比較《周

禮》「六藝」內容,「六書」無疑屬語言文字方面的知識。這樣看來,周代已能將零散的漢字結構的分析系統化、理論化,概括出基本原則和條例了。上述推測是建立在對《周禮》記載充分信賴的基礎上的,《周禮》成書不遲於東周惠王時代(前676-前652)[3],這樣,「六書」至遲在東周早期已經形成。

二、倉頡作書——漢字起源的傳說和猜想

先秦時代有「倉頡作書」的傳說,《世本》、《荀子·解蔽》、《韓非子·五蠹》、《呂氏春秋·君守》等都保存著相同的記載,這是當時對漢字起源的流行看法。《漢書·古今人表》:「倉頡,黃帝史。」《尚書正義》云:「倉頡,說者不同,故《世本》云:倉頡作書;司馬遷、班固、韋誕、宋忠、傅玄皆云:倉頡,黃帝之史官也;崔瑗、曹植、蔡邕、索靖皆直云:古之王也;徐整云:在神農黃帝之間;譙周云:在炎帝之世;衛氏云:當在庖犧蒼帝之世;慎到云:在庖犧之前;張揖云:倉頡為帝王,生於禪通之紀。」[4]可見,對倉頡其人自古有不同說法。玩味後起諸說,或托之窅遠,或神異其人,皆不可信。《荀子·解蔽》云:「好書者眾矣,而倉頡獨傳者,壹也。」按荀子的看法,倉頡只是眾多文字創造者中的一員,由於他專心致志,才能獨占傳播文字之功,也許這個說法更近於史實。將某種發明歸功於一人,是古代傳說的共同特徵,如《呂氏春秋·君守》載:「奚仲作車,倉頡作書,后稷作稼,皋陶作刑,昆吾作陶,夏鯀作城,此六人者所作當矣。」透過歷史傳說的種種霧障,我們可以從中發掘出若干合理的成分。「倉頡作書」的傳說,至少可以說明:

(1)倉頡與文字的構造或整理傳播有一定關係,在漢字發展史上曾起過重要作用。

3　據朱謙之、洪誠、金景芳說,見《經書淺談》(中華書局,1984),頁42-46;錢穆,〈周官著作時代考〉(《燕京學報》第11期)則認為成書於戰國晚季。

4　《尚書·序》孔穎達疏(中華書局影印本,1980),頁113。

　　(2)他是以「史官」身分來整理文字的。據《周禮·春官·大史》載：「大(太)史掌建邦之六典。」甲骨、金文等早期的文字紀錄也都與「史官」密切相關，太史之職掌管國家典冊檔案一直延續到後世，漢字的發展有著「史官」的功績。

　　(3)倉頡爲黃帝史，其作書也在黃帝時代。黃帝爲傳說中中華民族的始祖，不僅文字的製造歸於黃帝之時，舟車、弓矢、桑蠶、干支、樂器等發明，也都歸到黃帝時代。近幾十年來的考古發現，已獲得了有關漢字起源的大量新的資料，西安半坡仰韶文化遺址（約前5000-前4500）發現的具有文字性質的刻畫符號，山東大汶口文化遺址發現的象形文字符號等，證明漢字有六千多年的歷史[5]。這樣，文字的創造在黃帝時代的傳說，就其歷史的悠久性而言，則有著相對正確的一面。有的學者就曾推論，仰韶文化當是黃帝族的文化[6]。

　　先秦對漢字起源的猜想，還朦朧地與「八卦」、「結繩」聯繫在一起。《易·繫辭下》記載：

　　　　古者包犧氏之王天下也，仰則觀象於天，俯則觀法於地，觀鳥獸
　　　　之文與地之宜，近取諸身，遠取諸物，於是始作八卦。

又載：

　　　　上古結繩而治，後世聖人易之以書契，百官以治，萬民以察。

這些記載並未將文字的起源直接歸於「八卦」和「結繩」，不過〈繫辭〉對「八卦」來源的解說，與象形文字的構形來源確實相通。「八卦」作爲古人的一種迷信工具，乃是從原始記事符號中抽象出來的。而「結繩」記

5　參閱郭沫若，〈古代漢字之辯證的發展〉，載《考古學報》1972年第1期；裘
　　錫圭，〈漢字形成問題的初步探討〉，載《中國語文》1978年第3期。
6　范文瀾，《中國通史》第一冊（人民出版社，1954），頁11。

事則盛行於世界很多原始部落,《周易正義》引鄭玄說,「事大,大結其
繩;事小,小結其繩」,大抵可信。「八卦」、「結繩」不能直接作爲文
字發生的近源,但是,先秦人們已隱約感覺到,就其「記事」性質而言,
二者與文字有著某種一致性,文字體現人類文明進入一個新階段,是人類
記事手段高度發展的結果。從「八卦」、「結繩」到「後世聖人易之以書
契」,正是人類記事方法演進的一個過程。這種看法,在許慎的《說文‧
敘》中得到更爲明確的闡述:

> 古者庖犧氏之王天下也,仰則觀象於天,俯則觀法於地,視鳥獸
> 之文與地之宜,近取諸身,遠取諸物,於是始作《易》八卦,以
> 垂憲象。及神農氏結繩為治而統其事,庶業其繁,飾偽萌生。黃
> 帝之史倉頡,見鳥獸蹄迒之迹,知分理之可相別異也,初造書
> 契,百工以乂,萬品以察。

這段文字顯然取於《易‧繫辭》,只是將作「八卦」、「結繩」和「造書
契」聯繫起來,使先秦對漢字起源的朦朧猜想變得更加明晰。所謂「庖犧
氏」、「神農氏」等遠古傳說,今天雖已無法稽考,但先秦對漢字起源的
猜想,同樣蘊涵了若干合理因素。如將文字歸爲「八卦」、「結繩」等原
始記事手段不適宜社會需要之後新產生的記事工具,就很有道理;認爲文
字產生後「百官以乂,萬品以察」,對文字的社會功用評價並不過分;把
原始記事手段作爲文字產生的前奏,對我們今天研究漢字的起源也很有啓
發作用。

先秦對漢字起源的看法有若干合理成分,但總體看來,還屬於傳說和
猜想式的,是含混的、模糊的。漢代以後一方面傳承了先秦關於文字起源
的某些說法,如「倉頡作書」,另一方面又加進了許多想像成分,神異其
說,越發難以令人置信,如《淮南子‧本經訓》「古者倉頡作書,而天雨
粟,鬼夜哭」之類即是。漢代讖緯之學盛行,甚至還編出了「河圖洛書」
的神話,皆無足徵引。對漢字起源的認識,直到近代接受世界文明的影響

和新中國一系列考古發現後，才有了較大的突破。

三、漢字的早期整理——書同文

　　漢字從發生、發展到定型，是一個漸變的過程。就現在可見的古文字資料來看，甲骨文的異形分歧十分凸出，到西周中晚期以後，銅器銘文中的文字(金文)就相當規整劃一了。春秋以後，六國「文字異形」的現象又變得紛紜複雜，到秦統一中國，文字又一次歸於統一。漢字使用的實際和典籍的記載，可以表明周秦時代至少有兩次漢字整理活動。

　　《禮記·中庸》載：「(子曰)今天下車同軌，書同文，行同倫。」《管子·君臣》也云：「衡石一稱，斗斛一量，丈尺一緯制，戈兵一度，書同名，車同軌，此至正也……先王之所以一民心也。」《禮記》、《管子》記述的「書同文(名)」，可能發生在西周中晚期到春秋之時，詳情已不得而知。文字學史上第一部字書《史籀篇》可能就是配合這次文字整理而編寫的。

　　《史籀篇》，又簡稱《史篇》。《漢書·藝文志》載：「《史籀》十五篇。」自注：「周宣王太史作大篆十五篇，建武時(25-56)亡六篇矣。」又說：「《史籀篇》者，周時史官教學童書也，與孔氏壁中古文異體。」王國維說：「唐元度謂此篇廢于晉世，而自許君(慎)以後，馬鄭諸儒即不復徵引，蓋自《三蒼》盛行，此書之微久矣。」[7]《史籀篇》亡佚已久，今天無法知其梗概。據班固所云，此書為「史官教學童書」，屬於識字課本一類。又說李斯等作《倉頡篇》等書，「文字多取《史籀篇》，而篆體復頗異」，其編寫方式、體例，自然也有所法取。由《倉頡篇》可推測，《史籀篇》大概是按意義間的關係編排而成，四字為句，二句為韻，以便學童習誦。王國維認為，《史籀篇》蓋取名於字書首句「太史籀

　　7　見王國維，《史籀篇疏證·序》，《觀堂集林》卷五(中華書局，1959)，頁251-257。

書」,「籀」是「讀」的意思,並無史籀其人,其文字為「秦之文字,即
周秦間西土文字」,「《史籀》一書,殆出宗周文勝之後,春秋戰國之
間,秦人作之以教學童」[8]。王氏否定有太史籀其人,進而否定其書作於
周宣王時期,而主張出自春秋戰國間秦人之手,欲推翻兩千餘年來流行的
說法。此說一出,頗為學術界推重。但李學勤先生根據考古資料,認為:
「太史籀實有其人,上海博物館所藏的一件鼎,銘文有『史留』,當即史
籀。東周的秦文字可溯源到宣王時青銅器〈虢季子白盤〉,恐非偶然,恐
怕盤銘就是史籀倡行的字體吧?」[9]儘管我們還不能絕對肯定《史籀篇》
出於周宣王之時,但就《說文解字》所存二百二十餘個籀文來看,《史籀
篇》文字「大抵左右均一,稍涉繁複,象形象事之意少,而規旋矩折之意
多」[10],其字體結構與西周中晚期的金文和秦系文字頗多相合。這種相合
似乎表明《史籀篇》不可能遲於春秋。秦興於周的故地,更多地繼承了西
周文字的風格特色,這就是籀文與秦系文字頗多一致的原因所在。《史籀
篇》的成書,我們以為當與《禮記》、《管子》所記「書同文(名)」的時
代相近,《史籀篇》不僅是教學童的課本,也是「書同文」正文字的範
本,這一點與秦施行「書同文字」而有《倉頡篇》等書的產生應該是相同
的。

　　秦代的「書同文字」是歷史上有明文記載的又一次文字整理活動。
《史記·秦始皇本紀》載:始皇二十六年(前221)初併天下,「一法度衡
石丈尺,車同軌,書同文字」。秦統一後施行「書同文字」,是治理天
下、維護統一的一項重要措施,有其歷史的必然性。許慎《說文·敘》有
精當敘述:春秋以後,「諸侯力政,不統于王,惡禮樂之害己,而皆去其

---

8 見王國維,《史籀篇疏證·序》,《觀堂集林》卷五(中華書局,1959),頁
　251-257。

9 見李學勤,《東周與秦代文明》(文物出版社,1984),頁365。又何琳儀〈戰
　國文字與傳鈔古文〉一文認為:史籀為周宣王太史,徵之器銘,明確無疑;見
　《古文字研究》第15輯(中華書局,1986)。

10 見王國維,《史籀篇疏證·序》,《觀堂集林》卷五(中華書局,1959),頁
　251-257。

典籍，分為七國，田疇異畝，車塗異軌，律令異法，衣冠異制，言語異聲，文字異形。秦始皇帝初兼天下，丞相李斯乃奏同之，罷其不與秦文合者，斯作《倉頡篇》，中車府令趙高作《爰歷篇》，太史令胡毋敬作《博學篇》，皆取《史籀》大篆，或頗省改，所謂小篆者也」。秦始皇推行「書同文字」，以秦小篆作為正體，規範六國異文，在文字學史上具有非常重要的意義。將「書同文」以前的漢字與秦篆相比較，可以推知，當時大致採取了如下相應措施[11]：

(1)固定偏旁寫法。秦統一前漢字形體不定的主要原因是偏旁的多變，同一偏旁符號可以有數種寫法。偏旁多變自然導致漢字形體的多變，秦篆一般每一偏旁只採用一種寫法，固定了偏旁的寫法，也即確立了漢字定型的基礎。

(2)確定偏旁的位置。六國文字的書寫，偏旁可上可下，可左可右，變動自由，秦篆則確定偏旁的固定位置，左右上下不可隨意移動，這為漢字結構定型化創造了條件。

(3)廢除異體異構。先秦文字常因偏旁的更換、結構方式的不同或地域的分歧，造成大量同字異體現象，秦篆則確立一種字體為正體，廢除其他異體，從而使漢字做到同字一形。

(4)統一書寫筆畫。秦篆以前的古文字，因結構變動無定，書寫筆畫往往也繁簡不一，到了秦篆，每一字有多少筆畫構成，筆畫間的組合方式，都得到了進一步的確定。

漢字經秦的「同文」工作，六國文字異形的歷史基本宣告結束，小篆成為漢字定型的系統。它一方面是古代漢字長期發展的終結，同時，為漢字系統的最後定型奠定了基礎。

秦代漢字整理的另一成績，是《倉頡篇》、《爰歷篇》和《博學篇》的編纂。這些書都是為配合「書同文字」而編寫的童蒙識字課本，也是以

11　參閱高明，〈略論漢字形體演變的一般規律〉，載《考古與文物》1980年第2期。

秦篆爲正體統一異體的範本。它們上承《史籀》，下啓《急就》諸篇，開
文字書之先河。

四、文字書的雛形——《倉頡篇》及其他

　　《漢書·藝文志》載：「《倉頡》一篇。」又云：「《倉頡》七章
者，秦丞相李斯所作也；《爰曆》六章者，車府令趙高所作也；《博學》
七章者，太史令胡毋敬所作也。文字多取《史籀篇》，而篆體復頗異，所
謂秦篆者也……漢興，閭里書師合《倉頡》、《爰曆》、《博學》三篇，
斷六十字以爲一章，凡五十五章，並爲《倉頡篇》。」李斯《倉頡》等三
篇共收3300字。自秦至漢《倉頡篇》曾廣爲流行，漢代揚雄、杜林爲之作
注。到《宋史·藝文志》，《倉頡篇》一類字書已不見記載。杜林的《倉
頡故》約亡於隋，《倉頡篇》亡於宋[12]。《倉頡篇》亡佚後，千餘年來人
們已無法知其面目，後人輯佚的本子，也僅僅是隻言片語，仍難以窺其全
貌。本世紀以來，西部地區多次發現漢代簡冊遺物[13]，尤其是安徽省阜陽
漢簡的發現，揭示了已亡佚千餘年的《倉頡篇》的基本輪廓[14]。

　　孫星衍說：「《倉頡》始作，其例與《急就》同，名之《倉頡》者，
亦如《急就》以首句題篇，《凡將》、《飛龍》等皆是。」[15]王國維〈倉
頡篇殘簡跋〉云：「他簡有『倉頡作』三字，乃漢人隨筆塗抹者，余以爲
即《倉頡篇》首句，其全句當云『倉頡作書』，實用《世本》語，故此書
名《倉頡篇》。」[16]1930年發現的居延漢簡《倉頡篇》首章作「倉頡作

12　參閱孫星衍輯本《倉頡篇·序》。

13　參閱羅振玉，《流沙墜簡》一，「小學術數方技書」；勞榦，《居延漢簡》
　　「小學類」1943年印行本，頁19-20；〈居延漢代遺址的發掘和新出土的簡冊
　　文物〉，載《文物》1978年第1期；〈敦煌馬圈灣漢代烽燧遺址發掘簡報〉，
　　載《文物》1981年第10期。

14　參閱〈阜陽漢簡簡介〉，載《文物》1983年第2期；〈阜陽漢簡《倉頡篇》的
　　初步研究〉，載《文物》1983年第2期。

15　參閱孫星衍輯本，《倉頡篇·序》。

16　見《觀堂集林》卷五(中華書局，1959)，頁258。

書，以教後嗣，幼子承詔，謹慎敬戒」，完全證實了孫氏的推測和王國維的論斷。阜陽漢簡《倉頡篇》爲漢《倉頡》、《爰曆》、《博學》的合編本，其中C010簡：「爰曆次貤，繼續前圖，輔廑顆□，軷儋闗屠」[17]等語，同樣可以證明《爰曆篇》得名之由。

　　《倉頡篇》以四字爲句，一般是隔句押韻，每章一韻到底。將《居延漢簡》9・1A＋B＋C簡與阜陽C001＋C002簡相比照，基本可得到第五章全文。如：

（阜陽殘簡）	（居延殘簡）
□□□□	琖表書插
□□□□	顛顤重該
己起臣僕	己起臣僕
發傳約載	發傳約載
趣遽觀望	趣遽觀望
行步駕服	行步駕服
逋逃隱匿	逋逃隱匿
□□□□	往來□□
□兼天下	漢兼天下
海內並廁	海內並廁
飭端脩法	□□□類
變□□□	菹盉離異
□□□□	戎翟給賨
□□□□	但致貢諾
□□□□	□□□□

17　此爲《爰曆》篇首。貤，《説文》「重次第物也」。軷，本指行路之前的祭禮，或稱「祖道」，「軷儋」疑當讀爲「跋涉」。闗屠，爲「旅途」之通假。

　　第五章押韻字爲「該、載、服、廁、異」等，其中「服、廁」爲職部（之部入聲），其餘爲之部字。四字爲句，隔句爲韻，是西周至漢代韻文的重要形式。識字書模仿四言詩體，目的是爲了便於誦讀。從阜陽殘簡看，《倉頡篇》的韻例有時也很靈活，如上舉《爰曆》篇首四句，「貤、圖、且（？）、屠」爲一句一韻的形式。不入韻的句子，《倉頡篇》往往使用韻部接近的字，近似交韻[18]。

　　《倉頡篇》每句的組成，主要是相關字詞的羅列，字詞之間、上下句之間一般不具備語言上的邏輯關係，即它們大多不表述完整的語義。如上舉第五章中的「臣／僕、發傳／約載、趣／遽、觀／望、行／步、駕／服、逋／逃、隱／匿、飭端（政）／脩（修）法」等，均取同近義字詞的並列，一句之內可以爲一組同義詞語，也可以爲兩組同近義詞語。他如「往／來、雄／雌（C006）、吉／忌（C007）、開／閉（C028）、歙／散（C042）」爲反義詞語的並列；「瘦瘁癱痤（C007）、箐笋罳罝（C013）、貙獺貚㲋、貚貚貂狐、蛟龍龜蛇（C015）、盤案杯几（C023）、殺捕獄問（C041）、而乃之於（C021）」等爲表示同類事物、行爲、性質的詞語羅列。

　　《倉頡篇》也有同句與各句之間表達完整語義的，如第五章中「漢（秦？）兼天下，海內並廁，飭端（政）脩（修）法」，C006簡「雌雄具鳥」，C010簡「爰歷次貤，繼續前圖」等均是，但這種句子在《倉頡篇》中爲數較少。

　　作爲一種童蒙識字書，《倉頡篇》以當時通行的四言韻文形式編排零散的漢字，儘量將意義相同、相近、相關、相類的編到一起，有助於習誦和記憶，使字的認識與詞的掌握融爲一體。字詞的分類編排，反映出作者對漢字形體、讀音和意義的理性認識，以及對漢語字詞系統內在關係的初步覺察。這種體例源自《史籀》，並加上了作者的創造性工作，對後世字書的編輯有著無可否認的啓迪作用。C0033、C0034兩簡將意義相關的十

18　參閱胡平生、韓自強，〈《倉頡篇》的初步研究〉，載《文物》1983年第2期。

個從「黑」的字集中編列，幾乎使我們可能認為《倉頡篇》在編纂時已考慮到按部首排字的方法。實際上部首排列法，是將漢字按意義範疇分類排列的自然結果，因為同部首的字在字義系統中一般屬於同一類別。如果說《倉頡篇》中同部首字的類聚還不是自覺的行為的話，那麼到漢代史游的《急就篇》運用「分別部居」的編排，對部首的認識就開始初露端倪了。由此，我們可以看到許慎創建部首編排法的淵源。

作為文字書的雛形，《倉頡篇》的出現在文字學史上的意義是多方面的。它不僅間接體現了一定時期對漢字認識和研究所達到的水準，而且直接影響後世字書的編輯，產生了一個以《倉頡篇》為原型的字書系統。繼李斯等《倉頡篇》之後，漢代司馬相如作《凡將篇》、史游作《急就篇》、李長作《元尚篇》、揚雄作《訓纂篇》、班固續增十三章，都受到《倉頡篇》的影響。

此外，《漢書·藝文志》所載，另有《八體六技》一書。韋昭注曰：「八體，一曰大篆，二曰小篆，三曰刻符，四曰蟲書，五曰摹印，六曰署書，七曰殳書，八曰隸書。」這就是許慎《說文·敘》所說的「秦八體」。謝啟昆《小學考》認為：「《八體六技》，當是漢興所試之八體，合以亡新改定之六書，技字似誤。」此書早已亡佚，「八體」即「秦八體」大概可信，謝氏以「六技」為王莽時之「六書」（古文、奇字、篆書、佐書、繆篆、鳥蟲書），則未有確證。班固列該書於《史籀》之下、《倉頡》之上，很可能也為秦代字書，應是當時所見不同字體的分類彙編，其書不存，無從論說。

通過上面的論述，我們看到西周至嬴秦時期，文字學的若干重要問題都已有所涉及，儘管在理論上還是模糊的、粗淺的，但是，漢語文字學的幼芽確實已經萌發，只要有合適的條件和氣候，它就會破土而出的。

第二章
文字學的創立

　　經過周秦的萌芽時期，漢語文字學終於在兩漢這一特定的歷史文化背景下創立了。許慎《說文解字》的問世，既是兩漢文字學發展的總結，也是漢語文字學創立的標誌。

一、文字學創立的歷史文化原因

　　秦的統一，在歷史上有著不可磨滅的功績，秦始皇推行「書同文字」對中國文化的發展也有著無量的功德。但是，為了政治的需要，秦始皇於三十四年(前212)採納李斯的建議，焚禁古書，「非秦記皆燒之。非博士官所職，天下敢有藏《詩》、《書》、百家語者，悉詣守尉雜燒之。有敢偶語《詩》、《書》者棄市，以古非今者族。吏見知不舉者與同罪。令下三十日不燒，黥為城旦。所不去者，醫藥卜筮種樹之書。若欲有學法令，以吏為師」[1]。次年方士侯生、盧生逃亡，觸怒秦始皇，又坑儒生四百六十餘人於咸陽[2]。「焚書坑儒」無疑是對中國古代文化的一大摧殘。

　　漢朝之初，養民生息，建立制度，治理戰爭瘡痍為當務之急，文化事業的恢復未及暇顧。到漢惠帝四年(前191)廢除秦挾書之律，文景之世漸開獻書之路。漢武帝興太學，「罷黜黃老、刑名、百家之言」，「立五經博士，開弟子員，設科射策，勸以官祿，訖於元始(1-5)，百有餘年，傳

1　見《史記‧秦始皇本紀》(中華書局，1982)。
2　參閱《史記‧秦始皇本紀》(中華書局，1982)。

業者浸盛，支葉蕃滋，一經說至百餘萬言，大師眾至千餘人」[3]。漢代的儒學遂盛極一時，讀經之士遍及朝野。漢代經學的昌盛，是由於通經成了追求功名利祿的手段，而隨之產生的積極影響則是推動了漢代文化的復興和學術的發展。《漢書‧藝文志》記載：「漢興，改秦之敗，大收篇籍，廣開獻書之路。迄孝武世……建藏書之策，置寫書之官，下及諸子傳說，皆充秘府。至成帝時，以書頗散亡，使謁者陳農求遺書於天下。詔光祿大夫劉向校經傳諸子詩賦，步兵校尉任宏校兵書，太史令尹咸校數術，侍醫李柱國校方技。每一書已，向輒條其篇目，撮其指意，錄而奏之。會向卒，哀帝復使向子侍中奉車都尉歆卒父業。歆於是總群書而奏其《七略》，故有《輯略》，有《六藝略》，有《諸子略》，有《詩賦略》，有《兵書略》，有《術數略》，有《方技略》。」成哀之世求天下遺書，分人領校，這是西漢後期一次大規模的文化典籍整理總結工作。其副產品劉歆的《七略》「剖判藝文，總百家之緒」，成為中國目錄學史上的巨著。班固《漢書‧藝文志》正是據《七略》「刪其要，以備篇籍」的，通過《漢書‧藝文志》我們能看到這次整理的規模。當時整理的前人和時人的著作數目大致如下：

六藝	103家	3123篇	
諸子	189家	4324篇	
詩賦	106家	1318篇	
兵書	53家	790篇	圖43卷
數術	190家	2528卷	
方技	36家	868卷	

「大凡書，六略三十八種，五百九十六家，一萬三千二百六十九卷。」[4]

3　見《漢書‧儒林傳》（中華書局，1962）。
4　見《漢書‧藝文志》（中華書局，1962）。其統計與現本分類記載不盡相合。

　　漢代文化的復興，學術的發展，為語言文字學的發展創造了良好的環境，而經學古今文之爭和漢字制度本身的變革，則是促使漢語文字學建立的更為直接的原因。漢武帝立五經博士，迄宣帝、元帝之時，經學博士增至14家。博士所傳經書，都是用隸書抄錄的，隸書為漢代通行文字，故稱「今文」。成帝河平三年(前26年)，劉歆受詔與父劉向領校秘書，發現不同於「今文」經書的「古文經」。所謂「古文經」，即以先秦古文字抄寫的經書。《漢書・劉歆傳》載：「及歆校秘書，見古文《春秋左氏傳》，歆大好之……初，《左氏傳》多古字古言，學者傳訓故而已，及歆治《左氏》，引傳文以解經，轉相發明，由是章句義理備焉。」「及歆親近，欲建立《左氏春秋》及《毛詩》、《逸禮》、《古文尚書》，皆列於學官。哀帝令歆與五經博士講論其義，諸博士或不肯置對，歆因移書太常博士，責讓之。」劉歆引起的這場論爭，拉開了中國學術史上持續近兩千年的經學今古文之爭的帷幕。藏於秘府的古文經一方面來自民間所獻，如北平侯張蒼所獻《春秋左氏傳》；另一方面則得自孔子壁中，「武帝末，魯共王壞孔子宅，欲以廣其宮，而得《古文尚書》及《禮記》、《論語》、《孝經》凡數十篇，皆古字也」[5]。劉歆認為，這些以古文字抄寫的古文舊書，與經文相校，「以考學官所傳，經或脫簡，傳或間編」。而今文學者「不思廢絕之闕，苟因陋就寡，分文析字，煩言碎辭，學者罷(疲)老且不能究其一藝，信口說而背傳記，是末師而非往古」[6]。劉歆揚古抑今，觸怒了執政的儒者名流，光祿大夫龔勝以去就相爭，大司空師丹「奏歆改亂舊章，非毀先帝所立」[7]。西漢末年今古文經學的第一次公開論爭，以劉歆的敗北而告終。到東漢光武帝建武(25-56)時，古文學派韓歆、陳元與今文學派范升爭立《費氏易》和《左氏春秋》，相互上書辯難，結果立《左氏》之學，但又因諸儒力爭，不久就廢除了。這次論爭，擴大了古文經學的影響。章帝建初元年(76)，詔賈逵入講經學。賈逵與今文經學家李育公

5　見《漢書・藝文志》(中華書局，1962)。
6　參閱《漢書・劉歆傳》(中華書局，1962)。
7　參閱《漢書・劉歆傳》(中華書局，1962)。

開論辯，「往返皆有理」。此後今古文雙方時有交鋒，論爭不已。兩漢今古文學之爭，是學術與政治之爭的混合產物，各派的盛衰興廢，不僅影響一代學術，也影響諸多儒生的仕進之路。西漢一代今文經學占統治地位，自劉歆倡古文經學，到東漢，古文經學逐步取得主導地位，至東漢末年今文經學大家寥寥無幾，而古文經學大師輩出，已形成古文經學相容今文的局面。

今古文之爭，乃由經書版本之別而起，文字體制的不同是形成兩派論爭的根本原因。今文經學者，大多不知古代漢字的面貌。在他們看來：「秦之隸書爲倉頡時書，云父子相傳，何得改易。」[8]古文經作爲先秦舊本，其字體均爲戰國時通行之文字，形體結構與隸書相差甚遠。習今文的儒生出於無知，更主要是爲了維護今文經學的正統地位，攻擊古文經爲僞造之作，故而首先就否定古文，說古文是好奇者「詭更正文，向壁虛造不可知之書，變亂常行，以耀於世」[9]。而古文學家則指責他們「不思多聞闕疑之義，而務碎義逃難，便辭巧說，破壞形體，說五字之文，至於二三萬言。後進彌以馳逐。故幼童而守一藝，白首而後能言；安其所習，毀所不見，終以自蔽」[10]。許慎說：「俗儒鄙夫，玩其所習，蔽所希聞，不見通學，未嘗睹字例之條，怪舊藝而善野言，以其所知爲秘妙。」[11]可見，文字之爭是今古文之爭的重要方面。古文經學要確立自己的地位，證明古文經所用文字並非「向壁虛造」之物，那就要尋繹出漢字發展之源流；指責今文學家「破壞形體」，「未嘗睹字例之條」，那就得揭示出漢字構造之規律，這些都直接刺激了文字學的發展。所以，兩漢的古文學家多兼治文字訓詁之學。

漢代文化的復興，經學的昌盛，爲文字學的創立提供了豐厚的土壤，而始於西漢末年的經學今古文之爭，顯然加速了文字學創立的步伐。

---

8 見許慎，《說文解字·敍》，《說文解字》（中華書局，1963）。
9 見許慎，《說文解字·敍》，《說文解字》（中華書局，1963）。
10 見《漢書·藝文志》（中華書局，1962）。
11 見許慎，《說文解字·敍》，《說文解字》（中華書局，1963）。

二、漢代文字學概況

　　兩漢文字學既承周秦之緒，又有新的突破與發展。以《倉頡篇》為原型，漢代編輯了一批新的字書。「武帝時司馬相如作《凡將篇》，無複字。元帝時黃門令史游作《急就篇》，成帝時將作大匠李長作《元尚篇》，皆《倉頡》中正字也。《凡將》則頗有出矣。至元始中，徵天下通小學者以百數，各令記字於庭中。揚雄取其有用者以作《訓纂篇》，順續《倉頡》，又易《倉頡》中重複之字，凡八十九章，臣(班固)復續揚雄作十三章，凡一百二章，無複字，『六藝』群書所載略備矣。」[12]據班固所載，以上諸書，皆受《倉頡篇》影響而作，或取《倉頡》正字，或「順續《倉頡》」。同時，這批字書又突破了童蒙識字書的界限。揚雄作《訓纂》取材於「天下通小學者」所記之字，是元始五年全國性文字整理的成果；班固又續增十三章，備載「六藝」群書所用文字，已具備後世文字書收字的特點。《隋書·經籍志》載，班固又有《太甲篇》、《在昔篇》。東漢賈魴作《滂熹篇》以繼《訓纂》，崔瑗作《飛龍篇》也屬同類字書。而揚雄的《別字》，衛宏的《古文官書》，郭顯卿的《雜字旨》、《古今奇字》等，據書名，似已開始了某一類型文字的纂集。兩漢文字書大都亡佚，唯《急就篇》，因歷代書家愛其書體，摹習不絕，流傳下來。由此可窺得同類字書之一斑。

　　《急就篇》開宗明義：「急就奇觚與眾異，羅列諸物名姓字，分別部居不雜廁，用日約少誠快意。」它以七言韻文為主，雜以三言、四言，羅列二千餘字，分類部居。篇首之後，以「請道其章」引出正文，先列姓氏，集成三言韻文，再依次羅列錦繡、飲食、衣物、臣民、器具、蟲魚、飾物、歌樂、軀體、兵器、車馬、宮室、田畝種植、飛禽走獸、疾病醫藥、喪葬祭祀之類，構成《急就篇》的主幹，為「羅列諸物名姓字」，其

12　見《漢書·藝文志》(中華書局，1962)。

後是「官制獄吏」等方面的內容。較之《倉頡篇》殘簡，它除了語言上突破四言的格局，以七言爲主，雜以三言、四言，分類也更爲嚴謹有序。尤其是「分別部居」的編排方式，較《倉頡篇》有很大的發展。《急就篇》有時將數十同部字編排在一章之內(如第七、八章從「糸」的字)，甚至出現以同部字統歸於部首之下的編排，如「金」字之後，列「銀、鐵、錐、釜、鍪、鍛、鑄、錫、鐙、錠」等32字，這與以「金」爲部首，統領諸從「金」字的部首編排法完全相吻合。許慎創立部首排列法，顯然受其影響。

爲《倉頡》作注，代表了漢代文字學發展的一個重要方面。「《倉頡》多古字，俗師失其讀。宣帝時徵齊人能正讀者，張敞從受之，傳至外孫之子杜林，爲作訓故。」[13]《漢書‧藝文志》列揚雄《倉頡傳》一篇，《倉頡訓纂》一篇，杜林《倉頡訓纂》一篇，《倉頡故》一篇，這些書都是解釋《倉頡篇》的，以解決「《倉頡》多古字，俗師失其讀」的問題。揚雄之書早亡佚，《隋書‧經籍志》載：「梁有《倉頡》二卷，後漢司空杜林注，亡。」《舊唐書‧經籍志》列杜林《倉頡訓故》二卷(又見《唐書‧藝文志》)，可能就是《倉頡訓纂》，《宋史‧藝文志》已不載此書。揚雄、杜林之書雖不存，《說文解字》等書的徵引，尚能看到隻鱗片爪的材料，如：

膴　《說文》：「無骨臘也。揚雄說：鳥臘也。」段玉裁注：「此別一義。鳥臘必非無骨也。蓋揚雄《倉頡訓纂》一篇中有此語。」(四下‧肉部)

擘　《說文》：「手擊也……揚雄曰：擘，握也。」段玉裁注：「此蓋揚雄《倉頡訓纂》一篇中語。握者，搤持也，揚說別一義。」(十二上‧手部)

《說文》引揚雄說13條，有釋義的，也有說形的，除一條標明出自賦

文(〈解嘲〉)外，其餘可能主要出自《倉頡訓纂》。杜林之說，《說文》引17條，其中一條出於《古文尚書》，其餘皆當爲《倉頡故》及《倉頡訓纂》之文。如：

<blockquote>

董　《說文》：「鼎董也。從艸，童聲。杜林曰：藕根。」段玉裁注：「此蓋《倉頡訓纂》、《倉頡故》中語。」(一下·艸部)

耿　《說文》：「耳箸頰也。從耳，烓省聲。杜林說：耿，光也。從火，聖省聲。」(十二上·耳部)

娸　《說文》：「人姓也。從女，其聲。杜林說：娸，媿也。」(十二下·女部)

</blockquote>

　　根據許愼所引，可知揚雄、杜林爲《倉頡》作注，主要是釋義，兼說字形。《說文》所引說形材料雖然較少，但是，揚雄、杜林對漢字結構的分析，實繼承了春秋以來析字說義的傳統。字書附以釋義或說形，是漢代對文字學的重要貢獻；這在許愼的《說文解字》中有全面系統的反映。

　　漢代治古文經學的學者，大都治文字訓詁之學，因而精通文字學的學者，陣容相當可觀。王國維說：「觀兩漢小學家皆出古學家中，蓋可識矣。原古學家之所以兼小學家者，當緣所傳經本多用古文，其解經須得小學之助，其異字亦足供小學之資，故小學家多出其中。」[14]其中著名的學者，如：張敞，好古文字，通《倉頡篇》，且能讀宗周金文；桑欽，傳《古文尚書》，《漢書·地理志》六引其說，《說文》三引其說；杜鄴，「尤長小學」，其子杜林，正文字過於鄴，《漢書·杜鄴傳》說「世言小學者由杜公」；衛宏，通知古文，有《古文官書》問世；徐巡，受學於杜林、衛宏，精於小學；賈逵，《說文》引其說17條，均專論文字，爲許愼之師。許愼著《說文》引通人說凡27家，主要爲兩漢小學家。不僅古文學家精小學，說

14　見王國維，《觀堂集林》卷七(中華書局，1959)，頁330。

字解經，而且他們的對手今文學家，也「競說字解經誼（義）」，對文字訓詁表現出極大的熱情和濃厚的興趣。就連當時的統治者，不僅在法律上規定小學爲選拔官吏的考試科目，而且必要時也能「徵天下通小學者以百數，各令記字於庭」，或詔通知古文奇字者傳授《倉頡篇》。

上述表明，文字學的發展在兩漢有著優渥的條件和深厚的基礎。正是在這種情形下，產生了文字學史上劃時代的巨著——《說文解字》。

三、許慎與《說文解字》

一代文字學巨匠許慎，字叔重，汝南召陵（今河南郾城）人，生卒年月不詳。《後漢書·儒林傳》載：

> （許慎）性淳篤，少博學經籍，馬融常推敬之，時人為之語曰：
> 「五經無雙許叔重。」為郡功曹，舉孝廉，再遷除洨長。卒於
> 家。初，慎以《五經》傳說臧否不同，於是撰為《五經異義》。
> 又作《說文解字》十四篇，皆傳於世。

又據其子許沖〈上《說文》表〉，知許慎還擔任過太尉南閣祭酒，「本從賈逵受古學」。許慎「博學經籍」、「五經無雙」，不僅撰《五經異義》，尚有《孝經古文說》、《淮南子注》等。這些書都已亡佚，唯《說文》一書，問世以來，代傳不衰。

許慎師從賈逵，賈逵(30-101)爲賈徽之子，賈徽是古文經學開山祖師劉歆的弟子。「逵悉傳父業」，兼通古今經文。建初元年(76)，逵入講北宮白虎觀、南宮雲臺，選高才者二十人傳授《左氏》。八年(83)由諸儒選高才生，傳授《左氏》、《穀梁春秋》、《古文尚書》、《毛詩》。賈逵所著經傳義詁及論難達百餘萬言，爲一代經學之通儒，小學之巨擘[15]。許

---

15 參閱《漢書·賈逵傳》（中華書局，1962）。

愼師從賈逵大約在建初八年(83)，實爲古文經學的傳人。據〈許愼傳〉，馬融(79-166)曾推敬許愼。馬融於永初四年(110)「拜爲校書郎中，詣東觀典校秘書」[16]，許愼亦受詔校書東觀[17]，兩人相識當在此時(馬融當時32歲)。建光元年(121)，許沖上表時，許愼已老病在家，據此可知許愼生於賈逵之後，卒於馬融之先，生活年代在西元30至166年之間。如果我們假定許愼比賈逵小30歲，而卒於許沖上表後五年左右，其生卒年代大約在西元60至125年前後，即東漢明帝至安帝之世[18]。

　　《說文解字》一書初稿成於作〈敘〉之年，即漢和帝永元十二年(100)，這一點由許沖〈上《說文》表〉可推知。許沖說：「愼博問通人，考之於逵，作《說文解字》……愼前以詔書校東觀，教小黃門孟生、李喜等，以文字未定，未奏上。」許愼校書東觀[19]，以《說文》教孟生、李喜，當時《說文》已成，但尚未最後定稿。以永元十二年(100)爲《說文》寫作之始是不對的[20]，《說文》的創作應始於建初八年(83)許愼從賈逵受古學之後的某年。許愼寫作「博問通人，考之於逵」。初稿成於賈逵逝世前一年，即永元十二年(100)，至安帝建光元年(121)才將定稿奉獻皇上。

　　許愼著《說文解字》的時代，正是古文經學興盛，鴻儒通人輩出，文字訓詁高度發展的時代。作爲古文經學家，許愼兼收並蓄，博采通人，吸收劉歆至賈逵以來古文經學家文字訓詁的成果，加上自己創造性的發展，寫成了這部集大成的著作。由古文學家的立場，許愼認爲：「蓋文字者，六藝之本，王政之始，前人所以垂後，後人所以識古，故曰：本立而道

16　見許沖，〈上《說文》表〉，見《說文解字·敘》後，《說文解字》(中華書局，1963)。

17　參閱《後漢書·馬融傳》(中華書局，1965)。

18　許君生卒年，歷來有異說，詳見姚孝遂，〈許愼與《說文解字》〉(中華書局，1983)，頁1-2。

19　校書東觀始於永初四年二月(110年2月)，見《後漢書·孝安帝紀》(中華書局，1965)。

20　這個說法頗爲流行，如段玉裁，《說文解字注》、王力《中國語言學史》、陸宗達《說文解字通論》均主此說。

生,知天下之至賾而不可亂也。」然而,當時的情況卻是,「諸生競說字
解經誼(義)」,俗儒鄙夫,不知曉文字之源流,「未嘗睹字例之條」,
「人用己私,是非無正,巧說邪辭,使天下學者疑」。針對這種情況,許
慎撰著《說文》,「將以理群類,解謬誤,曉學者,達神恉」[21],這可以
說是許慎寫作的直接目的。由於許慎博學慎思,嘔心瀝血,經數十年艱辛
勞動,使《說文》的價值遠超出他的寫作目的,成爲兩漢文字學創立的里
程碑和漢語文字學史上的經典著作。

　　《說文》博大精深,體例嚴謹,既是一部實用性字書,又是一部系統
性論著,下面分而述之。

(一)編排

　　作爲一部實用性字書,如何將眾多單字編排起來,以便索檢,這是一
個既簡單而又複雜的問題。《說文》以前的字書,就現存的《倉頡》殘簡
和《急就篇》而言,均取需用之字,按意義類別編排,綴集成四言或七言
韻語。《說文》在編排上有重大突破。許慎確立的原則是:「分別部居,
不相雜廁。」「其建首也,立一爲端,方以類聚,物以群分,同牽條屬,
共理相貫,雜而不越,據形繫聯,引而申之,以究萬源,畢終於亥。」[22]
《說文》共收字頭9353個,重文1163個,各字的編排充分體現了作者的原
則。

　　全書以「一」爲開端,而以「亥」爲終結,即「立一爲端」,「畢終
於亥」。「始一終亥」的編排,受到當時流行的陰陽五行學說的影響。
《說文》「一」下說:「惟初太始,道立於一,造分天地,化成萬物。」
這種解釋源於《老子》:「道生一,一生二,二生三,三生萬物,萬物負
陰而抱陽,神氣以爲和。」「一」可以「化成萬物」,自然萬物的符號——
文字,也應始於「一」。「亥」下,許慎說:「荄也,十月微陽起,接盛

21　見許慎,《說文解字・敘》,《說文解字》(中華書局,1963)。
22　見許慎,《說文解字・敘》,《說文解字》(中華書局,1963)。

陰……亥生子，復從一起。」「亥」爲十二支之一，古人以十二支與十二月相配。夏曆以十一月配子，爲建子之月，十二月配丑，爲建丑之月，依次類推，至十月，則與「亥」相配，爲建亥之月，至此周而復始，所以「亥而生子，復從一起」，與「始一」相呼應。「始一終亥」並沒有什麼特別的深意，只是爲了將全書的結構設計得更加周密、有理可言而已。

　　《說文》將漢字歸納爲540部，每部各建一首，同首者統攝其下，這是許慎對《倉頡篇》、《急就篇》以來已具萌芽的「分別部居」編排方式的重大發展。《倉頡篇》、《急就篇》將同部首字排列在一起，主要還是按義類編綴章句的自然結果，而許慎發凡起例，通過對漢字結構的解剖、分析並歸納出540部首，以此統攝所有的字，則是文字學史上的創舉。確立了540部首，不僅使字書的編纂方便適用，作爲漢字構成的基本部件，它也是文字學研究的重要成果。

　　《說文》部首與部首之間、字與字之間的排列，則採取「據形繫聯」、「共理相貫」的辦法。如《說文》第一篇共14部，部首先後的順序是：一、二(上)、示、三、王、王(玉)、玨、气、士、｜、屮、艸、蓐、茻。「一」爲一畫，《說文》之始；「上」古文作兩畫，故列「一」之後；「示」從「二(上)」，故次「上」部之後；「三」三畫，承「上」兩畫而次於「示」部後；「王」三畫而連其中，故列「三」後；「玉」篆文也三畫(象三玉之連)，以「｜」貫之，與「王」形近，故次於「王」後；「玨」爲二玉之重，故次於「玉」後；「气」與「三」形近，甲骨文作「三」，篆文作「气」，段玉裁說「象雲起之貌，三之者，列多不過三之意也，是類乎從三者也，故其次在是」[23]；「士」，許慎以爲「從一十」，會意字，因從一，故列於此。從「一」部到「士」部，均由「一畫」「據形繫聯」，可作爲一個小系統。「｜」部爲豎畫，爲「一」畫之豎，所以次於「一」部爲首小系統之後；「屮」，許慎說「草木初生也，

23　見段玉裁，《說文解字注》「气」字下，《說文解字注》(上海古籍出版社，1988)。

象「出形」，故次於「｜」後；「｜」爲「屮」之重，「蓐」從「艸」，「蕍」又爲「艸」之重，由「｜」而下，又構成一「據形繫聯」小系統。《說文》540部首之間，大抵都可「據形繫聯」爲若干小系統，只有「牙、齒」，「鼠、能」，「龜、燕、龍」及天干地支等部屬「共理相貫」的排列方式。

至於每部字的編次，黃侃曾總結如下：

> 大氏(抵)先名後事，如「玉」部，自「璙」以下皆玉名也；自「璧」以下，皆玉器也；自「瑳」以下，皆玉事也；自「瑀」以下，皆附於玉者也；殿之以「靈(灵)」，用玉者也。其中又或以聲音爲次，如「示」部：「禎、禛、祇、禔」相近；「祉、福、祐、祺」相近；「祭、祀、祡」相近；「祝、禴」相近。又或以義同異爲次，如「祈、禱」同訓「求」，則最相近；「禍」訓「害」，「祟」訓「禍」，訓相聯則最相近。大氏(抵)次字之法，不外此三者矣。[24]

總之，單字的編次，以「共理相貫」爲原則。《說文》的編排方法，不僅合乎字書編纂方便實用，利於檢索的要求，而且也充分體現了漢字系統形、音、義的內部規律和相互聯繫性。不過許愼對有些部首形體的分析有誤，部首之間的繫聯也難免失當，而且有些部首所屬無字也單立爲部，就更不必要了。

(二)字體

《說文》所收字體，以「小篆」爲正，兼收「古文」、「籀文」、「奇字」、「或體」、「俗體」等。《說文·敘》說：「今敘篆文，合以古籀。」段玉裁注：「篆文，謂小篆也。古籀，謂古文、籀文也。許重復

---

24 見黃侃，《黃侃論學雜著·論字書編制遞變》(上海古籍出版社，1980)，頁12。

古，而其體例不先古文、籀文者，欲人由近古以考古也。小篆因古籀而不變者多，故先篆文正所以說古籀也。隸書則去古籀遠，難以推尋，故必先小篆也。其有小篆改古籀，古籀異於小篆者，則以古籀附小篆之後，曰『古文作某』、『籀文作某』，此全書之通例也。其變例則先古籀後小篆……皆由部首之故也。」段玉裁對「今敍篆文，合以古籀」的闡釋，十分詳明。對《說文》所收字體，我們下面分別予以說明。

　　小篆：即上章所述經秦始皇時代整理的標準字體，許慎以之為正體，字頭所列，基本上都是小篆。有時所收重文注明為篆文者，則正字就未必是小篆。如：

上　「二，高也，此古文上……上，篆文上。」（一上・上部）

宋　「𡩡，悉也，知、宋諦也，從宀從釆。𪾳，篆文宋，從番。」段注：「然則宋，古文、籀文也。不先篆文音，從部首也。」（二上・釆部）

𩰲　「五味盉羹也。從䰜從羔……𩱧，𩰲或省。𪏛，或從美𩰲省。羹，小篆從羔從美。」段注：「此是小篆，則知上三字古文、籀文也，不先小篆者，此亦『上』部之例。」（三下・弼部）

　　上述變例，「上」字下段注說：「凡《說文》一書，以小篆為質，必先舉小篆，後言古文作某。此獨先舉古文，後言小篆作某，變例也。以其屬皆從古文『上』，不從篆文『上』，故出變例而別白言之。」重文注明為小篆、篆文者，還有「隸、學、爽、舄、巽、虞、全、射」等三十餘字，與《說文》所收字數相比只占千分之三左右，無疑是變例。段玉裁指出這種變例均為牽合部首之故，是很正確的。篆文屈居重文之位，則正篆不是古文，即是籀文。「上」之下許慎注明是「古文」，一般未曾注明的，或古或籀，就難以斷言了，只有利用古文字資料加以比勘才能確定。

　　籀文：即小篆的前身「史籀大篆」，為「周宣王太史籀著大篆十五

篇」中的文字，因取自《史籀篇》，故稱「籀文」。《說文》所列籀文，都是因結構與篆文相異，留存以備參照。如「旁」，籀文作「雱」；「祺」，籀文作「禥」；「迟」，籀文作「遟」；「裡」，籀文作「窒」，均因結構不同而保存。《說文》注明籀文的雖只有二百多個，但《說文》所包含的及許慎所見到的實不止此。小篆爲字體發展的一個階段，它既然取自史籀大篆或頗省改，那麼必定有一部分形體篆、籀相同，而未加省改的，這種情況下篆也即籀。如《說文》「人」下說：「天地之性最貴者也，此籀文，象臂脛之形。」這是以籀入篆的明證。但是，這樣明文注出的畢竟是極少數。王國維說：「如段玉裁所言，古籀所有而篆文所無，則既不能附之於篆文後，又不能置而不錄，且《說文》又無於每字下各注此古文、此籀文、此篆文之例，則此種文字必爲本書中之正字，審矣。」[25]

古文：就《說文・敘》看，至少有兩層意思：一是專指壁中書所用的字體，一是泛指先秦文字。《說文・敘》說：「(王莽)時有六書，一曰古文，孔子壁中書也。」又說：「郡國亦往往於山川得鼎彝，其銘即前代之古文。」《說文》所稱古文近五百字，主要出自壁中書和張蒼所獻《春秋左氏傳》。《說文》收列古文體例，大抵與上述籀文相類。一般情況下，《說文》凡篆文下別出古文，則注明「古文」字樣，如「旁」下「㫄，古文旁；𣃟，亦古文旁」。有時古文形體結構特殊，尚附加說明，如「紫」下「𦃃，古文紫，從隋省」，「君」下「𠱩，古文，象君坐形」，「唐」下「啺，古文唐，從口易」，等等。古文入篆作正文的情況，與籀文相似，凡重文注篆文者，則正字非古即籀，須區別對待。凡重文有篆文、籀文者，則正字必爲古文，如「盧」字之下既出籀文，又出篆文，其正字必爲古文。有些字不出重文，但許慎於注釋語中或有所吐露，也可確定正字爲古文，如：「兒」下說「古文奇字人也」；「首」下說「百同古文百

---

25 見王國維，〈《說文》「今敘篆文，合以古籀」說〉，《觀堂集林》(中華書局，1959)，頁318。

也」，則「百」爲古文；「大」下說「天大地大人亦大，故大象人形，古文大」。有時仿古文而製爲正篆的，許愼也有注明，如「革」，「象古文革之形」；「弟」，「從古文之象」；「民」，「從古文之象」；「酉」，「象古文酉之形」。至於古文與篆文同而入正篆者，就無法搞清楚了。《說文》所收古文，大都出自壁中書和張蒼所獻《春秋左氏傳》，其字體雖詭異多變，除因傳抄致誤外，實際均爲戰國時文字。近幾十年來，多次發現的戰國文字已很好地證明了這一點。

奇字：《說文・敍》說，王莽時六書，「二曰奇字，即古文而異者也」。段玉裁注：「分古文爲二，『兒』下云：『古文奇字人也。』『無』下云：『奇字無也。』許書二見。蓋其所記古文中時有之，不獨此二字矣。揚雄傳云：劉歆之子棻，嘗從雄學奇字。」「奇字」爲「古文」的特異寫法，蓋出於古文逸經，應屬古文一類，也爲戰國文字。許愼注明奇字者，尚有「倉」下之「仺」，古璽文字「倉」即如此作。

或體：即同一字之異形異構。王筠說：「《說文》之有或體也，亦謂一字殊形而已。」[26]一般說來正篆之外之異體，都是「或體」，但《說文》於古籒奇字皆有注明，那麼「或體」主要指的是篆文異體。《說文》重文絕大多數是或體字，在說解中往往列出或體字，指明「某或從某」，分析結構之不同。如「瓊」作「璚」，「或從矞」，作「瓗」，「或從巂」，又作「琁」，「或從旋省」。「或體」與古籒的不同，在於古籒與篆文有時代層次之別，而「或體」可能有些是不同時代造成的異形分歧，流傳下來，並存使用，更主要的則是處於同一時代層次中的異體。

俗體：即時俗所用之異體文字，也就是漢代流行的、不合於正篆的異體，故謂之「俗體」。如「誌」下說「俗譏從忘」，「魷」下說「俗鱇從光」，「凝」下說「俗冰從疑」，等等。許愼在書中注明的「俗體」，後代大多變爲正體。由此可知，許愼所說的「俗體」，主要是相對於秦篆而言的，許愼「今敍篆文」，自然非秦篆的漢代時俗通用字就降到「俗

26　見王筠，《說文釋例》卷五(世界書局影印本，1936)。

「體」的地位了。

(三)說形

　　《說文》作為字書的最大特點，就是以形為主，通過字形結構的分析，揭示形、音、義之間的內在關係和文字構造條例。段玉裁說：「《說文》，形書也。凡篆一字，先訓其義，若『始也』、『顛也』是；次釋其形，若『從某某聲』是；次釋其音，若『某聲』及『讀若某』是。合三者以完一篆，故曰形書也。」[27]「形書」概括了《說文》析形釋義的特點。許慎以前的文字書，「《倉頡》、《訓纂》、《滂熹》及《凡將》、《急就》、《元尚》、《飛龍》、《聖皇》諸篇，僅以四言七言成文，皆不言字形原委。以字形為書，俾學者因形以考音與義，實始於許」[28]。許慎創造「因形以考音與義」的解說體例，建構一個以形為核心的字書體系，是適應其撰寫動機的結果。而且，字形分析的方法經周秦的萌芽，兩漢的發展，尤其是古文學家的推闡，到許慎已有了全面系統運用的可能。許慎的功績，在於發展了漢字分析的理論──「六書」，並且以這種理論統貫「說文解字」的整個過程中。許慎的「六書」雖然與班固、鄭眾同出一師，但只有他對「六書」做了具體的界定，並用於「說文解字」的實踐。下面我們具體介紹一下「六書」在《說文》中的運用。

　　「一曰指事，指事者，視而可識，察而見意，上下是也。」許慎對指事的界說比較含糊，只概括了指事字的特點，因此，造成歷代對指事理解的分歧，尤其是落實到具體字的分析上，常與象形、會意混淆。《說文》標明指事的只有「上、下」二字，「二，高也，此古文上，指事也」，「二，底也，指事」。段玉裁認為，「上、下」二字古文由兩畫組成，甲骨文可證明這一推論的正確性。就這兩個字看，指事是抽象符號的組合，

27　見段玉裁，《說文解字注》「一」部「元」字下、「一」字下，《說文解字》（上海古籍出版社，1988）。

28　見段玉裁，《說文解字注》「一」部「元」字下、「一」字下，《說文解字》（上海古籍出版社，1988）。

上短下長爲「上」，下短上長爲「下」，兩畫相對長短變化構成「上、下」的概念。段玉裁於「上」字下注曰：「凡指事之文絕少，故顯白言之，不於『一』下言之者，『一』之爲指事，不待言也。象形者，實有其物，日月是也；指事者，不泥其物而言其事，上下是也。」根據古文字資料，我們認爲「指事」的「指」是標指，即用符號標指的意思，「事」即字義，而且大多數表示較抽象的事物、概念。指事可分爲兩大類，一是由純粹符號組合而成的，可謂「符號指事」，一是在象形字的基礎上加「標指」符號構成的，可謂「因形指事」。這兩大類在《說文》注釋中都有體現，如「一、二、三、四、五、七、八、十」等數字，許愼均未作明確的字形分析，都是「指事字」。甲骨文中這些字的寫法與小篆不盡相同，它們可能來源於很古老的刻畫記事符號，許愼對字形不加說明，又未按通例注明「闕」字，這些就是段玉裁所指出的「不待言」一類的指事字，即純粹符號組合而成的指事字。而「叉」下說「手指相錯也。從又，象叉之形」；「叉」下說「手足甲也。從又，象叉形」；「刃」下說「刀堅也，（從刀），象刀有刃之形」；「亦」下說「人之臂亦（腋）也。從大，象兩亦（腋）之形」。許愼說解這些字的字形時，採用了「從某，象某某之形」的格式，這是許愼分析「因形指事」字的通例。「從某」指明所因之形，如「又、刀、大」之類，依從這些基本字形，加上標指性符號，指明字義之所在，用「象某某之形」，啓發人們根據那些符號去「察而見意」。這些字除去所從之形外，剩下的都是不成字的抽象點畫符號，這些符號的作用就是標指字義所在。據此，我們可以與變形象形字解說的「從某，象某之形」區分開來。有時，許愼將標指符號點明，這就更容易理解了，如：「立」，「從大立一之上」；「本」，「從木一在其下」；「末」，「從木，一在其上」。這些字中的「一」都是標指符號，許愼通過說明標指符號的位置，來揭示指事字字義之所在。由此可見，許愼指事的定義儘管不甚明確，但他對指事字的分析還是有例可尋的。

　　「二曰象形，象形者，畫成其物，隨體詰詘，日月是也。」許愼對「象形」的界說比較明確。「畫成其物」是象形字構造的主要特點，「隨

體詰詘」表明象形字構成的一般方法。當然，作爲一種文字符號，所謂
「象形」，「象」的程度仍是有限的，大多是「彷彿其意」，體現出對象
的特徵即可。《說文》分析象形字的體例是標明「象形」或「象某之
形」，甚至指出象形字各部分與記錄對象的關係。如：

口　人所以言食也，象形。（二上・口部）
爪　覥也。覆手曰爪，象形。（三下・爪部）
自　鼻也，象鼻形。（四上・自部）

還有一類象形字，因其結構特殊，許愼的說解也因之而異，如：

眉　目上毛也，從目，象眉之形，上象額理也。（四上・眉部）
果　木實也。從木，象果形在木之上。（六上・木部）
巢　鳥在木上曰巢，在穴曰窠，從木，象形。（六下・巢部）
黍　木汁，可以髹物。象形。黍如水滴而下。（六下・黍部）

以上四字，既指出「象形」，又指出「從某」，舊以爲合體象形字。如果
我們稍加分析，可以發現這些字的字義並不在「從某」部分，只是字義所
在部分均難以取象，或特徵不明顯，需要從屬一定的主體才能表達。上列
四字，除掉「目」和「木」，剩餘的部分就不知是什麼了，當和「目、
木」結合一體，其形義關係就昭然可揭。這是象形字構造的一種方法，甲
骨文、金文中的「次、齒、須、髭、州」等都是這樣的結構。許愼在解釋
這類象形字時，先指出「從某」，再說明爲「象形」或「象某之形」，就
清楚地揭示了這類字形的特點。與「指事字」中的「從某，象某之形」
比，這類字的每一部分均實有其物可象，而不存在指事符號，分別是明確
的。與此相類，還有一部分因某一象形字變形而構成的獨體象形字，許愼
也採用「從某某」、「從某，象形」或「象某之形」的解說方式。如：

　　匕（huà）　變也。從到人。（八上・七部）

　　矢　傾頭也。從大，象形。（十下・矢部）

　　交　交脛也。從大象交形。（十下・交部）

這些字中的「從某」主要是指明其形所本，屬於變形象形字。由此可見，許慎分析象形字的體例是十分嚴密的，既注意到通例，也兼顧到變例。

　　「三曰形聲，形聲者，以事爲名，取譬相成，江河是也。」形聲字由兩部分組成，表示意義範疇的，稱之爲「形符」或「義符」，記錄字音的部分稱爲「聲符」。凡形聲字，許慎均以「從某，某聲」分析其形。如：

　　祥　福也。從示，羊聲。（一上・示部）

　　頂　顛也。從頁，丁聲。（九上・頁部）

　　囹　獄也。從口，令聲。（六下・口部）

　　袤　衣帶以上。從衣，矛聲。（八上・衣部）

　　辮　交也。從糸，辡聲。（十三上・糸部）

上列形聲字包括形聲兩部分組合的不同方式，「從某，某聲」的分析雖很簡潔，但可以據「從某」確定其意義範圍，據「某聲」掌握其讀音，並正確認識形聲兩部分的組合關係。對「多形多聲」、「省形省聲」兩種變例，許慎的解說則稍有改變。如：

　　寶　珍也。從宀，從玉，從貝，缶聲。（七下・　部）

　　柩　棺也。從匚，從木，久聲。（十二下・匚部）

　　韲（齏）　墼也。從韭，次、弟皆聲。（七下・韭部）

以上「多形多聲」之字，許慎用「從某，從某」，指明一字之中所含有的兩個以上的「形符」，前兩字即是；用「某某皆聲」，指明同一字含有的兩個「聲符」，後一字即是。「多形多聲」的分析作爲變例，爲數較少。

由此可知，許慎分析字形儘量做到一點一畫，窮根求源，將每一字分析到最小結構單位爲止。當然，如果從文字發展史的角度考察，這種分析未必科學。「多形多聲」並非處於同一層次，也即造字時並非同時選取兩個以上的形符或聲符，而是在文字發展中逐步形成的。如「寶」本爲會意字，後加聲符「缶」，原會意字就成爲相對的形符，按形成的過程，只應採用二分法，原會意字的各個部分，如「宀、玉、貝」並非分別作形符（即多形），而是整體充當形符。有些字本爲形聲字又贅加形符或聲符，乃是由於原形符的作用失去或聲符不能再記音而作的調整，也都應按形成的過程，採用二分法，不必把它們拉入同一平面解剖。「省形、省聲」的解說，作爲變例，卻很有必要。如：

高　小堂也。從高省，冋聲。（五下・高部）

郶　夏后時諸侯夷羿國也。從邑，窮省聲。（六下・邑部）

許慎解說「省形省聲」的通例是，以「從某省」、「某省聲」的方式指出所從省之字。「省形省聲」現象，是漢字形體由繁而簡發展的自然結果，正確揭示未省之原形，對省後結構可以獲得合理的解釋，有一定的必要性。《說文》一書揭明省形之例少，省聲者多達三百餘個。由於許慎所見材料的限制，不少省聲字是不可靠的，利用古文字材料，可以糾正許慎的若干錯誤。

「四曰會意，會意者，比類合誼（義），以見指撝，武信是也。」會意字由兩個以上單字組成，利用字與字之間的形義關係，相互比合，構成新字。許慎分析會意字的通例是「從某某」、「從某從某」，也有進一步分析會意字各部分的含義或不同部件的關係。如：

及　逮也。從又從人。（三下・又部）

曓　晞也。從日，從出，從収，從米。（七上・日部）

祭　祭祀也。從示，以手（又）持肉。（一上・示部）

「及、暴（暴）」比較容易理解，許慎只指出「從某某」，會意之理觀之可悟；「祭」字，字形與字義間的關係不十分直接，許慎則作進一步的說明。從「示」，只表示與鬼神之事有關，「以手持肉」，則是用手拿著祭品，這樣字形與字義之間關係就揭示明白了。《說文》還分析了一類兼聲的會意字，對這類兼形聲會意於一體的字，許慎用「從某某，某亦聲」的體例，既揭示各偏旁與字義的關係，又指明某偏旁兼表聲的功能。如：

政　正也。從攴，從正，正亦聲。（三下・　部）

瞑　翕目也。從目冥，冥亦聲。（四上・目部）

娶　取婦也。從女從取，取亦聲。（十二下・女部）

會意兼聲字，許慎屬之於會意變例，先指明會意關係，再附帶指明「亦聲」，強調某些偏旁在會意字中兼有表意記音的雙重功能。

《說文》說形大致不出以上「四書」及其變例，對有些字形無法解釋清楚，許慎採取「闕如」的態度，留待來者，這是一種實事求是的精神。至於「六書」中的另外兩書，在《說文》的字形分析中沒有反映出來，我們也略作交代。許慎說：「五曰轉注，轉注者，建類一首，同意相受，考老是也；六曰假借，假借者，本無其字，依聲托事，令長是也。」從許慎以後，「轉注」就成了難解之謎，至今未能取得一致的意見；本書第三編第一章我們再詳細介紹。「假借」則指的是依聲借形現象，較易理解。總之，許慎從漢字結構特點入手創立的字形解說體例，不僅是字書編輯的重要突破，也是文字學理論的巨大飛躍。「六書」指導了《說文》的字形分析，《說文》的字形分析又為「六書」理論提供了全面系統的實證，因此，「六書」既是了解《說文》字形解說體例的管鑰，又是把握兩漢文字學理論的綱領。自許慎以後，「六書」一直作為漢語文字學的核心理論問題，為歷代治文字學者所重視。

(四)釋義

　　《說文》偏重於揭示構字的本義，使釋義與說形相輔相成，因此，《說文》的釋義不只是先秦以來詞語訓釋的簡單滙集，也凝聚著許慎字義研究的心血。在釋義的體例和方法上，《說文》也集中反映了兩漢訓詁學的成果。《說文》釋義的方法，主要有以下四種：

　　其一，同義爲訓，即選擇同近義字相訓釋。這是漢代以前最通行的訓釋方法。如「祿，福也」，「祥，福也」，「祉，福也」，「禎，祥也」，「祐，助也」，等等，都是以意義相同或相近的字相訓釋。有些字則「輾轉互訓」，如「足」部：「躓，跲也」，「跲，躓也」；「蹎，跋也」，「跋，蹎也」；「蹲，踞也」，「踞，蹲也」，等等。「同義爲訓」，是漢語訓釋中較爲原始的方法，用以解釋各字本義就顯得籠統，如「祿、祥、祉」都是「福」的意思，就難以看出其區別，這與許慎揭示具體字的構造本義的設想就有差距。而「輾轉互訓」的缺點就更加明顯了，如果互訓的雙方均爲難識字，這種訓釋有等於無。

　　其二，同音爲訓，即選擇同音或雙聲、疊韻字相訓釋，也就是所謂「聲訓」。「同音爲訓」的字，不僅語音相同或相近，意義也相通。利用這種訓釋方法大多兼及推索命名由來。如「一」部：「天，顚也。」段玉裁注：「此以同部疊韻爲訓也。凡『門，聞也』，『戶，護也』，『尾，微也』，『髮，拔也』皆此例。」《說文》採用「聲訓」的爲數不少，如「上」部「帝，諦也」，「旁，溥也」，所屬兩字，皆用「聲訓」。「聲訓」的方法是語言學的，注重音義相貫和詞語系統的內部關係，但是，如果缺乏充分的依據就易出現主觀穿鑿的毛病，其命名由來的推索也不盡可信。

　　第三，注明來源，即在釋義的同時，指出該字義之來源，兼明構字之理。如「示」部以下諸字：

　　禎　以眞受福也。從示，眞聲。

神　天神引出萬物者也。從示，申聲。

祇　地祇提出萬物者也。從示，氏聲。

柴　燒柴(柴)焚燎以祭天神，從示，此聲。

祏　宗廟主也。《周禮》有郊宗石室。一曰大夫以石為主。從示
　　從石，石亦聲。

這些字的釋義，主要是注明字義所從受，揭明形、音、義的來源，如釋語中「眞」與「禛」，「柴」與「柴」，「石」與「祏」，屬同聲相訓；「提」與「祇」，「引」與「神」，也屬音近字相訓。就這些單字而言，與「聲訓」相同，但它們均暗合於釋語之中，重點是注明被釋字字義來源，以解說其形體構造。

第四，標定義界，即用準確、簡潔的語言解釋字義所概括的對象的本質與特性。如：

吏　治人者也。從一從史，史亦聲。（一上・一部）

琢　治玉也，從玉，豖聲。（一上・玉部）

熏　火煙上出也。從屮從黑，黑，熏黑也。（一下・屮部）

赳　輕勁有才力也，從走，丩聲。（二上・走部）

貘　似熊而黃黑色，出蜀中。從豸，莫聲。（九下・豸部）

這些字的解釋，或下斷語，或描述特徵，都比較準確、簡明，揭示出被釋字義的內涵。

《說文》的釋義是古代詞語訓詁的寶藏，從語言學角度，可以總結、發掘出很多有價值的東西。就一部文字學著作而言，我們則應更多注意許慎字義研究與字形分析相互依存的特點，以及這些釋義方式對後代字書釋義的影響。在大量推求字的本源的釋義中，我們可以體會到許慎以形說義、以義釋形、推究萬源的苦心。揭示字形構造本義，本身是一項十分艱難的工作，自然難於避免錯誤，如許慎關於虛詞、天干地支等許多字形、

義關係的解釋都搞錯了。但是絕大部分字的解釋是對的，如他說「自，鼻也，象鼻形」，「疒，倚也。人有疾病，象倚箸之形」，「朁，廢也，一偏下」，等等，這些字形或字義在古籍中都難尋確證，甲骨文中則保存了它們較原始的面貌，證明許慎的解釋正確無誤。類似的例子，《說文》隨處可見。此外，在釋義時，許慎常引用書面語言材料甚至方言俗語以爲佐證，這也開後世字書羅列書證之端。

(五)注音

作爲一部字書，許慎編著時充分考慮它「正謬誤，曉學者」的實用價值，注音自然成了不可忽視的方面。《說文》時代尚未有更先進的注音方法，許慎採用的方法，一是分析形聲字，指明「某聲」，但這主要是爲了分析形聲字的構造，兼及指明造字的讀音。問題在於有相當一部分字不是形聲字，無「聲符」注音，或本是形聲字，因字音的變更，漢代的讀音與聲符並不一致。針對這些情況，許慎還採用了當時通行的「讀若」注音法，對稀見之字或需注讀音的，皆注明「讀若某」[29]。《說文》的「讀若」注音，可分爲兩類：

其一，用同音字直接注音，說明「某讀若某」，如「珣」，「讀若宣」；「璹」，「讀若淑」，這是主要的標注方法。有時還用「讀與某同」的格式，如「厷」，「讀與私同」。「讀與某同」亦即「讀若某」[30]。

其二，引證具體語言材料，來限定注明讀音的。如：

橐　讀若春麥爲麳之麳。(一上・示部)
珛　讀若畜牧之畜。(一上・玉部)

29　對《說文》「讀若」的功用，段玉裁說：「凡言讀若者，皆擬其音也。」（「示」部「橐」下注）或以爲「讀若」專注假借，或以爲兼注音讀與假借，均不足取。

30　段玉裁注：「凡言讀與某同者，亦即讀若某也。」見《說文解字注》（上海古籍出版社，1988）。

犥　讀若糗糧之糗。（二上・牛部）

扶　讀若伴侶之伴。（十下・夫部）

遏　讀若桑蟲之蠍。（二下・辵部）

這些例子都是通過引用日常詞語中熟悉的同音字來注音，比直指「讀若某」更爲淺近明確。下面則是引用書面語材料來注音的，如：

眓　讀若《詩》云「泌彼泉水」。（四上・目部）

趕　讀若《春秋傳》曰「輔趕」。（二上・走部）

辵　讀若《春秋公羊傳》曰「辵階而走」。（二下・辵部）

諮　讀若《論語》「跢予之足」。（三上・言部）

《說文》所用來注明讀若的書面材料，主要是漢代通行經典，在讀經成風的時代，用人們熟誦的文句中包含的同音字注音，在當時不失爲一種辦法，現在看來局限就很明顯了；如果對所引書面材料不熟，就達不到注音的目的，尤其像「趕、辵」等字，取經書中同字相注，就更不科學。許慎有時還調動方俗異語中的詞語來注音，如：

餳　讀若楚人言恚人。（五下・食部）

尳　讀若楚人名多夥。（八下・尣部）

鬗　讀若江南謂酢（醋）母鬗。（九上・髟部）

嬻　讀若蜀郡布名。（十二下・女部）

《說文》引方言中的同音字來注音，大約是一時找不到適合的同音字不得已而爲之。作爲通用字書，以方言標音，有著很大的局限性。不過《說文》「讀若」引用的語言材料主要是日常用語和經典詞句，引方言俗語的爲數極少。

另外，有相當一部分形聲字，許慎已指出其聲符，而「讀若」字又用

同聲符的形聲字甚至同一聲符(即「聲讀同字」)來標注。如「芮」內聲，「讀若汭」；「跛」皮聲，「讀若彼」；「喋」集聲，「讀若集」；「瑂」眉聲，「讀若眉」。對此，前人多不能理解，其實這種現象說明：(1)許慎分析形聲字的結構，指明聲符，只是從構形原理上著眼，主要目的不在於標明字音；(2)形聲字聲符系統的讀音，許慎時代已發生了很大的分歧，同聲符字之間，形聲字與聲符之間的讀音已不一致；(3)許慎「讀若」選取的字，是代表當時的實際讀音的，也就是說「讀若」是標注漢代音，聲符只代表文字構造時的讀音。

總之，許慎用「讀若」注音，主要是考慮其著作的實用性特點。儘管「讀若」注音是一種較古老、原始、落後的方法，但許慎能以異文、通假字、重文作「讀若」字[31]，對語言材料中的同音字，可以說是做了最佳的選擇。他利用口語和書面語材料注「讀若」，也是頗費一番苦心的。

以上我們從「編排」到「注音」等五個方面，對《說文》的內容和體例做了簡單的評介。通過介紹，我們可以看到《說文》具有一部實用性字書和系統的文字學理論著作的雙重特徵。《說文》問世後，它不僅成為歷代字書編纂的法典和訓詁學的寶藏，而且也奠定了傳統文字學的基本格局，是漢語文字學史上影響最深遠的一部著作。《說文》的價值和影響，從文字學角度看，主要有以下幾個方面：

1. 備列古、籀、篆文，是古文字資料的寶庫。

許慎敘篆文合以古、籀，收列九千多小篆，五百多古文，二百多籀文，對古文字系統進行了一次全面整理，較好地處理了古、籀、篆文的關係，保存了大量有參照意義的古文、籀文形體和篆文重文。《說文・敘》略述了籀文(大篆)、古文、篆文之間的關係，揭示了漢字形體因時代、社會而變更的歷史，有著鑿破鴻蒙、廓清源流的功績，這對批駁當時今文學

---

31 楊樹達，〈《說文》讀若探源〉謂「讀若」所本有四：(一)本經籍異文；(二)本通假之字；(三)本文字重文；(四)本前人成說。見《積微居小學述林》(中華書局，1983)。

家所持的漢字靜止觀，有著重要意義[32]。許慎漢字發展的歷史觀點，合乎漢字發展的史實，爲歷代論述文字源流演變者所遵從。《說文》保存的古、籀、篆文形體，也成爲闡述漢字演變的主要依據。近代甲骨文發現以後，古文字研究蓬勃興起，《說文》保存的資料則成爲研究古文字極爲寶貴的借鑑。「由許書以溯金文，由金文以窺書契(甲骨文)」，是研究甲骨金文的學者的秘訣。在古文字的考釋中，依據古、籀、篆文所認識的字，占已識字的絕大部分。如果沒有《說文》一書保存的古文字資料，甲骨文沈埋三千多年重新發現後的辨認，幾乎是不可想像的。《說文》被譽爲研治古文字的「橋梁」，足見其價值和對古文字學的深刻影響。

2. 闡發條例，奠定了文字學的理論基礎。

《說文》在漢語文字學理論的研究中，歷來被奉爲經典。許慎對文字學理論的闡發，集中於《敘》文，貫穿於全書，涉及到文字學許多重要問題。對文字的起源，許慎綜括前人傳說，認爲庖犧氏之作八卦、神農氏之結繩而治，皆爲文字的遠源，因這種方式無法適應「庶業其繁」的社會進步，而致「飾爲萌生」，倉頡才始造書契。這種發生學的推導，基本精神合乎人類由實物記事、符號記事到文字記事的發展規律。對文字的功用，許慎認爲文字的產生使「百工以乂，萬品以察」，並指出文字是「經藝之本，王政之始，前人所以垂後，後人所以識古」的憑藉，這就清楚地揭示了文字記錄語言、傳遞人類文明的根本性質，闡明了文字的重要社會功用。許慎進一步發展了「六書」理論，在文字學史上第一個比較系統地闡述了漢字構造和運用的規律，全書的字形分析是對其理論的應用和驗證。「六書」的創立和運用，奠定了漢語文字學的理論基礎，它對漢字形、音、義內在關係的揭示和概括，簡潔而又實用。許慎之後，「六書」一直是傳統文字學的核心問題，成爲歷代文字學家研究漢字的指導理論，至今在古漢字的分析與研究中仍發揮著重要作用。許慎開創的以形爲主，因形

---

32 《說文・敘》：「諸生競說字解經誼，稱秦之隸書爲倉頡時書，云父子相傳，何得改易……又見《倉頡篇》中『幼子承詔』，因號古帝之所作也，其辭有神仙之術焉。」見《說文解字》(中華書局，1963)。

以說音、說義，三者互求，轉相發明的獨特的研究方法，適應於漢字構造的特點，到目前爲止，還是研究漢字的行之有效的基本方法。

3. 構造系統，爲歷代字書編纂的楷模。

《說文》是一部系統嚴密的字書，許慎獨創的以540部首統率各部之字的編排方法，是對漢字系統形體內部關係的重大發現。段玉裁《說文‧敘》注指出：「五百四十字可以統攝天下古今之字，此前古未有之書，許君之所獨創，若網在綱，如裘挈領，討原以納流，執要以說詳。」部首編排法自《說文》問世後，爲歷代字書編纂所使用，雖然分合增刪有些調整，但是總體上都是以許慎的分部爲範本的。《說文》每字之下的解說，先釋其義，次釋其形，再注其音，兼及形、音、義三個方面。這種說解體例，充分考慮到漢字形、音、義的內在聯繫性，正如段玉裁所說：「必先說義者，有義而後有形也；音後於形者，審形乃可知音，即形即音也。合三者以完一篆，說其義而轉注、假借明矣；說其形而指事、象形、形聲、會意明矣；說其音而形聲、假借愈明矣。一字必兼三者，三者必互相求；萬字皆兼三者，萬字必以三者彼此交錯互求。」[33]《說文》形、音、義相輔相成的解說方式，是許慎研究漢字的方法和成果在字書編纂方面的應用。許慎建構的編排和解說系統，使《說文》具有雙重特點：就其功用而言，它是一部實用性「字書」；就其內涵而言，它則是一部研究性文字學專著。正因爲這種雙重性，漢語文字學和漢字字書的編纂均以它爲淵源。後世的字書，正是以《說文》爲編纂的楷模，凸出其應用性、工具性，不斷完善和發展起來的。而漢語文字學也崛起於許慎奠基的這塊土地上。

4. 窮根析源，是統一規範文字的典要。

北齊顏之推說：《說文》一書，「隱括有條例，剖析窮根源。鄭玄注書，往往引以爲證。若不信其說，則冥冥不知一點一畫有何意焉」[34]。許慎對古文字系統所做的全面整理和深入分析，使《說文》自問世後，就成

---

33 見段玉裁，《說文‧敘》注，《說文解字》（中華書局，1963）。
34 見顏之推，《顏氏家訓集解‧書證》（上海古籍出版社，1980），頁458。

爲文字學的權威著作，對文字的規範和統一產生了積極的作用。秦統治日短，又以小篆作爲統一文字的範本，在實際使用中，由於隸書運用的廣泛，「書同文字」的任務完成得並不徹底。1970年代以來出土的秦漢簡牘帛書上的文字，異形分歧很嚴重，可以說明這一點。許慎時代，漢字解說和使用的混亂仍是相當凸出的，一方面是俗儒鄙夫，「未嘗睹字例之條」，隨心所欲地說解文字，如「馬頭人爲長，人持十爲斗」之類；另一方面則是文字書寫中的嚴重訛誤，不規範字流行於世，如「一縣長吏，印文不同」，「城皋令印，『皋』字爲『白』下『羊』；丞印『四』下『羊』；尉印『白』下『人』，『人』下『羊』」[35]。璽印作爲符信，同縣令吏，一個「皋」字就有如此多的異形，可想見當時一般人使用文字的混亂之甚了。鑑於這種狀況，東漢永初四年(110)，「詔謁者劉珍及五經博士，校定東觀《五經》、諸子、傳記、百家藝術，齊整脫誤，是正文字」[36]。《說文》創作的一個很直接的動機，就是要澄清文字運用中「人用己私，是非無正」的混亂。由於《說文》的權威性，在規範統一文字方面，它的作用是顯著的。《說文》確定正篆，區別異俗，闡釋形、音、義相因之理，使巧說邪辭不攻自破。在隸書正體化和隸書楷化的過程中，《說文》同樣發揮著指導作用。隸書楷化，其結構較隸書對篆書的變更要小得多。而隸楷之變始於東漢，《說文》整理的正篆是楷書的形成和定型的重要參考依據。歷代字書對文字的定形、正音都發揮了重大的作用，而《說文》作爲歷代字書的楷模，其功績也是不可磨滅的。因此，《說文》一書，無論在當時還是以後，都被視爲漢字統一規範的典要之作。至於後世不通古今、拘泥守舊者，盲目尊崇《說文》，對文字的任何發展都持否定態度，那就是不知通變了，這是許慎所始料不及的。

　　雖然我們充分肯定了《說文》在文字學史上的重大價值和貢獻，但是，我們不否認《說文》一書尚有一些不完善、不科學之處，如上文談到

35　參閱《後漢書·馬援傳》注引《東觀記》(中華書局，1965)。
36　見《後漢書·孝安帝紀》(中華書局，1965)。

的在釋義方法、注音方式等方面存在的問題。今天看來，《說文》比較凸出的問題有兩個方面：一是字形解說有誤。許慎以字形爲依據，探求本字本義。然而他以篆文爲主，參以古籀。篆文已是古文字發展的末流，而古籀也非最早的形體，尤其古文，爲戰國文字，詭變甚烈，這就使他立說的根基顯得不夠堅實。利用演變後的字形，由此探求造字之初意，以求「達神恉(旨)」，不可避免地會帶來錯誤。儘管許慎以其驚人的卓識，將這種錯誤控制在最低限度內，但全書剖析字形不當、解說字形失誤者仍不在少數。隨著古文字學的日益發展，這方面的錯誤也就被逐漸地揭示出來了。二是字義闡釋不確。許慎採用以形說義，形、音、義互求的基本方法是一個重要創造，《說文》的成就與這一方法的運用有著直接的關係。但是，許慎「博采通人」、「稽撰其說」時，則有選擇不精，與自己撰述目的相違背的地方。如「鳳」下引天老說，「王」下引董仲舒、孔子說，「嫦」下引《甘氏星經》說，「易」下引《秘書》說，「禿」、「無」下引王育說等，顯然爲附會之辭，與構字本義無緣。如果說這僅是存異說，還不能算是許慎的大過錯，那麼，在不少字義的解釋上，許慎明顯地吸取了陰陽五行學說，這就與他「達神恉」的目的大相徑庭了。從「始一終亥」的編排，到「王」、「玉」、「數字」、「天干」、「地支」等具體字的解說，都清楚地打下了「陰陽五行」的烙印，這顯然影響了《說文》的科學性。還有些釋義的不正確，是由於對字形本身理解有偏差而勉強推究其理，或運用不可靠的「聲訓」等原因造成的。《說文》的缺點和不足，今天看來就像它的優點一樣明朗。作爲一門學科的奠基性著作，我們不能要求它盡善盡美。經歷了二千年的歷史檢驗，《說文》愈發顯示出它自身的價值。段玉裁曾讚歎說：「無《說文解字》，則倉籀造字之精意，周孔傳經之大恉，薶縕不傳於終古矣!」[37]段氏的評說，並非誇飾。《說文》澤被後世，輝映千古，對漢語文字學發展歷史所產生的影響，是任何一部著作都無與倫比的！

37　見段玉裁，《說文解字注》卷下十五(上海古籍出版社，1988)，頁784。

第二編
文字學的消沉時期
(魏晉—元明)

　　漢語文字學以許慎《説文》的問世宣告創立並形成了第一座高峰。東漢以後，由魏晉延至元明，中國的歷史向前推進了約一千五百年，封建制度發生了由盛而衰的巨大變化。中華民族經受過分裂、戰亂、災荒的侵擾，也出現過統一、和平、繁榮的盛世，各種學術文化隨時因勢，興廢更替，異彩紛呈。然而，漢語文字學在這漫長的時期卻發展緩慢，與此前的創立期相比，它失去了蓬勃的生機；與嗣後的振興期相比，它缺乏博大的氣象。這一時期的漢語文字學，走進了一段悠長的低谷，呈現消沈的局面。

　　漢語文字學的消沈與社會歷史背景和學術思想的變遷有著複雜的關係。東漢末年的社會即已動蕩不安，中國由統一走向分裂，形成了三國鼎立的局面。西晉短暫的統一和安定之後，繼之是十六國大亂和南北朝的對峙。自189年漢靈帝死後的豪強混戰，到581年隋朝的建立，這四百年左右的中國，封建割據和民族紛爭之日長，安定統一之時短。在學術上，盛極一時的儒學開始走向衰落，魏晉玄學起而代之，清談玄理成為一時風尚，同時佛教逐漸流行開來，注重文字訓詁、考證名物的經學受到衝擊。以古文經學為依傍的漢語文字學在上述政治、學術文化背景下，自然降為末流，難以發展。《字林》、《玉篇》等字書代表了這一階段的文字學水平。佛經的翻譯和魏晉以後文學(主要是詩歌)的發展，促進了小學的一個重要分支——音韻學的建立。從此以後，整個漢語文字學的消沈期，正是音韻學得以長足發展的時期。

　　隋唐是中國封建社會的繁榮時代，唐代的封建文化燦爛奪目。適應政治上的統一，經學在唐朝也得到高度的統一。唐太宗令孔穎達撰《五經正義》，東漢以來師說多門、學派紛爭的經學遂統於一尊；又令顏師古考定《五經》文字，撰成《五經定本》，經書的文字分歧也得以正定，從文字到義疏都確定了規範。唐承隋制，以科舉取士，考試科目有秀才、明經、進士、明法、明書、明算等，其中明經主要考貼經，明書則考《説文》、《字林》。經學因利祿之誘而興盛於兩漢，歷魏晉南北朝之衰落，到唐太宗倡儒學，讀經又成為獵取利祿的手段。熟記經文、義疏，只是為謀求功

名富貴，至此，經學在學術上已難以發展。適應科舉之需，唐代出現了「字樣」之學，有顏師古《匡謬正俗》、顏元孫《干祿字書》、張參《五經文字》、唐玄度《九經字樣》這類正俗匡謬、辨正文字的字書問世。

　　唐安史之亂後，即進入不安定時期，唐末的農民大起義和封建割據，使中國又一次跌進戰亂的深淵，經五代十國的分裂，到960年宋太祖趙匡胤建立宋朝，這兩百餘年中華民族深受戰亂之苦。而宋代三百餘年，農民與統治者的矛盾日益加劇，武裝起義綿延不斷，統治者內部矛盾重重，宋王朝處於風雨飄搖之中，同時民族矛盾加劇，大宋王朝終因金的侵擾而南遷，因蒙古族的南侵而覆亡。宋初為穩定政治，爭取士人，唐末五代以來中斷研究的經學得以重新提倡。宋仁宗以後，改革朝政積弊已刻不容緩，學術文化也因政治變革帶來某些生機。唐代已開端緒的懷疑儒家經傳的風氣得到進一步發揚，出現了以王安石為代表的「新學」。唐以來，佛教盛極一時，道教也逐步發展、顯赫於世，正統的儒家學說受到佛、道的挑戰。宋代的儒學在與佛、道相抗衡的同時，又接受了佛、道的影響，形成了以程(程顥、程頤)朱(朱熹)為代表的「理學」。「理學」是一種偏重於心性理氣的學問，是經學的哲學化。理學家蕩棄家法，不拘訓詁，隨意說經，形成了與傳統經學迥異的學風。及至元明，朱熹的經注被確定為科舉取士的標準，以朱熹為代表的理學因統治者的提倡取得了正統的地位。到明代中期王陽明(1472-1528)發展宋學陸象山學派而創立的「心學」，又風靡於世。宋元明的學術，以理學為主潮，這種空談理氣心性的學問，與漢唐經學大相徑庭，一反經學注重文字訓詁的傳統，其弊病是流於空疏。至於明代王學末流，「束書不觀，游談無根」，更近於荒誕虛妄。這樣，隨兩漢經學而建立的漢語文字學在宋元明三代自然受到這種學風的消極影響。宋元明的經學以懷疑、創新的精神在經學史上自成一派，王安石的《字說》，劉敞、歐陽修開闢的金石學研究，則又是這種學術精神給漢語文字學帶來的某些生機，甚至鄭樵、戴侗等人的「六書」研究，與這種學風也不無關係。

　　如果從漢語文字學的傳承和發展的學術淵源來看，消沉時期的文字學

主要是沿襲《說文》為代表的兩漢學者開闢的途徑作緩慢的推進,大致可以歸為兩大方面:一是繼《說文》而起的各類字書的編纂,如《字林》、《玉篇》、《類篇》、《字滙》、《正字通》等,承襲《說文》的線索尤為明顯,而辨正文字的字書、古文字字書也莫不與《說文》有密切關係;二是李陽冰、徐鉉、徐鍇對《說文》的校勘和研究,其貢獻主要在於對《說文》的傳播,開啓清代《說文》學之緒端,而鄭樵等承《說文》對「六書」所作的系統研究,則是這一時期文字學研究最重要的發展。

第一章
從《說文》到字書的編纂(上)

　　黃侃曾說:「《說文》出,而後有眞正字書。」[1]「字書」作為漢語文字學的一部分,它既有以備翻檢的工具書性質,又有滙集文字學成果的研究性特徵。由於它源於童蒙識字課本,因而還兼作學習文字的範本。《說文》即同時具有上述功能。這部字書問世以後,對後代字書的編纂產生了深遠的影響。

　　「字書」一詞早期並非僅僅指文字學書,《顏氏家訓·書證篇》云:「《倉》、《雅》及近世字書,皆無別字。」《音辭篇》又云:「諸字書,『焉』者鳥名,或云語詞,皆音於愆反。」顏之推所說的「近世字書」、「諸字書」,或與《倉頡》、《爾雅》連屬,或於音辭篇章中出現,當泛指各種解釋字詞音義的著作。《隋書·經籍志》「小學類」所列,以「字書」為名的著作三種[2],因其亡佚,不知為何種類型。宋代《崇文總目敘釋·小學類》:「《三蒼》之說,始志字法,而許慎作《說文》,於是有偏旁之學……篆隸古文,為體各異,秦漢以來,學者務極其能,於是有字書之學。」[3]「偏旁之學」主要指許慎字形結構分析,「字書之學」則兼指文字學著作。但直到清康熙年間編《康熙字典》,仍以「字書」兼指《說文》、《玉篇》、《廣韻》、《集韻》等書[4]。到乾隆

1　見黃侃,《黃侃論學雜著·說文略說》(上海古籍出版社,1980),頁17。
2　即《古今字書》十卷、《字書》三卷,又《字書》十卷。
3　見《歐陽文忠公集》卷十四,國學基本叢書《歐陽永叔集》下冊(商務印書館,1958)。
4　參閱《康熙字典·御製序》(中華書局,1958)。

時編纂《四庫全書總目》，則「唯以《爾雅》以下編爲訓詁，《說文》以下編爲字書，《廣韻》以下編爲韻書，庶體例謹嚴，不失古義」。「字書」包括《說文》等各種文字學著作。《清史稿・藝文志》也統文字學著作於「字書之屬」。清代的「字書」已相當於漢代的「小學」（文字之學）。這種分類與清代以前漢語文字學著作主要由模仿《說文》以工具書形式編纂有直接關係。

近代以來，「字書」則專指解釋文字形、音、義，以備檢索的工具書，一般稱爲「字典」[5]。作爲工具書的字典的編纂與研究，已從漢語文字學中分列出來，成爲一個獨立的部門——字典學。由於「字書」曾作爲傳統漢語文字學的一個重要方面，字書的編纂及其體現的水準往往代表那個時代文字學的總體水平，因此各類字書也是構成文字學史的一個重要方面。

魏晉到元明，「字書」的編纂更趨於實用性，不再有《說文》那樣集一代文字學研究成果和個人研究心得的巨著。這一時期的字書，大致說來，或祖述《說文》而有所附益變更；或切於要用，辨正俗訛，以確立規範；或集錄古遺，以存篆籀之跡，明造字之旨。從《隋書・經籍志》、《舊唐書・經籍志》、《唐書・藝文志》、《宋史・藝文志》、《元史・新編藝文志》、《明史・藝文志》等記載，可見這一時期編纂字書之盛，只是大多都亡佚於兵燹戰亂之中。我們將在本章與下章對《說文》之後的字書擇其要者作一介紹。《康熙字典》雖然產生於清代，但作爲傳統字書的殿軍，我們也一併論列。

一、魏晉南北朝時期《說文》系字書

《說文》創建「分別部居，不相雜廁」、「建類一首，據形繫聯」的編纂體例，成爲歷代編纂字書的楷模。魏晉南北朝時期出現的《古今字

5　《康熙字典》問世後，「字典」一詞較「字書」更爲流行，並逐漸取而代之。

詁》、《字林》、《字統》、《古今文字》、《玉篇》，宋明出現的《類篇》、《字滙》、《正字通》等，均分部列字。儘管字體、部數、部次、字數、字次互有異同，但考其淵源，都以《說文》為宗而隨時變異，這類字書皆為《說文》之流裔。

《古今字詁》三卷，魏初張揖撰，已佚。張揖字稚讓，清河(今山東臨清縣東北)人(或曰河間人)，為魏初著名語言文字學家，著作有《埤蒼》三卷，《廣雅》十卷，《難字》、《錯誤字》各一卷，《雜字》一卷[6]。今唯存《廣雅》，其餘均亡佚。江式〈上《古今文字》表〉說：「魏初，博士清河張揖著《埤蒼》、《廣雅》、《古今字詁》。究諸《埤》、《廣》，綴拾遺漏，增長事類，抑亦於文為益者，然其《字詁》，方之許篇，古今體用，或得或失。」據此可知，《埤蒼》是補益《三蒼》的字書，而《古今字詁》為比照許慎《說文》而作。至於《難字》、《錯誤字》、《雜字》等，據書名，當為滙集繁難偏僻之字、時俗錯誤之字和世間通用雜字的專門字書。《舊唐書‧經籍志》載《古今字詁》二卷，《唐書‧藝文志》已不載，有《古文字訓》二卷，繫於張揖名下，不知是否為《古今字詁》書名之誤，或另有此書之作，也可能為他人所作之書，今不得考。唐人尚引用其書，簡稱為《字詁》，其書之亡，當在唐以後。清人任大椿《小學鈎沉》、馬國翰《玉函山房輯佚書》均有輯本。如：

古文峙，今作跱，同直耳反。
古文眂、眎二形，今作視，同時旨、時至二反。

由此可知，《古今字詁》是將古今異體字收集編列，注明古今，並兼釋音義。其編纂體例，當「方之許篇」，以《說文》為準，收字及解釋音義又有異於《說文》者。《古今字詁》是許慎之後較早地承《說文》而編

6　見《北史‧江式傳》所錄江式〈上《古今文字》表〉(中華書局，1974)。又見《隋書‧經籍志》。

纂的字書。

　　《字林》七卷，西晉呂忱撰，已佚。忱字伯雍，任城(今山東濟寧市東南)人。呂忱搜集群書異字，補《說文》之漏略，著《字林》一書。收字12824個，依《說文》分爲540部，較《說文》多收3471字，「《說文》所無者，是忱所益」[7]。江式〈上《古今文字》表〉說：「尋其況趣，附托許慎《說文》，而按偶章句，隱別古籀奇惑之字，文得正隸，不差篆意也。」《字林》除對《說文》有所增益外，按「文得正隸，不差篆意」之語，它是以隸書字體爲主，切於時用，這也是與《說文》的一大不同[8]。

　　《字林》問世後，曾與《說文》齊名，廣泛流傳。北齊顏之推《顏氏家訓·勉學篇》說：「夫文字者，墳籍根本，世之學徒，多不曉字：讀《五經》者，是徐邈而非許慎(《說文》)；習賦誦者，信褚詮而忽呂忱(《字林》)。」[9]顏之推將許慎、呂忱相提並論，是把《字林》和《說文》放在同等重要的地位。《周書·趙文深傳》：「太祖以隸書紕繆，命文深與黎季明、沈遐等，依《說文》及《字林》刊定六體，成一萬餘言行於世。」《字林》也與《說文》同爲刊定文字的範本。唐代科舉取士，「明書」科須考《說文》、《字林》[10]。國子監置書學博士，立《說文》、《石經》、《字林》之學[11]，可見唐代《字林》的地位甚高。北魏酈道元《水經注》，唐代李賢《後漢書》注，李善《文選》注，陸德明撰《經典釋文》，都曾引用《字林》。唐宋時所編的字書、類書，也常有徵引。《字林》大約亡佚於宋元之際[12]，清人任大椿有輯本《字林考逸》八卷，陶方琦輯《字林補逸》一卷。據輯佚的材料可知，《字林》的主要部

　　7　見封演，《封氏聞見記·文字》。
　　8　張懷瓘，《書斷》曰「《字林》則《說文》之流，小篆之工亦叔重之亞也」，則以爲文用篆書。
　　9　見顏之推，《顏氏家訓集解》(上海古籍出版社，1980)，頁207。
　　10　見影宋本《大唐六典·吏部·考功員外郎》。
　　11　見《新唐書·百官志》(中華書局，1975)。
　　12　見任大椿，《字林考逸·序例》。

分是移錄《說文》的，如「示」部：

禎	祥也，福也。	禎	祥也。從示，貞聲。
祐	助也。	祐	助也。從示，右聲。
祗	敬也。	祗	敬也。從示，氐聲。
齋	戒潔也，也齊也。	齋	戒潔也。從示，齊省聲。
禋	潔祀也，音一人反。	禋	潔祀也。一曰精意以享為禋。
祈	求福也。		從示，垔聲。
禖	精氣成祥也，音字鳩反，	祈	求福也。
	子沁反。	禖	精氣感祥。從示，侵省聲。
	（以上《字林考逸》所輯）		（以上大徐本《說文》）

《說文》所有之字，《字林》在釋義時只是基本移錄，而稍加增減。如「禎」字加「福也」，「齋」下加「齊也」等義項，「禋」下不存「一曰」，「禖」字大徐本「感」為「成」字之訛。有些字下還保存了字形分析，如：

勁　強也，字從力。（或引作：「強也，從力巠聲。」）（力部）

軍　四千人為軍，五百人為旅也，勹車為軍字意也。（或引作：「圍也，四千人為軍，二千五百人為師，字從勹〔音補交反〕。包車為軍，幣皀為師，皆字意也。」）（車部）

隙　壁際孔，從阜旁，二小夾日也。（阜部）

這三個字的結構分析，與《說文》大同小異。《說文》分析「勁」為「從力從巠」，分析「軍」為「從車從包省」，分析「隙」為「從阜從𡭴，𡭴亦聲」。「𡭴」《說文》：「際見之白也，從白上下小見。」可見《字林》基本上也是採用《說文》的結構分析而稍加自己的見解。

　　儘管《字林》的主要內容是附托《說文》的，但它卻贏得了與《說

文》齊名的地位，為學者所看重，這說明它有自身存在的價值。其價值主
要有以下三個方面：

　　1. 增補《說文》之漏略，可為學者參考。

　　《字林》較《說文》多收3471字，或為經典所有，《說文》漏收，或
為新產生的文字。因《字林》收字更廣，可彌補《說文》的不足，往往起
到《說文》所不能起的作用。如顏之推《顏氏家訓·勉學篇》中有這樣一
段記載：

　　　　吾嘗從齊主幸并州，自井陘關入上艾縣，東數十里，有獵閭村。
　　　　後百官受馬糧在晉陽東百餘里亢仇城側。並不識二所本是何地，
　　　　博求古今，皆未能曉。及檢《字林》、《韻集》[13]，乃知「獵
　　　　閭」是舊「㹡餘聚」，「亢仇」舊是「䁈𥄂亭」，悉屬上艾。[14]

這個記載很能說明《字林》收字的廣度，以及它的實用價值。「博求古
今，皆未能曉」的問題，借助它即可以圓滿解決，它自然為學者所重視。

　　2. 收列異體新字，可為文字學之資助。

　　任大椿《字林考逸·序例》說：「《字林》諸字或與《說文》音訓
同，而偏旁及體畫有異，則亦以『《說文》無』別之，如《字林》作
『琕』，《說文》作『珌』；《字林》作『䶂』，《說文》作『斬』；
《字林》作『襴』，《說文》作『蠟』；《字林》作『諡』，《說文》作
『謚』之類皆是也。」這些異體或因聲符不同，或因形符不同，或因繁簡
而異。還有一些字「與《說文》音訓同，偏旁體畫並同，而上下左右或相
易，如『木部』內『棄』字，《說文》作『棌』，『槀』《說文》作
『槀』之類」。收了一些常用新字，如「餿，飯傷濕熱也」，「檣，帆柱

13　《韻集》忱弟呂靜所撰。《北史·江式傳》引〈上《古今文字》表〉：「忱弟
　　　靜別放(仿)故左校令李登《聲類》之法，作《韻集》五卷……而文字與兄便是
　　　魯衛，音讀楚夏，時有不同。」
14　見顏之推，《顏氏家訓集解》(上海古籍出版社，1980)，頁210-211。

也」之類。凡此種種，都是文字學、語言學研究的重要參考資料。

3. 另出義訓，可爲《說文》之比照。

《字林》移錄《說文》義訓，或有補充，也偶有改動、另立新說，例如：

《說文》		《字林》
示部		
齋	戒潔也	戒潔也，也齊也
玉部		
璣	珠不圓也	小珠也
黽部		
鼅	蝦蟆也	似蝦蟆也
土部		
壞	敗也	自敗也

《字林》新出義訓，與《說文》可相互參照。「齋」下「齊也」，爲補充又一義；而「璣」則另出新訓，「鼅」、「壞」兩字的釋義雖僅增一字，卻更加準確、科學。段玉裁說：「『鼅』則與蝦蟆大別，而其形相似，故言『屬』而別見。」所以他注《說文》從《韻會》所據小徐本改爲「蝦蟆屬」，而《字林》則早已加一「似」字，比擬其形而釋義，是一大改進。「壞」下段注說：「毀壞字皆謂自毀自壞。」《字林》較《說文》多加一「自」字，正體現了這層含義。《字林》釋義的增補、改進，可與《說文》相輔相成，並彌補其不足。

《字統》二十卷，北魏陽承慶撰，已佚。唐代封演《封氏聞見記・文字》說：「後魏陽承慶者，復撰《字統》二十卷，凡13734字，亦憑《說文》爲本，其論字體，時復有異。」《字統》較《說文》多增4381字，編纂體例，憑依《說文》，但對字形、字義的解說，則不完全相同。馬國翰

有輯佚本[15]，如：

衍　水朝宗於海，故從水行。

寙　懶人不能自起，瓜瓠在地不能自立，故字從瓜；又懶人恒在
　　室中，故從穴。

便　人有不善，更之則安，故從更從人。

規　丈夫識用，必合規矩，故規從夫也。

從以上四字來看，「衍、便」二字解說本於《說文》，而「寙、規」二字
形義的解說則與《說文》完全不同。馬國翰說，此書「詮解字義，新而不
詭於理，王荊公(安石)《字說》，藍本於此，然不及其確當也」[16]。陽氏
對字形、字義的分析，既依照《說文》，然而又多出新說。凡新說之字，
多主會意，望文生訓，雖似言之成理，但未必確當可信。

　　《古今文字》四十卷，北魏江式撰，未成書而散佚。式字法安，陳留
濟陽(今河南蘭考縣東)人。江式是南北朝時期重要的文字學家，他少承家
學，善於書法，尤工篆體，當時洛陽城宮殿諸門題榜，都出自他的手筆。
他對漢語文字學有精深造詣，延昌三年(514)三月所撰〈上《古今文字》
表〉，是繼許慎《說文・敘》之後，又一篇重要的文字學史論著。在這篇
表中，他論及漢字的起源、字體的沿革、周秦至魏晉各代文字學的發展歷
史，至今仍有參考價值。表中他提出了編纂《古今文字》的動機和規劃。
他說：

　　皇魏承百王之季，紹五運之緒。世易風移，文字改變，篆形謬
　　錯，隸體失真。俗學鄙習，復加虛造，巧談辯士，以意為疑，炫

15　收入《玉函山房輯佚書》。
16　見馬國翰輯本《字統・序》。

惑於時，難以釐改。乃曰：追來為「歸」，巧言為「辯」，小兔為「𪏲」，神蟲為「蠶」。如斯甚眾，皆不合孔氏古文、史籀《大篆》、許氏《說文》、石經三字也。凡所關古，莫不惆悵焉……暨臣闇短，識學庸薄，漸漬家風，有忝無顯。是藉六世之資，奉遵祖考之訓，竊慕古人之軌，企踐儒門之轍。求撰集古來文字，以許慎《說文》為主，及孔氏《尚書》、《五經》音注、《籀篇》、《爾雅》、《三倉》、《凡將》、《方言》、《通俗文》、《祖文宗》、《埤倉》、《廣雅》、《古今字詁》、《三字石經》、《字林》、《韻集》，諸賦文字有六書之誼者，以類編聯，文無復重，統為一部。其古籀、奇惑、俗隸諸體，咸使班於篆下，各有區別。詁訓假借之誼，僉隨文而解；音讀楚、夏之聲，並逐字而注。其所不知者，則闕如也。脫蒙遂許，冀省百氏之觀，而同文字之域。[17]

《北史・江式傳》云：「式於是撰集字書，號曰《古今文字》，凡四十卷。大體依許氏《說文》為本，上篆下隸。」遺憾的是未待這部巨著完稿，作者即辭別人世(523)，遺稿也均散佚，唯〈上《古今文字》表〉流傳於世。根據上引表奏，我們可以看到，這部書編寫的直接動機，是由於「世易風移，文字改變，篆形謬錯，隸體失真」及「俗學鄙習，復加虛造，巧談辯士，以意為疑」。江式試圖通過這部字書的編寫，匡正謬錯，規範文字，以「省百氏之觀，而同文字之域」。魏晉南北朝之時，民族分裂，社會紛亂，文字使用出現了嚴重的混亂。江式面對現實，欲以字書為工具，「同文字之域」，是有其積極意義的。從表奏談及的計畫來看，未完成的《古今文字》在編寫上有三個顯著特點：

1. 在體例上宗《說文》而又有發展。

全書「上篆下隸」，分部編排，每部之字，則「以類編聯」，這基本

上是《說文》「方以類聚，物以群分」、「分別部居」的繼承。每字之下，列「古籀、奇惑、俗隸諸體」，也仿《說文》。而「詁訓假借之誼，僉隨文而解；音讀楚、夏之聲，並逐字而注」。在釋義、注音上似較《說文》更爲完善。

2. 在收字上，較《說文》以來任何字書的容量都要大。

《爾雅》、《方言》、《通俗文》、《字林》、《韻集》所收之文字，先秦經典、近世辭賦所用之文字，只要符合「六書」的規律，均備收無遺，兼熔古今文字於一爐，集秦漢以來各類字書之大成。收字範圍既如此之廣，收字數量自然就會多於前人，全書計劃編四十卷，也可反映其容量之大。

3. 在編纂思想上古今並重，方俗同舉。

《古今文字》不僅僅以篆籀校隸體，重雅正而輕方俗，而是既推崇古雅，又兼重方俗，其收字的範圍即體現了這一點。這種思想來源於江式對文字性質的正確認識，因爲「文字者六籍之宗，王教之始，前人所以垂今，今人所以識古」[18]，故不能「復加虛造」、「以意爲疑」，要尊重自古以來文字的規範。因爲江式具有漢字由「書契—籀文—古文—小篆—隸書」而發展演變的歷史觀，故只要「有六書之誼」的各種方俗之文，都被他所認可。當然，江式編《古今文字》以《說文》爲主，「上篆下隸」，也反映出他在兼重古今的時候，更傾向於「古」。這在匡正文字的著作中，帶有普遍性。只要不厚古薄今，非今是古，而否定文字的任何發展，這種做法是合理的。文字規範本就是在歷史發展中形成的，任何情況下，對文字的整理校正，都是用已有的規範來作尺度的。

《玉篇》三十卷，梁顧野王撰。顧野王(519-581)，字希馮，吳郡(今江蘇蘇州市)人。顧野王幼小好學，長成後博覽經史，於天文地理、蓍龜占候、蟲篆奇字，無所不通，撰述甚富。《玉篇》則是他有關語言文字學

---

18 見江式，〈上《古今文字》表〉。

的一部重要著作。他在《玉篇‧序》中寫道：「五典三墳，競開異義，六書八體，今古殊形，或字各異而訓同，或文均而釋異，百家所談，差互不少，字書卷軸，舛錯尤多，難用尋求，易生疑惑。猥承明命，預纘過庭。總會爲篇，校讎群籍，以成一家之制，文字之訓備矣。」可見這部字書是奉命編纂的，其目的是規範南朝語言文字的歧異訛錯現象。

　　《玉篇》撰成於梁大同九年(543)，是《說文》之後保存下來的最古老的字書，也是漢語文字學史上第一部楷書字典。清代朱彝尊〈重刊《玉篇》‧序〉說：「顧氏《玉篇》，本諸許氏，稍有升降損益。迨唐上元之末，處士孫強稍增多其字，既而釋慧力撰象文，道士趙利正撰解疑，至宋陳彭年、吳銳、丘雍輩，又重修之，於是廣益者眾，而《玉篇》又非顧氏之舊矣。」現流行的《大廣益會玉篇》，就是經過增字重修的本子。清末黎庶昌、羅振玉先後於日本發現殘卷《玉篇》，其引證豐富，釋義完備，又有野王按語，當爲未經增益重修的唐抄原本，黎、羅二氏遂刊印於世[19]。原本《玉篇》16917字[20]，殘卷保存2100餘字，雖然只是原書的八分之一左右，卻彌足珍貴。以之與現存本相比較，大致可以了解《玉篇》的原貌。

　　《玉篇》依《說文》體例，分部排列。與《說文》所不同的是，《玉篇》共分542部，並對《說文》部首、次序進行了重新調整，如卷一共8部，除「二」部爲《說文》第479部外，其餘全同。卷二「土、垚、堇、里、田、畕、黃、丘、京、冂、章、邑、司、士」等14部，「土」至「黃」等7部爲《說文》第480至486部，「丘」爲《說文》第293部，「京」爲第190部，「冂」爲第188部，「章」爲第118部，「邑」爲第229部，「司」爲第336部，「士」爲第9部，這表明《玉篇》總體上打亂了《說文》部首「據形繫聯」的排列次序，局部又有不少與《說文》排列相同。除首卷外，如卷五中的「須、彡、彣、文、髟」，卷十四中的「木、

19　1985年中華書局版《原本玉篇殘卷》，包括了羅、黎二氏刊印本及日本東方文化叢書第六《玉篇》卷八(「心」部五字)等材料。

20　據封演，《封氏聞見記‧文字》。

林、麻、尗、韭、瓜、瓠」等部首的順序都與《說文》相同。就《玉篇》卷三「人、兒、父、臣、男、民、夫、予、我、身、兄、弟、女」，卷十七「放、勿、矢、弓、弜、斤、矛、戈、殳、殺、戉、刀、刃、刃」等來看，作者打亂《說文》次序的目的似乎是將意義相類的部首編列一起，但這一點並未貫穿始終。所以總體看來，《玉篇》部首的排列，既不是「據形繫聯」的，也不是「以類相從」的。按照收字的實際，《玉篇》還對《說文》部首做了歸併調整，刪去「哭、畫、教、眉、白(即『自』)、歙、後、弦」等11部，增設「父、云、**處**、兆、磬、索、書、單、弋、丈」等13部，所以反多出《說文》兩部。部首的增刪大體是合理的，如因「爹、爸、奢、爺」等新產生的4字，而增設了「父」部，因繫屬「磬」部有8字，而獨出一部，只有「云、床、尢」等部的增設沒有太大的價值。

《玉篇》的收字，原本為16917字，「大廣益會」本為22561字。增益本較原本多出5644字，原本較《說文》多出7564字。《玉篇》多收字大都為魏晉南北朝以來新產生的字，這反映出《玉篇》的收字能注重漢字運用與發展的實際。如「食」部《說文》收62字，而原本《玉篇》收字達144個，「大廣益會」本增至220字；「石」部《說文》收49字，原本《玉篇》收字達160個，「大廣益會」本增至272字。「食」部的「餌、餛、飩、養、飲」，「石」部的「磐、碼、磠、磚」等字，「阜」部的「隆、阡、隋、墮、陣」等新增字，至今仍為常用字。不過今天看來，絕大多數新增字早已失去生命力，成為「死」字。但《玉篇》保存了這些今天成為「死」字、偏僻字的材料，對漢字流變的研究有重要價值。《玉篇》為這些字的正確釋讀，也提供了依據，在當時有其實用意義。對於一字有多種異體，《玉篇》則於正字之下一併收列，並作隸定，注明古文、籀文等，同時還標明附見哪一部，如「歙」下說「今亦為吹字，在口部」，「鋪」下「野王案：今為脯字，在肉部，古文為盍字，在皿部」。這樣詳收異體，相互參見，不僅便用，也可作為文字學研究的參考。

《玉篇》的解說體例，與《說文》有所不同。《玉篇》的字頭和注釋

均用楷書。每字之下先注明反切，再解釋字義，不再仿照《說文》分析每個字的結構。原本《玉篇》釋義部分十分詳贍，重在字義訓詁，以實現作者「總會眾篇，校讎群籍」，成一家之制，備文字之訓的宗旨。但是經唐宋的增刪，面貌則大爲改變。下面略舉兩例將原本與增刪本作一比較：

食　是力反。《尚書》：「食哉惟時。」〈鴻範〉：「八政：一曰食。」孔安國曰：「勤農業也。」野王案：此「食」謂五穀可食以護人命也，《論語》「足食足兵」是也。凡口所嚼咀皆曰食也，《尚書》「惟辟王食」，《左氏傳》「肉食者謀之」是也。(《尚書》)曰：「乃卜澗水東，瀍水西。惟洛食。」孔安國曰：「卜必先墨書龜，然後灼之，兆從食墨也。」又曰：「朕弗食言。」孔安國曰：「書其偽不實也。」《周禮》「與其食」，鄭玄曰：「行道曰糧，糧謂精也，止居曰食，食謂米也。」[21]《世本》「黃帝作大食」，《左氏傳》「不可食已」。杜預曰：「食，消也。」又曰：「功以食民。」杜預曰：「食，養也。」《禮記》「則擇不食之地」，鄭玄曰：「不食謂不耕墾也。」《爾雅》：「食，為也。」《史記》：「博之貴駿，得使則食。」野王案：「基相吞併，如人食也。」又音慈史反。《周禮》：「膳夫掌王之飲食。」鄭玄曰：「食，飲也。」野王案：「飯為也。」《禮記》「食居人之左」、「我則食之」，並是也。以飲食設供於人亦曰食，為飤(飴)字也。

　　　　　　　　　　　　　　　　(原本《玉篇》殘卷「食」部)

食　是力切。飯食。《說文》：「一曰米。」

21　見《周禮・廩人》：「凡邦有會同師役之事，則治其糧與其食。」十三經本鄭注「糧、食」二字不重。

（《大廣益會玉篇》「食」部）

講　古項反。《論語》：「學之不講，聞義不能從也。」野王
　　案：講，謂談論以解說訓詁也。《左氏傳》「講事不
　　令」，杜預曰：「講，謀也。」《國語》「一時講武」，
　　賈逵曰：「講，習也。」又曰：「仁者講功。」賈逵曰：
　　「講猶論也。」《史記》：「沛公之有天下，業以講
　　解。」蘇林曰：「講，和也。」《說文》：「和解也。」
　　《廣雅》：「講，讀也。」

（原本《玉篇》殘卷「言」部）

講　古項切。論也。習也。

（《大廣益會玉篇》「言」部）

　　就這兩個字例來看，原本《玉篇》注釋部分的特點：一是每字均以反
切注音(原本為「××反」，增刪本改為「××切」)，再出釋義部分。二
是引證豐富，每種義訓都出書證。這些語言材料出自眾多的經史著作，有
《尚書》、《論語》、《左傳》、《周禮》、《禮記》、《儀禮》、《國
語》、《世本》、《史記》、《漢書》、《楚辭》等重要的先秦與漢代典
籍。用語言運用的實例證明義訓，具體而直觀，是字書編纂的一大發展。
三是廣收漢魏以來各家訓釋，如「食」字下引孔安國注三條，鄭玄注三
條，杜預注兩條；「講」字下引賈逵注兩條，杜預注一條，蘇林注一條。
對各種字、辭書的義訓，也一併收列，這兩個字就收有《爾雅》、《說
文》、《廣雅》等字書的解釋，殘卷中還多次引用《倉頡篇》、《倉頡
故》、《埤蒼》、《方言》、《聲類》、《字書》等梁以前的字典辭書。
四是義項分列細密，如「食」字下大約包括12個義項：(1)「五穀」，即
糧食；(2)凡口所嚼咀，即吃的東西；(3)「食言」之「食」，即偽而不
實，違背自己的許諾；(4)米也；(5)消也；(6)養也；(7)「不食之地」的
「食」，即不能開墾耕種為食；(8)為也；(9)吞併也；(10)飲也；(11)飯
也；(12)以飲食設供於人。「講」字包括六個義項：(1)談論；(2)謀也；

(3)習也；(4)論也；(5)和也，《說文》「和解也」；(6)讀也。而《大廣益會玉篇》「食」、「講」均爲兩個義項，刪減之甚，可謂面目全非。義項分列細密，是《玉篇》較《說文》的一大進步。《說文》以漢字形體結構的分析爲主，只列本義，或偶出又一義，而《玉篇》以實用爲目的，故能總結每字在運用中形成的多種義項，詳盡羅列。《大廣益會玉篇》刪除太多，違背《玉篇》編寫的宗旨，相形之下，是字書編寫的一種倒退。五是附加按語，便利學者。顧野王的按語，或代表了他個人對某些字義訓釋的看法，或闡明書證、義訓的某些疑難，可以幫助讀者加深對所引書證和所列義項的理解，是很珍貴的。而《大廣益會玉篇》一併刪削，使野王之功沈埋千古。

綜上所述，原本《玉篇》是一部材料十分豐富，以實用爲主而又體現了較高研究水平的字書，在漢語文字學史、訓詁學史及字典編纂史上占有重要地位。胡樸安總結其特點和價值：(1)引書悉注明出處，可以復查原書；(2)證據不孤，增加訓詁學之價值；(3)按語明白，有的確之解說；(4)廣搜異體，並注屬何部，便於檢查；(5)保存古書之材料，有助於輯佚校勘[22]。遺憾的是，經唐宋孫強、陳彭年等人修訂，原本的書證、義項、按語大都被刪除，以致原書的特色蕩然無存，這實在是一重大損失。不過，繼《說文》之後，《玉篇》之前編纂的各種字書，多已亡佚，而《玉篇》獨得傳世，也有增刪者之功。《玉篇》卷帙浩繁，有其詳贍的優勢，也有不便流傳的缺點[23]。經增刪，篇幅縮小，雖有損原著的價值，卻有利於它的流傳。

二、宋明時期《說文》系字書

《類篇》十五卷，宋代王洙等撰。這部字書出自眾人之手，其編纂時

22　參閱胡樸安，《中國文字學史》(中國書店影印本，1983)，頁103。

23　《梁書‧蕭子顯傳》所附〈蕭愷傳〉載：「先是太學博士顧野王奉令撰《玉篇》，太宗嫌其書詳略未當，以愷博學，於文字尤善，使更與學士刪改。」

間先後花了27年之多。據書後跋語所記，這本書宋仁宗寶元二年(1039)11月由翰林學士丁度等人奏請修纂，原因是「今修《集韻》，添字既多，與顧野王《玉篇》不相參協，欲乞委修韻官將新韻添入，別爲《類篇》，與《集韻》相副施行」。《類篇》的編寫是要與《集韻》相輔而行，以補《玉篇》之不足。當時修韻官只有史館檢討王洙在職，受詔修纂。嘉祐二年(1057)王洙卒，由翰林學士胡宿繼續這項工作。嘉祐三年(1058)胡宿奏乞光祿卿直秘閣掌禹錫、大理寺丞張次立共同校正，嘉祐六年(1061)因胡宿遷任，翰林學士范鎮又接替了這一工作。到宋英宗治平三年(1066)，范鎮出知陳州，龍圖閣學士司馬光又領接此書。這時，書的初稿已完成，只是繕寫未完，宋英宗治平四年(1067)完稿奏進。據跋語記載，王洙是《類篇》的最主要的編者。他最先領詔編纂，爲此工作了18年，其書的體例當由他確定。從胡宿接受工作的第二年就奏請掌禹錫、張次立共同校正來看，王洙死時書稿已初具規模。胡宿、范鎮等相繼編纂的時間各爲五年左右，司馬光接領此書時，書稿已完成，可以說司馬光對此書用力最少。現存《類篇》常有「臣光曰」的按語，如「天」下「臣光曰：唐武后所撰字，別於典據，各附本文注下」，「攴」下「臣光曰：攴或書作夂、夊」。司馬光的按語多附注後，「攴」下儘管司馬光又增加兩個異體，但仍說「文一，重音一」，司馬光所按未列入記「文」之數(按理應爲「文三」)，這些說明司馬光接手時，原書已成，他只是校讀原稿一過，如補充則加「臣光曰」附於後。舊以爲此書是經司馬光而最後定稿奏上的，題爲「司馬光撰」，這是不確切的。《四庫全書總目》說「光於是書，特繕寫奏進而已，傳爲光修，非其實也」，這是對的，不過司馬光也有校審之功。

《類篇》共分十五卷，末一卷爲目錄，每卷又分上、中、下三卷，故又稱四十五卷，這都是仿《說文》之例。全書分爲540部，各部順序均同《說文》，只是「艸、食、木、水」等部字數多而分上、下，「臥、身、月」三部移於「人」部之後。部首之下全引《說文》解釋(只將「凡某之屬」的「屬」改爲「類」)，再加注釋。全書收字形31319個，重音21846

個。每字列古、籀、篆、隸各種異體，注釋部分，仿《玉篇》先出反切，次釋義，有重音者，再出反切釋義，接著指明各種異體屬古、籀、篆哪一類，最後注明該字重文、重音之數。部中諸字以平、上、去、入四聲，按《集韻》韻部次序排列，每部之後仿《說文》注明本部「文」與「重音」之總數。下引「上」部二字為例：

> ⊥　高也。此古文上，指事也。凡⊥之類皆從⊥。或作「上」，
> 　古作「二」，是掌切。上，又時亮切。文三，重音一。
> 帝(帝)　丁計切，諦也。王天下之號。古作「帝」。帝，又丁
> 　易切。文二，重音一。

「上」部連部首共有「上、旁、下、帝」四字，異體九個。《類篇》收字比較重古，所收古籀異體有超出《說文》之外者，故有「古文奇字，蒐獵殆盡」[24]之譽。由於這部書的編寫與《集韻》相輔，所以對重音異讀特別重視，收列重音多達21800餘個，這是字書編纂中前所未有的。每部字的排列順序不同於《說文》，而是按「平、上、去、入」和《集韻》韻部次序重作調整，這都是這一時代韻書的發達對字書編纂的影響。

　　《類篇》的編纂者，態度比較嚴謹，考慮也甚周密，顯示了編者對漢字研究的較高水準。〈序〉中概括其書編寫的凡例有九：(1)「凡同音而異形者，皆兩見也」，如「櫬、櫫」、「吶、呇」等均為同音字，因形體不同，分屬兩部；(2)「凡同義而異音者，皆一見也」，只要意義相同，讀音不同的都不重出；(3)「凡古義之不可知者，皆從其故也」，即有些字的古體分部之義不能明瞭的，都依從原來的分部，如「奬」在「艸」部，「仐」在「放」部；(4)「凡變古而有異義者，皆從今也」，即字的部首與古不同，又有異義，就按今字部首歸類，如「雺」古屬「氣」部，為「氛」的異體，今屬「雨」部，「訡」古屬「口」部，為「吟」的異

體，今附「音」部；(5)「凡變古而失其眞者，皆從古也」，即字形經隸變楷化之後已失古形，但仍從《說文》所列部首，如「無」字仍在「林」部；(6)「凡字之後出而無據者，皆不得特見也」，即新造異體無根據的，都附於本字之下，如「𡈼」爲新造「人」字異體，仍附於「人」下；(7)「凡字之失故而遂然者，皆明其由也」，即字形傳寫訛變者一仍其變，並對其由來加以說明，如「玉」、「朋」爲「王」、「𠌸」之訛變；(8)「凡《集韻》之所遺者，皆載於今書也」；(9)「凡字之無部分者，皆以類相聚也」，如「𪐞」從「少」，附於「小」部，「𣝕」從「桑」，附於「叒」部。

從凡例看，《類篇》編寫的特點：一是注重形義。編者因這部書與《集韻》相輔，全書的編寫以字形爲綱，如凡例(1)(2)，以字義爲重，如凡例(4)；二是推崇故舊，如凡例(3)(5)(6)(7)等條，均以故舊爲典據，全書多收古籀異體，分部依從許愼。《類篇》的缺點是變通不夠，這尤其表現在分部上，如《玉篇》始以楷書爲正字，就存在與許愼分部不相協之處，並對許愼部首做了若干調整增刪，唐代張參《五經文字》則做了更大的刪減(見下文)，而《類篇》完全依照《說文》分部，對一些新增字就無法容納了，只得用凡例(9)的處理辦法。這種「以類相聚」的辦法與《說文》分部的思想相互矛盾，而且難以查找。譬如《玉篇》新增「父」部，以容納從「父」的新字。《類篇》仍從《說文》不立「父」部，結果「𤕰」字隨「父」字屬「又」部，不倫不類；「爸」「從父巴聲」，列入「巴」部，「爹」「從父多聲」，卻列入「多」部，「爺」既不在「耳」部，又不在「邑」部，到底收沒收，不查遍全書，就不得而知。《玉篇》多增「父」部，使這些字有歸宿，這是適應文字變化而作的合理改進。《類篇》泥古，又退到許愼的時代，使「父」部字雜居他部，違背了分部的基本原則。按凡例(5)，對隸變楷化後的字形，卻要按照其篆體分部，不讀《說文》，不知古文字，查找起來是很困難的。如「又」部下收的「厷、尹、父、彙、秉、彗、夬、及」等字，與古形相差很大，只知道隸楷的讀者就不知道到「又」部去索檢。楷書的字形較篆書系統已發生重大

的調整變化，許慎《說文》所創立的540部已無法適應楷書系統，部首的相應調整是文字學研究者和字書編纂者不可不正視的問題。《類篇》的作者重在梳理古、籀、篆、隸、楷等字形的變遷，詳於詁訓異音，雖有功於文字學，但他們墨守《說文》分部，不思變更，大大降低了其書的使用價值。

　　《字滙》十四卷，明代梅膺祚撰。膺祚字誕生，宣城人。《字滙》一書的完稿，據其兄梅鼎祚〈序〉，當在1615年。該書首卷包括「序文」、「凡例」、「部首目錄」、「運筆」、「從古」、「遵時」、「檢字」等，中間十二卷爲字典正文，末卷爲「韻法橫圖」、「韻法直圖」、「辨似」、「醒誤」等。《字滙》對字書編輯的貢獻最主要的是部首和檢字的兩項改革，它在明清之際曾產生較大的影響。

　　《字滙》依據楷書字形結構的特點，將《說文》創立的540部做了重大的調整，突破了許慎以來字書分部的原則和體例，列爲214部，「悉從今體，改併成書，總在便於檢閱」。《說文》創立540部的基礎是小篆系統，以楷書爲主體的字典(如《玉篇》、《類篇》等)，用《說文》分部，與楷書字形多有扞格，有著難以查檢、不切實用的缺點。張參編《五經文字》，根據實際需要，已經做了較大的調整，只列160部。梅氏取214部以統率所收之字，這是對漢字分部的一次全面的改革。梅氏刪去了有部無屬的部首，如「久、才、丞、丏、冎、它、开、五、六、七、四、癸」，等等；取消了所屬字少的部首，如「玨、巫、倉、舜、東、幣、后、司、茍」，等等；合併了相互包容的部首，如「玨(併『玉』部)、艸、蓐(併『艸』部)、蚰、蟲(併『蟲』部)」，等等。改革後的分部更加明瞭、適用。梅氏的分部不僅爲後出的《正字通》和《康熙字典》所沿用，至今一些大型的字典辭書仍以之爲參照。清代朱彝尊謂《字滙》「所立部屬，分其不當分，合其所必不可合，而小學放絕焉」[25]。這是以《說文》分部原則來批評梅氏，其病在於不知通變。

25　見朱彝尊，〈重刊《玉篇》序〉。

《字滙》採用筆畫檢字法，在字書編纂史上獨樹一幟。《說文》系統的字書一般都遵循「分別部居，據形繫聯」的原則編排。韻書產生後，又有以四聲和韻次來編排的(如《龍龕手鏡》，詳下文)。《字滙》在「分別部居」的同時，摒棄了不合乎楷書系統的「據形繫聯」的原則及「始一終亥」的格局，「其端其終，悉以數多寡，其法自一畫至十七畫，列二百十有四部，統三萬三千一百七十九字」[26]。214部的排列，完全按筆畫多少爲序，又按子、丑、寅、卯等十二支分爲十二集。部首的分布，有人歸納爲下面一首五言詩：

> 一二子中分，三畫問丑寅。
> 四推辰巳卯，五向午中尋。
> 六畫藏申未，七畫從酉論。
> 戌裏分八九，餘者亥中存。

這種編排，給部首檢字提供了便利。每卷前「各具一圖，圖每行十格，卷若干篇，圖若干格，按圖索之，開卷即得」。每卷前的圖表，不僅標示出某部在某篇，而且每部列字也按「字畫之多寡，循序列之」。圖表還標明某畫之字在某篇，查檢起來，如按圖索驥，異常方便。梅氏創造的以筆畫爲核心的編排索檢方法，易於掌握和運用，是漢字字書編纂的一大創造發明，至今仍爲字書檢字的最基本的方法。對於疑難字，《字滙》在首卷列檢字總表，「凡字偏旁明顯者，循圖索部，一舉得矣；若疑難字不得其部，仍照畫數於此檢之」[27]。檢字總表先列出有關部首的歸屬，如「凡從亻者屬人部，凡從刂者屬刀部」，等等，然後按筆畫多少由1-33，將疑難字一一列出，注明屬何部，對部首檢字給以補充。梅氏設計的檢字法可謂詳密周到，簡便易學，對字書編纂有著重大貢獻。

---

26 參閱梅膺祚，《字滙·序》。
27 見《字滙》首卷〈檢字〉。

　　《字滙》收字的原則是「通俗用」。〈凡例〉說:「字宗《正韻》,已得其概,而增以《說文》,參以《韻會》,皆本經史通俗用者,若《篇海》所輯怪僻之字,悉芟不錄。」這體現了作者對當用漢字的正確看法。卷首所列「從古」、「遵時」、「古今通用」三項,可以說是爲「通俗用」的收字原則作具體闡釋。所謂「從古」,即俗字不合「六書」之理,以古體正之。梅氏說:「古人六書各有取義,遞傳於後,漸失其眞,故於古字當從者,紀而闡之。」如「凡,俗作凢」,「士,俗作圡」,「幺,俗作么」,「友,俗作𠬓」,「幼,俗從刀」,等等,共列164組,皆應從古而不應從俗。所謂「遵時」,梅氏說:「近世事繁,字趨便捷,徒拘乎古,恐戾於今,又以今時所尚者,酌而用之。」這是爲了從時尚,求便用。如「不」,古作「夲」;「及」,古作「又」;「夙」,古作「𠃟」;「私」,古作「厶」;「集」,古作「雧」,等等,共列113字,這些字今字通行,作者認爲不應拘泥古體。所謂「古今通用」,梅氏說:「字可通用,好古趨時,各隨其便。」如「从」古,「從」今;「灮」古,「光」今;「艸」古,「草」今;「歙」古,「吹」今,如此之類,作者共列出135對,讀者可以憑自己的看法、興趣,「好古」者、「趨時」者,「各隨其便」。作者所立「從古」、「遵時」、「古今通用」三項,爲社會用字確定了規範,對正俗匡謬,起到了積極的作用,同時也反映出作者對社會用字有著辯證的認識,不泥於古,也不流於俗,「從古」以求其眞,「遵時」以趨便捷,「通用」之字各取所好,對「怪僻之字,悉芟不錄」。

　　《字滙》的注釋「先音切以辨其聲,次訓詁以通其義,末采《說文》製字之旨,中有迂泛不切者刪之」。其注音方式有所改進,先出反切,「復加直音,直音中有有聲無字者,又以平上去入四聲互證之,如曰某平聲,某上聲,某去聲,某入聲,至四聲中又無字者,則闕之,中有音相近而未確者,則加一『近』字,曰音近某」。實際上《字滙》注音採用了四種方式:(1)反切;(2)直音;(3)四聲互證;(4)音近某。《字滙》的注音較以前任何一部字書都爲詳明。《字滙》分陳義項,舉列書證,並引用《說

文》對字形結構的分析和《爾雅》等書的解釋以爲輔佐，釋義比較細密。

《字滙》的附錄，如「運筆」、「辨似」、「醒誤」等，都頗有實用價值。「運筆」論筆畫順序起止，如「川」，「先中丨，次川」，「止」，「先卜，次乚，按篆作止本三畫，今依俗作止」等。「運筆」之法本之《書法三昧》、《文字談苑》等書，雖爲小節卻有利於學者，共舉73字筆順，學者可依此類推。這個附錄對筆畫索檢可起到某種輔助作用。「辨似」專將形近易誤字集中一處，在形、音、義上給以區別，如「刃、刄：刃，忍去聲，鋒刃；刄，與創同，傷也」，「壬、壬：壬，音挺，下畫長；壬，十干名，中畫長」，等等，頗爲有用。「醒誤」對坊間書本的俗誤字予以分辨，如「美—羙」、「須—湏」等。這些附錄材料對漢字正字都是很有價值的。

總之，《字滙》的出現是字書編纂的一大進步，它以獨創的筆畫檢字和大膽的部首改革，使傳統字書的實用性大大加強了。「老師宿儒，蒙童小子，莫不群而習之」，「人人奉爲拱璧」[28]。當然，《字滙》的不足也甚明顯，在書中大量收列「叶音」就不很恰當，如「朝」的注音：

> 之遙切，音昭……○又池遙切，音潮……○又叶陳如切，音除……○又叶專於切，音朱……○又叶張流切，音輖……○又叶株遇切，音注……○又叶直祐切，音胄……○又叶直照切，音棹……

「朝」字除收一個異讀外，收叶音6個。叶音法的不科學性，無須多論。作爲規範字形、正讀字音的字書，收叶音如此之多，會令讀者茫然不知所措，產生消極的效果。細節方面的錯誤，更不在少處。《正字通》的作者曾指出：

28　參閱年希堯，《五方元音·序》。

　　舊本(指《字滙》)有字畫訛省者；有非古文以為古文，非俗字以
　　為俗字者；有字同訓異，字異訓同者；有前後注重複自矛盾者。
　　其間援證失倫，真贋錯互，如略陽蒲洪改姓苻，誤以為苻堅；北
　　漢劉聰「鷥儀殿」，誤以為晉武……「顣」訓蹙額，與「顰、
　　矉」通，見《莊子‧史鑑》，誤以為笑貌……至於《洪武正
　　韻》，如「封」古作「坣」，非作「坣」，「封」注誤引《説
　　文》「艸木妄生」……《字滙》訛誤者與《正韻》同。[29]

這些錯誤或由於作者的疏漏，或由於沿襲舊誤、選擇不善。作為一部大型
字書，這是難免的。清代吳任巨著《字彙補》，對《字滙》之不足即多所
補正。

　　《正字通》十二卷，舊或題明代張自烈撰，或題清代廖文英撰，或題
自烈、文英同撰。《四庫全書總目》云：「考鈕琇《觚賸‧粤觚》下篇
載，此書本自烈作，文英以金購得之，因掩為己有。敘其始末甚詳。然前
列國書(滿文)十二字母，則自烈之時所未有，殆文英續加也……自烈字爾
公，南昌人，文英字百子，連州人。」《正字通》以《字滙》為藍本而編
纂，其分部、筆畫索檢、編排次第，均與梅氏《字滙》相同。作者說：
「四方沉湎《字滙》日久，不仍舊說，彼此是非必不著，故部畫次第如
舊，闕者增之，誤者正之。」[30]書中所稱「舊本」皆指《字滙》而言，因
此，《正字通》甚至可以說是《字滙》的修訂本。《正字通》對《字滙》
的較大修訂，主要有如下幾點：
　　(一)「各部諸字，本詁訖，備載某字古作某、籀作某、篆作某、隸作
某、俗作某、訛作某，凡舊本分部分畫，古籀訛俗散見各部者，並歸本部
本字後，詳為考定」(凡例)。《字滙》原將古、籀、篆、隸、訛俗異體，

29　見《正字通‧凡例》。
30　見《正字通‧凡例》。

分部分畫編排，查一字而不知其變。《正字通》集中列於本部字之後，檢閱到本字，也就同時認識了該字古今訛俗之體，便於「討究六書」，以察文字之變，有益於古文字之研究。

（二）《字滙》注引經史子集爲書證，剪裁上下文，略去原注。《正字通》則根據本文，使引文首尾相續，更爲完整，並「準《十三經註疏》例，字各爲注，注復增釋」。由於引文完整，又隨引文加注釋，大大便利了學者。

（三）對「鸚鵡、猨猱、蟋蟀、蓓蕾」等聯綿字，《字滙》前後兩見，《正字通》則「刪其複重，曰：附見某注」（凡例）。對「口—言、走—足、木—竹、鳥—隹、犬—豸、土—石、瓦—缶」等部首，往往同一字可以兩從，其義相通無別。這些部首相通的異體，在《字滙》中分部相屬，彼此雜見，而《正字通》則「覈其異同，曰互見某注」。

（四）《正字通》在《字滙》的基礎上采輯了佛教諸經和醫方雜技諸家文字，「補舊本之未備」。據每部所記附增之字，12集增大字357個，注附增小字近120個，收字稍益出《字滙》。

（五）調整注音。這包括了兩方面：一是將《字滙》「同字同音而分數切者」，「皆定歸一切，不令糾紛」，刪除無意義的反切；二是調整叶音，對《字滙》所引《周易》、《禮記》、《釋名》、《白虎通》等強叶其音者，《正字通》則不載，只保留詩歌、銘贊、謠諺等韻文叶音，這對《字滙》濫用叶音有所改進。

（六）修訂訛誤。《正字通》對《字滙》之誤多有糾正(見《字滙》一節所引)，凡「《字滙》誤者，則曰舊本舊注誤。《經典釋文》、《九經字樣》、《干祿字書》、《六書略》、《六書統》、《六書故》、《說文長箋》及《正韻》、《玉篇》、《篇海》、《字林》……諸書誤者，則曰某書某說誤」。《正字通》的作者以「匡正訛誤」爲己任，按照作者的看法指出各種字書、韻書的錯訛，顯示了作者的嚴謹態度和文字學研究的一定水平。

《四庫全書總目》論《正字通》之得失時說：「其書視梅膺祚《字

滙》，考據稍博。然徵引繁蕪，頗多舛駁；又喜排斥許慎《說文》，尤不免穿鑿附會，非善本也。」這未免貶詞太甚。《正字通》排斥許慎之說中，不乏精到見解，而且這部字書與《字滙》一樣，流傳甚廣，是《康熙字典》的編纂藍本，在正字和傳播漢語文字知識方面有一定貢獻。

三、《說文》系字書的殿軍：《康熙字典》

《康熙字典》又稱《字典》，康熙四十九年奉敕撰修，編寫人員有總閱官張玉書、陳廷敬，纂修官凌紹雯、史夔等30人，是我國傳統字書編纂中的一次規模最大的集體合作。《康熙字典》爲清人所修，雖不屬此一時期，但它直承《字滙》、《正字通》，不僅是祖述《說文》這類字書的殿軍，而且也是傳統字書編纂的集大成者，所以我們也附論於本章。

《康熙字典》於康熙四十九年(1710)開修，五十五年(1716)成書。〈御製序〉云：

> 朕每念經傳至博，音義繁賾，據一人之見，守一家之說，未必能會通罔缺也。爰命儒臣，悉取舊籍，次第排纂，切音解義，一本《說文》、《玉篇》，兼用《廣韻》、《集韻》、《韻會》、《正韻》，其餘字書一音一義之可采者，靡有遺逸。至諸書引證未備者，則自經史百子以及漢晉唐宋元明以來詩人文士所述，莫不旁羅博證，使有依據，然後古今形體之辨，方言聲氣之殊，部分班列，開卷了然，無一義之不詳、一音之不備矣。凡五閱歲，而其書始成，命曰《字典》，於以昭同文之治，俾承學稽古者，得以備知文字之源流，而官府吏民亦有所遵守焉。

〈御製序〉基本上概括了《康熙字典》編纂的目的和特色。作爲傳統字書的集大成者，《康熙字典》在體例上更爲完整。全書分部次第，一仍《字滙》、《正字通》例，列214部，以十二支紀十二集，每集分三卷，

統47035字（不含古文1995字）。冠以「總目」、「檢字」、「辨似」、
「等韻」各一卷，殿以「補遺」、「備考」各一卷。部首按筆畫多少先後
排列，部中列字也如此。每字之下先列《唐韻》、《廣韻》、《集韻》、
《韻會》、《正韻》音切，次訓釋其義，次列別音別義，次列古音韻，引
證舊典，詳其始末，使語有憑據。有所考辨則附於注末，加「按」字以標
明。字有古體，列於本字之下，至於重文、別體、俗書、訛字則附出於注
後，並從其字之偏旁部首，別出於諸部，注明互見。下舉一字，以見《康
熙字典》體例之一斑：

> 友 古文「𠬺」、「𢍆」、「𦣎」、「𠦪」、「𦥑」，《唐
> 韻》云久切，《集韻》、《韻會》、《正韻》云九切，並
> 音有。《說文》「同志為友」。《禮・儒行》「儒有合志
> 同方，營道同術，並立則樂，相下不厭，久不相見，聞流
> 言不信。其行本方立義，同而進，不同而退，其交友有如
> 此者」。又善於兄弟為友。《書・君陳》「惟孝友于兄
> 弟」。又凡氣類合同者皆曰友。司馬光《潛虛》：「醜，
> 友也。天地相友，萬滙以生；日月相友，群倫以明；風雨
> 相友，草木以榮；君子相友，道德以成。」又《韻補》叶
> 羽軌切，音洧。《前漢・禮樂志・天馬歌》「體容與，迣
> 萬里，今安匹，龍為友」。

《康熙字典》的編纂體例，以《字彙》、《正字通》為本，又兼采各
類傳統字書的優點。《四庫全書總目》指出：《康熙字典》「每字必載古
體，用《說文》例；改從隸書，用《集韻》例；兼載重文、別體、俗書、
訛字，用《干祿字書》例；皆綴於注後，用《復古編》例；仍從其字之偏
旁，別出於諸部，用《廣韻》互見例；至於增入之字，各依字畫多寡，列
於其數之末，則《說文》之新附、《禮部韻略》之續降例也」。其實，以
前的字書已經形成了兼采眾長的趨勢，只是《康熙字典》在這方面更為凸

出而已。

《康熙字典》體例上取《字滙》、《正字通》之長，內容方面對《字滙》、《正字通》又做了許多改進，據〈凡例〉所言，包括以下幾點：

(一)《字滙》、《正字通》中偏旁點畫缺略者，悉爲釐正。

(二)《正字通》欲率用音和，然於字母淵源茫然未解，以致「幫」、「滂」莫辨，「曉」、「匣」不分，貽誤後學，爲害匪淺。今則悉用古人正音，其他俗韻，概置不錄。

(三)今仍依《正字通》次第，分部間有偏旁雖似而指事各殊者。如「哭」字向收「日」部，今載「火」部；「隸」字向收「隶」部，今載「雨」部；「熲、潁、穎、穎」四字，向收「頁」部，今分載「火、水、禾、木」四部，庶檢閱既便，而義有指歸，不失古人製字之意。

(四)《正字通》音訓，每多繁冗重複，今於音義相同之字，止云：注見某字，不載音義，庶幾詳略得宜，不眩心目。

(五)《正字通》所載諸字，多有未盡，今備采字書、韻書、經史子集來歷典確者，並行編入，分載各部各畫之後，上加「增」字，以別新舊。

(六)《正字通》承《字滙》之訛，有兩部疊見者，如「堊」字則「西、土」兼存，「罷」字則「網、火」互見。他若「虍」部已收「魝、虓」，而「日、斤」二部重載；「舌」部並列「甜、憩」，而「甘、心」二部已收。又有一部疊見者，如「酉」部之「酴」，「邑」部之「鄹」，後先矛盾，不可殫陳。今俱考校精詳，並歸一處。

(七)《正字通》援引諸書，不載篇名，考之古本，訛舛甚多，今俱窮流溯源，備載某書某篇，根據確鑿。

(八)篆籀淵源，猝難辨證。《正字通》妄力釐正，援引不倫，累牘連篇，使讀者懜然莫辨。今則檢其精確者錄之，其泛濫無當者，並皆刪去，不再駁辨，以滋異議。

對《字滙》、《正字通》的上述改進，正是《康熙字典》出於藍而勝於藍之處。《康熙字典》所改進的地方，上文我們介紹二書時，未作詳細敘述，這裡也可作一彌補。

　　由於《康熙字典》體例嚴謹，收字範圍廣，繁簡得當，具有很大的實用性，加之又是御敕撰修，所以問世以後，不脛而走，成爲學者不可少的案頭著作，清代學者曾給以極高的讚譽。《四庫全書總目》稱之「去取得中，權衡盡善……信乎，六書之淵海，七音之準繩也」，而無一貶詞。王引之等人奉旨校訂，成《康熙字典考證》一書。表奏時，也不得不盛讚它「體例精密，考證賅洽，誠字學之淵藪，藝苑之津梁也。其引據諸書，蒐羅繁富，自經史諸子，以及歷代詩人、文士之所述，莫不旁搜博證，各有依據」[31]。實際《康熙字典》並非盡善盡美，王引之《康熙字典考證》一書，糾正其錯誤2588條，包括引書名和篇名錯誤、引文脫訛錯亂、刪節失當、斷句錯誤、字形訛錯等方面。王引之的《康熙字典考證》可謂《康熙字典》的諍友、功臣，其實尚有一些錯誤王氏未發現者[32]。儘管《康熙字典》還有不足之處，但是就它編纂的規模、容量的博大、體例的嚴密、實際的作用來看，無論哪一方面，都代表了傳統字書的最高水準，是傳統字書名副其實的集大成者和殿軍。

　　祖述《說文》之字書，除上列數種外，還有不少，我們不能一併介紹。上述字書在文字學史上都曾產生過重要的影響，起過較大的作用，其時代從魏晉到元明，延及清代，它反映出《說文》這一系字書發展的大致脈絡。《玉篇》以楷書爲正字，代表了《說文》系字書由擬古、崇古向現實文字制度的轉變，爲一個發展階段。到明代《字滙》的問世，突破了《說文》的分部和體例，是這一系字書的一大革新。而《字滙》、《正字通》及清代的《康熙字典》，在編寫體例上，已形成了兼采眾家的特點：它對匡正俗訛文字的重視，顯然吸取了「辨正文字」一類字書之長；集錄古體時，對「古文字書」也多所采掇；注音時，則集中反映了聲韻研究的成果。除聲韻專著外，爲了顧及敘述的線索，其他兩個方面，我們將在下文述及。

31　見王引之，《康熙字典考證·奏》。

32　參閱張滌華，〈論《康熙字典》〉，《張滌華語文論稿》（安徽教育出版社，1983）。

第二章
從《説文》到字書的編纂(下)

一、辨正文字之字書

　　辨正文字之類的字書，是適應糾正文字使用混亂這一需要而出現的。魏晉南北朝時期，漢字形體經歷了由隸書到楷書的轉變。新詞的激增，導致大批新字的出現，加之政治分裂，社會動盪，文字的使用異常混亂，俗文新字流行於世。北齊顏之推曾說：「晉宋以來，多能書者。故其時俗，遞相染尚。所有部帙，楷正可觀，不無俗字，非爲大損。至梁天監之間，斯風未變；大同之末，訛替滋生。蕭子雲改易字體，邵陵王頗行僞字；朝野翕然，以爲楷式，畫虎不成，多所傷敗。至爲一字，唯見數點，或妄斟酌，逐便轉移。爾後墳籍，略不可看。北朝喪亂之餘，書跡鄙陋，加以專輒造字，猥拙甚於江南。乃以百念爲憂，言反爲變，不用爲罷，追來爲歸，更生爲蘇，先人爲老，如此非一，遍滿經傳。」[1]即使是儒家經典，文字使用的混亂也在所難免。唐代陸德明說：「五經字體，乖替者多，至如『鼀、鼊』從『龜』，『亂、辭』從『舌』，席下爲帶，惡上安西，析旁著片，離邊作禹，直是字訛，不亂余讀。如『寵』字爲『寵』，『錫』字爲『錫』，用攴代文，將無混无，若斯之流[2]，便成兩失。又來旁作力，俗以爲約『勑』字，《說文》以爲『勞倈』之字；水旁作曷，俗以

1　見顏之推，《顏氏家訓集解》(上海古籍出版社，1980)，頁514。
2　據《佩觿》校「寵」爲「寵」，「其□之流」爲「若斯之流」。

爲『饑渴』字，字書以爲『水竭』之字。如此之類，改便驚俗，止不可不
知耳。」[3]魏晉以降文字使用的嚴重混亂，迫使唐王朝建立以後採取了相
應的語文政策。唐太宗命孔穎達撰《五經正義》，統一經典的釋義，顏師
古撰《五經定本》統一經典的字形，而且相繼產生了一批辨析異俗、匡正
訛誤、統一字形的「字樣」之書，並由此形成文字學史中「辨正文字」這
一類新的字書系列。

　　辨正文字的字書，最早的當爲顏師古(571-645)的《字樣》。據《舊
唐書・顏師古傳》載，顏氏貞觀七年(633)「拜秘書少監，專典刊正所有
奇書難字。眾所共惑者，隨宜剖析，曲盡其源」。顏元孫也說：師古「貞
觀中刊正經籍，因錄字體數紙以示，讎校楷書，當代共傳，號爲『顏氏字
樣』」[4]。顏師古精通文字訓詁，又校正五經文字，爲時人推重，他所錄
字體數紙，具有權威性，故能作爲校正文字的楷模，被稱爲「字樣」。顏
師古的《字樣》是「字樣」之書的開創之作，其後杜延業的《群書新定字
樣》、顏元孫的《干祿字書》、歐陽融的《經典分毫正字》、唐玄宗的
《開元文字音義》、張參的《五經文字》、唐玄度的《新加九經字樣》相
繼問世。唐代的「字樣」之學，是文字學的一個重要方面。宋代郭忠恕的
《佩觿》、張有的《復古編》、婁機的《廣干祿字書》、李從周的《字
通》、遼代釋行均的《龍龕手鏡》、元代李文仲的《字鑑》、明代焦竑的
《俗書刊誤》、葉秉敬的《字孿》、清代龍啓瑞的《字學舉隅》，等等，也
都屬這一系列。辨正文字的字書可謂代有新作，流傳不絕，成爲字書編纂的
一個分支。下面擇現存重要的幾種，略加介紹。

　　《干祿字書》一卷，唐代顏元孫撰。顏元孫(?-714)，字聿修，唐京
兆萬年(今西安市)人，學有淵源。他以顏師古《字樣》爲本，「參校是
非，較量同異」，增補爲《干祿字書》一卷。大曆九年(774)，此書由其

3　見陸德明，《經典釋文・序》。
4　見顏元孫，《干祿字書・序》。

侄大書法家顏真卿刻石於湖州任所。《干祿字書》問世後，一直為世人所重，這與唐代實行的科舉制度有直接關係。《干祿字書・序》云：「進士考試，理宜必遵正體，明經對策，貴合經注本文……既考文辭，兼詳翰墨，升沈是繫，安可忽諸？用舍之間，尤須折衷。」這部字書不僅為辨正文字而作，亦為科舉考試、謀求祿位功名所用，書名「干祿」，即為此義。

　　《干祿字書》以平、上、去、入四聲為綱，按206韻為次編列單字[5]，每字之下所列異體，分別以「俗、通、正」標明。其〈序〉云：

> 以平、上、去、入四聲為次，具言俗、通、正三體。偏旁同者，不復廣出，字有相亂，因而附焉。所謂「俗」者，例皆淺近，唯籍賬、文案、券契、藥方，非涉雅言，用亦無爽，儻能改革，善不可加；所謂「通」者，相承久遠，可以施表奏、箋啟、尺牘、判狀，固免底訶；所謂「正」者，並有憑據，可以施著述、文章、對策、碑碣，將為允當。

　　顏氏對「俗、通、正」三體的分別，是對當時漢字運用的實際情況進行分類處理的結果。「俗字」淺近，流行民間，切於日常要用；「通用字」承襲已久，通行於世，可以用於寫作公文；而「正字」則是字有憑據，適用於嚴肅、莊重的著述文章和碑刻。如果字有三體，顏氏則逐一羅列注明，如：

> 凵、凸、召　上俗，中下正，諸從「召」者準此。
> 茲、茲、茲，耆、耆、耆　並上俗，中通，下正。

同一字「俗、通、正」三體並列比較，使學人有所憑依，一目瞭然，是很

5　206韻次序與《廣韻》間有不同。

簡潔有效的正字辦法。注中「諸從『召』者準此」等語，即〈序〉中所說
「偏旁同者，不復廣出」，採用舉一而反三的方法處理。對漢字中形近字
的辨析，是這部書的另一重要內容，如：

(1)**弦、絃**　上弓弦，下琴絃。
(2)**藉、籍**　上藉草，下簿籍。
(3)**彤、肜**　上赤色，徒冬反；下祭名，音融。

(1)(2)組爲形近、音同而義異字的辨析，(3)組爲音義異而形近字的辨
析。顏氏對比羅列，或出具所屬詞語，如「弓、弦」，「簿、籍」以示其
用；或解釋字義，如「彤，赤色」以見其別；或增加反切，以明讀音。這
種辨析，從形、音、義三方面入手，按實際情形而有所側重，既符合漢字
的特點，又明白易曉，實用可行。

　　《干祿字書》一書祖於顏師古《字樣》而更加完密，在文字學史上有
著重要的價值。首先，該書的問世對澄清當時文字使用的混亂狀況，起到
了積極的作用。顏氏辨別「俗、通、正」三體，比較形近字之別，爲一般
人習字用字提供了依據，成爲漢字規範的「樣本」。其次，顏氏正確的
「正字」思想和方法，對後世的漢字正字有借鑑作用。漢字正字的問題，
在文字學創立時期就十分凸出，許慎撰《說文解字》的重要目的之一，就
是糾正「人用己私，是非無正」的現象。《說文》問世後，成爲正字的權
威著作，達到了這一目的。顏氏面對文字使用的混亂，認爲：「若總據
《說文》，便下筆多礙，當去泰去甚，使輕重合宜。」他分「俗、通、
正」三體，取客觀態度指明各種字體使用的場合和範圍，重申「正字」，
認可「通用字」，對「俗字」的態度則是「非涉雅言，用亦無爽，倘能改
革，善不可加」，這是一種現實的態度。確定「正字」使正字有依據，承
認「通用字」則尊重文字使用約定俗成的社會性，對「俗字」允許它在一
定的範圍存在，這有利於文字的發展。其實唐代的「通用字」，許多是許
慎所說的「俗字」，而顏氏所指出的「俗字」，到後來很多則變爲通用

字、正字，可見顏氏對「俗、通、正」三體的處理態度是審慎穩妥的。這符合漢字在規範中求穩定，在規範外求發展的特點。比「總據《說文》」來是正文字，態度更現實，行之也更有效。顏氏對漢字「俗、通、正」之分及處理的方法，為後來正字字書所汲取，對漢字正字產生了深遠的影響。另外，顏氏之書辨別近形，羅列異體，有助於校讀中古典籍，為漢字進入楷書階段以後形體變更的研究，為現代漢字歷史淵源的探討，保存了豐富的資料。

顏氏之書雖然也有疏謬之疵，如「截然」兩字而誤為「正俗」，本為「俗字」而校為「通用」，等等。但是，正如《四庫全書總目》云：「雖皆不免千慮之失，然其書酌古準今，實可行用，非詭稱復古，以奇怪釣名。言字體者，當以是為酌中焉。」

《五經文字》三卷，唐代張參撰。參里貫未詳，其書成於唐大曆十一年(776)六月。張參為當時名儒，兼精文字、訓詁、音韻之學。大曆十年(775)張參受詔參與「勘校經本」，「與二三儒者分經鈎考，而共決之，互發字義，更相難極……卒以所刊書於屋壁」，「然以經典之文六十餘萬，既字帶惑體，音非一讀。學者傳授，義有所存。離之若有失，合之則難併……乃命孝廉生顏傳經收集疑文互體，受法師儒，以為定例，凡一百六十部，三千二百三十五字，分為三卷」。這部書的編寫主要是應讀經之需和科舉之用，作者以為：「自頃考功禮部，課試貢舉，務於取人之急，許以所習為通，人苟趨便，不求當否，字失『六書』，猶為一事，五經本文，蕩而無守矣。」書中所收「疑文互體」，皆依《說文》、《字林》、《石經》予以辨正。「《說文》體包古今，先得六書之要；有不備者，求之《字林》；其或古體難明，眾情驚懵者，則以《石經》之餘，比例為助；《石經》湮沒，所存者寡，通以經典及釋文相承隸省，引而申之，不敢專也。」[6]其書於文字點畫之微，音義之末，都明析細察，悉心辨正。如：

6　以上引文均見該書〈自序〉。

築、築　上《說文》，下《石經》。（卷上·木部）

班、斑　上從刀，分也；下從文，采也。（卷中·玉部）

綏、綏　上從隹反，從委；下小隹反，從妥。（卷下·糸部）

泰、黍、黎　自此已（以）上並下從「水」，相承省作「水」，從
「小」、從「小」者皆訛。（卷下·水部）

婚　《五經》多作「昏」，以正昏時之義。（卷下·女部）

以上各例，可以反映《五經文字》辨正文字的不同方面。第一例標明或羅
列異體，指出所本；第二例辨形近音同字之別；第三例辨形近之字；第四
例說明偏旁相承省變之由，指出訛誤；第五例則總結經典文字通用假借的
情況。正形、辨音、別義、明用，凡有疑誤者，均在辨正之列，使「慕古
之士，且知所歸」。因此，此書在範圍上雖不及《干祿字書》廣，而內容
卻比顏氏之書更豐富。

在編排體例上，《五經文字》採用分別部居的傳統方法，〈自序〉
云：「近代字樣，多依四聲，傳寫之後，偏旁漸失，今則采《說文》、
《字林》諸部，以類相從，務於易了，不必舊次。」《五經文字》的部首
雖采《說文》、《字林》，但只列160部，這是由於作者「自非經典文義
之所在，雖切於時，略不集錄，以明為經不為字也」。有些偏旁經書無字
自然可以不立，而張氏的貢獻在於對《說文》540部進行了重要的改動。
其改動主要有：(1)凡《說文》有部無字者，皆廢除；(2)屬字較少的部首
酌情合併；(3)重文部首歸為一部，如「艸」部含「屮、蓐、茻」，
「隹」部含「雔、雥」等；(4)取消從屬部首，如「刃」屬「刀」，
「黍」屬「禾」，「瓠」屬「瓜」，「有」屬「月」，等等。這些調整，
切於實用，尊重了楷書的形體結構。改造後的分部，更符合便於檢字的原
則，這是值得肯定的。明代梅膺祚《字匯》列214部，顯然受到張氏的影
響。

《新加九經字樣》一卷，唐代唐玄度撰。唐玄度，里籍未詳，為唐文
字學家。大和七年(833)奉敕覆定九經字體，以張參《五經文字》為準，

對傳寫乖誤者，依字書參詳改正，諸經之中《五經文字》未載別有疑闕者，以及篆隸之變而古今體異者，「與校勘官同商較是非，取其適中，纂錄為《新加九經字樣》一卷」[7]。這部書是補《五經文字》之不足而撰寫的，共分76部，收字421個。《新加九經字樣》所收之字，絕大多數是「古今體異，隸變不同」而造成的，如：

斷、折　旅入。上，《說文》云：譚長說，本從斤斷艸，艸音草；下，隸省。（手部）

秊、年　上，《說文》，從禾從千聲；下，經典相承隸變。（禾部）

這些字均以《說文》篆體的隸古定與通行字體相比，指明上一字出處，並在下一字注明「隸變」或「隸省」，這類情況占該書的絕大多數。古今之體，因隸變而有別，唐玄度逐一比較，使人知字形之異，對了解文字形體的演變不無裨益。對某些字，唐玄度還詳細分析訛變過程，如：

蓋　案《字統》，公艾翻，苫也，覆也。《說文》，公害翻，從艸從盍，取盍蓋之義。張參《五經文字》又公害翻，並見「艸」部，「艸」音「草」。玄宗皇帝御注《孝經石台》亦作「蓋」。今或相承作「盖」者，乃從行書「艹」，與「荅、若、著」等字並皆訛俗，不可施於經典，今依《孝經》作「蓋」。

這裡對「蓋」字形體的來源做了明細的分析，並兼及「荅、若、著」等字的俗訛之形，其細密不讓張參。

　　《新加九經字樣》問世即請附於《五經文字》之末，二書實相輔而

7　見唐玄度，《新加九經字樣》卷首牒文。

行。《四庫全書總目》說:「《五經文字》音訓多本陸德明《經典釋文》,或注某反,或注音某。元(玄)度時避言『反』字,無同音字可注者,則云某平某上,就四聲之轉以表其音,是二書義例之異云爾。」如「折」下「旃入」,即是「就四聲之轉以表其音」的例子。《新加九經字樣》較量古今,細辨隸變訛俗,既有補於張氏之疏,而又間有所得。在辨正訛俗,規範用字方面與《五經文字》同樣起過重要作用。

　　《佩觿》三卷,宋代郭忠恕撰。郭忠恕(?-977),字恕先,河南洛陽人。忠恕幼能誦書屬文,七歲童子及第,長於繪畫,兼通小學,最工篆籀,又善史書。宋太宗初即位(976),令刊定歷代字書。所著文字學著作尚有《汗簡》三卷(詳下節)。《佩觿》論字所由,校定分毫,爲辨正文字之書。書名取於《詩經・衛風・芄蘭》「童子佩觿」一語,以明此書爲學童所用,故開卷即云:「《佩觿》者,童子之事得立言於小學者也。」[8]
　　全書的內容分爲「三段十科」。上卷內容爲「三段」。所謂「三段」,「一曰造字之旨」,「二曰四聲之作」,「三曰傳寫之差」,總結和概述了漢字結構、讀音的沿襲訛誤和傳寫偏差。「造字之旨」列舉了文字分析、運用、沿襲的各種毛病近二十種,搜集了大量生動的例子,涉及面甚廣,如「矛盾、淺陋、野言、濫讀、蕪累」等類屬於漢字分析、理解、運用的混亂現象,而「相承、遷革、俗訛」等類則是漢字變更沿襲、異俗傳承的結果。凡此科所列均爲漢字形體結構方面的問題。「四聲之作」主要列舉「音訛字替」的諸種現象,有「南北語殊,人用其鄉,相傳非一,同言異字,同字異言」者,有「音義一而體別」,「形聲異而物同」者,包羅了各類讀音的訛誤歧異情況。「傳寫之差」則專列各種因形近而傳寫互訛的例子。上卷這三個部分滙集文字分析、運用、傳寫之病,備列形聲訛變之由,雖就消極現象而論,卻也頗具匠心。童子開卷,即知

8　毛傳:「觿,所以解結,成人之佩也。人君治成人之事,雖童子猶佩觿,早成其德。」

文字運用有眾多之非，有如此不可爲者，方能不入歧途；而正因爲文字運用有如此多的毛病，所以辨正文字不可忽視。因此，「三段」作爲上卷實爲中、下兩卷張本。

中、下卷以形近易誤的字成對相比(也有不止兩字者)，詳辨形、音、義之別，分爲「十科」。所謂「十科」，即郭氏以上字的平、上、去、入四聲爲綱，與下字的四聲相組合而分的10個類別，只是一種編排方式。如以「平聲」始者分：(1)平聲自相對，即上下字均爲平聲，如「桃、挑」；(2)平聲、上聲相對，如「澧、澧」；(3)平聲、去聲相對，如「揀、棟」；(4)平聲、入聲相對，等等。如此類推，第十科爲「入聲自相對」。中、下兩卷爲該書的主要內容，辨正分毫，頗爲精確，如：

盲、肓 上，木庚翻，目疾；下，火光翻，膏肓。(平聲自相對)。

壬、壬 上，如此翻，止方幹也，中畫長；下，他頂翻，人壬然而立也，從亻下土。(平聲、上聲相對)

沇、次 上，敘連翻，沇(涎)液水，從水；下，千賜翻，次第，從一二之二。(平聲、去聲相對)

刺、剌 上，七賜翻，芒刺，又千亦翻，針刺；下，來末翻，戾也。(去聲、入聲相對)

如此之類，注音、釋義、辨形，均簡約而明瞭，對理解這些字形、音、義的差別，以防止書寫和運用的訛誤是很有用的。這些字至今仍爲易誤易混之字，可見郭氏之書仍有其參考價值。

郭忠恕精熟古文字，全書上卷論形聲訛變，合造字之旨；中、下卷辨字畫疑似，也出語剴切。這部書不僅有助於學童識字和用字規範，對文字演變和漢字結構的研究也是有意義的。《四庫全書總目》稱讚郭忠恕「洞解六書，故所言具中條理」，「所論較他家精確多矣」。至於書中以「示」爲「視」正字，「視」爲俗字，謂「車」本無「居」音之類，「均

病微疏」，無傷大雅。

　　《復古編》二卷，宋代張有撰。張有，字謙中，湖州人。「弱冠以小篆名，自古文奇字，與夫許氏之書，瞭如燭照……他書餘藝，無一不入於胸中。蓋其專如此，故四十而學成，六十而其書成。」[9]張有撰《復古編》始於元豐(1078-1085)[10]，用功數十年，成於大觀(1107-1110)、政和(1111-1118)之間[11]。全書分「二卷，三千言，據古《說文》以爲正」[12]。樓鑰說，其書「考證精詣，字之合於古者，皆所不論，唯俗書亂之者，必正其訛舛，毫釐不貸；讀者說(悅)服，無有異論」[13]。張氏取書名爲「復古」，意欲正俗訛以復《說文》之古。書以小篆爲正字，按平(分上、下)、上、去、入四聲排列，每字之下附列別體俗體，辨正訛誤。如：

思　容也，又頟也，從囟從心。別作「腮、顋、憨」，並非。蘇來切，又息茲切。(卷上・上平聲)

體　總十二屬也，從骨豊，別作「軆、躰」，並非，土禮切。(卷上・上聲)

笑　喜也，俗從竹從犬而不述其義。案《說文》從竹從天，義云竹得風其體天屈，如人之笑，未知其審，別作「咲、关」，並非。私妙切。(卷上・去聲)

　　「卷下・入聲」之後附錄有六：一曰「聯綿字」，專列「霹、靂」，「消、搖」，「徘、徊」之類的聯綿詞，辨別其異形、俗體之非。二曰「形聲相類」，列「鍾、鐘」，「眛、昧」，「杪、秒」之類的形聲相近

9　見程俱政和二年，《復古編・序》。
10　參閱陳瓘大觀四年，《復古編・序》。
11　參閱樓鑰嘉定三年，《復古編・序》。
12　見程俱政和二年，《復古編・序》。
13　參閱樓鑰嘉定三年，《復古編・序》。

之字，求其異同。三曰「形相類」，收「臽、臼」，「汨、汩」，「疋、足」等形近易混之字，詳析其形體。四曰「聲相類」，舉「玩、翫」，「气、氣」，「忻、欣、訢」之類同音異形異用之字，細加分別。五曰「筆跡小異」，示同一篆字筆跡差別之微。六曰「上正下訛」，集篆字若干書寫之誤，上出正體，下列訛體，以爲比較。

　　《復古編》正文與附錄，均體現了復《說文》之古的編寫動機。張氏以《說文》爲依據，區分正俗別異，糾正點畫誤訛，汲取了前人正文字諸書的某些特點，但在具體字的分辨中，據篆字的形體結構來分類立說則是其獨特處。張氏善篆，在宋代新說歧出、不守古法的風氣中，獨以《說文》爲準繩，校正俗訛，弘揚了《說文》統一規範文字的精神，這一點值得贊許。然而，張氏過於篤信《說文》，甚至說「《說文》所無，手可斷，字不可易也」[14]。拘泥不變，至於偏執，對文字合理的發展演變一概持否定態度，這就很不足取。表現在書中的兩個明顯問題，一是據篆體隸定字形，往往排抵通行的寫法。如：

走　張氏隸作「𡕢」，從夭止，夭止者，屈也，隸作「走」，俗。（卷上・上聲）

秀　張氏隸作「禿」，從禾几，別作「秀」，從乃，非。（卷上・去聲）

「走」的辨俗沒有太大的意義，而「秀」隸作「禿」則有違漢字運用的習慣，與「從人，上象禾粟之形」的「禿」相近，造成了人爲的混亂。

　　二是否定分別文，無視文字的分化演變。張有指爲「非」的很多「別」字，實際是分化字(即分別文)。它們有的是同一字字形的分化和更替，有的則是同一字分化爲幾個各司其職的字。如：

14　見陳振孫，《書錄解題》。

說　　釋也，從言兌。一曰：談說。別作「悅」，非。（卷下・入
　　　聲）

奉　　奉承也……別作「捧、俸」，並非。（卷上・上聲）

張　　施弓弦也，從弓長。又陳設也，一曰自侈大也。別作「漲、
　　　泿、脹、痕、墭、埌」，並非。（卷上・去聲）

　　張氏斥爲「非」的字大都爲分別字(或爲新造字)，按張氏的正字法，
幾乎《說文》之外的一切分別文都在取消之列。分別文就其源流可追溯到
某一字根，就其作用則實爲不同的字，它們的產生是漢字孳乳分化以適應
記錄語言之需的自然結果。張氏將分別文統統歸爲字根之別異，斥之爲
「非」，這是不通文字之變，缺乏發展的觀點。顏之推已看到「不通古
今，必依小篆，是正書記」的行不通[15]。顏元孫作《干祿字書》則更明確
地說過「若總據《說文》，便下筆多礙」。張有卻未能繼承這些合理的思
想，按他的做法，差不多無法著書作文了。就他自己，實在也難做到字必
以篆文爲正。出現這兩個問題，表明他對漢字缺乏發展的、歷史的眼光，
正字思想是保守的，而且也不切實際，這就削弱了該書的正字作用。

　　張氏書中分析形聲結構均謂「從某某」，不注「聲」字，與會意無
別，辨析不當、誤合異文、張冠李戴的錯誤也時有所見。前人「稱美甚
至」，譽爲「精博」，似乎有點言過其實。不過，《復古編》問世後，曾
發生過相當的影響，繼起之作有曹本《續復古編》、吳均《增修復古
編》、戚崇僧《後復古編》、陳恕可《復古編篆韻》、泰石華《重類復古
編》、劉致《復古糾繆編》，等等，這些書大多不存，就所存的曹氏、吳
氏之書看，可以說是每況愈下，遠不及張氏。

　　《龍龕手鏡》四卷，遼代釋行均撰。行均，俗姓于，字廣濟。「善於
音韻，閑(嫻)於字書」。所著《龍龕手鏡》成於統和十五年(997)前後，
全書收字26430餘個，注文163170餘字，共189600餘字。其書主要是針對

15　參閱顏之推，《顏氏家訓集解・書證》(上海古籍出版社，1980)，頁462。

佛經文字「流傳歲久，抄寫時訛，寡聞則莫曉是非，博古則徒懷惋歎」的情況而編纂的，欲是正名言，以「引導後進」，通悟佛典。釋智光云：「矧以新音遍於龍龕，猶手持於鸞鏡，形容斯鑑，妍醜是分，故目之曰《龍龕手鏡》。」[16]宋人因避廟諱(宋太祖之祖父名「敬」，與「鏡」音同)，而改「鏡」爲「鑑」字，故宋以後本又名《龍龕手鑑》[17]。

該書在編排體例上有新的突破。它將《説文》部首歸併爲242部，又按平、上、去、入四聲，分爲四卷。第一卷平聲97部，第二卷上聲60部，第三卷去聲26部，第四卷入聲59部。每部之字也按平、上、去、入的順序排列。這種編排，一方面繼承了傳統的部首編排法，以部統字，並化繁爲簡，歸併和取消了不適用的部首，對傳統的分部做了革新；另一方面又吸收了韻書編纂的特點和長處，以四聲統部首，部首中又以四聲順序統單字，這較同時或以前繼《説文》之後而編寫的字書是一大進步。楷書字書仍以《説文》分部列字，查部首與單字都較困難，而以四聲爲綱，檢索部首與單字，則更爲便利。因此，《龍龕手鏡》在編排方法上有創新之功，可謂開音序檢字法之先河。釋智光〈新修《龍龕手鏡》‧序〉云：「總四卷以平上去入爲次，隨部復用四聲列之，又撰〈五音圖式〉附於後，庶力省功倍，垂益於無窮者矣。」

收字仿唐代顏元孫《干祿字書》體例，每字下必詳列「正」、「俗」、「今」、「古」及「或作」諸體，一一注明。對每字的音義也簡爲注釋，字有又音者列不同反切。每字注釋之末以數字標明共收幾文。所收各種異形，來源甚廣，「於《説文》、《玉篇》之外多所搜輯」，有相當部分出自佛教經典。《四庫全書總目》謂「每引《中阿含經》、《賢愚經》中諸字，以補六書所未備」。錢大昕云：「注中所引，有舊藏、新藏、隨文、隨函、江西隨函、西川隨函諸名。又引應法師音、郭逖音、琳法師說。」[18]該書羅列諸體，不加按斷和辨正，如：第一卷「金部」平聲

16　以上引文均見釋智光，〈新修《龍龕手鏡》‧序〉。
17　參閱錢大昕，《十駕齋養新錄》卷十三。
18　參閱錢大昕，《十駕齋養新錄》卷十三。

所收「鋒」字，共列四形，首出一「俗」體，次出一「或作」，再次列「正」體，最後爲「今」體，後出注音和釋義。「金部」入聲收「鑿」字，先併列四「俗」體，再出「正」體。第一卷「人部」平聲「仙」字，先併出三「俗」體，次出一「或作」，又列兩「古文」，又於注中曰「今作仙」。凡所列俗體、今文、古文、或作之類，均無辨析，意在使人知正俗、廣見聞，這與其他匡正俗訛的字書不盡相同。

《龍龕手鏡》收集的大量俗體、異體，反映了漢字運用的實際情況，在用字混亂的當時，是一部很有用的工具書。它保存的各種字形，對今天研究中古漢字的流變也是很有價值的資料。清代學者以其多收俗體，指責該書「俗謬怪妄」、「直是費書」[19]，實爲不知著者用心，言而未當之論。

《字鑑》五卷，元代李文仲撰。文仲，長洲(今江蘇吳縣)人。自署吳郡學生，其事跡無考。文仲因伯父李世英編《類韻》，於文字點畫尙有未及校正者，編成此書，「以《說文》箴《增韻》(即毛晃《增修互注禮部韻略》)之誤，以六書明諸家之失」[20]；「辨正點畫，刊除俗謬」[21]。

全書按平、上、去、入206部之次編列諸字，平聲57部分爲上、下兩卷，上、去、入各一卷，共五卷。每字之下，先出反切注音，次引《說文》釋形義，最後逐一辨正俗訛之形。如：

昏　呼昆切。《說文》：「日冥也，從日從氏省。氏者下也。」會意。或從「民」作「昬」。凡「緍、敃、婚、閽」之類從「昏」。《增韻》於「緍」字下云：「本作緍，誤作緡，今不敢去。」又《五經文字》云：「本從民，先朝避諱改作昏。」案：「昏」從「氏」省者，會意，從「民」者，諧聲也，二字皆通。然《說文》本字從「氏」省，於

19　參閱李慈銘，〈跋語〉。
20　見李文仲，《字鑑・自序》。
21　見《四庫全書總目》卷四十一(中華書局，1965)。

下注云「一曰民聲」，則「昬」乃或作之字昭然可見，偏
旁俱當從此，二說皆誤。（卷一・二十三魂）

月　　魚厥切。《說文》作「𠃉」，「闕也。太陰之精，象形」。
　　　隸作「月」，上有闕，中二畫連左不連右，凡「朦、朧、
　　　朔、望、明、朗、有、朏、期、刖、霸、閒、朓、朒」之類
　　　從「月」。與「月、月、月」三字不同。如「脣、胃、筋、
　　　臘」等字，從「月」，音「肉」，上畫合，中二畫滿。
　　　「青」字從「月」，音「丹」。「前、俞、朝、朕」等字，
　　　從「月」，音「舟」。偏旁俗混作「月」誤。（卷五・十月）

　　《字鑑》一書體現了「以《說文》箴《增韻》之誤，以六書明諸家之
失」的宗旨。每字之下不僅引許慎之說，而且以許說為本，分析文字構
造，指明俗訛形體。上引「昏」與「昬」之辨析，「月」與「肉、丹、
舟」等偏旁之正訛，都是以《說文》和「六書」分析為依據的。在辨正俗
訛時，《字鑑》有一個很大的特點，就是「遞互研考」，辨別一字，則輾
轉涉及到一系列相關的字，「觸類而長」。如「月」下，涉及到從
「月」、從「月(肉)」、從「月(丹)」、從「月(舟)」等23字。既於細微
處辨析毫髮，又能根據文字系統的聯繫性遞相連屬，舉一而反三。《字
鑑》後出，對已問世的《說文》以外的諸家字書，也能擇善徵引，於其不
當則又一一駁正之。如《干祿字書》「稿」誤作「槀」，「隙」誤作
「隟」；《五經文字》誤以「肇」為俗訛，「豎」誤作「竪」；《佩
觿》誤出「屯」為「屯聚」字，等等，都得以糾正，而舉正《增韻》、
《韻會》之處尤多。「大旨悉本《說文》，以訂後來沿襲之謬，於小學深
為有裨。至若『芰』字變為『荸』、『陊』字變為『墮』、『隓』字變
為『隳』之類，則以為承訛既久，難於遽改，而但於本字下剖析其所當
然，深得變通之宜，亦非泥古駭俗者所可比也。」[22]《字鑑》辨正文字重

<hr>

22　見《四庫全書總目》卷四十一（中華書局，1965）。

本源，分析形體重結構，而又能兼及流變之理，是一部有著較高文字學水平和實用價值的字書。清代鄒光第曾評之曰：「其說不泥於古，亦不汩於俗……唐宋以還，正字畫者，顏元孫有《干祿字書》、郭忠恕有《佩觿》，皆不及此書醇備。學者置諸案頭而循環省覽，則下筆自有典型，一切訛俗別字，無從犯其筆端，豈非一大快事哉！」[23]

《俗書刊誤》十二卷，明代焦竑撰。焦竑(1540-1620)，字弱侯，日照(今山東日照縣)人，一作江寧(今江蘇江寧縣)人。竑曾官翰林院修撰，主修《國史》，撰《經籍志》。後棄絕仕途，潛心經史，博極群書，且善爲古文，精通字學。

《俗書刊誤》並非作者的專意之作。著者有感於世之學者「肆筆成訛，蓋十居六七者有之」，早年教授兒曹曾加以點定，「兒曹因筆於策」，遂錄成是書[24]。儘管如此，該書在匡正俗訛方面仍有其重要價值。《俗書刊誤·自序》云：「夫書有通於俗無害於古者，從之可也；有一點一畫轉仄縱橫、毫髮少差、遂懸霄壤者，亦可沿襲故常而不知變哉？此編所載其略也，學者能觸類以求之，通經學古，此亦其津筏也夫。」

書第一至第四卷，按平、上、去、入四聲76部，收列俗訛之字，上出正字，注文一一辨正之。如：「厶：俗作厶，非。厶，古私字」(上聲·五姥)；「筦：俗作菅，非。菅，音古顏切」(上聲·九旱)；「禿：俗作秃，非」(入聲·一屋)，等等。第五卷考字義，論及「焦、武、私、疊、均」等四十餘字之形、音、義，多有己見。第六卷考駢字，辨其正俗，列其異體。第七卷考字始，如：「景，日景也，葛洪加彡作影」；「邤即闞，明皇以類幽改作邤」；「陳，王逸少省東爲車，而作陣」；並收集了吳孫休名其子所創八字，唐武則天所製新字，《周禮》、《爾雅》、《穆天子傳》所存奇字等。第八、九卷考音義同而字形異之連綿字。第十卷考

23 見《字鑑·跋》。
24 參閱焦竑，《俗書刊誤·自序》。

字同音義異之字，如：「要，本腰字，轉去聲，欲也」；「台，王來切
（按：《廣韻》『土來切』，原本『王』字爲『土』誤），星名。與之切，
我也。《書》：『以輔台德。』又音臺，魯地也。《春秋傳》：『季孫宿
救台。』」等等。第十一卷考俗用雜字，如：「未燒磚瓦曰坯」；「腹中
長蟲曰蛔，一作蚘，又作蛕」；「撐小舟曰划」，等等。卷十二論字易
訛，依次集錄李昭玘、柳豫、趙撝謙、李陽冰、王應電等人有關字形訛誤
的言論。

《俗書刊誤》「其辨最詳，而又非不可施用之僻論，愈於拘泥篆文，
不分字體者多矣」[25]。此評大抵符合焦氏之書。然書中也有過於拘泥點畫
之處者，如：「者，俗無點，非」（上聲・十六者）；「視，俗作視，非」
（去聲・二寘）；「次，俗作次，非」（去聲・二寘）；「習，俗作習，
非」（入聲・八緝），如此之類，拘於造字之意，而疏於筆勢之變。「見，
俗作現，非」（去聲・十一霰），「莫，俗更加日作暮，非」（入聲・六藥）
等例，則表明焦氏對分別文的處理缺乏通變精神。在卷五考字義及其他章
節中，也偶有疏誤。如《卷五》云：「武，從戈從凵（亡），戈見其義，亡
見其聲也……《左氏》之『止戈爲武』誤也，有『止』義何以云偃武
乎？」誤把「止」作爲「亡」而有強作解人之嫌。

二、古文字書

古文字書是繼《說文》之後出現的一類專門字書，它搜集各種古文字
形，滙集成冊，以存古篆子遺。《漢書・藝文志》所載之《八體六技》已
開始集各種字體而成書，然古文字書的編纂，可以說更得力於《說文解
字》。許愼撰寫《說文》的收字原則是「敍篆文，合以古籀」。書中收字
除與篆文相同的「古文」、「籀文」，明文注出的古籀，總數即達七百
餘。許愼是最早對古文字進行系統整理的學者，《說文》也成爲保存早期

25　見《四庫全書總目》卷四十一（中華書局，1965）。

古文字資料的寶庫。東漢古文經學的興盛，推動了文字學的發展，古文字
也因此為學者所重視。東漢以降，古文字代有傳人。魏初陳留邯鄲淳，
「特善《倉》、《雅》，許氏字指，八體六書」，其後學以古、篆、隸三
體書經書於石碑，立於漢熹平石經之側，以為天下取法，「其文蔚煥，三
體復宣」。對古文的流傳，尤有功績[26]。晉武帝咸寧五年(279)，汲郡盜
發戰國魏王墓，出古書數十車，皆蝌蚪文字，即所謂「汲塚古文」。其中
有《周易》、《竹書紀年》、《穆天子傳》等十六部古書，共七十五卷，
十餘萬言，這是孔子壁中書之後，戰國古文的又一大發現。次年官收其
書，藏於秘府。太康二年(281)始命荀勗、和嶠、束皙、杜預、衛恒等人
編校寫訂，至永康元年(300)整理才告結束[27]。當時學者十分重視這批古
書，隸定釋文，校正經傳史籍，做了相當細緻的整理和研究工作[28]。續咸編
《汲塚古文釋》十卷，對汲塚古文考釋的成果做了總結。由此可知，魏晉
時識古文的學者仍然不少，專門纂集傳世古文的字書已經出現。至宋代郭
忠恕編《汗簡》，所引古文字書，有張揖《集古文》、徐邈《集古文》、
《證俗古文》、《群書古文》、《撼古文》等，皆以「古文」名書，其書
均佚，詳情不得知。而現存郭忠恕的《汗簡》和夏竦的《古文四聲韻》，
則是最有影響的古文字書，稍後尚有杜從古的《集篆古文韻海》行於世。
宋代金石學的興起，又產生了以收集金文為主的古文字書。這裡我們對
《汗簡》、《古文四聲韻》等作一介紹。

　　《汗簡》七卷，宋代郭忠恕撰。忠恕事　見上節。郭氏「常痛屋壁遺
文、汲塚舊簡年代浸遠，謬誤滋多」[29]。「頃以小學蒞官，校勘正經石
字，由是諮詢鴻碩，假借字書，時或采掇，俄成卷軸」[30]，著《汗簡》一

26 參閱《北史‧江式傳》(中華書局，1974)。

27 參閱朱希祖，《汲塚書考》(中華書局，1960)。

28 參閱《晉書‧儒林傳》(中華書局，1974)。

29 參閱陸紹聞，《金石續編》卷十三中郭忠恕〈致英公大師書〉。

30 見郭忠恕，《汗簡‧自序》，《汗簡》(中華書局，1983)。

書。

　　《汗簡》輯錄《古文尚書》、《石經》、《說文》等71種材料所保存
的傳世古文，書前列所據書目。書中每字之下悉注明出處，「以《尚書》
爲始，《石經》、《說文》次之，後人綴集者殿末焉」[31]。全書共收古文
2962字，汰其重複約2400餘[32]。《汗簡》的問世，是對宋以前傳世古文的
一次全面整理和總結。

　　《汗簡》對所收字，分540部排列，「始一終亥」，全同《說文》。
正文用古體，其下直接用楷書釋文，不作隸古定，以便於識認。釋文中有
相當一部分是通假關係。收字不避重文，只要字形不同，均在收取之列。

　　《汗簡》一書，前人評價不高，尤其對它所收的眾多古文，學者大多
持懷疑和否定的態度。清代錢大昕說：「郭忠恕《汗簡》，談古文者奉爲
金科玉律，以予觀之，其灼然可信者，多出於《說文》，或取《說文》通
用字，而郭氏不推其本，反引它書以實之。其他偏旁，詭異不合《說文》
者，愚固未敢深信也。」[33]清代鄭珍作《汗簡箋正》，則以駁難郭氏，訂
正訛謬爲事。他在〈自序〉中說：「其歷采諸家，自《說文》、《石經》
而外，大抵好奇之輩，影附詭托，務爲僻怪，以炫末俗。」錢、鄭二氏的
看法頗具代表性。近幾十年來，由於古文字的大量發現和研究的日益深
入，《汗簡》的價值才逐漸被人們認識到。

　　將《汗簡》所徵引的材料與《說文》、《石經》及其他所殘存的材料
進行比較研究，學者們認識到，郭忠恕所收「古文」是從原始材料中輯出
的。對原始材料中的「古文」篆體照錄，對隸古定體則依《汗簡》偏旁部
首，參照《說文》、《石經》等變隸爲古。也就是說，郭氏書中所引材
料，大都有其來歷，並非「影附詭托」之體和「主觀杜撰」之物。不過，

31　見郭忠恕，《汗簡·自序》，《汗簡》(中華書局，1983)。
32　據何琳儀統計，見〈戰國文字與傳鈔古文〉，《古文字研究》第15輯(中華書
　　局，1986)。
33　見錢大昕，《汗簡·跋》，《汗簡》(中華書局，1983)。

這些「古文」在流傳中有不少訛錯[34]。

通過與出土古文字進行比較研究，可以發現《汗簡》所存「古文」字形，有很大一部分能在古文字中得到印證。這表明《汗簡》所引的傳世「古文」，有許多確係「真古文」。下舉數字，與甲骨文、金文和戰國文字作一比較，即可見一斑[35]：

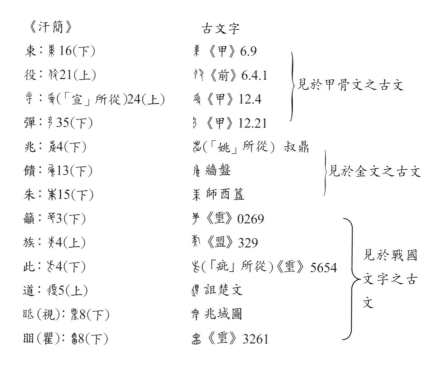

《汗簡》所存「古文」與發現於地下的古文字，尤其是與戰國文字相合者，可謂俯拾皆是。這種相符，清楚地顯示出它的價值所在，因此，我們完全應當對《汗簡》作一新的估價。

34　參閱黃錫全，《汗簡研究》，吉林大學博士論文，1984年10月。

35　《汗簡》頁碼爲中華書局1983年版頁碼；《甲》爲《甲骨文編》，《前》爲《殷虛書契》，《璽》爲《古璽彙編》，《盟》爲《侯馬盟書》。參閱何琳儀〈戰國文字與傳鈔古文〉，《古文字研究》第15輯(中華書局，1986)。

今天看來，《汗簡》的價值主要有兩個方面：(1)廣泛搜集了傳世「古文」，保存了一大批珍貴的古文資料。《汗簡》所引71種材料，除《說文》和陸續發現的石經殘文以及〈碧落碑〉外，百分之九十五的材料都亡佚了。《汗簡》每字之下注明出處，存錄原跡，使傳世「古文」得以倖存。(2)《汗簡》所存「古文」均從具體材料中輯出，又有釋文，是考釋地下古文字材料的重要參考。近幾十年來，從事戰國文字研究的學者，借助《汗簡》「古文」釋認了許多戰國文字。利用《汗簡》考釋古文字，已成為古文字研究的一個新的重要途徑。此外，在文字學史上，《汗簡》也產生過重要影響。《四庫全書總目》云：「後來談古文者，輾轉援據，大抵從此書相販鬻。則忠恕所編，實為諸書之根柢，尤未可以忘所自來矣。」《汗簡》所錄「古文」成為後世傳習古文的依據，「古文」的流傳自宋以後，未嘗衰絕，郭氏之功不可磨滅。宋代興起的金石學以及後來古文字學的發展，都曾受到《汗簡》的積極影響。《汗簡》的缺欠也較明顯，它所輯「古文」來源不一，時代先後參互，在流傳轉抄中字形有很多訛誤，加之一些贗品雜居其中，這自然在一定程度上降低了它的價值。不過，這在當時的條件下是難以避免的。

《古文四聲韻》五卷，宋代夏竦撰。竦，字子喬，江州德安(今江西德安)人。善屬文，又多識古文奇字，於大小篆功力獨深。其語言文字學著作除《古文四聲韻》外，尚有《聲韻圖》一卷，不傳於世。夏氏於〈序〉中說：「臣逮事先聖，久備史官。祥符中，郡國所上古器，多有科斗文。深懼顧問不通，以忝厥職。由是師資先達，博訪遺逸，斷碑蠹簡，搜求殆遍，積年逾紀，篆籀方該。自嗟其勞，慮有散墜，遂集前後所獲古體文字，準唐《切韻》，分為四聲，庶令後學易於討閱，仍條其所出，傳信於世，字有闕者，更俟同志。」從夏氏〈序〉來看，《古文四聲韻》成書於宋慶曆四年(1044)，它的編纂曾經歷了數十年的積累，進行過「斷碑蠹簡」的全面搜集工作，是繼《汗簡》之後又一部用力頗深的古文字書。

《古文四聲韻》首列所引書傳，自《汗簡》而下共97種，集古文字體

約9千[36]，依照唐《切韻》按平、上、去、入四聲排列諸字，以便檢索。這是一部與《汗簡》性質相近的字書，《四庫全書總目》曰：「全祖望跋稱：所引遺書八十八(當為九十八誤)家，以校郭氏《汗簡》，未嘗多一種，實即取《汗簡》而分韻錄之，絕無增減異同，雖不作可也。其說固是。然《汗簡》以偏旁分部，而偏旁又全用古文，不從隸體，猝不易尋。此書以韻分字，而以隸領篆，較易於檢閱，此如既有《說文》，而徐鍇復作《篆韻譜》，相輔而行，固未可廢其一也。唯其書由雜綴而成，多不究『六書』根柢……讀是書者，亦未可全據為典要也。」前人既將《古文四聲韻》當作《汗簡》「分韻錄之」的改編本，對它的看法自然與《汗簡》是差不多的。因此，上文所述《汗簡》優缺點及對它的重新估價，同樣也適合於《古文四聲韻》。與《汗簡》相比，《古文四聲韻》並非「絕無增減異同」，它們有如下不同：

（一）《古文四聲韻》的編纂主要是以備研究金石文字之需。〈自序〉中謂「祥符中，郡國所上古器，多有科斗文。深懼顧問不通，以忝厥職」。於是，始收集傳世古文，「積年逾紀」而終成卷帙。《汗簡》的編纂則是在勘正經石文字過程中采掇而成的。就此而言，《汗簡》為純粹的傳統「古文」之學，而《古文四聲韻》則預示著古文之學向金石學的演進。

（二）《古文四聲韻》所存資料更為豐富。從引書看，它多出《汗簡》27種，除去可能為異名重複的幾種以外，至少還多出十五六種[37]。從收字看，《古文四聲韻》收字總數遠超出《汗簡》，它一字兼收數體，保存了許多有用的古文字形。如：平聲一「東」下「風」字收列15個古文，《汗簡》只收3個。上聲十五「海」下「乃」字收古文21個，《汗簡》所收只是它的四分之一。《古文四聲韻》多出的古文，有的屬隸古定，《汗簡》可能限於體例未能收(郭氏直出古文，夏氏以隸領篆)，有的則是夏氏新增

---

36 字數據何琳儀統計，見〈戰國文字與傳鈔古文〉，《古文字研究》第15輯(中華書局，1986)。

37 參閱中華書局1983年版《汗簡》、《古文四聲韻》出版後記。

益的材料，這些新增古文，有許多來源於貨真價實的古文字資料。

（三）《古文四聲韻》所摹形體，可以與《汗簡》相互校補。有時《汗簡》所摹比《古文四聲韻》準確可靠，但也有許多字《古文四聲韻》保留的字形更近於真實，二者相校對，多有補充，得失互見。

以上三點表明《古文四聲韻》並非照搬《汗簡》、「絕無增減異同」，而是繼《汗簡》之後出現的一部有著自己特色的不可多得的古文字書。因此，《古文四聲韻》與《汗簡》一樣，不僅是文字學史上一部重要的古文字書，而且至今對古文字的研究還有著參考價值，前人對它的評價有失允當。

除《汗簡》、《古文四聲韻》而外，宋代杜從古宣和元年(1119)編成的《集篆古文韻海》也是一部應該一提的古文字書。此書分五卷，按四聲分屬，平聲兩卷，上、去、入聲各一卷。各卷韻目次序和用字依《廣韻》，各韻單字次序依《集韻》。據〈自序〉云：「臣嘗懼朝廷有大典冊，垂之萬世，而百氏濡毫，體法不備，豈不累太平之盛舉？」杜氏撰寫是書，主要為古文書法提供依據，以備朝廷撰寫典冊和特殊需要。因此，該書在性質上與郭忠恕、夏竦所編就不完全相同。杜書收字參照了《汗簡》、《古文四聲韻》而來源更廣，還包括：(1)金文(鐘鼎文)、周秦銘刻；(2)李陽冰、句中正、郭忠恕等唐宋人所寫古文；(3)《玉篇》、《廣韻》、《集韻》等所載古文；(4)採用《說文》字形或金文偏旁自己拼湊的「古文」。作者因備書法之需，選字不拘材料來源，甚至可以「合理」創作，所以收字數量較多，〈自序〉中稱「比《集韻》則不足，較《韻略》則有餘，視夏竦所集《古文四聲韻》則增廣數十倍矣」。由此可知，杜氏之書並非一部嚴謹的古文字書，書中古文不注出處，卷首也未列資料來源，錯訛頗甚而無法校對，數量雖多，也難於憑依。它問世後，並未產生大的影響。值得稱道的是，這部書收錄了相當部分的鐘鼎文字，對古文字書的編纂有所發展。這種發展也是勢在必然，《古文四聲韻》已經為研究金石文字而編綴古文，是傳世古文與出土金銘文字相結合的開端，而與

杜氏同時代的黃伯思於政和六年(1116)已以《古文四聲韻》爲藍本,補三代金文及周秦碑刻、古印璽文等,成《古文韻》(惜已亡佚)。隨著金石學的興起,傳世古文和鐘鼎文字兼收並蓄已成爲古文字書編纂的一個趨勢。

三、俗文雜字字書

繼《說文》之後,還出現過一些其他類型的字書,如輯錄俗用雜字,加以釋義注解編綴而成的字書,就是一個比較重要的類別。漢末到南北朝是漢字由隸而楷,形體變化較大的時期。社會紛亂和國家分裂,加劇了文字使用的混亂,各種俗文雜字也因時因地而出現。當時就產生了一批輯錄俗體雜字的字書,如《通俗文》[38]、《雜字解詁》、《要用字苑》、《常用字訓》,等等。這一類型的字書,只是近於俗俚,學者不甚重視,以致大都亡佚。唐蘭說:「漢以後,基於事實的需要,許多人就去搜集代表新語言的文字,《通俗文》是這一類書裡最早發現的。據顏氏的推論,當然不是服虔做的,可是殷仲堪既引過服虔《俗說》,可見這種字書在殷氏前(西元400年以前)已經出現了。顏氏說『文義允愜,實是高才』,又說『河北此書,家藏一本』,可以看出這本書的精善和流行的廣遠。後來如王義《小學篇》、葛洪《要用字苑》、何承天《纂文》、阮孝緒《文字集略》,一直到敦煌所出唐人著的《俗務要名林》、《碎金》之類,都屬於這個系統,可惜不受人重視,所以大部分材料都已散失湮滅了。」[39]俗文雜字的滙集,不僅切合時俗需用,有它的實用價值,而且對研究漢字的發展史是很寶貴的材料。遺憾的是,由於歷來受到抑制,這一系字書始終未能在文字學史上占得應有的地位。

綜上所述,《說文》之後出現的各種字書,無論直承《說文》這一系字書,還是「辨正文字」和「古文」字書,都受到《說文》的影響或啓

---

38 舊說漢代服虔撰,顏之推,《顏氏家訓集解・書證》疑之,其書當成於魏晉之際。

39 見唐蘭,《中國文字學》(上海古籍出版社,1979),頁18。

發；同時，一定的歷史條件和語言文字的背景，也促使了這些字書的產生。各種字書系統本身又處於不斷發展變化之中，即便是直承《說文》這一系字書，其發展也有一個明顯過程。盡管後出的字書與《說文》的關係越來越淡遠，但它們終未擺脫《說文》的影響，只是繼承中有合理的發展。這一時期字書的編纂，可以從一個方面反映出《說文》在文字學史上的重要地位和深遠影響，體現了這一漫長時期文字學研究的水平。

第三章
《說文》的傳承和突破

　　除上述字書的編纂外，魏晉至元明時期，在《說文》的傳播和研究以及宋以後的「六書」之學和金石學等方面，也有新的進展，並取得了一些重要的成就。

　　《說文》問世後，即頗受學者推重[1]。「自孟生、李喜以降，迄於安石《字說》未作以前，中間傳習《說文》，有文可據者，約二十餘人。」[2]宋元至明，《說文》尚代有傳人。到明末，傳習者已甚少，即便二徐《說文》校本，世人也難於見到。博極群書的顧炎武就曾將宋李燾改編本《說文》誤為大徐本[3]。這一時期對《說文》的傳承和研究最有貢獻者，當數李陽冰和二徐兄弟。宋代樓鑰云：「許叔重著《說文解字》垂範千載，李陽冰中興斯文於唐，若南唐二徐兄弟，尤深此學……至今賴之。」[4]

　　宋代形成消沉時期文字學發展的一個小小的高潮。王安石的《字說》、王聖美等人的「右文說」、鄭樵的「六書」研究，以及新興的金石學，都突破了《說文》的格局，有所建樹。

一、李陽冰與《說文》

　　《說文》問世後，一直傳習不衰，但到唐初，對《說文》主要還停留

1　參閱顏之推，《顏氏家訓集解・書證》(上海古籍出版社，1980)，頁457。
2　見黃侃，《黃侃論學雜著》(上海古籍出版社，1980)，頁36-49。
3　參閱《四庫全書總目》卷四十三(中華書局，1965)。
4　見樓鑰嘉定三年，《復古編・序》。

在引用和增補仿作階段。《說文》成書不久，鄭玄、應劭、晉灼等注經史之書即已稱引，唐初顏師古、陸德明、孔穎達、賈公彥等著名注疏家，更以之為依據。而《古今字詁》、《字林》、《玉篇》等字書，或「方之許篇」，或「托附《說文》」，或「本諸許氏」，均仿《說文》而作，只是有所增補和發展。梁有瘐儼默《演說文》一卷，《隋書‧經籍志》載《說文音隱》四卷，這是與《說文》有關的早期著作，然其亡佚甚早，影響不大。真正開始對《說文》的研究，當首推著名書法家李陽冰。

李陽冰(字少溫)以篆學得名，徐鉉〈上《說文》表〉說：「唐‧大曆(766-779)中，李陽冰篆跡殊絕，獨冠今古，自云『斯翁之後，直至小生』，此言為不妄矣。」陽冰留心小篆迨三十年，篆法妙絕天下，當時顏真卿以書名世，真卿書碑，必得陽冰題其額，欲以擅連璧之美[5]。李陽冰又曾上書李大夫，請刻石作篆，立大唐石經，以復興篆籀古學，而未能如願[6]。李陽冰所篆石刻，發現甚多，可證上引讚譽並非虛妄之詞[7]。李陽冰〈上李大夫書〉云：「見前人遺跡，美則美矣，惜其未有點畫，但偏旁模刻而已！常痛孔壁遺文，汲塚舊簡，年代浸遠，謬誤滋多。蔡中郎以豐同豐，李丞相將束為宋，魚魯一惑，涇渭同流，學者相承，靡所遷復。每一念至，未嘗不廢食雪泣，攬筆長歎焉！」[8]大曆中，「於是刊定《說文》，修正筆法，學者師慕，篆籀中興」[9]。

李陽冰刊定本《說文》不傳，根據徐鉉校訂本(大徐本)所引和徐鍇《說文解字繫傳‧祛妄》(小徐本)所列，他主要做了以下三個方面的工作：

(一)修正筆法。對傳世本《說文》之篆文，書寫不規範或不正確處，予以修正，如：「王」，「李陽冰曰：中畫近上，王者則天之義」(大徐

5　參閱《宣和書譜》。
6　參閱《全唐文》卷四三七(中華書局，1985)，頁4459-4460。
7　參閱周祖謨，《問學集‧李陽冰篆書考》(中華書局，1981)。
8　參閱《全唐文》卷四三七(中華書局，1985)，頁4459-4460。
9　見徐鉉，〈上《說文》表〉。

本）；「玉」，「陽冰曰：三畫正均，如貫玉也」（大徐本）；「金」，「陽冰云：當作『金』，許愼金體非」（小徐本）。這些筆法的修正，考之古文字都是正確的。「金」字徐鍇謂「陽冰合之妄矣」，而古文字，包括秦漢文字中的「金」字，都證明李陽冰的看法是對的，許愼所列正體是漢篆才有的一種寫法。

　　（二）刊定形聲。對許愼所分析的形符(或意符)、聲符或有不同看法，也予以刊定，如：「同，合會也，從冂從口。」「陽冰云：從口非是。」（大徐本）「需、𩓣也，遇雨不進，止𩓣也，從雨而聲」，「李陽冰據《易》『雲上於天』，雲當從天」（大徐本）；「路，道也，從足各聲」，「陽冰云：非各聲，從足輅省」（小徐本）。李陽冰對形聲的刊定，有些是正確的。以「同」非人之「口」，就是對的，「口」作爲形符，有時指器物，「同」所從之「口」，蓋爲器物之形；「需」，「當從天」，古文字「需」均從「天」（見孟簋、白公父簋之「需」字)可證，從「而」是「天」字之訛。

　　（三）別立新義。對許愼的某些解說，李陽冰敢於大膽提出懷疑，表示不同的意見，如「竹，冬生草也」，「陽冰云：謂之草，非也」（小徐本）；「隹，鳥之短尾總名也」，「陽冰云：鳥之總稱，《爾雅》長尾而從隹，知非短尾之稱」（小徐本）；「笑」，孫愐《唐韻》引《説文》「喜也，從竹從犬」，「案李陽冰刊定《説文》從竹從夭，義云竹得風其體夭屈，如人之笑」（大徐本）。李陽冰之新義，頗有可取之處，可備學者參考。

　　李陽冰刊定本《説文》，曾受到學者推重，甚爲流行。然而自徐鉉、徐鍇兄弟後，對李氏多有排抵之詞。徐鉉謂：陽冰「頗排斥許氏，自爲臆說，夫以師心之見，破先儒之祖述，豈聖人之意乎？今之爲字學者，亦多從陽冰之新義，所謂貴耳賤目也」[10]。其弟徐鍇作《袪妄篇》，以批駁李陽冰之說。二徐對李陽冰的批評，主要在於他「破先儒之祖述」和「另立

10　見徐鉉，〈上《説文》表〉。

新義」兩方面，但他們尚能肯定李陽冰「修正筆法」、「中興斯學」的功績。二徐之後，以訛傳訛，學者多指斥李陽冰「竄亂」、「擅改《說文》」。姚孝遂指出：「自宋以來，普遍都認為李陽冰擅改《說文》，是《說文》的罪人。這種說法是不公正的，也是不符合事實的。」[11]對李陽冰刊定《說文》的功績和所立新義，今天應該有一個實事求是的、客觀的評價。

唐代安史之亂後，典籍散佚嚴重，而唐初尚比較受重視的文字學逐漸衰落。徐鍇云：「自《切韻》、《玉篇》之興，《說文》之學，湮廢泯沒，能省讀者不能二三，棄本逐末，乃至於此。」[12]李陽冰刊定《說文》，使「湮廢泯沒」的《說文》之學得以「中興」，有功於《說文》的保存、傳布和研究。如果沒有李陽冰的刊定，經安史之亂、唐末的藩鎮割據，加上五代十國的大分裂，《說文》會不會像其他許多重要典籍那樣散佚於兵燹戰亂之中，都很難說。「唐末喪亂，經籍道息」[13]，而《說文》得傳，實賴陽冰刊定之功。

李陽冰以其超絕的篆書藝術，修正筆法，刊正訛誤，對古代文字的流傳和文字學的研究產生了積極的作用，這一點古人早有定評。徐鉉稱他「篆迹殊絕，獨冠古今」，「學者師慕，篆籀中興」[14]。又說：「往者李陽冰，天縱其能，中興斯學，贊明許氏，奐焉英發。」[15]釋夢英說：「自漢而下，無稽之作，迭相馳競，故『六書』之法，蕩而無守焉。至唐則李監陽冰，力扶壞本，下筆反古，有若神授，時好事者獲其真跡，櫝器而藏之，謂之墨寶。」[16]李陽冰的篆書達到了極高的造詣，在學者書家，乃至一般文士中產生了廣泛的影響。他「力扶壞本，下筆反古」，汰「無稽之作」，存「『六書』之法」，中興篆籀之學，有功於古代文字的傳習。這

---

11 見姚孝遂，《許慎與《說文解字》》（中華書局，1983）。
12 見徐鍇，《袪妄篇·序》。
13 見徐鉉，〈上《說文》表〉。
14 見徐鉉，〈上《說文》表〉。
15 見徐鉉，《說文解字篆韻譜·序》。
16 見釋夢英，《說文偏旁字原·序》，轉引自陸紹聞《金石續編》卷十三。

些在客觀上有利於漸趨衰落的文字學的延續和發展。

　　李陽冰刊正《說文》，附以新說，或對《說文》有所補充和糾正，或發表不同於《說文》的見解，對許說表示懷疑。二徐以後，學者對此甚爲不滿。徐鉉指責其「排斥許氏，自爲臆說」。李燾謂：陽冰「頗出私意，詆訶許氏，學者恨之」[17]。他們否定李陽冰刊正《說文》之功而加以非難，主要原因即在於此，這一點尤須澄清。李陽冰的新說，在今天看來，儘管有一些確實失之於主觀臆斷，然而有相當一部分是正確的，或較許慎的解說更接近於確當。除上舉「金、同、需、竹、隹」等字外，他如：

龠　《說文》云：「樂之竹管，三孔，以和眾聲也。從品侖，侖，理也。」陽冰云：「從𠓛冊，𠓛，古『集』字，品象眾竅，蓋集眾管如冊之形而置竅爾。」（小徐本）陽冰對字形的分析是正確的，該字甲骨文和金文的寫法是：𠎤、𠎤、𠎤、𠎤[18]。可以看出該字既不從「品」，也不從「侖」。李陽冰之說與古文字形吻合無間。

子　《說文》：「十一月陽氣動，萬物滋，人以為稱。」李陽冰曰：「子在繈褓中，足並也。」（大徐本）許慎心知「子」字之形而未明言，李陽冰一語道破，所說極是。

木　《說文》云：「從屮（草），下象其根。」陽冰云：「象木之形……豈取象於卉乎？」（小徐本）陽冰認為「木」象樹木之形，非從「屮」（草）。

刃　《說文》云：「刀之堅利處，象有刃之形。」陽冰曰：「刀面曰刃，『一』示其處所也，此會意。」（小徐本）陽冰謂「一」示刀刃之位置，可謂精當，然又以為此字「會意」，失之一慮，這是一個典型的指事字。

17　見李燾，《說文解字五音韻譜・序》。
18　見高明，《古文字類編》（中華書局，1980），頁8。

亥　《說文》：「從二，二古文『上』字，一人男，一人女也，從乙，象懷子咳咳之形。」陽冰曰：「古文本象豕形，諸義穿鑿之爾。」古文「亥」，陽冰謂「本象豕減一畫爾」（小徐本）。姚孝遂認為「『亥』字『本象豕減一畫』，真正道破了『亥』、『豕』兩個形體之間的演化關係」，「說得很精確」。在原有文字符號基礎上增減筆畫以構成新字，是漢字形體孳生的重要方法，古文字多有其例。李陽冰能明白地指出「亥」字形體的來源，可謂慧眼獨具。[19]

以上這些新說，對《說文》的糾正或補充，證之地下出土的古文字資料，大都正確可取。在「《說文》之學湮廢泯沒」的當時，李陽冰不僅能刊定傳布《說文》，而且還能另立新說，「贊明許氏」，正其未當，成為文字學史上第一個對《說文》進行研究的學者，其功績是應該得到充分肯定的。即使是那些不正確的「新說」，也是針對《說文》解說的不足而提出的。對《說文》的結論敢於表示懷疑，並發表自己的見解，這種精神較之墨守陳說，更有利於學術的發展。因此，我們完全不應以這些「新說」的失誤而對李氏大加撻伐，應該汲取他這種勇於發表不同見解、不為陳說所囿的探求精神。

總而言之，李陽冰刊定《說文》有功而無過。他的看法可能有正有誤，有得有失，但他的失誤只是由於認識水平和歷史條件所限。他只不過表達了自己的不同見解，並沒有以己說取代或混同《說文》，不存在「竄亂」和「擅改」的問題。

二、二徐對《說文》的校訂與研究

繼李陽冰之後，對《說文》研究做出重大貢獻的是南唐徐鉉、徐鍇兄

19　見姚孝遂，《許慎與《說文解字》》（中華書局，1983），頁51。

弟。徐鉉(917-992)，字鼎臣，初仕南唐，後歸於宋。宋太宗雍熙三年
(986)，奉詔與句中正、葛湍、王惟恭等校訂《說文》，世稱大徐本。徐
鍇(920-974)，字楚金，仕於南唐，卒於南唐亡國前夕(974)。著《說文解
字繫傳》(簡稱《說文繫傳》)四十卷，世稱小徐本。又有《說文解字篆韻
譜》十卷行於世。徐氏兄弟對《說文》的研究起到了承先啓後的作用，在
文字學史上占有十分重要的地位。

　　徐鉉的主要貢獻是對《說文》「精加詳校」，以恢復其原本真貌。徐
鉉〈上《說文》表〉云：「自唐末喪亂，經籍道息……篆書堙替，為日已
久。凡傳寫《說文》者，皆非其人，故錯亂遺脫，不可盡究。今以集書正
副本及群臣家藏者，備加詳考。」徐鉉等所作的校訂，包括：(1)增補
「漏落」。許慎注義序例中所載而正文諸部不見的字，徐鉉以為屬於「漏
落」，共補錄「詔、志、件、借」等19字。(2)糾正時俗訛變，如：
「玉」部「瑱」下，「臣鉉等曰：今充耳字更從玉旁充，非是」；「走」
部「赴」字下，「臣鉉等曰：《春秋傳》赴告用此字，今俗作訃，非
是」。如此之類，徐鉉等附帶於《說文》原文後，辨正俗別，這實際已超
出校訂《說文》的工作之外。(3)勘正《說文》流傳之誤。從上引〈上
《說文》表〉可知，《說文》傳寫中的「錯亂遺脫」，是徐鉉等校訂的重
點，但現存大徐本對精校詳考的並未注明，考校之處，無以確知。不過與
小徐本相比，還是可以看出大徐本校改的若干地方。如卷一「旁」，小徐
本「從二，方聲，闕」；大徐本「從二闕，方聲」。「下」，小徐本「從
反上為下」；大徐本無此語，而有「指事」二字。「祥」，大徐本多出
「一云善」。「齋」，小徐本「從示齊聲」；大徐本「從示從齊省聲」。
「禬」，小徐本「從示會聲」；大徐本「從示從會，會亦聲」。二徐之差
異，可以反映出大徐所做的校改處。大徐的改動得失互見，有時他誤以鍇
之按語為許氏正文，如「禜」、「禡」下所引《禮記》與《詩》；有時將
鍇所懷疑的地方做了直接的改動，如「神」下「從示申聲」，鍇疑「多聲
字」，徐鉉逕作「從示申」。另外，徐鉉書中還偶爾保存了某些疑而未決
的地方，如「艸」部「蘄」字下，「臣鉉等案：《說文》無靳字，他字書

亦無，此篇下有茄字，注云：江夏平春亭名，相隨誤重出一字」；「齒」部「䶥」下，「臣鉉等曰：《說文》無佐字，此字當從㘴傳寫之誤」。這些地方徐鉉較爲愼重，未直接校改，只在按語中提出自己的看法。

徐鉉等不僅對《說文》進行了校訂整理，「援古以正今」，而且還付出了創造性的勞動。一是附益新字，對《說文》未收而經典相承傳寫和時俗要用之字予以增益。全書共新增402字，附於各部之後，並仿《說文》對每字加以解釋，分析其結構。二是統一反切。以孫愐《唐韻》反切爲定，隨字注音，以便利學者，使《說文》之後各家注音得以統一。三是改易分卷。原書十五卷，徐鉉以爲編帙繁重，將每卷各分上、下，共爲三十卷。四是增加注解。〈上《說文》表〉云：「許愼注解，詞簡義奧，不可周知。陽冰之後，諸儒箋述，有可取者，亦從附益。猶有未盡，則臣等粗爲訓釋，以成一家之書。」徐鉉等增加的注解，一方面是引用李陽冰及徐鉉之弟徐鍇之說，即所謂「諸儒箋述」，如卷一「王」下引「李陽冰曰：中畫近上，王者則天之義」；「右」下引「徐鍇曰：言不足以左(佐)，復手助之」。書中引徐鍇說最多。另一方面則爲徐鉉等人的新說，即所謂「猶有未盡，則臣等粗爲訓釋」。徐鉉等所加的注解，除上引「糾正時俗訛變」的部分外，還包括釋形、釋義、辨音等內容。如卷一「屮」下，「臣鉉等曰：丨上下通也，象草木萌芽，通徹地上也」；「美」字下，「臣鉉等曰：羊大則美，故從大」；卷三「訴」字下，「臣鉉等曰：斥非聲(許愼原謂：斥省聲)，蓋古之字音多與今異，如『皀』亦音『香』，『臩』亦音『門』，『乃』亦音『仍』，他皆放(仿)此，古今失傳，不可詳究」。無論是引用「諸儒箋述」，還是徐鉉等所加訓釋，這些注解都是爲了幫助讀者閱讀和理解《說文》。在注解中，徐鉉等以「祖述先儒」爲主，但也並非一味遵從，有時還能表示懷疑或直陳不同的看法，如「瑁」(卷一)、「萏」(卷一)，「隸」(卷三)、「卦」(卷三)、「映」(卷四)、「鴈」(卷四)、「鳶」(卷四)等字下，徐鉉等都有新的說法。從《說文》研究的發展看，這與李陽冰開啓「另立新說」的風氣是相一致的，只是徐鉉的態度顯得更爲審愼。

　　徐鍇《說文繫傳》四十卷，卷一至三十爲「通釋」，解釋和闡發《說文》正文，構成全書主幹。徐鍇云：「《說文》之學遠矣，時歷九代，年移七百，保氏弛教，學人墮業，聖人不作，神旨幽沫，故臣附其本書，作通釋。」卷三十一至三十二爲「部敘」，分析各部之間的意義連屬關係，以明《說文》540部相次之理。卷三十三至三十五爲「通論」，列「天地、君臣、禮義、五行、性命、父母、妻子、好惡、賢愚」等專名字110餘，論述字義由來和構形含義。卷三十六爲「袪妄」，對李陽冰等人不同於許慎的解說予以駁難。卷三十七爲「類聚」，將同類字聚集一起，分「數、詞，地、天、人、羽族、水族、禾竹、十干、十二支」等類，論述各類字的形義取象。卷三十八爲「錯綜」，「旁推『六書』之旨，通諸人事，以盡其意」。卷三十九爲「疑義」，述《說文》諸部相承脫誤及字體與小篆稍異之字，兼論「六書」與「五體」。卷四十爲「繫述」，說明各篇著述意趣。全書內容豐富，構思博大。宋人即已稱其書「該洽無比」[20]，「援引精博，小學家未有能及之者」[21]。清代錢曾謂「參而觀之，字學於焉集大成，楚金直許氏之功臣矣」[22]。這部書是《說文》問世七八百年以後第一部系統的研究之作，徐鍇也堪稱文字學史上全面系統研究《說文》的第一位學者。

　　《說文繫傳》仿《周易》序卦之例，爲《說文》作傳，疏證名物制度，倡明奧義微旨。清代錢曾說：「(此書)總名之『繫傳』者，蓋尊叔重之書爲經，而自比於邱明之爲《春秋》作傳也。」[23]「通釋」博引文史典籍，證成許說。全書引九經三傳、周秦漢魏以來各種子書、《國語》、《楚辭》、前四史、《晉書》、《宋書》、《南史》、《北史》、《文選》、《文心雕龍》、《本草》以及雜史傳記、石刻文集、字書、韻書之

20　見小徐本蘇頌卷末題語引宋鄭公說。
21　見陳振孫，《直齋書錄解題》。
22　見錢曾，《讀書敏求記》卷一「字學」。
23　見錢曾，《讀書敏求記》卷一「字學」。

屬，不下百餘種[24]，或有助於彌補《說文》「文簡義奧」、難於理解的不足，或對許慎說解有進一步的闡發和輔證的作用。徐鍇也並非全仿為經書作傳的方式，作為對一部文字學巨著的全面研究，他還做了許多有價值的嘗試，有著自己的特色，比較凸出的有以下幾點[25]：

1. 以今語俗言證《說文》。

「呧」，《說文》「苛也。從口氏聲」，「臣鍇曰：今人謂詰難之為呧呵」（「通釋」第三）；「癬」，《說文》「散聲也，從广斯聲」，「臣鍇曰：今謂馬鳴聲為癬也」；「痂」，「臣鍇曰：今謂瘡生肉所蛻乾為痂」（「通釋」第十四）；「顫」，《說文》「頭不正也，從頁亶聲」，「臣鍇曰：俗言顫掉不定」（「通釋」第十七）。以今語俗言證《說文》釋義，便於學者由今言及古語，明瞭易曉。過去的訓詁學家對這種方法並不太重視，徐鍇在注釋中能注意運用活的語言材料，溝通古今方俗，這種嘗試很值得重視。

2. 兼明假借、引申之義。

徐鍇在注釋中，對假借和引申義，往往附帶加以注明，如：「難」，《說文》「鳥也」，「臣鍇曰：借為難易之難」（「通釋」第七）；「而」，《說文》「頰毛也，象毛之形」，「臣鍇曰：假借為語助」（「通釋」第十八）（按：原文誤入許氏正文，此從大徐本、段注校改）。此為明假借義之例。又如：「極」，《說文》「棟也」，「臣鍇案：『極』屋脊之棟也。今人謂『高』及『甚』為『極』，義出於此」；「梯」，《說文》「木階也」，「臣鍇案：《史記》曰：『無為禍梯』，梯即階也。又《山海經》曰『西王母梯幾而戴勝』，注曰：『梯，憑也。』臣以為憑則若梯之斜倚也」（「通釋」第十一）。此二例為明引申之義。

3. 因聲音探求字義。

徐鍇通釋字義，經常由聲音入手以探求字義之緣由，對「聲訓」釋義

---

24 參閱周祖謨，〈徐鍇的《說文》學〉，《問學集》（中華書局，1981），頁845。
25 參閱周祖謨，〈徐鍇的《說文》學〉，《問學集》（中華書局，1981），頁845。
　　周文謂有「六事」。

的方法做了合理的繼承，並有所發展。如「禎」，「臣鍇曰：禎者，貞也。貞，正也。人有善，天以符瑞正告之也。《周禮》曰『祈永貞』」；「祕」，「臣鍇曰：祕不可宣也，祕之言閉也」；「芋」，《說文》：「大葉實根駭人，故謂之芋也。」「臣鍇曰：芋猶言籲也。籲，驚詞，故曰駭人謂之芋。」(均「通釋」第一)徐鍇由聲音探求字義，頗有可取之處，但徐鍇之世，古音未明，他以當時字音爲根據，又受「聲訓」流弊的影響，牽強附會之說也甚多。

4. 梳理古今文字之體。

徐鍇「通釋」釋一字形義，往往兼及梳理古今形體，使人以明古字、正字之變及今字、俗字之本。如：「縣」，「(臣鍇案)懸，今人加心」；「厶」，「臣鍇曰：此公私字，今皆作『私』」(「通釋」第十七)；「崝」，「臣鍇曰：今俗作崢」(「通釋」第十八)。

5. 據《說文》訓古書。

徐鍇於「通釋」之中，有時利用《說文》釋訓古書或指明古書的通假，二者相互發明。如：「𤳊」，《說文》「𤳊田易居也」，「臣鍇案：《春秋左傳》『晉於是乎作爰田』《國語》『作轅田』，皆假借，此乃正字也，謂以田相換易也」(「通釋」第三)。此例說明典籍通假，並解釋其意義。又如「契」字，《說文》：「大約也，從大㓞聲。《易》曰：『後代聖人易之以書契。』」「臣鍇案：《周禮》：『司約掌萬民之約。大約劑，書於宗彝。』注：『大約，邦國約也。』劑即劵契也。《春秋左傳》：『王叔氏不能舉其契。』《韓子》：『宋人得契，密數其齒。』謂以刀分之，有相入之齒縫也。刀判缺之，故曰契。劑亦分也，劵猶辨也，義亦同契。」(「通釋」第二十)將《說文》的疏注與訓釋典籍相結合，這不僅有助於闡發《說文》的微旨，也顯示了《說文》在古書訓釋中的實用價值。

6. 開始了《說文》的綜合研究。

徐鍇在「通釋」諸字的基礎上，對有關問題還做了專題性的綜合研究，這在《說文》研究史上是具有開創意義的。「部敘」、「通論」、

「袪妄」、「類聚」、「錯綜」、「疑義」等，均就某一類型的問題而綜合成篇，對《說文》各部的排列規律、文字取義構形的由來、字體流變而導致的疑義、《說文》傳習的謬誤等重要問題，都做了專門的探討。清代李兆洛云：「二徐之於《說文》，功力並深，才亦相隸。宋人所以重《繫傳》者，徒以《繫傳》所附『通論』諸篇，原本《說文》，旁推交通，致爲妍美。」[26]不過以上各篇的缺欠也是很明顯的。如「部敘」只從「共理相貫」的角度，揭示各部排列的意義關係，而忽視了「據形繫聯」的特點（而這更爲重要）；「通論」等對文字的詮釋，過多地以今逆古，打上了濃厚的封建倫理觀念的烙印，也不一定合於古人造字之意。但從總體看，這種綜合性研究與探討，對《說文》的研究富有開拓意義。

徐鍇的《說文》研究，宏贍廣博，自成一家之制。徐鉉爲《說文解字篆韻譜》作序時云：「《通釋》（即《繫傳》）四十篇，考先賢之微言，暢許氏之玄旨，正陽冰之新義，折流俗之異端，文字之學善矣盡矣！」當然，小徐的研究不可能是盡善盡美的，「私改諧聲字」是他們兄弟二人的通病[27]，「通釋」尚有繁衍之疵。

在《說文》研究史上，二徐承先啓後，功績卓著。他們的校訂和研究爲《說文》學的繼承和發展奠定了基礎。唐代李陽冰雖曾中興《說文》，然而經唐末以後的戰亂，「許李之書，僅存於世，學者殊寡，舊章罕存」[28]，「能省讀者不能二三」[29]。二徐所作的研究和校訂，使日漸「湮廢泯沒」的《說文》之學，重新得以張揚。宋雍熙四年(987)刊行《說文解字篆韻譜》，徐鉉作〈後序〉云「前序猶謂『學者殊寡』，而今之學者益多，家畜(蓄)數本，不足以供其求借」，可見小徐之學的影響。徐鉉等校訂本《說文》，由國子監雕版印行，而廣爲流傳。自宋以降，《說文》之傳世者，唯大、小徐二本，學者以二本互校，以爲「兄弟祖述許氏，重

---

26 見李兆洛，《說文解字繫傳·跋》。
27 參閱錢大昕，《十駕齋養新錄》卷四。
28 見徐鉉，《說文解字篆韻譜·序》。
29 見徐鍇，〈袪妄篇〉。

規疊矩，毋敢逾越，實足發明叔重遺業，訂正其所不及」[30]。清代《說文》學的發展，直接得益於二徐。這不僅僅因爲二徐本爲後代唯一流傳的版本，更因爲清人的許多研究也都發端於二徐，尤其是小徐的研究，對後世影響更爲深遠。段玉裁作《說文解字注》即推崇小徐，他所做許多研究都受到小徐的啓發，只是比小徐更趨精深而已[31]。此外，在文字學理論方面，小徐提出「六書三耦」說，對「六書」的研究有所發展[32]，也很值得我們重視。

三、《字說》與「右文說」

經二徐的校勘研究，《說文》之學呈現出形成專門之學的勢頭，宋初的文字學研究也以傳承和祖述《說文》爲主導。宋仁宗以後，社會政治的變革促進了學術風氣轉變，懷疑經傳，蕩棄家法，摒棄漢唐故訓，另創新義，成爲一時之尚，空衍「性命」的理學取代了注重文字訓詁的傳統經學。這種學風對語言文字學產生了很大的影響。王安石的《字說》、王聖美的「右文說」以及下文所述鄭樵等人的「六書」研究和宋代金石學，都是新的學風帶來的漢語文字學研究的突破。

王安石(1021-1086)字介甫，宋撫州臨川(今江西省撫州市)人，爲北宋著名的思想家、政治家和文學家。宋神宗時官至宰相。《宋史》本傳稱「安石議論高奇，能以辨博濟其說，果於自用，慨然有矯世變俗之志」。他政治上主張變革，學術上力求創新，作《毛詩新義》、《尚書新義》、《周禮新義》(總稱《三經新義》)凡五十五卷，捐棄先儒故訓，以己意說經義，曾頒於學官，稱爲「新學」。熙寧間撰《字說》二十四卷(又云二十卷)，風靡於世。《字說》一書早已亡佚，現僅存〈進《字說》箚

30　見李兆洛，《說文解字繫傳‧跋》。
31　參閱周祖謨，〈徐鍇的《說文》學〉，《問學集》(中華書局，1981)。
32　見徐鍇，《說文繫傳》「通釋」卷一「上」字下，卷三十九「疑義」。

子〉，〈進《字說》表〉、《字說・序》等[33]。由《字說・序》等可以看出他對文字的看法以及《字說》撰寫的動機。其〈序〉云：

> 文者，奇偶剛柔，雜比以相承，如天地之文，故謂之文；字者，始於一二，而生生至於無窮，如母之字子，故謂之字。其聲之抑揚開塞、合散出入，其形之衡從（縱）曲直、邪正上下、內外左右，皆有義，皆本於自然，非人私智所能為也。與夫伏羲八卦，文王六十四，異用而同制，相待而成《易》……余讀許慎《說文》，而於書之意，時有所悟，因序錄其說為二十卷，以與門人所推經義附之。惜乎先王之文缺已久，慎所記不具，又多舛，而以余之淺陋考之，且有所不合。雖然，庸詎非天之將興斯文也，而以余贊其始，故其教學必自此始。能知此者，則於道德之意，已十九矣。（《臨川先生文集》卷八十四）

　　王氏認為，字的不同發音和筆畫的不同形狀，都含有「義」，都本於「自然」，而不是人為的規定。因此，《字說》對文字形體的分析一反漢字結構約定俗成的社會性和歷史的傳承性，廢置「六書」，一概以會意說字，且肆其淹博，雜糅佛老，聾瞽學者，盡穿鑿附會之能事。從現存《周禮新義》和諸家徵引，尚可見王氏說字之一斑，如「府之字從廣從付。廣則其藏也，付則以物付之」；「徒之字從辵從土。徒，無車從也。其辵而走，則親土而已，故無車而行謂之徒行」[34]；「人為之謂偽」，「訟者言之於公」，「同田為富」，「分貝為貧」[35]；「籠」，「虛而有節，雖若龍者，亦可籠焉」[36]。諸如此類，形聲字都被王氏用會意之法說之。王氏的說解，僅就字形而言，完全是主觀隨意的，邵博《聞見後錄》有這樣

33　參閱《臨川先生文集》卷四十三、五十六、八十四。
34　以上見《周禮新義》卷一。
35　據葉大慶，《考古質疑》所引。
36　據楊時，〈《字說》辨〉所引。

一段記載：

> 王荊公晚說字，客曰：「霸字何以從西？」荊公以西在方域主殺
> 伐，累言數百不休。或曰：「霸字從雨不從西也。」荊公隨輒
> 曰：「如時雨化之耳。」其學務鑿無定論類此。

這件事頗具諷刺意味。據說如有好學者請問，王安石往往「口講手畫，終
席或至千餘字」[37]。由此可見《字說》實際為隨意信口、妄自杜撰之作。
熙寧元豐年間《字說》與《三經新義》一樣，曾用於科舉取士，士大夫師
之，不敢質疑，因而傳習者甚眾，影響也頗大。宋哲宗元祐中，廢除新
政，《字說》遭禁，然紹聖以來又用以程試諸生，解說《字說》者甚眾，
唐耜集成《字說解》一書行世。王安石《字說》的風行，是借助於權勢和
功名之力，他說字的方法則深受學者譏議。楊時〈《字說》辨〉（收入
《龜山集》）即針對其說而作。

王氏說字是為了解經，解經則是為其政治主張服務的。在文字學史
上，《字說》雖沒有太大的價值，卻很有影響。王氏敢於突破《說文》，
標新立異的精神，在當時給消沈的文字學研究也確實帶來一股新鮮之氣。

「右文說」為王子韶所倡。王子韶，字聖美，北宋熙寧時人。曾得王
安石引薦，官至禮部員外郎。王聖美善字學，曾「入對神宗，與論字學，
留為資善堂修定《說文》官」[38]。又「方王安石以字書行於天下，而子韶
作《字解》二十卷，大抵與王安石之書相違背，故其《解》藏於家而不
傳」[39]。「右文說」是王聖美研究字學的一大發現。所謂「右文」，即指
形聲字的「聲符」。形聲結構，一般認為形符(左文)是與字義有關的，聲
符(右文)只不過是記音的。「右文說」則主張「凡字，其類在左，其義在
右」，即形聲字的形符只表示類屬意義，而字義則在聲符。從沈括如下記

37　見黃庭堅，〈書王荊公騎驢圖〉，轉引自《小學考》卷十八。
38　見《宋史·王子韶傳》。
39　見《宣和書譜》卷六。

載，可知「右文說」之概：

> 王聖美治字學，演其義以為「右文」。古之字書皆從「左文」。
> 凡字，其類在左，其義在右。如木類，其左皆從木。所謂「右
> 文」者，如「戔」，小也，水之小者曰「淺」，金之小者曰
> 「錢」，歹而小者曰「殘」，貝之小者曰「賤」。如此之類，皆
> 以「戔」為義也。（《夢溪筆談》卷十四）

由此可見王聖美的「右文說」與王安石的《字說》是大相逕庭的。儘
管他們都突破了《說文》分析文字的模式，但是，王安石說字從根本上廢
棄了形聲字，而「右文說」講「聲符」有義，則是從形聲字聲符入手，綜
合不同形聲字的共同聲符，概括一個具有較大的包容性的意義。王聖美
「右文說」的提出可能受到王安石《字說》的啟發，而「右文說」萌芽則
可以追溯到晉朝。晉代楊泉《物理論》曾云：「在金石曰堅，在草木曰
緊，在人曰賢。千里一賢，謂之比肩。」[40]洪誠指出：「楊泉不依《說
文》，認為這三個字同有𡐫聲，同取𡐫義。（《說文》：『𡐫，堅也。』）
物質堅固叫堅緊，德行堅定叫賢。這種解釋的觀點，跟宋朝的『右文說』
是一致的。」[41]宋代主張「右文說」的還有張世南、王觀國[42]。如王觀國
說：「盧者，字母也。加金則鑪，加火則為爐，加瓦則為甗，加目則為
矑，加黑則為黸，凡省文者，省其所加之偏旁，但用字母，則眾義該
矣。」[43]王觀國不說「右文」而以聲符為字母，其實質是一樣的。

「右文說」對語言文字的聲義關係有所發現，在漢語文字學史上占有
重要的地位。從文字學角度看，「右文說」指出「聲符」含義的現象，揭
示了漢字孳乳過程中同源形聲字的源流關係。但是，必須指出，聲符含義

40　見楊泉，《物理論》第8頁，叢書集成輯本。
41　見洪誠，《中國歷代語言文字學文選》（江蘇人民出版社，1982），頁267。
42　參閱《遊宦記聞》卷九。
43　見王觀國，《學林》卷五。

只是形聲字中的一部分，不能以偏概全。「右文說」以爲凡字其義均在聲符，失之於絕對。從漢字孳乳的歷史看，聲符所含的「義」，只是形聲孳乳遺留下的歷史痕跡。對形聲結構的聲符而言，它只是注重記錄語音，從而體現文字記錄語言的符號職能，不需要也不可能同時兼顧表達概念的任務。因孳乳關係而遺留下的「聲」（符）中含義，與聲符記錄語音從而記錄語言的「義」（概念），是兩個不同層次的東西，因此，「右文說」主要適用那些以聲符爲核心增加形符孳乳而來的同源形聲字。從聲符入手探討形聲字的聲義關係，很自然發展爲形聲字字源的研究。清代學者研究形聲譜系，不能不說受到「右文說」的某些影響。「右文說」對訓詁學的貢獻尤其重大，清代以來，經著名學者黃生、段玉裁、王念孫、黃承吉、阮元、黃侃、劉師培、沈兼士、楊樹達等人的發揚推闡，「右文說」在訓詁學中得到充分運用和發展。由「以聲（符）爲義」到「聲近義通」、「因聲求義」，再到語源學的探求，「右文說」逐漸演變成爲訓詁學的重要條例，從而推動了清代訓詁學的革命，並爲漢語科學語源學的建立提供了重要門徑[44]。

四、鄭樵等人的「六書」研究

漢代以後，「六書」理論基本上處於停滯狀態，徐鍇撰《說文繫傳》對之始有所闡發，而鄭樵則是文字學史上「第一個撇開《說文》系統，專用『六書』來研究一切文字」的人[45]。鄭樵撰有《象類書》、《六書證篇》、《六書略》等著作，前二書早佚，僅存《六書略》於《通志》中。在《六書略·序》中，鄭樵云：「臣舊有《象類》之書，極深研幾，盡製

44　參閱沈兼士，〈右文說在訓詁學上之沿革及其推闡〉，《慶祝蔡元培先生六十五歲論文集》（下），1933年；楊樹達，〈形聲字聲中有義略證〉、〈字義同緣於語源同例證〉，《積微居小學述林》（科學出版社，1954）；王力《中國語言學史》第十五節（山西人民出版社，1981）。

45　參閱唐蘭，《中國文字學》（上海古籍出版社，1979），頁21-22。

作之妙義，奈何小學不傳已久，見者不無疑駭。今取《象類》之義，約而歸於『六書』，使天下文字無所逃，而有目者可以盡曉。」可見，《六書略》包含了鄭氏學說的精粹。《六書略》以「六書」統字，象形收字608個，諧聲21810個，指事107個，會意740個，轉注372個，假借598個，共收字24235個。每一書又做了細緻的分類，如象形分「正生、側生、兼生」三科，再分為十八類：「正生」分「天物、山川、井邑、草木、人物、鳥獸、蟲魚、鬼物、器用、服飾」十類；「側生」分「象貌、象數、象位、象氣、象聲、象屬」六類；「兼生」分「形兼聲、形兼意」兩類。漢代以來，鄭樵第一次以「六書」為綱統編全部漢字，並對「六書」本身進行了深入的研究。他開闢的「六書學」，對宋元明三代文字學研究產生了很大的影響。

　　鄭氏以後至於元明，「六書」成為漢語文字學研究最核心的問題，出現了一大批以「六書」為綱研究文字的著作。元代戴侗撰《六書故》三十三卷，「以六書明字義」，全書分為九部，一曰數，二曰天文，三曰地理，四曰人，五曰動物，六曰植物，七曰工事，八曰雜，九曰疑。每類再依偏旁部首、「六書」分列諸字，說解之中多引鐘鼎文字。楊桓撰《六書統》二十卷，因以「六書」統諸字，故名曰統。楊氏分象形為十類，會意十六類，指事九類，轉注十八類，形聲十八類，假借十四類。其象形、會意、轉注、形聲四例，大致因戴侗《六書故》門目而衍之，其餘二例則自生分別。收字按古文大篆、鐘鼎文、小篆次序排列。又作《六書溯源》十二卷，專取《說文》所無或重文所附見之字。周伯琦作《六書正訛》五卷，以禮部韻略部分分隸諸字，收字書之常用而疑似者二千餘字，辨析今古，訂別是非，以刊傳寫之謬。又有《說文字原》一卷，「以敘製作之全」。明代趙撝謙撰《六書本義》十二卷，改540部為360部，其「六書」論和「六書」相生諸圖，大抵祖述鄭樵之說。《四庫全書總目》稱其書「第於各部之下，辨別六書之體，頗為詳晰，其研索亦具有苦心」。魏校撰《六書精蘊》六卷，〈自序〉謂「因古文正小篆之訛，擇小篆補古文之闕」。「唯祖頡而參諸籀，斯篆可者取之，其不可者釐正之。」《四庫全

書總目》謂：「以籀改小篆之文，而所用籀書都無依據，名曰復古，實則師心，其說恐不可訓。」楊慎撰《六書索隱》五卷，其書取《說文》所遺，薈萃成編，以古文籀書爲主，收列了不少鐘鼎文字資料，但不注明出處，無以查核。吳元滿撰寫《六書正義》（十二卷）、《六書總要》（五卷）、《六書溯原直音》（二卷）、《諧聲指南》（一卷）等書。吳氏之書「大抵指摘許慎，而推崇戴侗、楊桓」[46]。其「六書」分類也仿《六書故》和《六書統》之分而敷衍，說「六書」頗重諧聲，將諧聲字分爲「諧本聲、諧叶聲、諧本音、諧叶音、諧轉聲、諧轉叶聲、諧轉音、諧轉叶音」等八種。吳氏之書失之冗瑣雜濫。趙宦光有《六書長箋》七卷，合刻於《說文長箋》（一百四卷）之後。其書以《說文・敘》釋「六書」之義，分爲六卷之首，又備列班固、衛恒、賈公彦、徐鍇、張有、鄭樵、戴侗、楊桓、劉秦、余謙、周伯琦、趙古則、王應電、王鏊、僧眞空、朱謀㙔、張位、熊朋來、吳元滿等十九家之說，逐條辨論，再以己說列於後。末列「六書餘論」一卷。這部書對漢以來的「六書」研究做了一次較全面的總結。

　　宋元明三代以「六書」爲名的著作甚夥，文字學突破了《說文》傳統，形成了以「六書」爲核心的「六書學」。這些著作大都能不拘陳說，自創新義，對文字學研究領域是一次重要的開拓。但是，清代復興漢學，推崇《說文》，對上述著作多持否定態度。《四庫全書總目》於提要中每置貶詞。近人丁福保編《說文解字詁林》則一概棄之不錄，並於〈自敘〉中評價說：

> 小學至元明諸人，多改漢以來所傳篆書，使就己見，幾於人盡可以造字。始作俑者，其李陽冰、王安石、鄭樵乎？戴侗、包希魯、周伯琦揚其波，至楊桓、魏校而橫溢旁決，不可究詰。於是許氏之學，曠然中絕，垂千年焉。

46　參閱《四庫全書總目》卷四十三，「經部・小學類存目一」。

　　清人從維護許學正統出發，對鄭樵等人的「六書」研究一概持否定態度，斥爲異端邪說，也不甚公平。最早能給以較公允評價的是唐蘭。他認爲，鄭樵第一個撇開《說文》系統，專用「六書」來研究一切文字，是文字學上一個大進步。鄭樵所作的「六書」分類也不是無意義的，經他歸納，完全暴露了漢儒「六書」理論的弱點。「六書學」在《說文》以外，開闢了一個新的門徑。楊桓和戴侗都想利用古文字資料。楊桓把「六書」分成六門，大膽地嘗試用古文大篆來替代小篆，但是那時的材料不夠，知識更不夠，勉強拼湊成一個系統當然靠不住。戴侗的書分九類，只用數目字和天、地、人、動、植、工事等來分類，立479目，其中又分文、疑文和字，綱領清楚，系統完密，遠在鄭樵、楊桓之上。他於《說文》在徐本外，兼采唐本、蜀本，清代校《說文》的人所不能廢。但他用金文作證，用新意來解說文字，如「鼓」象擊鼓，「壴」字才象鼓形之類，清代學者就不敢採用，一直到清末，像徐灝的《說文段注箋》等書才稱引。其實，他對於文字的見解，是許慎以後唯一值得在文字學史上推舉的[47]。如果我們不囿於陳見，客觀地估價鄭樵等人的研究，排除他們研究中分類冗瑣、說解不當、甚至主觀臆造的成分，披沙揀金，我們不得不承認，他們的研究在文字學史上應該占有重要的地位。我們以爲至少以下兩個方面值得充分肯定：

　　首先，他們能認識「六書」在文字學研究中的重要性，開闢了文字學研究的新領域。「六書」理論自許慎以後，可以說一直未能有大的進展。徐鍇在《說文繫傳》中提出「六書三耦」說，認爲：「大凡六書之中，象形、指事相類，象形實而指事虛；形聲、會意相類，形聲實而會意虛。轉注則形聲之別，然立字始類於形聲，而訓釋之義與假借爲對。假借則一字數用，如『行(莖)、行(杏)、行(杭)、行(沆)』；轉注則一義數文，例如老者直訓老耳，分注則爲耉、爲耊、爲耄、爲壽焉。凡六書爲三耦也。」（《說文繫傳‧通釋》「上」字下）但是，徐氏未能脫離爲《說文》作傳的

47　參閱唐蘭，《中國文字學》（上海古籍出版社，1979），頁21-22。

束縛，他的觀點沒有得到發揮。鄭樵等人則明確地將「六書」確定爲字學的根本，以之統率所有之字。他於《六書略・序》開篇即明確地指出：「經術之不明，由小學之不振，小學之不振，由六書之無傳。聖人之道，惟藉六經，六經之作，惟務文言，文言之本，在於六書。六書不分，何以見義？」戴侗《六書故・自序》云：「書雖多，總其實六書而已。六書既通，參伍以變，觸類而長，極文字之變，不能逃焉。故士惟弗學，學必先六書。」周伯琦《六書正訛・敘》云：「六書者，文字之本也。不達其本而能通其用者，不也……書之六義，大略若此，包羅事物，靡有或遺，以之格物則精，以之窮理則明，以之從政則達，古人之學循敘而進，未有不由是者也。」他們幾乎把「六書」推到了至高無上的位置，雖然有點言過其實，但是把「六書」作爲文字學的根本則是很有道理的。研究「六書學」的學者，推重「六書」，將漢代以來幾近沉沒的「六書」之學重新發揚光大，眞正開始了對「六書」較深入、全面的研究，使文字學結束了僅僅仿效《說文》編纂字書或爲《說文》作傳的階段，開始了文字學研究的理論探求，這是十分有意義的。

　　其次，通過他們的努力，對「六書」的研究趨於細緻和深入，豐富和發展了文字學理論。鄭樵的「子母相生」說，發揮了「獨體爲文，合體爲字」的觀點。他說：「象形、指事，文也；會意、諧聲、轉注，字也；假借，文字俱也。象形、指事一也，象形別出爲指事；諧聲、轉注一也，諧聲別出爲轉注。二母爲會意，一子一母爲諧聲。六書也者，象形爲本，形不可象，則屬諸事，事不可指，則屬諸意，意不可會，則屬諸聲，聲則無不諧矣，五不足而後假借生焉。」這些看法，明確揭示了「六書」之間的關係、次第，以及漢字結構的某些特徵。鄭樵還較早地闡明「書畫同源」的觀點。他說：「書與畫同出，畫取形，書取象，畫取多，書取少。凡象形者，皆可畫也，不可畫則無其書矣。然書窮能變，故畫雖取多而得算常少，書雖取少而得算常多。六書也者，皆象形之變也。」他對文字和圖畫的關係認識如此透徹，在當時是非常了不起的。這種看法完全揚棄了傳說已久的由八卦、結繩、書契到文字的漢字起源理論，大膽地提出了新的觀

點。近代以來，文字學研究者接受西方語言理論，才比較普遍地採用了「文字起源於圖畫」的說法。在對「六書」的具體闡釋上，鄭樵的一些看法也是比較新穎的。比如，他解釋「指事」時說：「指事類乎象形：指事，事也；象形，形也。指事類乎會意：指事，文也；會意，字也。獨體爲文，合體爲字。形可象者，曰象形，非形不可象者指其事，曰指事。」將指事與象形、會意比較說明，很有特點。他解釋「諧聲」時說：「諧聲與五書同出，五書有窮，諧聲無窮，五書尚義，諧聲尚聲。天下有有窮之義，而有無窮之聲。擬之而後言，議之而後動者，義也；不疾而速，不行而至者，聲也。」他對諧聲的這些認識也是很精到的。他還提出：「有有義之假借，有無義之假借，不可不別也。」[48]由上列可見，鄭樵在「六書」方面有很多看法是新穎獨到的，包含了許多正確合理的因素。戴侗在「六書」方面，也有許多精闢的見解。《六書故》卷首有一篇〈六書通釋〉，集中反映了他的文字學理論見解。對於文字與語言的關係，他說「夫文生於聲者也，有聲而後形之以文，義與聲俱立，非生於文也」，指出了先有語言後生文字，「聲」(語音)與「義」(概念)憑藉文字而立，這是很正確的。他還明確地指出：「六書不必聖人作也，五方之民，言語不同，名稱不一，文字不通，聖人者作，命神瞽焉協其名聲，命史氏焉同其文字，鏨其煩慝，總其要歸而已矣。」這些見解否定了「聖人」造字的傳說，又恰如其分地肯定了他們在發展語言文字方面的作用。他論「六書」也特別從文字與語言的關係入手，認爲：「諧聲，則非聲無以辨義矣。雖然，諧聲者猶有宗也，譬若人然，雖不知其名，猶可以知其姓，雖不察其精，抑猶未失其粗者也。至於假借則不可以形求，不可以事指，不可以意會，不可以類傳，直借彼之聲以爲此之聲而已耳。求諸其聲則得，求諸其文則惑，不可不知也。書學既廢，章句之士知因言以求意矣，未知因文以求義也；訓詁之士知因文以求義矣，未知因聲以求義也。夫文字之用莫博於諧聲，莫變於假借，因文而求義而不知因聲以求義，吾未見其能盡文字

---

48 以上引文均見鄭樵，《六書略》。

之情也。」這些看法是非常深刻的,「因聲求義」到清代才爲訓詁學家所認識,而戴侗在元代初年就已經做出了如此透闢的闡述,這是非常難能可貴的。對「假借」他也有較深刻的看法。他說,「所謂假借者,謂本無而借他也……(令、長)二者皆有本義而生,所謂引而申之,觸類而長之,非外假也。所謂假借者,義無所因,特借其聲,然後謂之假借,若『韋』,本爲『韋(違)背』,借爲『韋革』之『韋』;『豆』,本爲『俎豆』,借爲『豆類』之『豆』;『令鐸』之『令』(平聲,今作『鈴』),特以其聲令令然,故借用『令』字,豨令、伏令,以其狀類鈴也,故又從而轉借焉,若此者假借之類也。凡虛而不可指象者多假借,人之辭氣抑揚最虛,而無形與事可以指象,故假借者十八九(按:下舉若干虛詞假借之例,今略)。凡此皆有其聲,而無所依以立文,故必借他文以備用,此假借之道也。」戴侗明確地指出許慎所舉「令、長」二例是引申,強調假借「本無而借他」,還發現了虛詞十之八九是假借字。至今看來,這些論斷都是很正確的。因此,唐蘭以戴侗爲「許慎以後唯一值得在文字學史上推舉的」人,這個評價,戴氏是受之無愧的。

鄭樵等人對「六書」提出了許多有價值的見解,通過他們的研究,大大闡揚了漢代以來一直很簡單、含糊的「六書」的理論,眞正確定了「六書」在文字學研究中的核心地位,使漢語文字學理論研究大大向前邁進了一步。自清代《說文》學復興以後,《說文》學者大都尊奉許慎,墨守舊說,對鄭樵等人富有創新的研究一直不能給以正確的評價,而對他們的不足則大加苛責,使他們的許多見解至今還湮沒無聞,尚需要我們作更加全面的整理和發掘。

五、宋代的金石學

金石學是以青銅器及其銘文與石刻爲研究對象的專門學問,它屬於考古學的範疇。宋代的金石學,不僅在中國考古學史上有重要地位,在漢語文字學史上也是頗值得一書的。

　　商周青銅器自漢代以後即多有出土，史籍時見記載，青銅器銘文也早已引起文字研究者的重視[49]。到宋代，器出愈多，收集和研究金石成為士大夫一時風尚，遂形成專門之學——金石學。金石學的創始之功，首當歸劉敞、歐陽修二人。宋代趙明誠說：「蓋收藏古物實始于原父(劉敞)，而集錄前代遺文，亦自文忠公(歐陽修)發之，後來學者稍稍知搜抉奇古，皆二公之力也。」[50]劉敞作《先秦古器圖》(1063)收11器，附有圖錄、銘文、說贊，是較早的著錄銅器之書[51]。歐陽修集錄金石銘刻編《集古錄》以考辨史籍訛誤，則是標誌金石學業已出現的著作，故蔡絛謂金石學「始則有劉原父(敞)侍讀公為之倡，而成於歐陽文忠公(修)」[52]。有宋一代，金石學曾盛極一時，為士大夫階層所雅好。王國維曾總結說：「趙宋以後，古器愈出，秘閣太常既多藏器，士大夫如劉原父、歐陽永叔輩，亦復搜羅古器，徵求墨本，復有楊南仲輩為之考釋，古文之學勃焉中興。(李)伯時、與叔(呂大臨)復圖而釋之。政宣之間，流風益煽，《籀史》所載著錄金文之書至三十餘家，南渡後諸家之書猶多不與焉，可謂盛矣！」[53]

　　宋代的金石著作按其內容和編寫體例，主要可以分為四類：

　　其一，摹寫著錄器形和銘文的，呂大臨的《考古圖》和宋徽宗敕撰、王黼編纂的《博古圖錄》是這類著作的代表。《考古圖》十卷，收銅器224種，石器1種，玉器13種，分類編次。每器摹寫器形，款識俱全，並記載大小、重量、容量以及出土地點和藏家。銘文一般附釋文，有些則簡略考證之。這部著作資料來自眾多藏家，書前列所藏姓氏，除秘閣太常內藏外，尚有37家。書中也時引他家釋文，如卷一〈晉姜鼎〉並錄劉原父釋文和太常博士豫章楊南仲釋文即是其例。在銅器著錄的方法和體例上，這部

---

49 漢宣帝時美陽得鼎，張敞曾釋讀其銘(《漢書・郊祀志》)；許慎也已認識到鼎銘為前代古文(《說文・敘》)。

50 見《金石錄》卷十二〈谷口銅甬銘跋尾〉。

51 早於劉書的尚有：僧湛淀，《周秦古器銘碑》一卷(1017)，楊元明(南仲)釋文隸寫的《皇祐三館古器圖》(1051)。

52 見蔡絛，《鐵圍山叢談》卷四。

53 見王國維，《宋代金文著錄表・序》，《觀堂集林》卷六(中華書局，1959)。

書富有開創性，是銅器圖錄書籍中最早的一部。它保存的古器物和銘文資料很完備，有利於進一步的研究工作。《博古圖錄》又名《宣和博古圖錄》，三十卷，收839器，各器分類編排，每類前有總說，每器有圖形，並記載大小、容量、重量、銘文及考說。其著錄器物的方法較《考古圖》有所改進，在器物的定名、分類及據實物考訂《三禮圖》之誤等方面，也取得了較大的成就。這部書是宋代金石著作中收器最多、保存資料最豐富的一部。《四庫全書總目》評曰：「其書考證雖疏而形模未失，音釋雖謬而字畫俱存，讀者尚可因其所繪以識三代鼎彝之制、款識之文，以重爲之核訂，當時裒集之功亦不可沒。」

其二，摹錄和考釋金石文字的。這類著作偏重於銘文款識和碑刻文字，一般不具圖譜，如薛尚功《歷代鐘鼎彝器款識法帖》、王俅《嘯堂集古錄》等即屬這類著作的代表。《歷代鐘鼎彝器款識法帖》二十卷，收器銘511種，按時代先後分類編次，摹寫器銘，附以釋文，並就史籍有關問題，給以簡單考證。「尚功嗜古好奇，又深通篆籀之學，能集諸家所長而比其同異，頗有訂訛刊誤之功，非抄撮蹈襲者比也。」[54]《嘯堂集古錄》二卷，收器銘345種，以類相從，先摹銘文，次附釋文，不具考證文字。但是，銘文有時經過「芟荑剪截」。王俅積30年而成此書，又善書法，故銘文摹寫甚爲精確。王厚之的《鐘鼎款識》也是這類性質之作，收器59種，每器題以器名，記其出地、藏家，並釋文字。清代阮元曾有詳考，並隸書附之。搜集漢代隸書資料，洪适則有《隸釋》、《隸續》、《隸纂》、《隸韻》四種，其中《隸纂》已佚，《隸韻》殘缺。《隸釋》（二十七卷）、《隸續》（殘本二十一卷）二書專收漢魏隸書碑刻。前者收碑刻拓本183種，爲己所收藏，附有跋尾和考證，又從《集古錄》、《金石錄》等書中輯漢碑500餘種原文錄出；後者爲續出之作，收碑刻89種，以楷書抄出碑銘全文加以考證。洪氏原欲「使學隸者藉書以讀碑」，爲學習和欣賞漢隸碑刻之助而編此書，但實際上不僅保存了一大批漢魏史料，也

54　見《四庫全書總目》卷四十一。

開創了隸書的研究。

其三,「專論題跋,頗存名目」的。這類著作或存錄名目,或附以「題跋評論」,具有較強的研究性。歐陽修著《集古錄跋尾》十卷,將所收金石拓本「撮其大要,別為錄目,因並載夫可與史傳正其闕謬者,以傳後學」[55]。書中錄存銘文釋文,加以簡單說明或考證,與史傳相互印證,是標誌金石學出現的開創性著作。趙明誠《金石錄》三十卷(目錄十卷,跋尾二十卷),共502篇,按時代順序編次,以補《集古錄》「尚有漏落,又無歲月先後之次」的不足[56]。趙氏編纂此書費時30年,收集上自商周,下迄隋唐五代石刻拓本凡二千卷。不僅搜羅了一大批珍貴資料,在編寫方法上以時代為次,也比較有系統。但趙氏未完書而卒(1129),該書由其妻李清照繼成(1132)。他如張掄《紹興內府古器評》(二卷)、黃伯思《東觀餘論》(十卷)、董彥遠《廣川書跋》(十卷)等著作,均側重於銘文款識和碑刻的考證、辨識和評論,都富有較強的研究性質。此外,翟耆年《籀史》(二卷),為金石書目的提要式著作,收金石書34種,卷下亡佚,僅存卷上19種,簡要介紹了所錄著作的作者事跡,記述著作內容,並略作評說,「括其梗概」。這部書為金石學史的研究提供了寶貴的資料,有些亡佚已久的書,據之可知其概貌。

其四,集錄考釋文字成果而成冊的。這類著作集中了銘刻文字的考釋成果,屬於彙編已識讀文字的字書。呂大臨《考古圖釋文》依《廣韻》韻目分上下平聲、上聲、去聲、入聲等部分,按韻部列字。採用《考古圖》有銘銅器85種,收821字。所收字「凡與《說文》同者,訓以隸字及加反切;其不同者,略以類例文義解於下;所從部居可別而音讀無傳者,各隨所部收之,以備考證」[57]。每字之下,詳列不同形體,注明出處。正文之後附列「疑字」、「象形」、「無所定」三部分。這部書名曰「釋文」,實際相當於一部滙集《考古圖》所釋文字的字典。其體例、編寫方法,與

---

55 見歐陽修,《六一題跋・自序》。

56 參閱趙明誠,《金石錄・序》。

57 見呂大臨,《考古圖釋文・序》。

《古文四聲韻》相近，只是專就《考古圖》一書所釋銅器銘文編成。王楚作《鐘鼎篆韻》七卷，收字達4165個，卷七列象形字126個，假借字43個，奇字42個，合字25個，會意字12個，有偏旁可考而無訓讀者4個，字畫簡古而文理可考者68個，字畫奇古未可訓釋者126個，共446字，全書總共收4611字。薛尚功《廣鐘鼎篆韻》又廣而增之，所錄鐘鼎文字凡10125字。元代楊鉤《增廣鐘鼎篆韻》，據卷一所載，在王書基礎上新增經典碑銘82種，總672字。王楚、薛尚功書均已亡佚，只能就楊鉤之書推知其概。這些字書都是《考古圖釋文》之後出現的專門滙集銘刻文字而成冊的字書，反映了當時古文字釋讀的成果[58]。婁機《漢隸字原》六卷，首卷列「考碑、分韻、辨字」三例與碑目，其餘五卷爲正文。按禮部韻略編列，用楷書爲字頭，下列隸書，凡一字數體者並存之。全書共收漢碑309種，魏晉碑31種。這是一部滙集隸書文字的字書，爲隸書和古今漢字演變的研究提供了寶貴的資料。

　　宋代的金石著作除上述四類外，尙有相當一部分散見於宋人筆記叢談之作中。如《洞天清錄集》(趙希鵠著)、《遊宦紀聞》(張世南著)、《夢溪筆談》(沈括著)、《鐵圍山叢談》(蔡絛著)等筆記中，都保存了一些十分有價值的資料。

　　宋代金石學的興盛在漢語文字學史上有著重要的意義。王國維指出：宋人「摹寫形制，考訂名物，用力頗巨，所得亦多。乃至出土之地，藏器之家，苟有所知，無不畢記，後世著錄家當奉爲準則。至於考釋文字，宋人也有鑿空之功」[59]。就漢語文字學史而言，宋代的金石學保存、傳布了一大批金石文字資料，這是其功績之一。宋人用墨拓法傳拓文字，進而據拓本刊木刊石，這些資料的保存與傳布，爲金石文字研究的深入進行提供了保證。圖繪器物形制、記載尺寸輕重以及出地和藏家，保存了有關器物的完整資料。宋人藏器大多流散，正是依據這些完整資料，後世學者才得

58　參閱容庚，〈宋代吉金書籍述評〉(十九)(二十)，載《學術研究》1963年第6期。

59　見王國維，《宋代金文著錄表·序》，《觀堂集林》卷六(中華書局，1959)。

以了解古代器物的形制並進行研究考證。宋人創造的一整套搜集、整理金
石資料的方法和體例，一直為後代學者所沿用，有效地保存和傳布了歷代
金石文字資料。宋代金石學功績之二是開始了對金石文字的全面研究，這
種研究在一定程度上突破了文字學主要研究小篆的傳統，以出土的地下資
料為研究對象，加深了人們對漢字發展歷史的認識。如《考古圖釋文‧
序》云：「古文三代之書，名也。書名所起將記言於簡策，象物形而畫
之，故厥初以象形為主，不取筆畫之均正。又有無形可象之言，然後會
意、假借、形聲、指事、轉注之文生焉。至周之興，尚文，書必同文，其
筆畫稍稍均正(據今所傳商周器可見)。周衰益盛，竊意周宣王太史籀所作
大篆，已有修正，故與古文多異，至秦李斯、程邈之徒又有省改，為之小
篆……然以今所圖古器銘識，考其文義，不獨與小篆有異，而有同是一
器，同是一字，而筆畫多寡、偏旁位置左右上下不一者(例略)。其異器
者，如『彝、尊、壽、萬』等字，器器筆畫皆有小異，乃知古字未必同
文。至秦既有省改以就一律，故古文筆畫非小篆所能該也。」這段序文談
及文字起源、字體演變以及「書同文」的問題，依據「古器銘識」資料，
看法也較以前清晰深入。李公麟還明確指出：「彝器款識真科斗文字，實
籀學之本原，字義之宗祖。」[60]宋人考釋辨識古文字的成就也是很大的。
就《考古圖釋文》所收字來看，常見字大都已經認出，王國維謂「考釋文
字，宋人亦有鑿空之功」，甚是確當。在古文字考釋方法上，宋人或與傳
世古文對勘，或以「形象得之」，或「以義類得之」，或據小篆分析金文
稍異者，或就字形考得其六七，至於「文奇義密，不可強釋」者，則採取
「闕疑」的態度[61]。宋人的方法和態度基本是正確的。由於當時對出土古
文字的研究才剛剛起步，穿鑿附會、誤釋誤認的字自然也不少。

　　金石學與古代文字的考釋有著密切關係。金石學興起不僅開始了對古
代銘刻文字的研究，豐富了文字學研究的對象，同時作為漢語文字學一個

60　見翟耆年，《籀史》。

61　參閱呂大臨，《考古圖釋文‧序》。

分支的古文字學的胚胎，也已孕育其間了。宋元將「金石」之書歸於「小學」類[62]，也表明當時對金石學和文字學密不可分的關係有了一定認識。金石學作爲早期的考古之學，其內容是很豐富的，功績也是多方面的。劉敞《先秦古器記・序》中指出：考證古代器物銘刻，「禮家明其制度，小學正其文字，譜牒次其世謚」。文字的考釋只是金石學的一個方面，而更多的學者則是熱衷於「探其製作之原，以補經傳之闕亡，正諸儒之謬誤」[63]。古文字的研究還未能從金石學中脫胎出來，漢語文字學也沒能借助金石學興起所造成的有利時機，徹底突破傳統格局，獲得實質性的進展。降至元明，金石學步入衰落時期，直至清代復興之時，古文字學才在當時各種條件促成之下，從金石學中分立出來，成爲漢語文字學的一個重要分支。

---

62 見王應麟，《困學紀聞》、《宋史・藝文志》等。
63 見呂大臨，《考古圖・序》。

第三編
文字學的振興時期
(清代)

清代是中國古代語言學全面發展的時期，也是文字學的振興時期。乾嘉之際，《說文》研究之風大盛，形成著作宏富、影響深遠的《說文》學。金石學亦漸呈復興之勢，到清末而醞成古文字學的分立。這時的《說文》學和古文字學，雖還算不上科學的文字學，但卻為科學文字學的建立準備了條件。

清初，顧炎武等人矯正明末理學「束書不觀，遊談無根」的空疏之弊，大力提倡漢代樸學，以經世致用為目的，以考據為津梁，講求文字、聲音、訓詁之學。顧炎武說過這樣的話：「愚以為，讀九經自考文始，考文自知音始，以至諸子百家之書，亦莫不然。」[1]顧氏的倡導和實踐，開啟了一代學風。乾隆年間的戴震[2]，更明確地批判了輕視語言文字學的錯誤傾向。他說：「宋儒譏訓詁之學，輕語言文字，是猶渡江河而棄舟楫，欲登高而無階梯也。」[3]「經之至者，道也；所以明道者，詞也；所以成詞者，字也。由字以通其詞，由詞以通其道。所謂字，考諸篆書，得許氏《說文解字》，三年得其節目，漸睹聖人制作本始。又疑許氏於古訓未能盡，從友假《十三經注疏》讀之，則知一字之義，當貫群經，本『六書』，然後為定。」[4]戴震又十分重視從字形、字音與字義的關係，以考求文字訓詁之源流。他說：「夫援《爾雅》以釋《詩》、《書》，據《詩》、《書》以證《爾雅》，由是旁及先秦以上，凡古籍之存者綜核條貫，而又本之『六書』音聲，確然知故訓之原，庶幾可與於是學。」[5]顧炎武、戴震文字學方面的著作不多，但他們的主張和理論方法對清代學者的影響極深，即使在今天也仍然具有借鑑的價值。

---

1 見顧炎武，《日知錄》卷二十七。
2 戴震(1724-1777)字東原，安徽休寧人，一生坎坷，四十始中舉，五十三歲時才被賜同進士出身，授翰林院庶吉士。戴震著述甚多，語言文字學方面的著作主要有《轉語二十章》、《《爾雅》文字考》、《《方言》疏證》、《聲類表》、《聲韻考》。
3 見戴震，〈與段若膺書〉，《段王學五種‧段玉裁年譜》。
4 見戴震，〈與是仲明論學書〉，《戴震集》(上海古籍出版社，1980)，頁84。
5 見戴震，《《爾雅》文字考‧序》，《戴震集》(上海古籍出版社，1980)，頁51。

　　經過顧炎武、戴震等的提倡，加上康熙以後調整了民族政策和知識分子政策，乾隆、嘉慶之際，長於語言文字之學的朱筠、畢沅、阮元等達官顯宦的切實扶持，造成了重視語言文字學的社會風氣，造就了段玉裁、王念孫等一代語言文字學大師，使文字學作為一門專門學問，得到迅速而全面的發展。

　　清代語言學的最凸出的成就是上古音的研究和聲訓，後者又得力於古音研究的重大突破。作為中國語言學分支的文字學，在清代也有較快的發展，從元明的衰落轉為復興。這一方面是由於文字學與音韻學、訓詁學關係極為密切，清代音韻學、訓詁學的發展為文字學的復興創造了條件。另一方面，漢字形體符號具有表意或部分表意的功能；這種功能在未發生訛變的古文字中有明顯的反映，因此，漢語文字學的發展離不開古文字資料積累的豐富和古文字研究水平的提高。古文字資料的整理傳播始自宋代，清代官私著錄宏富，雖真偽雜糅，考釋不精，但可為文字學研究參考之資。乾嘉時期研究《說文》的成就，也與古文字資料的積累有關。然而，這時的古文字學尚未建立，《說文》學家亦不深通金文，故有清一代文字學嚴格說只能稱之為《說文》學。到了晚清，孫詒讓、吳大澂等的金文研究以及甲骨文的發現和研究，突破了《說文》學的藩籬，使古文字學最終從金石學中分立出來，成為一門獨立的學問，漢語文字學也隨之步入一個發展振興的時代。

第一章
清代的《說文》學

一、清代《說文》研究之概況

　　《說文解字》的研究以乾嘉時期爲最盛，形成了一種專門學問——《說文》學。根據丁福保《說文解字詁林》所附〈引用諸書姓氏錄〉統計，從清初到清末，研究《說文》並有著述傳世者多達203人，其校著者50餘家。清代對《說文》的研究，大致可分四類：

　　第一類　對《說文》的校勘和考證

　　第二類　對《說文》有所匡正之作

　　第三類　對《說文》進行全面研究之作

　　第四類　補充訂正前輩或同時代的著作

　　丁福保《說文解字詁林・自敘》在談到清代《說文》研究時說過這樣的話：

　　　　若段玉裁之《說文注》，桂馥之《說文義證》，王筠之《說文句
　　　　讀》及《釋例》，朱駿聲之《說文通訓定聲》，其最傑著也。四
　　　　家之書，體大思精，迭相映蔚，足以雄視千古矣。其次若鈕樹玉
　　　　之《說文校錄》，姚文田、嚴可均之《說文校議》，顧廣圻之
　　　　《說文辨疑》，嚴章福之《說文校議議》，惠棟、王念孫、席世
　　　　昌、許槤之《讀說文記》，沈濤之《說文古本考》，朱士端之
　　　　《說文校定本》，莫友芝之《唐說文木部箋異》，許溎祥之《說

文徐氏未詳說》，汪憲之《繫傳考異》，王筠之《繫傳校錄》，苗夔等之《繫傳校勘記》，戚學標之《說文補考》，田吳炤之《說文二徐箋異》等，稽核異同，啟發隱滯，咸足以拾遺補闕，嘉惠來學。又有訂補《段注》而專著一書者，如鈕樹玉之《段氏說文注訂》，王紹蘭之《說文段注訂補》，桂馥、錢桂森之《段注鈔案》，龔自珍、徐松之《說文段注劄記》，徐承慶之《說文段注匡謬》，徐灝之《說文段注箋》等，皆各有獨到之處，洵段氏之諍友也。此外，又有錢坫之《說文斠詮》，潘奕雋之《說文通正》，毛際盛之《說文述誼》，高翔麟之《說文字通》，王玉樹之《說文拈字》，王煦之《說文五翼》，江沅之《說文釋例》，陳詩庭之《說文證疑》，陳瑑之《說文舉例》，李富孫之《說文辨字正俗》，胡秉虔之《說文管見》，許槤之《讀說文雜識》，俞樾之《兒笘錄》，張行孚之《說文發疑》，于鬯之《說文職墨》，鄭知同之《說文商義》，蕭道管之《說文重文管見》，潘任之《說文粹言疏證》，宋保之《諧聲補逸》，畢沅之《說文舊音》，胡玉縉之《說文舊音補注》等，不下數十家，靡不殫心竭慮，索隱鈎深，各有所長，未可偏廢。

丁氏對《說文》研究諸家的簡要評介，基本上勾勒出了清代《說文》研究的輪廓。所舉各家著作，對於《說文》研究、文字學研究都是有參考價值的。這裡不能一一敘述，只著重介紹段玉裁、桂馥、王筠、朱駿聲四大家的《說文》研究。

二、清代《說文》學四大家

研究語言學史、訓詁學史的專著和專論，對清代《說文》研究四大家多所評介，不乏全面公允之論。本書側重從文字學的角度進行評價。

(一)段玉裁的《說文》研究

　　段玉裁(1735-1815)，字若膺，號懋堂，江蘇金壇人，清代著名的小學家和經學家。清乾隆二十五年舉人，入京會試，屢試不中。在京師，得見休寧戴震，好其學，遂師事之。先後又結識錢大昕、邵晉涵、王念孫、王引之等名家學者，相與切磋學問。段氏著述除《說文解字注》外，還有《詩經小學》、《毛詩訓詁傳小箋》、《古文尚書撰異》、《周禮漢讀考》、《儀禮漢讀考》、《春秋左氏古經》、《汲古閣說文訂》、《六書音均表》、《經韻樓集》等。其生平可參看《清史稿·儒林傳》及劉盼遂《段玉裁先生年譜》。

　　《說文解字注》(簡稱《段注》、《說文注》)，是段玉裁傾畢生心智而完成的巨著。《清史稿·儒林傳》說他「積數十年精力，著《說文解字注》三十卷。始為長編，名《說文解字讀》，凡五百四十卷，既乃隱括之成此注。書未成，海內想望者幾三十年，嘉慶十七年始付梓」。段玉裁在《說文·敘》的注解中說：「始為《說文解字讀》五百四十卷，既乃隱括之成此注，發軔於乾隆丙申，落成於嘉慶丁卯。」嘉慶元年段玉裁與邵晉涵書云：「去年(即乾隆五十九年)始悉力於《說文解字》，刪繁就簡，正其訛字，通其義例，搜轉注、假借之微言，備故訓之古義。」據此可知，段氏於乾隆丙申(即乾隆四十一年，1776年)始為長編《說文解字讀》，乾隆五十九年(1794)始隱括為《說文解字注》，嘉慶丁卯(即嘉慶十二年，1807年)書成，前後經歷了31年。五百四十卷之《說文解字讀》是段氏研讀《說文》心得之總滙，是為注《說文》而作的箚記，此書未刊，北京圖書館藏有不完全的清抄本，對研究《說文》和段注及段氏學術發展有重大參考價值[1]。《說文注》付梓，仍以「讀」名，故王念孫所撰序即名《說文解字讀·序》[2]。段氏《汲古閣說文訂》一卷，成書於嘉慶二年

1　參閱張和生、朱小健，〈《說文解字讀》考〉，載《北京師範大學學報》1987年第5期。

2　見《王石臞先生遺文》卷三，刊於《段注》之王〈序〉，易「讀」為「注」。

（1797），亦是段注準備之作。該書用王昶所藏宋本、周錫瓚所藏宋本、明葉石君抄宋本、明趙靈均抄宋大字本、宋刊大字《五音韻譜》、明刊《五音韻譜》、《集韻》引大徐本、《類篇》引大徐本、徐鍇《說文繫傳》舊抄善本，校訂明末毛氏汲古閣刊大徐本《說文》，從中可見段注改訂《說文》正文的觀點、方法和根據。

《說文注》突破了單純校訂、考證的舊框子，全面地論述了文字形、音、義的相互關係，是一部體大思精的《說文》學著作。「段氏治《說文》的特色及其卓越成就，不僅在於他『究其微旨，通其大例』（孫詒讓《札迻・序》），對許書做了細密全面的校勘整理，更在於他通過對許書的注釋，提出並初步解決了一系列有關漢語音韻學、文字學、詞彙學、訓詁學的重大問題。他能初步運用歷史發展的觀點和一些科學的方法來研究語言現象。」[3]

段氏注《說文》意在「以字考經，以經考字」。其主要成就在於訓詁，但他是從形、音、義的相互關係來研究訓詁（義）的。王念孫〈序〉云：「吾友段氏若膺，於古音之條理，察之精，剖之密，嘗爲《六書音均表》，立十七部以綜核之，因是爲《說文注》，形聲讀若，一以十七部之遠近分合求之，而聲音之道大明。於許氏之說，正義借義，知其典要，觀其會通，而引經與今本異者，不以本字廢借字，不以借字易本字，揆諸經義，例以本書，若合符節，而訓詁之道大明。訓詁聲音明而小學明，小學明而經學明。蓋千七百年來無此作矣。」

段氏在語言文字研究中具有明確的系統觀和歷史觀。他說：「小學有形、有音、有義，三者互相求，舉一可得其二。有古形、有今形，有古音、有今音，有古義、有今義，六者互相求，舉一可得其五。」[4]這個觀點，貫串於他的《說文》研究中。

《說文注》的學術價值是多方面的，其在語義學、詞彙學方面的貢獻

3　見郭在貽，〈《說文段注》與漢語辭彙研究〉，載《社會科學戰線》1978年第3期。

4　見段玉裁，《廣雅疏證・序》。

尤巨。關於這方面的評述是語言學史、訓詁學史的任務，本書只從與文字學有關的方面略述其主要成就。

第一，探求古字、古形，疏證本義、古義。

《說文》「以形爲主，因形以說音說義」，「就字說其本義」[5]，是研究文字形、音、義相互關係的專著。研究《說文》就得從形著手。段玉裁從許慎「六書」理論和《說文解字》出發，提出了古今字的概念。如「氣，雲氣也」下注：

气、氣，古今字。自以氣爲雲气字，乃又作餼爲廩氣字矣。

許書「氣」訓「饋客芻米也」，引《春秋傳》「齊人來氣諸侯」爲證。段注：「事見《左傳》桓六年、十年。十年《傳》曰：『齊人餼諸侯。』許所據作氣。左丘明述《春秋傳》以古文，於此可見。」又謂：「今字假氣爲雲气字，而饗餼乃無作氣者。」段氏還常用「某某古今字」、「某行某廢」來表明文字演進情況。

段氏注意考察文字的古形，對《說文》字形的考訂常與古文暗合。

如段氏改「上」字古文作「二」，注云：「古文『上』作『二』，故帝下、旁下、示下皆云『從古文上』，可以證古文本作『二』，篆作『上』，各本誤以『上』爲古文，則不得不改篆文之『上』爲『𠄞』。」

又改「下」字古文作「二」，注云：「有物在一之下也，此古文『下』，本如此。如『丙』字從古文『下』是也。後人改『二』爲『丅』，謂之古文，則不得不改『丅』爲『下』，謂之小篆文矣。」（按：「上、丅」爲稍晚的古文）

「龕」下注云：「各本作『合』聲，篆體亦誤。今依《九經字樣》正。」「龕」字《玉篇》及戴侗引唐本《說文》並從「今」聲，眉壽鐘「龕事朕辟」，墻盤「龕事厥辟」，均從「今」聲。

5　見段玉裁，《說文・敘》注，《說文解字》（中華書局，1963）。

「矜」下注云:「各本篆作『矜』,解云『今』聲,今依漢石經
《論語》、〈溧水校官碑〉、〈魏受禪表〉皆作『矜』正之。《毛詩》與
『天、臻、民、旬、塡』等字韻,讀如『鄰』,古音也。」

段校「上、下、龕、矜」皆與古文合。「矜」,本當作「矜」,從
「令」聲,後誤爲從「今」。《詛楚文》正作「矜」。段玉裁這方面的成
就,主要在於他能融會許書並精於古韻學。

許書據形說義,所說多爲本義或古義,許多已鮮爲人知。段氏廣搜博
引,多方疏證。例如:

「精,擇米也」注云:

> 「米」字各本奪,今補。擇米謂㑃擇之米也。《莊子·人間世》
> 曰:「鼓筴播精。」司馬云:「簡米曰精。」簡即柬,俗作揀者
> 是也。引申爲凡最好之稱。

又「若,擇菜也」注云:

> 《晉語》:「秦穆公曰:『夫晉國之亂,吾誰使先若夫二公子而
> 立之,以爲朝夕之急?』」此謂使誰先擇二公子而立之。若正訓
> 擇,擇菜引申之義也。

段氏在這裡既用《說文》解決了《晉語》「若」字的訓釋問題,又從
「若」有「擇」義來證許訓。

第二,闡明形、音、義之間關係。

段玉裁說:「許君以爲音生於義,義著於形。聖人之造字,有義以有
音,有音以有形。學者之識字,必審形以知音,審音以知義。」[6]段氏推

6　見段玉裁,《說文·敘》注,《說文解字》(中華書局,1963)。

原許書本字本義，不外即形說義和「因形以得其音，因音以得其義」[7]兩
種方法。如「連，負車也」注云：

> 「負車」，各本作「員連」，今正。「連」即古文「輦」也。
> 《周禮・鄉師》「輦輦」，故書「輦」作「連」。大鄭讀為
> 「輦」。〈巾車〉「連車」，本亦作「輦車」。《管子・海王》
> 「服連軺輦」，〈立政〉「刑餘戮民，不敢服絻，不敢畜連」。
> 負車者，人挽車而行，車在後如負也。字從辵車會意，猶輦從扶
> 車會意也。人與車相屬不絕，故引申為連屬字。「耳」部曰：
> 「聯，連也。」〈大宰〉注曰：「古書『連』作『聯』。」然則
> 「聯、連」為古今字。

這是即形說義的例子。又如「襛，衣厚貌」注：

> 凡農聲之字皆訓厚。醲，酒厚也；濃，露多也；襛，衣厚貌也。
> 引申為凡多厚之稱。

又「鼖，大鼓謂之鼖」注：

> 凡「賁」聲字多訓大。如《毛傳》云：墳，大防也；頒，大首
> 貌；汾，大也，皆是。「卉」聲與「賁」聲一也。

這是因音求義的例子。

　　段氏注意到聲與義的關係，認為「聲與義同源，故諧聲之偏旁多與字
義相近」，但又不泥守，不同於宋人「右文說」。他批評宋人《字說》，

7　見段玉裁，《廣雅疏證・序》。

「只有會意，別無形聲」，與不知字有「會意形聲兩兼」，「其失均誣」[8]。這個看法是比較允當的。

第三，推陳字義發展源流。

段玉裁開始注意到了字義發展的系統性和規律性。他說：

> 許以形為主，因形以說音說義。其所說義與他書絕不同者，他書多假借，則字多非本義，許惟就字說其本義。知何者為本義，乃知何者為假借，則本義乃假借之權衡也。故《說文》、《爾雅》相為表裏。治《說文》而後《爾雅》及傳注明，《說文》、《爾雅》及傳注明，而後謂之通小學，而後可通經之大義。[9]

他還認為，「守其本義而棄其餘義者，其失也固；習其餘義而忘其本義者，其失也蔽」[10]，強調研究字的本義與字的餘義之間關係的重要性。如「題，額也」注：

> 《釋言》、《毛傳》曰：「定，題也。」引申為凡居前之稱。

又「亶，多穀也」注：

> 「亶」之本義為多穀，故其字從㐭，引申之義為厚也、信也、誠也，見《釋詁》、《毛傳》。

又「霸，月始生魄然也，承大月二日，承小月三日，從月霝聲」段注：

---

8 見段玉裁，《說文解字注》「禛」字條，《說文解字注》（上海古籍出版社，1988）。

9 見段玉裁，《說文·敘》注，《說文解字》（中華書局，1963）。

10 見段玉裁，《經韻樓集》卷一。

《漢志》所引〈武成〉、〈顧命〉皆作「霸」，後代「魄」行而「霸」廢矣。俗用為「王霸」字，實「伯」之假借字也。

段注揭示了多義詞詞義的系統性和詞義引申的規律。他曾十分自信地說：「《經籍籑詁》一書甚善，但如一屋散錢未上串，拙著《說文注》，正此書之錢串也。」[11]江沅在《說文解字注・後敘》中說：「許書之要，在明文字之本義而已。先生發明許書之要，在善推許書每字之本義而已矣。經史百家字多假借，許書以說解名，不得不專言本義者也。本義明而後餘義明，引申之義亦明，假借之義亦明。形以經之，聲以緯之。凡引古以證者，於本義、於餘義、於引申、於假借、於形、於聲，各指所之，罔不就理。」段謂錢串，就是江沅所指出的「形以經之，聲以緯之」這種治小學的方法。

此外，段注在發明許書通例、校勘傳本訛誤方面的貢獻，為學界公認，不煩舉例。

段氏發端的形、音、義三者互相求的方法，是研究訓詁學的重要方法。漢語文字學也要研究形、音、義之間的關係，只是它的對象是文字，重點是研究漢字是怎樣記音表義的。因此段氏提出的這一研究方法，在今天對文字學研究仍然具有重要的參考價值。

段書問世後，深為當時學者所推崇，駁難者亦復不少。駁難者多批評段氏創為異說，擅改古書。儘管這些批評在總體上過於挑剔，在具體問題上亦未必正確，而段注確有武斷之弊，此毋庸諱言，但是擅改古書並不是這部著作的主要缺點，創為異說更是佞古者強加的惡謚。段注的主要不足在於段氏沒有運用當時所能見到的古文字資料，在字形結構分析上，未能在許書的基礎上有所發明，反而往往曲意維護許說。

如「鼎」字古文象鼎形，許慎卻解為：「象折木以炊，貞省聲。」段注云：

---

11 見段玉裁，〈與劉端臨第二十三書〉，《段王學五種》。

片者，判木也，反片為爿，一木析為二之形。炊鼎必用薪，故象之。唐張氏參誤會三足兩耳為字形，乃高析木之兩旁為耳，唐人皆作鼎，非也。唐氏元度既辨之矣……此謂上體目者，貞省聲也。或曰離為目、巽為木，〈鼎卦〉上離下巽，何不以此說字乎？曰：言易卦之取象則可。若「六書」之會意，必使二字相合成文，如人言、止戈是。目與木不相合也，故釋下體為象形，上體為諧聲。

這個解釋實不如張參。許書說會意七百餘字，誤說約占百分之四十，段注或曲意維護，或不置辭，這不能不使段注減色。段注是許學或傳統語言文字學著作的佼佼者，但從文字學角度來評價，則遜於王筠。

(二)桂馥的《說文》研究

桂馥(1736-1805)，字多卉，號未谷，山東曲阜人。乾隆五十五年(1790)進士。桂馥與段玉裁同受戴震影響，「同治《說文》，學者以桂、段並稱，而兩人從不相見，書亦未見」[12]。桂馥積近二十年之精力，為《說文義證》(簡稱《義證》)五十卷，因其「為《說文》之學，亦取證於群書，故題曰『義證』」[13]。桂氏的《說文義證》是一部重視材料的書，「專臚古籍，不下己意」，但也不是簡單的材料堆砌，而是經過作者的篩選和精心安排，「凡所稱引，皆有次第」[14]。桂氏的《義證》主要是證本義，證說解。其書徵引宏富，對研讀《說文》有重要的參考價值。如《說文》「芇，相當也」，《義證》：

「相當也」者：《廣雅》：「萌，當也。」「萌」即「芇」，寫誤也。《廣韻》：「今人睹物相折謂之芇。」《集韻》：

---

12 見《清史稿·儒林傳》。
13 見桂馥，《說文義證·附錄》。
14 以上見王筠，《說文釋例·序》。

「币，賄也。一曰相當。」戴侗曰：「予宦越，覽訟牒，有币折
語，正音宀。」《玉篇》：「賟，物相當。」馥謂「賟」即
「币」之別體。

又「飾，㕞也……一曰襐飾」，《義證》：

　　「㕞也」者，本書：「㕞，拭也。」「拭」當為「飾」。佩下
　　云：「巾謂之飾。」《釋名》：「飾，拭也。物穢者，拭其上使
　　明，由他物而後明，猶加文於質上也。」《周禮・封人》：「凡
　　祭祀，飾其牛牲。」注云：「飾，謂刷治潔清之也。」《內
　　則》：「父母唾洟不見。」注云：「輒刷去之。」宣十二年《左
　　傳》：「御下兩馬。」杜云：「兩，飾也。」正義：「飾馬者，
　　謂隨宜刷刮焉。」《漢書・賈誼傳》：「簠簋不飾。」《司馬徽
　　別傳》：「劉琮使左右問徽存亡。徽鋤園。左右問司馬君。徽
　　曰：『我是。』問者罵曰：『何等田奴，而稱司馬君！』徽更刷
　　頭飾服而出，左右叩頭謝之。」「一曰襐飾」者，本書：「襐，
　　飾也。」《急就篇》：「襐飾刻畫無等雙。」顏注：「襐飾，盛
　　服飾也。」《漢書・外戚王后傳》：「襐飾將醬，往問疾。」顏
　　注：「一曰：襐，首飾也，在兩耳後，刻鏤而為之。」

　　《清史稿・儒林傳》：「桂氏專佐許說，發揮旁通，令學者引申貫
注，自得其義之所歸。」這個評論是恰如其分的。
　　桂氏《義證》亦間有不同《說文》而優於《說文》者，如「邇」，
《說文》訓「近也」，《義證》則云：

　　《釋言》：「駬，傳也。」《釋文》：「郭音云：『本或作
　　邇。』」《聲類》云：「亦駬字，同。」

又「畕」下云：

> 「比田也」者，顏注《急就篇》：「疆，比田之界也。」

甲骨文有「𦥑」字，是「駔」的初文。金文「畕」即「疆」之初文。《義證》所引各說與古文字合。然桂氏專在疏證許書，甚少創見，即《說文》錯誤的說解，也要勉強求證，這是《義證》的一大缺點。

(三)王筠的《說文》研究

王筠(1784-1854)，字貫山，號菉友，山東安丘人，清道光元年(1821)舉人。王筠文字學方面的著作有《說文釋例》(簡稱《釋例》)、《說文句讀》(簡稱《句讀》)、《說文繫傳校錄》、《文字蒙求》等，尤以《釋例》為最著。

《說文釋例》，就是解釋《說文》的條例。段玉裁首先突破了歷代《說文》學者多在校勘、訂補上下工夫的局限，開始注意研究許書的條例。然「體裁所拘，未能詳備」[15]。王筠《釋例》受段氏啟發，在前人研究的基礎上獨闢蹊徑，成一家之言。潘祖蔭說《釋例》為集大成之作，「補弊救偏，為功尤巨」[16]。

《釋例》共二十卷，前十四卷主要說明「六書」及許書條例，後六卷列出對《說文》的一些疑問。各卷後附有「補正」。常用金石古文補正《說文》的訓釋和字形說解。它是一部研究《說文》的專著，與校注《說文》的著作不同。

《釋例》的成就主要有以下三個方面：

一是比較系統、深入地闡發了《說文》的條例，為後人研讀《說文》指示門徑。胡樸安《中國文字學史》根據《釋例》一至二十卷中之小標

---

15 見王筠，《說文句讀‧序》。
16 見潘祖蔭，《說文釋例‧後跋》。

題，列爲五十四例。其實自十二卷「挩文」以下之「挩文」、「衍文」、「誤字」、「補篆」、「刪篆」、「移篆」、「改篆」、「觀文」、「糾徐」、「鈔存」、「存疑」等，皆不得稱爲《說文》條例。此外，卷五中的「文飾」、「籀文好重疊」，卷八中的「分別文」、「累增字」、「疊文同異」、「體同音義異」，乃王氏對於字形結構的見解，亦不可以條例視之。王筠以爲「《說文·敘》解釋『六書』，乃全部之條例也」，據此，《釋例》「六書」部分則應屬條例。這樣，《釋例》闡發的《說文》條例計有指事、象形、形聲、亦聲、省聲、一全一省、兩借、以雙聲字爲聲、一字數音、會意、轉注、假借、或體、俗體、同部重文、異部重文、互從、輾轉相從、母從子、《說文》與經典互易字、列文次第、列文變例、說解正例、說解變例、非字者不出於說解、同意、闕、讀若直指、讀若本義、讀同、讀若引經、讀若引諺、聲讀同字、雙聲疊韻，凡三十四例。

　　王氏不僅發明許書條例，觀其會通，而且有不少創見，如「省聲」一節有云：

> 指事、象形、會意字可省，形聲字不可省。形聲字而省也，其例有四，一則聲兼意也，一則所省之字即與本篆通借也，一則有古籀文之不省者可證也，一則所省之字，即以所從之字，貿處其所也。非然者，則傳寫者不知古音而私改者也。亦有非後人私改者，則古義失傳，許君從爲之辭也。

　　「省聲」是指形聲字的聲符部分的省簡，是漢字簡化的一種形式。王氏所說聲兼意字之省聲和第四種省聲(如「夜、暴、暴」等)，在文字發展過程中是存在的，說省聲應有古籀文之不省者爲證也是正確的。許慎建立「省聲」條例，揭示了漢字聲符省簡的本來面目，但在解釋一些字例時往往濫說省聲，《釋例》就指出了許書所說省聲中的不少錯誤。如：

「蹢、鸙」下並云「適」省聲,而「適」固從「啻」聲。小徐本「蹢」下云「商」聲,「鸙」下云「商」聲,皆是也。大徐本「摘」下云「啻」聲,而曰當從「適」省,乃得聲。蓋自隸變之後,鮮有知「商」即「啻」者,是以尤紛錯也。

類似這種精闢的見解,在其他章節中亦不鮮見。

《釋例》深入剖析《說文》條例,對後人閱讀研究《說文》裨益匪淺。王筠之後,研究《說文》條例續有作者,江沅作《說文釋例》,張行孚作《說文發疑》,陳瑑作《說文舉例》,王宗誠作《說文義例》等。雖間亦有可補王氏《釋例》之缺者,但悉不及王氏。

二是注意漢字的內部聯繫,揭示了漢字孳乳演變的某些規律。王筠重點分析了增加偏旁的孳乳字,提出了「分別文」、「累增字」的概念。他說:

字有不須偏旁而義已足者,則其偏旁為後人遞加也。其加偏旁而義遂異者,是為分別文。其種有二:一則正義為借義所奪,因加偏旁以別之者也;一則本字義多,既加偏旁,則祇分其一義也。其加偏旁而義仍不異者,是謂累增字。其種有三:一則古義深曲,加偏旁以表之者也;一則既加偏旁,即置古文不用者也;一則既加偏旁,而世仍不用,所行用者,反是古文也。

所舉例字如:

分別文:
　　甲類:求—裘　　新—薪
　　乙類:取—娶　　頃—傾
累增字:
　　甲類:殸—磬　　隶—逮

乙類：辰—派　　宁—貯

丙類：鬲—瓹　　因—捆

又卷九有「展轉相從例」，如：

冂—冋—坰

収—共—拱

前者爲累增字，後者爲區別文。

　　王氏所立分別文、累增字的原則是對的(書中所舉例證不全對)，直到今天，對於文字學研究仍具有實際意義。

　　王氏又提出「文飾」一說：

　　古人造字，取其百官以治、萬民以察而已。沿襲既久，取其悅目，或欲整齊，或欲茂美，變而離其宗矣。此其理在「六書」之外，吾無以名之，強名曰文飾焉爾。

這個解釋，也是符合漢字字形衍變的事實的。

　　三是利用金文等古文字資料研究漢字字形結構，訂正《說文》說解之誤。這方面有不少精闢見解。如：

　　「电」(申)象電形，當是古文「電」字，不當以為指事兼會意字。

　　「躬」(射)字從身，究嫌牽強模糊，當依鐘鼎文作「矤」，則弓形、矢形，以手挽強之形皆具矣。

以上各例是此前的《說文》學家不曾道和不能道的。王筠在字形分析上的卓越成就，主要得力於古文字資料的運用。儘管王筠對字形的分析並不是

完全正確的，然而他開創以古文字證《說文》的研究方法，其意義遠遠超過他對字形的具體分析。

王筠又有《說文句讀》（簡稱《句讀》）三十卷。王氏在《凡例》中說：

> 此書之初輯也，第欲明其句讀而已。已及三卷，而陳雪堂、陳頌南迫使通纂，乃取《說文義證》、《說文解字注》，刪繁舉要以成此書。其或二家說同，則多用桂氏說。以其書未行，冀少存其梗概；且分肌擘理，未谷尤長也。惟兩家未合者，乃自考以說之，亦不過一千一百餘事。

觀此可知《句讀》梗概。所謂自考以說之一千一百餘事，亦頗多精論。如《說文》：「丙，舌貌。從谷省，象形。茵，古文『丙』，讀若『三年導服』之『導』。一曰：竹上皮。讀若『沾』，一曰讀若『誓』。」《句讀》云：

> 《廣雅》「席也」一條有「丙」字，又有「笙、筄、簟、籧、笛、筵、簰」，字皆從竹，或「丙」亦竹席也。

考「丙」字甲骨文作「⿱」，「宿」之初文從人跽⿱上。王筠說「丙」為「竹席」是對的。

然《句讀》是「便初學誦習」之作，不似《釋例》為研究《說文》之專書，其成就在《釋例》之下。

《文字蒙求》（四卷）乃為童蒙初學文字而作。掌握一定的文字學知識，對初學者識字辨義很有用處。王氏注意到文字學知識的普及，誠為可嘉。

王氏《說文》研究自成一家。從文字學的角度而論，其成就在段、桂、朱之上，然亦未能對《說文》做出全面、系統的科學評價，在具體解

釋上亦有不少曲意維護許說之處。

(四)朱駿聲的《說文》研究

朱駿聲(1788-1858)，字豐芑，號允倩，江蘇吳縣人，嘉慶二十三年(1818)舉人。他是錢大昕的門生。「其修次弟，始其小學，縱以經史，緯以詞章，旁及天文、地理、曆算、醫卜之屬，皆歸於實用。」[17]他竭半生目力，殫十載心血，著《說文通訓定聲》十八卷，書成於道光十三年(1833)前後，刊於道光二十九年(1849)。

《說文通訓定聲》包括三個內容：第一是「說文」；第二是「通訓」；第三是「定聲」。

(1)「說文」：這部分是在許慎《說文解字》內容的基礎上，加以補充並舉例。《說文解字》九千多字，朱氏又增附了七千多字。說解大都以《說文》爲本，間亦自建一說。字形分析爲「六書」中的四書：象形、指事、會意、形聲。有時還講一種「別義」，即《說文解字》的「一曰」，也有些「別義」是《說文解字》所沒有提到的。

(2)「通訓」：即通釋訓詁，主要講的是「轉注」、「假借」。朱氏所說的「轉注」即是字義引申，「假借」是講同音通假，包括疊字(朱氏稱「重言形況字」)、連綿字(朱氏稱「連語」)與專有名詞(朱氏稱爲「托名幖識字」)在內。有時還講到聲訓。「說文」闡明本義，是「轉注」(引申)的基礎，「定聲」是「假借」的基礎。

(3)「定聲」：即分韻。朱氏一改《說文》部次而按古韻十八部來排列17240字，每韻又按諧聲關係排列，共分析出1137個聲符(朱氏稱爲「聲母」)。這樣做的目的是「以著文字聲音之原」[18]「證《廣韻》《今韻》之非古」[19]，也是爲了便於闡述字義的引申和假借。「定聲」部分還以上古韻文的用韻來證明古音。同韻相協者即繫於「古韻」之下，鄰韻相協稱

17　見朱師轍，《傳經室文集・跋》。
18　見朱駿聲，《說文通訓定聲・凡例》。
19　見朱駿聲上《說文通訓定聲》的奏摺。

為「轉音」。講「假借」時，凡屬雙聲假借，即說明是「一聲之轉」。如是疊韻假借，因按韻部排列則不再說明。韻近假借則說明「聲近」。他用《易經》卦名來命名十八韻部，既脫離當時古音研究的實際，也給讀者檢索帶來不便。

朱氏的主要貢獻在於全面而系統地解釋字義。他說：「夫叔重萬字，發明本訓，而轉注、假借則難言；《爾雅》一經，詮釋全《詩》，而轉注、假借亦終晦。欲顯厥旨，貴有專書。」[20]《說文通訓定聲》就是這樣的專書。它搜求之豐，可比阮元《經籍籑詁》，然阮書似一屋散錢，而朱書則據形說本義，進而說明引申義，又標定古音，據聲音以明假借。這種體例值得字辭書編纂借鑑。

從文字學本身來考察，朱書對一些字形、字的本義的分析亦有獨到之處。如《說文解字》：「止，下基也。象草木出有址，故以止為足。」朱按：

> 下基與六、與阯同。草木非形，止部文十四，亦無一涉草木者。當以足止為本義，象形也。三出者，止之列多，略不過三，與屮彳手同意。字為借義所專，因加足旁作「趾」。

又《說文解字》：「丰，草蔡也。象草生之散亂也……讀若介。」「韧，巧韧也。從刀，丰聲。」「栔，刻也。從韧從木。」朱氏於「丰」下云：

> 按：介畫竹木為識也。刻之為「韧」。上古未有書契，刻齒於竹木以記事。丨象竹木，彡象齒形。

「韧」下云：

---

20 見朱駿聲，《說文通訓定聲》概說「通訓」部分。

巧「剞」也，從刀從丰會意，「丰」亦聲。疑即「挈」字之古
文。

朱書的缺點：

第一，對「轉注」、「假借」的解釋不正確。這一點在下節敘述。

第二，從古文字學觀點看，本來屬於同一諧聲的字而別爲兩聲或分屬
兩部，例如：「彤」、「肜」古從「彡」聲，而朱氏以爲「彤」從丹、從
彡會意，「肜」從肉，從彡省會意，分爲「彤」、「肜」兩聲。據《顏氏
家訓》引《通俗文》「皀」音方力反，但不知「皀」是「簋」的古文，而
泥於許說「皀」讀若「香」、「鄉」從「皀」聲（「鄉」字實爲會意），將
「皀」聲入「壯」部，以從「皀」聲之「鵖」爲從食省聲而入「頤」部。

王力在《中國語言學史》中寫道：「段玉裁在《說文》研究上應該坐
第一把交椅；而朱駿聲則在詞義的綜合研究上應該坐第一把交椅，他的主
要貢獻不在《說文》的研究上，而在全面地研究了詞義。」從語言學的角
度看，這個評論是得體的。對於王筠則只說他「著重在整理的工作」，
「在字形、字義方面，也有一些創見」，評價未免偏低。撇開詞義研究不
談，我們認爲，眞正從文字學角度研究《說文》，段氏有創始之功，王氏
則把這方面的研究大大推進了一步，後來居上。桂氏、朱氏亦間有創獲，
他們的著作對文字學研究也有重要參考價值。

三、「六書」理論的進展

「六書」是古代文字學家對文字結構規律的概括，是許愼《說文解
字》的理論基礎。對「六書」理論的研究，是《說文》學的重要內容之
一。清代「六書」論著甚多，不能備引（丁福保編《說文解字詁林》附有
歷代各家對「六書」的論述，可資參考）。

許愼《說文・敍》給「六書」下的定義不夠鮮明、精密，舉證亦欠周
詳。經過歷代學者，尤其是宋代以後學者的探討，「六書」論述到清代才

比較明朗。對「指事」、「象形」、「會意」、「形聲」的認識日趨一致，而對「轉注」、「假借」的意見則大相徑庭。一種意見認為「轉注」、「假借」是造字之法，其代表人物為江聲、王鳴盛；一種意見認為「轉注」、「假借」不是造字法，而是一種用字之法，代表人物是戴震。戴震著有《六書論》，惜其書不傳，僅存其序。他在〈答江慎修先生論小學書〉中，提出了著名的「四體二用」說。他寫道：「大致造字之始，無所憑依。宇宙間事與形兩大端而已，指其事之實曰指事，一二上下是也；象其形之大體曰象形，日月水火是也。文字既立，則聲寄於字，而字有可調之聲；意寄於字，而字有可通之意；是又文字之兩大端也。因而博衍之，取乎聲諧曰諧聲；聲不諧而會合其意曰會意。四者，字之體止此矣。由是之於用，數位共一用者，如初、哉、首、基之皆為始，卬、吾、台、予之皆為我，其義轉相為注曰轉注；一字具數用者，依於義以引申，依於聲而旁寄，假此以施於彼曰假借。所以用文字者，斯其兩大端也。」雖然戴氏之前研究「六書」者已有人察覺「四體」與「二用」有別，然而真正明確闡述並產生較大影響的則是戴震的「四體二用」說，段玉裁、王筠等皆師其說。段說界劃明晰，而王說尤為詳密。

　　下面按許慎排列的次序，對清代「六書」研究的進展作簡要介紹。

(一)指事

　　王筠謂「二徐皆不知指事」。清以前唯宋鄭樵《六書略》說「指事」可取：

> 指事類乎象形，指事事也，象形形也。指事類乎會意，指事文也，會意字也。獨體為文，合體為字。形可象曰象形，非形不可象者指其事曰指事，此指事之義也。指事之別，有兼諧聲者，則曰事兼聲；有兼象形者，則曰事兼形；有兼會意者，則曰事兼意。

鄭樵以為「指事」與「象形」的區別在於「指事」所指是無形可象之事，「指事」與「會意」的區別在於「指事」是獨體之文，「會意」是合體之字。但他的解釋還是比較抽象的，尤其是他所舉的例字如「外」、「庸」等，皆合體字，說明鄭樵對指事的界說也不甚明瞭。

段玉裁說：

> 指事之別於象形者，形謂一物，事賅眾物，專博斯分。故一舉日月，一舉二二。二二所賅之物多，日月只一物。學者知此，可以得指事、象形之分矣……一二三四，皆指事也，而四解曰象形，有事則有形，故指事皆得曰象形，而其實不能溷。指事不可以會意殽，合兩文為會意，獨體為指事。徐楚金及吾友江艮庭往往認會意為指事，非也。[21]

王筠說：

> 所謂視而可識，則近於象形，察而見意，則近於會意。然物有形也，而事無形。會兩字之義，以為一字之義，而後可會。而上丁之兩體，固非古本切之丨、於悉切之一也……上下本非物也，然視之而已識上下之形；兩畫皆非字，則幾無以為義，然察之而已見上下之意……指事二字，須分別說之，其字之義，為事而言，則先不能混於象形矣；而其字形，非合他字而成，或合他字而其中仍有不成字者，則又不能混於會意、形聲矣。以是而名為指事，斯為確見也。

又舉例中說：「八下云：『象分別相背之形。』案指事字而云象形者，避不成詞也。事必有意，意中有形，此象人意中之形，非象人目中之形也。

---

21 以上引段玉裁「六書」說均見《說文・敘》注。

凡非物而說解云『象形』者皆然。」「丩下云『象形』,實指事字也……
篆但有糾之之物之形,而無所糾之物之形,故其糾也不交,但據所見而
已。糾之之物,初不斷絕也。」[22]

　　段、王之說,基本上概括了「指事」的特點:第一,指事字所指(或
象)的是兼晐眾物的抽象之形;第二,指事字的結構是獨體字,或合他字
而其中仍有不成字者,即在獨體字上加指事符號。但王氏說「或合他字而
其中仍有不成字者」,容易引起誤解。段玉裁以指事字「本」字爲從木
丁(下)會意,「末」從木丄(上)會意,王筠以「丙」(古作「⿴囗人」,
「簟」的初文)爲指事,說明離開古文字資料研究「六書」,有些問題就
說不清楚。

(二)象形

　　象形界說,明白易知,向無歧見。段氏分「獨體象形」、「合體象
形」兩大類。王氏分「天地」、「人」、「羽毛鱗介昆蟲」、「植物」、
「器械」五類爲正類,又列「形兼意」、「形兼聲」等變例十類。段氏所
舉合體象形中之「箕、衰、眉」,均係於初文上疊加形符以顯其義,王氏
所舉形兼聲之「齒」,是於「齒」的初文象形字上疊加聲符「止」,都屬
於形聲變例。總之,對各家所說象形變例,當審慎對待。

(三)形聲

　　段注云:「劉歆、班固謂之象聲,形聲即象聲也。其字半主義、半主
聲。半主義者,取其義而形之;半主聲者,取其聲而形之。不言義者,不
待言也。得其聲之近似,故曰象聲、曰形聲。鄭眾作諧聲,諧,詥也,非
其義。」他解釋「以事爲名,取譬相成」說:「事兼指事之事、象形之
物,言物亦事也。名即古曰名、今曰字之名。譬者,諭也。諭者,告也。
以事爲名,謂半義也。取譬相成,謂半聲也……其別於指事、象形者,指

事、象形獨體，形聲合體；其別於會意者，會意合體主義，形聲合體主聲。聲或在左，或在右，或在上，或在下，或在中，或在外。亦有一字二聲者。有亦聲者，會意而兼形聲也。有省聲者，既非會意，又不得其聲，則知其省某字爲之聲也。」

王筠說：「工可第取其聲，毫無意義，此例之最純者。推廣之，則有兼意者矣(亦聲必兼意，省聲及但言聲者，亦多兼意)。形聲字而有意，謂之聲兼意，聲爲主也。會意字而有聲，謂之意兼聲，意爲主也。」

段氏把「形聲」界定爲「得其聲之近似」的「象聲」，這樣來概括形聲字的特點，則對「形聲」的「形」沒有做出交代。王鳴盛說：「凡《說文》中從某某聲，而所從之字爲象形者，形聲也。」[23]這可謂之「半形半聲」說。從文字結構的角度考慮，這個說法比段說確切。

(四)會意

鄭樵謂「二母合爲會意，會意者二體俱主義，合而成字也。其別有二，有同母之合，有異母之合，其主義則一也」。又曰：「二母之合爲會意，二母者二體也。有三體之合者，非常道也。」按鄭說「二體俱主義」不確；說「三體之合」爲「非常道」亦不確。元代戴侗說：「何謂會意，合文以見意，兩人爲從，三人爲眾，兩火爲炎，三火爲焱之類是也。」尙勝於鄭說。段玉裁說：「會者，合也。合二體之意也。一體不足以見其義，故必合二體之意以成字。」王筠說：「合誼即會意之正解，《說文》用誼，今人用義。會意者，合二字三字之義，以成一字之義，不作會悟解也。」段、王說「會意」較鄭、戴說爲優。唯許愼所舉例字中，「武」字，從「止」表示行爲，從「戈」表示行爲的性質，並非「止戈爲武」之義；「信」字乃是從言、人聲的形聲字，並非會意字。《說文》正文中所謂「會意」也有不少誤說。段、王對此亦多附會之辭。王氏所舉變例中有些是獨體字，這又與「合誼」之解相矛盾。

23　見王鳴盛，《六書大意》。

(五)轉注

歷來對「轉注」的解釋分歧最大。自唐以來，解者不下百家，撮其要者，約有以下幾說：

「形轉說」：唐代裴務齊《切韻·序》據許氏「考老」之例，爲「考字左回，老字右轉」之說。對此，前人即斥爲「俗說」（徐鍇《說文繫傳》）、「野言」（郭忠恕《佩觽》）。元代戴侗《六書故》、周伯琦《六書正訛》亦泥於「考老」形轉之說，以字之變體爲「轉注」。但《說文》所謂「反之爲帀」、「反正爲乏」云云，實爲誤說。戴、周立論基礎既已動搖，其說自難成立。「形轉說」者試圖從字形結構上解釋「轉注」，但他們並沒有弄清楚「轉注」是一種什麼樣的結構方式，穿鑿附會，徒爲臆說而已。

「聲轉說」：主此說者有宋代張有、毛晃，明代趙古則等。張有說：「轉注者，展轉其聲，注釋他字之用也。如其、無、少、長之類。」又說：「假借者，因其聲借其義；轉注者，轉其聲注其義。」[24]張氏所謂「轉聲注義」的轉注字，如「其」字，古文象箕形，乃「箕」之本字，借爲「其然」之「其」；「無」字古文象舞形，乃「舞」之本字，借爲「有無」之「無」；「少」爲「多」之對，借爲「老少」之「少」；「長」爲「短」之對，借爲「長幼」之「長」。這些仍屬用字假借，不是「轉注」。

「首字轉注說」：此說之代表爲江聲。其說云：「《說文解字》一書，凡分五百四十部，其分部即建類也，其始一終亥，五百四十部之首，即所謂一首也。下云凡某之屬皆從某，即同意相受也。此皆轉注之說也。」[25]支援江說的張行孚認爲，江氏之說「於『建類一首，同意相受』之旨，可謂精究無遺，而無絲毫背畔矣。蓋造字之初，苦難孳乳，每類立

<hr>

24　見張有，《復古編》附錄〈張氏論六書〉。
25　見江聲，《六書說》。

一首字，而其餘同類之字，依首字之意展轉增之，則生生而不窮矣。此轉注所以為六書之大綱也。」[26]此說頗新奇，而失之泛濫，果如其說，則「六書」幾無非「轉注」矣。

「互訓說」：戴震在〈答江慎修先生論小學書〉中說：「震謂『考、老』二字屬諧聲、會意者，字之體，引之言轉注者，字之用。轉注之云，古人以其語言，立為名類，通以今人語言，猶曰『互訓』云爾。轉相為注，互相為訓，古今語也。《說文》於『考』字訓之曰『老也』，於『老』字訓之曰『考也』，是以〈敘〉中論轉注舉之。《爾雅·釋詁》有多至四十字共一義，其六書轉注之法與？」戴氏的「互訓說」得到其弟子段玉裁的支援，所注《說文·敘》「轉注」條甚繁，不備引。王筠亦支援「互訓說」。過去曾有人指出西漢時注無訓釋義[27]，這樣，「互訓說」便失去了成立的基礎。許瀚以「同部互訓」為「轉注」[28]，其誤與戴氏同。至於朱駿聲所謂「轉注者，體不改造，引意相受，令長是也」[29]，把「轉注」說成是字義引申，實無補於「六書」研究。

「聲首說」：近代章太炎主張意義相同、聲音相近的字是轉注字。他說：「類謂聲類，不謂五百四十部也。首謂聲首，不謂『凡某之屬皆從某』也。」「以文字代語言，各循其聲，方語有殊，名義一也。其音或雙聲相轉，疊韻相迆，則為更製一字，此所謂轉注也。」他的結論是：「轉注者，繁而不殺，恣文字之孳乳者也。假借者，志而如晦，節文字之孳乳者也。二者消息相殊，正負相待，造字者以為繁省大例。知此者希，能理而董之者鮮矣。」[30]章氏以「建類一首」之「類」為聲類，與許慎「分別部居」之旨不合，當非「建類一首」之義。而且因「方語有殊」而製出來

26　見張行孚，《說文發疑·轉注》。

27　許宗彥，〈六書轉注說〉（《鑑止水齋集》)謂「東漢以前，釋古人之書者，曰解、曰說、曰傳、曰故、曰章句、曰解故、曰說義，無曰注者。自鄭氏始有箋注之名，以後乃多作注。而欲以此當六書之轉注，恐非篤論」。

28　參閱許瀚，〈轉注舉例〉，《攀古小廬全集》（上)(齊魯書社，1985)。

29　見朱駿聲，《說文通訓定聲》概說「轉注」部分。

30　見《國故論衡》卷上〈轉注假借說〉，國學講習會編，庚戌年(1910)五月。

的字，其結構方式不可能整齊劃一，如果把這種字視爲「轉注」，必然混淆「六書」的界限，導致取消「轉注」。

「義轉說」：南唐徐鍇《說文繫傳》云：「轉注者，屬類成字，而復於偏旁加訓，博論近譬，故爲轉注。人毛匕爲老，壽、耆、耊亦老，故以老字注之，受意於老，轉相傳注，故謂之轉注。義近形聲而有異焉，形聲江河不同，灘濕各異，轉注考老實同，妙好無隔，此其分也。」又說，「轉注者，建類一首，同意相受，謂如老之別名，有耆、有耊、有壽、有耇、有耄，又『孝，子養老』是也。此等字皆以老爲首，而取類於老，則皆從老轉注之。言若水之出源，分歧別派，爲江爲漢，各受其名，而本同於一水也」。清代王鳴盛承徐說，謂「形聲緊蒙象形，會意則舍形取意，轉注從意而轉，加之以聲。凡《說文》從某某聲而所從之字爲象形者，形聲也；所從之字爲會意者，皆轉注也」[31]。徐、王「轉注說」爲「轉注」研究打開了一條思路。

(六)假借

對於「假借」的解釋，向有「用字說」與「造字說」之分歧。元代戴侗《六書故》謂「凡義無所因，特借其聲者，然後謂之假借」。戴震謂「一字具數用者，依於義以引申，依於聲而旁寄，假此以施於彼，曰假借」[32]。戴氏將「六書」分爲「四體二用」，他視「假借」爲用字之法，與訓詁之「通假」混而爲一，後人多有疵病。段氏恪守師說，無甚發明。孔廣居、王筠則提出「造字之借」，以別於「用字之借」。孔廣居〈論假借〉云：

> 假借有二類：有古人造字之借，有後人用字之借。「令、長」等類，用字之借也。人皆知之，茲不具論。何謂造字之借？如一大

---

31 見王鳴盛，《六書大意》。
32 見戴震，〈答江愼修先生論小學書〉，《戴震集》(上海古籍出版社，1980)。

為天，推十合一為士，此一字之正義也。而「帚、乑」等之首畫
則以為上，「丙」之首畫則以為陽，「丞」之首畫則以為天，
「屮、厽」之下畫則以為地，「峀」之中畫亦以為地，皆假借
也……若但以「令、長」為例，便非古人造字之義，而與形、
事、意、聲、注五者不類矣。

王筠《說文釋例》錄孫經世〈說文解字假借考〉一篇，許瀚病其泛
濫，指出「說假借，必當以『本無其字，依聲托事』二句為準。後世有字
亦假借，乃其變例。然亦必歸之依聲」。所謂「有字之假借」即訓詁之
「通假」。王筠接受了他的意見，復輯《說文》「假借」例字，「專以本
無其字為主，有其字而借者，雖屬依聲，亦概不采焉」。王氏更進而突破
「依聲」之說，從字形上求「假借」：

　　倉頡籀斯所製文字，先有假借矣。余不暇全論，則姑即一篇部首
　　論之……其從一之字，雨之一在上為天，氏之一在下為地。是以
　　指事字借為象形字也。然天上地下，如其本位，乃旦立之一，皆
　　以在下者為地，而屯才至，且以上一為地也。夫之一象簪形，血
　　之一象血形，是亦借為象形，而各象其所象也……「帝」之古文
　　「帚」，「示」之古文「乑」，直以部位在上而借為上字矣。

對此許瀚評論說：「菉友又推之造字時即有假借，誠為探原之論，
然於依聲之旨或不盡合。所謂一者不必皆一，所謂屮者不必皆屮。至帝示
之古文從一，篆文從二，自是各從其從。許云古文諸上字皆從一，意謂篆
文從上之字，古文皆從一耳，非謂古文之一，即篆文之上也。」[33]許瀚的
批評是對的。古文獨體字中之「一」、「丶」、「丨」等簡單筆畫，它們

33　引許瀚說皆見〈與王菉友論證《說文釋例》諸條〉，《攀古小廬全集》
　　(上)(齊魯書社，1985)。

的作用隨文而異，不能視作假借，更不能超越時空把古文的某些符號說成是後起的篆文中相應符號的假借。

孔廣居、王筠所舉造字假借的例證不恰當，但他們提出從字形結構上探討造字假借，不是毫無意義的。

綜如上述，清代「六書」理論的研究，在「指事」、「轉注」、「假借」三個難點方面都有不同程度的進展。「六書」是古人從古代漢字的實際出發總結出來的漢字理論。1930年代以來的漢字結構理論研究中，有的學者主張完全廢棄「六書」名稱，另建立一套新體系，有的學者則仍然沿用「六書」概念，並力求從文字結構的實際出發，對它的內涵做出科學的解釋，對「六書」不能包括的文字結構方式做出新的概括。這些探索都是有益的。不管怎樣，古人對漢字結構及相關問題做出深入分析，總結出「六書」學說，這在漢語文字學史上是一件值得大書特書的事。許慎「六書」說對後代文字學影響深遠，清代《說文》學家在「六書」研究方面的進展，也為漢字結構理論的完善提供了有益的借鑑。

四、「字原」的探究

歷代對《說文》部首的研究，逐漸形成為「字原學」。

許慎《說文・敘》：「倉頡之初作書，蓋依類象形，故謂之文；其後形聲相益，即謂之字。字者，言孳乳而浸多也。」獨體之文包括「象形」、「指事」等，這類字是有一定限量的，相對地說，由獨體字組成的合體字是無限的。許慎創立540部首，統率9353字。「分別部居，不相雜廁。」「其建首也，立一為端，方以類聚，物以群分。同條牽屬，共理相貫。雜而不越，據形繫聯。引而申之，以究萬原。」許慎的這一發明，開啓了「字原學」研究之端緒。

研究《說文》部首者，或謂之「偏旁」，或謂之「字原」。唐代李騰有《說文字原》一卷，今不存，林罕有《字原偏旁小說》三卷，宋代釋夢英有《說文偏旁字原》，元代周伯琦有《說文字原》。各書體例皆擷取

《說文》部首，隨文訓釋，所收或有訛誤，或有增刪。雖名「字原」，其實算不得「字原」研究。

宋代鄭樵《六書略》提出文字有子、母的理論。他說：「臣舊作《象類書》，總三百三十母，為形之主；八百七十子，為聲之主。合千二百文，而成無窮之字。許氏作《說文》，定五百四十類為字之母。然母能生而子不能生。今《說文》誤以子為母者二百十類。」鄭樵論子、母有的地方含混，且有自相矛盾之處，以聲為子的觀點也值得推敲，但他突破了就《說文》部首研究「字原」的框框，是一大進步。

戴侗《六書故》比鄭樵更進一步。他按照文字形體來源，分部479，而別為9類，以234部為母，以245部為子，較鄭樵為精密。

清代研究「字原」的著作頗多，其最著者有蔣和之《說文字原集注》、《說文字原表》及《表說》，王筠之〈校正蔣氏《說文字原表》〉，吳玉搢之《六書敘考》。蔣書分天、地、人，以一為天，從一所生之部首類之；以二為地，從二所生之部首類之；從人所生之部首，隸於人；天干、地支字不屬於天、地、人，則另為類聚。王筠將蔣氏《說文字原表》附於《說文句讀》之後，更名為《說文部首表》，並做了校正。王氏後記云：「右蔣仲和所為表，諸家說部首者，皆不及也。間有未愜者，更易之。其所為說，多不本於許君，余亦間用之。其可通以許說者，不復用也。又改之以譜牒世系之法，使人易於尋求。」

「字原」的研究，應以古文字資料為依據，廣泛收集獨體初文，排列出獨體初文與孳乳字的譜系，從中發現獨體初文與孳乳字的關係，總結出文字孳乳繁衍的規律。在「形聲相益」的文字孳乳過程中，獨體字的作用並不限於做部首，有的具備部首的職能，有的具備聲符的職能，有的則二者兼而有之。組成會意字的獨體字，則只起著和其他組合成分共同表義的作用。由獨體字組合的新字(會意、形聲)又可以部首或以聲符的身分和另外的獨體字組成新字。因此，「字原」的研究對於文字結構規律和文字發展規律的研究都有著重要的意義。然而歷來的「字原」研究者只著眼於《說文》部首，因為《說文》部首既非全為獨體之文(有的是合體字)，亦

非獨體字的全部(有的獨體字不是部首),更非獨體初文,這就使得以前標
為「字原」的著作,只能停留在《說文》部首研究水平上,而清代對於
《說文》諧聲譜系的研究,從文字學角度考慮,則應視為「字原」研究的
一個重要方面。

　　許慎說:「其後形聲相益,即謂之字。」在漢字的繁衍過程中,有形
義的孳乳,有聲母的孳乳,二者相輔相成,並行不悖。有些時候,聲符兼
負表義的任務,對聲母孳乳的後一種作用,宋人已有發明,即前文所述王
聖美之「右文說」,然其時尚無系統之著作。研究諧聲中聲與義的關係,
雖不可牽強泛濫,但聲符兼義確是文字構形中的一種事實。當然研究聲母
孳乳不等於「右文說」,但其中應包括吸收「右文說」的合理因素。

　　清代開始注意《說文》諧聲譜系的研究。首倡者亦當推戴氏東原。他
在與段玉裁書中說:「諧聲字,半主義,半主聲。《說文》九千餘字,以
義相統。今作諧聲表,若盡取而列之,使以聲相統,條貫而下如譜系,則
亦必傳之絕作也。」[34]戴氏未有成書,其意蓋欲令其弟子段玉裁為之。後
段玉裁作《古十七部諧聲表》,以1543聲統攝《說文》全部形聲字。其弟
子江沅成《釋音例》,只記聲母,得1291個,闕音23個。續又成《說文解
字音均表》,以聲母為首,從其得聲之字繫列於下,如譜系然。踵而作
者,有張惠言之《說文諧聲譜》、陳立之《說文諧聲孳生述》、江有誥之
《諧聲表》、龍啓瑞之《古韻通說》、姚文田之《說文聲譜》、嚴可均之
《說文聲類》、苗夔之《說文聲讀表》、戚學標之《漢學諧聲》、朱駿聲
之《說文通訓定聲》。清人對《說文》諧聲之研究,大多著眼於上古韻部
之探求,這方面的成就不容忽視。其間亦有從聲義關係進行考察者,戚
氏、朱氏之書是。朱書以「丰、升、臨、謙、頤、孚、小、需、豫、隨、
解、履、泰、乾、屯、坤、鼎、壯」十八卦名,分為十八韻,共收《說
文》及增補字17240字,分韻按諧聲關係編排,共得聲母1137字,其中無
從其得聲者254字。朱書發揚「右文說」,多有聲義相通之記述,如從

34 見戴震,〈與段若膺書〉,見《段王學五種‧段玉裁年譜》。

「侖」得聲之字皆有「條理分析」之義,從「堯」得聲之字,皆有「崇高長大」之義,從「音」得聲者,皆有「深暗、幽邃」之義等。不管作者的出發點如何,但他們有關諧聲譜系之著作,對於聲母孳乳的研究都是有益的。

研究聲母孳乳關係要依據古文字資料,找出諧聲字的原始聲符,才能弄清楚早期聲母孳乳關係。如「雍、躬、宮」及從「雍、躬、宮」得聲的字,其原始聲符皆是「呂」(「宮」本字,後多訛作「邑」),其聲母孳乳關係是:

$$
呂
\begin{cases}
营(邑) — 雝(雍)
\begin{cases}
饔(饗) \\
癰(癱)
\end{cases} \\
躬 — 窮 — 藭 \\
宮 — 營
\end{cases}
$$

同音分化字是聲母孳乳的變例。對原始聲符和同音分化字的研究,可以弄清聲母孳乳的源流,廓清許多懸而未決的諧聲關係問題,這對於真正意義上的「字原」研究以至上古音韻的研究都是一個帶根本性的課題。而這些,在清代是難以做到的。

五、清代《說文》學在文字學史上的地位

如前所述,對《說文》的研究早在梁代就開始了。此後李陽冰、二徐的《說文》校勘和整理研究已取得相當的成就。但是,清代以前對《說文》的研究還不是全面和系統的。由段玉裁導夫先路的清代《說文》學,則把《說文》的研究推向了一個新階段。他們的研究包括《說文》體例的發明,《說文·敘》及《說文》正文之注釋,文字形、音、義之間關係及文字結構規律、演變規律之探索,等等。就每個人來說,他們的研究各有側重,成就亦有高低,但從總體上看,從乾嘉時代開始,《說文》研究已蔚為風氣,並且成為影響頗大的一門學問。

清代《說文》學的興起,標誌著傳統文字學的復興。《說文》學雖還

不是科學意義上的文字學，但它爲科學文字學的建立做了準備，在文字學發展史上占有重要的地位。

中國語言學的發展雖在近現代受到西方學術的影響，但我們在漢語文字學和漢語文字學史的研究中，不應忽視漢語文字學自身發展的歷史。《說文解字》作爲一部影響深遠的文字學巨著，並衍生了一門研究它的《說文》學，其影響之深遠由此可見。清代《說文》學發明許書體例，疏證訂補許書，對後世學者的裨益自不待言，其對許愼「六書」理論的闡發，對文字形、音、義的綜合研究，以及對「字原」的探究，猶資今天文字學研究之借鑑。清代《說文》學家精通音韻、訓詁之學，且運用音韻、訓詁之學於《說文》研究，是他們在學術上取得超邁前賢的重大成就的前提之一，這一點尤其值得有志於文字學研究的學人的深切記取。《說文》學家不能深入研究和利用金文等古文字資料，則是他們的學術受到局限的主要原因之一。

第二章
金石學的復興和古文字學的分立

一、金石學與古文字學之關係

　　金石學創始於宋代，它的內容「實際上包括有銘刻學(Epigraphy)和考古學(Archaeology)兩門學科」[1]。它是在尚未進行科學發掘的情況下，以零星出土和傳世的古代銅器、石刻為主要研究對象的學問。其中秦以前的金石文字，是古文字學研究的主要對象之一。因此，金石學從它誕生之日起，就同古文字學結下了不解之緣。清末著名學者孫詒讓在《古籀拾遺・自敘》中說：

> 考讀金文之學，蓋萌柢於秦漢之際，《禮記》皆先秦故書，而《祭統》述孔悝鼎銘，此以金文證經之始。漢許君作《說文》，據郡國山川所出鼎彝銘款以修古文，此以金文說字之始。誠以製器為銘，九能之選，詞誼瑋奧，同符經藝。至其文字，則又上原倉籀，旁通雅故，博稽精覈，為益無方。然則宋元以後取錄款識之書，雖復小學枝流，抑亦秦漢經師之家法與？[2]

　　用金文「證經說字」是「秦漢經師之家法」，用金文等古文字說文解

1　見夏鼐，《殷周金文集成》「前言」。
2　見孫詒讓，《古籀拾遺》（中華書局，1989）。

字，也是中國文字學的傳統。這是因爲研究漢字的結構規律和演變規律，只有以早期的文字資料爲依據才能得出符合實際的結論，捨此無他徑可由。許慎《說文》使用的資料，不僅籀文、古文、奇字是古文字，篆文雖有更多訛變，但也是古文字體系的一支。離開這些資料，而僅僅根據當時通行的隸書，許慎是寫不出《說文解字》這部文字學巨著來的。

然而許慎所依據的籀文和壁中古文爲數不多，出現時代較晚，且早亡佚。《說文》及古文經中保留的古文，在傳寫中頗多訛誤。後世欲睹倉頡之始，知文字之變，不能不企賴於地下出土之古文字資料。這就是歷代漢學家重視金石文字的緣由。

漢代出土古代有銘文的銅鼎只有四次。自三國以迄隋唐，各地亦續有發現，但數量不多。研究者雖代不乏人，究竟形不成一門學問。降至趙宋，歷代出土器物總數已達六百多件，著錄和考釋銘文的著作達數十種，形成了以古代金石器物和金石文字爲研究對象的金石學。宋代金石學著作雖有考釋鐘鼎款識的專書，其中如楊南仲所釋多有根據，方法亦有可取，然畢竟濫觴之水，未能滙成巨浸，距離有系統之古文字學尚有遙遠的里程。

金石學經元明衰落時期，至清代而復興。著錄之古器物數倍於宋代，考釋文字的著作，其數量和成就遠超宋人，而且考釋方法較之宋代亦有很大進步。不少研究古文字的學者開始注意古文字理論和考釋方法的探討，湧現出一批很有成就的古文字學家。於是，古文字學便從金石學中分立出來了。

二、清代金石學發展概況

清代樸學家對足堪證經、辨史、說字的金石文字有濃厚的興趣，研究金石學之風大盛。即使是對金石學未做多少研究的段玉裁，也曾用金文「攸勒」釋《詩》，並對鐘鼎文字的學術價值有深入的認識：

許氏以後，三代器銘之見者日益多，學者摩挲研究，可以通古六
書之條理，為六經輔翼。[3]

比段玉裁稍晚的孫星衍也說：

經義生於文字，文字本於六書，六書當求之篆籀古文，始知《倉
頡》、《爾雅》之本質，於是博稽鐘鼎款識及漢人小學之書，而
九經三史之疑可得而解。[4]

　　清代樸學家研究小學的目的在於通經考史、經世致用，而三代器銘
「可以通古六書之條理」，解「九經三史之疑」，「為六經輔翼」。這表
明清代樸學家已初步認識到了古代金石文字在語言文字學和史學研究上的
學術價值。

　　清代古彝器有更豐富的發現。除清廷內府收藏者外，有不少歸私家收
藏。清廷內府收藏的古代銅器，自乾隆十四年起，敕編為《西清古鑑》、
《寧壽鑑古》、《西清續鑑甲編》、《西清續鑑乙編》四部巨著行世。
《西清古鑑》為梁詩正等奉敕編撰，乾隆十四年始編，十六年編定。全書
共四十卷，收商周至唐代銅器1529件，而以商周彝器居多。另附錢錄十六
卷。體例完全模仿《宣和博古圖》。每卷先列器目，按器繪圖，載明高
度、重量，摹寫銘文，並加考釋。《寧壽鑑古》為清高宗（乾隆）敕編，編
纂時間約在乾隆四十四年，收清廷所藏銅器600件及銅鏡101件。乾隆四十
五年，王杰等奉敕編纂《西清續鑑甲編》，五十八年編成，全書二十卷，
收內府續得商周至唐代銅器944件。同時編成《西清續鑑乙編》，收盛京
（指原奉天）所藏銅器900件。以上四書，即所謂「西清四鑑」，共收錄清
宮所藏銅器四千餘件。此一盛舉，對金石學的復興起到了重要的推動作

3　見段玉裁，《詩經小學》。
4　見孫星衍，《問學堂集》卷四〈答袁簡齋前輩書〉。

用。繼「四鑑」之後，私家收藏銅器也陸續刊印成書。最早著錄私人收藏銅器，摹錄圖像、銘文並加考釋的，是錢坫的《十六長樂堂古器款識》。而收器多達千件以上者，則推吳式芬的《攈古錄金文》、吳大澂的《愙齋集古錄》和方濬益的《綴遺齋器款識考釋》三書。

清代金文著錄共約三十餘種，大體可分為兩類：甲類，仿照宋代呂大臨《考古圖》的體例，以記錄銅器圖形為主，並附以銘文和考釋；乙類，仿照宋代薛尚功《歷代鐘鼎彝器款識法帖》的體例，只錄銘文，不繪器形，專以考釋彝銘為主。由於各家著錄互有重複，對清人著錄商周有銘銅器件數難以精確統計，然據王國維《國朝金文著錄表》亦可知其大略。王氏《國朝金文著錄表》寫於1914年，共六卷，所採用的書籍皆為私人著錄，計16種，著錄商周銅器32類3164件，除去偽器135件、宋拓49件，實有2980件[5]。

王國維《國朝金文著錄表·略例》中說：「此表所據諸家之書，以摹原器拓本者為限，其僅錄釋文，或雖摹原文而變其行款大小者皆不採錄。」「內府藏器具見《西清古鑑》、《西清續鑑》、《寧壽鑑古》三書，私家所藏，其最富者亦不能敵其十分之一，此表自宜首采及此。然此三書雖摹器文，而變其大小。天上拓本，亦未嘗傳至人間。故私家入錄者，僅御賜文廟諸祭器，此表仍之。其餘著錄之器與未著錄之器有與西清諸器同文者，以無從比勘，仍據諸家及拓本入錄，未敢視為同器也。」除由於王氏所述原因未收《西清古鑑》三書外，尚有許多著錄因《國朝金文著錄表》撰寫時未刊行而未能入錄。

資料的搜集與整理，是研究工作的基礎。清代金文著錄之宏富，為金石學研究之深入發展，同時也為古文字學之分立，提供了條件。

石刻文字方面的著作亦頗多，撮其大要，可分三類：第一，資料彙編，如王昶之《金石萃編》，該書成於嘉慶十年，共一百六十卷，主要收

5　參閱高明，《中國古文字學通論》第七章「商周時期的銅器銘文」（文物出版社，1987）。

錄秦至遼金及南詔大理之石刻文字，計1500餘種，銅器和其他銘刻僅十餘件。後方履籛作《金石萃編補正》，補王氏所遺之碑50通。光緒初，陸增祥又撰成《八瓊室金石補正》一百三十卷，收石刻和其他器物銘文多達3500多種，較《金石萃編》多出2000種。所收以石刻為主，兼收少量器物銘文和一些磚銘。第二，石刻文編，有顧藹吉《隸辨》八卷，其書以宋婁機《漢隸字原》為藍本，而補以續出之漢碑，按宋禮部韻編次，每字下分注碑名，並引碑語。另兼收異體、別字的有邢澍《金石文字辨異》、楊紹濂《金石文字辨異補編》、朱百度《漢碑徵經》、趙之謙《六朝碑別字》、羅振鋆《碑別字》等。第三，目錄及考證性著作，主要有錢大昕《潛研堂金石文字目錄》，嚴可均《鐵橋金石跋》，孫星衍、邢澍合撰《寰宇訪碑錄》，萬斯同《石經考》，孫星衍《三體石經殘字考》，端方《陶齋藏石記》等。石刻文字是文字學的重要資料，對古文字研究也有不可忽視的參考價值，秦代及以前的石刻文字本身就屬於古文字範疇。

　　清代金石學研究的範圍還擴充而及於錢幣、璽印、封泥、鏡鑑、權衡、玉器、磚瓦等方面。李佐賢的《古泉匯》，著錄歷代錢幣6000枚；陳介祺的《十鐘山房印舉》，著錄歷代璽印上萬方；吳式芬、陳介祺合著的《封泥考略》，收錄封泥844方。這些著作著錄的錢幣、璽印、封泥文字，也都是文字學的重要資料。

　　據容媛《金石書錄目》統計，現存金石學著作中，北宋至清乾隆以前七百年間僅有67種，其中宋人著作22種，而乾隆以後約200年間卻有906種之多。從這個統計數字中，也可以看出清代乾嘉以後金石學發展之盛。清代金石學研究的主要特點：一是對器物的制度精於鑑別，詳於考訂。二是研究範圍廣，幾乎囊括了古器物學的所有領域，只是研究對象非經科學發掘得來。三是考釋文字之風更盛，水平顯著提高，方法也較宋代進步。科學的發展趨向是學科分工細密化和新舊學科的興替。金石學的發展促成了古文字學的分立，金石學研究古器物的傳統也逐漸演進為考古器物學。於是，作為一門獨立學問的金石學便走完了它的歷史里程。

三、吳大澂、孫詒讓諸家對古文字學的貢獻

　　清代金石文字資料積累及著錄之豐富，爲古文字學的分立創造了條件。許多金石學家著錄資料兼考文字，對古文字學的分立有篳路藍縷之功。迄於清末，吳大澂、孫詒讓等學者的古文字研究，爲古文字學的分立奠定了基石。

　　乾嘉以後金石學雖盛極一時，但在光緒以前，考釋文字的成績不顯。錢坫《十六長樂堂古器款識》[6]爲《西清古鑑》問世以來私家著作之倡，其書圖像、考釋並列，足啓後人。然除釋「𣪘」爲「簠」，糾正宋以後相承釋「敦」之誤以外，所釋頗少可取。阮元《積古齋鐘鼎彝器款識》[7]，結合經史考釋銘文，書前附〈商周銅器說〉，稱古銅器銘文的歷史價值「其重與九經同之」，可謂卓識。阮元是當時的經學大師，又身居高位，他積極提倡以金文治經學和小學，影響頗大，其書刻入《皇清經解》以後，促使款識之學蔚成風氣。然從古文字學角度評價，其考釋文字水平不出宋人之右，勝義無幾，紕繆累見。如釋「凡」爲「圍」（《積古齋鐘鼎彝器款識》卷八，第8頁，散氏盤），釋「斿」爲「子執斿」（《積古齋鐘鼎彝器款識》卷一，第23頁，子執斿彝），實爲望文生義，無科學可言。吳榮光《筠清館金文》[8]，釋讀雖間有可觀，然正如楊樹達所評：「本書往往有力求新異、不顧文義之失，足導學者於迷途。」[9]吳式芬《捃古錄

6　錢坫，字獻之，號十蘭，江蘇嘉定人，官乾州州同、武功知縣。所著《十六長樂堂古器款識》四卷，考釋器銘凡49器。

7　阮元，字伯元，號芸台，江蘇儀徵人。乾隆五十四年進士，嘉慶、道光年間，歷任戶、兵、工部侍郎，浙、閩、贛諸省巡撫，兩廣、雲貴總督，體仁閣大學士，辛諡文達。所著《積古齋鐘鼎彝器款識》，成書於嘉慶初年，共十卷，收銅器銘文共550件，其中商周器446件。傳世版本以嘉慶九年自刻本爲最佳。

8　吳榮光，字殿垣，一字伯榮，號荷屋，廣東南海人，官至湖南巡撫。所著《筠清館金文》五卷，錄商周至唐267器，皆附考釋。

9　見楊樹達，《積微居小學述林》卷七〈讀《筠清館金文》〉。

金文》[10]，出《積古齋鐘鼎彝器款識》和《筠清館金文》之後，所收商周銅器銘文共1334器，當時新出銅器，大半收錄書中。其書創按器類及銘文字數多少序列之例，頗便檢索。書中多引許瀚(印林)、徐同柏之說，間亦引朱善旂、陳介祺之說，而較少創見。其書收羅豐富，兼采眾說，適足為習金文者參考而已。唐蘭在《古文字學導論》中說過，乾嘉以後的金文研究，「只徐同柏、許瀚所識，較有根據」。

徐同柏，字壽臧，號籀莊，清代嘉興人，著有《從古堂款識學》十六卷，考釋文字，頗有勝意。如「𦜉」字見陳侯因𦱅錞，舊或釋「資」，徐氏釋「臍」，其說云：

> 「因𦱅」，《史記》作「因齊」。《說文》「㱠」或作「𪗙」，「齎」或作「䉋」，「𦸉」或作「薺」。《周禮·外府》注：先鄭云：「齎，或為資。」後鄭謂以齊、次為聲。又《左莊六年傳》「噬齊」《釋文》：「齊臍通。」是「𦱅」為「臍」之異文，「齊」為「臍」之假借。古人名子不以國，竊意《史記》威王「因齊」之「齊」，當依是銘讀為「臍」爾。(《從古堂款識學》卷十五〈周陳侯敦〉)

此說已為古文字學界所認可。

再如徐氏釋「𤰔」為「妦」，讀君夫簋「君夫敢妦揚王休」之「妦」為「奉」(《從古堂款識學》卷十五，第15頁，〈周君夫敦〉)，比釋「對」、釋「每」都與字形較切。當然，徐氏所釋臆說也不少，如他釋「𤰇」(函)為「向」，說「是文從匋，匋，陶本字。右之上作耳形，陶復陶穴之象，當是向字」。此說隨意解釋字形，真可謂匪夷所思了。

許瀚，字印林，清代山東日照人。道光十五年舉人，官嶧縣教諭，精

通文字、音韻、訓詁之學，著有《別雅訂》、《古今字詁疏證》、《辨尹
畹階先生毛詩物名辨》、《說文引詩字輯》等。許氏考釋金文之作，見於
許氏《攀古小廬金文考釋》、《攀古小廬雜著》和吳式芬《捃古錄金文》
所引。許氏新釋金文之可信者多於徐氏。如「🔲」字，阮元釋「躬」，許
氏釋「夏」：

> 篆作「🔲」，甚明晰，確非「躬」字。瀚疑「夏」亦未敢定。以
> 齊侯罍（今案：即邾伯罍）「夏」字證之，釋「夏」當不誤，彼文
> 「🔲」亦作「女」。（吳式芬《捃古錄金文》卷二之二，第75
> 頁，〈畢姬鬲〉引）

古文字「🔲」或訛變作「🔲」，「夏」字邾伯罍作「🔲」，伯夏父鼎作
「🔲」，鄂君啓舟節「夏层之月」之「夏」字作「🔲」，古璽「夏侯」之
「夏」作「🔲」，遺變之跡甚明，許氏所釋已成定論。

又如「🔲」字，阮元釋「兄、光」二字合文。許氏釋「兄」：

> 「🔲」似一字。古「兄、況」同音，故《白虎通》云：「兄者，
> 況也，況父法也。」又與「荒」同音，故《釋名》云：「兄，荒
> 也；荒，大也。故青徐人謂兄為荒也。」《說文解字》「兄」從
> 兒、從口，《集韻》云：「從人，從口以制下。」此會意字，加
> 「光」則為諧聲。（《捃古錄金文》卷二之一，第39頁，〈兄
> 敦〉引）

他如釋「🔲」為「舄」，釋「🔲」為「苟」（「敬」省），釋「🔲」為
「獻」，釋「🔲」為「溝」（分見《捃古錄金文》卷三之二〈虎敦〉、卷
三之一〈陳侯午錞〉、卷一之三〈太保彝〉引），除「🔲」是「敬」字初
文、不當謂為「『敬』省」以外，其他都是正確的。

許氏考釋金文，牽強附會之說亦不在少。他釋「🔲」為「君」，說

「🈁從臼、從口，猶古文君從臼、從口也。臼逸，🈁勞，君臣之分辨矣。
自，聲也」，就是一個典型例子。

　　徐同柏、許瀚的金文考釋，已能注意到字形結構的內部聯繫，考釋成
果亦有可取，只是考釋方法尚感幼稚，還未能擺脫簡單比附、望形生義的
弊病。

　　同光以降，方濬益、吳大澂、孫詒讓、劉心源諸家，在前人的基礎上
著力進行古文字考釋，不僅成果較前人豐富，方法上亦有較大進步。

(一)方濬益的金文研究

　　方濬益(？-1899)，字子聽，一字謙受，又字伯裕，安徽定遠人。方
氏熟於書史，篤嗜金文，傾半生精力編著《綴遺齋彝器款識》。於同治八
年開始搜集拓本，作釋文、考證，光緒二十年編錄清稿，光緒二十五年方
氏卒，歷經31年而書未成。1928年，由方燕年整理原稿，並補編目錄三
卷。全書三十卷，第十五卷闕佚，實只二十九卷。每器首刊摹本，後附釋
文、考證。卷首附〈彝器說〉三篇，上篇考器，中篇考文，下篇考藏。此
書意在續阮元之《積古齋鐘鼎彝器款識》，而成就遠在阮著之上，試舉數
例：

　　「🈁」字，吳榮光引吳子苾(式芬)釋爲「用」之古文(《筠清館金
文》卷二，第52頁，〈周父癸角〉)，方濬益云：

> 「🈁」從🈁，從🈁，象矢在箙中之形。毛公鼎「簟弻魚葡」，作
> 「葡」，經典通用「服」。古「葡、備、𠬝、服」一聲，皆音扶
> 逼反。《詩・楚茨》五章「備」與戒韻，〈采薇〉五章「服」與
> 戒韻，可證。又《說文》「牛」部「犕」下引《易》曰「犕牛乘
> 馬」，今《繫辭》作「服」。《左傳》「王使伯服如鄭請滑」，
> 《史記・鄭世家》作「伯犕」……是「葡」即「矢箙」，古本作
> 「🈁」形，變爲「葡」，小篆作「葡」，而矢箙之形失矣。(《綴
> 遺》卷二十六，第27頁，〈丙申角〉)

方氏此釋已成確論，其說「甫」字本義及字形演變之跡，尤令人驚服。

又如「𡥀」，方氏釋「曼」：

> 「𡥀」，即「曼」字，鄧國之姓，鄭昭公母、楚武王夫人皆稱鄧
> 曼。古姓多從女，此文從女，冃聲，自是「曼」姓本字。經傳作
> 「曼」，同聲通假字也。《說文》又有「嫚」字，云「侮易
> 也」，疑與「𡥀」為古今字，其別義為侮易耳。(《綴遺》卷十
> 三，第17頁，〈鄧孟壺〉)

凡此等等，都可見方氏考釋文字之功力。楊樹達〈讀綴遺齋彝器考
釋〉一文稱：「統觀全卷，得失互見，終覺瑕不掩瑜，與同時作者相較，
精湛不逮孫詒讓，而與吳大澂在伯仲之間，在金文著作中，固不失為要籍
也。」[11]

(二)吳大澂的金文研究

吳大澂(1835-1902)，字止敬，一字清卿，號恒軒，別號愙齋、白雲
山樵，晚年又署名白雲病叟，江蘇吳縣人。青年時代曾師事陳奐、俞樾、
潘祖蔭。吳氏精於金石文字之學，成績斐然。他在《說文古籀補‧自序》
中說：「大澂篤嗜古文，童而習之，積三十年，搜羅不倦。豐、岐、京、
洛之野，足跡所經，地不愛寶。又獲交當代博物君子，擴我見聞，相與折
衷，以求其是。師友所遺，拓墨片紙，珍若球圖。研精究微，辨及瘢
胏。」他一生於政務之餘，孜孜於古文字之學，著作宏富，已刊者有17
種，未刊者20餘種(據顧廷龍《吳愙齋先生年譜》)，著名的有《說文古籀
補》、《字說》、《愙齋集古錄》。

《說文古籀補》十四卷，編次悉依《說文》，「取古彝器文擇其顯而
易見、視而可識者得3500餘字，彙錄成編，參以故訓，附以己意，名曰

---

11 見楊樹達，《積微居小學述林》卷七。

《說文古籀補》」[12]。此書寫定於光緒九年夏秋之交，十餘年後在湖南巡撫任上重加增訂，增訂本正文1409字，重3345字，附錄536字，重119字。收字以金文爲主，兼及石鼓、古陶、古璽、泉幣文字，雖以「補」名，實爲綜合性古文字工具書的濫觴。該書力求訂《說文》之失，正舊說之誤，對後來的古文字研究影響頗大。《字說》一卷，共收說字短文32篇，與《說文古籀補》相爲表裡，「卷牒甚少而精義頗多」[13]。《愙齋集古錄》二十六卷，實際著錄金文拓本1026器，其中商周金文927器，集晚清各家所得金文之精華於一帙。拓本數量可與《捃古錄金文》相比，而文字考釋成就則出於其右。此書吳氏未及完稿而卒，後由其門人王同愈等據遺稿整理成書。吳氏在會勘中俄邊界期間陸續撰寫的釋文和考釋手稿，輯爲《愙齋集古錄釋文賸稿》二冊，考釋器銘凡135件。

　　吳大澂在分析字形結構、考訂文字源流上比乾嘉以來的金文學家有較大進步。陳介祺在爲《說文古籀補》作的〈序〉中說，吳氏「溯許書之原，快學者之睹，使上古造字之義，尚有可尋，起叔重而質之，亦當謂實獲我心，況以後乎？曰許氏之功臣也可，曰倉聖之功臣也可，後之學者述而明之，必基乎此矣」。這話雖不無過譽，但吳氏對古文字學奠基之功確是應該肯定的。試舉兩例以明之：

　　如「𦥑」字，徐同柏說象繩之形，不識爲何字（《從古堂款識學》卷十六，第36頁，〈周盂鼎〉），吳大澂釋爲「古『敬』字，象人共手致敬也」（《說文古籀補》，第53頁，〈盂鼎〉）；這就找到了「敬」和「苟」的字源。許印林雖知「𦥑」即「苟」字，當讀爲「敬」，但他說「苟」是「敬」省，並泥守許愼「苟」「從羊省從勹口」之說，不知「苟」是「𦥑」的孳乳字。與吳氏同時的劉心源雖知「𦥑」即「敬」字，但說「『𦥑』爲『苟』省，亦即『敬』省」（《奇觚室吉金文述》卷三，第33頁，〈太保敦〉），則是顚倒了文字孳乳的關係。

12　見吳大澂，《說文古籀補·自序》。
13　見楊樹達，《積微居小學述林》卷七〈讀吳愙齋中丞《字說》書後〉。

又如說「世、葉」同字：

> 「世」或作「枼」，見拍盤「永世毋出」，阮氏釋「葉」……
> 「葉、世」二字，古本一字。《詩・長發》「昔在中葉」，
> 《傳》「葉，世也」。《文選・吳都賦》「雖累葉百迭」，劉注
> 「葉，猶世也」。《淮南子》「稱譽葉語」，注「葉，世也」。
> 凡訓「世」之「葉」，疑即從木之「世」字。（《字說》，第25
> 頁，〈世字說〉）

今按：「世、枼」均「葉」之古文，古借為「世代」之「世」，後分化為
二字，吳說雖有缺點，但比《說文》「三十年為一世，從卅而曳長之，亦
取其聲」之說，已大大前進一步。

(三)孫詒讓的金文研究

孫詒讓(1848-1908)，字仲容，號籀膏(廎)，浙江瑞安人。同治六年
舉人，後官刑部主事，晚年曾任溫州府中學堂、溫州師範學堂總理，又被
公推為浙江省教育會會長。清廷徵任禮學館總纂，不就。孫詒讓是清末樸
學大師，對於經學、子學、小學和古文字都有精深的研究。主要著作有
《周禮正義》、《墨子閒詁》、《逸周書斠補》、《札迻》和《古籀拾
遺》、《古籀餘論》、《名原》、《契文舉例》等。

《古籀拾遺》三卷，成書於同治十一年(1872)，原名《商周金文拾
遺》，重訂後改用今名。此書旨在訂正前人銘文考釋之誤，集中反映了孫
氏古文字研究的重要成果。上卷訂正宋代薛尚功《歷代鐘鼎彝器款識法
帖》十四條，中卷訂正阮元《積古齋鐘鼎彝器款識》三十條，下卷訂正吳
榮光《筠清館金文》二十二條，書末附〈宋政和禮器文字考〉一篇。《古
籀餘論》三卷，成於光緒二十九年(1903)，訂正吳式芬《捃古錄金文》
105器以及自己舊說謬誤之處。《名原》一卷，成書於光緒甲辰三十一年
(1905)，是一部利用甲骨文、金文研究文字源流的探源之作。《契文舉

例》二卷，是第一部考釋甲骨文的著作。上兩書均以劉鶚《鐵雲藏龜》所收甲骨文資料爲依據，雖考釋文字頗多武斷臆說，但他第一個確認甲骨文爲商代書契，並認出一部分甲骨文字，初步進行分類研究，其開創之功是應予肯定的。

孫詒讓比前代及同時代治金文者更加注意古文字考釋方法的探討。他曾把他考釋金文的方法概括爲「通校金文，參互推案」和「以所從偏旁析而釐之」兩大端，也就是比較法和偏旁分析法。他晚年得睹甲骨文字，對古文字考釋方法的認識更加深入，嘗謂「古文放失，非博稽精校，固無從求其形例爾」[14]。同時，他還提出了「略摭金文、龜甲文與《說文》古籀互相勘校，揭其歧異，以箸省變之原，而會冣比屬，以尋古文、大小篆沿革之大例」[15]的設想。他所說的形例，即今所謂字形演變規律。儘管由於主客觀條件的局限，他未能對這些規律做出科學地闡發，但他這種從時空方面著眼，尋求字形結構和沿革大例的思想，對後來古文字學方法論的探討是深有啓發的。孫氏考釋文字的具體成果也遠遠超過先儒時賢，試舉幾例，以見孫氏考釋文字的路徑。

孫詒讓每釋一字，大多要對偏旁結構進行分析比較，他釋「靜」就是一個很好的例子：

> 「🅰、🅱」阮並釋爲「繼」……竊以此二字所從偏旁析而釐之，而知其形當以作「🅱」者爲正，其字即「從青爭聲」之「靜」也。何以言之？「🅰」字上從「生」明甚，「生」下繫以「井」者，當爲井中一「‧」缺耳(尢盉正從丼，《汗簡》「女」部載「靜」字古文作「𡝫」，云出〈義云章〉，按蓋借「妌」爲「靜」)。「青」從「生丹」，《說文》「丹」之古文作「𣐺」，此從井即從古文「丹」省也。右從「🆅」者即「爭」

14　見孫詒讓，《名原》下(齊魯書社，1986)，頁18-19。
15　見孫詒讓，《名原‧序》(齊魯書社，1986)。

字。《說文》「爭」「從受厂」，「受」，「從爪從又」，此作「⻖」者，爪也。「ʃ」者，厂也。「𠂇」者，「又」之倒也（小臣繼彝從𠬧不倒）。齊侯甗：「卑旨卑瀞。」「瀞」字作「𤃽」，「齊邦冀靜安寧」，「靜」作「𤅷」，其以「屶」為「青」，與此異，其以「𠂇、𠂇」為「爭」，則此彝「⻖」即「爭」形之確證也。（《古籀拾遺》中〈繼彝〉）

孫氏利用偏旁分析法，「析而斠之」，並借助字的橫向比較，糾正了阮元釋「靜」為「繼」之誤，其方法之縝密，由此可見。

孫詒讓在作偏旁分析時能夠注意到形旁、聲旁的互代，認識一些後世字書所無的字。如金文「𤣥」字，阮元釋為「韋」之繁文，許瀚釋「韍」，謂從不聲，如「不」古「檗」字，「檗、末」古同部（吳式芬《攈古錄金文》卷三之一，第62-63頁，〈趞尊〉引），孫詒讓則釋「韍」，謂與「纔」音義相近：

吳依阮《款識》釋為「韋」，阮云：「即『韋』之繁文『韠』也。」考後趞尊(本卷)、師奎父鼎(《攈古》三之二)並有「韠市同黃」之文，趞尊字作「𤣥」，下從「㠚」者，從巿從韋省，與「衛」字同意。前衛子簋「衛」字作「𧗝」，中亦從不可證（《攈古》二之一）。吳引許瀚說疑「韍」中從不，定非「韋」字，又謂當是「韍」字。今考此彝「韍」亦從不，即是「巿」字，亦與「衛」字從韋同意。許說未審。依字「韍」從韋從戈，以聲類推之，當與「纔」相近。《說文》系部：「纔，帛雀頭色，從糸，毚聲。」以「韍」為「纔」，猶經典通以「纔」為「才」也(戈從才聲)……蓋帛織絲為之，爵色帛則謂之「纔」；巿製韋為之，爵色韋則謂之「韍」。二義古各有正字，分別甚明。漢以後，經典字書皆不見「韍」字，率用「纔」為帛韋之通名，而正字遂為借字所奪矣。（《古籀餘論》卷三，第6-7頁，

〈尤彝〉）

孫氏還經常採用分析已識字偏旁的方法，考釋未識的獨體字，如釋「㐭」云：

> 「㐭」當即「㐭」之古文。《說文》「㐭」部：「㐭，谷所振入
> 也。蒼黃㐭而取之，故謂之㐭。從入、從回，象屋形，中有戶
> 牖。或作『廩』，從广稟。」此即「㐭」字，龜文「嗇」作
> 「㐭」，「圖」作「㐭」，並從此形，可以互證。（《契文舉例》
> 下第36頁下）

孫氏還注意運用偏旁分析法、比較法和推勘法等多種手段來考釋不識
之古文字。如釋「禹」云：

> 此銘「禹」字三見，為叔向父之名。舊並無釋。吳大澂疑古
> 「肸」字，與羊舌「肸」字叔向名字相應，而文究不類。以字形
> 審之，實當為「禹」字。《說文》「厹」部：「禹，蟲也。從厹
> 象形。」重文「㝢」，古文「禹」。《漢書・藝文志》「大
> 禹」字作「大命」，即從古文「禹」以隸古寫之也。此作
> 「禹」，較彼文尤簡，實皆一字。前受鐘「用㝢光我家」，
> 「㝢」作「㝢」，下從「禹」，與此略同（《攈古》二之三）。古
> 者名字相應。《說文》云：「蠁，知聲蟲也。」若然，禹蠁一
> 蟲，「禹」字叔向，即取蟲名為義，「向」即「蚼」之省。此可
> 證司馬相如、顧野王說矣。（《古籀餘論》卷三，第11頁，〈叔
> 向敦〉）

孫氏精於聲音、訓詁之學，在金文訓讀方面多有創發，如讀「擾遠
能埶」為「柔遠能邇」，讀「胤士」為「尹士」，訓糜生簋「以召其辟

為「以相其君」，訓史懋壺「王在葊京溼宮親令史懋路筸，咸」、般甗「王祖屍方無敄，咸」、國差䤭「國差立事歲，咸」之「咸」為事成，都受到後來古文字學家的肯定。孫氏又運用古文字研究成果於古籍校釋。他所著《墨子閒詁》，就曾指出〈耕柱篇〉諸本「鼎成三足而方」的「三」字蓋涉古文「四」作「三」而訛，又據鐘鼎款識皆以「灋」為「廢」，證明〈天志下〉「立為天子以灋也」之「灋也」即「廢也」之誤。孫氏的嘗試，開啟了以古文字校釋古籍的先路。

容庚《古籀餘論・跋》中說：「竊謂治古文字之學，譬如積薪，後來居上。嘉、道之間，阮(元)陳(慶鏞)龔(自珍)莊(祖述)，皮傅經傳，魯莽滅裂，晦塞已極。吳氏大澂，明於形體，乃奏廓清。然而訓詁假借，猶不若孫氏之精熟通達，所得獨多。」其實，在明於形體方面，孫氏亦在吳氏之上。

(四)劉心源的金文研究

劉心源，字幼丹，湖北嘉魚人。清季官翰林院編修，掌江南監察御史，補外官四川、江西。辛亥革命後，任湖南省長。光緒十七年(1891)成《古文審》八卷，光緒二十八年(1902)撰成《奇觚室吉金文述》。劉氏於文字形體分析頗多發明，其功力與吳大澂、方濬益不相上下。如釋「聖」云：

> 「聽」，或釋「班」，或釋「启」，皆非。此字從耳、從口，乃「聖」省，古文「聖、聽」通用。《樂記》：「小人以聽過。」《釋文》：「聽，本作『聖』。」《廣川書跋・泰山篆》：「皇帝躬聽。」《史記》作「躬聖」。齊侯壺「宗伯聖命于天子」，以「聖」為「聽」。案：邾公華鐘：「子旮為之『聖』。」《汗簡》「耳」部「聝」注云：「聖，實『聽』字也。」凡古刻「聖」字從聝(齊侯壺「聖命于天子」)、從聝(曾伯霥簠「忎聖元武」)。《說文》云：「聖從耳、呈聲。」觀邾公華鐘「聽」

字，知「聖」字從壬、從耴，「耴」，古文「聽」字。（《奇觚
室吉金文述》卷三，第32頁，〈太保敦〉）

又釋「束」云：

「束」，舊釋「龜」。案：不娸敦「錫女弓一、矢束」、召伯虎
敦（《捃古錄》三之二）「報寢氏帛束」文義，並非「龜」字。蓋
象橫邪交束形，是「束」字也。（《奇觚室吉金文述》卷二，第
25頁，〈智鼎〉）

又釋「窩」云：

「窩」，阮釋「詞」。案此字從丬、從言，太師虘豆「用窩多
福」。從放蓋「旂」省，知古文「祈」有從言從旂省，非特假
「旂」為「祈」也。又有白誓敦作「窐」，益明顯矣。（《奇觚
室吉金文述》卷二，第26頁，〈智鼎〉）

他如說「媿」為女姓，「妭」為《詩》「美孟弋矣」中「弋」之本字，糾
正許慎說解之誤失[16]，堪稱卓識。

方、吳、孫、劉諸家在考釋文字方面亦有牽強附會之說，有的字考釋
正確，但分析字形並不完全正確，比較普遍的是說某字是《說文》某字之
省，這就忽略了文字演變的歷史，甚或毫無根據地以「從某省」為搪塞之
詞，來掩飾其主觀臆測的錯誤。但是，他們考釋文字的總成就遠遠超過了

16　《說文》「女」部：「媿，慚也。從女、鬼聲。愧，媿或從恥省。」劉心源
　　《奇觚》卷一〈鄭同媿鼎〉考釋謂「同媿猶鬲文同姜，媿，姓也」。又謂「愧
　　從心，無緣定為恥省」。按劉說是。「媿」與「愧」實為二字，「慚也」一義
　　當屬之「愧」下。又「女」部：「妭，婦官也。」劉氏《奇觚》卷三〈妭鏊
　　母敦〉釋文指出：許不當據漢制解「妭」字。「妭，蓋姓氏。《詩》『美孟
　　弋矣』，《傳》：『弋，姓也。』當即妭。」

乾嘉道光時期的金石學家，在方法上也比前人進步。他們和同時期的金石學家的共同努力，促成了古文字學的分立。

四、古文字學的分立及其意義

　　金石學建立之始，就孕育著古文字學分立的因素，這是由這個傳統學科的不純粹性和相容性決定的。從一開始，金石學就包含考器與考文兩項任務。考文的發展結果，必然是古文字學的分立。如果追溯考釋古文字的歷史，可以上推到東漢的張敞、許慎，但是古文字學的分立直到清季才見端倪。

　　作爲一門獨立的學科，必須有明確的研究對象、研究目標和研究方法。

　　清末古文字學家已擺脫彝器款識學的藩籬，更明確地把古文字作爲研究對象。這個時期的考釋古文字之作已不再作爲金石學著錄的附屬物，出現了像吳大澂《字說》、孫詒讓《古籀拾遺》、《古籀餘論》、《名原》這類專門研究古文字的著作，還出現了集各類古文字於一編的古文字工具書《說文古籀補》。以彝器款識爲對象和以古文字爲研究對象，既有共通之處，又有嚴格的區別。以古文字爲研究對象，是建立古文字學的必要前提，是將古文字研究引向深入的關鍵。

　　清末古文字學家突破了「辨識疑文，稽考古籍」[17]的框框，明確提出研究古文字的目標是「求其形例」，「以尋古文大小篆沿革之大例」，即探討古文字形體結構規律和古文字形體演變的規律。這是古文字學的基本任務。儘管清末古文字學家在這方面的研究還是初步的，但他們認識到這一點也是很可貴的。

　　清末古文字學家打破了定許書於一尊的局面，探索考釋古文字的新途徑。吳大澂在《說文古籀補‧自序》中說：

17　見阮元，《積古齋鐘鼎彝器款識‧序》。

竊謂許氏以壁中書為古文，疑皆周末七國時所作，言語異聲，文字異形，非復孔子六經之舊簡。雖存篆籀之跡，實多訛偽之形。

又云：

百餘年來吉金文字日出不窮，援甲證乙，真贗釐然，審釋既精，推闡益廣，穿鑿附會之蔽日久自彰，見多自確。有許書所引之古籀不類《周禮》六書者，有古器習見之形體不載於《說文》者，撮其大略，可以類推……可知古器習見之字即成周通用之文……然則郡國所出鼎彝，許氏實未之見，而魯恭王所得壁經，皆戰國時詭更變亂之字，至以文考、文王、文人讀為寧考、寧王、寧人，宜許氏之不獲見古籀真跡也。

孫詒讓也說：

今《說文》九千文，則以秦篆為正。其所錄古文，蓋捃拾漆書經典及鼎彝款識為之，籀文則出於《史篇》，要皆周以後文字也。倉沮舊文，雖雜廁其間，而叵復識別……《書》、《詩》傳自伏生、毛公，《左氏春秋》上於張蒼。大毛公當六國時，前於李斯。伏固秦博士，張則柱下史，咸逮見李斯者，三君所傳尚不無牴駁。斯之學識度未能遠過三君，而乃奮臆製作，徇俗蔑古，其違失倉史之旨，寧足責邪？通校古文大小篆，大氐象形字與畫繢通，隨體詰詘，訛變最多，指事字次之，會意、形聲字則子母相檢，沿訛頗尟，而與轉注相互為例。又至廣博其字，或秦篆所不具，或許氏偶失之，故不勝枚舉。而假借依聲托事，則尤茫無涯涘矣。今略摭金文、龜甲文、石鼓文與《說文》古籀，互相勘校，楬其歧異，以箸省變之原，而會冣比屬，以尋古文大小篆沿

革之大例。[18]

吳大澂、孫詒讓認為《說文》正文秦篆頗多訛誤，所收古籀亦非古籀真跡，歷來所出古器習見字形或不見於《說文》。他們已意識到，依據《說文》考釋文字是遠遠不夠的。孫詒讓更明確地提出以金文、龜甲文與《說文》互相勘校，「會冣比屬」，「楬其歧異」，「通校金文，參互推案」，從而探求字例和古文字沿革大例，如孫詒讓所說：「書契初興，形必至簡。逮其後，品物眾而情偽滋，簡將不周於用，則增益分析而漸繁，其最後文極而敝，苟趨急就，則彌務省多，故復減損而反諸簡，其更迭嬗易之為，率本於自然。而或厭同耆異，或襲非成是，積久承用，皆為科律，故歷年益遠，則訛變益眾。」[19]這種從古文字的總體上、動態上去探求文字結構規律和演變規律，並進而從這樣的高度去把握具體的考釋古文字的方法，在理論認識上不能不說是一次飛躍。

清末古文字學家較能注意到在分析字形的同時，探求文字的源流，故考釋文字的成就能超過前人。

乾嘉時期文字學和金石學都處在復興時期，金石學家和文字學家分道揚鑣，沒能很好地結合。如唐蘭所說：「小學家不能深通金文，而金文家不治小學，所以辨識古文字的方法和條理，沒人去注意。」[20]這是他們的歷史局限。同時，我們也不應苛責古人，金石學原來考釋文字就是一個薄弱環節，復興後的一個時期，仍處在資料的搜集整理階段，考釋文字的成績不大，古文字學分立的條件尚不具備。時屆晚清，不僅古文字資料積累豐富，前代和同代的一些金文學家的研究成果亦頗可觀。吳大澂、孫詒讓等金文學家才有可能總結出一些考釋古文字的方法。尤其是孫詒讓以小學大師而兼治金文，取長補短，相輔相成，故其治古文字學的方法和成就均較凸出。以孫詒讓、吳大澂為傑出代表的晚清金文學家為古文字學的分立

---

18 見孫詒讓，《名原・序》（齊魯書社，1986）。

19 同上。

20 見唐蘭，《古文字學導論》（齊魯書社，1981），頁378。

奠定了基礎。金石學的發展，使古文字學分立成爲可能，而晚清金文學家的努力，起到了催生和助產的作用。

　　古文字學從金石學中分離出來成爲一門獨立的學科，促進了古文字學的發展，同時預示著文字學以《說文》爲中心的時代快要結束，文字學的革命勢在必行。

第四編
文字學的拓展時期
(近代以來)

　　20世紀初葉，文字學由振興時期進入拓展時期——是由《説文》學支配的傳統文字學向科學文字學發展的時期。

　　19世紀末殷墟甲骨文字的發現，尤其是1920年代末經過科學發掘的大量甲骨文資料的出土，填補了古文字資料的空白，開闊了人們的眼界，為研究漢字結構規律和發展演變規律提供了物質條件。科學的思維方式和研究方法的應用，使甲骨文研究得以迅速發展，在不太長的時間内，取得了驚人的豐碩成果。以甲骨文、金文考釋為主的古文字研究成果和研究經驗的不斷豐富，促成了科學古文字學的建立。

　　20世紀初以來，古文字學的發展，極大地衝擊了傳統的文字學觀念，它宣告文字學的《説文》時代、經學附庸時代已經結束。許多文字學家跳出了《説文》和「六書」的藩籬，開始用新的觀點、新的方法，在對古文字、近代文字進行科學研究的基礎上，在構築漢語文字學的科學體系方面，進行了有益的嘗試，做出了可喜的成績。由古文字學的發展引發的文字學的革命，構成了文字學拓展時期的主旋律。

　　對傳統文字學的批判地繼承，是文字學拓展時期的又一特點。清代乾嘉學派對《説文》的研究達到了一個高峰，是傳統文字學發展的極盛時期。其缺點是過於相信《説文》，不敢逾越，使他們的《説文》研究以至文字學研究受到很大的局限。甲骨文、金文大量出土以後，曾一度出現了否定《説文》的傾向，但不是主流。許多著名的古文字學家，對《説文》則採取批判地繼承的態度，在他們的古文字學理論、文字學理論和古文字研究實踐中，都貫串著這種正確對待文化遺產的精神。對《説文》和「六書」說批判地繼承，構成了文字學基礎理論研究的一個重要方面。

　　清末以來興起的漢字改革運動，到1950年代以後進入了一個積極穩妥的發展的新階段，在簡化漢字、推廣普通話、制定和推行中文拼音方案方面取得了舉世矚目的成績。漢字改革運動不僅使漢字的發展進入到了一個新的時期，同時還促進了現代漢字的研究，標誌著漢語文字學進入了一個新的發展時期。

　　漢語文字學現在仍然處在發展和完善的階段。古文字學與文字學的關

係、文字學與語言學的關係問題在理論上雖然似乎解決了，但在實際上沒有理順；古文字學仍然沒有擺脫從屬歷史學的地位而堂堂正正地豎立起自己的旗幟；新的文字學理論體系尚未完善到足以替代傳統文字學而取得支配地位的程度；而有些漢語文字學研究者對20世紀初以來古文字學推動文字學深入發展的事實不去加以考察和研究，仍然走著墨守舊說、自我局限的道路，不能說不是一件令人惋惜的事情。值得高興的是，這些帶傾向性的問題開始為文字學界、語言學界所重視，並為解決這些問題而做出了種種努力。

第一章
科學古文字學的建立

一、科學古文字學發展的三個階段

　　從20世紀初到現在，科學古文字學的發展可以分為三個階段：從20世紀初到1930年代，為科學古文字學的草創階段；從1930-70年代末為奠基階段；1970年代末以來為古文字學的全面發展階段。

　　在第一階段裡，大批甲骨文、金文及其他古文字資料的發現，為科學古文字學的建立提供了重要的物質條件，而國外科學研究方法的輸入，則是科學古文字學建立的外部條件。處在這一階段早期的羅振玉、王國維對古文字學的建立有創始之功。在第二階段裡，古文字資料積累日趨豐富，古文字研究有較大進步。郭沫若、容庚、楊樹達等都從某些方面，對科學古文字學的建立做出重要貢獻。但從古文字學的本質特徵和範疇來說，奠定科學古文字學基礎的任務是由唐蘭、于省吾來完成的。

　　1978年冬，成立了中國古文字研究會，出版了會刊《古文字研究》。古文字學界從此有了自己的學術團體，她對於學科建設和專門人才的培養發揮了積極的作用。近年來古文字學研究空前活躍，研究成果空前豐富，各類古文字學理論著作和工具書陸續出版或正在積極編纂之中。古文字學在過去研究的基礎上，已逐漸形成甲骨文、金文、戰國文字和秦系文字研究等分支。這些都標誌著古文字學已進入到了一個全面發展的時期。

　　為了敘述的方便，本章著重敘述科學古文字學的建立，第二章到第五章，分別敘述甲骨文、金文、戰國文字和秦系文字的研究狀況。

二、羅振玉、王國維的創始之功

　　羅振玉(1866-1940)，字叔蘊，一字叔言，號雪堂，又號貞松老人。原籍浙江紹興府上虞縣永豐鄉。1866年(同治五年)8月生於江蘇淮安府山陽縣。羅氏出身上虞縣學，曾與友人在上海合辦學農社和《農學報》，又設東文學社，翻譯介紹日本和歐美農學著作。1906年起，相繼任清廷學部參事官、京師大學堂農科監督等職。辛亥革命後，以清朝逸民自居，長期僑居日本。1919年返國後，曾參與清室的復辟活動，擔任過偽滿參議府參議及滿日文化協會會長等職。1940年5月卒於遼寧旅順。

　　王國維(1877-1927)，字靜安，一字伯隅，號觀堂，浙江海寧人，清秀才。「廿二入時務報館，兼學東瀛西歐文字，好叔本華、尼采之書。」[1] 早年研究哲學、文學，受到德國資產階級唯心主義哲學和文藝思想的影響。1903年起，任通州、蘇州等地師範學堂教習，講授哲學、心理學、邏輯學。1907年起，任清廷學部圖書局編輯，從事中國戲曲史和詞曲研究，著有《曲錄》、《宋元戲曲考》、《人間詞話》等，在文學界頗有影響。光緒三十二年(1906)聽從羅振玉、沈子培的建議，始治甲骨、金石、史地之學[2]。辛亥革命後，隨羅振玉東渡日本「從參事治古文字之學」[3]，從此致力於中國古代史和古文字的研究。1916年回國後，在上海為英國人哈同編「廣倉學窘叢書」《學術叢編》。1923年入京，擔任已被廢除的清室「南書房行走」，與羅振玉一起鑑定故宮所藏書籍、彝器。1925年任清華研究院教授，1927年在北京頤和園投水自盡。生平著作共62種，收入《海寧王靜安先生遺書》(上海古籍書店1983年重印時改題《王國維遺書》)的有43種，一百零四卷，其中《觀堂集林》二十四卷、《觀堂別集》四卷曾單獨刊行。

1　見《王國維遺書‧王國華序》(上海古籍書店，1983)。
2　見《王國維遺書‧王國華序》(上海古籍書店，1983)。
3　見王國維，《國朝金文著錄表‧自序》。

　　羅振玉、王國維的貢獻，在於他們在古文字研究方面的繼往開來之功。羅、王上承乾嘉以來二百多年小學、古文字學研究之緒烈，又逢殷墟甲骨和大量古器物陸續發現之盛況，兩人既具有深厚的樸學淵源，又涉獵西學，頗得「西歐學術精湛綿密之助」[4]，加之用功勤奮，治學嚴謹，故能在古文字考釋和古文字學理論的探討上有新的建樹。

　　羅氏在《殷商貞卜文字考》一書中，基本上形成了一套考釋甲骨文字的原則、方法。他說：「卜辭中所載文字，汰其重複，殆不逾千名，而就此千字中以考許書，所得至巨：一、知史籀大篆即古文，非別有創改；二、知古象形文字第肖物形，不必拘拘於筆畫繁簡異同；三、可與古金文字相發明；四、可糾正許書之違失。」他還注意研究甲骨文字本身的特點，如說：「羊均象其環角廣顙，馬均象其豐尾長顱，鹿均象其歧角，豕均象其竭尾，犬均象其修體，龍均象其蜿勢，一見可別，不能相混，而其疏密向背，不妨增損移易。推是例以求之，凡是象形、會意諸字莫不皆然。」在《殷虛書契考釋》中，羅振玉又把他考釋甲骨文字的方法概括爲：「由許書以上溯古金文，由古金文以窺卜辭。」綜觀羅振玉考釋方法的特點，可以看出，他既重視以《說文》爲比較的基礎，參證金文，又注意分析甲骨文字本身的特點，反窺金文，觀古文字之流變，糾許書之違失。這比之清末古文字學家雖知許書有闕失，但仍不能擺脫《說文》的束縛，動輒說某字爲《說文》某字之省變，無疑是一大進步。例如釋「𢍰」云：

　　　象人陷阱中，有拯之者。陷者在下，拯者在上，故從𠬞象拯之者之手也。此即許書之「丞」字，而義則爲「拯救」之「拯」。許君訓「丞」爲翊云：「從𠬞、從卪、從山，山高奉丞之義。」蓋誤「𠬞」爲「𠬞」，誤「凵」爲「山」，誤「𢎚」爲「卪」，故初義全不可知，遂別以後出之抍代「丞」而以「承」字之訓訓

4　見《王國維遺書・王國華序》（上海古籍書店，1983）。

「丞」矣。（《增考》中，第63頁上）

這樣分析「丞」字造字本義和小篆訛誤之由，入情入理，令人信服。又釋「𡿦」云：

> 許書無此字，殆即「疑」字，象人仰首旁顧形，疑之象也。伯疑父敦「疑」字作「𤴡」，正從此字。許君云：「疑從子止匕，矢聲。」語殊難解。（《增考》中，第55頁下）

這是從分析金文偏旁入手，來論證甲骨文某字為某字之初文。

又有據古器物、古禮俗釋字者，如釋「斝」云：

> 《說文解字》：「斝從吅、從斗，冂象形，與爵同意。」案：斝從吅，不見與爵同之狀，從　亦不能象斝形。今卜辭「斝」字從𠂤，上象柱，下象足，似爵而腹加碩，甚得斝狀。知許書從門作者，乃由「𠂤」而訛。卜辭從又，象手持之，許書所從之斗，殆又由此轉訛者也。又古彝文（金文家稱雙矢彝）有「𣍪」字，與此正同，但省又耳。其形亦象二柱、三足、一耳而無流與尾，與傳世古斝形狀吻合，可為卜辭「𣍪」字之證。又古「散」字作「𣉢」，與「𣍪」字形頗相似，故後人誤認「斝」為「散」。韓詩說諸飲器有「散」無「斝」，今傳世古飲器有「斝」無「散」，大於角者惟「斝」而已，故諸經中「散」字，疑皆「斝」字之訛。（《增考》中，第37頁）

又釋「宿」云：

> 《說文解字》：「宿，止也。從宀，佰聲。佰，古文『夙』。」又「夙」注：「古文作『佰』、『㑱』。」案古金文

及卜辭「𣱼」字皆從夕、從凡，疑「𢆉」、「𢆉」為古文「宿」字，非「凤」也。卜辭從人在𢋝旁，或人在𢆱上，皆示止意。古之自外入者至席而止也。豐姞敦作「𢆱」，與此同。但卜辭省耳，姑改隸宿下以俟考。（《增考》中，第55頁下）

　　羅振玉《殷虛書契考釋》不僅考釋出的單字數倍於前人，而且精確度較前提高，考釋方法亦較前嚴密。王國維說「三代以後言古文者，未嘗有是書也」[5]。又說，「此三百年來小學之一結束也」，「後之治古文者於此得其指歸，而治《說文》之學者，亦不能不探源於此」[6]。說這部書是清代小學之總結，開創古文字學一個時代。

　　王國維關於古文字考釋方法的見解，集中反映在《毛公鼎考釋·序》中：

　　　顧自周初迄今，垂三千年，其訖秦漢亦且千年。此千年中，文字之變化脈絡，不盡可尋，故古器文字有不可盡識者勢也。古代文字，假借至多。自周至漢，音亦屢變。假借之字，不能一一求其本字，故古器文義有不可強通者亦勢也。自來釋古器者，欲求無一字之不識，無一義之不通，而穿鑿附會之說以生。穿鑿附會者非也，謂其字之不可識、義之不可通而遂置之者，亦非也。文無古今，未有不文從字順者，今日通行文字，人人能讀之，能解之。《詩》、《書》、彝銘亦古之通行文字，今日所以難讀者，由今人之知古代不如知現代之深故也。苟考之史事與制度文物，以知其時代之情狀；本之《詩》、《書》，以求其文之義例；考之古音，以通其義之假借；參之彝器，以驗其文字之變化，由此而之彼，即甲以推乙，則於字之不可釋、義之不可通者，必間有

5　見羅振玉，《殷虛書契考釋》初印本王國維〈跋〉。
6　見羅振玉，《殷虛書契考釋》增訂本王國維〈跋〉。

獲焉。然後闕其不可知者,以俟後之君子,則庶乎其近之矣。[7]

王氏強調不能孤立地考釋古文字,而應當考之史事與制度文物,本之《詩》、《書》,考之古音,參之彝器銘文,從形、音、義三方面作比較研究和綜合分析,大體上概括了考釋古文字的基本方法。

王氏釋出的古文字在數量上雖不及羅氏,但多廣徵博引,對所釋字的形、音、義考證精詳,獨具卓識。如釋「天」云:

> 古文「天」字本象人形,殷虛卜辭或作「𣎆」,盂鼎、大豐敦作「𣎆」,其首獨巨。案《說文》:「天,顛也。」《易·睽六三》:「其人天且劓。」馬融亦釋「天」為鑿顛之刑。是「天」本謂人顛頂,故象人形。卜辭、盂鼎之「𣎆、𣎆」二字所以獨墳其首者,正特著其所象之處也。殷虛卜辭及齊侯壺又作「天」,則別以一畫記其所象之處。古文字多有如此者,如「⊂、⊃」字,「⊂」字之上畫與「⊃」字之下畫,皆所以記其位置也。(《觀堂集林》六卷〈釋天〉)

又釋「函」云:

> 「𢎥」象倒矢在函中。(「𢎥」字見於此器及毛公鼎、周妘敦、周妘匜者,其中為倒矢形,殷虛卜辭中地名有「𢎥」字,作立矢形,亦即此字也)小篆「圅」字由此訛變,「𢎥」殆即古文「函」字。古者盛矢之器有二種,皆倒載之,射時所用者為箙,矢括與笴之半皆露於外,以便於抽矢,「𠙹、𠙹」諸字象之。藏矢所用者為函,則全矢皆藏其中,「𢎥」字象之。《考工記》「函人為甲」,謂作矢函之人兼作甲。盛矢之函,欲其堅而不穿,故與甲

7　見王國維,《毛公鼎考釋·序》,《觀堂集林》卷六(中華書局,1959)。

同工。亦猶輪人為蓋、旗人為篦、梓人為侯、車人為耒，數工相
兼，不必甲有函名。後人因甲與函相類，又為函人所作，遂呼甲
為函，非其朔矣。函本藏矢之器，引申而為他容器之名。《周
禮・伊耆氏》「共其杖咸」，鄭注：「咸，讀為函。」故「函」
者，含也，咸也，緘也。「⊛」象函形，⟩其緘處，且所以持
也。矢在函中，有臽義，又與臽同音，故古文假為「焰」字。
（《觀堂古金文考釋・不嬰敦蓋銘考釋》）

又釋「旬」云：

卜辭有「ㄅ、ㄣ」諸字，亦不下數百見。案使夷敦云「金十
鈞」，厂敔敦蓋云「金十鈞」。考《說文》「鈞」之古文作
「銞」，是「鈞、鈞」即「銞」字，「ㄅ」即「旬」字矣。卜辭
又有「ㄣ之二日」語（見《鐵雲藏龜》第六葉），亦可證「ㄅ、
ㄣ」即「旬」字。余遍搜卜辭，凡云貞「旬亡囚」者亦不下數百
見，皆以癸日卜，知殷人蓋以自甲至癸為一旬，而於此旬之末，
卜下旬之吉凶。云「旬亡囚」者，猶《易》言「旬無咎」矣。日
自甲至癸而一遍，故旬之義引申為遍。《釋詁》云：「宣、旬，
遍也。」《說文》訓「裹」之「勹」，實即此字，後世不識，乃
讀若「包」，殊不知「勹」乃「旬」之初字，「軍」字從車、從
勹，亦會意兼形聲也。[8]（《觀堂集林》卷六〈釋旬〉）

　　羅振玉考釋文字較多地從分析字形演變中獲得新見。王國維研究重點
不在考釋文字方面，但他已重視聯繫古代制度、文物，從形、音、義的結
合上作比較研究和綜合分析。他們的考釋多比前人紮實可靠，對研究方法

8　「軍」（軍）字本從車、勹聲，王說是也。但「勹」的來源非一，後世作為偏
　　旁的「勹」，有的由「勹」訛變，有的由「儿（『俯』的初文）」訛變。

的闡述也比前人深刻而有條理,標誌著古文字依附於《說文》學的時代已經結束,古文字學已進入了新的發展時期。

三、唐蘭、于省吾奠定了科學古文字學的基礎

近人在論及甲骨學的發展時,往往稱羅振玉、王國維為奠基人,而自20世紀1930年代到1970年代末唐蘭、于省吾的研究則奠定了科學古文字學的基礎。

唐蘭(1901-979),字立庵,浙江省嘉興縣人。1920年至1923年就讀於江蘇省無錫國學專修館,為以後從事學術研究打下基礎。1931年至1948年間,先後任東北大學、清華大學、輔仁大學、中國大學、西南聯大、北京大學等院校講師、副教授、教授等職。1949年後,歷任北京大學教授、代理中文系主任,故宮博物院研究員、學術委員會主任、副院長等職。唐蘭是較早從建立古文字學出發來研究古文字的古文字學家。1934年他寫的《古文字學導論》[9],是第一部系統闡述古文字學理論的專書。

唐氏在《古文字學導論·自序》中說:「古文字研究本是文字學裡最重要的一部分,但過去的文字學者對古文字無深切的研究,研究古文字的人又多不懂得文字學,結果文字學和古文字研究是分開的。文字學既因語言、音韻學的獨立而奄奄待盡,古文字的研究也因沒有理論和方法,是非漫無標準,而不能進步。這一層隔閡,多少年來我就想設法打通的。要實現這個企圖,就得把我所持的理論和所用的方法,寫了出來,和學者們共同討論,使古文字的研究能成為科學。」在〈引言〉裡又說:「一種科學應當有原理、方法和規則。沒有系統的理論,是無從訂出標準來的。沒有

---

9 《古文字學導論》是唐蘭在北京大學時寫的講義,1934年手寫石印,發給學生,加印一百部由來薰閣書店公開發行。1936年唐氏曾作改訂本,只寫了52頁,因抗戰爆發而中止。1963年中央黨校歷史教研室作為教材影印,由作者加了篇跋。1981年齊魯書社重新影印出版,將作者1936年增訂部分及1963年〈跋〉一併收入。

標準,所用的方法就難免錯誤。根據若干原則來建立一個系統,創立出許多方法和規則,這種方法或規則應用時沒有矛盾,這才是科學,這才是學者們應肩的責任。」

《古文字學導論》分上、下兩編,上編包括「古文字學的範圍和其歷史」、「文字的起源和其演變」兩部分;下編包括「爲什麼要研究古文字和怎樣去研究它」、「一個古文字學者所應當研究的基本學科」、「古文字的搜集和整理」、「怎樣去認識古文字」、「研究古文字的戒律」、「應用古文字學」等六部分。

1936年唐氏改訂《古文字學導論》,由於「盧溝橋事變」發生,改訂工作未能繼續下去(原石印本52頁下書眉有作者鋼筆批語,是中編第二章丁節至癸節的題目,齊魯書社增訂本刪去)。

《古文字學導論》已論及古文字學對象、任務、原理、方法、規則各個方面,而最凸出的貢獻是關於古文字結構演變規律和古文字研究方法的論述。

《古文字學導論》在古文字結構理論方面第一次打破了傳統的「六書」說,提出了「三書」說,認爲「六書」「這種學說,起源於應用六國文字和小篆的時期,所解釋的只是那時的文字,離開文字創始的時期太遠,所以對於文字的分析並不精確」,從而提出了「建設一個新的較完備的系統來替代舊說」的任務。唐氏把古文字結構分爲象形文字、象意文字、形聲文字三類,在改訂本裡又將這三種文字結構概括爲「三書」。現根據初版《古文字學導論》,將「三書」說的主要觀點摘錄於下:

象形文字——

「因文字是由繪畫起的,所以愈早的象形和象意字,愈和繪畫相近。」「象形文字的所象,是實物的形,那麼只要形似某物就完成了它的目的,至於用什麼方法來達到這種目的,那就不用管了。」「爲研究的方便,我們可以把象形字分作三類:一是屬於人身的形,可以叫做『象身』;二是自然界一切生物和非生物的形,可以叫做『象物』;三是人類的智慧的產物,可以叫做『象工』。」「舊時在象形字裡分出『獨體象

形』和『複體象形』兩種，複體象形應併入象意。又有『象形兼指事』、『象形兼會意』二種，也都是象意字。至於『象形兼形聲』一種，其實只是形聲字。」

象意文字——

「這裡的象意文字的範圍，包括舊時所謂『合體象形字』、『會意字』和『指事字』的大部分，所以和原來的會意字迥然不同。」「象形文字是從圖畫蛻化而來的，象意也是這樣。」二者的區別在於「象形的成爲文字是自然發生的」，象意「是人爲的」。「除了實物的名稱可徑用圖形來代表外，一切抽象的語言就只好刺取圖畫的片段，給它們以新的意義，這就是象意字。」「天的意義是顚，矢的意義是頭傾……這都是代表各種單語的專字，我們可以把這種文字叫做『單體象意』。」「表示人和人、人和物，或物和物間一切形態或動作的文字，我們叫它們做『複體象意』。」所舉例字有「�(伐)、𡧇(家)、𡇀(牢)」等。「複體象意字大都不是圖畫，只要把一件事實的要點扼住，使別人能懂得就夠了。」由象意字分化出來的字，如「𠂤」（見）分化做「𠂤(艮)、𠂤(昊、望)、𠂤(臥)」等，「可以叫做『變體象意字』」。「有些文字漸離開了圖形，『⌣、⌢』兩字的長畫，和『𡥀』字的象人在地上截然不同，它們只是抽象的物形。『𦍒』字象以索繫羊，已把羊頭當做整個的羊。『𤎳』(名)字象晚上說話，這月形的寫法，已象『夕』字。『𤔔』字表示小鳥，『小』已不象沙形。因此，有些象意字解釋起來是很困難的。」

形聲文字——

「形聲字是由象意、象語和象聲演變成的。由象意字直接變成形聲的，是『原始形聲字』（在『字義的解釋』節裡，又稱爲『聲化形聲字』）；由象語(唐氏把『引申』義叫做『象語』，如『日』用作今日的意義)或象聲(唐氏把『假借』來的字叫做『象聲』，如『羽』借來表示翌日的『翌』聲)輾轉演變的是『純粹形聲字』。由形聲字再演變出來的形聲字，有的疊床架屋，是『複體形聲字』；有的改頭變面，是『變體形聲字』(例如：『翌、翊』並從羽聲，變爲『昱』，從立聲)」；「有些形聲

字的來源，是基於錯誤……我們只能叫做『雜體形聲字』」。

「三書」說亦有不盡嚴密和完善之處，陳夢家就曾批評過唐蘭認為古文字裡沒有會意字的說法[10]。唐氏的功績在於提示人們應用動態的觀點研究分析古文字，而不為傳統的「六書」說所圍，並從古文字形體結構的實際出發，揭示出象意文字一例，在突破「六書」說的藩籬、建立古文字結構理論新體系的道路上邁出了第一步。

唐蘭主張為創立新文字學而研究古文字，研究古文字的方法「是隨目的而轉移的」。「假使我們為文字學的目的而去研究古文字，那麼，我們必須詳考每一個字的歷史，每一族文字中的關係，每一種變異或錯誤的規律。總之，我們要由很多的材料裡，歸納出些規則來，做研究時的標準。」唐氏的主張是別具卓識的。每一門學科都有自己的研究對象和目的。別的學科當然也可以利用古文字學的成果為本學科的研究目的服務，但是，那不是古文字學的目的。作為文字學重要分支的古文字學必須有明確的研究目的，才有利於本學科的成長，才能更好地發揮本學科的作用。

唐氏在《古文字學導論》一書中歸納出四種認識古文字的方法。

1. 對照法(或比較法)

用《說文》中的小篆、六國古文對照和用各種古文字互相比較。除《說文》外，三體石經、詛楚文、西陲木簡、唐寫本古書及其他隸書資料都可以做對照的材料。「應用這種方法時，得知道古文字裡有些變例，像反寫、倒寫、左右易置、上下易置等。」還應注意不要把「兩個略彷彿的字併了家」。

2. 推勘法

即由尋繹文義而推勘出不識字當為某字。「雖然，由這種方法認得的文字不一定可信，但至少這種方法可以幫助我們去找出認識的途徑。」

3. 偏旁分析法

唐氏說「孫詒讓是最能用偏旁分析法的」，「他的方法，是把已認識

10　參閱陳夢家，《殷虛卜辭綜述》(科學出版社，1956)，頁75。

的古文字，分析做若干單體——就是偏旁，再把每一個單體的各種不同的形式集合起來，看它們的變化，等到遇見大眾所不認識的字，也只要把來分析做若干單體，假使各個單體都認識了，再合起來認識那一個字。這種方法雖未必便能認識難字(因爲有些字的偏旁雖是可識，一湊合後卻又不可識了)，但由此認識的字，大抵總是顛撲不破的(有些錯誤，是因偏旁分析不精所造成)」。「這種方法最大的效驗，是我們只要認識一個偏旁，就可以認識很多的字。」唐氏舉出他用偏旁分析法識出一批字的兩個例子，如認識了「呂」就是「冏」，即可認識「徑(迥、過)、籍(藉、蓍)、昈(欥、歟)」；尋出了「斤」字的各種寫法，便可認出二十多個從「斤」的字。

4. 歷史考證法

偏旁分析「固然是科學的，但還有兩樁缺點：第一，這種方法很難應用到原始的單體文字，因爲有些原始文字和後代文字的連鎖是遺失了的。第二，愈是分析得精密，窒礙愈多，因爲文字不是一個時期發生的，而且不是一成不變的，假使嚴格地認定一個型式，那麼，在另一個型式下面所組成的字就無法認識了」。基於這種認識，《古文字學導論》提出，我們在精密地分析文字偏旁後「還不能認識或者有疑問的時候，就得去追求它的歷史……我們得搜集材料，找求證據，歸納出許多公例」。「這種研究方法，我稱它作『歷史的考證』。偏旁分析法研究橫的部分，歷史考證法研究縱的部分。這兩種方法是古文字研究裡的最重要部分，而歷史考證法尤其重要。」唐氏批評了羅振玉關於古文字「往往隨意變化增省」的說法，強調指出，「文字的型式，雖是流動，但不是『隨意』兩字所能包括，只要精細地研究，每個字的變化增省都在歷史的範圍裡，總可以找出它的緣由，即使是錯誤，也一定是有緣由的」。在書中，唐氏著重討論了字形演變、字形通轉的一般規律和如何考證一個字的歷史等重要問題。唐氏分析「龜、鑫、穚」一組字的歷史演變關係，認出甲骨文「䖵」即是《萬象名義》「龜」部的「鑫」字，「䖵」當隸作「鑫」，《說文》訛作「鑫」，在卜辭裡都假借爲「秋」。這是運用歷史考證法的範例。

　　《古文字學導論》是第一部系統地闡述古文字學理論的著作，儘管還不完善，還有不夠嚴謹之處，但《古文字學導論》的基本觀點，至今仍具有指導意義。

　　于省吾(1896-1984)，字思泊，號夙興叟，齋名雙劍誃、澤螺居。1896年12月生於遼寧省海城縣西中央堡的塾師家庭。1919年畢業於瀋陽國立高等師範。曾任安東縣縣誌編輯、西北籌邊使署文牘委員、奉天省教育廳科員兼臨時省視學等職，1928年應聘擔任張學良籌建的奉天萃升書院院監。「九一八」事變前夕，萃升書院停辦，移居北京。1931年至1951年，先後任輔仁大學、北京大學教授，燕京大學名譽教授，1952年被聘爲故宮博物院專門委員，1955年應匡亞明之請，擔任東北人民大學(後改爲吉林大學)教授。

　　于省吾1931年移居北京後，開始研究古文字，數十年來，他把主要精力放在文字考釋和對古文字結構與演變規律的探求上。他認爲「契學多端，要以識字爲先務」，以「究形義之歸」爲目的。他以考釋方法之科學嚴密，考釋成果之豐碩堅實，爲科學古文字學的發展做出了貢獻。

　　20世紀40年代初出版的《雙劍誃殷契駢枝》初、續、三編，在前人研究的基礎上，考釋出或糾正補充過去不識及誤釋的百餘字，是羅振玉、王國維以後釋讀甲骨文最多的著作。他關於古文字學的理論集中反映在〈從古文字學方面來評判清代文字、聲韻、訓詁之學的得失〉[11]、〈關於古文字研究的若干問題〉[12]和《甲骨文字釋林》[13]的〈序〉、〈釋具有部分表音的獨體象形字〉、〈釋古文字中附畫因聲指事字的一例〉及有關考釋文章中。

11　于省吾，〈從古文字學方面來評判清代文字、聲韻、訓詁之學的得失〉，載《歷史研究》1962年第6期。

12　于省吾，〈關於古文字研究的若干問題〉，載《文物》1973年第2期。

13　于省吾，《甲骨文字釋林》，是在《雙劍誃殷契駢枝》初、續、三、四編的基礎上刪訂、改寫、增補而成(中華書局，1979)。

〈從古文字學方面來評判清代文字、聲韻、訓詁之學的得失〉一文，是于氏對清代小學的總評判。關於清代文字學，于氏寫道：「清代學者以《說文》為『六藝之淵海，古學之總龜』，『闡倉頡造字之神旨』，『窮六書體制之源流』，『世間萬物，莫不畢載』，可謂極推崇之能事。平心而論，《說文》一書從分析文字偏旁以探索文字的音與義，其方法是科學的，而且也保存了許多古形、古音與古義，一直到現在還是很有用處，在文字學史上當然占有一定的重要地位。但是，《說文》以小篆為主，其所引的古文、籀文，都是晚周文字。許氏為時代所限，難以追溯造字的本源。而清代學者墨守許說，奉為金科玉律，對於許氏若干臆說妄解，也必曲加迴護。」「清代學者研究字形既以《說文》為主，而《說文》又為時代所限，關於文字的發生和發展，絕大部分無法窮其源流。因此可見，《說文》一書和清代學者對於《說文》的若干考證工作是得失互見的。」于氏指出，「實際上，『古文字學』係研究文字的發生和發展，而舊的『文字學』是研究古文字的結尾。文字的發生、發展和結尾，是不可分割的統一體。從廣義上說，凡是研究三代秦漢篆文的都可以叫做『古文字學』。因而研究《說文》的也應該包括在『古文字學』範疇之內。而且，研究任何一個字，如果只有發生、發展而沒有結尾，自然是不徹底的。有些人專攻古文字，往往輕視或無視《說文》；有些人墨守《說文》，不上溯文字的起源，這都是不對的」。于氏還充分肯定了清末孫詒讓、吳大澂、羅振玉、王國維研究古文字的成績，指出了他們的局限。在這篇文章裡，于氏明確提出了古文字學的任務是研究文字的發生、發展和結尾，研究對象是三代秦漢篆文，研究《說文》也應該包括在古文字學範疇之內。同時扼要地闡明了《說文》的價值和不足，批評了輕視或無視《說文》及墨守《說文》這兩種傾向。這些論述，在今天仍然具有現實意義。

在〈關於古文字研究的若干問題〉一文中，于氏談到研究古文字的方法，並提出了研究古文字應「以文字的構形為基礎」的原則。這是于氏長期研究古文字的實踐經驗的總結。在《甲骨文字釋林‧序》中，他對研究古文字的方法進一步做了精闢闡述：

甲骨文的研究是多方面的，但文字考釋是一項基礎工作。要使文字考釋有較快的進展，方法問題很重要……古文字是客觀存在的，有形可識，有音可讀，有義可尋，其形、音、義之間是相互聯繫的。而且，任何古文字都不是孤立存在的。我們研究古文字，既應注意每一字本身的形、音、義三方面的相互關係，又應注意每一字和同時代其他字的橫的關係，以及它們在不同時代的發生、發展和變化的縱的關係。只要深入具體地全面分析這幾種關係，是可以得出符合客觀的認識的……還應當看到，留存至今的某些古文字的音與義或一時不可確知，然其字形則為確切不移的客觀存在。因而字形是我們實事求是地進行研究的唯一基礎。有的人卻說：「考釋文字，舍義以就形者，必多窒礙不通，而屈形以就義者，往往犁然有當。」這種方法完全是本末倒置，必然導致主觀、望文生義，削足適履地改易客觀存在的字形以遷就一己之見。這和真正科學的方法是完全背道而馳的。在這方面，清代考據學家的成果，仍有許多是值得我們參考和吸取的。清代考據學儘管有其很大的局限性，但它的無徵不信、實事求是的精神，是應該加以肯定的。

這裡，于氏以唯物辯證法為指導，對古文字考釋方法做了科學總結，並批判地總結繼承清代學者的考據方法及近數十年古文字學研究成果，正確處理了古文字研究中的各種關係，發展了古文字學方法論，為古文字學的發展指明了路徑。

于省吾還強調，研究古文字，「要懂得清代漢學家的考據學」[14]，「文字、聲韻、訓詁之學是考據學的主要組成部分」，三者是不可分割的，「文字的形、音、義，是構成每一個字的三要素」。「凡言文字者，包括形、音、義三個方面」，故研究古文字一定要通聲韻、訓詁之學。反

14　見于省吾，〈關於古文字研究的若干問題〉，載《文物》1973年第2期。

之，「音本於形」，在字形研究上不徹底，「字音方面也要受到一定的局限」。他批評清代學者「只知道依靠西周末期以來的〈大小雅〉、〈國風〉和其他先秦後期典籍以及《說文》諧聲、《廣韻》以立論，對於商代末期和周代前期韻文的胚胎狀態以及早期古文字的字源音符有關聲與韻的情況，則茫然無所知」。于氏又指出，「義源乎音，寓乎形，不辨於形，不通於音，絕不會了解其義」，強調了古文字資料對於訓詁的作用[15]。于氏的訓詁著作《雙劍誃尙書新證》、《雙劍誃易經新證》、《雙劍誃諸子新證》、《澤螺居詩經新證》、《澤螺居楚辭新證》、《老子新證》、《論語新證》等，以古文字爲考證材料，補正故訓，頗多創見，被稱爲新證派，「爲訓詁學闢一新途」[16]。在〈從古文字學方面來評判清代文字、聲韻、訓詁之學的得失〉和〈釋呂、兼論古韻東、冬的分合〉等論著中，于氏用古文字中的音韻材料，確定不移地證明了清代以來在「東、冬」分合以及某些字古本音的判定方面的失誤，開了運用古文字學成果於古音研究的先河。

　　由於于氏考釋方法科學，路子正確，又在文字學、音韻學、訓詁學、古文獻學，以及目錄、校讎、版本方面有很深的造詣，所以在古文字考釋中深析精考，決疑解惑，所釋之字在數量上遠超前修時賢，且考釋精審，爲學術界共認。《甲骨文字釋林》一書，總結四十多年研究甲骨文的成果，新釋或糾正過去誤釋，包括前人所未識或已識而不知其造字本義的約三百字。如根據古文字「屯」字的演變序列，釋「𠂢」爲「屯」，釋從四木、從三木一日、從二木、從二木一日、從一木一日、從日、從四屮、從二屮一日，並從「𠂢」聲的字爲「春」，糾正了過去釋前者爲「矛」（王襄《簠室殷契類纂》一、三）、爲「豕形而無足而倒寫者」（唐蘭《天壤閣甲骨文存考釋》一七）、爲「勹」（郭沫若《古代銘刻彙考續編・骨臼刻辭》），以及釋從木和從數木、從𠂢者爲「楙」（葉玉森《殷虛書契前編集

15　以上均見〈從古文字學方面來評判清代文字、聲韻、訓詁之學的得失〉，載《歷史研究》1962年第6期。

16　見胡樸安，《中國訓詁學史》（中國書店，1983），頁356。

釋》二·九)、為「椽」(唐蘭《天壤閣甲骨文存考釋》二三)、從日從⩛
者為「夏」(董作賓《安陽發掘報告》第三期)之誤。再如根據「氣」字的
演變序列，釋「三」為「氣」，糾正了過去釋「三」(商承祚《殷虛文字
類編》)、釋「肜」(容庚《殷契卜辭》一九七甲疑肜字)、釋「彫」(《甲
骨文編》)、釋「川」(郭沫若《卜辭通纂·考釋》三八〇)之誤。他如讀
「往」為「禳祭」之「禳」，讀「正」為「禜祭」之「禜」，讀「鼎龍」
為「當寵」，訓「其來齒」之「齒」為舛牾，訓「方不敄我」、「父乙敄
於王」之「敄」為好，訓「望乘屮保，在启」之「启」為前導，等等，
均博洽精湛，確鑿不移。

　　于省吾還提出了結合原始氏族社會的生活習慣、古器物形制以及典籍
義訓探討古文字構形本源的考釋途徑。如根據莫爾根《古代社會》記載的
古代氏族社會把戰爭中俘獲的男兒或女兒收養於氏族之內的事例，結合我
國古代對於男兒、女兒通稱為子的記載，論定甲骨文「孚(『俘』本字)」
從又(手)、從子或從𠬞、從子的由來。又據古有護首之甲，結合殷墟曾屢
次出土圓形銅盔，釋出甲骨文之「⊞」和金文之「⊕」為「首甲」之
「甲」，「居上為首是由首甲之義所引申」，新郪虎符和陽陵虎符演變作
「中」，《說文》訛作「中」。

　　在文字起源和構成問題上，于省吾認為，「六書次序以指事、象形為
首，但原始指事字一與二三三積畫之出現，自當先於象形字，以其簡便易
為也。此類積畫字，本無任何神秘性之可言。《淮南子·本經》：『昔者
倉頡作書，天雨粟，鬼夜哭。』此乃荒誕之神話，不值一駁。實則原始人
類社會，由於生產與生活之需要，由於語言與知識之日漸進展，因而才創
造出一與二三三之積畫字，以代結繩而備記憶。雖然幾個積畫字極其簡
單，但極其重要，因為它是我國文字之創始，後來才逐漸發達到文字記事
以代表語言。於是既突破空間與時間之限制，同時亦促進人類文化之發
展」[17]。這個觀點與唐蘭文字由繪畫起的觀點不同。關於文字結構，于氏

17　見于省吾，《甲骨文字釋林·釋一至十之紀數字》(中華書局，1979)。

發現了「具有部分表音的獨體象形字」和「附畫因聲指事字」兩種條例。
獨體象形字而附加表音成分，但又不能分離成意符、聲符兩個部分，如
「麋」作「𩾷」，是獨體象形字，但其頭部作「𦫳」(眉)，也表示著這個
字的音讀，這一類字即是具有部分表音的獨體象形字[18]。附畫因聲指事字
的特徵，「是在某個獨體字上附加一種簡單的點畫作為標誌，賦予它以新
的含意，但仍因原來的獨體字以為音符，而其音讀又略有轉變」。如
「尤」字甲骨文作「𠂔」，「係於『𠂔』字上部附加一個橫畫或斜畫，作為
指事字的標誌，以別於『又』，而仍因『又』字以為聲」。甲骨文一至四
期「月」作「𝔇」，「夕」作「𝔇」，「於『月』字的中間附加一個豎
畫，作為指事字的標誌，以別於『月』，而仍因『月』字以為聲」[19]。這
兩種文字通例的發明，突破了傳統的「六書」說，是漢字結構理論研究的
突破。

　　唐蘭的《古文字學導論》全面系統地闡述了古文字學的各個方面。于
省吾沒有寫出導論一類的專書，但他在《甲骨文字釋林》序言和有關篇章
以及此前發表的有關古文字學研究的論文中，論述了古文字學的對象、範
疇、原則和方法，尤其是在古文字學方法論方面的闡發，深刻而全面，閃
爍著唯物辯證法思想的光輝，對古文字學研究具有普遍的指導意義。他的
學術實踐則是用科學方法研究古文字學的典範。他們的理論建樹和學術實
踐，加強了科學古文字學的基礎，開啓了古文字研究的新風氣。

　　近些年來，隨著古文字資料積累的日趨豐富和古文字研究的逐步深
入，古文字學理論的探討也空前活躍；如姚孝遂、裘錫圭等對古漢字性質
的討論[20]，裘錫圭、高明、趙誠對古文字形體結構和演變規律的研究[21]，

18　參閱于省吾，《甲骨文字釋林・釋具有部分表音的獨體象形字》(中華書局，
　　979)。

19　見于省吾，《甲骨文字釋林・釋古文字中附畫因聲指事字的一例》(中華書
　　局，1979)。

20　參閱姚孝遂，〈古漢字的形體結構及其發展階段〉，《古文字研究》第4輯(中
　　華書局，1980)；裘錫圭《文字學概要》(商務印書館，1988)。

21　參閱裘錫圭，《文字學概要》(商務印書館，1988)；高明〈古文字的形旁及其

陳世輝對《說文》省聲的研究[22]，裘錫圭提出的卜辭「重文省略」和「口」的區別性意符性質[23]，姚孝遂提出的文字形體在孳乳分化過程中的內部調整[24]，李學勤《古文字學初階》[25]，陳世輝、湯余惠《古文字學概要》[26]，林澐《古文字研究簡論》[27]，高明《中國古文字學通論》[28]，陳煒湛《甲骨文簡論》[29]，何琳儀《戰國文字通論》[30]，等等，都從不同的角度，對古文字學理論的發展做出了貢獻。老一輩和中青年古文字研究者考釋古文字的成功經驗，尤其是戰國文字研究的新鮮經驗，不斷地豐富著古文字學的理論寶庫。

(續)————————————

形體演變〉，《古文字研究》第4輯(中華書局，1980)；趙誠〈甲骨文字的二重性及其構形關係〉，《古文字研究》第6輯(中華書局，1981)。

22　參閱陳世輝，〈略論《說文解字》中的「省聲」〉，《古文字研究》第1輯(中華書局，1979)。

23　參閱裘錫圭，〈甲骨文字考釋(八篇)〉，《古文字研究》第4輯(中華書局，1980)；〈說字小記〉，載《北京師院學報》1988年第2期。

24　參閱姚孝遂，《殷墟甲骨刻辭類纂·序》，《殷墟甲骨刻辭類纂》(中華書局，1989)。

25　李學勤，《古文字學初階》(中華書局，1985)。

26　陳世輝、湯余惠，《古文字學概要》(吉林大學出版社，1988)。

27　林澐，《古文字研究簡論》(吉林大學出版社，1986)。

28　高明，《中國古文字學通論》(文物出版社，1987)。

29　陳煒湛，《甲骨文簡論》(上海古籍出版社，1987)。

30　何琳儀，《戰國文字通論》(中華書局，1989)。

第二章
甲骨文研究

一、甲骨文的發現與著錄

　　自1899年王懿榮首先認識甲骨文並開始搜購收藏，到1979年，80年間，總共發現甲骨約10萬餘片[1]。其中1899年至1928年，民間私自挖掘，重要者有9次，約得甲骨7萬餘片。1928年至1937年科學發掘15次，連同河南省博物館的兩次發掘，共得有字甲骨28574片。1937年抗日戰爭爆發至1949年，經日本人和當地人盜掘出土的甲骨多流散國外，出土片數無從計算，其在京、津、滬等地經努力搜集而後見於著錄者，約5000餘片。20世紀50年代以來，多次在殷墟進行科學發掘，陸續出土有字甲骨5054片，其中以1973年小屯南地出土最多，計5033片。1977年和1979年，在對陝西岐山、扶風兩縣之間的周原遺址的兩次考古發掘中，共清理出甲骨21000片，經多次整理、清洗，發現字甲303片。

　　早在1899年以前，河南安陽縣小屯村北、洹河以南一帶農田中不斷發現甲骨，當地農民視爲龍骨，撿拾以爲治療創傷之用，或向藥店出售。清光緒二十五年(1899)，任國子監祭酒的金石學家王懿榮(字正儒，一字廉

1　關於出土甲骨總數，說法不一，主要是由於科學發掘前30年以及抗戰爆發至1949年前12年間出土的甲骨難以精確統計。過去對1949年前50年出土甲骨的估計，胡厚宣的統計是161999片(《五十年甲骨文發現的總結·引言》)，董作賓的統計是96118片(《甲骨學五十年》)，陳夢家估計爲98000片(《殷虛卜辭綜述》)。各家統計有較大出入，加上後出小屯南地甲骨和周原甲骨，估計約有10萬餘片有字甲骨。

生)在一個偶然的機會，發現「龍骨」上刻有類似金文的文字，知其珍貴，從此以善價多方收購。1900年秋，八國聯軍侵入北京，王氏殉難，所藏甲骨的大部分(約千餘片)，由其子王翰甫轉售給劉鶚；一部分贈送給天津新學書院，由美國人方法斂摹寫，編入《甲骨卜辭七集》(簡稱《七集》，該著錄簡稱，下仿此，1938年美國紐約影印單行本，摹本，527片)；另有一小部分在1939年由唐蘭編爲《天壤閣甲骨文存》一書(簡稱《天》，1939年4月由北京輔仁大學出版，編爲《輔仁大學叢書》之一，與《考釋》合二冊，拓本，108片)。

王襄(字綸閣，號簠室)也是最早認識並搜購甲骨的學者之一。他陸續於京、津兩地購得四千餘片，其中1125片著錄於王氏《簠室殷契徵文》(簡稱《簠室》，十二編，1925年5月天津博物院石印本，與《考釋》合四冊，拓本)。

劉鶚(鐵雲)所得甲骨五千餘片，其中千餘片是王懿榮舊藏。1903年將所藏甲骨選拓1058片，編爲《鐵雲藏龜》(簡稱《鐵》，1903年10月抱殘守缺齋石印本，六冊，拓本)，是第一部著錄甲骨文的專書。1910年劉氏死後，所藏甲骨流失，其中約千餘片歸其中表卞子休，後來賣給上海英籍猶太人哈同夫人，1917年由王國維編成《戩壽堂所藏殷虛文字》(簡稱《戩》，1917年5月，《藝術叢編》第三集，石印本一冊，拓本，655片，又單行本，與王國維《考釋》合二冊)。另有1300片左右歸葉玉森，葉氏選240片編爲《鐵雲藏龜拾遺》(簡稱《拾遺》，1925年5月影印本，與《考釋》合一冊，拓本)。一部分(幾十片)歸美國人福開森，後由商承祚編爲《福氏所藏甲骨文字》(簡稱《福》，1933年4月金陵大學中國文化研究所影印本，與《考釋》合一冊，拓本，37片)。一部分(百餘片)歸西泠印社吳振平，後由李旦丘編爲《鐵雲藏龜零拾》(簡稱《零》，1939年5月上海中法文化出版委員會出版，編爲《孔德圖書館叢書》第二種，與《考釋》合一冊，拓本，93片)。一部分(2500片左右)1926年由商承祚等購得，商氏曾手拓六百餘片，編入《殷契佚存》(簡稱《佚》，1933年10月金陵大學中國文化研究所影印本，與《考釋》合二冊，拓本1000片)。一

部分歸前中央大學，後由李孝定編爲《中央大學史學系所藏甲骨文字》（簡稱《中》，1940年8月石印摹寫本，250片，與蔣維松《釋文》合一冊）。一部分歸束世澂，解放後歸復旦大學歷史系。一部分歸陳鍾凡，曾由董作賓編入《殷虛文字外編》（簡稱《外》，一冊，1956年6月藝文印書館出版，拓本，464片，附有摹本）。以上三部分，又由胡厚宣編入《甲骨六錄》一書（簡稱《六錄》，1945年7月，成都《齊魯大學國學研究所專刊》之一，一冊，拓本，659片，附有摹本）。一部分歸前中央研究院歷史語言研究所，1951年由胡厚宣結合自己的收藏，編入《戰後南北所見甲骨錄》（簡稱《南北》，1951年來薰閣書店石印本，三冊，摹本，3276片）。

　　羅振玉所獲甲骨富達三萬片以上，先後編印成：《殷虛書契》八卷（簡稱《前編》，1911年國學叢刊石印本三期三卷，不全，又1913年影印本四冊，1932年重印，拓本，2229片）；《殷虛書契菁華》一卷（簡稱《菁華》，1914年10月影印本，一冊，照片，68片，又翻印本）；《鐵雲藏龜之餘》一卷（簡稱《鐵餘》，1915年1月影印本一冊，拓本，40片，收入《眘古叢編》，又單行本，又1927年重印本，又1931年蟫隱廬石印本，附《鐵雲藏龜》之後，合六冊，附鮑鼎釋文）；《殷虛書契後編》（簡稱《後編》，1916年3月影印本，一冊，拓本，1104片，又《藝術叢編》第一集本，又重印本）；《殷虛書契續編》六卷（簡稱《續編》，1933年9月影印本，六冊，拓本，2016片）；《殷虛古器物圖錄》一卷（簡稱《圖錄》，1916年4月影印本，一冊，照片，4片，內有拓片一片，又《藝術叢編》第一集本，又翻印本）。

　　據陳夢家的估計，流散在國外的甲骨15000多片，著錄情況按時間順序簡要介紹如下：

　　《殷虛卜辭》（簡稱《明》或《殷》），加拿大明義士編，1917年3月上海別發洋行石印本，一冊，摹本，2369片。

　　《龜甲獸骨文字》（簡稱《林》或《龜》）二卷，日本林泰輔編，1917年日本三省堂石印本，又1921年日本商周遺文會影印本，二冊，拓本，1023片，後附考釋。又北京富晉書社翻印本，二冊。

《周漢遺寶》（簡稱《周漢》），日本原田淑人，1932年日本帝室博物館出版，一冊，照片，5片。

《庫方二氏藏甲骨卜辭》（簡稱《庫》），美方法斂摹，美白瑞華校，1935年12月商務印書館石印本，一冊，摹本，1687片。

《殷虛甲骨相片》（簡稱《白》），美白瑞華，1935年紐約影印單行本，104片。

《柏根氏舊藏甲骨文字》（簡稱《柏》），加拿大明義士，1935年《齊大季刊》六、七期，拓本，74片，後附摹本和考釋。又1935年齊魯大學國學研究所單行本，一冊。

《殷虛甲骨拓片》（簡稱《拓》），美白瑞華，1937年紐約影印單行本，一冊，22片。

《甲骨卜辭七集》（簡稱《七集》），美方法斂摹，美白瑞華校，1938年紐約影印單行本，一冊，摹本，527片。

《金璋所藏甲骨卜辭》（簡稱《金》），美方法斂摹，美白瑞華校，1939年紐約影印單行本，一冊，摹本，484片。

《河南安陽遺寶》（簡稱《河南》），日本梅原末治，1940年日本影印本，一冊，照片，144片。

《巴黎所見甲骨錄》（簡稱《巴黎》），饒宗頤，1956年12月香港大宏雕刻印刷公司出版，摹本，26片。

《歐美亞所見甲骨錄存》（簡稱《歐美亞》），饒宗頤，1959年出版，一冊，拓本，200片，有部分照片。

《京都大學人文科學研究所藏甲骨文字》（簡稱《京都》），日本貝塚茂樹，1959年京都大學人文科學研究所出版，拓本，3246片。

《書道博物館藏甲骨文字》（簡稱《書道》），日本青木木菟哉，1958-1964年，摹本，350片。

《日本散見甲骨文字蒐滙》（簡稱《散》），日本松丸道雄，1959-1976年，摹本，484片。

《北美所見甲骨選粹》（簡稱《北美》），李棪，1970年香港中文大學

中國文化研究所學報第三卷第二期，拓本，42片。

《殷虛卜辭後編》（簡稱《明後》），加拿大明義士著，許進雄編輯，1972年臺北藝文印書館出版，二冊，拓本，2805片。

《明義士收藏甲骨》（簡稱《明》），許進雄，1972年加拿大皇家安大略博物館出版，一冊，拓本，3176片。

《美國所藏甲骨錄》（簡稱《美錄》），周鴻翔，1976年美國加利福尼亞大學出版，一冊，拓本，681片。

《懷特氏等收藏甲骨文集》（簡稱《懷特》），許進雄，1979年出版，一冊，拓本，1915片。

以上各書著錄之國內外收藏甲骨文，大都來源於早期的私掘。

1928年秋，中央研究院歷史語言研究所成立後，就計劃對安陽殷墟遺址進行科學發掘。從1928年10月至1937年6月，先後進行了15次發掘，共得甲骨24918片。其中，前9次（1928年10月-1934年5月）共得有字甲骨6513片，選編爲《殷虛文字甲編》（簡稱《甲編》，董作賓，1948年4月商務印書館影印本，一冊，中央研究院歷史語言研究所報告集之二，拓本，3942片）。第13至15次發掘（1936年3月-1937年6月）共得有字甲骨18405片，選編爲《殷虛文字乙編》（簡稱《乙編》，董作賓，拓本，9105片。上輯，1948年10月；中輯，1949年3月，中央研究院歷史語言研究所出版；下輯，1953年12月，中央研究院歷史語言研究所出版。1956年3月，中國科學院考古研究所特刊第四號，科學出版社出版）。

此外，1929年10月，1930年2月，河南省博物館何日章等兩次發掘安陽殷墟，得有字甲骨3656片，後由關百益選拓爲《殷虛文字存眞》（簡稱《眞》，1931年6月河南省博物館拓本一至八集，各一冊，拓本，800片）；又由孫海波選編爲《甲骨文錄》（簡稱《錄》，1938年1月河南通志館出版，與《考釋》合二冊，附《索引》，拓本，930片）。

1937年抗戰爆發至1949年出土的甲骨文，經學者努力搜尋，編入著錄的情況如下：

《雙劍誃古器物圖錄》（簡稱《雙古》），于省吾，1940年11月影印

本，二冊，著錄4片，照片。

《鄴中片羽》（簡稱《鄴》），共三集，黃濬，1935年、1937年、1942年北京通古齋影印本，拓本，553片。

《殷契摭佚》（簡稱《摭》），李旦丘，1941年1月，上海《孔德圖書館叢書》第三種，來薰閣書店影印本，與《考釋》合一冊，拓本，118片。

《戰後殷虛出土的大龜七版》（簡稱《新大》），胡厚宣，1947年2月19日、26日，3月5日、12日、26日，4月2日、9日、16日、23日，上海《中央日報》文物周刊22至31期，拓本。

《殷契摭佚續編》（簡稱《摭續》），李亞農，1950年9月商務印書館出版，考古學特刊第一號，拓本，343片。

《戰後寧滬新獲甲骨集》三卷（簡稱《寧滬》），胡厚宣，1951年來薰閣書店石印本，二冊，摹本，1143片。

《戰後南北所見甲骨錄》（簡稱《南北》），胡厚宣，1951年來薰閣書店石印本，三冊，摹本，3276片。

《殷契拾掇》（簡稱《掇一》），郭若愚，1951年8月北京來薰閣書店出版，拓本，1045片。

《殷契拾掇二編》（簡稱《掇二》），郭若愚，1953年3月北京來薰閣書店出版，拓本，510片。

《戰後京津新獲甲骨集》（簡稱《京津》），胡厚宣，1954年群聯出版社出版，四冊，拓本，5642片。

1973年小屯南地出土甲骨，由中國社會科學院考古研究所編爲《小屯南地甲骨》（簡稱《屯南》），1980年10月由中華書局出版，拓本，4626片。1977年和1979年出土的周原甲骨，在發掘報告和有關文章中公布了部分照片和摹本，前後互有重複，且不完整、系統。1984年4月中國社會科學出版社出版的王宇信《西周甲骨探論》，收錄摹本303片，將1982年5月以前零星刊布的歷年所出有字西周甲骨摹本聚爲一編，按原出土單位集中編次，爲研究西周甲骨提供了很大方便。

二、甲骨文研究概況

　　1930年代以來，對甲骨文的研究，逐步發展成為一個專門學科——甲骨學。甲骨學研究的範圍，包括文字考釋、語法、契刻、鑽鑿、讀法、斷代、綴合、辨偽和分類研究等。分類研究包括了階級、世系、官制、刑罰、方域、戰爭、貢納、農業、漁牧、手工業、商業、交通、建築、天文、曆法、氣象、疾病、生育、祭祀、鬼神崇拜、吉凶夢幻、卜法等，也就是將甲骨文資料運用於階級關係、經濟狀況、思想文化等方面的研究。從文字學的角度研究甲骨文，只限於考釋甲骨文字和對甲骨文字構成規律及考釋方法的研究，它不同於甲骨學研究，也與用甲骨文考證商周歷史的研究有區別。甲骨學對甲骨文字的研究與文字學對甲骨文字的研究是交叉的。嚴格地說，對甲骨文字的研究，應當屬於文字學的範疇，而甲骨學除文字以外的其他研究專案，則不是文字學的研究任務。為此，本節所述，僅限於對甲骨文字的研究，與甲骨文字有關的方面只能順便述及。

　　甲骨文研究的歷史，可以劃分為三個時期：草創時期、奠基時期、發展時期。

(一)草創時期

　　甲骨文發現以後第一個十年，是甲骨文研究的草創時期。這個時期的代表是孫詒讓。

　　首先發現甲骨文的王懿榮曾認為甲骨文字「確在篆籀之前」[2]，但他在發現甲骨文的第二年就殉難了，沒有留下著作。1903年印行的劉鶚《鐵雲藏龜》是第一部甲骨文著錄。劉鶚在〈自序〉中談到文字考釋問題時，已認識到甲骨文字是「卜之繇辭」，認出了「祖乙」、「祖辛」、「祖丁」、「母庚」，並斷言「以天干為名，實為殷人之確據」。「不意二千餘

2　見王漢章，〈古董錄〉，《河北第一博物院畫報》第50期，1933年。

年後轉得目睹殷人刀筆文字，非大幸與？」〈自序〉中提到的單字55個，釋對的已有42個，但是他沒能讀通一條卜辭，更談不上其他方面的研究。

對甲骨文研究有「篳路椎輪」之功的是孫詒讓。他在《鐵雲藏龜》問世後的第二年，就寫出了第一部研究甲骨文的著作——《契文舉例》二卷。全書分「月日」、「貞卜」、「卜事」、「鬼神」、「卜人」、「官氏」、「方國」、「典禮」、「文字」、「雜例」十篇，開創了分類研究的先例。繼《契文舉例》，孫氏又著《名原》二卷，以「金文、龜甲文與《說文》古籀互相勘校」，「以著省變之原」，「以尋古文大小篆沿革之大例」。

經孫氏考釋出來的甲骨文單字共有185個，雖有不少誤釋，但也不乏精到可取之論。如《名原》對「亩、亘、重、乘、岳、殷、周、禽」等字的考釋分析，得到了古文字學界的稱讚和肯定。他對甲骨文的考釋，不僅與他同時代的劉鶚不可同日而語，對有些字的認識反比後來的古文字學家的考釋正確。如釋「彳」為「羌」，並引《詩・商頌・殷武》證明羌為商時西方種族，而後來羅振玉釋「羊」、郭沫若釋「苟」；又如釋「㞢」為「省」，而後來羅振玉釋「相」。羅振玉批評《契文舉例》「得者十一，而失者十九」[3]，實不免苛刻。

由於孫詒讓能依據的甲骨文資料只一部《鐵雲藏龜》，又未得睹實物，加之在考釋方法上未能完全擺脫《說文》的束縛，且不顧文字演進規律，濫說省變，誤識之字亦復不少，如說「咼」（昌）為「遺」之省，「豊」是「晶」之變文，疑「紹」為「紹」（紹）之省，疑「㘩」為「遹」之省，皆是明例。又由於不識甲骨文「王」字，將「大、王」釋為「立」，又釋「王」為「玉」，以致不知卜辭為殷王室的遺物，反視「祖乙」、「祖辛」、「祖丁」等為商代諸侯臣民的名號。

總之，孫書為草創之作，雖不免疏陋，未發宏旨，開創之功卻不可沒。王國維說：「孫氏之《名原》亦頗審釋甲骨文字，然與《契文舉例》

3　見羅振玉，《丙辰日記》十二月十一日記。

皆僅據《鐵雲藏龜》爲之，故其說不無武斷，然篳路椎輪，不得不推此矣！」[4]這是比較公允的評價。

(二)奠基時期

在甲骨文發現的第二個十年裡，經羅振玉、王國維的共同努力，爲以後的甲骨文研究奠定了基礎。

羅振玉對甲骨學的貢獻之一，是他竭力收集甲骨，及時著錄刊布。羅氏以一人之力，多方羅致，數年之間，即獲甲骨三萬餘片。從1912年到1933年，先後編印成《殷虛書契》、《殷虛書契菁華》、《鐵雲藏龜之餘》、《殷虛書契後編》、《殷虛書契續編》和《殷虛古器物圖錄》，著錄甲骨文五千餘片，集中了1928年科學發掘以前小屯出土的許多重要的甲骨文字資料。郭沫若說：「羅振玉的功勞即在爲我們提供了無數的眞實史料。他的殷代甲骨的搜集、保藏、流傳、考釋，實是中國近代三十年來文化史上應該大書特書的一項事件。」[5]

羅氏研究甲骨文的成果，主要反映在他的《殷商貞卜文字考》、《殷虛書契考釋》兩部著作[6]中。羅氏治甲骨學用功最勤、成就最著之處，在於他對甲骨文字的考釋。由於他在考釋方法上比較科學，又掌握了豐富的甲骨文、金文等古文字資料，經他釋出的甲骨文達571字之多，不僅數量上數倍於以前的孫詒讓所識，準確度也大大提高。由於識字的增多，又突破了「貞、王、隻(獲)、巳(甲骨文以『巳』爲地支『巳』字)、亡、災(災)」等關鍵字，讀通了許多條卜辭。這在當時確實是一件了不起的成績。

4　見王國維，〈最近二三十年中國新發現之學問〉，《論衡》第45期，1925年9月。

5　見郭沫若，《中國古代社會研究‧序》，《中國古代社會研究》(人民出版社，1954)。

6　羅振玉，《殷商貞卜文字考》，1910年玉簡齋石印本。《殷虛書契考釋》，1914年12月王國維手寫石印本一冊；又1927年2月東方學會石印增訂本三卷二冊。

　　羅氏首先考證出卜辭的歸屬，大體上弄清了卜辭的基本內容。甲骨發現之初，古董商詭言得自湯陰牖里城，瞞過了一些早期甲骨收藏家。羅振玉多方訪求眞實出土地點，1908年獲悉甲骨出自安陽，即親往考察。1910年他在《殷商貞卜文字考・序》中說，「並詢知發現之地乃在安陽縣西五里之小屯而非湯陰，其地爲武乙之虛。又於刻辭中得殷帝王名諡十餘，乃恍然悟此卜辭者實爲殷室王朝之遺物」。《殷商貞卜文字考》分「考史」、「正名」、「卜法」、「餘說」四篇，除闡述考釋文字方法，考釋文字二三百個以外，還考訂出卜辭所記的十七個殷王(湯至帝辛)。他認爲，《史記》之「天乙」爲卜辭「大乙」之訛；武乙之子，《史記》作「大丁」，《竹書紀年》作「文丁」與甲骨刻辭合，知《史記》誤而《竹書》是也，其餘十五均與《史記》合。又卜辭有「小丁、祖戊」，疑亦殷帝王，可能是仲丁以後九世之亂，書缺有間。

　　《殷虛書契考釋》的大部分是在《殷商貞卜文字考》的基礎上增補改寫而成。全書分「都邑」、「帝王」、「人名」、「地名」、「文字」、「卜辭」、「禮制」、「卜法」八章。又根據卜辭的內容，將卜辭分爲卜祭、卜告、卜臺、卜出入、卜田漁、卜征伐、卜禾、卜風雨八類，增訂本又增雜卜類，計九類。該書不僅考釋甲骨文單字五百餘個，而且對甲骨文做了全面系統的研究和論述，算得上甲骨學的奠基之作。

　　郭沫若對羅振玉在甲骨文研究方面的貢獻做了這樣的評價：「甲骨自出土後，其搜集保存傳播之功，羅氏當居第一，而考釋之功亦深賴羅氏。」又說，《殷虛書契考釋》一書，「使甲骨文字之學蔚然成一巨觀。談甲骨者固不能不權輿於此，即談中國古學者亦不能不權輿於此」[7]。

　　王國維研究甲骨文是受了羅振玉的影響，卻能在羅氏研究的基礎上有所突破。

　　王氏文字考釋方面的成果，見於《戩壽堂所藏甲骨文字考釋》和《觀堂集林》。此前，羅振玉作《殷虛書契考釋》，也曾徵引王說，多所襃

7　見郭沫若，《中國古代社會研究》(人民出版社，1954)，頁170。

譽。王氏所釋新字雖不多，但頗精審，有些字又係通讀和研究甲骨文的關鍵字，使他利用甲骨文研究商史具有更堅實的基礎。如武丁、祖庚時期「王」字作「太」，孫詒讓誤釋爲「立」，羅振玉把「王、立」混淆，王氏斷定爲早期甲骨文「王」字，並進而考訂出「王亥」是殷人高祖。王氏又釋「田」爲「上、甲」合文，進而考訂出「田」和卜辭數十見之「田」，即《史記・殷本紀》之「上甲微」。

王氏的重要貢獻還在於他運用「二重證據法」，以甲骨文與古文獻合勘，來研究商周史。他這方面的成果，主要見於〈殷禮徵文〉(1916)、〈殷卜辭中所見先公先王考〉及〈續考〉(1917)、〈殷周制度論〉(1917)等著述。在〈殷卜辭中所見先公先王考〉及〈續考〉中，王氏考證卜辭中的「王亥」，即《山海經》之「王亥」、《世本》之「胲」、《帝系篇》之「核」、《楚辭・天問》之「該」、《漢書・古今人表》之「垓」，《史記》由於「核、垓」與「振」形近而訛作「振」。又考證卜辭「王恒」即〈天問〉「恒秉季德」之「恒」，卜辭與〈天問〉之「季」，即《殷本紀》「振」(卜辭作「亥」)之父「冥」。1917年著〈殷卜辭中所見先公先王考〉時，因《殷虛書契後編》卷上25頁9片有「父甲、父庚、父辛」之名，而定爲「武丁時所卜」，因同書卷上7頁7片、19頁14片有「父丁、兄庚、兄己」之名，而定爲「祖甲時所卜」，開了以稱謂斷代的端緒。又在同一年發現戩壽堂所藏甲骨有一片卜甲(《戩》1・10)上有「上甲、報乙、示癸」，與《殷虛書契後編》一片卜甲(《後》上8・14)上有「報丙、報丁」等先公名號似有聯繫，經拼合驗證，確係一片折而爲二。這爲以後甲骨綴合研究開創了先例。王氏此二片綴合之發現至爲重要，自謂「其可貴蓋在天球河圖上矣」[8]。又謂，「據此一文之中，先公之名具在，不獨『田』即『上甲』，『匚乙、匚丙、匚丁』即報乙、報丙、報丁，『示壬、示癸』即主壬、主癸，胥得確證，且足證上甲以後諸先公之次當是報

8　《殷虛書契後編》上卷考釋王國維眉批，原書藏中山大學古文字研究室，轉引自陳煒湛，《甲骨文簡論》(上海古籍出版社，1987)，頁185。

乙、報丙、報丁、主壬、主癸，而《史記》以報丁、報乙、報丙爲次，乃
違事實」[9]。郭沫若稱「此二斷片之復合，乃王國維所發現，爲卜辭研究
中之一最大功績」[10]。經王氏考證，證明了《世本》、《史記》爲實錄，
這對當時盛行的疑古風氣是一個有力的挑戰，開啓了一代學風。

對羅、王在甲骨文研究方面的貢獻，郭沫若做了充分的肯定。他說：
「謂中國之舊學自甲骨文之出而另闢一新紀元，自有羅、王二氏考釋甲骨
之業而另闢一新紀元，絕非過論。」[11]

(三)發展時期

20世紀20年代末30年代初開始，甲骨文研究進入到了一個重要的發展
時期。這一時期的主要標誌是：第一，經多次有計畫的科學發掘取得的大
批甲骨文資料，爲甲骨文研究創造了更爲有利的條件；第二，文字考釋的
成績大大超過羅、王時代，許多過去讀不通的卜辭得以通讀，並且總結出
了科學的考釋甲骨文字的方法；第三，許多研究者從受西方啓蒙思潮影響
到自覺接受馬克思主義，爲揭示歷史規律和古文字規律而研究甲骨文，使
甲骨文研究跳出了國學的圈子。這一時期貢獻凸出的學者，從歷史學的角
度研究甲骨文的有郭沫若、董作賓等，從文字學的角度研究甲骨文的有于
省吾、唐蘭等。

1. 郭沫若、董作賓對甲骨文研究的貢獻

郭沫若(1893-1978)，字鼎堂，四川樂山人，是著名的詩人、文學
家、歷史學家。1929年旅居日本時才開始研究甲骨文。郭氏研究甲骨文的
目的，是「想通過一些已識未識的甲骨文字的闡述，來了解殷代的生產方
式、生產關係和意識形態」[12]。他的重要貢獻，在於他首先以馬克思主義

---

9 王國維，〈殷卜辭中所見先公先王續考〉，見《觀堂集林》卷9(中華書局，
  1959)，頁16。
10 見郭沫若，《卜辭通纂》(日本東京文求堂，1933)，頁332。
11 見郭沫若，《中國古代社會研究》(人民出版社，1954)，頁170-171。
12 見郭沫若，《甲骨文字研究》重印弁言，1952年。該書收入《郭沫若全集》第
  一卷(科學出版社，2002)。

唯物史觀爲指導，以甲骨文爲主要史料，考察商代社會經濟基礎和上層建築的各個方面，經過反覆探索，論定商代是奴隸社會，否定了中國不存在奴隸制階段的「中國歷史特殊論」的觀點，使甲骨文研究衝出國學的藩籬，開闢了一個新紀元。

在甲骨文本身研究方面，郭氏著有《甲骨文字研究》(1930)、《卜辭通纂》(1933)、《殷契粹編》(1937)等專書，對甲骨學的各方面，如文字考釋、卜法文例、分期斷代、斷片綴合、分類纂釋等方面，做了全面系統的研究。

甲骨文辭契刻方式多樣，文句簡古，又有一些專門詞語和特殊讀法，羅振玉曾謂卜辭「書寫之法，時有凌獵，或數語之中，倒寫者一二，兩字之名，合書者七八，體例未明，易生炫惑」。郭氏於卜辭契法、讀法有發凡啓例之功。他曾指出，「卜辭契例，凡於長骨分契成段者，左行右行率一律，然亦有參錯互行者」。如《殷契佚存》第二片的四段卜辭，「一、二左行，三、四右行。左行者辭次由下而上，右行者辭次由上而下」[13]。郭氏揭出契刻特例，對後人深入研究卜辭文例深有啓發。又如《甲骨文字研究・釋五十》發明殷契十、百、千的倍數合書之例，糾正了羅振玉釋「𠂤、𠥔」爲「十五、十六」之誤。《殷契餘論》中發明殘辭互足例、缺刻橫畫例，又發明骨臼刻辭爲王或王之代理者省視封存甲骨之記事，「其性質實如後人之署書頭或標牙籤」，與卜之紀錄無關。以上所述契例、文例、字例之發明，對於甲骨文字考釋均大有裨益。

郭沫若在甲骨文考釋方面，著眼於中國奴隸社會起源和殷商史之探討，常能在一些關鍵字的認識和解釋上獨具卓識。如《甲骨文字研究》中〈釋臣宰〉一文，論證「臣、民、宰」均古之奴隸(應當指出，郭氏釋「𤔲」爲「宰」是不對的)。〈釋耤〉一文，謂「𦔮」象人持耒耜而操作之形，乃「耤」之初文，釋卜辭各「耤」字爲「耕耤」之義，糾正了羅振玉

---

13 見郭沫若，《殷契粹編》考釋第87頁。該書收入《郭沫若全集》第三卷(科學出版社，2002)。

釋「埽」之誤。〈釋龢言〉一文，謂「龢、言」均爲古樂器，釋「龠(甲骨文此詞用『龢』或『龠』表示)祭」爲「用龢以助祭」。

對商世系的考訂，郭氏釋「𣥂(羅、王無釋，郭隸『𡿧』)甲」爲「河亶甲」，釋「𨾨甲(羅、王釋『羊甲』，以爲『陽甲』，郭釋『苟』)」爲「沃甲」，釋「𡆥甲」爲「陽甲」。郭氏根據甲骨文和其他史料，對〈殷本紀〉所載殷先公、先王名號做了訂正，這方面的研究成果集中反映在《卜辭通纂考釋·世系》裡。郭氏所釋字雖有可商之處，但所考訂商王室世系堪稱允洽，爲史學界所認許。上文王國維綴合片，與〈殷本紀〉所列殷先公先王自「微」(上甲)至「大甲」的名號基本吻合，只是「示癸」與「大丁」之間無「大乙」。郭氏在編《殷契粹編》時又找到一片與王氏綴合片拼合(《粹》112)，「示癸」之後，補上了「大乙」，「大甲」之後補上了「大庚」。這三片甲骨的綴合，進一步證實〈殷本紀〉的王室世系是基本可靠的。

郭沫若在甲骨文研究上開宏見大，他的貢獻應予充分肯定。但在文字考釋方面，郭氏長於推勘，富於想像，而疏於分析，不夠嚴謹。如「𨾨」字，孫詒讓釋「羌」不誤，羅氏改釋「羊」，郭氏乃謂「『𨾨』字確是『狗』之初文，象貼耳人立之形，此乃狗之慣態。其或作『𤝌』或『𤠮』者，以狗乃家畜，有肩帔或頸索以繫之」[14]。又如釋「且」與「土、士」「同爲牡器之象形」，「匕乃匕栖字之引申，蓋以牝器似匕，故以匕栖妣若牝」，並進而和上古生殖神之崇拜相聯繫[15]，其說雖新奇可喜，但字形分析終涉牽附，難以令人信服。我們指出郭氏考釋文字方面的不足之處，意在使初學古文字學者不致在學習大家治學之道的時候，把他們的短處也接受過來；同時也爲了提醒古文字學界以外的讀者，應以發展的觀點看待古文字學研究成果。

董作賓(1895-1963)，字彥堂，河南省南陽縣人。董氏在1928年至

---

14 見郭沫若，《殷契餘論·申論苟甲》，《殷契餘論》，收入《中國古代銘刻彙考》(日本文求堂，1933)。

15 參閱郭沫若，《甲骨文字研究·釋祖妣》(大東書局，1930)。

1934年間曾八次主持或參加安陽小屯殷墟的發掘，隨後專門從事甲骨文的整理和研究工作。他對甲骨文研究的貢獻主要在甲骨斷代方面。

甲骨斷代，王國維已發其端。他利用卜辭稱謂確定時代的甲骨文雖寥寥幾片，卻給後來學者以啓迪。

董作賓對甲骨斷代的研究，是從《大龜四版考釋》開始的。1929年殷墟第三次發掘時，在小屯村北「大連坑」南段發現大龜四版，董氏受到大龜四版的啓示，在〈大龜四版考釋〉一文中第一個提出貞人說，並進一步提出坑層、同出器物、貞卜事類、所祀帝王、貞人、文體、用字、書法八條斷代標準。郭沫若在《卜辭通纂》序言中說：「又『某日卜某貞某事』之例所在皆是，曩于卜貞之間一字未明其意。近時董氏彥堂解爲貞人之名，遂頓若鑿破鴻蒙。」「貞人之說創通，於卜辭斷代遂多一線索。」1932年3月，董氏撰〈甲骨文斷代研究例〉，又把上述八項斷代標準發展爲十項：(1)世系；(2)稱謂；(3)貞人；(4)坑位；(5)方國；(6)人物；(7)事類；(8)文法；(9)字形；(10)書體，把殷墟卜辭分爲五期。

董氏的五期分法及各期貞人如下：

第一期　武丁及其以前(盤庚、小辛、小乙)
貞人：殼　亘　永　賓　ᚼ　韋　告　为　ᚱ　ᚢ　箙　史
第二期　祖庚　祖甲
貞人：大　旅　即　行　口　出　兄
第三期　稟辛　康丁
貞人：口　狀　彭　尤　寧　ᚹ　卯　逆
第四期　武乙　文丁
不錄貞人
第五期　帝乙　帝辛
貞人：黃　泳

(上列貞人名有些釋錯了，今仍其舊)

二十年後，董氏對斷代十條標準又有所補充修改，並指出：「十個斷代標準中，世系、稱謂、貞人、坑位四者，是直接標準，方國、人物、事

類、文法、字形、書體六者是間接標準……方國本來不能算作標準，因為在殷代諸侯方國大都是世襲的，名稱也是始終一致的，我們不能說在某一王的時期有此國，以後或以前就沒有了它，我當時列為標準，只是因為殷王室在一個時期和某一方國的交涉特別之多而已。」[16]

對甲骨進行分期斷代，使對甲骨文字本身的研究和以甲骨文為主要材料進行的商史研究建立在科學的基礎之上。董氏斷代理論的提出，無疑是對甲骨文研究的重大貢獻。在此之後，有些甲骨學家繼續進行斷代研究，對董氏的斷代標準和具體分期有若干補充和修正，但除了坑位、方國、事類之外，董氏斷代標準已為各家所接受，董氏建立甲骨斷代理論之功不可磨滅。陳夢家在《殷虛卜辭綜述》「甲骨刻辭研究的經過」一節裡對董作賓的斷代研究做了這樣的評價：「董作賓由貞人說而成立的斷代研究，開闢了甲骨研究的新園地。有了斷代的劃分，卜辭中所記祭祀、禮制、史實、文例、字形等才有可能推尋其歷史的演變之跡。」

胡厚宣參加過殷墟發掘，又長期從事甲骨文的收集研究，是國內私人收藏甲骨最為豐富的學者。他的主要貢獻在甲骨文資料的收集刊布和利用甲骨文研究殷商史方面。前者的主要著述已見本章第一部分。後者的主要著作有《甲骨學商史論叢》初集至四集(齊魯大學國學研究所石印本，1944-1946年)及一些單篇論文。

2. 唐蘭、于省吾在甲骨文研究上的卓越成就

甲骨文發現以來，考釋甲骨文單字最多的要數羅振玉，共釋五百餘字。但羅氏常有望文生義的臆說，且其所釋多為與金文、小篆區別不大的字，較為易識。要釋出羅氏不識的待問字就困難多了。羅、王之後，在甲骨文考釋方面貢獻最大的是唐蘭、于省吾。他們的卓越成就不僅在於他們認出了一大批前人未釋的難識字，而且還在於他們在考釋古文字的實踐中總結出系統的考釋方法，使甲骨文字研究走上科學發展的道路。

唐蘭考釋甲骨文字的著作主要有：《殷虛文字記》，1934年北京大學

---

16 見董作賓，《甲骨學五十年》(臺灣藝文印書館，1955年)。

講義，1978年修改刻印本，1981年中華書局出版。《天壤閣甲骨文存考釋》，輔仁大學1939年出版。另有單篇〈獲白兕考〉（燕京大學《史學年報》第4期，1932年）、〈釋四方之名〉（《考古社刊》第4期，1936年）、〈殷虛文字二記〉（簡稱〈二記〉，《古文字研究》第1輯，1979年）等。

唐蘭研究甲骨文的主要成果，集中反映在《殷虛文字記》和〈二記〉中。唐氏在《殷虛文字記·序》中說：

> 考據之術，不貴貪多矜異，而貴於真確。所得苟真確，雖極微碎，積久自必貫通。不真不確而但求新異，雖多奚以為？余治古文字學，始民國八年，最服膺孫君仲容之術。凡釋一字，必析其偏旁，稽其歷史，務得其真，不敢恣為新奇謬悠之說。十數年來，略能通貫其條例，所釋漸多，然猶兢兢不敢驟以示人也。蓋古文字之難釋也，其偏旁或與小篆迥殊，非真積力久，忽得神悟，不能識也。即識其偏旁矣，而其字無傳於今世，或字形雖同，而音義與後世頗異，是又非習熟諸古代刻辭，諳其詞例，而兼明訓詁聲音之學者，不能通也。即通其音義矣，其本義猶多不可知，雖考之地下遺物、歷史傳說，證之異族社會文化，亦不能盡明也。蓋習之愈久而愈知其難，此余所以不敢不慎也。學者之弊，往往貪多矜異，以照耀於庸耳俗目，朝樹一義，夕已傳布，流傳既廣，異說滋出，各相是非訾譽，使承學眩瞀，莫知所生（「生」疑為「主」誤，引者），余頗懲焉。然余所識殷虛文字，較之昔人，幾已倍之，而遲久未出，或又尤之。假日稍閒，因先寫定若干字，以為此記。非自信真確者，不筆於書，庶來者無惑。

這裡唐氏指出古文字考釋之難，研究者必須根底厚，積力久，方法正確，態度嚴謹。在考釋方法上要析其偏旁，稽其歷史，諳其詞例，還要明訓詁、通聲音，考之地下文物、歷史傳說，證之異族社會文化。總之，唐

氏後來在《古文字學導論》裡詳細闡述的古文字考釋方法，在他寫作《殷虛文字記》時已具雛形。

《殷虛文字記》共收單篇考釋文章33篇，釋字74個。該書的一個顯著特點是通過對某一個難釋偏旁的考釋認識一群字。如「羽、羽」二形，羅振玉分釋為「羽、濯」二字。唐氏據《說文》「霫」(雪)從「彗」聲，甲骨文作「霫」，《說文》「彗」(訓埽竹)或作「篲」，古文作「篲」，認為「羽」或「羽」乃「彗」之本字。「卜辭作『羽』，與『羽』形相近。然則『羽』是王帚，本象草形，『羽』為掃帚，乃狀其器。」認識了「羽」是「彗」的本字，進而釋出：「霫」即「霫」(雪)字，從雨、羽(彗)聲；「習」即「習」字，字形不像《說文》所說的「從羽、從白」會意，而是一個從日、羽(彗)聲的形聲字，它是「熭」的本字，「本訓當為暴乾」，《說文》「鳥數飛也」是後起義。卜辭「習一卜」、「習龜卜」之「習」當訓「重」。由於認識了「習」，又進而釋出了從「習」聲的「驫」。

在《殷虛文字二記‧釋且置俎戲藜則劓》中，唐氏根據字形分析，結合典籍、故訓，認為，「梡俎者，斷木為之，不必有四足也。蓋俎之起也，本用以切肉。《史記‧項羽本紀》：『如今人為刀俎，我為魚肉。』俎即切肉之薦，今尚斷木為之矣(以板為之者為椹板)。由日用之器變為禮器，遂由切肉之俎而變為載肉之俎，其形逐漸變而近於几。然『俎』字所象，必為最初之俎，只是斷木為之，而非几形也。故卜辭『俎』或作『俎』，直象肉在俎上，為平面之象，非側視也。然則『且』字本當作『俎』，象俎形，其作『俎』或『俎』者，蓋象房俎，於俎上施橫格也」。又說，「『且』既『俎』之本字，則何以用為祖妣之義耶？余謂此當求之於聲音假借，而不當於形意求之」。「生殖象徵說雖為學者所樂道，實無當於事實也。」

于省吾研究甲骨文較以上各家為晚，而收穫最豐。1940年、1941年、1943年，先後出版了《雙劍誃殷契駢枝初編》、《續編》及《三編》，共收論文98篇。1954年撰成《雙劍誃殷契駢枝四編》(稿本)。20世紀70年代

末，于氏將《初編》到《四編》的文章加以刪削改訂，加上已發表的研究甲骨文的文章，編爲《甲骨文字釋林》（簡稱《釋林》），於1979年由中華書局出版。《釋林》共收于氏考釋文章190篇。于氏在《甲骨文字釋林·序》中說：

> 截至現在爲止，已發現的甲骨文字，其不重複者總數約四千五百個左右，其中已被確認的字還不到三分之一，不認識的字中雖有不少屬於冷僻不常用者，但在常用字中之不認識者，所占的比重還是相當大的。而且，已識之字仍有不少被研契諸家誤解其義訓、通假者。所以說目前在甲骨文字的考釋方面，較諸羅、王時代雖然有所發展，但進度有限。
>
> ……專就甲骨文字來說，我所新識的字，和對已識之字在音讀、義訓方面糾正舊說之誤而提出新解，總共還不到三百。如釋「三」爲氣、釋「昌」爲敗、釋「兀」爲叚、釋「桑」爲喪，均屬新識之字；又如釋「奚」爲以手提攜奚奴之髮辮、釋「戕」爲刃尾迴曲之透孔斧鉞、釋「孚」爲戰爭俘獲兒童、釋「田」象首甲之形，均屬對已識之字的造字本義做出新的解釋；再如釋「启」爲前軍、釋「齒」爲牙语、釋「圣」正爲禳祟、釋「其」爲該，則均屬對已識之字的義訓及通假提出新的見解。就所釋之對象而言：或有關天文，如釋「虹」爲虹、釋「云」爲雲、釋「雷」爲雷、釋「大叟蕇」爲大驟風；或有關地理，如釋「膏魚」爲高魚或高梧、釋「兕羊」爲汪芒、釋「沉」爲沈、釋「四單」爲四台；或有關世系，如釋「王亥女(母)」爲王亥之配偶、釋「羌甲」訛爲沃甲、釋「小王」爲孝己、釋「中宗祖丁」及「中宗祖乙」之「中」爲「仲」；或有關社會活動，如釋「協」爲協力耕作、釋「遣」爲驛傳、釋「雉眾」爲夷眾、釋「寇」爲打鬼，凡此種種，不煩一一詳列。

在這裡，于氏概述了甲骨文字考釋方面的進展情況和于氏自己在這方面所做的努力。于氏《甲骨文字釋林》一書，是繼羅、王之後釋讀甲骨文字最多的著作，考釋之精審，不僅遠勝羅、王，也為羅、王以後研契諸家所不逮。潛讀《釋林》，190篇，幾乎篇篇都對前修時賢所釋有所批評、匡正或補充，許多難釋之字、難解之義，經過于氏精析博喻的考釋而疑霧頓開。如釋「囟」為「盧」與「鑪」之初文，讀「囟豕」之「囟」為「膚」，訓為剝割。據《周禮·保章氏》鄭注、《後漢書·明帝紀》章懷太子注訓「勿」(物)為雲氣之色，讀「梒」為「渝」，讀卜辭「勿見，其屮梒亡丙」為「物見，其有渝亡害」，釋辭義為「觀察雲氣之色，雖有渝變而無災害也」。釋「䒑、䒑」為戠，讀卜辭「大乙戠一牢」、「其牢又戠」、「弜戠夕」、「王賓大戊戠」、「㝆飤戠」之「戠」為「臘」，謂「均就祭祀時所用的乾肉為言」。釋「囟」為「庶」，即「煮」之本字，「寏」為「炗」的孳乳字，卜辭「寏牛於□」，是說「煮牛於某」。「㽟」即「眾庶」之「庶」的原始字，卜辭「屮㽟龜(秋)」，「是說有豐盛的秋收」。類似這樣精闢獨到的考釋，比比皆是，令人目不暇接。于氏在《甲骨文字釋林·凡例》中說：「在本書一百九十篇(包括附錄兩篇)之外，對於甲骨文中舊所不識之字，還擬加以新的解釋者，例如：釋『柏』(甲骨文編六·五，以下簡稱『文編』)為柏(舊只釋『枲』為柏)，釋『䋄』(乙一八六六，乙一六二)為妓，釋『柆』(文編六·五)為柆(見說文)，釋『櫃』(文編六·四)為楓，釋『囟』(乙七三八)為心，釋『匲』(文編一二·二一)為匲(揚)，釋『䢔』(文編附上二一)為迪，釋『夈』(文編附上九一)為夌，釋『奠』(前六·六六·一)為奠，釋『秘』(甲一九〇九)為秘(從而從心，即㤅。本書釋心漏引)，等等，約共二十餘字，不備列。將來得暇，再從事解釋。」後來他雖未能把對這些字的考釋文章寫出，但在這篇例言裡，已經把這些字的基本識讀揭示出來了。

　　古典文獻關於商代歷史的記載很有限，因此，涉及到商代社會各個方面的殷墟卜辭的發現和被初步認識以後，很自然地激起了學者們利用它來研究殷商史的極大興趣。于省吾對甲骨文等古文字資料在研究古代歷史方

面的重要價值有深刻的論述，並做過扎實的研究工作。他說：「關於古文字資料在研究古代歷史上的地位問題，我過去一再強調要以地下發掘的文字資料為主，以古典文獻為輔。像甲骨文這樣保存在地下的文字資料，是三千多年來原封不動的。而古典文獻則有許多人為的演繹說法和輾轉傳訛之處。例如：有關商代的世系，《史記‧殷本紀》作『上甲微、報丁、報乙、報丙』，而甲骨文則作『上甲、匚乙、匚丙、匚丁』，顯然《史記》所記是錯誤的，應以甲骨文為準。又如《殷本紀》的『沃甲、沃丁』，當為『羌甲、羌丁』之訛，也賴甲骨文的發現，才真相大白(詳〈釋羌甲〉)。當然，我們同時也要用古典文獻來補充地下發掘的文字資料的不足，特別還需要用地下發掘的實物資料來補充文字資料的不足，把這幾方面辯證地結合起來，交驗互足，才能使我國古代史的研究不斷取得新的成果。」[17]這個說法，比王國維的二重證據法又前進了一步，是對二重證據法的發展。

　　于省吾說過：「研契多端，要以識字為先務。」在《甲骨文字釋林‧序》中又強調：「甲骨文的研究是多方面的，但文字考釋是一項基礎工作。」正確闡述了文字考釋同其他各項研究的關係。他是始終致力於文字考釋這項基礎研究工作的。他發表的以甲骨文為主要資料研究商代歷史的文章[18]，也都是建立在對文字精確考釋的堅實基礎之上的。如〈釋聖〉云：「甲骨文『聖』字作『𦔮、𦔖、𦔫、𦔔、𦔙』或『𦔗、𦔘、𦔚、𦔛』等形，又作『𦔜』形(掇四四六，文殘，只存『𦔝、田、才』三字)，乃『聖』的繁體字。『聖』字從𦔞與從𦔟或𦔠同，從𦔡與從𦔢也同。『𦔣』象

17　見于省吾，《甲骨文字釋林‧序》(中華書局，1979)。

18　于省吾以甲骨文為主要資料研究商代歷史的文章主要有：〈釋羌甲〉、〈釋小王〉、〈釋王亥的配偶〉、〈釋上甲六示的廟號以及我國成文歷史的開始〉、〈釋戔甲〉、〈釋中宗祖丁和中宗祖乙〉、〈釋聖〉。以上見《甲骨文字釋林》。未收入《甲骨文字釋林》的有：〈殷代的交通工具和驛傳制度〉，載《東北人民大學人文科學學報》1955年第2期；〈殷代的奚奴〉，載《東北人民大學人文科學學報》1956年第1期；〈商代的穀類作物〉，載《東北人民大學人文科學學報》1957年第1期；〈從甲骨文看商代的農田墾殖〉，載《考古》1972年第4期。

手形，其倒正單雙均無別。余永梁釋『坕』爲『聖』，並引《說文》『汝潁之間謂致力於地者曰聖』爲證（《殷虛文字考》）。楊樹達謂『聖』是『掘字的初文』，以爲『甲文的坙田便是掘礦』（《耐林》六）。丁山釋『坙』爲『坴』，以爲『糞田』之『糞』（《甲骨文所見氏族及其制度》三八）。陳夢家謂『坙象壅土之形，疑即糞字』（《綜述》五三八）。郭沫若同志釋『坙』爲『聖』，並謂『坙田當即築場圃之事』（《粹考》一二二一）。徐中舒同志釋『坙』爲『貴』，以『貴』爲『隤』（《四川大學學報》1955年第2期〈試論周代田制及其社會性質〉）。胡厚宣同志從徐中舒說，又謂『貴亦讀作潰』，『貴田者，蓋猶言耦田』（《歷史研究》1957年第7期〈說貴田〉）。按以上諸家之說，只有釋『聖』是對的，但也解決不了問題。其餘均係臆測，無須一一加以辯駁。」于氏從形、音、義三方面論證「聖」即「墾」的本字。「一、就構形來說，則『聖』即『坙』，又孳乳爲『皇』，至爲明確。二、就音讀來說，《說文》謂『聖』讀若『窟』，『窟』之通『墾』，猶『鬼』之通『昆』，『魁』之通『梱』，『衣』之通『殷』（詳楊樹達《古音對轉疏證》）。然則『聖』之讀『墾』，由於二字雙聲（並溪紐一等字），脂諄對轉。三、就義訓來說，《國語‧周語》的『墾田若藝』，韋解謂『發田曰墾』；《列子‧湯問》的『扣石墾壤』，釋文謂『墾，起土也』；《方言》十二的『墾，力也』，郭注謂『耕墾用力』。以上訓『墾』爲發田、爲起土，均就開墾土地言之。發田起土必須用力，故《方言》訓『墾』爲力。這和《說文》『汝潁之間謂致力於地曰聖』之義相符。總之，就『聖、坙、皇』的形、音、義三方面論證的結果，則『聖、坙、皇』爲會意字，『狠』爲後起的通假字，『墾』爲常用的俗字。」又說，「『聖』字原作『𣘦』，從土從又，從土帶有三點（甲骨文土和從土的字，帶有數點者屢見），象土粒形。這個字形關係很重要，它即《說文》『聖』字之所本，舊不釋，《甲骨文編》入於附錄，《續甲骨文編》附錄於又部，均沒有和『坙』字擺在一起」。又說，「『用』乃『甬』字的初文，今作『桶』。本象桶形」。「『皇』字上從𠂤、下從土，因爲墾田時需要鏟高填低，故用桶以

移土。」

在對「聖」字形、音、義作詳細考證之後，于氏列舉有「聖」字出現的十六條卜辭，論證了以下幾點：一、「於下屍、刖聖田」（《粹》一二二三）等條，是商王派人向別族擴張墾田。二、「令犬征族里田於虎□」（《京都》二八一）等條，是商王派爪牙迫使眾人在遠方或異域從事墾殖勞役。三、「行里五百四旬七日」（《乙》一五）即行墾五百四十七日。「因此可知在某地實行墾殖的時間約有一年半之久」。進而指出，如依舊說，從事築場圃、糞田或耕耨這些短期勞動，「為什麼要達一年之久呢？這無論如何是講不通的」。四、聖牧（《乙》三二一一）即墾牧，「墾田和放牧有連帶關係。土地始墾時草木叢生，宜於放牧，故以墾牧為言」。五、「王令多羌聖田」（《粹》一二二二）「是一項極其重要的史料。甲骨文早期多用羌為人牲以祭，有時也令多羌從事狩獵。而此條是王令多羌充當農墾的奴隸，這就關係到商代社會制度的轉變問題」。于氏還指出，「墾殖對於我國古代農業生產的發展大有關係，它是擴大農田面積的首要措施。據典籍所載，墾田始見於《國語·周語》，今驗之於甲骨文，則商代武丁時期已經有之。商代的統治階級為了擴大生產、集中財富，在農業方面，除去大令眾人啟田和耤田——集體耕作外，又派遣他的爪牙迫使勞動人民到荒野遠方，經年累月地從事艱苦的勞役，然而這也是反映了勞動人民創造歷史的具體事例」。

從這個例子中，可以具體領悟到于氏治甲骨文和利用甲骨文治史的方法和道路。

唐蘭、于省吾從文字學的角度研究甲骨文，從實踐中總結出一整套系統的理論，構築了科學古文字學的基本框架。他們用科學的方法研究甲骨文字，在甲骨文研究以至在古文字研究的發展過程中，開闢了一個新時代。因此，從文字學史研究角度看，甲骨文研究發展時期的主要代表應首推唐蘭、于省吾。

羅、王之後，在甲骨文字考釋方面做出貢獻的著名學者還有商承祚、徐中舒、楊樹達、胡厚宣、朱芳圃、張政烺等人。商承祚對甲骨文字的考

釋集中反映在他編纂的《殷虛文字類編》一書的按語裡。楊樹達關於甲骨
文字的考釋，分別收入《積微居甲文說》(中國科學院，1954年)、《耐林
廎甲文說》(上海群聯書店，1954)兩書中。朱芳圃《殷周文字釋叢》(中
華書局，1962)，滙集了朱氏1949年後十幾年研究甲骨文、金文的心得。
以上著作，得失互見，於甲骨文研究亦有裨益。又如徐中舒〈耒耜考〉
(中央研究院歷史語言研究所集刊二本一分冊，1930)，胡厚宣〈說𡎿〉
(《古文字研究》第1輯，1979)、〈甲骨文虎字說〉(《甲骨探史錄》，三
聯書店，1982)，張政烺〈釋甲骨文俄隸蘊三字〉(《中國語文》1965年第
4期)、〈釋它示——論卜辭中沒有蠱神〉(《古文字研究》第1輯，
1979)、〈殷契𦣻字說〉(《古文字研究》第10輯，1983)、〈釋因蘊〉
(《古文字研究》第12輯，1985)等，均發人未發，在古文字學界頗有影
響。

　　在甲骨文字研究方面用功最勤、成績最著的是裘錫圭，主要成果有
〈說「玄衣朱襮裣」——兼釋甲骨文「𧌒」字〉(《文物》1976年第12
期)、〈釋祕〉(附〈釋弋〉，《古文字研究》第3輯，1980)、〈甲骨文字
考釋(八篇)〉(《古文字研究》第4輯，1980)、〈釋殷墟甲骨文的
「遠」、「𢔟」(邇)及有關諸字〉(《古文字研究》第12輯，1985)等。裘
氏對於甲骨文、金文、戰國文字均有較深入的研究，又熟悉語言學、音韻
學、訓詁學和文獻學，治學方法科學，態度嚴謹，在分析一字之形體結構
及其演變歷史、音讀、義訓時，能夠左右逢源，見解獨到。其釋「𧗬、
𧗽」為「遠」，就是一個凸出的例子。首先，他根據小篆「睘」字，從
目、袁聲，金文「睘」字所從的「袁」字字形，又根據古文字從彳、從辶
通常沒有區別，結合甲骨文辭例，從而論定「𧗬、𧗽」兩形即是「遠」
字。其次，根據甲骨文「𡩟」及其各種異形，與金文「袁」字作「𡩟」進
行比較，論定上舉甲骨文各形都是「袁」字，是「擐」的初文，本義為穿
衣一類的意思，初形從又、從衣(或從二「又」)，甲骨文、金文從止者是
「又」之訛變，又或從○者，○(「圓」的初文)是追加的聲符。在〈甲骨
文字考釋(八篇)〉中，發明重文的省略(如「又十牢十伐大甲申」是「又

十牢十伐大甲甲申」之省，「己子卜」是「己巳子卜」之省，後一條有對
貞證明)和合文重複偏旁的省略(如「㮮」是「楸、薺」二字的合文，二
字都從林，寫成合文時可以省一個林旁)兩例，對於考釋和通讀甲骨卜辭
很有幫助。

姚孝遂主要致力於甲骨文字資料的科學整理和分類研究，在文字考釋
方面也提出了一些值得重視的意見。如〈契文考釋辨正舉例〉(《古文字
研究》第1輯，1979)中，指出研契者由於忽略文字的細微差異和因循舊
說、以訛傳訛造成的錯誤，如「𥝢」，舊釋「沮」，或釋「且乙」，實當
釋「小且乙」，「𤔪」舊誤摹爲「𤔪」，隸作「淙」，實當釋「淄」。在
〈讀《小屯南地甲骨》箚記〉(《古文字研究》第12輯，1985年)裡，提出
「一字兩用」例(與裘錫圭重文省略例有別)，謂《屯南》2121第一辭「其
祝束妣母至戊」的「戊」字一字兩用，當讀作「其祝束妣戊至母戊」。在
《殷墟甲骨刻辭類纂·序》中，姚氏提出「文字形體在其孳乳分化過程中
的交叉現象」的觀點。他說，這種交叉現象「在甲骨文表現得非常凸出。
由於甲骨文還處於急驟的孳乳分化過程中，不同的文字符號，在形體上出
現了混同的現象」。他指出「寅」的有些形體與「矢」或「黃」相混的情
況以後說，「文字形體由原來的通用走向分化，在這個過程中出現了交叉
現象。我們對於這種交叉現象只能視之爲不同文字的形體交叉，而不能因
爲形體的部分交叉而得出二者同字的錯誤結論」。這些見解，也是極富啓
發意義的。

3. 甲骨文研究工具書和史論著作的編纂

隨著甲骨文研究的發展，甲骨文研究工具書和甲骨學史論著作的編纂
成爲需要與可能。而這些工作的開展和進步，也是甲骨文研究進入發展時
期的標誌之一。

甲骨文研究工具書，按其內容、體例，大體可分爲三大類：甲骨文著
錄、辭例索引、甲骨文字典。

(1)甲骨文著錄：甲骨文發現以來，各種著錄約有百種，這樣極爲分
散的材料，給研究者帶來很大困難。由郭沫若擔任主編、胡厚宣擔任總編

輯，經過20年的努力，編成《甲骨文合集》13巨冊，自1979年起，由中華書局分冊出版，到1982年已全部出齊。全書選收41956片較有參考價值的甲骨，將過去分散的著錄滙為一編，為甲骨文研究提供了便利條件。由李學勤、齊文心、艾蘭(英)合編的《英國所藏甲骨集》，也於1985年由中華書局出版。加上《小屯南地甲骨》、《東京大學東洋文化研究所藏甲骨文字》、《懷特氏等收藏甲骨文集》，共五種大型甲骨著錄，滙集甲骨五萬多片，現存殷墟甲骨刻辭已經發表的大體囊括於此了。為了適應各方面讀者的需要，由吉林大學古籍研究所姚孝遂等編著的《殷墟甲骨刻辭摹釋總集》(簡稱《總集》)，已於1988年由中華書局出版。《總集》將上述五部書的甲骨刻辭全部依次摹出，並逐條列出釋文，摹本與釋文互相對照，為古文字專業工作者和不識甲骨文而又需要利用甲骨文的讀者提供了極大的方便。

(2)辭例索引：日本學者島邦男編著的《殷墟卜辭綜類》(簡稱《綜類》，1967年日本東京大安出版，1971年汲古書院出版增訂本)是第一部有關甲骨刻辭辭例索引的工具書。該書按甲骨文字形體編次，以形統字，以字統辭，分類排比，重出重見，為研究者免除了四處訪書和從浩如瀚海的著錄中搜索辭例之苦。但這部書也有不足以至錯誤之處，編寫體例上的最大缺陷是只有原篆而沒有隸釋，給不識甲骨文的讀者帶來困難。姚孝遂、蕭丁主編的《殷墟甲骨刻辭類纂》，「在《綜類》的基礎上補充了一些新的資料；在文字形體的分類方面重新考慮其分合；增加了隸釋與原篆相對照」[19]，是一部比較理想的甲骨刻辭辭例索引工具書。

(3)甲骨文字典：最早的甲骨文字典是王襄的《簠室殷契類纂》，1920年天津博物館手寫石印本，線裝四冊。正編十四卷，滙錄可識之字873個，仿《說文》編次，略加詮釋，並引卜辭文句為證；附編一卷，收合文243個；存疑十四卷，錄《說文》所無及難確釋之字1852個；待考一卷，錄142字。1929年重訂時，將存疑、待考中的84字改入正編，正編中

---

19 見姚孝遂，《殷墟甲骨刻辭類纂·序》(中華書局，1989)。

刪改訛誤13字，增入異文11字。該書爲甲骨文字典椎輪之作，解釋文字亦有精到可取之處，但錯誤頗多，所引卜辭不注出處，且多殘辭斷句，既不便複核，於理解字義補益亦不大，然創例之功不可沒。

　　商承祚(錫永)《殷虛文字類編》，1923年決定不移軒刻本四冊，正編十四卷，收單字790字，待問編十三卷。此書主要采羅、王之說，自釋者約十之一二，弁以「祚案」以示區別。王國維〈序〉稱其考釋文字「精密矜慎，不作穿鑿附會之說」。

　　朱芳圃《甲骨學文字編》十四卷，錄單字845個，附錄二卷，1933年商務印書館出版。唐蘭在《甲骨文編·序》中說：「蓋《類編》成書已十數載，間有疏違。錫永嘗自校訂，未遑傳布。近世學人偶爲補正，醴陵朱芳圃輯以爲《甲骨學文字編》，頗便讀者，而又病其雜然紛陳，無所區別。」

　　孫海波在《殷虛文字類編》的基礎上，增輯而成《甲骨文編》十四卷，合文一卷，附錄一卷，備查一卷，1934年哈佛燕京學社石印本五冊。該書博采通人，間附己意，計錄可識或可隸定的單字1006字，附錄1110字。字形據《鐵》、《鐵餘》、《拾遺》、《前編》、《後編》、《菁華》、《龜》、《戩》八種著錄精摹，每字下皆注明出處。容庚謂「此書之用，不僅備形體之異同，且可爲各書之通檢，由字形而探求字義，得藉以爲梯階」[20]。1965年出版的改訂本《甲骨文編》，十四卷，合文一卷，附錄二卷，檢字一卷，精裝一冊。署名中國科學院考古研究所編輯，乃由考古研究所邀請唐蘭、商承祚、于省吾、張政烺、陳夢家、孫海波等學者共同商訂改編體例，由孫海波編纂，經一再修訂而成。〈編輯序言〉中說：「改訂本較之1934年的初編本，有著很大的不同：在材料上比較完備，在考訂上採納了許多新的研究成果。此書正編和附錄所收共計4672字，而其中有些字還可以歸併；目前甲骨刻辭中所見到的全部單字的總數，約在4500字左右。其中雖然只能辨認九百餘字，但比之從前所能辨認

20　見容庚，〈甲骨學概況〉，《嶺南學報》第7卷2期，1947年。

的五六百字，已增益了許多。」改訂後的《甲骨文編》大體堪稱完備，爲
習學者和研契者案頭必備之書，然其中缺憾也不少。如引用甲骨材料錯誤
累見，考釋文字不精審，擇引成說有時失當，字形排比或當分而合，或當
合而分，或隸定後只注「《說文》所無」而未作進一步考訂，字下多不出
義項，或只注引申義、假借義而不出本義，所列卜辭文字義項及徵引卜辭
材料未能全面，從而降低了它的實用價值。同時該書採用各家之說，間或
未加注明，有掠美之嫌。改訂本刪去唐蘭、容庚、商承祚的序言及孫氏自
序，引書簡稱表凡羅振玉、董作賓編著之書概不注姓氏，都欠妥當。

　　李孝定編纂的《甲骨文字集釋》，1965年出版於臺灣。正編十四卷，
補遺一卷，存疑一卷，待考一卷。該書體例仿效《說文詁林》，先出字
形，次列諸家之說，後加編撰者按語，評論各說，定以己意，並附錄金文
字形，與甲骨文對照。該書考釋甲骨文見於《說文》者1062字，《說文》
所無者567字，存疑者136字，計1840字。採錄59家171種論著(包括專著和
論文)。不僅收錄甲骨文考釋資料大大超過以上各著作，且諸說並陳，便
利讀者分析比較，評論亦頗平實，是一部較理想的甲骨文字典。缺點主要
是引諸家之說失之冗長，且只偏重釋字說形，而忽略卜辭中字義的分析，
判定諸說是非時亦不無偏頗。

　　1973年，于省吾應中華書局之請，主編《甲骨文字詁林》，全書共約
三百萬字，是一部甲骨文字考釋集大成之作。于氏1984年逝世後，由姚孝
遂繼續主持編纂，完成于氏未竟之業。是書體例與李書相似，但選用材料
數倍於李書。每字編號與《類纂》一致，以便對照研究。每字於滙集各家
考證後均加附姚孝遂所撰按語。《詁林》晚於《集釋》二十餘年，這個時
期內，甲骨文研究發展迅速，《詁林》更能反映當代甲骨文研究水平，具
有更高的學術價值。《甲骨文字詁林》和《甲骨文合集》、《殷墟甲骨刻
辭類纂》的出版，是甲骨學史上的大事，把甲骨文字研究推向一個新的階
段。

　　甲骨文通論、專論和甲骨學史，主要有如下一些著作：
　　陳夢家《殷虛卜辭綜述》，1956年，科學出版社出版，精裝一冊。該

書分「總論」、「文字」、「文法」、「斷代上」、「斷代下」、「年
代」、「曆法天象」、「方國地理」、「政治區域」、「先公舊臣」、
「先王先妣」、「廟號上」、「廟號下」、「親屬」、「百官」、「農業
及其他」、「宗教」、「身分」、「總結」、「附錄」等二十章，七十餘
萬言，是一部通論性的甲骨學著作。裘錫圭評論此書「資料豐富，論述全
面，並有一定的深度，對於初學者和研究者都是非常有用的書。可惜成書
倉促，引用甲骨文資料有很多不應有的錯誤。陳氏自己對各種問題的意見
也不盡妥當。此書寫法不適於初學閱讀，對於一本通論性的著作來說，這
似乎也應該算一個缺點」[21]。

　　陳煒湛《甲骨文簡論》(上海古籍出版社，1987年)，是一部既簡明扼
要又有一定深度、有獨立見解的甲骨文研究概論。商承祚在序言中說：
「本書雖僅九章，篇幅不多，卻牽涉到有關甲骨文的許多重要問題，作者
的介紹論述，實際上也是對八十餘年來我國甲骨文研究的一個小結。如書
中對甲骨出土總數的估計(第一章)；對甲骨文考釋三階段的論述，對甲骨
文字典的評述(第二章)；對卜辭文例行款的分析(第三章)；對斷代標準的
介紹，對斷代研究中有關爭論問題的述評(第六章)；對甲骨綴合書籍的介
紹，對綴合與辨偽的理論上的概括與闡述(第七、八章)；以及對以往甲骨
文研究中兩條途徑、兩種方法的分析(第九章)，等等，都帶有小結的性
質。」

　　姚孝遂、蕭丁合著的《小屯南地甲骨考釋》(中華書局，1985年)，採
取分類考釋的形式集中討論了「先公」、「先王」、「先妣」、「神
祇」、「人牲、物牲」、「方國」、「人物、職官」、「眾」、「天
象」、「田獵」、「習刻」等11個問題，最後一部分是釋文。作者的意圖
是盡可能地讓更多的學科在更大的範圍內能夠利用甲骨刻辭的資料，這是
一個值得稱讚的嘗試。

　　吳浩坤、潘悠合著的《中國甲骨學史》(上海人民出版社，1985年)，

21　見裘錫圭，〈殷墟甲骨文研究概說〉，載《中學語文教學》1979年第6期。

是一部全面介紹甲骨學和甲骨學史系統知識的著作。胡厚宣、戴家祥爲此
書寫的序言肯定這部書「是一部材料豐富而又比較全面系統的參考書」，
「是引導初學進入甲骨學研究領域的一本好書」（胡〈序〉），「閱讀了之
後，可以得到甲骨學方面的系統知識，也可以根據書中所介紹的重要線
索，進一步找到有關材料作深入的學習研究」（戴〈序〉）。

王宇信《建國以來甲骨文研究》（中國社會科學出版社，1981），是一
部1949年後三十年甲骨學的發展史。李學勤序此書指出：「書中不僅對甲
骨學近三十年的成果進行概括，而且提出了甲骨研究未來的方向，所以即
使是對這門學科已經相當熟悉的讀者，從這部書也可以得到很大的啓
發。」

周原甲骨陸續發現和公布以來，不少學者發表了考釋和研究文章。王
宇信《西周甲骨探論》（簡稱《探論》，中國社會科學出版社，1984)對前
一時期的西周甲骨研究做了總結。王氏把西周甲骨的研究分爲兩個階段：
從1950年春，殷墟四盤磨西地SP11內發現一塊文句不合殷墟卜辭通例的甲
骨時起，到1956年11月李學勤提出山西洪趙縣坊堆村卜骨爲周初卜骨
說[22]，是西周甲骨文研究的第一階段，「主要是完成了對西周甲骨文從不
認識到認識的飛躍，形成了甲骨學研究領域的這一新分支」[23]。李說提出
以後，至1982年5月陳全方《陝西鳳雛村西周甲骨文概論》[24]全部公布周
原鳳雛村所出289片甲骨，是西周甲骨研究的第二階段，「這一時期的主
要成果是考釋文字、探索分期和甲骨特徵，使我們對西周甲骨的認識不斷
深化」[25]。李學勤指出，「鳳雛甲骨的年代上起周文王，下及康、昭」[26]。
過去一些學者依據對「文王卑服，即康功田功」，「自朝至於日中昃，不

---

22 見李學勤，〈談安陽小屯以外出土的有字甲骨〉，載《文物參考資料》1956年
   第11期。
23 見王宇信，《西周甲骨探論》（中國社會科學出版社，1984），頁29。
24 陳全方，〈陝西鳳雛村西周甲骨文概論〉，見《古文字研究論文集》，《四川
   大學學報叢刊》第10輯。
25 見王宇信，《西周甲骨探論》（中國社會科學出版社，1984），頁29。
26 見李學勤，〈西周甲骨的幾點研究〉，載《文物》1981年第9期。

遑暇食」（《書‧無逸》），「伯昌號衰，秉鞭作牧」的理解，論定文王時周人還處於野蠻時代的高級階段。「西周甲骨，特別是文王甲骨的出土，卻為我們提供了周人在文王時早已由『野蠻』時代進入『文明』時代無可移易的鐵證。」（引文不注者均見該書）作者還從甲骨文內容、書體和「王」字的不同寫法等，做了西周甲骨分期的嘗試。書中還附錄了已公布的全部西周甲骨摹本303片，統一編號，給研究者提供了便利條件。直至目前，對西周甲骨的研究還是初步的，成果不是很豐富，而且多側重於探史，用這些新的文字資料作文字學的研究則顯得薄弱。作為綜述性、探討性的《探論》對這一點似乎也沒有給予足夠的重視。

三、甲骨文研究在文字學史上的重要地位

甲骨文是迄今發現的較早的成體系的文字。甲骨文的發現，使古文字學進入了一個新的時期，也使文字學進入了一個新的時期。

文字學的研究離不開音韻、訓詁，但文字學的對象是漢字的形體結構，文字學的任務就是研究漢字形體的構成及其歷史，研究字形與音、義的關係，研究漢字的發展規律，從而建立起文字學的科學體系。

一個新學科，如果沒有全面、系統的材料作基礎，是無論如何也建立不起來的。雖已具備全面、系統的材料，卻不能用科學的方法去研究，也不可能建立起一個新的學科。

清代乾嘉時期的《說文》學家，只知以小篆為主要對象，以許學為圭臬，儘管他們的成績斐然可觀，但他們只做了解釋、闡發許學的工作，充其量不過是許慎的功臣。

晚清的古文字學家，雖知《說文》篆文、古籀並非最早的文字，「實多訛偽之形」，企圖突破《說文》的藩籬，尋求考釋古文字的新途徑。但他們根據的金文材料也是晚出的文字，形體不少已發生訛變，加之他們的研究方法仍然沿用「六書」，理論上沒有大的進步，考釋成果得失互見。孫詒讓晚年「獲見龜甲文」，著《契文舉例》、《名原》，「思以商周文

字展轉變易之跡，上推書契之初軌」，然因所據甲骨文材料有限，方法上還不能脫離「六書」羈絆，仍然不能著文字省變之原，尋出古文大小篆沿革之大例。

羅振玉、王國維獲見大批甲骨文材料，在甲骨文的整理、傳播、釋文、考史方面做了大量的基礎工作，考釋文字亦較前人科學，但羅氏「對於文字的認識，還是好用推測，開後來葉玉森輩妄說文字的惡例。王氏釋字較謹慎，只是他的極大貢獻，實在在古史學方面」[27]。郭沫若、董作賓研契諸家，也大都以考史爲指歸。他們的貢獻在斷代、考史等方面，是甲骨學方面的代表，文字考釋方面雖有弋獲，但仍不能形成理論體系，有時難免臆測附會之病。至如葉玉森等，竟視考釋甲骨文字若「射覆」，雖爲嚴肅的古文字學家所不取，但在當時和以後都仍有其市場。

沒有一個系統的理論，古文字研究便不能發展，以古文字爲主要材料的其他研究也會遇到困難。這樣，關於古文字考釋方法和準則的探索，便成了古文字學發展形勢的需要。唐蘭、于省吾爲代表的古文字學家順應古文字學的發展趨勢，總結甲骨文考釋正反兩方面的經驗，建立了文字考釋的科學方法，對文字學的發展做出了重大貢獻。

第一，確定了古文字學的範疇。于氏指出「研契諸端，要以識字爲先務」，以「究形義之指歸」爲目的。他還經常強調考釋文字要「以形爲主」，「以文字的構形爲基礎」。這就告訴我們，古文字學是研究形的。唐蘭在他的《古文字學導論》和《中國文字學》中也反覆強調「文字學研究的對象，只限於形體」。舊的文字學是經學的附庸，後來的金文和甲骨文研究也未能擺脫從屬於歷史學的地位，這不利於文字學的發展。于氏、唐氏關於古文字學以至文字學範疇的論述的重要意義，就在於把古文字學(文字學的重要組成部分)徹底解放出來，成爲一種獨立的學科，使之沿著自己的研究方向健康發展。

第二，通過對甲骨文字研究經驗的總結，提出了系統的、科學的考釋

---

27 見唐蘭，《古文字學導論》(齊魯書社，1981)，頁66。

古文字的方法，建立了古文字學理論體系，使古文字學有了可供大家共同遵循的理論、方法和規則。

第三，通過對甲骨文字的綜合分析研究，對傳統的「六書」說提出了詰難，在文字構成理論的探討方面有所建樹，開闢了一條新的路徑。

第四，通過對甲骨文字形體結構的分析，確定不少字的原始結構（初文），上溯文字起源，下述文字演進軌跡，使文字發展史的研究有了堅實可靠的基礎。

總之，于省吾、唐蘭是甲骨文研究發展時期的傑出代表，他們通過對甲骨文的研究，奠定了古文字學理論的基礎，開闢了文字學的新里程。可以說，甲骨文的發現和甲骨文研究的深入開展，是文字學發展史上具有決定意義的大事，沒有甲骨文研究就沒有科學的文字學。

第三章
金文研究

一、金文的整理和研究概況

　　在古文字學史上，金文研究是一個歷史悠久、成果豐富的部門。

　　金文一般是指銅器上的古文字，上起殷末，下迄戰國，時間跨度最大。由於戰國時期金文的字形結構變化較大，按文字發展階段劃分，應當歸到戰國文字中去。爲此，本章所敘述的主要是商周金文研究概況。

　　商周金文在古文字學上占有重要地位。首先，它是古文字發展史上的中間環節，上承甲骨文，下啓戰國秦漢文字，是研究文字演變規律的重要依據和仲介。甲骨文的許多字，是靠著金文這個仲介才得以認識的。其次，傳世和出土商周銅器銘文將近萬件，單字近四千。這些銘文涉及當時社會活動的各個方面，而且有不少長篇銘文和有韻銘文，提供了研究上古辭彙、語法、訓詁、音韻的豐富資料，也爲採用各種輔助手段全方位研究古文字開闢了更廣闊的天地。再次，早期金文中保存了一些字的原始形態，是研究文字起源的珍貴材料。因此，在古文字研究領域裡，金文的研究舉足輕重，古文字學家一直爲之傾注心智。

　　重視資料整理，是金文研究的優良傳統。清末甲骨文發現之後，古文字學家以極大的熱情去整理和研究這一大批異常寶貴的新鮮材料，同時，對金文資料的整理和研究也未放鬆。在金文資料整理方面功勳卓著的是羅振玉，他對於甲骨文、金文、簡牘、石刻、貨幣、璽印、陶文等古文字資料的搜集刊布是不遺餘力的。就金文而言，羅振玉於1917年將自藏之器影

印成《夢郼草堂吉金圖》三卷和《殷文存》二卷。1935年又印成《貞松堂吉金圖》三卷。他還選取前人沒有著錄的2427器的拓片，先後摹寫刊印成《貞松堂集古遺文》（正編）十六卷（1930）、《補遺》三卷（1931）、《續編》三卷（1934）、《補續》一卷，雖便學者，但由於是摹錄，研究價值略爲遜色。晚年又編著《三代吉金文存》二十卷，於1937年影印行世。該書收錄商周青銅器銘文四千八百餘件，這在當時是一部金文資料集大成的巨著，給金文研究提供了很大的方便，即便在今天也是一部重要的資料書。此書美中不足之處，是在編輯方法上只收銘拓，不錄器物形制、紋飾，除了器名之外，不加任何說明，減低了它的學術價值。他如器物分類、定名、器銘辨僞等方面亦有微瑕。是書原印本已不易得，1982年中華書局據原印本影印出版，卷首有中華書局編輯部「重印說明」，卷末附孫稚雛《三代吉金文存辨正》，可供讀者使用羅書之參考。

1930年代，容庚、于省吾、商承祚、劉體智、陳夢家等，都對金文資料的整理傳布做出了貢獻。容庚著有《頌齋吉金圖錄》（1933）、《海外吉金圖錄》（1933）、《西清彝器拾遺》（1940）等，于省吾著有《雙劍誃吉金圖錄》二卷（1934）、《雙劍誃古器物圖錄》二卷（1940），商承祚著有《十二家吉金圖錄》二冊（1935），劉體智著有《善齋吉金錄》二十八冊（1934）、《小校經閣金文拓本》十八卷（1935），陳夢家著有《海外中國銅器圖錄》第一集二冊（1946）。

1956年，于省吾將其自藏銘拓407件，連同借自海內著名學者郭沫若、容庚、商承祚、唐蘭、陳夢家、胡厚宣、陳保之諸家所藏，總計616件，編成《商周金文錄遺》（簡稱《錄遺》）一冊，由科學出版社出版。是書所收墨本，多拓自1930年代以來出土銅器，並且大部分原器已流出國外，絕大多數爲羅振玉《三代吉金文存》（簡稱《三代》）所未著錄，間有羅書原拓模糊而補以較清楚之拓本者。《錄遺》是羅書出版後二十年來重要的補充資料。唯是書意在拾遺，體例上一仍羅書，留下了一個本來可以避免的缺憾。1963年，科學出版社出版了中國科學院考古研究所編的《美帝國主義劫掠的我國殷周青銅器集錄》（簡稱《集錄》），收銅器照片845

件，銘文500多件。《三代》、《錄遺》和《集錄》三書，大體包括了
1950年之前流傳於世的金文資料。

　　隨著文物考古工作的迅速發展，1950年代之後各地陸續出土和發現大
量珍貴青銅器，其中有銘的青銅器已超過1100件。其較著者有：安陽婦
好墓銅器群，喀左好幾處窖藏出土的大量商末周初銅器，臨潼出土的記載
武王滅商的利簋，寶雞出土的記成王初遷於成周的何尊，丹徒出土的記康
王封宜侯的夨簋，房山琉璃河西周前期燕國墓出土的大量銅器，扶風莊白
一號窖藏出土的牆盤等微氏家族銅器群，長安張家坡窖藏出土的孟簋、師
旋簋等器，藍田出土的記賜田之事的永盂，岐山董家村窖藏出土的裘衛諸
器和䯧匜等器，扶風強家村窖藏出土的師㝬鼎等器，郿縣出土的盠尊諸
器，藍田出土的詢簋，扶風齊家村出土的㢋王獻簋，寶雞出土的秦公鐘、
鎛，壽縣蔡侯墓銅器群，淮南蔡家崗蔡侯墓銅器群，隨縣曾侯乙墓銅器
群，壽縣出土的鄂君啓節，平山中山王墓銅器群，新鄭兵器坑出土的大量
韓國兵器，等等。在流散文物徵集工作中也發現了不少重要的金文資料。
例如北京市文物工作者從廢銅中揀回的班簋，是《西清古鑑》著錄以後長
期不知下落的西周重要銅器。上海市金屬供銷站於1969年在廢品中揀出的
無敄鼎，銘「無敄乍(作)文父甲寶隣彝𡧖」。此鼎《尊古齋所見吉金
圖》卷一、《三代吉金文存》卷三亦曾著錄。史樹青認為「無敄即般甗
『王俎人方無敄』之無敄，無敄是人方的首領，後來被商王殺了，用以
祭祀。人方即夷方，無敄鼎即夷方的遺物，𡧖是夷方的族徽」[1]。夷方的
文物過去未發現和識別出來，無敄鼎是迄今發現的第一件夷方器物，彌足
珍貴。

　　1950年以來出土和徵集的金文資料大都及時刊布於各種文物考古專業
雜誌，部分文博單位還編輯出版了收藏和發現的銅器圖集，對金文研究提
供了方便，起到了很好的促進作用。但這些材料過於分散，不便利用。徐
中舒主編的《商周金文集錄》，收已著錄和部分未著錄的銅器銘文973

1　見史樹青，〈無敄鼎的發現及其意義〉，載《文物》1985年第1期。

件，絕大多數是新出的。把分散的材料加以集中，可以減少搜尋之勞，即便初學，對研究者也是有用的。唯是書摹錄不太精確，又不錄拓本、器形，降低了它的使用價值。考古研究所編輯的《殷周金文集成》，收錄金文資料，包括宋代以來各家著錄和國內外博物館、其他單位和個人藏品，各地歷年考古發掘品和採集品，總數在萬件以上。內容包括銘文、圖像、釋文和索引，而以銘文爲主體。銘文部分各冊的說明，逐一交代所收器物的字數、時代、著錄、出土、流傳、現藏、資料來源，以及其他需要說明的情況。圖像部分各冊的說明，除重複交代上述事項外，還注明該器的尺度。《殷周金文集成》編纂體例科學適用，印刷精良，是一部金文資料集大成的巨製。

　　金文研究從宋代算起，大致可分四個時期。宋代爲濫觴時期，代表人物有呂大臨、薛尚功等。清代乾嘉到清末爲奠基時期，以孫詒讓、吳大澂爲代表。民國初至今，是金文研究發展時期，其前期的代表是羅振玉、王國維。羅振玉對金文研究的貢獻主要在青銅器銘文的搜集、整理和刊布方面，做了大量的基礎工作。王國維金文方面的著述主要有《宋代金文著錄表》、《國朝金文著錄表》、《觀堂古金文考釋五種》，以及收在《觀堂集林》中的〈生霸死霸考〉、〈說彝〉、〈說觥〉、〈說盉〉、〈說彝〉、〈毛公鼎考釋·序〉、〈釋觶觚卮𤮉𤰒〉、〈商三勾兵跋〉、〈北伯鼎跋〉、〈散氏盤跋〉、〈克鐘克鼎跋〉、〈鑄公簠跋〉、〈夜雨楚公鐘跋〉、〈邾鐘跋〉、〈郳公鐘跋〉、〈遹敦跋〉、〈庚嬴卣跋〉、〈齊國差𦉢跋〉、〈攻吳王夫差鑑跋〉、〈王子嬰次盧跋〉、〈秦公敦跋〉等。王氏的成就主要在利用金文資料研究商周歷史和古代制度方面。他首倡的二重證據法在學術界影響頗大，在考釋文字和通讀銘文方面也有精闢的見解和凸出的成果。「羅振玉、王國維首先用近代的方法整理研究古文字。」[2]他們是承前啓後的一代，他們的業績，把金文研究推向了一個新的階段。

2　見李學勤，《古文字學初階》（中華書局，1985），頁3。

　　民國初年，林義光有《文源》之作，其時甲骨文已發現，林氏猶據金文以定文字之本形、本義，實已落後於時代。然釋字說文亦有可取。如說「與」象兩手捽拽一人之形，說「匕、尼」不同音(《說文》以為「尼」從屍、匕聲)，「ㄣ」為「人」之反文，「ㄈ」亦「人」字，「尼」象二人相昵形，實「昵」之本字，又謂「音、否」同字、「束、東」同字等，就很有見地。

　　1930年代以後，金文研究進入了一個新的發展時期，這一時期的代表是郭沫若、唐蘭、于省吾。郭沫若的主要成就在利用金文資料研究商周歷史方面，尤其是他創立了標準器繫聯法，奠定了青銅器斷代的基礎。其主要著作有《殷周銅器銘文研究》(1931)、《金文叢考》(1932)、《古代銘刻彙考》(1933)、《古代銘刻彙考續編》(1934)、《兩周金文辭大系考釋》(1935)。唐蘭、于省吾的主要貢獻在於他們考釋文字科學嚴謹，並總結出一套系統的考釋方法。在這一時期裡，唐蘭關於考釋古文字的方法主要見於《古文字學導論》(1934)，在金文研究方面除發表多篇考釋文章外，綜合性的研究著作有〈論周昭王時代的青銅器銘刻〉(《古文字研究》第2輯，中華書局，1981)和〈西周青銅器銘文分代史徵〉(中華書局，1986)。于省吾金文研究的專著主要有《雙劍誃吉金文選》二卷(1934)，選收殷周彝銘469篇，「節錄各家學說，附以己意」，「意在比類梳辭，通其幽眇」[3]。吳闓生序稱于書「尤重其文辭，裒然為方今斯學之巨典」。1950年代後發表有關銅器銘文研究的論文二十餘篇，對一些重要器銘，「雖早有多位專家進行考釋，先生仍通過對文字形、音、義的精闢分析，解決了銘文中不少的疑滯問題」[4]。于氏繼《甲骨文字釋林》成書以後，即開始撰寫《吉金文字釋林》，總結他研究金文的成果，書中新釋字二百有餘，惜未能全部完稿。于省吾逝世後，將由其弟子整理付梓。

3　見于省吾，《雙劍誃吉金文選·自序》(1934)。
4　見陳公柔、張亞初，〈于省吾先生在學術方面的貢獻〉，載《考古學報》1985年第1期。

二、文字考釋方面的成果

　　王國維的貢獻主要在古器名考訂方面。如〈說觥〉謂自宋以來所稱匜器中之「稍小而深，或有足或無足而皆有蓋，其流侈而短，蓋皆作牛首形」者為兕觥；〈說盉〉謂盉為「和水於酒之器，所以節酒之厚薄者也」，糾正了宋以來皆依傍許說，以為調味器之誤；〈釋觶觛卮𪓰𪓨〉，謂「觶、觛、卮、𪓰、𪓨」五字之音同出一源，五字實一字，「亦當為同物，許君因其字不同，乃以形之大小與有耳蓋與否別之，其實一而已矣」。又〈說俎上〉謂「篆文作『俎』，象半肉在且旁，而殷虛卜文及貉子卣則作『𤕭』作『𤕰』，具見兩房兩肉之形，而其中之橫畫即所以隔之之物也」。所釋皆確鑿有據。

　　唐蘭在《古文字學導論》中提出了考釋古文字的一般方法，同時還提出了在金文考釋中最需要注意認清字形。他指出古文字形體不易辨認有幾層原因，如契刻鑄範的不精，往往使文字的筆畫錯誤、脫漏、雜亂；古器物磨滅、毀損破碎，或為土斑銅銹所掩，因而字畫不清及有殘缺；古器物出土後，給俗工剔壞；拓本模糊，印本惡劣，至不能辨認筆畫；摹本和臨本的錯誤；偏旁分布不整齊，斑鏽或剝蝕和字形相近及拓本折紋、裂孔與筆畫相混帶來的困難，等等。進而指出：「認清字形的方法，首先要知道，文字的變化雖繁，但都有規律可尋，不合規律的、不合理的寫法，都是錯誤。學者有了文字學的根底和認古文字的經驗，便該對每一個字的寫法，先有一個成竹在胸，不要給那種錯誤迷惑了。其次，學者在辨識一字時，就得把銘辭想法讀通，這也是減少錯誤的一法。」

　　唐蘭考釋文字時，先要分析偏旁，辨明偏旁在這個字中所起的作用，追根求源，多方取證，故得出的結論比較可靠。如他在〈弓形器(銅弓柲)用途考〉一文中指出，「現在大家所稱為弓形器的這種器物就是金簟弜，它是用在弛弓時縛在弓背的中央部位，以防損壞……『金簟弜』是青銅做的簟弜，是弓上的輔助器物」。在毛公鼎、番生簋中均有周王賞賜「金

簞弼」、「魚萬」之辭。吳大澂〈說文古籀補〉、王國維〈釋弼〉都據毛詩鄭箋認定「簞弼」就是「車蔽」，唐蘭批評他們都上了鄭玄的大當，而不知《詩經》裡有兩種簞弼，其一是車蔽，另一是弓柲。並進一步指出「只有『弼』字才是簞弼、竹閉和柲的本字，本來是用竹席捆綁兩張弓，又作『弜』，是用雙重竹席捆一張弓。在象意字演化爲形聲字時，就成爲從𥬎、弜聲。而古文『敍』和『弗』，則分別爲從攴、弜聲或從弓、弗聲。《詩經》就索性借用『弗』字了。王國維把『弼』作車蔽的『弗』的本字，是又一個錯誤。『弼』字從𥬎，即『簞』字，而還叫做簞弼，這是由於中國文字和語言的差別，文字裡從𥬎，說明它是用簞做的，但在語言裡和弜聲同音的字很多，單說『弼』容易混淆，所以還叫簞弼（好像『鯉』字在文字裡已經從魚里聲，表明是一種魚，但在語言裡仍然叫鯉魚），而發展到用銅來做弼時，也還叫金簞弼」[5]。

　　于省吾長於字形分析和音韻、訓詁，在銅器銘文考釋方面常有出人的懸解。如釋秦公鐘「𤔔」爲「趠」，讀「蠚蠚文武」之「蠚蠚」爲「藹藹」，訓爲威儀之盛；釋井人鐘「趖」爲「喪」之繁構，讀「憲憲聖趖」之「趖」爲「爽」，訓爲明[6]；讀䳠羌鐘「武侄寺力」之「侄」爲「鷙」，引《說文》「鋫，忿疾也，讀如摯」，謂「摯、鷙、侄、鋫」皆同聲相假[7]；讀蔡侯鐘「寫寫爲政」之「寫寫」爲「懋懋」，訓爲黽勉[8]；讀牆盤「佳奐南行」之「奐」爲「奐」，訓盛；讀「方蠻（蠻）亡不呎見」之「呎」爲「踝」，訓踵；讀「據趖」爲「競爽」，訓爲剛強爽明[9]，等等，不僅於形、於音、於義密合貫通，而且廣徵博引，令人折服。

　　于氏晚年所作〈釋盾〉、〈釋能和嬴以及從嬴的字〉、〈釋兩〉、

5　見唐蘭，〈弓形器(銅弓弼)用途考〉，載《考古》1973年第3期。
6　參閱于省吾，《雙劍誃古文字雜釋》第5頁〈釋蠚〉，第4頁〈釋聖趖〉。
7　參閱于省吾，《雙劍誃吉金文選》（〈䳠羌鐘〉，1934），頁12。
8　參閱于省吾，〈壽縣蔡侯墓銅器銘文考釋〉，《古文字研究》第1輯(中華書局，1979)。
9　參閱于省吾，〈牆盤銘文十二解〉，《古文字研究》第5輯(中華書局，1981)。

〈釋從天從大從人的一些古文字〉等專論[10]，綜合運用各種考釋方法，從對形、音、義縱橫關係的分析和對名物制度的考訂等方面，研究解決了一些難釋字(有的是一組字)的釋讀問題。

如〈釋盾〉一文，根據安陽侯家莊發現的槨蓋上漆盾壓痕的形狀以及典籍有關盾的解釋，並根據甲骨文「盾」字作「ф、申、中、申」等形，論證商代金文和西周早期金文「ф、ф、申、中」即「盾」字初文，西周中期師旋簋「盾」字作「ろ」，從人屮(盾)，屮亦聲，乃「盾」字轉變的樞紐，糾正了《說文》對「盾」字的錯誤說解。又據長沙戰國墓葬出土漆盾「上用赭石藤黃兩種爲色繪成龍鳳花紋」，並據《詩·小戎》「龍盾之合」毛傳「龍盾，畫龍其盾也」，《國語·齊語》「輕罪贖以鞼盾」韋注「鞼盾，綴革有文如績(繪)也」，對師旋簋蓋銘中的「僑女十五易登盾，生皇畫內」做了正確的解釋：「銘文中的『僑女十五易登盾』，是說王給予師旋十五件以錫金爲飾的大型盾牌」；「『生皇畫內』，是說畫出活潑生動的鳳皇於盾的內部」。

又如〈釋從天從大從人的一些古文字〉一文，通過對從天、從大、從人的一群字形的綜合分析考證，得出早期或較早期古文字的偏旁「天、大、人」有時互相通用的結論。「由於發現這一規律，才判定了舊所不識的一些古文字。」即釋商器父乙簋「𩵋」、父乙觚「𩵋」爲「系」字初文，釋商器簋文「𩵋」、父癸觶「𩵋」爲「引」字初文，釋商器觚文「𩵋」、「𩵋」和「𩵋」爲「光」字初文，釋商器鼎文的「𩵋」爲「須」字初文，釋商器觚文的「𩵋」和尊文「𩵋」爲「免」(冕)的初文，釋商器父己鬲的「𩵋」和趞鼎「𩵋」爲「齒」字初文。

這些考釋方法，給古文字學者以深刻的啓迪。

楊樹達從20世紀40年代起始治金文，著有《積微居金文說》七卷印行，後又作《積微居金文餘說》二卷，科學出版社1959年合爲《積微居金

---

10 分見《古文字研究》第3輯(中華書局，1980)；第8輯(中華書局，1983)；第10輯(中華書局，1983)；第15輯(中華書局，1986)。

文說》增訂本出版。全書共381篇，說解了314器的銘文。楊氏精於文字、音韻、訓詁之學，「私獨好高郵王氏所著書，歎爲絕業」，「欲用王氏校書之法治彝銘，每釋一器，首求字形之無牾，終期文義之大安，初因字以求義，繼復因義而定字。義有不合，則活用其字形，借助於文法，乞靈於聲韻，以假讀通之」[11]。又說：「古人字形無定，而文義卻有定。吾人對此，當以有定決不定，換言之，當以文義定字形，不當泥字形而害文義。文義當，則依字讀之可也，依字不通，則當大膽改讀之。近代釋銘文者似皆未了此義……。」他進而提出，「考釋文字，舍義以就形者，必多窒礙不通，而屈形以就義者，往往犁然有當」[12]。

　　楊氏在這裡主要是講他用王念孫校書之法治彝銘的經驗。他在這方面的成就也是頗爲顯著的。如他引《書·費誓》「徂茲」，《詩·唐風·綢繆》「子兮子兮」毛傳「子兮者，嗟茲也」，《管子·小稱》「嗟茲乎」，《秦策》「嗟茲乎」，《尚書大傳》「嗟子乎」，揚雄〈青州牧箴〉「嗟茲」，《詩·小雅·巧言》「曰父母且」，《鄭風·褰裳》「狂童之狂也且」，《小雅·節南山》「憯莫懲嗟」等，證盂鼎「叡」爲歎詞，典籍作「徂」、「且」或「嗟」（〈全盂鼎跋〉）。謂小臣簋「趞叔休于小臣貝二朋，臣三家」之「休」讀爲「好」，訓賜予，效卣「王易公貝五十朋，公易氒涉子效王休貝二十朋」之「王休貝」，義即上文王錫之貝（〈小臣簋跋〉）；虢叔旅鐘「多錫旅休」，義即多與旅以好賜之物，「旅對天子魯休揚」，義即旅對揚天子之嘉賜（〈虢叔旅鐘跋〉）。謂姜林母簋「姜林母作䵼簋」之「䵼」讀爲「鐯」，「鐯」爲小鼎，引申爲凡小之稱（〈姜林母簋跋〉）。讀尹光鼎「王鄉酉，尹光邐」之「邐」爲「娤」，訓侍（〈尹光鼎再跋〉）。讀洹子孟姜壺「用璧二備」之「備」爲「珹」（〈洹子孟姜壺跋〉），等等。類似這樣精闢貼切的訓釋，在楊氏考釋金文的著作中隨處可見，這是他對金文研究的重要貢獻。

11　見楊樹達，《積微居金文說·序》（科學出版社，1959）。

12　見楊樹達，《積微居金文說·新識字之由來》。

　　楊氏在《積微居金文說》卷首「新識字之由來」一章中，把考釋金文的途徑與方法概括爲十四條，即：第一，據《說文》釋字；第二，據甲文釋字；第三，據甲文定偏旁釋字；第四，據銘文釋字；第五，據形體釋字；第六，據文義釋字；第七，據古禮俗釋字；第八，義近形旁任作；第九，音近聲旁任作；第十，古文形繁；第十一，古文形簡；第十二，古文象形會意字加聲旁；第十三，古文位置與篆文不同；第十四，二字形近混用。與唐蘭、于省吾歸納的古文字考釋方法相比較，第一、二、三、四條相當於唐蘭的對照法，第五條相當於唐蘭的字形分析法，第六條相當於唐蘭的推勘法，第七條據古禮俗釋字，與于省吾提出的結合原始氏族社會的生活習慣、古器物形制以及典籍義訓探討古文字構形本源有某些相似之處。第八至十三條是古文字演變的一些規律，第十四條二字形近混用，是書寫者誤書的結果，此例甚少，如文中所舉「朱」(來)字仍與「朿」有區別，不屬於形近混用，故在考釋文字中運用此例時要特別謹慎。

　　楊氏提出的這十四條方法，沒有說明主次，沒有說明各條之間的關係，而且還提出了「以文義定字形」、「屈形就義」等片面強調辭義對考釋文字的決定作用的錯誤理論。文義對識字和字義解釋有著選擇和判定的作用，但無論在何種情況下都不能上升爲決定作用，否則，「以文義定字形」、「屈形就義」，就會得出錯誤的結論。如第六條「據文義釋字」中有這樣一個例子：

　　《雙劍誃吉金圖錄》上卷(叁貳葉上)載〈盂卣〉，銘文云：「兮公室盂鬯朿貝十朋。」于思泊《考釋》(捌葉)及羅振玉《貞松堂集古遺文補遺》中卷(拾貳葉上)、吳闓生《吉金文錄》肆卷(拾柒葉上)並釋「朿」爲「束」。于云：「鬯係香草，故可稱束。」余按：鬯酒以香草爲之，鬯非草也。《詩經》及銘文賜鬯皆以卣計，稱束又不合也。余疑此字當與下「貝」字連文，古人恒言龜貝，〈文姬匜〉云「子易龜貝」，其明證也。蓋「朿」象人從上下視龜背之形，頭尾四足具，非「束」字也。

從字形分析，「束」字，金文作「✳」，或作「✳、✳」，曶鼎「用匹馬✳絲」，召伯簋「✳帛」，盂卣「✳」字與後二形相近，是「束」字無疑。而「龜」字從無這種寫法。再從文義看，「鬯」既是酒名，也是草名。《周禮・春官・鬱人》「和鬱鬯以實彝而陳之」，唐賈公彥疏：「鬱金之草，以其和鬯酒，因號爲鬯草。」王充《論衡・儒增》：「周時，天下太平，越裳獻白雉，倭人貢鬯草。」賞賜鬯酒以卣計，賞賜鬯草自當以束計。楊氏先有了「鬯非草」、「《詩經》及銘文賜鬯者以卣計，稱束又不合」的成見，進而把「束」字誤釋爲「龜」。又如，虢鼎：「虢肇從趞征，攻開（䜌）無啻（敵），相於𠂤（厥）身。」劉心源《奇觚》卷二釋末句第一字爲「眚」，謂古刻「眚、省」爲一字，本不誤。楊樹達卻謂「省字文不可通」，改從吳闓生釋「相」，讀爲「傷」。然字從目、從生，明是「眚」字，「眚」亦有傷義。敦煌寫本《尚書・說命》「惟干戈眚厥躬」（今本作「省」），與虢鼎「眚於厥身」句式相近。釋「眚」並非不通。

　　楊氏精於訓詁。他用王念孫校書之法治彝銘，功力在金銘文辭的訓釋方面。在文字考釋方面也有一定貢獻，但比起前者大爲遜色。而且由於方法上的缺陷，使他在文辭訓釋研究方面也受到局限。

三、其他研究成果

(一)青銅器的斷代研究

　　郭沫若對金文研究的重要貢獻之一，是他發明「標準器繫聯法」，奠定了青銅器的斷代基礎。郭沫若的斷代研究主要反映在他的《兩周金文辭大系》（簡稱《大系》）一書中。1931年郭氏寫成《金文辭通纂》（簡稱《通纂》），這是《大系》的前身。1932年在《通纂》的基礎上編著成《兩周金文辭大系》，復於1934年、1935年，先後改編成《兩周金文辭大系圖錄》和《兩周金文辭大系考釋》。原分爲二書，1958年重印時合併爲一書，題爲《兩周金文辭大系圖錄考釋》，共八冊。《大系》是郭氏研究金文的重要代表著作，他運用標準器繫聯法研究銅器斷代問題，並有重大

突破，這無論對於中國古代社會的研究以至對古文字本身的研究，都是非
常有意義的。郭沫若曾經十分自信地說：

> 我是先選定了彝銘中已經自行把年代表明了的作為標準器或聯絡
> 站，其次就這些彝銘裏面的人名事迹以為線索，再參證以文辭的
> 體裁、文字的風格和器物本身的花紋形制，由已知年的標準器便
> 把許多未知年的貫串了起來。其有年月日規定的，就限定範圍內
> 的曆朔考究其合與不合，把這作為副次的消極條件。我用這個方
> 法編出了我的《兩周金文辭大系》一書，在西周我得到了一百六
> 十二器，在東周我得到了一百六十一器，合共三百二十三器。為
> 數看來很像有限，但這些器皿多是四五十字以上的長文，有的更
> 長到四五百字，毫不誇張地是為《周書》或《國語》增加了三百
> 二十三篇真正的逸文。即使沒有選入《大系》中的器皿，我們拿
> 著也可以有把握判定它的相對的年代了。因為我們按照它的花紋
> 形制及至有銘時的文體字體，和我們所已經知道的標準器相比
> 較，凡是相近似的，年代便相差不遠。這些是很可靠的尺度，我
> 們是可以安心利用的。一個時代有一個時代的文體，一個時代有
> 一個時代的字體，一個時代有一個時代的器制，一個時代有一個
> 時代的花紋，這些東西差不多是十年一小變，三十年一大變
> 的……周代的彝器，我自信是找到了它的歷史的串繩了。[13]

標準器繫聯法，是一種比較科學的斷代方法。後出的陳夢家的〈西周
銅器斷代〉[14]，唐蘭的〈論周昭王時代的青銅器銘刻〉[15]、〈西周青銅器

13 見郭沫若，〈青銅器時代〉，收於《青銅時代》(群益出版社，1947)。
14 陳夢家，〈西周銅器斷代〉，《考古學報》第9-14冊(1955-1956)。
15 唐蘭，〈論周昭王時代的青銅器銘刻〉，《古文字研究》第2輯(中華書局，1981)。

銘文分代史徵〉[16]，在斷代問題上都基本上採用郭沫若的方法。1950年代之後出土大批青銅器，爲銅器斷代研究提供了新鮮資料。許多學者開始注意用墓葬和窖藏的銅器進行斷代，如李學勤的〈西周中期青銅器的重要尺規——周原莊白、強村兩處青銅器窖藏的綜合研究〉[17]，劉啓益的〈微氏家族銅器與西周銅器斷代〉[18]等，「都是選擇具有尺規作用的銅器群，通過各器間的縱橫聯繫來考察同一時期或不同時代的銅器是怎樣發展變化的。這一方法可以說是過去『標準器繫聯法』的擴大」[19]。劉啓益利用金文的記時資料來推定青銅器的年代[20]，是銅器斷代的另一有益嘗試。張振林〈試論銅器銘文形式上的時代標記〉（《古文字研究》第5輯，中華書局，1981），「從銅器有無銘文、族氏文字情況、文字的點畫結體、章法布局、文辭的常見格式等方面，對商周一千多年的標準器和關聯器進行了粗略的分析，認爲可以分成九期」。他的研究，開闢了依據字形字體來分期的新路。容庚《商周彝器通考》（哈佛燕京學社，1941）及《殷周青銅器通論》（張維持協助編寫，科學出版社，1958）兩書，是綜合論述中國青銅器的重要著作，也是銅器斷代的重要參考書。

(二)關於氏族標誌文字的研究

早期銅器銘文中有一種結構特殊、象形性很強的文字。清以前的金石

16　唐蘭，〈西周青銅器銘文分代史徵〉（中華書局，1986）。

17　李學勤，〈西周中期青銅器的重要尺規——周原莊白、強村兩處青銅器窖藏的綜合研究〉，載《中國歷史博物館館刊》1979年第1期。

18　劉啓益，〈微氏家族銅器與西周銅器斷代〉，載《考古》1978年第5期。

19　見曾憲通，〈建國以來古文字研究概況及展望〉，載《中國語文》1988年第1期。

20　劉啓益這方面的主要論文有：〈西周紀年銅器與武王至厲王的在位年數〉，《文史》第13輯(1982)；〈西周夷王時期銅器的初步清理〉，《古文字研究》第7輯(中華書局，1982)；〈西周金文中的月相與共和宣幽紀年銅器〉，《古文字研究》第9輯(中華書局，1984)；〈西周武成時期銅器的初步清理〉，《古文字研究》第12輯(中華書局，1985)；〈西周康王時期銅器的初步清理〉，《出土文獻研究》(文物出版社，1985)；〈再談西周金文中的月相與西周銅器斷代——讀《西周金文和周曆的研究》後記〉，《古文字研究》第13輯(中華書局，1986)。

家率不能識，或僅記其形，不釋其字(如「子荷貝形」、「子執戈形」之類)，或望形說字，徒為臆解，要皆與學術無補。近人沈兼士開始稱之為字畫[21]。郭沫若反對文字畫的說法，他認為「此等圖形文字乃古代氏族之名號，蓋所謂『圖騰』之孑遺或轉變也」。「凡圖形文字之作鳥獸蟲魚之形者乃圖騰之轉變，蓋已有相當進展之文化，而脫其原始畛域者之族徽也。」[22]郭氏提出「族徽說」，為這類文字的研究開闢了一條新路。

于省吾稱此類象形性很強的文字為「氏族標誌」，「這種氏族標誌，當是族徽或圖騰」。和郭沫若說法不同的是，他認為這種標誌是「象徵性的文字」，是以「象徵性的文字作為族的標誌」[23]。于氏以古文字資料和古代典籍及美洲印第安人民族圖騰互相證發，對一些氏族標誌文字進行考釋，取得了令人信服的成果。如「🧍」字(異體不錄)，自宋代呂大臨釋為「析子孫」[24]，後世靡然從之。近人林義光釋為「床上抱子形」[25]。丁山謂此字上為「保」，下為「異」，「從保異聲，即冀之古文矣」[26]。馬敘倫釋為「床、子、🧍(樊)」，「床」是族徽，「子」是作器者之姓，「🧍」是其名。「蓋作器者以造床為業也，其後以此為小宗之氏，則『🧍』又為一氏之族徽。」[27]以上各說，皆無當於字形。于氏據甲骨文有「🧍」，商器銘文「🧍」字，邵鐘、壬午劍「虞」字從兴作「🧍」或「🧍」，認出「🧍」即「兴」字。又以麼些(納西族)文和古代典籍為佐證，論定「🧍」或「🧍」，象舉子於床上，是「舉」字的古文。「商代金文之所以附有『🧍』字，當係由於他們祖先有過如何舉子的故事，或者有棄子復舉的故事，所以後世子孫才造出象徵性的文字，以為氏族的標

---

21 參閱沈兼士，〈從古器款識上推尋六書以前之文字畫〉，《輔仁學志》一卷一期(1928)。

22 見郭沫若，〈殷彝中圖形文字之一解〉，《殷周青銅器銘文研究》(1931)。

23 參閱于省吾，〈釋🧍〉，載《考古》1979年第4期。

24 《考古圖》卷四〈父乙卣〉，按卣當作「𣪘」。

25 見林義光，《文源》一，十九。

26 見丁山，〈說🧍〉，《歷史語言所集刊》第一本二分冊。

27 見馬敘倫，《讀金器刻詞》頁37-38〈非𣪘〉。

誌。」[28]又釋「黽」爲天黿，謂「黽」或「黿」爲商族圖騰遺存，並以獻
侯鼎、救隲鼎銘文與〈太公金匱〉有關丁侯的記載互驗，指出，「獻侯鼎
和救隲鼎銘之出現商人圖騰，是因爲作器者的先人丁侯本是商之諸侯，後
來降服於周，這種降周的商代貴族，在服侍周人的前提下，還保持其奴隸
主地位，故仍可自由鑄造彝器。凡周器之有商人族徽或圖騰者，都是商人
降周的明證」[29]。又釋「亞夨」爲「亞夨」（疑），謂《逸周書・世俘》
「執矢惡臣百人」、「武王乃廢於紂矢惡臣百人」之「矢惡」，當即金文
之「夨亞」。「亞夨」或「夨亞」，是商末的一個氏族[30]。于省吾從文字
學的觀點出發，用研究古文字的方法釋讀這些氏族標誌文字，比郭沫若
「族徽說」又前進了一步。

　　許多學者原則上接受了郭氏的「族徽說」，但不贊成他的圖畫文字的
提法，對族徽的內涵也越來越感到有給以明確解釋或重新確定概念的必
要。于省吾提出以象徵性的文字作爲氏族標誌，這種標誌當是族徽或圖
騰，與郭說不同。林澐也指出，「這種『族徽』與歐洲中世紀的貴族紋章
顯然有本質的不同。但是，『族徽』又有不同於一般文字的特點。第一，
構成『族徽』的諸部分符號，雖本身均可考訂爲文字符號，但往往不按文
字的排列方式而以特殊方式結合……第二，『族徽』和其他部分銘文的結
合，也有時違反文字排列的常規」[31]。李學勤則認爲這種「族氏的字每每
寫得很象形……這只是爲了把族氏凸出出來而寫的一種『美術字』，並不
是原始的象形文字，也不能作爲文字畫來理解」[32]。

(三)銅器銘文數占研究

　　在青銅器銘文中曾發現有用數目字組成的「奇文」，多數六字一組，

28　見于省吾，〈釋黽黿〉，《古文字研究》第7輯(中華書局，1982)。
29　同上。
30　參閱于省吾，〈釋「夨」和「亞夨」〉，載《社會科學戰線》1983年第1期。
31　見林澐，〈對早期銅器銘文的幾點看法〉，《古文字研究》第5輯(中華書局，
　　1981)。
32　見李學勤，《古文字學初階》(中華書局，1985)，頁34。

少數三字一組，一般置於銘文末尾，個別有夾在氏族標誌字和祭祀對象之中的(如㸚𤔲父戊卣，《商周金文錄遺》253)，有的青銅器只有用數字組成的銘文。在殷墟、灃西、周原也發現一些有這類「奇文」的卜甲、卜骨。這類奇文，長期以來成為難解之謎。宋重和元年(1118)湖北孝感縣出土六件周初銅器，其中中方鼎銘文末尾就有兩組十二個數目字，分別為「𢎺(七八六六六六)」、「𢎺(八七六六六六)」，宋人誤釋為「赫」。1930年代，郭沫若曾疑中鼎「末二奇字殆中之族徽」[33]。唐蘭則認為甲骨和銅器上的這類奇字是一種已經遺失的中國古代文字，「這種文字是用數目字當作字母來組成的」，「是殷周以前的一個民族創造的」。「由於西周初年銅器銘刻裡還保留這種氏族徽號，而不見於殷虛銅器」，「推測這個民族是西北方面的，跟周部族也許還有一些關係」[34]。直到1978年12月，張政烺在吉林大學古文字學討論會上即興作了〈古代筮法與文王演周易〉的發言，指出銘文中三個數字是單卦(八卦)、六個數字是重卦(六十四卦)，後又寫出〈試釋周初青銅器銘文中的易卦〉(簡稱〈試釋〉)，八百多年不解之謎終於被解開了。張氏在〈試釋〉一文中，列舉三十二例，補記中又追加三十例，共六十二例，按照奇數是陽爻、偶數是陰爻的原則，逐一和《周易》卦名對照，無一不合。張氏進而根據四盤磨卜骨卦爻刻辭下有「曰魁」(7號)或「曰隗」(8號)二字，推斷「周原卜甲、張家坡卜骨以及一些金文中所見的易卦，同是周代早期之物，卦爻相似(最大特點是都不用二、三、四這三個數字)，皆與四盤磨卜骨相合，也就都是〈魁隗〉，都是〈連山〉。這在《周易》以前，而不是《周易》」。還根據牆盤銘「卑處甬」，癲鐘銘作「以五十頌處」與中鼎銘文相參證，做出了周人以卦名邑、以邑為氏，卦名因此也就成了新加族徽的推測。這不僅對青銅器為何綴以卦名的問題做了回答，還對癲鐘銘文「以五十頌處」提出了新

---

33 見郭沫若，《兩周金文辭大系圖錄考釋》下(科學出版社，1957)，頁6。

34 見唐蘭，〈在甲骨金文中所見的一種遺失的中國古代文字〉，載《考古學報》1957年第2期。

解[35]。

（四）金文字典和著錄索引

金文字典的編撰，發端於吳大澂的《說文古籀補》，繼作者有丁佛言的《說文古籀補補》、強運開的《說文古籀三補》、容庚的《金文編》、高明的《古文字類編》、徐中舒主編的《漢語古文字字形表》、周法高主編的《金文詁林》。

《說文古籀補補》（1925）和《說文古籀三補》（簡稱《三補》）（1935），體例基本上仍《說文古籀補》之舊，對吳書有所改正和補充，《三補》又同時改正了丁書不少誤釋，對字詞古義的闡發和對金文通假的解釋頗有可取，較丁書為優。但兩書皆以補為宗旨，在體例、取材上不能不受到一定的局限[36]。

容氏《金文編》初版於1925年。初版有羅振玉、王國維、馬衡、鄧爾雅〈序〉和〈自序〉。1939年再版時作了增訂，抽去羅、鄧兩〈序〉，增入沈兼士〈序〉。1959年出第三版時，又做必要的修訂、補充，只用王、馬二〈序〉。1985年由中華書局出版新修訂本，全書分正編十四卷，皆按《說文》分部編次，《說文》所無字附於各部。「圖形文字之未識者為附錄上，形聲之未識者、偏旁難於隸定者、考釋猶待商榷者，為附錄下」（見該書〈凡例〉）。卷首保留初版的羅〈序〉、王〈序〉、馬〈序〉、〈自序〉和〈凡例〉，卷末附有〈引用書目表〉、〈引用器目表〉、〈檢字表〉和張振林寫的〈後記〉。第四版比第三版新增器目四百多，字頭比第三版增加三百七十多，增補的重文接近三千個。全書總共引用器3902件，正編字頭2420號，重文19357個，附錄1352文，重文1132個。《金文編》素以摹錄精確、收字全面、考釋嚴謹著稱，歷來是治古文字學者案頭必備的重要工具書。不足的是，吸收各家文字考釋成果方面謹慎到近乎保

35　詳見張政烺，〈試釋周初青銅器銘文中的易卦〉，載《考古學報》1980年第4期。

36　參看馬國權，〈金文字典述評〉，載《中華文史論叢》1980年第4輯。

守的地步，有許多已可確釋的字也入於附錄或只隸定而不作解釋。對有些
字的處理尚欠推敲。如「忒」本「快」字，中山王嚳兆域圖「忒猛子
孫」乃假爲「殃」，卻注云：「從心不從歹。」「御、馭」是通假關係，
《文編》合爲一字。只根據伯者父簋「王送逆」、仲冉簋「王逆永」的
辭例，不顧字形，將「逆、永」合而爲一。在通假問題上，往往本借不
分，甚或本借顛倒，如「勢」是「聞」的初文，卻釋爲「婚」的古文，假
借爲「聞」。「頮」是「湏」(沬)的異體，卻隸於「眉」下。「甫」是
「簠」的本字，毛公鼎「簞弼魚甫」正用本義，卻說孳乳爲「簠」。又此
書輒言孳乳，有時是講字的發展，有時是講用字假借，概念含混不清。以
上雖說是大醇小疵，但不能不影響到這部書的學術價值。

　　高明《古文字類編》(中華書局，1980)、徐中舒主編的《漢語古文字
字形表》(四川人民出版社，1980)，以收錄金文字形爲主，兼收甲骨文及
秦以前的陶文、璽文、幣文、簡帛、石刻等古文字字形，把各個時期的各
種古文字集於一編，一字之下，數體並見，對初學者甚爲方便。

　　以上各書雖也吸收了各家研究成果，但都是以字形爲主，對形、音、
義一般不作解說，或只作簡單的解說，這是受體例的限制，無可厚非。滙
集各家考釋金文的成果、對古文字研究具有重要參考價值的工具書，要數
周法高主編的《金文詁林》。該書由周法高擔任「策劃、監督、搜集、選
材」，研究生張日昇、徐芷儀、林潔明分工編纂，前後歷七年之久，終於
在1975年成書，由香港中文大學出版。全書正編十四卷，分裝十五冊，加
上附冊共十六冊，9700餘頁。正編以容庚增訂三版《金文編》正編所收
1894文爲被釋之字，仿丁福保《說文解字詁林》體例，「以字爲綱，附諸
家之說於下」[37]。不同的是，丁書彙聚群言，不著己見，而周書在許多字
下，於羅列諸說後，還加了按語，周氏「舊著《金文零釋》十萬言，泰半
采入本書，又新加按語若干條。張日昇君加按語八萬言，林潔明君加按語

---

37 見周法高，《金文詁林補‧序》(中央研究院歷史語言研究所，1982)。

三萬言，徐芷儀君草〈《金文編》刊誤〉萬五千言」[38]。按語品評各說，折中一是，頗多中肯之論。每字之下備註所出彝器，兼錄文句。這樣的體例，更便於學者使用，又能省卻書海搜求之苦。周氏又與李孝定、張日昇共同編著《金文詁林附錄》上下卷（合裝一冊），於1977年由香港中文大學出版。本編依容庚三訂《金文編》附錄編次，羅列眾說及彝銘文句，一般均加李孝定按語，體例與正編略同。卷首有字形索引，便利檢索。周氏又撰《金文詁林補》十四卷，連同附錄補遺及別冊，共爲八冊，於1981年由臺北中央研究院歷史語言研究所出版。「《正編》據容庚三訂《金文編》所收之字，《補編》則增收三百餘字。」[39]體例與正編大體相似，唯是編率由周氏親自編纂，按語皆出自周氏。周書從容書編次，容書編排上的缺點也被承襲下來，如「昔」與「臘」、「馭」與「御」、「耑」與「鍴」等當分而未分，「𦉢」與「𪓑」、「齍」與「𥁕」、「申」與「電」等當合而未合。《金文詁林》與《說文解字詁林》畢竟不同，《金文詁林》不是《金文編》的詁林，完全沒有必要因襲《金文編》的編次。此外，還有應出某個字形而未出的情況，如「氣」下釋文中提到大豐簋「不（丕）克三（氣）衣（殷）王祀」，而字形未出三字。引文中的重複、抄寫中的錯漏，也是周書的小疵。儘管如此，《金文詁林》在當前仍然是滙集金文研究成果最詳密、使用價值最大的一部工具書。

　　金文資料著錄浩繁，給研究者帶來檢索上的困難。1930年代，柯昌濟作《金文分域編》二十卷（1935）、《續編》十四卷（1937），學者稱便。柯書出版以來，又有大量金文資料陸續被發現和分別發表於各種書刊，柯書已不敷應用。1980年代，中國社會科學院考古研究所編輯的《新出金文分域簡目》（中華書局，1983）和孫稚雛編纂的《金文著錄簡目》（中華書局，1981）、《青銅器論文索引》（中華書局，1986）三書出版，滿足了讀者檢索金文資料及有關報導、論著的需要。

38　見周法高，《金文詁林・序》（香港中文大學，1975）。
39　見周法高，《金文詁林補・序》。

四、金文研究的趨勢

　　陳煒湛在《甲骨文簡論》第九章「甲骨文研究的過去、現狀及今後的展望」裡寫道:「通過歷史考古學的途徑研究甲骨文,不僅著作多,而且『權威人士』也多。羅、王之後,這方面的傑出的代表有郭沫若、董作賓,胡厚宣、于省吾、唐蘭、饒宗頤等,郭沫若尤其是一面光輝的旗幟。也正因如此,往往給人一種錯覺,似乎研究甲骨文(以及金文等古文字資料)就是爲了研究歷史,就是考古學的一部分。」這種現象在金文研究中也同樣存在。那就是從歷史學的角度研究金文的比重大,而從文字學的角度研究金文則相對薄弱。

　　1930年代以來,金文研究的成就是巨大的,但也有不盡如人意的地方。一是我們往往看到,一個或一組比較重要的有銘銅器出土以後,接著便有一批研究文章發表,此後便被冷落了下來,對其中的難釋字很少有人去深入研究。二是在研究文章中,考釋整篇銘文的多,對個別字做深入考釋的少,對金文字形結構、演變規律、考釋方法進行研究的文章則更少。

　　這種狀況,在近年來有一些改變。于省吾是一直致力於從文字學角度研究甲骨文、金文的,他的研究成果和治古文字學的道路前面已作介紹。20世紀70年代末以來,有更多的學者在從文字學角度研究金文方面做了種種努力。

　　裘錫圭《說字小記》是一篇研究古文字構造方法的專論,共分〈說「敝」〉、〈說「尹」〉、〈說「制」〉、〈說「悤」、「聰」〉、〈說「吉」〉、〈說「去」、「今」〉、〈說「歌」、「昌」〉七部分。他對古文「悤」字的結構是這樣分析的:「古『悤』字在『心』形的上口加點或短豎,比照『本』、『末』、『亦』等一般所謂指事字的構造方法來看,其本義似應與心之孔竅有關。」引申而指心的通徹。〈說「吉」〉講到在有些字中「口」是區別性意符,「吉」本從「𠇑」,象勾兵形,勾兵具有質地堅實的特點。古人在「𠇑」形之下加上區別性意符造成「吉」

字，來表示當堅實講的「吉」這個詞。「吉金」之「吉」用的正是堅實這一本義。伯公父瑚「其金孔吉」，意思就是鑄器之銅非常堅實。他說這種造字方法跟「古」字、「㣇」字是一致的。「古」是「固」的初文，本從中，象盾形，盾質地堅固，古人在「中」字上加上區別意符「口」造成「古」(固)字。「㣇」或「弜」，是「強」的初文，拉弓需要很強的力量，古人在「弓」字上加上區別性意符「口」造成「㣇」(強)字[40]。

又如林澐〈豊豐辨〉，指出一些古文字學家主張「豊、豐」古本一字是不對的。通過對金文有關字形的分析，論證「豊」是「禮」的初文，從玨、壴(「鼓」的初文)會意，這是因為古代行禮時常用玉和鼓。「豐」或作「敱」，從壴(或鼓)、從屮，乃以「豐」為聲符，謂擊鼓之聲蓬蓬然，引申而有大、滿等義。「豊」和「豐」並不同源，不能混為一談。他還進一步指出天亡簋舊讀「王又大豐」，並定名「大豐簋」，是把「豊」誤釋為「豐」了[41]。

陳世輝的〈略論《說文解字》中的「省聲」〉指出，「通過對甲骨文、金文以及小篆等古文字資料的比較研究，可以肯定，『省聲』是古漢字形聲字中存在的一種現象。因此，許慎用『省聲』來解釋小篆的某些字，是抓住了這類文字的特點」，「也應當是漢字理論的組成部分」。陳氏分析了《說文》省聲的正確與失誤，介紹了一些古文字學家利用「省聲」這種方法考釋金文的正反兩方面的經驗，認為「這種方法運用得合理，是不失為一種考釋古文字的方法的」[42]。

孫稚雛〈金文釋讀中一些問題的商討〉及其續篇[43]，討論了金文附加符號及一些字、詞和器銘的釋讀問題，認出了一些過去不認識的難釋字，

40　參閱裘錫圭，〈說字小記〉，載《北京師院學報》1988年第2期。

41　參閱林澐，〈豊豐辨〉，《古文字研究》第12輯(中華書局，1985)。

42　見陳世輝，〈略論《說文解字》中的「省聲」〉，《古文字研究》第1輯(中華書局，1979)。

43　孫稚雛，〈金文釋讀中一些問題的商討〉，載《中山大學學報》1979年第3期；〈金文釋讀中一些問題的商討(續)〉，《古文字研究》第9輯(中華書局，1984)。

如釋蔡侯尊、蔡侯盤「䛒」字爲「諧」，釋塱方鼎「𥣫」字爲「襃」，讀爲「獲」，是獲俘獻祭之專字。

曾憲通〈說繇〉，通過對金文和陶文、楚帛書、三體石經有關字形的分析比驗，指出金文「繇」字的聲符部分是「䏝」的初文，小篆訛變爲從肉(夕)從系，進而對金文中有關的一些不識字和有爭議的字，提出了獨到的見解[44]。

馬承源〈說𨧠〉，通過和楚簋「𧰼」(遄)字的比較研究，論定「𧰼」(異體不錄)即是「𨧠」字，「禽簋銘：『金百𨧠』，毛公鼎銘：『取𨧠百守』，𨧠就是金，而且是形狀不大的餅形銅塊」。金文中「命官與取𨧠，實際就是封官受祿」[45]。這樣，過去歧見迭出、不可確識的「𨧠」字的形、音、義，便得到了合理的解釋。

張亞初〈甲骨文金文零釋〉[46]、〈古文字分類考釋論稿〉[47]，從整體上認識和把握各種文字形體共時和曆時的規律與特點，在文字考釋上多有弋獲。

以上各家的研究，都是以字形爲主要研究對象，或對一些字的釋讀做了深入的考證，或指出金文考釋中容易被忽略的問題，或對文字結構、考釋方法的某一側面進行探討。這些都反映出，近年來，金文研究擺脫歷史學附庸的地位，正向著更深的層次發展。

---

44 參閱曾憲通，〈說繇〉，《古文字研究》第10輯(中華書局，1983)。

45 見馬承源，〈說𨧠〉，《古文字研究》第12輯(中華書局，1985)。

46 張亞初，〈甲骨文金文零釋〉，《古文字研究》第6輯(中華書局，1981)。

47 張亞初，〈古文字分類考釋論稿〉，《古文字研究》第17輯(中華書局，1989)。

第四章
戰國文字研究

一、戰國文字研究略說

對戰國文字的考釋，可以追溯到西漢時期。漢孝惠帝時北平侯張蒼獻《春秋左氏傳》，景帝時，「魯恭王壞孔子宅，而得《禮記》、《尚書》、《春秋》、《論語》、《孝經》」[1]，都是古文書籍。而所謂古文，即是戰國文字。當時及其後，就有不少學者傳習古文。據《史記·儒林傳》記載，曾為秦博士的伏生能治《尚書》，「伏生教濟南張生及歐陽生，歐陽生教千乘、兒寬。兒寬既通《尚書》，以文學應郡舉，詣博士受業，受業孔安國」。「孔氏有古文《尚書》，而安國以今文讀之，因以起其家。」兩漢時期的古文學家皆能識古文。至東漢許慎把那時的考釋成果收集到他的文字學巨著《說文解字》裡。不過那時候考釋古文的古文家並不知道古文屬於戰國文字，反以為古文為早期文字。而且，古文只是戰國文字的一小部分，資料有局限，漢人只是用今文經和古文經對照的方法，做了古文經的釋讀和古文的整理工作。曹魏正始二年有三體石經的刊立，其中的古文與《說文》古文形體非常接近，蓋本戰國古文。晉太康二年有人在山西汲縣山彪鎮一帶盜掘古墓，發現了大批竹簡，有古籍十餘部，文字為戰國古文。西晉學者荀勗、和嶠、傅瓚、束晳等參加了整理工作。現在仍存世的有《竹書紀年》和《穆天子傳》，其中《穆天子傳》保留了較

1　見許慎，《說文解字·敘》（中華書局，1963）。

多的隸定古文字形。同時期的衛恒輯錄汲塚古文字，作《古文官書》，惜
其書已佚。北宋時郭忠恕根據當時典籍保存的古文字材料作《汗簡》。其
後夏竦又在《汗簡》的基礎上，補充材料，改分部編次爲分韻編次，編成
《古文四聲韻》。這是兩部傳抄戰國文字的滙編。其書雖眞贗雜糅，字體
失眞，但對研究戰國文字仍是有參考價值的。

宋以前文字學家不知古文爲戰國文字。宋代趙明誠才考釋出楚王酓璋
鐘爲楚懷王時的器物。清代也有一些金石學家提出古錢文字流行於春秋、
戰國(蔡雲〈癖談〉)，朱文銅璽是六國文字(陳介祺〈十鐘山房印舉〉)。
雖在認識上有了進步，但都未能對戰國文字的範圍、特徵、規律、地位等
重要問題提出較爲深刻的認識，都未能把戰國文字作爲文字學的對象進行
系統的研究。

戰國文字研究的倡導者是王國維。王氏在《史籀篇疏證‧序》中提出
了戰國時秦用籀文、六國用古文說：

> 《史籀篇》文字，秦之文字，即周秦間西土之文字也。至許書所
> 出古文，即孔子壁中書，其體與籀文、篆文頗不相近，六國遺器
> 亦然。壁中古文者，周秦間東土之文字也。

王氏在〈戰國時秦用籀文六國用古文說〉一文中，除重申了上述觀點外，
還批評了自許愼以下對古文的錯誤認識：

> 故自秦滅六國，以至楚漢之際，十餘年間，六國文字遂過而不
> 行。漢人以六藝之書皆用此種文字，又其文字為當日所已廢，故
> 謂之古文。此語承用既久，遂若六國之古文即殷周古文，而籀、
> 篆皆在其後，如許叔重《說文‧敍》所云者，蓋循名而失其實
> 矣。

王國維關於古文爲戰國時六國文字的說法是正確的，已爲古文字學界所接

受。

在《桐鄉徐氏印譜・序》中，王氏進一步提出了戰國文字的範圍和研究方法：

> 三代文字，殷商有甲骨及彝器，宗周及春秋諸國並有彝器傳世。獨戰國以後，彝器傳世者唯有田齊二敦一簠及大梁、上官諸鼎，寥寥不過數器。幸而任器之流傳乃比殷周為富。近世所出，如六國兵器，數幾逾百，其餘若貨幣、若璽印、若陶器，其數乃以千計。而魏《石經》及《說文解字》所出之壁中古文，亦為當時齊魯間書。此數種文字，皆自相似，然並訛別簡率，上不合殷周古文，下不合小篆，不能以「六書」求之。

王氏認為兵器、陶器、璽印、貨幣文字與昔人所傳之壁中書為一系。「欲治壁中古文，不當繩以殷周古文，而當於同時之兵器、陶器、璽印、貨幣求之。」他還列舉古文與以上四種文字相合者45例(包括重文一例)以實其說，進而強調指出：

> 雖陶器、璽印、貨幣文字止紀人、地名，兵器文字亦有一定之文例，故不能以盡證壁中之書，而壁中簡策當時亦不無摩滅斷折，今之所存亦不無漢人臆造之字，故不能盡合，然其合者固已如斯矣。然則兵器、陶器、璽印、貨幣四者，正今日研究六國文字之唯一材料，其為重要，實與甲骨、彝器同。[2]

王氏第一次闡明了古文為六國文字，初步劃定了戰國文字範圍，並指出了研究戰國文字不能求之「六書」，「繩以殷周古文」，而應當於同時之戰國文字求之，就是說研究戰國文字要從研究戰國文字本身的規律著

2　見王國維，〈桐鄉徐氏印譜序〉，《觀堂集林》卷六(中華書局，1959)。

手。儘管他對戰國文字的研究還很粗淺，說《史籀篇》是「春秋、戰國之間秦人作之以教學童」[3]之書還值得討論，但他對於戰國文字的研究是有開創之功的。

王氏之後，隨著戰國文字資料的不斷出土，對戰國文字的研究也逐漸活躍起來。如1930-40年代對鷹羌鐘、壽縣楚器銘文的研究，都曾引起學術界的關注。但那時對戰國文字的研究仍處於資料積累階段，研究工作尚不系統，還沒有從金文研究中獨立出來。

50年代以後，是戰國文字研究的發展時期。主要特點是：第一，各種形式的新資料陸續大量出土，使戰國文字研究成為熱門課題。第二，研究方向明確，無論是理論研究還是文字考釋，多能著眼於戰國文字的特殊規律，並為豐富對這一規律的認識做出努力。第三，發展迅速，1950年代末戰國文字研究的課題才開始被提到古文字學的日程上來，1970-80年代已初具規模，在文字考釋和理論探討方面都取得了較快的進展。這些都表明，戰國文字研究已經擺脫了金文研究附庸的地位，成為古文字學的一個分支。

二、戰國文字的發現和整理

(一)戰國金文

1930年代戰國文字資料的重要發現是安徽壽縣李三孤堆楚王墓被盜掘出土的有銘銅器群。據報導，1933年由當地豪紳發動的第一次盜掘，共出土銅器八百餘件，其中有銘文的銅器三十餘件，銘文一般較短。有些銅器銘文有「楚王酓肯」（即楚考烈王熊元）和「楚王酓忎」（即楚幽王熊悍）。這些刻有楚王名、時代明確的標準器的出土，為戰國晚期楚文字確定了可靠的尺規。著錄這批楚器銘文的著作主要有劉節《楚器圖釋》（北

3　見王國維，〈史籀篇疏證序〉，《王國維遺書》第六冊(上海古籍書店，1983)。

京圖書館，1935年)、徐乃昌《安徽通志金石古物考稿》(1936)、曾毅公
《壽縣楚器銘文拓本》一卷(未刊，今藏北京圖書館)、楚文物展覽會《楚
文物展覽圖錄》(1954)、羅振玉《三代吉金文存》、于省吾《商周金文錄
遺》等。50年代之後出土的戰國楚金文居六國之冠，其中最著名的有1957
年和1960年在安徽壽縣丘家花園出土的鄂君啓節，共五件，舟節兩件，同
銘，各163字，車節三件，同銘，各145字，在迄今發現的楚有銘銅器中字
數爲最多。兩節均有「大司馬昭陽敗晉師於襄陵之歲」的紀年詞句，可斷
定製作年代爲楚懷王六年(前323)[4]。1978年，隨縣曾侯乙墓出土青銅器銘
文共三千多字，六十四枚編鐘個個都有關於樂律的銘文，總字數達二千八
百個左右。曾侯乙墓出土的文字資料也屬於戰國楚系文字[5]。

　　1970年代在河北省平山縣發現了戰國時期的中山王墓，墓中出土了刻
有長銘的青銅器，大鼎銘文長達469字，銅方壺銘文長達450字，圓壺銘文
稍短，也有200多字。河北省文物管理處《河北省平山縣戰國時期中山國
墓葬發掘簡報》(《文物》1979年第1期)公布了出土文字資料的拓本，以
後張守中在各家研究成果的基礎上滙編成《中山王𰯲器文字編》(中華書
局，1981年)。

(二)玉石文字

　　玉石文字指刻在或寫在玉、石上的文字。六國的玉石文字已發現的
有：

　　行氣玉銘，雕玉爲12面，每面刻3字，全銘45字，是一篇關於行氣要
領的歌訣。器藏天津市文物管理處，或稱作玉刀珌、劍珌。郭沫若〈古代
文字之辯證的發展〉(《考古學報》1972年第1期)稱爲行氣玉佩銘，陳邦
懷〈戰國〈行氣玉銘〉考釋〉(《古文字研究》第7輯，中華書局，1982

4　參閱殷滌非、羅長銘，〈壽縣出土的鄂君啓金節〉，載《文物參考資料》1958
　　年第4期。
5　見隨縣擂鼓墩一號墓考古發掘隊，〈湖北隨縣曾侯乙墓發掘簡報〉，裘錫圭，
　　〈談談隨縣曾侯乙墓的文字資料〉，均刊《文物》1979年第7期。

年)稱爲行氣玉銘。

侯馬盟書，1965年在山西侯馬市東周時代晉國都城新田的遺址發現，書寫材料爲玉石片，絕大多數呈圭形，共約五千餘件，字跡比較清楚的656件，大多用毛筆朱書，也有少數墨書，字體和戰國文字很接近。盟書時代一般認爲當在春秋末期，也有人認定爲戰國初期。山西省文物管理委員會編纂的《侯馬盟書》（文物出版社，1976），載有盟書照片、摹本、釋例、考證、文編，學者稱便。

溫縣盟書，河南沁陽一帶出土，石質，墨書。1942年前後發現幾十片，今藏中國社會科學院考古研究所。陳夢家〈東周盟誓與出土載書〉一文（《考古》1966年第5期）曾發表其中8片的照片和摹本。1980年河南省文物工作隊在溫縣張計又掘獲大量盟書，約五千餘片。第一批據說也出於溫縣，故一般統稱爲溫縣盟書。

中山國石刻，1930年代發現於平山縣南七汲村西南，刻文兩行19字，爲看守陵墓的監罟囿臣公乘得所立。〈河北省平山縣戰國時期中山國墓葬發掘簡報〉（《文物》1979年第1期）報導，並引李學勤釋文。

(三)簡帛文字

簡帛文字是指用筆寫在竹簡、木簡或絹帛上的文字。戰國時期簡帛文字資料主要有：

五里牌楚簡，1951年出土於長沙五里牌四〇六號楚墓，共38枚，內容爲遣策[6]。

仰天湖楚簡，1953年長沙南郊仰天湖二十五號戰國中期楚墓出土，共43枚。內容爲遣策，多記載服飾和絲織品名稱[7]。

楊家灣楚簡，1954年長沙北郊楊家灣六號戰國晚期楚墓出土，共72

6　資料見中國科學院考古研究所，《長沙發掘報告》（科學出版社，1957）。

7　見湖南省文物管理委員會，〈長沙仰天湖第二十五號木槨墓〉，載《考古學報》1957年第2期；史樹青，《長沙仰天湖出土楚簡研究》（群聯出版社，1955）。

枚，內有字者54枚[8]。

信陽楚簡，1957年、1958年河南信陽長台關一號戰國中期楚墓出土，共148枚。可分為兩組：一組共119枚，殘損嚴重，殘存470餘字，內容是已佚的古書。史樹青認為「它可能是春秋戰國人所整理、闡述的周公《刑書》……是我國現存的一部最早的法典」[9]。中山大學古文字研究室認為「其內容與子思、孟軻的思想相彷彿」[10]。米如田認為「雖然尚不能肯定這篇竹書就是周公《刑書》，但它確實記載了不少周公的言論，可能是春秋戰國之際有關儒家政治思想的一篇著述。其中心內容為闡發周公的法治思想」[11]。二組共29枚，保存較完整，殘存957字，內容為遣策，估計原簡當有千餘字[12]。

望山楚簡，1965年湖北江陵望山戰國楚墓出土，一號墓出土25枚，內容為「卜筮記錄」，二號墓出土13枚，內容為遣策[13]。

藤店楚簡，1973年湖北江陵藤店一號戰國中期楚墓出土，共24枚，內容為遣策[14]。

天星觀楚簡，1978年湖北江陵天星觀一號戰國中期楚墓出土，整簡70餘枚，其餘殘斷，共約4500多字。其中記錄卜筮的竹簡2700多字，餘為遣

---

8 見湖南省文物管理委員會，〈長沙楊家灣M006號墓清理簡報〉，載《文物參考資料》1954年第12期。

9 見史樹青，〈信陽長台關出土竹書考〉，載《北京師範大學學報》1966年第4期。

10 見中山大學古文字研究室，〈一篇浸透著奴隸主思想的反面教材——談信陽長台關出土的竹書〉，載《文物》1976年第6期。

11 見米如田，〈戰國楚簡的發現與研究〉，載《江漢考古》1988年第3期。

12 見河南省文化局文物工作隊，〈我國考古史上的空前發現——信陽長台關發掘一座戰國大墓〉，載《文物參考資料》1957年第9期；河南省文物研究所，《信陽楚墓》(文物出版社，1986)，該書發表了信陽楚簡的全部照片，並附有劉雨的〈信陽楚簡釋文與考釋〉。

13 見湖北省文化局文物工作隊，〈湖北江陵三座楚墓出土大批重要文物〉，載《文物》1966年第5期。

14 見荊州地區博物館，〈湖北江陵藤店一號墓發掘簡報〉，載《文物》1973年第9期。

策[15]。

　　包山楚簡，1987年湖北荊門市包山二號戰國楚墓出土，共444枚，其中有文字的計282枚，總字數約15000字。內容可分爲卜筮祭禱記錄、司法文書、遣策等類。竹簡保存較好，字跡清晰，是戰國楚簡中出土最多、最重要的一批[16]。

　　曾侯乙墓竹簡，1978年湖北隨縣曾侯乙墓出土，共240多枚，大部分完整或基本完整，約6600字，主要記載喪儀所用的車馬兵甲[17]。

　　迄今發現的戰國帛書只長沙子彈庫楚帛書一件。此帛書係1942年盜掘出土，出土後不久即流往國外，現藏美國紐約大都會博物館。帛書共900多字，可分爲三個部分，據李學勤的分法，中間正書八行爲〈四時篇〉，倒書十三行爲〈天象篇〉，四周從第一章「取」開始順時針方向分列爲〈月忌篇〉，各章題記第一字是月名，即《爾雅・釋天》的十二月名，下面兩字是神名，附以神的形象。帛書反映的是楚國陰陽家的理論[18]。主要著錄有：蔡季襄《晚周繒書考證》，1944年石印本，附有其子蔡修渙臨寫本。日本學者梅原末治《近時出現的文字資料》[19]，饒宗頤《長沙出土戰國繒書新釋》[20]，澳大利亞學者諾埃爾・巴納德《楚帛書初探——新復原本》(1958)。以上三書均根據華盛頓弗利爾美術館全色照片做了摹本，較蔡修渙臨寫本爲佳。1966年，存放帛書的紐約大都會博物館請巴納德爲指導，委託阿克托科學實驗公司用航空攝影的紅外線膠片攝製帛書照片，效

---

15 見湖北省荊州地區博物館，〈江陵天星觀一號楚墓〉，載《考古學報》1982年第1期。

16 見包山墓地竹簡整理小組，〈包山二號墓竹簡概述〉，載《文物》1988年第5期。

17 見隨縣擂鼓墩一號墓考古發掘隊，〈湖北隨縣曾侯乙墓發掘簡報〉，裘錫圭，〈談談隨縣曾侯乙墓的文字資料〉，同刊《文物》1979年第7期；湖北省博物館，《隨縣曾侯乙墓》(文物出版社，1981)。

18 參閱李學勤，〈長沙楚帛書通論〉，《楚文化研究論集》第1輯(荊楚書社，1987)。

19 見下中彌三郎，《書道全集》卷一(日本平凡社，1951)，頁34-37。

20 饒宗頤，《長沙出土戰國繒書新釋》(香港義友昌記印務公司，1958)。

果遠遠超過弗利爾美術館的全色照片。饒宗頤〈楚繪書之摹本及圖像(三
首神、肥遺與印度古神話之比較)〉[21]，印有帛書紅外線照片和作者根據
這一照片所做的摹本及釋文，摹本完全按原式臨寫，是目前見到的最好的
摹本[22]。

(四)貨幣文字

　　傳世的和20世紀50年代後出土的大批先秦貨幣，絕大多數是戰國貨
幣。清咸豐、同治時李佐賢編《古泉滙》、《續泉滙》，1930年代丁福保
所編《古錢大辭典》以及近來出版的《中國歷代貨幣大系・先秦貨幣》[23]，
所收資料相當豐富。專門收錄戰國貨幣文字的專書有商承祚、王貴忱、譚
棣華的《先秦貨幣文編》(書目文獻出版社，1983)，張頷的《古幣文編》
(中華書局，1986)。

(五)古璽文字

　　古璽文字是指秦以前官私印璽上的文字，屬於戰國文字體系。傳世的
古璽文字資料十分豐富，舊時著錄亦甚夥，陳介祺《十鐘山房印舉》
(1872)，在當時是古璽的集大成著錄。1930年羅福頤將多年搜集的古璽文
字編成《古璽文字徵》。由羅福頤主持編輯的《古璽彙編》(簡稱《彙
編》)和《古璽文編》(簡稱《文編》，文物出版社，1981年)，採用的資
料爲故宮博物院所藏古璽，有關單位所藏部分古璽的打本，《文物》、
《考古》發表的新出的古璽，以及傳世印譜中著錄的古璽。《彙編》共收
錄古璽5708方，分類編次，並附釋文和注明出處。《文編》共收2773字，
其中正編1432字，合文31字，附錄1310字。兩書互爲表裡，統一編號，方

21　饒宗頤，〈楚繪書之摹本及圖像(三首神、肥遺與印度古神話之比較)〉，《故
　　宮季刊》三卷二期，1968年10月。

22　帛書的出土、流傳、著錄和國內外研究情況，見湖南省博物館，〈長沙子彈庫
　　戰國木槨墓〉，載《文物》1974年第2期；李零，《長沙子彈庫戰國楚帛書研
　　究》(中華書局，1985)。

23　汪慶正主編，《中國歷代貨幣大系・先秦貨幣》(上海人民出版社，1988)。

便讀者對照研究。唯兩書對文字考釋不精，頗多誤釋、失釋之處。吳振武〈《古璽彙編》釋文訂補及分類修訂〉[24]一文，就補訂《彙編》的釋文1300餘處，修訂分類250處。

(六)陶文

已發現的陶文，多是陶器燒製前用璽印打上去的，刻文甚少。迄今見到的陶文，主要出土於齊、燕、韓、秦故地臨淄、歷城、易州、登封、咸陽等地。最早著錄陶文的著作為劉鶚的《鐵雲藏陶》（抱殘守缺齋石印本，1904年），滙集陶文成書的有顧廷龍《古陶文香錄》（國立北平研究院石印本，1936年），金祥恒《陶文編》（臺灣藝文印書館影印本，1964年）。高明、葛英會編纂的《古陶文字徵》以及高明編纂的《古陶文彙編》是陶文資料滙集較全、反映陶文研究新成果的專書。李學勤〈山東陶文的發現和著錄〉（《齊魯學刊》1982年第5期），鄭超〈戰國秦漢陶文研究概述〉（《古文字研究》第14輯，中華書局，1986），附陶文著錄簡目和陶文考釋、研究論著簡目，可資參考。

三、戰國文字研究的主要成就

20世紀50年代以來，戰國文字研究進入全面發展時期。戰國文字資料的大量出土，為戰國文字研究的全面發展提供了最基本的條件，文字學自身運動的規律，則是戰國文字研究全面發展的內因。

如裘錫圭指出的那樣：「進入戰國時代以後，隨著經濟、政治、文化等方面的巨大變化和飛速發展，文字的應用越來越廣，使用文字的人也越來越多，因此文字形體發生了前所未有的劇烈變化。這主要表現在俗體字的迅速發展上。」[25]戰國文字字形的劇烈變化，給後人增加了認識戰國文

---

24 吳振武，〈《古璽彙編》釋文訂補及分類修訂〉，《古文字學論集》（香港中文大學，1983）。

25 見裘錫圭，《文字學概要》（商務印書館，1988），頁52。

字的困難。王國維謂戰國文字「訛別簡率，上不合殷周古文，下不合小
篆，不能以六書求之」[26]，即是說不能僅僅用一般的文字結構規律去分析
戰國文字。要釋讀和利用戰國文字，就要在古文字學一般原理、原則的指
導下，從戰國文字的實際情況出發，總結出戰國文字形體結構的特殊規律
和考釋戰國文字的特殊方法。從另一個角度看，戰國文字是漢語文字發展
史上的一個鏈條，研究中國文字如果忽略了這個連接商周文字和後代文字
的鏈條，我們對中國文字的認識就不全面，而且還會影響到商周文字研究
的深入。1950年代以前，古文字學家集中研究的目標是甲骨文、商周金
文，對於戰國文字還顧不上作全面系統的研究，資料不足也是其中的一個
原因。1950年代之後，主客觀條件日趨成熟，戰國文字研究便被提上日程
而迅速發展起來。

　　1950年代前後，較早注意戰國文字研究的是朱德熙、商承祚和李學
勤。

　　朱德熙在1954年發表了〈壽縣出土楚器銘文研究〉[27]。這篇文章共討
論了「𠈇、𣄼、胭」等字的釋讀問題，其中尤以對「𣄼」字的考釋最具特
色。楚器銘文「𣄼」字有好幾種寫法，典型的寫法有「𣄼」(A類)、「𩇩」
(B類)兩類，舊皆不識。朱氏舉出戰國時代的璽印、貨幣及楚國金文、帛
書中「隹」字形體的變化，特別是楚文字「隹」字形體變化的實例，發現
楚國文字「隹」字變體「特點是『隹』字左右兩部分寫得分開了」，「這
種趨勢繼續發展下去，就產生了一種奇譎的形體」。進而指出，「我們若
把上面所從的𠆢或𠔼和下面的木去掉，把當中的一部分拿來跟𦤶𢆶鼎的
『𨾊』字、長沙帛書的『隹』字比較，清清楚楚地是一『隹』字。這個字
不容易認有兩個原因：第一，『隹』字左右兩部分離得太遠了，使人誤會
為兩個獨立的部分；第二，B類的『隹』字的左邊一部分和木疊在一起，
當中的一豎算是公用，一筆兩用原是戰國時期簡筆結構方式之一……由此

26　見王國維，《桐鄉徐氏印譜・序》，《觀堂集林》卷六(中華書局，1959)。
27　朱德熙，〈壽縣出土楚器銘文研究〉，載《歷史研究》1954年第1期。

我們可以確定『𪚔』字從△從隹從木，隸定作『𪚔』，就是現在的『集』
字。上端從△，是『𪚔』的聲符部分」。從這裡可以看出，朱德熙已在注
意探索戰國文字的特殊規律，並用之於戰國文字考釋的實踐了。

　　商承祚在《石刻篆文編‧自序》(中華書局，1996)中，對戰國文字的
地位和戰國文字研究的意義有精闢的論述：

> 　　至於戰國文字，亦屬寶貴遺產之一：如璽文、貨布文、陶文，以
> 及近年出土的帛書與竹簡等豐富的材料，足夠我們爬梳鑽研。表
> 面看來，這些不同國家的文字形體，似乎是各自分歧發展的，若
> 上溯商周古文，下逮秦嬴的小篆來作全面觀察，則六國文字是承
> 先啟後起橋梁的作用，值得我們搜集、類別予以整理。只有這
> 樣，才可將文字的歷史全部連貫起來。

　　李學勤的〈戰國題銘概述〉[28]，是一篇比較全面、系統的戰國文字概
論。文章首先概述了戰國題銘的形式特徵和種類：「春秋時代以至戰國初
年的題銘，雖然變化繁縟，在總的方面仍然沒有脫出『銘功紀德』的窠
臼；到了西元前4世紀末，才基本上為『物勒工名，以考其誠』的新形式
所代替，這就是本文所說的戰國題銘。戰國題銘的種類遠較前此為廣泛，
除青銅器外，還有陶器、璽印、貨幣、簡策，等等。」「戰國時代的器物
題銘多記錄該器的督造者、製造者和使用者。」「這在形式上已經開啟了
漢魏器物題銘的先河。特別是關於生產者身分的記載，對戰國時代奴隸制
社會的研究具有很高的價值。」接著，他對戰國文字做了分區研究，根據
戰國文字自身的特點分為齊魯、燕、三晉、秦、楚五系，並分區系、分文
字載體類別做了扼要的介紹。這個分類比王國維進了一大步。後又作〈補
論戰國題銘的一些問題〉[29]，主要是根據寫作〈概述〉(下)以後又見到的

28　以下簡稱〈概述〉，分上、中、下三部分，分別刊載於《文物》1959年第7、
　　8、9期。
29　以下簡稱〈補論〉，載《文物》1960年第7期。

一種楚帛書摹本做了新的釋文和補充考證。〈補論〉認出帛書月名中的部分字，並與《爾雅·釋天》十二月名相聯繫。〈補論〉還提出：「絹書的文字不少合於《說文》、三體石經以及《汗簡》所錄『古文』，也有一些表現著楚國題銘的特色。」

　　朱德熙、商承祚、李學勤的論述，對戰國文字研究起著倡導和推動的作用。此後，戰國文字研究日趨興盛，至1970-80年代而形成高潮。這期間，對戰國文字的考釋是研究者著力的主要方面，1980年代後期則開始重視總結戰國文字考釋方法，進行理論的探討。

(一)文字考釋方面的成果

　　在戰國文字考釋方面貢獻最凸出的是朱德熙、裘錫圭。他們考釋的範圍涉及到戰國時期金文、簡帛文、陶文、璽文、貨幣文各個方面，方法嚴謹科學，從文字演變關係和橫向比較分析中推尋考釋對象的音讀、義訓，得出令人信服的結論。尤其在1970年代以後，他們對戰國文字的研究則更趨成熟。他們的論述主要有：朱德熙〈壽縣出土楚器銘文研究〉（《歷史研究》1954年第1期）；朱德熙、裘錫圭〈戰國文字研究六種〉（《考古學報》1972年第1期），又〈信陽楚簡考釋五篇〉（《考古學報》1973年第1期），又〈戰國銅器銘文中的食官〉（《文物》1973年第12期）；裘錫圭〈戰國貨幣考(十二篇)〉（《北京大學學報》1978年第2期）；朱德熙、裘錫圭〈平山中山王墓銅器銘文的初步研究〉（《文物》1979年第1期）；裘錫圭〈談談曾侯乙墓的文字資料〉（《文物》1979年第7期）；朱德熙〈甾篙屈變解〉（《方言》1979年第4期）；朱德熙〈戰國陶文和璽印文字中的「者」字〉（《古文字研究》第1輯，中華書局，1979）；裘錫圭〈戰國文字中的「市」〉（《考古學報》1980年第3期）；裘錫圭、李家浩〈曾侯乙墓鐘磬銘文釋文說明〉（《音樂研究》1981年第1期）；裘錫圭〈戰國璽印文字考釋三篇〉（《古文字研究》第10輯，中華書局，1983）；朱德熙〈戰國文字中所見有關廄的資料〉（《出土文獻研究》，文物出版社，1985）。上列諸篇，創獲頗多，讀來令人耳目一新。下面僅舉幾例，以見

一斑。

　　戰國陶文有「㞢」字，經常出現在「匋」字之後，舊釋「向」或「尙」，均與字形不合。朱德熙根據「者」字春秋以後的變化，「上端的『木』字形寫得越來越像『止』字。下邊『口』(或『甘』)字兩側有時還加上兩斜筆」，「在戰國璽印文字裡，『者』字的形體又有了新的變化，即在『止』字的橫畫左側加上一垂筆」。舉例主要有：

　　𣋚　䵼簋　西周

　　𣋚　者減鐘　春秋

　　㫄　徵6.4　戰國　都字偏旁

　　㫄　簠49上　戰國　書字偏旁(書本從者聲)

　　㫄　子禾子釜　戰國

通過以上字形分析，得出了陶文「㞢」即「者」字的結論，「匋者」即「陶工」，「匋者」下一字即陶工名，這樣使過去陶文中一些費解的句子得以讀通。朱氏又進一步指出璽文「㞢」當釋「者」，「㞢」當釋「都」[30]。這些考釋都是確定不移的。

　　裘錫圭〈戰國文字中的「市」〉[31]，也是戰國文字研究中的力作。戰國文字中的「市」字，過去均未識出。裘錫圭對六國文字裡關於「市」字的資料做了詳細考察，分析了「市」字從西周金文到小篆的演化，釋出了齊、燕、三晉和楚國文字中的「市」字。

　　齊國文字裡有一個寫作下列諸形的字：

　　　㙊　㙊　㙊　㙊

過去誤釋為「之墉(壐)」合文(《古陶》13.3上)，或誤釋為「邦」或「封」(《補補》6.9下，13.5下)，裘錫圭斷定它是齊國文字的「市」字：

30　參閱朱德熙，〈戰國陶文和璽印文字中的「者」字〉，《古文字研究》第1輯(中華書局，1979)。

31　裘錫圭，〈戰國文字中的「市」〉，載《考古學報》1980年第3期。

秦漢篆文「市」字作「帯、帯」等形（漢印文字徵5.14上），《說文》分析為從「之」省聲，西周晚期銅器分甲盤作「芳」（金298頁），從「之」不省。齊國文字的「帯」就是由「芳」變來的，其主要變化只是「万」旁邊的兩點挪了位置。它還有一些比較複雜的寫法已見上引，這跟齊國金文裏「平」字可以寫作「㝃、㝃」等形（金261），是同類的現象。齊國「市」字所從的「土」當是後加偏旁。戰國文字往往在字義與土有關的字上加注「土」旁，如《說文》「宅」字古文作「㝉」，「丘」字古文作「㘴」，古印「陰」（陰）字或作「隆」（古徵14.2下）。古代的市是一個外有門垣，內有亭肆的建築群，「市」字加「土」與「宅」字加「土」同意。

裘錫圭又進而釋出燕、三晉、楚文字中的「市」字及其變體。他對「市」字各形的分析，確鑿可信，這裡就不一一摘引了。

裘錫圭和李家浩合寫的〈曾侯乙墓鐘磬銘文釋文說明〉[32]，將「𣪊、𣪊、𣪊」三形釋為「澹」，讀為「衍」，分析三形的左旁為「曹」字加注「辛」聲，也是饒有興味的發現。

在〈戰國璽印文字考釋三篇〉一文裡，裘錫圭認為「𦙶」是從肉、白聲的「胎」字，進而釋「𦙶」為「焰」，釋「𦙶」為「窅」，釋「𦙶」為「牖」。又認為「𦅀」是「聯」的初文，進而釋「𦅀」為「䜌」，釋「𦅀」為「孿」，釋「𦅀」為「戀」，釋「𦅀」為「鑾」（鑾），並且指出鼓簋、敔簋的「𦅀」和「𦅀」，應隸定為「䦰」，「很可能是遮闌之『闌』的古字」，「『追䦰』猶言追蹤邀擊」，近人多釋「禦」，「並無可靠的根據」[33]。這種從分析一群字的共同偏旁入手來考釋戰國文字的做

<hr />

32 裘錫圭、李家浩，〈曾侯乙墓鐘磬銘文釋文說明〉，載《音樂研究》1981年第1期。

33 見裘錫圭，〈戰國璽印文字考釋三篇〉，《古文字研究》第10輯(中華書局，1983)。

法，是頗具啓發意義的。

張政烺〈中山王𰯼壺及鼎銘考釋〉、〈中山國胤嗣𡢁蚉壺釋文〉[34]，解決了中山器文字考釋中的許多疑難問題。如中山王鼎銘「子子孫孫永定保之，母(毋)竝氒(厥)邦」，第十字研究者率不得其讀。張政烺根據《說文》對「替」字的分析和段玉裁、王筠作的注釋，徵之甲骨卜辭和古代文獻，確釋此字爲「替」，使我們從中領悟到考釋戰國文字的一條新的路徑：

> 「竝」，從二立，左大右小，左下右上，疑是「暜」(今作「替」)之異體。《說文》：「竝，並也，從二立。」又「暜，廢也，一偏下也，從竝，白聲」。段玉裁注：「相竝而一邊庳下，則其勢必至同下，所謂陵夷也。」王筠《句讀》：「一偏下者，一邊下也。一邊下，仍有一邊不下。」甲骨文「竝」，一以象地，上有二大(人形)並立。偶有一畫不橫貫者，乃作二立字，一上一下，參差不齊。如《鐵雲藏龜零拾》第四十五片：「丁丑貞：其竝卸，自萑。丁丑貞：其引卸。」卸，讀為「禦」，是祭祀之事。「竝」和「引」是動詞，「竝」疑即「替」字，是廢除，引是延續。《毛詩・小雅・楚茨》第六章講到祭祀的最後階段有「既醉既飽，小大稽首。神嗜飲食，使君壽考。孔惠孔時，惟其盡之。子子孫孫，勿替引之」。傳：「替，廢。引，長也。」箋：「願子孫勿廢而長行之。」正可證明上引卜辭。「毋替厥邦」這樣的句法，古書中常見，《尚書》作「勿替」，如〈康誥〉「勿替敬典」，〈召誥〉「式勿替有殷歷年」，皆與鼎銘此句相似，故知「竝」確是「替」字。

34 張政烺，〈中山王𰯼壺及鼎銘考釋〉、《中山國胤嗣𡢁蚉壺釋文》，同載《古文字研究》第1輯(中華書局，1979)。

　　此前對甲骨文「⿱⿰屮屮」字亦未釋出，張政烺通過甲骨文、戰國文字、《說文》、古代文獻交驗互證，對甲骨文和中山王鼎銘中的「⿱⿰屮屮」字做了精闢的考釋。這一範例說明，戰國文字儘管變化劇烈，但它和商周文字仍是一脈相承，甚至還保留有較原始的文字形體，在考釋戰國文字時應當充分注意到這一點。

　　李學勤對戰國文字的研究，主要致力於分區分期和以戰國文字資料考證古代歷史文化，在文字考釋方面亦往往燭隱發微、卓識獨具。如釋楚器「⿰酉䖝」爲「醻」，「⿰亻冶」爲「冶」[35]，釋趙三孔布「⿰民阝」爲「郵」[36]，都是很有見地的。

　　一批新秀在戰國文字領域裡辛勤耕耘，取得了可喜的成果。如李家浩的〈釋「弁」〉[37]，聯繫《說文》「皃」籀文作「⿱臼儿」，或體作「⿱亣皃（弁）」，魏三體石經以「⿰敄攴（敄）」爲「變」，《汗簡》以「⿰余攴、⿰余彡（敄）」爲「變」，天星觀戰國楚簡中「笄」字所從之「弁」作「⿱亠旲」，論定侯馬盟書「⿱亩虫」字「是『皃』字簡省的寫法」，即今「弁」字，或加又、加攴者，與石經「敄」字合，或從⿴囗十、從心者，疑是「戀」字。「弁」或「弁、忞、弁」與「改」組詞，讀爲「變改」。又謂曾侯乙編鐘「⿱音叜」字，從音、叜聲，是變音的「專」字。在〈信陽楚簡「澮」字及從「夬」之字〉一文[38]中，李家浩據《汗簡》引石經「膾」字作「⿰疒㕣」、古璽「會」字作「⿱今禾」，釋「⿰疒㕣」爲「澮」，讀爲「沬」。又根據《古文四聲韻》引《籀韻》「寨」字作「⿰糸㕣」，《汗簡》引王存乂《切韻》「完」字作「⿰金㕣」，據《籀韻》知此字爲從土、夬聲，即「埄」字，王存乂《切韻》蓋借「埄」爲「完」，從而論定簡文「⿰疒⿱夬火」與徐王義楚盤之「⿱夬皿」，當隸定爲「洪」和「盜」，均以「夬」爲聲，當讀爲「浣」

35　參閱李學勤，〈戰國題銘概述〉（下），載《文物》1959年第9期。

36　參閱李零，〈戰國鳥書箴銘帶鉤考釋〉引李學勤說，《古文字研究》第8輯（中華書局，1983）。

37　李家浩，〈釋「弁」〉，《古文字研究》第1輯（中華書局，1979）。

38　李家浩，〈信陽楚簡「澮」字及從「夬」之字〉，《中國語言學報》第1期（商務印書館，1982）。

（盥）。信陽簡的「澮盤」、「㳿盤」，即「沐盤」、「浣盤」。信陽簡的「莢」和望山二號墓竹簡的「𥬇」，並當讀爲「莞席」之「莞」。同時指出魯少司寇盤的「𦥑」和中子化盤的「𤔔」，均從「莢」聲，並均出現在「盤」字之前，亦當讀爲「浣」，「過去有人把這兩個字釋爲『朕』和『監』，讀爲『朕』，是錯誤的」。

戰國貨幣文字中常見一個作「化」形的字，歷來被古錢學家和古文字研究者釋爲「化」，讀爲「貨」，似無異議。《漢語古文字字形表》和《古文字類編》，都把此字收入「化」字條下。吳振武在〈戰國貨幣銘文中的「刀」〉一文[39]中，首先列舉甲骨文、金文、陶文、楚帛書、《汗簡》、《古文四聲韻》等古文字資料中的「化」字，指出古「化」字「均由一正人旁和一倒人旁構成，即使省作也還保留其作爲音符的匕旁」，說明《說文》「從匕、從人，匕亦聲」的分析是正確的。幣文「化」並非由一正人旁和一倒人旁構成，「釋爲『化』是根本不能成立的」。文章接著分析「化」字形體結構「應爲從刀從毛，當是一個在本爲象形字的『刀』上又加注音符『毛』的『注音形聲字』，可隸定作『氊』，也就是『刀』的異體字」。「『刀、毛』二字古音極近，『刀』爲端母宵部字，『毛』爲端母魚部字，二字不僅雙聲，韻亦可轉」。吳振武還進一步指出三晉有一種大型平肩橋足空首布「小刀」之「刀」寫作「𠃌」或「乚」，趙小直刀之「刀」寫作「𠃌」，燕方孔圓錢「明刀」、「一刀」之「刀」寫作「刀、刀」，「過去一般也都釋爲『化(貨)』，認爲是『化』字之省。我們認爲從這些字的字形來看，也應該釋爲『刀』字，絕不能釋爲『化』字」。在〈釋「受」並論盱眙南窯銅壺和重金方壺的國別〉[40]中，吳振武根據戰國「榆即布」中「榆」的偏旁「俞」字的變化，指出壺銘「叟一㝅」(㲉)的「叟」當隸定爲「叟」，即「受」字，義爲容盛。這些考釋，

---

39 吳振武，〈戰國貨幣銘文中的「刀」〉，《古文字研究》第10輯(中華書局，1983)。

40 吳振武，〈釋「受」並論盱眙南窯銅壺和重金方壺的國別〉，《古文字研究》第14輯(中華書局，1986)。

均稱新穎精到，已成定論。

　　經過各家的不斷探索，戰國文字中一些爭論較大、難度較大的問題的研究有了新的進展。

　　壽縣楚器銘文中的「⿰」（異體不錄），曾有「背、盲、胐」各釋，自唐蘭釋「肯」、讀「元」，定「酓肯」爲楚考烈王熊元[41]以後，爲多數學者所接受，似乎已可定論。但劉節則從「⿰(古『肯』字)」字形體演變歷史考察，證明「六朝之世，『⿰』字作『⿰』，未有作『肯』者」，「『肯』字的來源與『⿰』字絕無關係」[42]。近年李裕民也對唐說提出質疑，他釋此字爲「⿰」，「『⿰』從出月聲，故『⿰』可通『兀』」，「『元、兀』古同字」，「酓⿰應是楚考烈王之本名，熊元或熊完爲通假字」[43]。陳秉新認爲此字從止、從舟，銘文的寫法與鄂君啓車節「箭」字所從之「⿰」相近或相同，應釋爲「⿰」（前），讀爲「元」，「前、元」同部，「前」從紐，「元」疑紐，疑與從亦有通轉關係[44]。集胜諸銘也是長期懸而未決的老大難問題。郝本性〈壽縣楚器集胜諸銘考釋〉[45]，在朱德熙、裘錫圭、李學勤等學者研究的基礎上，對集胜諸銘做了全面考察，提出了新的見解。如讀「既」爲「餼」，訓「集餼」爲炊官；釋「⿰」爲「糕」，謂「集糕」的職務當與蒸煮黍稷有關；從李學勤釋「⿰」爲「醽」[46]，「醽」爲美酒名，「集醽」的職務必與溫酒、「和鬱鬯」有關；訓「胜」爲饌食，謂「集胜」的職務當與《周禮·醢人》相近。陳秉新在郝本性考釋的基礎上做了一些補充，如說「集胜」是總管楚王室膳饈

41　唐蘭，〈壽縣所出銅器考略〉，《國學季刊》四卷一期，1934年3月。後收入劉節，《楚器圖釋》。

42　劉節，〈壽縣所出楚器考釋〉，見《楚器圖釋》(北京圖書館，1935)。後收入劉節，《古史考存》(人民出版社，1958)。

43　見李裕民，〈古字新考〉，《古文字研究》第10輯(中華書局，1983)。

44　參閱陳秉新，〈壽縣楚器銘文考釋拾零〉，《楚文化研究論集》第1集(荊楚書社，1987)。

45　郝本性，〈壽縣楚器集胜諸銘考釋〉，《古文字研究》第10輯(中華書局，1983)。

46　參閱李學勤，〈戰國題銘概述〉(下)，載《文物》1959年第9期。

的機構，其長集脰尹相當於膳夫。又讀「醻」爲「酋」，謂「集醻」（酋）之長相當於《禮記・月令》的大酋[47]。

楚文字資料中的「屈柰」、「甾戻」舊皆不得其解，朱德熙〈甾篙屈柰解〉[48]，據江陵天星觀一號楚墓竹簡有「齊客繡腏睲（問）王於菽郢之歲屈柰之月己卯之日」句，認識到「屈柰」是月名，又據雲夢睡虎地秦墓竹簡《日書》秦楚月名對照材料中秦十一月當楚「屈夕」之月，論定信陽鐘銘和天星觀簡文的「屈柰」顯然就是與秦十一月相當的楚月名「屈夕」。「柰」從示亦聲，與「夕」音近，可以通假。此後，曾憲通發表了〈楚月名初探——兼論昭固墓竹簡的年代問題〉[49]，全面討論了戰國時期楚代月名。他根據雲夢秦簡《日書》中的秦楚月名對照表「正月楚刑夷」，《日書》他處亦寫作「刑屍」（秦簡乙149號）或「刑屍」（乙反148號），釋「甾戻」爲「刑夷」，即《左傳》中的「荊屍」。饒宗頤〈秦簡日書中的「夕」（柰）字含義的商榷〉[50]，引《尙書大傳》洪範五行傳及鄭玄注，對楚代月名稱「夕」做了解釋：

> 由伏生之說，一年之間，得作為「朝、中、夕」三段劃分，日月星辰亦然。鄭玄注說得更清楚，一日、一月、一夜都可用朝、中、夕三段來加以劃分。楚代月名中的中夕、屈夕、援夕，正在年終的十月、十一月、十二月。所謂夕，當即鄭玄所謂「自九月盡十二月為歲之夕」，只是差一個九月。
> 冬夕（中夕）　　冬，四時盡也（見《說文》）。
> 屈夕　　　　　屈，詘也。

47　參閱陳秉新，〈壽縣楚器銘文考釋拾零〉，《楚文化研究論集》第1集（荊楚書社，1987）。

48　朱德熙，〈甾篙屈柰解〉，載《方言》1979年第4期。

49　曾憲通，〈楚月名初探——兼論昭固墓竹簡的年代問題〉，《古文字研究》第5輯（中華書局，1981）。

50　饒宗頤，〈秦簡日書中的「夕」（柰）字含義的商榷〉，《中國語言學報》第1期（商務印書館，1982）。

援夕　　　　　　　援，有「接援」之意。

三個月份相連在一年之終，故得稱為夕，它的命名含義，大可推
敲，意思是在歲之夕，這是很可理解的。

　　中山國石刻釋讀亦頗困難，黃盛璋〈平山戰國中山石刻初步研究〉
(《古文字研究》第8輯，中華書局，1983年)釋「𣏟」為「先」，釋「𧵓」
為「散」(潰)，進而弄清了石刻的內容、作者身分和刻石目的。

　　1950-60年代對長沙楚帛書的研究，取得了一定的成績，在釋字方
面，商承祚創獲頗多，如釋「𣓀」為「末」，「𪗊」為「莊」，「𪑛」為
「青」，讀「德匿」為「側慝」[51]，都是確不可易的。但那時的研究工作
根據的是不甚精確的摹本和不太理想的照片，在文字考釋和內容研究等方
面都受到局限。近年據紅外線照片研究楚帛書的論著有陳邦懷〈戰國楚帛
書文字考證〉(《古文字研究》第5輯，中華書局，1981)，李學勤〈論楚
帛書中的天象〉(《湖南考古輯刊》第1輯，1982)、〈長沙楚帛書通論〉
(《楚文化研究論集》第1集，荊楚書社，1987)，李零《長沙子彈庫楚帛
書研究》(中華書局，1985)，饒宗頤、曾憲通《楚帛書》(中華書局香港
分局，1985)，曹錦炎〈楚帛書《月令》篇考釋〉(《江漢考古》1985年第
1期)，高明〈楚繒書研究〉(《古文字研究》第12輯，中華書局，1985)，
何琳儀〈長沙楚帛書通釋〉(《江漢考古》1986年第1-2期)，陳秉新〈長
沙楚帛書文字考釋之辨正〉(《文物研究》第4期，黃山書社，1988)，等
等，在帛書文字考釋、通讀以及對帛書性質、內涵等方面的研究，都比過
去的研究深入了一步。如陳邦懷釋「𢖍」為「益」，讀「朕遄」為「騰
傳」，「𩚵」字陳邦懷讀「皆」，何琳儀進一步指出「虖」乃「譬」之省
變，「皆」又「虖」之省簡；「𣑯」，饒宗頤釋「培」，何琳儀隸作
「楀」，讀為「培」；「𨒫」，舊釋「達」，李零據《漢印文字徵》釋
「逆」；高明釋「𠂤」為「凡」，讀「兒」為「敓」，訓毀；「𩁹」，舊

釋「裹」，何琳儀釋「襡」，讀爲「屬」；「𣪘」，舊釋「叡」，曹錦炎釋「冒」，等等。各家的考釋，對進一步了解帛書的內容均有資益。

發端於春秋之末、盛行於戰國、綿延於西漢的鳥蟲書，是在字體結構中附加鳥形或行筆盤曲、故作蜿蜒之狀的藝術書體。由於結構摻入贅餘，筆畫違失常態，增加了識讀的困難。1930年代，容庚曾作〈鳥書考〉、〈鳥書考補正〉、〈鳥書三考〉；1960年代，又在原考的基礎上增益修改而成〈鳥書考〉(增訂)[52]，對四十多件傳世和出土的有鳥書銘文的兵器、銅器及少數漢唐璽印、碑額之鳥書文字做了綜合考察，是鳥蟲書研究的創始之作。馬國權發表的〈鳥蟲書論稿〉[53]，在容氏研究的基礎上，對鳥蟲書的稱謂、特徵、書寫形式、方法做了詳細剖析，對於考釋鳥蟲書大有幫助。宋人著錄的所謂「夏帶鈎」[54]，實爲戰國晚期之物，銘文三十三字，皆隱含於鳥圖形之中，很難辨認。容庚〈鳥書考〉釋出十一字。李零作〈戰國鳥書箴銘帶鈎考釋〉[55]，將全部銘文釋出，基本上弄清了銘文的內容和性質。

(二)理論探討的收穫

近年來，一些研究者開始注意總結戰國文字研究的經驗，試圖對戰國文字形體結構特點、演變規律以及考釋方法作理論上的探討。這標誌著戰國文字研究的日趨深入。

湯余惠〈略論戰國文字形體研究中的幾個問題〉[56]一文，對各家分散

---

52 容庚，〈鳥書考〉，載《燕京學報》第16期，1934年；〈鳥書考補正〉，載《燕京學報》第17期，1935年；《鳥書三考》，載〈燕京學報〉第23期，1938年；〈鳥書考〉(增訂)，載《中山大學學報》1964年第1期。

53 馬國權，〈鳥蟲書論稿〉，《古文字研究》第10輯(中華書局，1983)。

54 見薛尚功，《歷代鐘鼎彝器款識》卷一第1頁，于省吾影印本，1935年；王俅《嘯堂集古錄》(涵芬樓本，1922)，頁69。

55 李零，〈戰國鳥書箴銘帶鈎考釋〉，《古文字研究》第8輯(中華書局，1983)。

56 湯余惠，〈略論戰國文字形體研究中的幾個問題〉，《古文字研究》第15輯(中華書局，1986)。

的、個別的研究成果加以綜合和條理化，並有個人的新發現和新見解，取材豐富，辨析細密，考釋精審，是當前戰國文字形體研究中比較全面、系統而又有一定深度的論文。文章分「筆畫、偏旁的省略」、「形體的分合」、「字形訛誤」、「輔助性筆畫」、「地域性特點」和「戰國文字異形的成因及與商周古文的辯證關係」六個部分，通過對大量的戰國文字的結構分析，從紛繁複雜的現象中，抽繹出戰國文字構形方面的一些規律，並用這些規律性的認識考釋出一些前人未釋和誤釋的字，對於戰國文字研究具有理論意義和實際意義。如他根據合體字偏旁省略的通例，釋「𤳉」為「雍」的異體，從「雍」省，加注「虫」聲。又謂「𤲷」「疑即前考『雍』字遞省之形」。又如他從《說文》中找線索，聯繫甲骨文「𡙇」（堯）之構形，認出「𡗕」即「堯」之古文，進而釋出了戰國文字資料中八個從「𡗕」的難釋字。文章還分析了戰國文字訛誤的三種情況（改變筆勢、茍簡急就、形近誤書），指出「把握住戰國文字訛誤的帶有規律性的特點，有助於分析某些變體的由來，對於疑難字的考釋往往也會獲得有益的啟發」。他舉出古文字𠂤旁嬗衍訛變的過程，到戰國時即由早期的𠂤形訛變為A.𠂤、𠂤，B.𠂤，C.𠂤三式，並據以考釋出以下三個疑難字：「𨝌」，隸定作「𨝌」，疑即《玉篇》「邱」的異文；「𣃦」，隸定作「𣃦」，「旗」的古文；「𨖥」，隸定作「遡」，可能是「近」的異文。這樣的例子很多，從中可以領會到利用戰國文字省變規律來考釋戰國文字的方法。

湯余惠在分析了戰國文字異形的成因以後又強調指出，「我們認為，六國文字繁簡不一，異文殊多，與商周古文每有不盡相合之處，然而兩者之間的淵源與流派關係是無可懷疑的」。他舉出了許多實例證明：「一、戰國文字中的未識形體，可以在商周古文中找到胚胎」，「戰國文字儘管由於種種原因字形極饒變化，但常常是萬變不離其宗，這正是我們能夠憑藉傳統古文字形體去考釋戰國文字的內在原因」。「二、解決傳統古文字形體某些疑難問題的線索存在於戰國文字之中」，「只要我們準確地抓住其中一脈相承的字形特徵，傳統古文的某些多年不解的問題，常常可以渙

然冰釋」。

利用傳抄古文資料與戰國文字互勘的方法來考釋戰國文字，是戰國文字研究的一大特點。不僅《說文》籀文、古文和三體石經古文常被徵引，即使過去被斥為「務為僻怪」[57]、「蕪雜滋疑」[58]、「大抵不能用」[59]的《汗簡》、《古文四聲韻》也受到戰國文字研究者的垂青。張頷在《中山王𡣿器文字編·序》中說：「近年來有不少東周文字的發現，特別是𡣿器文字的發現，其中不少字形均能從《汗簡》中獲得印證。過去古文字學者對《汗簡》不甚重視。的確，《汗簡》一書所引證之偽書如《古文尚書》和偽器如『吳季子碑』等固然不少，也有後人弄玄立異自我作古者，不一定全為古文原字，所以招致『穿鑿炫眾』、『疑惑後生』、『附會增減，任臆欺世』之譏，但其中不少字形從今天地下發現的資料證明還是來源有據的。今以𡣿器文字校核，契合之處甚多。因之，今天對《汗簡》一書似有重新估價的必要。」[60]曾憲通也指出，「欲研究古文一系的文字，有賴於戰國文字的發現與研究；而要解開戰國文字中某些難解之謎，也離不開對古文資料的研究與運用」[61]。

何琳儀〈戰國文字與傳鈔古文〉，全面論述了《說文》、三體石經、《汗簡》和《古文四聲韻》中古文的來源及其與戰國古文的關係，舉證翔實，評說允當，拓寬了戰國文字研究以至整個古文字研究使用對勘資料的路徑。作者在對傳抄古文資料進行具體分析以後，明確指出：《說文》籀文、古文、石經古文、《汗簡》、《古文四聲韻》等文字資料，雖是第二手傳抄資料，但往往可以和第一手戰國文字資料對譯，「傳抄古文以隸釋古的體例，實際上起到戰國文字字典的作用。另外，傳抄古文還保存了豐富的形符互換和古音通假材料。凡此為考釋戰國文字提供了極其珍貴的參

57 見鄭珍，《汗簡箋正·自序》。

58 見吳大澂，《說文古籀補·自序》。

59 見唐蘭，《古文字學導論》增訂本(齊魯書社，1981)，頁360。

60 見張頷，《中山王𡣿器文字編·序》(中華書局，1981)。

61 見曾憲通，〈三體石經古文與《說文》古文合證〉，《古文字研究》第7輯(中華書局，1982)。

證」[62]。

　　為了適應戰國文字研究的需要，中華書局於1982年據善本將《汗
簡》、《古文四聲韻》合印出版。新版附有李零作的〈《汗簡》校勘記〉
和〈《汗簡》、《古文四聲韻》〉通檢。李零在〈出版後記〉中介紹了
《汗簡》、《古文四聲韻》的淵源和流傳情況，並做了中肯的評價。對於
鄭珍《汗簡箋正》對《汗簡》的評論，既指出「他的眼界完全為《說
文》、《石經》所限，對古文的真實面目並不了解」，其觀點「有些太過
分了」，同時又肯定「這部書對於研究《汗簡》，特別是訂正《汗簡》中
的錯誤，是非常重要的」。黃錫全利用古文字資料與《汗簡》古文合勘而
寫出〈《汗簡》注釋〉。他撰寫的〈利用《汗簡》考釋古文字〉一文，通
過實例說明《汗簡》一書「雖然存在一些嚴重的問題，混雜有一些後世偽
造的『古文』，但是保存有相當一部分有關古文字的材料。充分挖掘這批
材料，對於研究古文字無疑是很重要的」[63]。

　　關於戰國文字分類研究，1950年代，李學勤《戰國題銘概述》將戰國
器物題銘分為五個區系：1. 齊國題銘；2. 燕國題銘；3. 三晉題銘，兩周題
銘，「從字體來看，東周題銘和三晉是相仿的，但就格式來看，東周題銘
自有其特色」；4. 楚國題銘；5. 秦國題銘。在分區和斷代方面，較多地採
用考古學器形學和名氏繫聯以及字體分析的方法。

　　對戰國文字的分類，過去一般是按書寫材料的質地或用途分類，研究
者已指出這種分類法不科學。理想的分類法，是按文字本身的特點劃分區
系，在區系中再按文字發展演變的實際情況分出若干階段。李學勤在當時
戰國文字資料還不十分豐富的情況下，對戰國文字分區大體理出了一個輪
廓。何琳儀《戰國文字通論》(中華書局，1989年)在李學勤分區的基礎上
進一步具體化：1. 齊系文字，含魯、邾、莒、杞、紀、祝；2. 燕國文字；

62　見何琳儀，〈戰國文字與傳鈔古文〉，《古文字研究》第15輯(中華書局，
　　1986)。

63　見黃錫全，〈利用《汗簡》考釋古文字〉，《古文字研究》第15輯(中華書
　　局，1986)。

3. 晉系文字，含中山、兩周、鄭、衛；4. 楚系文字，含吳、越、宋、蔡、徐、許、曾；5. 秦系文字。對各系各類文字的特點，都做了詳細的分析。在分區分類研究的基礎上，總結出戰國文字的形體演變規律和戰國文字釋讀方法，是該書的一大特點。

王國維曾提出「戰國時秦用籀文、六國用古文說」，把秦文字看成為與六國文字相對立的一系文字，其說有可取之處。但他認為《史籀篇》是秦人所作字書，秦用籀文，則不符合事實。研究者認為，《漢書》說《史籀篇》作於周宣王時是可信的，秦系文字和六國文字都上承籀文。唐蘭《古文字學導論》把古文字材料分為殷商系文字、兩周系文字、六國系文字、秦系文字，其中六國系文字即為戰國文字，秦系文字則跨越了春秋、戰國、秦、漢幾個時期。他把漢以後的銅器、碑刻、印章，凡作小篆或繆篆者，都附入秦系。

裘錫圭《文字學概要》對古文字階段的漢字分類，基本上採納唐蘭的意見。他把六國文字和秦系文字作了對比分析：

在春秋時代的各個主要國家中，建立在宗周故地的秦國，是最忠實地繼承了西周王朝所使用的文字的傳統的國家。進入戰國時代以後，秦國由於原來比較落後，又地處西僻，各方面的發展比東方(指函谷關以東)諸國遲了一步，文字的劇烈變化也開始得比較晚。在秦國文字裡，大約從戰國中期開始，俗體才迅速發展起來。在正體和俗體的關係上，秦國文字跟東方各國文字也有不同的特點。東方各國俗體的字形跟傳統的正體的差別往往很大，而且由於俗體使用得非常廣泛，傳統的正體幾乎已經被衝擊得潰不成軍了。秦國的俗體比較側重於用方折、平直的筆法改造正體，其字形一般跟正體有明顯的聯繫；而且戰國時代秦國文字的正體後來演變為小篆，俗體則發展成為隸書，俗體雖然不是對正體沒有影響，但是始終沒有打亂正體的系統。戰國時代東方各國通行的文字，跟西周晚期和春秋時代的傳統的正體相比，幾乎已經面

目全非。而在戰國時代的秦國文字裡，繼承舊傳統的正體卻仍然
保持著重要的地位。

裘書對六國文字地區特點的劃分，也是分爲楚、齊、燕、三晉四類[64]。對
各系文字的特點做了綜合分析。

　　除了在總體上的分類研究以外，對某種文字作個別的分區、斷代研究
也有了可喜的進展。金文方面有李學勤、鄭紹宗〈論河北近年出土的戰國
有銘青銅器〉[65]，劉彬徽〈楚國有銘銅器編年概述〉、〈湖北出土兩周金
文國別年代考述〉[66]，李零〈楚國銅器銘文編年彙釋〉[67]；兵器銘文方面
有黃盛璋〈試論三晉兵器的國別和年代及其相關問題〉[68]，高明《古文字
學通論》[69]第八章第三節「戰國兵銘刻辭」，郝本性〈新鄭鄭韓故城發現
一批戰國兵器〉[70]，李學勤《湖南戰國兵器銘文選釋》[71]；璽印文字方面
有羅福頤〈近百年來對古璽文字之認識和發展〉[72]，葉其鋒〈戰國官璽的
國別及有關問題〉[73]，鄭超〈楚國官璽考述〉[74]，高明《古文字學通論》[75]

64　以上見裘錫圭，《文字學概要・古文字階段的漢字・六國文字》(商務印書
　　館，1988)。
65　李學勤、鄭紹宗，〈論河北近年出土的戰國有銘青銅器〉，《古文字研究》第
　　7輯(中華書局，1982)。
66　劉彬徽，〈楚國有銘銅器編年概述〉，《古文字研究》第9輯(中華書局，
　　1984)；〈湖北出土兩周金文國別年代考述〉，《古文字研究》第13輯(中華書
　　局，1986)。
67　李零，〈楚國銅器銘文編年彙釋〉，《古文字研究》第13輯(中華書局，
　　1986)。
68　黃盛璋，〈試論三晉兵器的國別和年代及其相關問題〉，載《考古學報》1974
　　年第1期。
69　高明，《古文字學通論》(文物出版社，1987)。
70　郝本性，〈新鄭鄭韓故城發現一批戰國兵器〉，載《文物》1972年第10期。
71　李學勤，〈湖南戰國兵器銘文選釋〉，《古文字研究》第12輯(中華書局，
　　1985)。
72　羅福頤，〈近百年來對古璽文字之認識和發展〉，《古文字研究》第5輯(中華
　　書局，1981)。
73　葉其鋒，〈戰國官璽的國別及有關問題〉，載《故宮博物院院刊》1981年第3
　　期。

第八章第四節「戰國璽印」；陶文方面有李學勤〈山東陶文的發現和著錄〉[76]，鄭超〈戰國秦漢陶文研究概述〉[77]，孫敬明〈齊陶新探〉[78]，等等。這些專題研究文章，都對戰國文字的分區斷代研究做出了貢獻。馬國權〈戰國楚竹簡文字略說〉[79]，則從文字結構方面討論了楚竹簡文字的地區差別。

總之，分類研究已顯現出逐步深入的趨勢，但在整個戰國文字研究中還是一個薄弱環節。隨著戰國文字資料積累的豐富，各類文字資料彙編、文編整理出版工作的加快，文字考釋水平的提高，這方面的研究將會有新的突破。

由於新出戰國文字材料的推動，由於古文字學理論與實踐的積累的啓發和引導，戰國文字研究雖然起步較遲，但發展很快，已經形成為古文字學的一個分支。但文字考釋、理論探討和分區、分期研究還有待於深入。字形研究對於提高戰國文字考釋水平，是至關重要的。在一些考釋文章中，我們看到了一些止於明其流、不進而窮其源的現象，這說明在字形研究中，對構形理論的研究需要進一步加強。

（續）

74 鄭超，〈楚國官璽考述〉，《文物研究》第2期(安徽省文物考古研究所，1986)。
75 高明，《古文字學通論》(文物出版社，1987)。
76 李學勤，〈山東陶文的發現和著錄〉，載《齊魯學刊》1982年第5期。
77 鄭超，〈戰國秦漢陶文研究概述〉，《古文字研究》第14輯(中華書局，1986)。
78 孫敬明，〈齊陶新探〉，《古文字研究》第14輯(中華書局，1986)。
79 馬國權，〈戰國楚竹簡文字略說〉，《古文字研究》第3輯(中華書局，1980)。

第五章
秦系文字研究

　　1930年代，唐蘭在他的《古文字學導論》裡把古文字分爲四系：殷商系文字、兩周系文字(止於春秋末)、六國系文字、秦系文字，還說「漢以後的銅器、碑刻、印章，凡作小篆和繆篆者，應附入秦系」。裘錫圭的《文字學概要》和唐蘭的分法基本相同。他把漢字的發展歷史分爲大階段：古文字階段和隸楷階段。古文字階段的漢字又分爲商代文字、西周春秋文字、六國文字、秦系文字。「秦系文字指春秋戰國時代的秦國文字以及小篆。」[1]「春秋戰國時代的秦國文字是逐漸演變爲小篆的，小篆跟統一前的秦國文字之間並不存在截然分明的界線。我們可以把春秋戰國時代的秦國文字和小篆合稱爲篆文。」[2]篆文屬於古文字範圍，《說文》小篆也應附入秦系。隸楷通行以後，用之於印章、金石的小篆，大都摹自傳世篆體或略加變化，不應視作古文字學的研究對象。

　　70年代以來，先後出土了大批秦和西漢前期的簡牘和帛書，有用篆書寫的，也有用早期隸書寫的，是研究漢字由篆體向隸體演變的重要材料。早期隸書，亦稱秦隸，也有叫古隸的，在使用後一種稱謂時，要明確它的內涵是指秦和西漢前期的早期隸書，而不能理解爲與「今隸」(楷書別名)相對的「隸書」的同義語。

　　有些古文字學家主張把古文字學範圍放寬，把早期隸書或古隸也包括進去。李學勤指出：

1　見裘錫圭，《文字學概要》(商務印書館，1988)，頁59。
2　同上，頁65。

> 一般地說，我們以秦代統一文字作為下限，也就是說古文字學研
> 究的是秦統一文字以前的文字，即先秦文字。不過，在最近一些
> 年，考古工作者發現了好多秦代至漢初的文字材料，發現其文字
> 在一定程度上還保留著先秦文字的一些特點，適合用古文字學的
> 方法去整理研究。這樣看來，也許我們可以把古文字學的範圍放
> 寬，把漢武帝以前的文字包括在內。[3]

　　林澐在《古文字研究簡論》第六章「古文字研究中的幾個問題」裡，
從另一角度指出：

> 本書對考釋古文字方法的討論，基點是放在從已識的小篆去認識
> 待識的先秦文字。實際上，根據出土的先秦古文字資料，我們越
> 來越清楚地認識到，篆書和隸書的分化，在先秦時代已經開始
> 了。因而，對於先秦文字的研究，單從小篆出發作字形的歷史比
> 較，顯然是片面的。還需要從漢代隸書逐步形成的角度去研究前
> 代的字形變化，才能對先秦尤其是戰國時代的字形演變有全面的
> 認識。所以，現在有些古文字研究者主張把古文字的研究範圍至
> 少擴大到西漢的「古隸」，這種觀點是值得重視的。

　　無論是從整理和研究秦代到漢初的文字材料的角度來看，還是從認識
待識的先秦古文字以及研究整個漢字史的角度來看，研究秦統一前後至西
漢前期由篆到隸的演變，無疑是一個重要的課題。研究這一課題的材料主
要是手寫的簡牘和帛書文字。近年來，國內外對簡帛的研究頗為活躍，有
形成專門的簡牘學或簡帛學的趨勢。然而簡牘、帛書時間跨度大，從戰國
到晉代都發現有簡牘文字，漢武帝以後的簡牘文字很明顯已不屬於古文字
範圍。而且簡牘、帛書研究不單純研究文字甚至不主要是研究文字，它的

3　見李學勤，《古文字學初階》(中華書局，1985)，頁2。

研究對象也不能囊括秦統一前後到西漢前期的所有文字資料。因此，我們沒有把簡牘、帛書研究作爲文字學史的一個專題。如林澐指出的那樣，將要興盛起來的「隸書學」，將對先秦古文字研究和整個漢字史的研究發生重大的影響[4]，但現在這方面的成果還不多，還沒有條件設立專章。

　　秦系文字，是與六國文字區別很大的一系文字。按照它形成獨特風格和行用的時間計算，上限始於春秋末戰國初，下限可到西漢前期。這個時期，正是漢字由異形到統一、由古文字階段到隸楷階段的重要發展時期。通過對秦系文字的考察，可以更清楚地看出這一時期漢字發展演變的脈絡。因此，有必要用一定的篇幅來敘述秦系文字的研究概況，對隸變問題的研究也將在本章述及。

一、秦系文字資料的發現和著錄

　　秦系文字，包括戰國時期的秦篆和秦始皇時經過整理的小篆，還應當包括秦隸或古隸。秦隸仍然保留一些古文字的特點，是研究古文字向隸楷文字演變的重要材料。對於古文字，不僅要研究它的發生、發展，還要研究它的消亡，研究它是如何演進爲隸楷文字並爲隸楷文字所取代的。這樣我們才能獲得對於古文字的全面認識。從這個意義上說，秦隸不僅是秦系文字的研究對象，也是古文字學研究的特殊對象。

　　傳世和出土的秦系文字資料主要有：

(一)金文

　　戰國時代的秦國金文，多數是兵器、權量、虎符上的銘文。最著名的是秦孝公十八年商鞅量銘文。秦統一後，把始皇二十六年統一度量衡的詔書刻在或鑄在很多權量上。二世時，爲了說明這些是始皇時的刻辭，又在許多權量上加刻了一道詔書。有些二世時新造的權量，則同時刻上或鑄上

4　見林澐，《古文字研究簡論》(吉林大學出版社，1986)，頁162-163。

兩道詔書。不少權量是將刻有詔書的銅板嵌在或釘在其上的，這些刻有詔書的銅板即一般所謂詔版。此外，還有一些兵器和其他銅器銘文。秦代金文是篆書，漢代銅器銘文也有不少是篆書。主要著錄有：羅振玉《秦金石刻辭》三卷，1914年石印本。容庚《秦漢金文錄》[5]，收秦器86件，其中權44件，量16件，詔版21件，兵符2件，附錄3件。還收有漢器749件。各器按原大影印拓片，注明字數、著錄、來源，並加釋文。1935年又著《金文續編》十四卷[6]，這是《金文編》的姊妹篇，共收秦漢金文951字，重文6084字，附錄34字，重文14字，共7083字。

(二)石刻文字

石鼓文：唐初發現於天興縣(今陝西鳳翔縣)，共十石，每石刻有六七十字或七八十字的四言詩一篇，共七百多字。因石形如鼓，故一般稱之為「石鼓文」。又因內容為敘述田獵之事，亦稱「獵碣」。石鼓現藏故宮博物院，字多已殘泐不清，僅存272字。馬衡、郭沫若主張刻於春秋，唐蘭主張刻於戰國，裘錫圭認為「從字體上看，石鼓文似乎不會早於春秋晚期，也不會晚於戰國早期，大體上可以看做春秋戰國間的秦國文字」[7]。傳世拓本以明人安國舊藏先鋒本、中權本、後勁本三種北宋拓本為最佳。郭沫若《石鼓文研究》附有影印先鋒本，並依另兩種拓本補充奪字，學者稱便。

詛楚文：傳出北宋中葉。嘉祐年間在鳳翔開元寺得告巫咸文，326字。治平中「渭之耕者」在朝那湫旁得告大沈厥湫文，318字。又於洛陽劉忱家得告亞駝文，325字。三石內容基本相同，只是所告神名不同。多數研究者認為詛楚文是秦惠文王詛楚懷王。原石和原拓均亡，其摹刻本分別見於絳帖和汝帖，由容庚編入《古石刻零拾》[8]。

5　容庚，《秦漢金文錄》(中央研究院歷史語言研究所專刊之五，1931)。
6　容庚，《金文續編》(商務印書館，1935)。
7　見裘錫圭，《文字學概要》(商務印書館，1988)，頁59。
8　容庚，《古石刻零拾》，1934年印行。

秦刻石：秦統一六國後，始皇巡行天下，在嶧山、泰山、琅邪台、芝罘、碣石、會稽等地刻石銘功，事載《史記・秦始皇本紀》。原銘已損毀無存，只琅邪刻石尚存留二世詔部分的殘塊。嶧山刻石的文字有摹刻本傳世。泰山刻石殘拓摹刻本見絳帖，存146字，容庚收入《古石刻零拾》。又容庚曾作〈秦始皇刻石考〉[9]，計分「刻石之原起」、「刻石之形狀及存佚」、「刻辭之校釋」、「拓本之流傳」、「結論」五章，附各刻石著錄表及圖版18幅，是研究秦刻石的重要參考書。石刻文字彙編有商承祚的《石刻篆文編》[10]。

(三)璽印文字

傳世的戰國後期和統一後的秦印不少，多係篆文，也有不少是古隸或接近古隸的篆文俗體。漢印發現的更多，一般是篆文。羅福頤曾作《漢印文字徵》，於1930年和《古璽文字徵》合在一起印行過。後經補充增訂，於1978年由文物出版社單獨出版。《漢印文字徵》收漢魏官、私印文字共2646字，重文7432字，合計10078字，按《說文》部序排列，《說文》所無字附於部末，不識字集為附錄。每字形下注明見於何印，但未注資料出處，是一個缺點。

(四)陶文

傳世和新出的戰國後期秦國及秦代的陶器、磚、瓦等物上，往往打有陶工或官府的印章，也有少數刻畫文字，一般為篆書。西漢前期的陶文和磚、瓦文也大都是篆書。主要著錄：陳直《關中秦漢陶錄》及《補編》，拓本，藏中國社會科學院考古研究所；陝西省考古研究所渭水隊〈秦都咸陽故城遺址的調查和試掘〉（《考古》1962年第6期）；吳梓林〈秦都咸陽遺址新發現的陶文〉（《文物》1964年第7期）；王學理〈秦都咸陽故城遺

9　容庚，〈秦始皇刻石考〉，《燕京學報》第17期，1935年6月。
10　商承祚，《石刻篆文編》，考古學專刊乙種第四號(科學出版社，1957)。

址發現的窯址和銅器〉(《考古》1974年第1期);王學理〈亭里陶文的解
讀與秦都咸陽的行政區劃〉附陶文拓片28幅(《古文字研究》第14輯,中
華書局,1986);羅振玉《秦漢瓦當文字》(1914);陝西省博物館《秦漢
瓦當》(文物出版社,1964)。

(五)簡帛文字

1970年代初葉以來,出土了大量秦到西漢前期的簡牘、帛書文字。主
要有:

1. 雲夢秦簡:1975年湖北省雲夢縣睡虎地十一號墓出土。由簡文推
知,墓主是秦獄吏喜,下葬時期約在秦始皇三十年(前217)或稍後。出土
竹簡一千一百多枚,墨書秦隸,內容主要爲秦律、大事記、《日書》和文
書等。經雲夢秦簡整理小組整理編纂,分爲《編年記》、《語書》、《秦
律十八種》、《效律》、《秦律雜抄》、《法律答問》、《封診式》、
《爲吏之道》、《日書》九種。著錄:雲夢睡虎地秦墓編寫組《雲夢睡虎
地秦墓》(文物出版社,1981),睡虎地秦墓竹簡整理小組《睡虎地秦墓竹
簡》(文物出版社,1977)。

2. 雲夢木牘:1976年睡虎地四號墓出土,共兩件,其中一件斷殘,一
件保存完好。兩牘共三百餘字,墨書秦隸,內容爲秦國士卒黑夫與驚二人
的家書。書寫時間當在戰國末年秦統一前。資料見湖北孝感地區第二期亦
工亦農考古訓練班〈湖北雲夢睡虎地十一座秦墓發掘簡報〉(《文物》
1976年第9期)。

3. 青川木牘:1979年四川省青川縣第五十號墓出土,正反面均有墨書
文字,計一百五十餘字。正面是以秦王詔令形式頒布的《爲田律》,背面
爲與該法律有關的記事[11]。研究者根據木牘記時和「王命丞相戊」(戊即
甘茂)等語句,推斷木牘寫於秦武王二年,《文物》1982年第1期〈青川縣
出土秦更修田律木牘〉做了報導,並附有摹本。同期刊載了于豪亮的〈釋

---

11 參閱李學勤,〈青川郝家坪木牌研究〉,載《文物》1982年第10期。

青川秦墓木牘〉和李昭和的〈青川出土木牘文字簡考〉。

4. 銀雀山漢簡：1972年出土於山東省臨沂縣銀雀山一號和二號漢墓，共有完整簡、殘簡4942枚。內容包括：《孫子兵法》、《六韜》、《尉繚子》、《晏子》、《孫臏兵法》、《守法守令十三篇》、《地典》、《唐勒》及一些不知名的論政、論兵、陰陽、時令、占候之書，二號墓出土的《元光元年曆譜》，是迄今發現的中國最早、也是最完整的古代曆譜。字體爲早期隸書，抄寫年代當在漢武帝初年及其以前。著錄：山東省博物館、臨沂文物組〈臨沂銀雀山漢墓發掘簡報〉，羅福頤〈臨沂漢簡概述〉，並載《文物》1974年第2期。銀雀山漢墓竹簡整理小組《銀雀山漢墓竹簡》〔壹〕(文物出版社，1975)。

5. 馬王堆帛書：1973年湖南長沙市東郊馬王堆三號西漢墓(推斷爲長沙國丞相、軑侯利倉兒子的墓葬)出土，計28種，12萬餘字。內容包括：《周易》、《喪服圖》、《春秋事語》、《戰國縱橫家書》、《老子》(甲、乙種本)、《黃帝四經》、《刑德》以及陰陽五行、天文、醫書、導引圖、地圖和一些佚書。書體有篆書和早期隸書。根據帛書書體、避諱、紀年和三號墓入葬時間(漢文帝十二年)，推知大部分帛書抄寫時間當在漢高祖時期至文帝初年，最早的篆書《陰陽五行》當是秦始皇時期的抄本。著錄：湖南省博物館、中國科學院考古研究所〈長沙馬王堆二、三號漢墓發掘簡報〉(《文物》1974年第7期)，中國科學院考古研究所、湖南省博物館寫作小組〈馬王堆二、三號漢墓發掘的主要收獲〉(《考古》1974年第1期)，國家文物局古文獻研究室《馬王堆漢墓帛書》〔壹〕、〔參〕(文物出版社，1975，1978)。

6. 鳳凰山漢簡：主要有三批：1973年湖北省江陵鳳凰山八號西漢墓出土176枚(780餘字)，1973年鳳凰山十號西漢墓出土170枚(2300餘字)，1975年鳳凰山一六七號西漢墓出土74枚(350餘字)。八號、一六七號墓竹簡爲遣策，十號墓竹簡除遣策外，還有墓主生前管理過的西鄉諸里的「算賦簿」、「芻稿簿」、「田租簿」、「貸種簿」、「徭役簿」。著錄：長江流域第二期文物考古工作人員訓練班〈湖北江陵鳳凰山西漢墓發掘簡

報〉(《文物》1974年第6期),裘錫圭〈湖北江陵鳳凰山十號漢墓出土簡牘考釋〉(《文物》1974年第7期),金立〈江陵鳳凰山八號漢墓竹簡試釋〉(《文物》1976年第6期),紀南城鳳凰山一六八號漢墓發掘整理組〈湖北江陵鳳凰山一六八號漢墓發掘簡報〉(《文物》1975年第9期),鳳凰山一六七號漢墓發掘整理小組〈江陵鳳凰山一六七號漢墓發掘簡報〉(《文物》1976年第10期),吉林大學歷史系考古專業赴紀南城開門辦學小分隊〈鳳凰山一六七號漢墓遣策考釋〉(《文物》1976年第10期)。

7. 阜陽漢簡:1977年安徽省阜陽縣城西南汝陰侯夏侯灶墓出土。內容包括:《倉頡篇》,殘存541字。《詩經》,包括〈國風〉中的近六十篇詩和〈小雅〉中的〈鹿鳴〉、〈伐木〉等,均不完整,有的僅存篇名。《周易》,包括今本《易經》六十四卦中的四十多卦,其中有卦畫、卦辭的九片,有爻辭的六十多片,辭後有卜事之辭。《萬物》,據簡文首句「萬物之本不可不察」,取開頭兩字定名,這是一部包括醫藥衛生和物理、物性的古佚書。還有《年表》、《大事記》、《作務員程》、《行氣》、《楚辭》、《刑德》、《日書》等殘簡、殘句。此外,還出土三塊木牘,內容為類似《孔子家語》、《說苑》、《新序》的古籍。夏侯灶死於文帝十五年(前165),隨葬簡牘皆應早於是年,抄寫時間應在西漢初期。阜陽漢簡出土情況及內容簡介見安徽省文物工作隊、阜陽地區博物館、阜陽縣文化局〈阜陽雙古堆西漢汝陰侯墓發掘簡報〉(《文物》1978年第8期),附發部分竹簡照片;國家文物局古文獻研究室、安徽省阜陽地區博物館阜陽漢簡整理組〈阜陽漢簡簡介〉(《文物》1983年第2期)。經整理組整理發表的有〈阜陽漢簡《倉頡篇》〉(《文物》1983年第2期)、〈阜陽漢簡《詩經》〉(《文物》1984年第8期)、〈阜陽漢簡(萬物)〉(《文物》1988年第4期),均附有摹本和部分竹簡照片,同時發表整理組胡平生、韓自強的研究文章〈《倉頡篇》的初步研究〉、〈阜陽漢簡《詩經》簡論〉、〈《萬物》略說〉。

8. 張家山漢簡:1983年12月至1984年元月出土於湖北江陵縣城東南張家山三座西漢前期墓葬,共一千餘枚。內容包括《漢律》、《秦讞書》、

《蓋廬》、《脈書》、《引書》、《算數書》、《日書》、曆譜、遣策等。報導和簡介見荊州地區博物館〈江陵張家山三座漢墓出土大批竹簡〉，張家山漢墓竹簡整理小組〈江陵張家山漢簡概述〉，並見《文物》1985年第1期。

二、秦系文字研究概況

(一)關於秦系文字之界說

　　把戰國文字分爲秦文字和六國文字二系，始自王國維。王氏《史籀篇疏證·序》說：

> 考戰國時秦之文字，如傳世秦大良造鞅銅量，乃孝公十六年作，其文字全同篆文，大良造鞅戟亦然；新郪虎符作於秦併天下以前，其符凡四十字，而同於篆文者三十六字；詛楚文摹本文字亦多同篆文，而「彝、殽、參、鼎、意」五字則同籀文。篆文固多出於籀文，則李斯以前秦之文字，謂之用篆文可也，謂之用籀文亦可也。則《史籀篇》文字、秦之文字，即周秦間西土之文字也。至許書所出古文，即孔子壁中書，其體與籀文、篆文頗不相近，六國遺器亦然。壁中古文者，周秦間東土之文字也。然則《史籀》一書，殆出宗周文勝之後，春秋戰國之間，秦人作之以教學童，而不行於東方諸國，故齊魯間文字作法、體勢與之殊異。[12]

　　其後，王氏又作〈戰國時秦用籀文六國用古文說〉以申前說。並謂：「古文、籀文者，乃戰國時東西二土文字之異名。其源皆出於殷周古文。而秦居宗周故地，其文字猶有豐鎬之遺，故籀文與自籀文出之篆文，其去

12　見王國維，《史籀篇疏證序》，《觀堂集林》卷六(中華書局，1959)。

殷周古文反較東方文字(即漢世所謂古文)為近。」[13]王氏把戰國文字分為
秦文字和六國文字二系,甚有見地。但他說秦用籀文,《史籀篇》為秦人
所作以教學童之書,乃屬臆測,未獲公認。

　　唐蘭《古文字學導論》分古文字為四系,謂「秦系文字,大體是承兩
周」,把秦系文字的上限劃在戰國之初。

　　裘錫圭《文字學概要》在講古文字階段的漢字時說:

> 如果把商代後期算作開端,秦代算作終端,古文字階段大約起自
> 西元前14世紀,終於前3世紀末,歷時一千一百多年。根據唐蘭
> 先生的意見,古文字按照時代先後和形體上的特點,可以分為商
> 代文字、西周春秋文字、六國文字和秦系文字四類。這四類文字
> 之間的界線並不十分明確。商末和周初的文字,春秋末和戰國初
> 的文字,都很相似,往往難以區分。秦系文字時代的上限是春
> 秋,內容跟西周春秋文字有部分的重複。不過,這樣劃分的確能
> 夠反映出古文字形體演變過程的一些重要特點,並且對於介紹古
> 文字資料頗為方便。

又說:「秦系文字指春秋戰國時代秦國文字以及小篆。」

　　為了便於說明漢字從西周金文到小篆、到隸書的演變,在研究時可以
追溯春秋時代以至更早的古文字。如果從戰國時代秦文字和六國文字同一
個來源著眼,似乎從秦文字與六國文字變化劇烈、區別明顯的戰國時代劃
線更為合適。至於秦隸的歸屬問題,各家沒有明確的意見。裘錫圭《文字
學概要》第四章介紹秦系文字資料時,「為了敘述的方便」,「把秦代隸
書的資料也放在這裡一併介紹」。在「隸書的形成」一節裡又說:「按理
說,隸書既然由戰國時代秦國文字的俗體發展而成,它的字形構造,就應

13　見王國維,〈戰國時秦用籀文六國用古文說〉,《觀堂集林》卷七(中華書
　　局,1959)。

該是屬於秦系文字的系統的。」秦代隸書「實際上已經動搖了小篆的地位」，「秦王朝實際上是以隸書統一了全國文字」。這是符合實際的。這樣，似乎也可以把秦隸附入秦系，秦系文字時代的下限似乎可以推延到使用小篆和秦隸的西漢前期。

(二)關於小篆

傳統文字學研究小篆，皆據《說文》，不去探本究源，自難有突破性的進展。古文字學興起以後，小篆常被用作考釋古文字的對照材料，《說文》成了古文字研究者案頭必備的工具書，對《說文》的認識也在不斷深化。但是，由於小篆容易認識，也由於古文字研究者多致力於大量的出土古文字資料的整理和研究，因而用新的觀點、新的方法研究小篆的成果還不多。

姚孝遂《許慎與《說文解字》》一書(中華書局，1983年)，是用新觀點、新方法全面、系統地研究《說文解字》的一部著作。對於《說文》小篆的研究，雖在全書中所占比重不大，但相當深入。如在「《說文》得失的評價」一章裡，在指出「《說文》為我們保存了如此眾多的古代文字資料，及有關的早期關於文字的研究成果，為我們今天深入研究、探討古文字以及文字的發展演變過程，提供了條件」的同時，又指出了許慎的時代的局限性，並根據古文字資料，列舉了91例《說文》依據訛變了的小篆說解字形、字義的錯誤。比如：

> 「 𧺆 ，趨也，從夭止。夭止者，屈也。」關於「走」字，前文
> 已經論及。初形作「夫」，或釋「夭」，就是由於誤信《說文》
> 所致。金文作「𧺆」，增加「止」符，或作「𧺆」，增加「彳」
> 符。古文字每於偏旁增加「止」或「彳」以表示行動之意……
> 「走」象人揚臂趨走之形，不從「夭止」。

又如：

「皀，穀之馨香也，象嘉穀在裹中之形，匕所以扱之。或說：
皀，一粒也。」

許慎說解完全錯誤。古文字作「皀、皀」，象簋中滿盛食物，乃
「簋」之本字。其形體演化於下：

皀—皀—皀—簋

很明顯，其形體逐漸增繁，由象形而會意，由會意而形聲。西周
初年〈天亡簋〉猶作「皀」，與甲骨文同，及至小篆「皀」之形
體，稍有變化，許慎乃誤與「簋」區分為二字，以「穀之馨香
也」釋之，並無任何根據。

　　正如姚氏所說：「指出《說文》的局限性，糾正其說解的錯誤，目的
在於能夠更好地利用《說文》這部偉大的著作。」姚氏通過諸如以上的分
析，指明了許慎說解致誤的由來，也理清了《說文》小篆與早期文字的關
係與訛變的軌跡。這對於如何利用小篆研究古文字，是具有啟發意義的。

　　姚孝遂還指出：「論者以為『或體』或『俗體』都是正規形體以外
的，屬於不正規形體的『俗書』，這種看法是錯誤的。」「……從古文字
的角度來看，作為『或體』的『己』實際上比作為『正字』的『疇』更符
合於原始形態。甲骨文即作『己』，從田作『疇』肯定是後起字；『淵』
字的或體『渊』，其古文作『囦』，近出〈中山王鼎〉作『淵』，可見
『渊』之形體更為近古。『育』之或體作『毓』，甲骨文作『毓』，是
『毓』字為符合其本形。上舉的這些或體，都是有根有據的，不能稱之為
俗書。」作者還認為，「所有《說文》的或體、俗體、奇字，都是一個字
的不同形體，我們可以通稱之為異體字」[14]。整理研究《說文》的異體
字，也是利用《說文》字形研究古文字的途徑之一。

　　裘錫圭《文字學概要》以相當的篇幅對小篆做了較為集中的研究。

　　關於小篆的來源，他認為小篆是由春秋戰國時代的秦國文字逐漸演變

14　以上見姚孝遂，《許慎與《說文解字》》（中華書局，1983）。

而成的，不是像《說文》所說的那樣由籀文「省改」而成：

把小篆的形體跟石鼓文對比，可以看出兩種比較顯著的變化。首
先，小篆的字形進一步趨於規整勻稱，象形程度進一步降低，例
如（小篆「為」字據金石）：

	石鼓文	小篆
為(为)	象	象
角	角	角
竈(灶)	竈	竈
涉	涉	涉

其次，一部分字形經過明顯的簡化，例如（石鼓文「吾」字取自
偏旁，小篆「中」字據金石）：

	石鼓文	小篆
吾	吾	吾
道	道	道
中	中（籀文作中）	中
草	草（《說文》引大篆同）	草

上述這兩種變化在戰國時代的秦國文字裏都可以看到。商鞅量
「為」字作「象」，秦昭王時代造的丞相觸（即丞相壽燭）戈的
「觸」字左旁作「角」，寫法都不同於石鼓而跟小篆很接近。這
是第一種變化的例子。詛楚文「悟」字所從的「吾」已經把
「𡗗」省為「五」，「中」字已經寫作「中」，都跟小篆相同；
「道」字簡化為「道」，也跟小篆很相近。這是第二種變化的例
子。傳世的新郪虎符和近年發現的杜虎符，都是秦在統一前所鑄
造的，但是銘文的字體跟統一後的文字簡直毫無區別。總之，春
秋戰國時代的秦國文字是逐漸演變為小篆的，小篆跟統一前的秦

國文字之間並不存在截然分明的界線。

　　關於小篆的材料，唐蘭曾指出「傳世秦金石中較整齊劃一的，當然更是寶貴的標本」[15]。裘錫圭除強調傳世和出土的秦統一前後的篆文資料的重要價值之外，還指出「《說文》收集了九千多個小篆，這是最豐富最有系統的一份秦系文字資料。但是《說文》成書於東漢中期，當時人所寫的小篆的字形，有些已有訛誤。此外，包括許慎在內的文字學者，對小篆的字形結構免不了有錯誤的理解，這種錯誤理解有時也導致對篆形的篡改。《說文》成書後，屢經傳抄刊刻，書手、刻工以及不高明的校勘者，又造成了一些錯誤。因此，《說文》小篆的字形有一部分是靠不住的」。「要研究漢字的結構和歷史，是離不開《說文》的。但是，過去的很多的文字學者迷信《說文》，也是不對的。我們應該儘量利用已有的古文字資料來糾正、補充《說文》，使它能更好地爲我們服務。」[16]

(三)隸變問題的探討

　　隸變問題很早就有人討論過。20世紀70年代以來，隨著簡帛文字的大量出土，對這個問題的討論也逐步深入。

　　70年代初，郭沫若在〈古代文字之辯證的發展〉一文中曾經指出：「隸書無疑是由草篆的演變……秦始皇的特出處，是他准許並獎勵寫草篆，這樣就使民間所通行的草篆登上了大雅之堂，而促進了由篆而隸的轉變。程邈或許是最初以草篆上呈文而得到獎勵的人，但絕不是最初創造隸書的人。」又說：「今傳秦代度量衡上和若干兵器上的刻文，和〈泰山刻石〉比較起來是草率急就的，無疑是草篆，大約也就是秦代的隸書吧。」他還認爲長沙楚帛書「字體雖是篆書，但和青銅器上的銘文字體有別。體式簡略，形態扁平，接近於後代的隸書」[17]。

15　見唐蘭，《中國文字學》(上海古籍出版社，1979)，頁158。

16　見裘錫圭，《文字學概要》第四章「秦系文字」(商務印書館，1988)。

17　見郭沫若，〈古代文字之辯證的發展〉，載《考古學報》1972年第1期。

　　郭沫若關於隸變的見解頗有影響。啓功也說：「隸書，最初原是小篆的簡便寫法。」[18]顧鐵符認爲：「楚文字在書寫上更爲簡便的某些優點，不斷促使篆書在它的影響之下，發生變化，並且在民間得到廣泛的流行。」「從篆書演變到隸書，主要是受了楚文字的影響。」[19]

　　近年，裘錫圭提出了隸書字形來源於秦文字的俗體的說法。「跟戰國時代其他國家的文字相比，秦國文字顯得比較保守。但是秦國人在日常使用文字的時候，爲了書寫的方便也在不斷破壞、改造正體的字形。由此產生的秦國文字的俗體，就是隸書形成的基礎。」他指出，「秦簡上的文字不但數量多，而且都是直接用毛筆書寫的，由此可以看到當時日常使用的文字的眞正面貌。仔細觀察睡虎地十一號秦墓出土的大批竹簡上的文字，可以知道在這批竹簡抄寫的時代，隸書已經基本形成」。他分析了睡虎地秦簡和木牘文字的筆法和字形：「從筆法上看，在簡文裡，正規篆文的圓轉筆道多數已經分解或改變成方折、平直的筆畫」；「從字形上看，簡文裡很多字的寫法跟正規篆文顯然不同，跟西漢早期的隸書則已經毫無區別，或者只有很細小的區別了」。木牘「字體顯得比十一號墓的簡文更接近於後來的隸書」。「睡虎地十一號墓竹簡抄寫於戰國末年至秦代初年，四號墓木牘寫於秦統一前夕。由此可知，隸書在戰國晚期就已經基本形成了。」「秦簡所代表的隸書還只是一種尚未完全成熟的隸書。」「爲了跟成熟的隸書相區別，可以把秦和西漢早期的隸書合稱爲早期隸書。」裘錫圭不同意隸書有一部分是承襲六國文字的說法，但「並不否認隸書所從出的篆文或篆文俗體以至隸書本身，曾受到東方國家文字的某些影響的可能性」。

　　裘錫圭還認爲，秦王朝是用經過整理的小篆統一全國文字的，隸書也經過整理，用以處理日常事務，「小篆是主要字體，隸書只是一種新興的輔助字體，社會地位很低」。「但是，隸書書寫起來比小篆方便得多，要

18　見啓功，〈從河南碑刻談古代石刻書法藝術〉，《啓功叢稿》（中華書局，1981）。
19　見〈座談長沙馬王堆漢墓帛書〉顧鐵符的發言，載《文物》1974年第9期。

想長時間抑制它的發展，是不可能的。」「在秦代，隸書實際上已經動搖了小篆的統治地位。到了西漢，距離秦王朝用小篆統一全國文字並沒有多久，隸書就正式取代小篆，成了主要的字體。所以，我們未嘗不可以說，秦王朝實際上是以隸書統一了全國文字。」[20]

以上的研究，試圖從出土文字材料出發來探討漢字由古文字階段向隸楷演變的有關問題，給人以有益的啓發。當然，這方面的討論還沒有充分展開，還有許多事情要做，資料的科學整理、理論的探討、秦隸同古文字的比較研究，等等，都有待於深入和系統化。

(四)簡帛文字研究

秦簡和西漢早期竹簡、帛書，自20世紀70年代陸續出土以來，研究工作側重在歷史文化方面，但這異常豐富的文字資料的文字學價值，也開始引起了古文字學界的重視。

裘錫圭曾經指出：「1972年以來，陸續發現了臨沂銀雀山漢墓竹簡、長沙馬王堆漢墓帛書和竹簡、雲夢睡虎地秦墓竹簡和阜陽雙古堆漢墓竹簡。這些竹簡和帛書是用古隸書寫的，文字結構往往跟古文字很相近，對於研究古文字很有幫助。」[21]他與朱德熙合寫的〈平山中山王墓銅器銘文的初步研究〉，據馬王堆帛書《老子》甲本「籌策」之「策」作「筴」，釋方壺銘文「𥰰」字爲「策」[22]，就是明顯的例子。

許多古文字學家在有關竹簡、帛書的研究文章中，對竹簡、帛書保留的一些古字甚爲重視，做了深入的研究。如張政烺〈《春秋事語》解題〉一文對〈宋荆戰泓水之上章〉「𢺵」字的考釋就很精闢。此字又見於帛書《老子》甲本卷後古佚書〈明君〉篇。張氏分析爲從力、救聲，當即

---

20 見裘錫圭，《文字學概要》(商務印書館，1988)，頁67-72。
21 見裘錫圭，〈解放以來古文字資料的發現和整理〉，載《文物》1979年第10期。
22 參閱朱德熙、裘錫圭，〈平山中山王墓銅器銘文的初步研究〉，載《文物》1979年第1期。

「攘」字，訓爲取。這樣，〈宋荊戰泓水之上章〉「邪以務之」和〈明君〉篇「明君……所務者暴也」、「務暴則害除而天下利」等句，都得到了確切的解釋[23]。又如于豪亮〈秦簡《日書》記時記月諸問題〉一文，以秦簡《日書》和馬王堆帛書互勘，論定了「尿」是「屍祝」之「屍」的本字：「『夏尿』，在《日書》其他簡文裡，又寫作『夏屍』、『夏夷』，鄂君啓節裡則寫作『夏尿』，刑夷亦作『刑屍』、『刑尿』。馬王堆帛書篆書《陰陽五行》裡，『屍祝』的『屍』均作『尿』，知『尿』字實爲『屍祝』之『屍』的本字。今本《周易·師》之六五『弟子輿屍』，馬王堆帛書本《周易》作『弟子輿尿』。因此知『屍』與『尿』讀音相同，意義相近，後來『尿祝』之『尿』均寫作『屍』，『尿』字遂廢去不用了。『尿』字從屍得聲，兩者音近，可以通假。」[24]

　　將秦系文字眞正作爲個系統來研究，才剛剛開始，許多基礎工作尚未進行，許多研究領域有待墾拓或向更深層開掘。大量的簡帛文字豐富了古文字研究的參證材料，但應該說對這批珍貴資料進行文字學的整理研究是很不夠的。《說文》對於古文字研究的重要價值已無人置疑，然而，從當代語言文字學的高度系統地研究《說文》和《說文》小篆的著作，至今猶寥若晨星。可喜的是，裘錫圭的《文字學概要》開闢專門章節，對秦系文字的有關問題做了扼要深入的論述。也有一些研究者正在對《說文》、對隸變問題、對簡帛文字進行專門的系統研究。可以預期，在不久的未來，秦系文字研究將會進入一個新的階段。

---

23 參閱張政烺，〈《春秋事語》解題〉，載《文物》1974年第1期。
24 見于豪亮，〈秦簡《日書》記時記月諸問題〉，《于豪亮學術文存》（中華書局，1985）。

第六章
理論的探索和體系的建構

　　傳統漢語文字學研究始終在許慎的《說文解字》籠罩之下，以文字個體爲分析對象，偏重考古的研究方法，以及作爲經學附庸、明經致用的研究目的，使有著悠久歷史的文字學，一直未能建立起一個科學的理論體系。清末以後，甲骨文的發現，推動了古文字學的全面發展；受西方學術文化的影響，萌發了規模甚大的漢字改革運動；同時也開始了文字學理論體系的構建及漢字基本理論的研究，並取得了重要成果。

一、傳統小學的終結——章黃之學

　　近代研究古代語言文字學有兩位著名學者，那就是一代國學大師章炳麟及其弟子黃侃。他們的研究涉及傳統語言文字學的各個方面，繼承了清代樸學的優良傳統，而又有很大的發展和創獲。傳統「小學」有清一代處於巔峰，至章黃而歸於終極，他們師、弟二人被稱爲傳統小學的殿軍。他們的發展和創獲，同時也爲現代語言文字學拉開了帷幕，論及近代以來漢語文字學理論研究，不能不追述章黃之學。

　　章炳麟（1869-1936），又名絳，字枚叔，號太炎，浙江餘杭人。章氏語言文字方面的論著主要有：《文始》、《新方言》、《小學答問》及《國故論衡》（卷上所收有關文章）等。章太炎曾說：「余以寡昧，屬茲衰亂，悼古義之淪喪，潛民言之未理，故作《文始》，以明語原，次《小學

答問》以見本字，述《新方言》，以一萌俗，簡要之義，著在茲編。」[1]
章太炎研治小學，強調文字、音韻、訓詁三者兼明。他認為「漢字自古籀
以下，改易殊體，六籍雖遙，文猶可讀。古字或以音通借，隨世相沿。今
之聲韻，漸多訛變。由是董理小學，以韻學為候人，譬猶旌旃辨色，鉦鐃
習聲，耳目之治，未有不相資者焉。言形體者，始《說文》；言詁訓者，
始《爾雅》；言音韻者，始《聲類》。三者偏廢，則小學失官。」又說：
「大凡惑並(拼)音者，多謂形體可廢，廢則言語道窒，而越鄉如異國矣；
滯形體者又以聲音可遺，遺則形為糟魄(粕)，而書契與口語益離矣。」[2]
章太炎發展了清人治小學形、音、義互求的方法，注重語言和文字的關
系，形成了鮮明的研究特色。

《文始》一書為探求語源而作。〈敘例〉說：「道原究流，以一形衍
為數十，則莫能知其微。余以顓固，粗聞德音，閔前修之未宏，傷膚受之
多妄，獨欲浚抒流別，相其陰陽。於是刺取《說文》獨體，命以『初
文』；其諸省變，及合體象形、指事，與聲具而形殘，若同體複重者，謂
之『準初文』，都五百十字，集為四百三十條。討其類物，比其聲均，音
義相讎，謂之『變易』，義自音衍，謂之『孳乳』，畢而次之，得五六千
名。」《文始》確定了510個初文(準初文)，應用他所定古韻母23部和古
聲母21紐，以音求義，梳理語言文字的「變易」和「孳乳」，建立了漢語
的「詞族」系統。這是中國語言學史上第一本有理論、有系統的語源學著
作。這個系統的基石是《說文》初文和章氏所建立的古音系統。因而，這
本書有相當部分內容是梳理文字孳生繁衍的，也包含著「字原」、「字
族」的研究。由於僅以《說文》小篆來確定「初文」，又將「詞」與
「字」混同一起，加上章氏古音系統的不夠完善，「對轉」、「旁轉」把
握不嚴，這部書存在著明顯的缺陷。但是，章太炎的這一研究具有開創意

1　見章太炎，《國故論衡》卷上《小學略說》，國學講習會編，庚戌年(1910)五
　　月。

2　見章太炎，《國故論衡》卷上《小學略說》，國學講習會編，庚戌年(1910)五
　　月。

義，又建構了一個博大的系統，是應當給予高度評價的。

　　《小學答問》、《小學略說》（見《國故論衡》）等則比較多地闡明了他的文字學觀點和理論。雖然章太炎文字學理論方面的宏冊巨製不多，他的見解卻是傳統文字學的結晶和發展。如章太炎明確地指出：文字之學，宜該形、聲、義三者，文字之賴以傳者，全在於形，論其根本，實先有義，後有聲，然後有形。形、聲、義兼明，才可以稱之通小學[3]。關於「六書」，章太炎肯定《說文》「指事居首」的次第，並認為：不僅「上下」和計數之字為「指事」，「若一字而增損點畫，於增損中見意義者，胥指事也」。指事可分為獨體（上、下、一、二）與合體（本、不、夭、交）。他所著〈轉注假借說〉對「轉注」提出了新的見解（見本書第三編第一章）。章太炎學問廣博，文字學只是其治學中的一門，加上他不相信鐘鼎銘文和甲骨文，所用材料仍以小篆為主，只稍稍旁及三體石經和石鼓文，這就使他在文字學研究方面受到局限，不能得到充分的發展，與他所治其他學問相比，這的確是文字學史上的一大缺憾。

　　1906年章太炎在《國粹學報》上發表了〈論語言文字學〉一文，指出：

　　　　今欲知國學，則不得不先知語言文字。此語言文字之學，古稱小
　　　　學……然自許叔重創作《說文解字》，專以字形為主，而音韻、
　　　　訓詁屬焉。前乎此者，則有《爾雅》、《小爾雅》、《方言》；
　　　　後乎此者，則有《釋名》、《廣雅》，皆以訓詁為主，而與字形
　　　　無涉。《釋名》專以聲音為訓，其他則否。又自李登作《聲
　　　　類》，韋昭、孫炎作反切，至陸法言乃有《切韻》之作，凡分二
　　　　百六韻。今之《廣韻》即就《切韻》增潤者，此皆以音為主，而
　　　　訓詁屬焉，其於字形略不一道。合此三種，乃成語言文字之學。
　　　　此固非兒童占畢所能盡者，然猶名為小學，則以襲用古稱，便於

3　參閱章太炎，《國學講演錄》（南京大學中文系鉛印本），頁1-4。

指示，其實當名語言文字之學，方為確切。[4]

　　章太炎第一個提出「語言文字學」這一名稱以取代傳統小學。他的研究實踐和這一名稱的提出，表明語言文字學作為一門獨立科學的意識的覺醒，而作為學童之業，為經學之用的傳統小學則宣告終結。因此，章太炎不僅是傳統小學的「殿軍」，而且還是現代語言文字學的「開山祖師」。

　　黃侃(1886-1935)，字季剛，自號量守居士，湖北蘄春人。受學於章炳麟，攻文字、音韻、訓詁之學。黃侃廣泛吸收了清人研究成果，繼承其師章炳麟的學說，而又有所發展，卓然成家。學界對章炳麟、黃侃的研究甚為推重，稱為「章黃之學」。

　　黃侃研究語言文字學的方法受傳於章太炎。他說：「若由聲韻、訓詁以求文字推演之跡，則自太炎師始。蓋古人所謂音，即聲韻也。不能離聲而言韻，亦不能離韻而言聲，此聲韻之不能分也。訓詁者，文字之義也。不知義無以明其謂，不知音無以得其讀，此王氏(念孫)所以以聲韻串訓詁也。文字者，形也。形之有變遷，猶音之有方俗時代之異，而義之有本假分轉之殊，合三者以為言，譬之束蘆，同時相依，而後小學始得為完璧。故自明以至今代，其研究小學所循途徑，始則徒言聲音，繼以聲音貫串訓詁，繼以聲音、訓詁以求文字推衍之跡。由音而義，由義而形，始則分而析之，終則綜而合之，於是小學發明已無餘蘊，而其途徑已廣乎其為康莊矣。」[5]黃侃正是沿著形、音、義「綜而合之」的治學途徑，建立他的學術體系的。在文字、音韻、訓詁三方面，他都有精深造詣。尤其在音韻學方面，他吸取前人的成果，建立了自己的古音體系，被稱為「三百年間古音學研究的一位殿後人」。他認為：「小學分形、音、義三部……三者之中，又以聲為最先，義次之，形為最後。」因此，他首先致力於音韻研究，進而研究訓詁和文字。黃侃生前較少著述發表，逝世後整理出版的有

4　見《國粹學報》第二年(丙午)第五冊，署名章絳。
5　見黃侃，《文字聲韻訓詁筆記》(上海古籍出版社，1983)，頁4。

《黃侃論學雜著》十七種[6]，1980年代經其侄黃焯整理編次出版了《文字聲韻訓詁筆記》（上海古籍出版社，1983年）、《說文箋識四種》（同前）、《爾雅音訓》（同前）、《量守廬群書箋識》（武漢大學出版社，1985年）等種。這些著作反映了黃侃治學的部分成就，可以使我們大致了解他的文字學研究。

　　黃侃在漢字的起源、構造、孳乳、變易以及文字聲義關係等方面多所發明。〈論文字初起之時代〉指出：「文字之生，必以浸漸，約定俗成，眾所公認，然後行之而無閡。竊意邃古之初，已有文字，時代綿邈，屢經變更；壤地迥離，復難齊一。至黃帝代炎，始一方夏；史官制定文字，亦如周之有史籀，秦之有李斯。」〈論文字製造之先後〉則認為：「由文入字，中間必經過半字之一級」，「造字次序：一曰文，二曰半字，三曰字，四曰雜體」。〈論六書起源及次第〉、〈論六書條例為中國一切字所同循，不僅施於《說文》等文〉，闡明「六書」的起源、次第以及與字體的關係。〈論變易、孳乳二大例〉（上、下）揭示了漢字「變易」、「孳乳」兩大發展規律。他說：「變易之例，約分為三：一曰，字體小變；二曰，字形大變，而猶知其為同；三曰，字形既變，或同聲，或聲轉，然皆兩字，驟視之不知為同。」「孳乳」也為三類：「一曰，所孳之字，聲與本字同，或形由本字得，一見而可識者也；二曰，所孳之字，雖聲形皆變，然由訓詁展轉尋求，尚可得其徑路者也；三曰，後出諸文，必為孳乳，然其詞言之柢，難於尋求者也。」簡言之，「變易」指「聲義全同而別作一字」，「孳乳」指語源相同而形義俱變[7]。〈音韻與文字訓詁之關係〉、〈中國文字凡相類者多同音，其相反相對之字，亦往往同一音根〉、〈形音義三者不可分離〉、〈略論推尋本字之法〉、〈略論推尋語根之法〉以及〈就初文同聲求其同類〉等篇，比較集中地反映了黃侃對漢

6　原中央大學《文藝叢刊》編《黃季剛先生遺著專號》，共收錄十九種，1964年編《黃侃論學雜著》抽出《文心雕龍箚記》一種單印，又刪去〈馮桂芬《說文段注》考正書目〉一種。

7　以上各篇均見黃侃，《黃侃論學雜著・說文略說》（中華書局，1964）。

字形、音、義關係的認識，繼承和發揚了章太炎倡導的「以文字、聲音、訓詁合而爲一」的治小學的方法[8]。關於漢字的筆勢、字體、字書等，黃侃也有許多獨到的見解[9]。上述論著反映了黃侃文字學研究的梗概，我們大體能看到黃侃勾勒的以形、音、義爲一體，以聲音爲核心，以「六書」爲「造字之本」，以「變易」、「孳乳」貫穿文字之變這樣一個基本的體系。但是，黃侃未能寫就一部完整的著作，將他的理論體系深入地形成文字留傳下來，實在令人十分遺憾。

黃侃文字學體系的一大特點，是以《說文》爲基石。他對《說文》一書有精深的研究，他的文字學見解，也大多是以《說文》爲依據而生發出來的。現已整理出研究《說文》的論著數種。〈論《說文》所依據〉(上、中、下)認爲：「《說文》之爲書，蓋無一字、無一解不有所依據，即令與它書違悖，亦必有其故。」〈論自漢迄宋爲《說文》之學者〉，梳理《說文》問世以後流傳的脈絡，以指明今本《說文》的淵源所自。〈《說文》說解常用字〉滙集《說文》說解常用之字，按筆畫多少排列，並注明卷數，以爲研究許書之參考。〈《說文》聲母字重音鈔〉收錄《說文》形聲字聲符異讀(重音)，按部排列，注明反切，以備研究古今音變之用[10]。〈《說文》同文〉就《說文》所收音義相同或相通之字，類聚而比次之，以揭示文字變易、孳乳之跡。〈字通〉注明「某即某字，某爲某之後出，某當作某，某正作某，某變作某，某後作某，某俗作某，某於經文作某」等，推求本字，考辨正俗，探討文字的演變和歧異現象。〈說文段注小箋〉辨正段氏之說一千餘條。〈說文新附考〉集徐鉉校《說文》新附之字，注明本字[11]。《說文解字斠詮箋識》、《說文外編箋識》、《說文釋例箋識》等三種，收集了批校錢坫、雷浚、王筠等人的《說文》著作所

8 以上各篇均見黃侃，《文字聲韻訓詁筆記》(上海古籍出版社，1983)。
9 《說文略說》有：〈論字體之分類〉、〈論字書編製遞變〉；《文字聲韻訓詁筆記》有：〈字書分四類〉、〈字書編製法商榷〉、〈急就可代倉頡〉、〈章草三大家〉、〈鐘鼎甲骨文字〉、〈論筆勢變易〉、〈論筆勢省變〉，等等。
10 以上均收入黃侃，《黃侃論學雜著》(中華書局，1964)。
11 以上編爲黃侃，《說文箋識四種》(上海古籍出版社，1983)。

作的箋語[12]。《文字聲韻訓詁筆記》一書也保存了〈說文綱領〉等有關《說文》的論述多篇。黃侃系統地研究了《說文》，且旁及《說文》的學術源流和研究《說文》之作，「一生精力，盡萃於斯」[13]。對《說文》全面深入的研究，奠定了黃侃文字學研究的基礎。許嘉璐評價章黃的《說文》研究時指出：「自乾嘉以至清末，還沒有人從理論上對《說文解字》的價值、功用以及許慎所用的方法加以系統而科學的闡述，直到章炳麟（太炎）、黃侃（季剛）兩先生才開始做到這一點。他們把《說文解字》的研究徹底地從經學附庸的地位上獨立出來，由《說文解字》而擴展到語言的研究，並進而系統地探討了古今語言的變遷。這就為研究《說文解字》開闢了新的更為廣闊的天地。」[14]

　　章黃師、弟二人，在中國語言學史上，是劃世紀的人物。一方面他們繼承、發展和完善了傳統小學，集其大成；另一方面他們突破了傳統的界限，將語言文字學作為一門獨立的學科，在理論、方法和實踐等方面的開拓，為現代語言文字學的誕生做了奠基工作。而他們教授弟子，傳學後來，培養造就了一大批學術繼承人，貢獻尤大。學術界以「章黃學派」譽稱他們開創的學術，足見他們在語言文字學研究方面的地位和影響。儘管文字學並非章黃之學的主要方面，但是構建漢語文字學理論體系，章黃的研究卻是導夫先路的。

二、理論體系的建構

　　近代以來，漢語文字學理論的研究進入到建構科學體系的新階段。近百年來出版的文字學理論著作有數十種，這些著作大都注重理論的系統性和科學性，反映了文字學理論的進展。從內容和理論框架看，這些著作大致可以分為三種主要類型：一是從字形、字音和字義三方面來構思，綜合

12　以上收入黃侃，《量守廬群書箋識》（武漢大學出版社，1985）。

13　見《說文箋識四種‧出版說明》（上海古籍出版社，1983）。

14　《說文解字通論‧序》，見陸宗達，《說文解字通論》（北京出版社，1981）。

研究文字形、音、義三端的，可稱爲「綜合派」；二是從字形與字義兩方面來建立系統的，可稱爲「形義派」；三是強調漢字形體結構研究的，可稱爲「形體派」。這三派基本顯示了近代以來漢語文字學理論體系的建構及其發展。

(一)綜合派

由形、音、義三方面綜合研究語言文字，始於清人，倡明於章太炎。第一部「綜合派」文字學著作，可推劉師培(1884-1919)的《中國文學教科書》第一冊。《中國文學教科書》計劃編十冊，分別講述「小學」、「字類」、「句法」、「章法」、「篇法」、「古今文體」、「選文」等內容。第一冊三十六課，「以詮明小學爲宗旨」。劉氏說：「夫小學之類有三：一曰字形，二曰字音，三曰字義。小學不講，則形聲莫辨，訓詁無據，施之於文，必多乖舛。」[15]這部書第一課「論解字爲作文之基」；第二至第四課，分別論字音、字義、字形之起源；第五課分析古代字類(詞性)；第六至第十四課爲「六書」釋例；第十五至第十八課考字體變遷；第十九至第三十一課爲字音研究，包括字音總論、雙聲疊韻釋例、漢儒音讀釋例、四聲、韻學述略、字母述略、等韻述略、論切音和一字數音等內容；第三十二至第三十五課爲字義研究，包括周代漢宋訓詁學釋例、訓詁書釋例等；第三十六課爲字類分析法述略。這部著作實際按文字形、音、義三方面，講述了文字學、音韻學和訓詁學知識，還涉及到語法學的部分內容(如第五、第三十六課)。作爲《中國文學教科書》第一冊，這部分是爲講授中國文學準備基礎的，所以第一課即爲「論解字爲作文之基」。這部書是對傳統小學作一全面概略的介紹，雖未名爲「文字學」，但它無疑是第一部由形、音、義三部分構成的較有系統的文字學著作。它編成於1905年，明顯帶有傳統小學向現代語言文字學過渡的色彩。

何仲英1922年發表了《新著中國文字學大綱》(包括《參考書》)，這

15　見劉師培，《中國文學教科書》第一冊〈序例〉，收入《劉申叔先生遺書》。

是一部爲中等學校編寫的文字學教科書。其取材力求精確雋永，敘述全用白話，以時代爲經，以形、音、義爲緯。全書分爲五篇，第一篇爲「導言」；第二篇「字音」，共六章，包括字音的起源、字音的變遷、聲母論、韻母論、反切等內容；第三篇「字形」，共四章，包括字形的起源、字形的變遷、造字的原則、通借字等內容；第四篇「字義」，共分四章，包括字義的起源、字義的變遷和分合、訓詁法、歷代訓詁學概論等內容；第五篇爲「結言」。作者在〈導言〉中說：「中國文字，包括『形』、『音』、『義』三者而言，好像人的『精』、『氣』、『神』一樣，缺一不可。從字的構造上說，必先有義而後有音，有音而後有形；從字的既成上說，則音寓於形，義寓於音；三者相關，非常密切。凡研究這三者相互關係的一種學術，叫做文字學。研究文字學的人，必得融會貫通，不可滯於一。」又說：「兼斯三者，得其條貫，始於清代戴震；後來錢大昕、段玉裁、王念孫、郝懿行、朱駿聲，及近人章炳麟繼起，發揚國粹，如日中天，於是中國文字學才成爲一種有系統的學術。」這部大綱在編寫時著意追求學術的系統性，簡潔通俗，具體內容上多本章太炎說，較劉師培之書已更加完善。

1931年賀凱也編了一部供高中文科及師範學生用的文字學教科書《中國文字學概要》。這部書共由五章組成，第一章「總論」，概論中國文字和中國文字學；第二章「字形」，包括字形的起源、變遷、「六書」大意、文字通借等內容；第三章「字音」，包括字音的發生，古今字音的變遷、紐、韻、反切、注音字母等內容；第四章「字義」，包括字義變遷的原因和訓詁舉例；第五章「結論」。作者在「總論」中指出：「文字學是以文字的『形』、『音』、『義』三者爲研究的對象，而研究中國文字的『起源』、『構造』、『變遷』的學科。」這個定義強調了「起源」、「構造」和「變遷」，在內容安排上也體現了這一點，全書這方面的內容占二分之一左右的篇幅。作者還提出「新文字學的建設」的構想。他說：「章氏(太炎)創文字學，是以文字的『形』、『音』、『義』三者融會貫通，更以音韻爲文字的基礎，而發明語言文字的關係……清代學者研究文

字學的目的，在乎『通經』，是把文字學當作讀古書的工具，這樣，文字學便當作『經學的附庸』了。我們現在要求的新文字學的建設，是以文字的『形』、『音』、『義』三者為研究的對象，而求出文字的起源、構造、變遷及對於歷史、風俗、社會文化的貢獻；目的是為文字而研究文字學，並不只是為讀古書而研究文字學，這樣才能把文字學發揚光大！」在「結論」中作者指出：「語言文字之學，要有歷史的眼光，凡一切甲骨金石文字，都在研究的範圍內。所以現在研究文字學，要在《說文》以外得到新的發明，得到文字在歷史上的解答，這才可稱為研究文字學者。」他還在「字形的變遷」後，附錄「甲骨文字」一節，明確指出「近世甲骨文字的發現，在文字學上特開一新紀元」。作者認識到甲骨金石文字的研究對建立文字學體系的重要性，是頗有見地的。

馬宗霍的《文字學發凡》(商務印書館，1935年)，是一部資料翔實的著作。全書由四卷組成。卷首「緒論」，論列「文字學」的涵義、地位、歷代盛衰和治文字學先後之次與途徑；卷上「形篇」，研究「文字原始」、「文字流變」、「文字體用」(「六書」)等；卷中「音篇」，介紹「古音」、「今音」、「等韻」等內容；卷下「義篇」，包括「字義起源」、「詞類分析」、「訓詁舉要」等方面。馬氏認為：「文字學即形、聲、義之學。」他說：「文字之學，不外三端，其一體制，謂點畫有衡從(縱)曲直之殊；其二訓詁，謂稱謂有古今雅俗之異；其三音韻，謂呼吸有清濁高下之不同(見《玉海》)，簡而言之，即字形、字音、字義而已。」[16]《文字學發凡》的主要部分「形篇」、「音篇」、「義篇」，正是按文字形、音、義三端來構成體系的。

以上所列文字學著作，繼承清末以來文字學的研究方法，強調文字形、音、義的相互依存性，並由此出發創建文字學的理論體系。儘管這些著作的深度、廣度和側重有所差異，其基本格局卻是大體一致的。認識到形、音、義的聯繫性，而不是孤立地從某一方面來研究語言文字，這是清

---

16 見馬宗霍，《文字學發凡·緒論》，《文字學發凡》(商務印書館，1935)。

末以來語言文字學的一大進步。但是，這些著作所建構的體系，只是將傳統的字形演變學說、「六書」條例與音韻學、訓詁學的內容生硬地糅合到一起，實際上並未體現出形、音、義綜合研究的實質內涵。如果說「小學」一稱尚能包含文字、音韻、訓詁三門，那麼「文字學」卻是難以包括與之鼎足而立的音韻學和訓詁學的。將「字音」、「字義」簡單地與「音韻」、「訓詁」等同起來，也是不夠嚴密科學的。因此，早期「綜合派」文字學著作，還未能從根本上擺脫傳統小學的束縛，超越清末文字學的軌範。

　　張世祿所著《中國文字學概要》（文通書局，1941），則是主張形、音、義綜合研究的一部頗具新意的著作。這部書共分兩篇四章，第一篇「中國文字學總論」，包括「文字學釋義」、「研究中國文字的材料和途徑」兩章；第二篇「中國文字本質論」，包含「中國文字的起源」和「中國文字的構造」兩章。張世祿在文字學的「範圍」一節中這樣說：「中國的文字學為什麼必須把形體、音韻、訓詁這三種，綜合的研究呢?上面說過，我們所謂文字，包含有兩方面的意義：一是指書寫上的形體，一是代表語言上的語詞。我們所謂語言是用聲音來表現意義的。文字既然所以代表語言，語言上的聲音和意義，就寄託在文字當中；而所用來記載聲音和意義的工具，就是書寫上的形體。所以無論哪種文字，它的實質總是聲音和意義，它的形式就是各個字體；無論哪個文字，總具有形、音、義這三方面的……第一步我們可以從各個文字形體的分析，推求它們原來的意義，並且考明彼此在音讀上有無類似的痕跡。第二步可以利用他們音讀的類似關係，來推求各個字體意義轉變的由來。第三步就可以根據它們意義的轉變，或者字形的跡象，來證明各個字體音讀的異同。這樣形、音、義三方面互相推求，把字書偏旁之學、訓詁之學、音韻之學打成一片，才可以揭示中國文字的奧秘，才可以說是完全的文字學。」由此可見，張氏對形、音、義綜合研究的認識，已經遠遠超出了前人。他不僅揭示了文字形、音、義內在聯繫的必然性，同時根據中國語言文字的特點，還具體點明了形、音、義互相推求的步驟和途徑。這部著作克服了早期「綜合派」

著作將文字、音韻、訓詁生硬結合在一起的弊病，建立了一個全新的文字學體系。

在「總論」篇第一章「文字學釋義」中，作者對文字學的「名稱」、「範圍」、「科學的建設」、「目的與方法」、「功用」等方面做了科學概括的論述，並指出「要建設中國文字學的科學」，除了把形、音、義三方面綜合起來研究外，還要具備：(1)古代神話和傳說；(2)民俗和心理；(3)古代的文化、制度和史實；(4)語言學和各地方言；(5)繪畫和美術史；(6)文學；(7)紙筆墨及書法的研究；(8)考古學等方面的輔助知識。有了這些知識的輔助，研究中國文字，才有希望使之成爲一種眞正的科學。作者的考慮是縝密而富有遠見的[17]。第二章論及「研究中國文字的材料和途徑」時，作者認爲《說文》是研究中國文字的主要材料之一，同時強調了甲骨文和金石文字在文字學研究方面的價值，指出：甲骨金石文字的發現，對切實認識中國古代文字的字體，正確了解中國文字演化具有重要意義。第四章討論中國文字的構造，作者拋開了傳統的「六書」，認爲：「中國文字是介於圖畫文字和拼音文字兩個階段的中間，自身是一種表意文字，而『形』、『音』、『義』三方面都不可偏廢；因之文字的構造上兼具有『寫實』、『象徵』和『標音』這三種方法。」「寫實法」，是用表示具體實物的寫實圖像構造符號，如「日、月、山、水、雨、胃、金、齒」之類即是。「象徵法」，是用象徵的符號或用象徵符號加寫實圖像來構造表示比較抽象的意義的方法，如「上、下、中、旦、甘」等；用寫實圖像表示抽象概念，幾種寫實圖像的拼合表示抽象的意義，也屬「象徵法」，如「凶、大、高、鮮、思、婦」等即是。「標音法」，用一部分純爲表意，一部分兼爲表音而組成的合體字，如「政、征、整、鈞、笱」等，此爲標音字的第一種；借某詞語的字體來代表另一個同音的語詞，爲單純的「標音法」，如「來」作行動之「來」，「萬」作千萬之「萬」即

---

17 作者原注：「文字學之建設」參考了日本後藤朝太郎《文字之研究》第一篇第十章。

是；由前兩種發展爲一種以寫實的圖像加上一個音標的「音標合體字」（形聲），如「江河」之類即是。張氏用「寫實」、「象徵」、「標音」三種方法描述漢字的結構系統，在漢字結構的研究方面，有其獨創性。

張世祿的《中國文字學概要》雖然也從形、音、義三方面綜合研究文字，但是與「綜合派」其他著作相比，這部書眞正擺脫了傳統模式，不再將形體、音韻、訓詁簡單地拼湊在一起，而是著重從形、音、義內在的聯繫來構建一個新體系。由於作者精通語言學理論，對文字的性質、特點、功用及其與語言的關係，在理論上有較清晰的認識，因而他所建立的體系，在理論價值和科學性方面都超過了前人。這部著作的出現，標誌「綜合派」這一類型的著作最終抹去了傳統小學的影子，進入到科學文字學的建設階段。

(二)形義派

1917年北京大學的文字學課一分爲二，錢玄同講授《文字學音篇》，相當於早期「綜合派」文字學體系中有關音韻的部分，將音韻學從文字學中獨立出來。朱宗萊講授《文字學形義篇》，介紹文字的形體、結構和訓詁。這種分立，開文字學「形義派」體系之先。20世紀20年代初沈兼士執教於北京大學，講授文字學課程，名曰《文字形義學》。在《文字形義學・敘說》中，沈兼士限定說：「研究中國文字的形體、訓詁之所由起，及其作用與變遷，而爲之規定各種通則以說明之，這種學問，就叫做文字形義學。」1920年8月他發表了〈研究文字學「形」和「義」的幾個方法〉，提出研究文字形義的六個方法[18]。

沈氏的《文字形義學》是一部未盡講義，就其總目，大致可以看出他的總體構思。全部講義分上、下兩篇，上篇包括「敘說」、「文字之起源及其形式和作用」、「文字形義學沿革的四個時期」；下篇包括「造字

18　原文載《北京大學月刊》第一卷第八號，收入《沈兼士學術論文集》（中華書局，1980）

論」、「以『鐘鼎』、『甲骨』爲中心的造字說」、「訓詁論」、「國語
及方言學」、「文字形義學上之中國古代社會進化觀」、「字體論」等。
講義上篇的主要內容是文字訓詁學史[19]，下篇專論結構、字體和訓詁。從
「以『鐘鼎』、『甲骨』爲中心的造字說」，可知沈氏已運用古文字資料
研究漢字的構造。沈兼士的文字形義學體系，包括歷史和理論兩大方面，
以形體和訓詁爲核心。他曾說：「現在編輯講義，分爲上下兩篇，上篇敘
述歷史的系統，下篇討論理論的方法，意在使讀者先有了文字形義學觀
念，然後再進而研究各種理論，如此辦法，比較的爲有系統、有根據一
點。」[20]這部講義的理論部分我們已無緣知曉，沈氏留下的是一個未完成
的系統。沈兼士在文字訓詁研究方面成績卓著，發表了〈右文說在訓詁學
上之沿革及其推闡〉等重要論著，從他的著作中可以了解他有關文字形義
學的一些理論。于省吾說：「昔人以研討文字之形、音、義者謂之小學，
自章炳麟先生易稱爲語言文字學，俾脫離經學附庸，上承顧江段王之業，
綜理其成。而兼士先生親炙緒論，推尋闡發，究極原委，進而爲語根字族
之探索，遂蔚爲斯學之正宗。先生之言曰：『余近年來研究語言文字學，
有二傾向：一爲意符字之研究，一爲音符字之研究。意符之問題有三：曰
文字畫，曰意符字初期之形、音、義未嘗固定，曰意通換讀。音符之問題
亦有三：曰右文說之推闡，曰聲訓，曰一字異讀辨。二者要皆爲建設漢語
字族學之張本。』此爲先生自敘治學之綱要。」[21]

　　周兆沅的《文字形義學》(商務印書館，1935)也分上、下兩篇，上篇
「書體」，下篇「形論」，但在內容安排上已有很大的改變。上篇「書
體」論，按文字變遷之次，論列各種書體，介紹其源流、特徵，尤其重視
金文、甲骨文在「考見古篆之原形」方面的價值。他將金文書體歸納爲
「象物異體，未歸一律」、「省形存聲，不拘偏旁」、「因勢移位，反正

---

19 實際只寫到宋代，沿革之二：成立時期。
20 見沈兼士，《文字形義學‧敘說》。
21 見于省吾，《段硯齋雜文‧序》，收入《沈兼士學術論文集》(中華書局，
　　1986)。

無定」、「同類互書，分別不嚴」等四例，又將甲骨文書體歸納爲「奇
文」、「變體」、「移併」、「假借」等四例，均舉例說明。下篇「形
論」，闡釋「六書」，舉例分析文字結構。這部《文字形義學》實際並未
涉及到「義」，不過它表明一種傾向：文字學即形義學，也即形體之學。

　　楊樹達也有一部《文字形義學》[22]（1943），分爲「形篇」和「義篇」
兩部分。「形篇」按「六書」類別，分析字形結構。以「會意兼聲」、
「準會意」與「象形、指事、會意、形聲」四大類並列，對每一書又條分
縷析，收列了大量的字例，先徵引許愼之說，再以甲骨文、金文證之，包
含了他研究古文字的許多成果。「義篇」是在作者《訓詁學大綱》、《訓
詁學小史》等基礎上寫成的，「轉注」、「假借」兩書安排在「義篇」
內。「義篇」部分占全書比例不大。這部《文字形義學》在講授過程中，
曾幾易其稿，不斷地增寫修改，至20世紀50年代初寫成定稿，寫定稿未能
出版而散佚。楊樹達在古文字研究方面有著卓越的成就，又精通訓詁、語
法、音韻諸科，因此，他的《文字形義學》不僅吸收了前人和時賢的研究
成果，也是作者數十年治文字學、古文字學、訓詁學、音韻學的結晶，在
「形義派」著作中是體系精密、價值較大的一部。作者曾說：「此書經營
前後十餘年，煞費心思，自信中國文字學之科學基礎或當由此篇奠
定。」[23]

　　1963年出版的高亨舊著《文字形義學概論》，算是「形義派」的殿後
之作。這部書原爲高亨1940年代在大學執教的講義，經多次修訂而成。全
書「以論述文字的形義爲限，至於音韻則少有涉及」。第一章概述「文字
學」的基本概念；第二章「文字起源之傳說」，介紹文字學史關於漢字起
源的不同說法；第三章「文字之變遷」，歷述各類字體之變遷源流；第四
章「六書總論」，概說「六書」名稱、次第與要義；第五章「字形之構

22　楊樹達，《文字形義學》曾定名《中國文字學概要》，1940年湖南大學石印
　　本，1943年以後改爲此名。

23　轉引自楊德豫，〈《文字形義學》概說〉，《楊樹達誕辰百周年紀念集》（湖
　　南教育出版社，1985）。

造」，以「象形、指事、會意、形聲」四書爲綱，分類列舉字例，轉引許說，證以金文、甲骨文，又將由四書綜合而成，不可專歸於某一類的「複體字」並列一節，「數目、干支」字以性質相類也集中一節列之，以上五章重在「字形」研究。第六章「字義之條例」，包括「轉注」、「假借」、「引申義」、「連綿字」、「訓詁略說」等節；第七章「餘論」，述「文字形、音、義相聯繫而滋生之例」及「文字音、義相聯繫而滋生之例」。後兩章偏重於「字義」及文字音、義關係的研究，在全書中不僅所占比例小，而且也不完全等同於「訓詁學」。

「形義派」與「綜合派」相比，似乎有明顯的缺陷，它排除了「音」，只講「形義」，在理論上尚不及「綜合派」圓通。但「形義派」的出現，是文字學由傳統小學逐漸蛻變爲科學文字學體系的過渡。以現代語言學觀點看，文字的音義，是語言學研究的範疇，「音韻學」、「訓詁學」是語言學的一個部門，「文字學」統音韻、訓詁和形體三端是名實不副的。「音韻」分立，是文字學理論體系的一個進步。而「形義派」著作重點均在形體（結構、形體演變等），「訓詁」只占很小的部分，到後來作者已有意識地避免簡單地以「訓詁」替代字義研究，而是探討「形、音、義」及「音與義」的內在關係，這表明「形義派」試圖抹去傳統小學的痕跡，使字義研究真正成爲文字學理論體系的有機部分，而不是「形體」加「訓詁」的拼湊。周兆沅的《文字形義學》則根本不談「義」，按其內容，應屬另一個類型——形體派。

(三)形體派

「形體派」完全以漢字形體結構作爲研究對象而構成體系。「形體派」的研究範圍不僅不包括「音韻」（音），而且也排除「訓詁」（義）。它代表了文字學的主流，其發展大體可分前後兩大階段。呂思勉《中國文字變遷考》（商務印書館，1926）、顧實《中國文字學》（商務印書館，1926）、胡樸安《文字學ABC》（世界書局，1929）、蔣善國《中國文字之原始及其構造》（商務印書館，1930）、容庚《中國文字學形篇》（燕京大

學研究所石印本，1931)等著作，均側重於探討漢字形體的演變和結構。這些著作敘述漢字形體演變，一般都能將甲骨、金文與古、籀、篆、隸、行草等書體相貫通；分析結構，大都遵循「六書」，條分縷析，力求細密。如顧實之書，將「會意」分為正變兩例，「正例」下分兩大類八小類22種，「變例」下分三大類六小類。以上著作大體代表了「形體派」的前一階段，主要是將「訓詁」從文字學中分離出去，以「形體演變」和「六書」作為基本框架，或兼論文字之起源。1949年唐蘭的《中國文字學》問世，代表了「形體派」的重要轉變，標誌著「形體派」科學文字學理論體系的形成。梁東漢的《漢字的結構及其流變》(上海教育出版社，1959)、蔣善國的《漢字形體學》(文字改革出版社，1959)、《漢字的組成和性質》(文字改革出版社，1960)、《漢字學》(上海教育出版社，1987)代表了1950年代以來文字學理論研究的新的進展。1988年出版的裘錫圭的《文字學概要》，則反映出文字學理論研究達到一個更新的高度。下面對唐蘭、蔣善國、裘錫圭的文字學理論研究略作介紹。

　　唐蘭1934年在北京大學任教時，已撰寫了《古文字學導論》。這部講義「分做兩部分：第一部分是由古文字學的立場去研究文字學；第二部分是闡明研究古文字學的方法和規則」[24]。作者在這部書中對古文字學的理論體系做了有益的探索，把古文字學作為文字學的最重要的部分來研究，並提出了著名的「象形、象意和形聲文字」三書說。作者自己曾說：「《古文字學導論》開始溝通了這兩方面(文字學理論和古文字研究)的隔閡，在奄奄無生氣的文字學裡攝取了比《史籀篇》早上一千年的殷墟文字，以及比古文經、《倉頡篇》多出了無數倍的兩周文字、六國文字、秦漢文字。從這麼多而重要的材料裡所呈露出來的事實，使我修正了傳統的說法，建立了新的文字構成論，奠定了新的文字學的基礎。」[25]1949年出版的《中國文字學》進一步發展了作者的文字學見解，完成了科學文字學

24　見唐蘭，《古文字學導論·引言》，《古文字學導論》(齊魯書社，1981)。
25　見唐蘭，《中國文字學》(上海古籍出版社，1979)，頁8。

理論體系的構建。全書由「前論」和「文字的發生」、「構成」、「演化」、「變革」等五大部分組成。唐蘭在書中對近代以來文字學理論研究進行了總結，指出：「民國以來，所謂文字學，名義上雖兼包形、音、義三部分，其實早就只有形體是主要部分了。」「文字學本來就是字形學，不應該包括訓詁和聲韻。一個字的音和義雖然和字形有聯繫，但在本質上，它們是屬於語言的。嚴格說起來，字義是語義的一部分，字音是語音的一部分，語義和語音是應該屬於語言學的。」這樣，文字學就成為「只講形體的文字學」。以字形為核心，「搜集新材料，用新方法來研究文字發生構成的理論，古今形體演變的規律，正是方來學者的責任」[26]。《中國文字學》是一部體系嚴密而又富於創新的著作。「前論」部分對「中國文字學」的歷史、範圍、特點等做了概括的闡述。在「文字的構成」部分，唐蘭首次對傳統「六書」說做了全面批判，認為歷代奉為準則的「許氏『六書』說，在義例上已有很多的漏洞，在實用時，界限更難清晰」，並且提出了他根據古文字材料建立的文字構造「三書」說新系統，在漢字結構理論的研究方面，這是一個重要的突破。這一部分還詳細討論了與文字構成相關聯的「六技」（分化、引申、假借、孳乳、轉注、緟益），以及「圖畫文字」、「記號文字和拼音文字」等問題。「演化」部分，從動態角度，指出研究漢字形體逐漸發生的細微變化，在中國文字學研究方面的重要性。作者深入分析了書寫技術、書寫形式、書寫習慣、書寫心理等方面的變化導致的文字形體的「演化」。「演化」範疇的引入，充分考慮到文字的流動性，對揭示漢字體系中的各種複雜現象有著很大的價值，是對漢字形體演變研究的重要理論貢獻。而「變革」作為「演化」相對應的範疇，是指文字體系的劇烈變動。唐蘭說：「『演化』是逐漸的，在不知不覺間，推陳出新，到了某種程度，或者由於環境的關係，常常會引起一種突然的、劇烈的變化，這就是我們在下章所說的『變革』。」[27]從這些方

---

26 以上引文見唐蘭，《中國文字學》(上海古籍出版社，1979)，頁6、9、25。
27 見唐蘭，《中國文字學》(上海古籍出版社，1979)，頁116。

面，不難看出《中國文字學》在理論上所取得的重要成就。這部書是近代以來最重要的一部理論著作。由於作者深厚的理論修養和堅實的古文字學根底，爲他建立文字學理論體系提供了優越的條件，他所建立的體系對後來的文字學理論研究影響深遠。

蔣善國主要的文字學著作有四種。《中國文字之原始及其構造》分爲兩編，第一編「中國原始文字之探索」，以「語言與文字及原始人對於文字之信念」、「未有文字以前替代文字之工具」、「最初之象形文字」、「中國文字之嬗變與研究之途徑」等爲題分節論述；第二編「中國文字之構成」，以「六書」爲核心，分析漢字構造。作者認爲：「中國之文字學，自漢迄今，代有著述。而皆囿於許氏，未敢遠圖；對於文字創造之程式，及其變遷之淵源，概未探索……今特遠參歐土原始人類之跡，以探中國未有文字以前創造文字之歷程；博考近代發現之古物，以求中國文字本身之構造。」[28]利用西歐所發現的原始文字資料作比較，探討漢字創造歷程，以甲骨文、金文證明文字最初之組成，是這部書的一個比較顯著的特色。

《漢字的組成和性質》一書，以漢字構造爲研究中心，分析其組成、演變和性質，在傳統「六書」的基礎上，建立文字學的科學體系。全書分「象形文字」和「標音文字」兩編。「象形文字」一編，探討了象形文字的種類和區別，以及象形文字的起源、創造方法、演變、優缺點，並將「六書」中的象形字、指事字、會意字納入此編，進行深入的分析；「標音文字」一編，著重研究「假借字」、「轉注字」和「形聲字」，對「形聲字」定名和界說、性質和作用、發生的原因、發展的路線與其素材的關係、組織成分和部位等，都有細緻的闡述，並對形聲字的「聲符」和「義符」做了較深入的討論。關於漢字的性質，著者認爲：「隸變後，象形字、指事字和會意字的因素一天一天地湮沒下去，假借字、轉注字和形聲

28 見蔣善國，《中國文字之原始及其構造》1928年〈自序〉（上海商務印書館，1930）。

字，在形聲的主潮下，大量地發展起來，把象形兼表意的文字變成表意兼標音的文字了。」在指出了形聲字義符和聲符的缺陷後，作者主張「廢除形聲字，直接改用拼音文字，使漢字由標音、表意走向純粹拼音」[29]。

《漢字形體學》一書，則以漢字的形體演變爲研究線索。作者以殷周至秦代爲「古文字時代」，漢代至現代爲「今文字時代」，「古文字是象形兼表意文字，今文字是表意兼標音文字」。秦末是轉捩點，「以古隸(秦隸)作過渡形式」。「古文字時代」又分爲「大篆時代」(包括甲骨文、金文、石鼓文和詛楚文、籀文、古文)、「小篆時代」兩節；「過渡時代」重點討論「古隸」和「隸變」；「今文字時代」述「今隸」、「眞書」、「草書」、「行書」、「簡體字」等字體的原委和特點等。該書關於「隸變」的研究尤爲深入，發明也甚多，如指出隸變轉化小篆的面貌通過訛變、突變、省變、簡變四種方式，歸納出隸變過程中字形分化的61種類型，偏旁混同的89種類型，並揭示了隸變對漢字意義的影響及對漢字質變所起的巨大作用，凡此之類，大都發前人之未發。通過系統的考察，著者認爲漢字形體演變從總的方面分析可有八點結論：(1)漢字是人民大眾逐漸分別創造的，不是一個人或一個時代創造出來的；(2)漢字在發展史上，各階段字體的形式是漸變而不是突變；(3)新舊文字的行廢更替，存在著交叉和若干時期的並行；(4)漢字是由寫實的象形變成符號或筆畫，也就是漢字形體由直接表意變成間接表意；(5)漢字形體的新陳代謝，筆勢的變革占優勢；(6)漢字的演變是一種形體簡化作用；(7)漢字的發展是由獨體趨向合體；(8)每一種新體字多半先從民間產生和通用，後來才漸漸取得合法的地位，代替了舊字體[30]。

蔣氏著《漢字學》[31]一書，是著者數十年研究漢字結構和發展規律，探求文字學科學體系的總結性著作。全書共由「緒論」和「漢字的起源」、「漢字的特點」、「漢字的創造類型」、「漢字的發展」等四編構

29 見蔣善國，《漢字的組成和性質》(文字改革出版社，1960)，頁33、296。
30 參閱蔣善國，《漢字形體學》(文字改革出版社，1959)。
31 蔣善國，《漢字學》(上海教育出版社，1987)。

成。「漢字的起源」一編中，蔣氏將「結繩」、「刻契」、「文字畫」和「象形文字的形成」納入文字形成總的歷史過程來分析，並吸收了利用考古發現材料研究漢字起源所取得的最新成果。「漢字的特點」一編，對漢字的書寫及形、音、義等方面的特點做了細緻的介紹。「漢字的創造類型」一編，對漢字結構的四種類型(即象形、指事、會意、形聲)做了分析，尤詳於形聲。「漢字的發展」一編，在論述「一般文字體系的演變的規律」之後，以「音化」和「簡化」為綱，用「音化」將「假借」、「轉注」、「形聲的產生」、「通假」、「同音替代」、「輔助表音法」等貫串起來；用「簡化」將「大篆」(包括甲骨文、金文)、「小篆」、「隸書」、「草書」、「眞書」、「行書」、「簡化字」等貫串起來，從而構成了漢字發展的兩大系統。

　　裘錫圭的《文字學概要》[32]是一部頗有深度的著作。該書是作者在漢字課講義的基礎上寫成的。全書共有十三章，前三章討論漢字的性質、形成和發展等問題；第四、五章闡述漢字形體的演變；第六到第九章研究漢字的結構理論，分析了「表意字」、「形聲字」和「假借」三種結構類型；第十章至第十二章主要論述漢字形、音、義之間的歧異、分化和錯綜關係；第十三章概述歷代漢字的整理和簡化工作。作者利用了出土和歷代典籍保存的大量文字資料，吸收了前人的研究成果，在漢字理論方面取得許多重要進展，有關漢字形成、形體演變、基本結構類型等問題的討論，也都大大超出了前人。全書之中創新之論隨處可見，如對「記號字」、「半記號字」、「表意字」、「變體字」、「同形字」、「同義換讀」、「多義字」等概念的論述，均頗多發明。這部書有兩個顯著特點：一是作者古文研究造詣深厚，在漢字形成、形體演變和結構類型的分析中，對古文字資料的全面整理、研究和恰當運用，為理論的闡述奠定了堅實的基礎。全書資料豐富，論據充分，結論可靠。二是作者構思縝密，論述嚴謹，全書具有較強的科學性和相當的理論深度。可以認為，這部書是繼唐

32　裘錫圭，《文字學概要》(商務印書館，1988)。

蘭《中國文字學》之後，文字學理論研究和體系建構方面最有成就的一部
著作，它代表了當代文字學理論研究的水平。

　　以形體爲基礎的文字學體系，研究對象單純，範圍明確，較「綜合
派」與「形義派」是一大進步，1930年代以後，逐漸成爲文字學理論的主
流。「形義派」著作注重研究漢字的發生、演變、結構類型及形、音、義
的錯綜關係，初步建立了有特色的漢語文字學理論體系。

　　以上我們所分三派，只是爲了便於對文字學三種基本類型的著作和體
系的稱述。就歷史沿革看，從形、音、義綜合研究，到以形義爲主要研究
對象，再到以形體爲研究對象，體現了近代以來探索漢語文字學理論體系
的進展，也顯示了傳統小學向科學語言學、文字學轉變的歷程。

三、文字學理論的主要進展

　　漢字基本理論問題的研究，近代以來取得了重要進展，傳統的漢語文
字學開始了向現代語言文字學的過渡，出版了一大批理論專著，發表了數
量可觀的文字學理論研究文章。這得力於兩個因素：一是受西方學術的影
響，形成了研究理論和建立科學體系的風氣；二是古文字資料的大量發現
和古文字學的繁榮，爲文字學基本理論的研究創造了有利的條件。上文有
關章節，已經涉及到許多理論研究問題，這裡再作一簡要概括。

(一)關於漢字起源的研究

　　漢字起源問題是漢字研究最古老的課題，文字學萌芽時期的傳說和猜
想，體現了古人在這方面的思考。但是，近代以前，這一問題的研究並沒
有取得實質性進展，像鄭樵那樣能指出「書與畫同出」已經相當不容易了
(詳見本書第二編第三章)。20世紀以來，文字源於圖畫的觀點，較爲普遍
地爲人們所接受，如沈兼士、唐蘭、蔣善國等人都曾明確地指出了象形文

字與繪畫的源流關係[33]。50年代以後，西安半坡仰韶文化、山東大汶口文化等遺址中，先後發現了原始文字符號，爲漢字起源的研究提供了寶貴的資料。1972年郭沫若發表了〈古代文字之辯證的發展〉一文，明確提出「可以以西安半坡村遺址距今的年代爲指標」，確定漢字的起源時間，認爲「半坡遺址的年代，距今有六千年左右」，「這也就是漢字發展的歷史」。「彩陶上的那些刻畫記號」，「就是中國文字的起源，或者中國原始文字的孑遺」，「代表漢字的原始階段」。這篇文章還認爲：「中國文字的起源應當歸爲指事與象形兩個系統，指事系統應當發生於象形系統之前。」[34]郭氏根據考古材料提出的這些看法，是漢字起源問題研究的重要突破。其後于省吾、唐蘭等人都曾研究過半坡遺址和大汶口文化遺址的文字符號，發表了一批討論漢字起源和形成問題的文章[35]。裘錫圭〈漢字形成問題的初步探索〉一文，對考古發現的與漢字有關的仰韶、馬家窯、龍山和良渚等文化的記號及大汶口文化的象形符號，進行了較爲全面的探討，提出了關於漢字形成問題的初步看法[36]。後來在《文字學概要》一書中，對這一問題也展開了討論。裘錫圭認爲，半坡型符號所代表的絕不是一種完整的文字體系，說它們是原始文字可能性也非常小，除了少量符號(主要是記數符號)爲漢字所吸收外，它們跟漢字的形成大概沒有什麼直接關係。大汶口文化象形符號已經用原始文字的可能性應該是存在的。漢字形成過程開始的時間，大約不會晚於西元前3000年中期，形成完整的文字

---

33 參閱沈兼士，《文字形義學》上篇，唐蘭《古文字學導論》上編，蔣善國《中國文字之原始及其構造》第一編。

34 參閱郭沫若，〈古代文字之辯證的發展〉，載《考古學報》1972年第1期。該文後又收入《奴隸制時代》(人民出版社，1972)。

35 先後發表的論文主要有：于省吾，〈關於古文字研究的若干問題〉，載《文物》1973年第2期；唐蘭，〈關於江西吳城文化遺址與文字的初步探索〉，載《文物》1975年第7期；又〈從大汶口文化的陶器文字看我國最早文化的年代〉，《光明日報》1977年7月14日，載《史學》第69期；陳煒湛，〈漢字起源試論〉，載《中山大學學報》1978年第1期；汪寧生，〈從原始記事到文字發明〉，載《考古學報》1981年第1期，等等。

36 參閱裘錫圭，〈漢字形成問題的初步探索〉，載《中國語文》1978年第3期。

體系的時間大概在夏商之際(約在前17世紀前後)[37]。由於原始漢字資料有限,對漢字起源的研究,目前仍還是初步的。但利用考古發現探討漢字的源頭,推測漢字體系形成的過程和時間,並獲得初步的看法,這是近年來文字學基本理論研究的一大進展。

(二)關於漢字字形發展演變的研究

這也是文字學創立時期就開始研究的重要問題之一。許慎《說文‧敘》根據當時所見的文字材料,勾勒出這樣一個字形演變的程式:古文—大篆(史籀)—小篆(李斯等)—隸書。就許慎時代保存的文字形體看,這個程式大抵是正確的,歷代論述字形的發展演變,基本都遵循許氏的劃分,只在「隸書」之後加上「楷(真)書、行書、草書」等體。甲骨文發現後,使人們得以看到殷商文字形體的真實形態,對金文的斷代研究,又加深了人們對兩周文字形體演變的具體認識,尤其是新出土的大批兩周金文、戰國文字、秦系文字及漢代早期文字資料,為字形發展演變的研究提供了充分的依據。蔣善國所著《漢字形體學》是研究字形演變的一部力作,上節已作了介紹。1970年代以來字形研究的主要成績表現在兩個方面:第一,利用出土的文字形體,描述字形的發展演變。此前出版的著作,大多將甲骨、金文列於字形演變系列中作簡單的介紹。近年來對字形演變的分析則趨於細密,在追索縱的發展過程時,還考慮到區系的差異。張振林在〈試論銅器銘文形式上的時代標記〉一文中,對商周一千多年的銘文外部形態的變化做了細緻的分析[38]。裘錫圭在《文字學概要》中,將漢字形體演變分為「古文字」和「隸楷」兩大階段。古文字階段,汲取唐蘭的區系劃分,按「商代文字」、「西周春秋文字」、「六國文字」、「秦系文字」、「隸書的形成」等幾大部分,以時代為綱,兼顧區系差別;隸楷階段,包括漢隸的發展、隸書對篆文字形的改造、漢代的草書、新隸體和早

---

37 參閱裘錫圭,《文字學概要》(商務印書館,1988),頁27。

38 參閱張振林,〈試論銅器銘文形式上的時代標記〉,《古文字研究》第5輯(中華書局,1981)。

期行書、楷書的形成和發展及草書和行書的演變等內容。裘錫圭對字形演變的分析，完全是建立在出土和傳世的文字實物的基礎上的，對字形演變的諸種現象、特點和時限等都有精到論述，基本客觀地反映了漢字字形發展演變的歷史面貌和進程。第二，總結和探討字形發展的規律。字形發展演變規律的研究，主要在1950年代以後。如梁東漢《漢字的結構及其流變》一書，研究了漢字發展過程中簡化和繁化的趨勢，揭示了漢字「新陳代謝」的必然性，通過對各種現象的分析，指出漢字新陳代謝的規律就是「簡化」和「表音」，「方塊漢字新陳代謝的全部歷史實際上就是一部表音和簡化的歷史」[39]。蔣善國從文字體系和形體演變兩方面，將漢字發展的規律，概括為「音化」和「簡化」兩種[40]。林澐通過對古文字資料的總結，認為字形演變有「簡化」、「分化」和「規範化」三大主要規律[41]。高明則認為漢字形體演變的規律主要是「簡化」和「規範化」[42]。綜合各家研究，關於漢字形體發展演變的規律，主要有「簡化」、「音化」、「分化」、「規範化」等四種，這一問題還需要作進一步的深入研究。

(三)關於漢字結構方法及其類型的研究

漢字結構的研究與文字學史同時起步，作為漢字結構的「經典」理論「六書」，一直為歷代文字學者所遵循。1930年代始，由於利用出土材料對個體文字結構分析的深入，糾正了《說文》的許多錯誤，人們有機會認識到更多的早期文字結構形態，為漢字結構研究的突破準備了條件。上文介紹的唐蘭的「三書說」，首次對傳統「六書」進行了批判，提出了漢字結構的新的理論，這是文字學史上的一次創舉[43]。唐蘭尊重地下出土的文字資料，不固守傳統，敢於突破「經典」，對後來漢字結構的研究有著重

39　見梁東漢，《漢字的結構及其流變》(上海教育出版社，1959)，頁189。
40　參閱蔣善國，《漢字學》第四編(上海教育出版社，1987)。
41　參閱林澐，《古文字研究簡論》第三章(吉林大學出版社，1986)。
42　參閱高明，《中國古文字學通論》第三章(文物出版社，1987)。
43　參閱唐蘭，《古文字學導論》上編·二(齊魯書社，1981)；唐蘭《中國文字學》「文字的構成」一章(上海古籍出版社，1979)。

要的開拓意義。張世祿用「寫實法」、「象徵法」和「標音法」來概括中
國文字的構造[44]。陳夢家在《殷虛卜辭綜述》中第一個批評了唐蘭的「三
書說」的不完善，認爲「象形、假借和形聲是從以象形爲構造原則下逐漸
產生的三種基本類型，是漢字的基本類型」[45]。林澐根據漢字記錄語言的
方式，「充分重視歷史上存在過的『六書』的框框」，對古文字現象進行
了科學的總結和具體的分析，指出漢字在形成文字體系時，使用了「以形
表義」、「以形記音」和「兼及音義」三種基本的結構方法[46]。

　　裘錫圭著《文字學概要》繼陳夢家之後，對唐蘭的「三書說」提出了
較深入的批評，認爲「三書說」存在以下四方面的問題：(1)把「三書」
跟文字的形、義、聲三方面相比附；(2)沒有給非圖畫文字類型的表意字
留下位置；(3)象形、象意的劃分意義不大；(4)把假借字排除在漢字基本
類型之外。裘氏以爲唐蘭的「三書說」沒有多少價值，而肯定陳夢家的新
「三書」，只是將陳氏所說的「象形」改爲「表意」，並說：「把漢字分
成表意字、假借字和形聲字三類。表意字使用意符，也可以稱爲意符字。
假借字使用音符，也可以稱爲表音字或音符字。這樣分類，眉目清楚，合
乎邏輯，比『六書』說要好得多。」對這「三書」，作者進行了細緻的分
類和深入的研究，同時還注意到不能納入「三書」的「記號字、半記號
字、變體表音字、合音字、兩聲字」等特殊類型[47]。裘錫圭對漢字結構的
研究全面深入，舉例豐富，分析精確，材料可靠，表明漢字結構理論的研
究跨入了一個新的階段。

(四)關於漢字性質的研究

　　漢字性質問題是西方語言學傳入後才提出的。西方學者根據文字符號
的功能，將人類文字體系分成「表意文字」和「表音文字」兩大類型，漢

44　參閱張世祿，《中國文字學概要》第四章(文通書局，1941)。
45　見陳夢家，《殷虛卜辭綜述》第二章(中華書局，1988)。
46　參閱林澐，《古文字研究簡論》第一章(吉林大學出版社，1986)。
47　參閱裘錫圭，《文字學概要》之六、七、八、九章(商務印書館，1988)。

字則被作為典型的表意文字體系。這種觀點曾被我國語言文字學者普遍接受，有相當的影響。如沈兼士講授《文字形義學》時，即說：「綜考今日世界所用之文字，種類雖甚繁多，我們把它大別起來，可以總括為兩類：(1)意符的文字，亦謂之意字。(2)音符的文字，亦謂之音字。」[48]「意字」、「音字」就是「表意文字」和「表音文字」。1950年代以來，國內學者對漢字性質的問題發表了一些新的看法。周有光認為，文字制度的演進，包括「形意文字」、「意音文字」和「拼音文字」三個階段，漢字是一種「意音制度」的文字[49]。曹伯韓則把世界文字分為「意音文字和拼音文字」兩大類型，也主張漢字是「意音文字」[50]。裘錫圭認為：「漢字在象形程度較高的早期階段(大體上可以說是西周以前的階段)，基本上是使用意符和音符(嚴格說應該稱借音符)的一種文字體系；後來隨著字形和語音、字義等方面的變化，逐漸演變成為使用意符(主要是義符)、音符和記號的一種文字體系(隸書的形成可以看做這種演變完成的標誌)。如果一定要為這兩個階段的漢字分別安上名稱的話，前者似乎可以稱為意符音符文字，或者像有些文字學者那樣把它簡稱為意音文字；後者似乎可以稱為意符音符記號文字。考慮到這個階段的漢字裡的記號幾乎都由意符和音符變來，以及大部分字仍然由意符、音符構成等情況，也可以稱它為後期意符音符文字或後期意音文字。」[51]國外學者根據文字與語言的關係，還提出漢字是「表詞文字」[52]、「詞—音節文字」[53]、「語素文字」[54]等各種不同的看法。有關漢字性質問題的不同看法和爭論，往往是由於論述者視角不一造成的。裘錫圭闡述對漢字性質的看法，把重點放在分析漢字所使用的符號的性質上，認為：「一種文字的性質就是由這種文字所使用的符號

---

48 見《沈兼士學術論文集》(中華書局，1986)，頁386。

49 參閱周有光，〈文字演進的一般規律〉，載《中國語文》1957年第7期。

50 參閱曹伯韓，〈文字和文字學〉，載《中國語文》1958年第6-7期。

51 見裘錫圭，〈漢字的性質〉，載《中國語文》1985年第1期。

52 見布龍菲爾德，《語言論》第360頁，袁家驊等譯(商務印書館，1980)。

53 見格爾伯，《文字的研究》第三章(芝加哥大學出版社，1963)。

54 見趙元任，《語言問題》(商務印書館，1980)，頁144。

的性質決定的。至於究竟給漢字這種性質的文字體系安上一個什麼名稱，那只是一個次要的問題。」[55]我們認為這一看法對進一步開展漢字性質的討論具有一定的指導意義。

通過上述簡要的介紹，可見近代以來在漢字起源、發展、結構和性質等基本理論研究方面所取得的成果，是燦爛奪目的。但是，從文字學理論建設來看，這方面的研究還是比較薄弱的，研究視野比較狹窄，課題也較單調，無論從深度還是廣度來看，都還不能適應建立科學的漢語文字學理論體系的需要，許多問題有待進一步的研究和探討。

除上述基本理論的研究外，近幾十年來有關《說文》學這一傳統課題，先後出版了馬敘倫的《說文解字六書疏證》(科學出版社，1957)、張舜徽的《說文解字約注》(中州書畫社，1983)、陸宗達的《說文解字通論》(北京出版社，1981)、姚孝遂的《許慎與《說文解字》》(中華書局，1983)等有影響的著作。這些著作體現了《說文》學隨時代進展而取得的新的進步。在文字學史方面，有胡樸安的《中國文字學史》(商務印書館，1937)問世，這是第一部總結文字學發展歷史的著作，到我們撰寫本書時，尚無後繼之作。現代漢字的研究也做了許多開拓性工作，如對漢字認識心理的研究、關於現代漢字字量和漢字資訊處理的研究，等等，漢語文字學的一個新興分支「現代漢字學」已經初露端倪。

---

55 見裘錫圭，〈漢字的性質〉，載《中國語文》1985年第1期。

第七章
清末以來的漢字改革運動

　　清代末年，殖民主義者用洋槍洋炮打開了古老中國長期關閉的門戶，資本主義的文明和科學技術也隨之傳入。由中國本土發展起來的古老文化，與外來的西方文化發生了前所未有的碰撞和衝突。面對帝國主義的入侵和一種全新的先進文化的挑戰，進步的中國知識分子與有識之士，開始了對中國社會和文化傳統的深刻反思與重新評價，以尋求中華民族和中國文化的出路。正是在這種歷史文化背景下，萌發和產生了漢語文字學史上歷時最久、規模最大的漢字改革運動。

一、清末的拼音文字運動及其發展

　　清末的拼音文字運動與西方傳教士的傳教活動有著密切關係，其遠源可追溯到明代末葉。明萬曆三十三年(1605)，義大利耶穌會傳教士利瑪竇(Matteo Ricci, 1552-1610)在北京出版了《西字奇蹟》一卷。這是第一份系統地用拉丁字母拼注漢字讀音的方案[1]。明天啓五年(1625)，法國耶穌會傳教士金尼閣(Nicolas Trigault, 1577-1628)對利瑪竇的拼音方案加以修訂，撰寫了一部用羅馬字注音的漢字字彙《西儒耳目資》，次年在杭州出版。這部書雖然是為幫助西洋人學習漢字和漢語而編寫的，但是作者所用的注音方法對明末清初的文字學者有很大的啓發。拉丁字母(羅馬字)注音不僅給傳統的漢字注音方法開闢了一個新的途徑，而且中國的文字學者還

---

[1]　參閱《明末羅馬字注音文章》(文字改革出版社，1957)。

由此萌發出創立拼音文字的思想。「二百年後製造和推行注音字母或拼音字母的潮流」，即發端於此 [2]。

(一)教會羅馬字運動

清初到鴉片戰爭前，中國推行的是閉關爲治的方針，西洋傳教士的活動受到抑制，明末以來的字母注音和拼音的研究，未能得到發展。隨著鴉片戰爭的失敗，殖民主義者侵入中國，西洋傳教士又乘機而動，基督教首先在沿海城市得到了廣泛的傳播。爲了「普及」基督福音，傳教士翻譯《聖經》時，採用了以羅馬字拼寫當地方言的方法，從而形成了規模甚大的「教會羅馬字運動」。19世紀末到20世紀初，至少有17種方言用羅馬字拼音 [3]，不同方言譯本的羅馬字《聖經》廣爲流傳。1850年廈門話羅馬字《聖經》即已印行，到1926年銷售達四萬餘部。1921年閩南教區發行的146967部出版物中，有五萬部是用方言羅馬字印刷的。據統計，1891至1904年，羅馬字《聖經》的總銷售量達137,870部 [4]。由此可見「教會羅馬字運動」的一時之盛。

由西洋基督徒們掀起的「羅馬字運動」，本身是一種宗教文化入侵的產物，與此同時，「教會羅馬字」的推行，無可避免地與中國傳統的漢字體系發生了尖銳的衝突。傳教士們在倡導「教會羅馬字」時，開展了對漢字體系的批判。他們認爲：識字本身不是目的，只是觀念和知識傳達的方法，能以最少的勞力達到這一目的的，就是最有效的方法 [5]。羅馬字可以簡便迅速地傳達思想，是打開知識大門的鑰匙 [6]，而漢字繁難費時，一般

2　參閱陳望道，〈中國拼音文字的演進〉(1939)，收入《陳望道文集》第三卷(上海人民出版社，1981)。
3　參閱倪海曙，《中國拼音文字運動史簡編》(以下稱《簡編》)(時代出版社，1950)。
4　轉引自《簡編》(時代出版社，1950)，頁19。
5　轉引自《簡編》(時代出版社，1950)，頁13。
6　轉引自《簡編》(時代出版社，1950)，頁18。

人不易掌握，是科學化教育的最有力的障礙[7]。因此，一些傳教士進而主張用羅馬字拼音代替漢字，推行拼音文字。漢字在漢民族乃至中華各民族人民的心目中，地位從來是神聖無比的。此時，漢字的神聖地位被這些教士撼動了，這件事意味著一個古老民族和文化面臨的深刻危機。由於「教會羅馬字」本身的局限以及中國知識分子對漢字的捍衛，「教會羅馬字」最終並未取得勝利。到民國成立以後，它已日趨消沈。但是，「教會羅馬字運動」短期內在宣傳、普及宗教文化方面所取得的成績，顯示了推行拼音文字在文化普及中的巨大魅力。此後拼音文字的倡導和漢字改革運動的開展，都深受它的影響。

(二)切音字運動

　　19世紀末葉，中國進步的知識分子受「教會羅馬字運動」的影響和啟發，本著普及教育、發展科學、振興國家的願望，開始了漢字改革的嘗試。福建同安人盧戆章(1854-1928)第一個開始了中國拼音文字的創製。1892年，他出版了《一目瞭然初階》(中國切音新字廈腔)，創造了55個變體拉丁字母記號，製成一套音標，並名為「切音新字」。盧戆章的「切音新字」是早期漢字改革的代表，許多進步知識分子雲起回應，形成了一個「切音字運動」。從1892年到辛亥革命(1911)，共問世切音字方案28種之多。這28種方案，按字母形式，可以分為三種類型：(1)漢字筆畫式的，吳敬恒、王照、陳蚪、李元勳、劉孟揚、勞乃宣、楊瓊、馬體乾、章炳麟、黃虛白、鄭東湖等人共擬訂了14種不同的筆畫式拼音方案。盧戆章後來也廢棄變體拉丁字母式方案，改用筆畫式，1906年出版了《中國字母北京切音教科書》和《中國字母北京切音合訂》等著作。(2)速記符號式的，蔡錫勇、沈學、力捷三、王炳耀等四人的字母方案，受歐美速記符號的影響，採用斜正彎曲的速記符號構成，共有五種。(3)拉丁字母式的，朱文熊、江亢虎、劉孟揚、黃虛白等人所制訂的五種方案，採用拉丁字

7　轉引自《簡編》(時代出版社，1950)，頁18、20。

母，或兼用其他字母符號。除以上三種主要類型，還有其他「雜類」[8]。

　　在上述「切音字」方案中，以王照(1859-1933)和勞乃宣(1843-1921)的方案影響最大。王照曾參與「戊戌變法」，1898年變法失敗，他逃往日本，受日本假名影響，創製了「官話字母」。這些字母採用漢字減筆而成，是筆畫式的拼音方案。1900年他秘密回國，並以「蘆中窮士」爲名，出版了《官話合聲字母》。王照的方案有「音母」(聲母)50個，「喉音」(韻母)12個，共62個。方案強調以北京音爲標準音，採用雙拼制，拼寫白話。這套字母力求簡便、易學、實用。他說：「偶欲創製官話字母，以便鄉愚之用，閉戶掩卷，逐字審聽，口呼手畫，數十日考得一切。」[9]又說：「學字母也很容易，聰明的三五天，魯笨的不過十天，就可以學會。」[10]王照爲推行他的方案做了不懈的努力：1901年他到北京求見李鴻章，宣傳普及下層教育和他的拼音文字，結果未能如願。1903年他又秘密進京，創辦「官話字母義塾」，排印課本，培養學生，此時他尚爲被通緝的犯人。1904年他自首入獄，這時「官話字母」影響已越來越大，不僅得到開明知識分子的回應，一些社會名流也予以宣揚和支援。袁世凱屬下的直隸學務處還通令全省啓蒙學堂傳習「官話字母」，把它列入師範和小學的課程。1905年王照獲赦，到保定創辦「拼音官話書報社」，以刊印官話字母讀物，次年遷至北京，先後出版《地文(理)學》、《動物學》、《植物學》、《家政學》、《對兵說話》、《三字經》、《百家姓》等各類普及讀物，又刊印《拼音官話報》一種。至宣統二年(1910)，「官話字母」被清攝政王載灃封禁。十餘年間，刊印的各類官話字母讀物六萬餘部，傳習至十三省。「官話字母」是清末影響最大的一種方案。

　　在王照「官話字母」遭禁的時候，勞乃宣的「合聲簡字」方案，在南

8　參閱倪海曙，《清末中文拼音運動編年史》所附〈清末中文拼音方案一覽表〉
　　(上海人民出版社，1959)；周有光《漢字改革概論》(文字改革出版社，
　　1961)，頁53-57附表。

9　見王照，《官話合聲字母・原序》，《官話合聲字母》(文字改革出版社，
　　1957)。

10　〈出字母書的緣故〉，見《官話字母讀物》八種(文字改革出版社，1957)。

方已廣泛推行。勞乃宣的「合聲簡字」是根據王照的「官話字母」，補充南方話特有的音素，拼讀南方方言的拼音方案，如爲南京話、蘇州話擬訂的「寧音」、「吳音」等方案。他設計這些方案意在：「以土音（南方方言）爲簡易之階，以官音（北京音）爲統一之的。」[11]以便普及教育，統一國語。1905年出版了《增訂合聲簡字譜》（即寧音譜）、《重訂合聲簡字譜》（即吳音譜）兩書，並在南京設立「簡字學堂」，先辦師範班，再招普通學生，推而廣之，轉相傳授，江浙各地通曉者甚多。1907年又出版《京音簡字述略》、《簡字全譜》，《簡字全譜》中補進《閩廣音譜》。當時，江寧40所初等學堂曾附設「簡字科」。1908年他向慈禧進呈《簡字譜錄》，奏請頒行，並提出推行的具體辦法。慈禧旨諭學部議奏，沒有結果。1909年清廷籌備立憲，他又一次奏請，學部仍置之不議。於是，他只得轉向社會，與一批名流在北京成立「簡字研究會」。1910年王照的「官話字母」被查禁之後，籌備立憲的資政院先後收到六個呈請說帖，請求推行「合聲簡字」。資政院推嚴復審查，嚴氏審查後，擬出報告，認爲：「陳請推行官話簡字」的六件說帖，「大旨謂我國難治之原因有二：教育不普及也，國語不統一也，而皆以不用官話拼音文字之故」。「簡字足以補漢字之缺，爲範正音讀，拼合國語之用，亦復無疑。」並提出四點推行辦法：(1)正名，改稱「音標」；(2)試辦，以宣統三年(1911)爲試辦期；(3)審訂方案，審擇修訂標準方案；(4)規定用法，一是範正漢文讀音，一是拼合國語。嚴復的報告資政院通過後提交學部，後又改送「中央教育會議」去公決，最後通過了一個「統一國語辦法案」。但是同年十月，辛亥革命爆發，這個決議案並未實施。清末二十年的「切音字運動」，是中國進步的知識分子在外來文化的影響下，自覺改革漢字的開始。他們進行了大膽的嘗試和不懈的努力，不管是失敗的教訓，還是成功的經驗，都爲後來的拼音文字運動提供了可貴的借鑑。

---

11 見〈簡字叢錄：致中外日報書〉，收入《簡字譜錄》（文字改革出版社，1957）。

(三)注音字母方案

民國成立後的「注音字母」方案，可以說是清末以來有識之士倡導切音字的結果。1912年北京召開「中央臨時教育會議」，提出「採用注音字母案」。1913年教育部召開「讀音統一會」，特聘和各地派來的代表共44人參加，會長為吳敬恒，副會長王照，不少切音字倡導者參加了會議。會議的議程有三：一是審定一切字音的法定國音；二是核定所有音素總數；三是採定表示每一音素的字母。按照這個議程，會議共審定國音六千五百多字，每字下注明「母」(聲母)、「呼」(四呼)、「聲」(四聲)、「韻」(韻部)，另外附帶審定了六百多個俗字和學術新字。會議核定音素後，在「採定字母」時，各方意見分歧甚大，新舊切音字母五花八門，一時難以裁定。最後經浙江會員馬裕藻、朱希祖、許壽裳、錢稻孫和部員周樹人(魯迅)等提議，採用以章炳麟「紐文」、「韻文」改造而成的審音用的「記音字母」，經討論修訂，形成了一套正式的「注音字母」方案，同時還議定了七條推行辦法。這樣，清末以來有識之士們傾盡心血的「切音字運動」，只結出了「注音字母」這個變異的果實，頗有違切音字倡導者的初衷[12]。這套「注音字母」方案，由於政局變動，也未及時推行，直到1918年才由教育部公布，其間頗經歷了一番周折。民國十九年(1930)，「全國教育會議」又改「注音字母」為「注音符號」。

(四)國語羅馬字運動

在「注音字母」公布之時，胡適、陳獨秀等人已經高舉「文學革命」的大旗，打倒文言，提倡白話，實行語文改革，形成了一股勢不可擋的浪潮，「漢字革命」作為一個更徹底、更明確、更大膽的口號被提出來了。

1918年，錢玄同在《新青年》四卷第四號上發表了〈中國今後之文字問題〉的通信，提出廢棄漢字和漢語。他說，「欲廢孔學，不可不先廢漢

---

12 見《簡編》(時代出版社，1950)，頁67。

文；欲驅除一般人之幼稚的野蠻的頑固的思想，尤不可不先廢漢文」。
「中國文字，論其字形，則非拼音而爲象形文字之末流，不便於識，不便
於寫；論其字義，則意義含糊，文法極不精密；論其在今日學問上之應
用，則新理新事新物之名詞，一無所有；論其過去之歷史，則千分之九百
九十九爲記載孔門學說及道教妖言之記號。此種文字，斷斷不能適用於20
世紀之新時代！」這種文字，自然要革它的「命」！陳獨秀、胡適隨之回
應，但陳獨秀認爲漢字與漢語屬不同性質的問題，主張過渡時期「先廢漢
文(字)，且存漢語，而改用羅馬字母書之」[13]。胡適贊成陳獨秀的看法，
認爲「凡事進行總有個次序，我以爲中國將來應該有拼音的文字」[14]。此
後，《新青年》、《新潮》、《國語月刊》等雜誌，都先後發表了討論漢
字改革的文章。《國語月刊》一卷七期出了「漢字改革號」，掀起了漢字
改革運動的高潮。專號節錄重登了傅斯年於《新潮》一卷三期上發表的
〈漢語改用拼音文字的初步談〉一文。這篇文章明確地提出實行拼音文字
的可能性，並對拼音文字方案提出初步的看法。文章的內容有五點：(1)
「漢字應當用拼音文字替代否？」答案是：「絕對的應當！」理由是：文
字是表現語言的工具，工具就要求方便，漢字難學、費時、難寫，效用
低，遠不如拼音文字方便。(2)「漢語能用拼音文字表達否?」答案是：
「絕對的可能！」理由是：漢語不是純粹的單音節，以「詞」作單位，可
以用拼音文字表達。(3)「漢字能無須改造，用別種方法補救否？」答案
是：「絕對的不可能！」(4)「中文拼音文字如何製作？」答案是：「字
母以羅馬字母爲藍本，字音用藍青官話，文字結構以『詞』爲單位。」
(5)「漢語的拼音如何施行？」答案是：「先從著作拼音文字字典起。」
錢玄同的〈漢字革命！〉一文，以更激烈的言辭，更鮮明的態度否定漢
字。他宣言：「漢字不革命，則教育決不能普及，國語決不能統一，國語
的文學決不能充分的發展，全世界的人們公有的新道理、新學問、新知識

13　參閱《新青年》四卷第四號，錢玄同通信之後所附陳獨秀答書。
14　參閱《新青年》四卷第四號，錢文後附胡適之跋語。

決不能很便利、很自由地用國語寫出。」漢字「和現代世界文化格格不
入」，非革命不可。另外，從變革史看，漢字也是「由表意而變爲表音」
的，因此，「漢字的根本改革」就是「改用羅馬字母式之拼音」。他還提
出了十項具體的工作。蔡元培在專號上發表了〈漢字改革說〉一文，主張
採用拉丁字母(羅馬字母)，對採用拉丁字母的理由也做了充分的說明。黎
錦熙〈漢字革命軍前進的一條大路〉，比較系統地研究了拼音文字的「詞
類連書」問題，強調了「詞類連書」對實行拼音文字的重要性。趙元任
〈國語羅馬字研究〉一文，詳細研究了國語羅馬字的有關問題。文章包
括：(1)反對羅馬字的十大疑問；(2)國語羅馬字的草稿；(3)凡是擬國語
羅馬字的應該注意的原則；(4)關於國語羅馬字的未定的疑點；(5)國語羅
馬字推行的方法等五大部分。在這前後，還有許多雜誌都發表了有關漢字
改革的討論文章。漢字改革作爲「五四」新文化運動的一部分，引起了熱
烈的論爭，產生了廣泛的社會影響，採用國語羅馬字的呼聲也日趨一致[15]。

　　1923年錢玄同向「國語統一籌備會」提出了〈請組織國語羅馬字委員
會案〉，希望組織一個「國語羅馬字委員會」具體研究、徵集各方意見，
「定一種正確、使用的『國語羅馬字』來」。同時籌備會也收到其他類似
的提案。經籌備會討論，8月29日決議組織「國語羅馬字研究委員會」，
指定錢玄同、黎錦熙等11人爲委員。因時局變動，委員會未能及時展開工
作。次年，劉復發起「數人會」，五名在京的委員都加入了「數人會」。
「數人會」經過一年22次聚談，議定了一份《國語羅馬字拼音法式》。
1926年9月14日，「國語羅馬字拼音委員會」正式開會議決通過，並呈請
教育部公布。同年11月9日，由「國語統一籌備會」非正式頒布了這個方
案。1928年9月，國民革命軍統一南北，在蔡元培的努力下，大學院(教育
部)才將這一方案作爲「國音字母第二式」正式公布。「國語羅馬字」是
清末漢字改革運動以來第一個接近成熟的拼音文字方案，它不僅考慮到文

---

15 以上文章均見《國語月刊》一卷七期之「漢字改革號」，該期月刊文字改革出
　　版社1957年作爲《拼音文字史料》叢書之一重印。

字體系的完整性和漢語本身的某些特點，在符號的選擇上還具有國際化觀點，理論和技術上較以前的各種拼音文字方案都有新的創造和發展。在漢字改革運動史上，「國語羅馬字運動」有著重要的地位[16]。但是，這個方案公布後，實際上並未取得令人滿意的效果，除了文化人中有過一些討論，在人民群眾中幾乎沒產生多大的影響。面對社會的冷淡，國語羅馬字的研究者們，只得把希望寄托於未來[17]。

(五)拉丁化新文字運動

1930年代初，「國語羅馬字運動」漸趨沈寂，這時，產生於蘇聯華僑中的「拉丁化新文字」方案被介紹到國內，漢字改革進入「拉丁化新文字運動」的新階段。

「拉丁化新文字」方案的出現，與蘇聯的文化掃盲運動有著密切關係。1920年蘇聯開始在全國掃除文盲，為境內不同民族制訂拉丁化新文字拼寫當地語言，這個辦法使掃盲運動取得了很好的效果。1921年瞿秋白來到蘇聯，受蘇聯拉丁化運動的影響，開始研究漢語的拉丁字母拼寫問題。1927年中國大革命失敗後，瞿秋白與其他共產黨人一起，再度來到蘇聯。1928年他與吳玉章、林伯渠、蕭三以及蘇聯專家郭質生、龍果夫等，開始了根本改造中國文字的工作。經過一年的研究，討論了好幾個草案，最後由瞿秋白等人寫成了《中國拉丁化字母》，規定了字母和幾條簡單的規則。在蘇聯遠東的中國工人也迫切希望有一種提高自己文化水平的新文字。1931年9月26日，在海參崴召開了第一次「中國新文字代表大會」，除各地代表外，遠東中國工人到會的有兩千多人。會議推選吳玉章、林伯渠、蕭三、王湘寶及蘇聯語言學專家龍(果夫)等人為制訂新文字方案的起草人(瞿秋白已回國)。在以前方案的基礎上，他們寫成了〈中國漢字拉丁化的原則和規則〉，經大會討論通過。其「原則」共13條，包括了漢字改

16　參閱《簡編》(時代出版社，1950)，頁113。

17　參閱黎錦熙，〈一百年也可以〉，《簡編》(時代出版社，1950)，頁111-112。1986年1月臺灣公布了新修訂的「國語羅馬字」方案。

革各方面的原則性問題，「規則」包括「字母」、「拼音規則」、「寫法規則」等三方面的內容[18]。會議決定用這種拉丁化新文字，一年內掃除蘇聯遠東華僑工人中的文盲。1932年在海參崴召開第二次「中國新文字代表大會」，討論新文字的出版和教學問題。同年，蘇聯華僑中各種識字班、傳習所、講習班、訓練班先後設立，出版的新文字讀物達10萬部之多。1934年伯力還創辦了純拉丁化的《擁護新文字六日報》。拉丁化新文字在推行中取得了顯著的成績。

發生在蘇聯遠東的「拉丁化新文字運動」，很快就被介紹到國內。1933年上海中外出版公司出版的《每日國際文選》第十二號發表了焦風轉譯的蕭三〈中國語書法之拉丁化〉一文。1934年國內報刊掀起的「文言、白話、大眾語」論戰已達到高潮。6月24日，張庚在《中華日報》發表〈大眾語的記錄問題〉，提出要研究蘇俄創行的「中國話拉丁化」。不久，上海《言語科學》第九、十合刊號上發表了應人的〈中國語書法拉丁化方案之介紹〉，正式介紹了「拉丁化中國字」方案和寫法。8月2日的《中華日報》也發表了介紹蘇聯掃盲運動和漢字拉丁化的譯文。魯迅先生接連發表〈答曹聚仁先生信〉、〈門外文談〉、〈中國語文的新生〉等文章[19]，宣揚「大眾語」，主張拉丁化。「拉丁化中國字」通過介紹、討論，開始在國內推行。同年8月，上海成立「中文拉丁化研究會」。11月，《言語科學》第十四期發表《寧波話拉丁化草案》。1935年12月，蔡元培、孫科、柳亞子、魯迅、郭沫若等688名文化界進步人士和社會名流發表了〈我們對於推行新文字的意見〉，倡導「新文字」。「拉丁化新文字運動」已形成一股很好的勢頭。隨著抗日救亡運動的高漲，拉丁化新文字適應了動員群眾、宣傳抗日、普及教育的需要，很快便席捲全國，寫下了中國拼音文字運動史上最壯觀的一頁。據倪海曙統計，從1934年8月到

---

18 參閱吳玉章，〈新文字與新文化運動〉，《文字改革文集》(中國人民大學出版社，1978)，頁56-69。

19 編入魯迅，《且介亭雜文》，見《魯迅全集》第六卷(人民文學出版社，2005)。

1937年8月，全國各地成立的有年月可考的拉丁化團體有70多個，出版書籍61種（發行達12萬冊以上），創辦刊物36種，40多種報紙、雜誌曾登載提倡拉丁化文章或出版專號，67種刊物採用拉丁字母作報頭[20]。全國制訂或公布的拉丁化方案13個，上海、廣州、潮州、廈門、寧波、四川、蘇州、湖北、無錫、廣西、福州、溫州等方言，都制訂了方案。1937年，抗日戰爭全面爆發，「拉丁化新文字運動」與民族解放戰爭相結合，發揮了應有的作用，自身也得到進一步的發展。如上海僅1937年到1940年就出版拉丁化書籍54種，創辦刊物23種，成立團體6個，在48所收容所辦了一百幾十個難民新文字班，加上其他各種類型的講習班，學習拼音文字的人數之多前所未有。廣州、香港、重慶等地的拉丁化新文字倡導者們，通過艱辛的努力，也都取得了很大的成績。延安的「拉丁化新文字運動」更開展得如火如荼：1935年冬設立「農民新文字夜校」達100所，舉辦了大批「拉丁化幹部訓練班」，紅軍戰士能寫新文字的至少有兩萬人；1938年1月，延安「邊區新文字促進會」成立，編印新文字刊物《抵抗到底》，舉辦講習班，印發新文字課本和各種讀物；1938年冬，普遍設立「新文字多學」；1940年11月成立「陝甘寧邊區新文字協會」，吳玉章、徐特立等在成立大會上發表演講，會議推毛澤東、朱德、孫科等七人為名譽理事，林伯渠、吳玉章等45人為理事；1941年，延安《新文字報》創刊，協會還出版了《新文字文盲課本》、《新文字發音法》、《新文字論叢》等書籍。拉丁化新文字以其易學易用而具有廣泛的群眾性。在抗日救亡、民族解放的特殊歷史時期，它形成空前的、全國性的運動，清末以來的拼音文字運動至此發展到一個高峰。當然，「拉丁化新文字運動」的開展，也非一帆風順。主張國語羅馬字的某些學者，予以堅決抵制，發表過一些態度甚為尖銳的批評意見。但是，很多有識之士仍主張在抗日的旗幟下，攜手共走拼音文字的大路。「拉丁化新文字運動」的興起，實際宣告了國語羅馬字時代的結束。中國拼音文字運動，經歷了抗日戰爭的腥風血雨的衝擊，勝利

20　參閱《簡編》（時代出版社，1950），頁133-137。

後很快就有所復蘇，新的刊物、新的方案又陸續問世，各方面的研究都呈現出走向深入的趨勢。研究者們在實現文字拼音化的總目標下聯合起來，已成爲一種呼聲[21]。然而，隨之而來的內戰，使這一切都無法成爲現實。

　　清末以後，中國拼音文字經過上述各階段的摸索和嘗試，從萌發到展開，走過了一個多世紀的曲折路程。這個時代是外患內亂交錯，階級矛盾、民族矛盾日益加劇的時代，是封建的、腐朽的勢力走向衰落，新生的、進步的力量逐步崛起的時代。中國社會的政治、經濟、文化和觀念，都經歷了最痛苦的蛻變。中國拼音文字運動發生在這樣一個時代，有其深刻的歷史和文化原因。一個多世紀推行拼音文字的嘗試和努力，在漢語文字學史上有著特殊的意義。首先，拼音文字運動從一開始，就高擎振興民族的旗幟。外國人用拼音文字來傳教，雖然對拼音文字運動的形成有直接的啓發作用，但是清末以來的中國知識分子之所以熱情獻身於拼音文字運動，主要動力在於要提高人民大眾的文化水平，普及教育，以便學習西方的科學技術，富強國家，抵禦外侮，即所謂「師夷制夷」、「以夷攻夷」。這種思想一直是拼音文字運動倡導者的主導思想。盧戇章曾說：「竊謂國之富強，基於格致(科學)；格致之興，基於男婦老幼皆好學識理，其所以能好學識理者，基於切音爲字。」[22]1910年江寧程先甲等45人所上推行「合聲簡字」說帖，有這樣一段話：「自帆槳易而汽船，輪軸易而汽車，梓板易而鉛印，凡以言其捷也。中國文字一途，尚無至捷之方以應世變，此所以雅步而屢躓也。歐美文字主聲，故易習易曉；日本崛興，亦以五十音圖爲教育利器。」[23]這些憂國憂民之士認爲：中國落後挨打，是由於科學不發達，科學不發達是由於教育不普及，教育不普及根源在於漢字繁難，因此，改革漢字是當務之急。錢玄同甚至斷言：「欲使中國人

21　參閱《簡編》附三〈勝利一年中的中國拼音文字運動〉。

22　盧戇章，《中國第一快切音新字・原序》，見《一目瞭然初階》(文字改革出版社，1956)。

23　引自《簡編》(時代出版社，1950)，頁54。

智識長進、頭腦清楚，非將漢字根本打倒不可。」[24]把文字體制的變更與國家富強、民族存亡相繫聯，這是推行拼音文字運動的知識分子的普遍看法。這些看法，今天看來雖然顯得幼稚，但在中國淪爲半封建半殖民地社會的當時，仍有著進步的意義。客觀上清末以來的拼音文字運動，在普及教育、宣傳科學等方面也曾收到一定的效果。其次，清末以來的拼音文字運動，動搖了漢字的神聖地位，對漢字的作用和功能給予了重新評價。漢字在人們心目中從來是尊嚴無比的，它悠久的歷史既是我們民族的榮耀，也成爲我們民族的負擔。長期以來形成了一種民族的心理定勢，只有對規範的遵循，沒有變革的意識，以一種保守、復古的態度，抑制漢字系統內部的更新因素，結果，漢字逐漸變成一種封閉性的超穩定的系統。拼音文字的倡導者們對漢字的繁難和欠缺進行了大膽的批判和否定，其言辭是十分激烈的。傅斯年在〈漢語改用拼音文字的初步談〉一文中說：「中國文字的起源是極野蠻，形狀是極奇異，認識是極不便，應用是極不經濟，眞是又笨、又粗、牛鬼蛇神的文字，眞是天下第一不方便的器具。」對漢字不僅毫無崇敬之情，而且「深惡痛絕」之，漢字的神聖、尊嚴被一掃而盡。雖然這些言辭是偏激的，看法也不盡正確，但是，他揭下了漢字的神聖面紗，還其本來的面目，強調「語言是表現思想的器具，文字又是表現語言的器具。唯其都是器具，所以都要求個方便」[25]。重新認識文字的作用和功能，可以引導人們擺脫故轍，客觀地、現實地掌握和利用文字這個工具，而不是盲目地做它的奴僕。第三，拼音文字運動，擴大了漢語文字學研究的領域，對傳統文字學研究的視點有所矯正。傳統文字學注重研究漢字的形體結構和演變，不能擺脫《說文》的制約，研究方法是「考古」的，領域是狹小的，對現實的文字體系較少地注意。拼音文字運動掀起了改革現行文字體系的浪潮，無論是否定現行漢字，主張改革，還是肯定現行漢字，維護其地位，都必須研究現行文字體系。同時，西方語言文字的

24　引自《簡編》(時代出版社，1950)，頁96。
25　見《新潮》一卷三號，1919年。又見《國語月刊》一卷七期「漢字改革號」之附錄，1923年。

傳播，也大大開闊了研究者的視野。近代以來，文字學理論有很大發展，關於漢字的性質和特徵、漢字的認知心理、現行漢字的功能等方面的研究，以及漢字體系中異體、簡化字的整理等，都直接或間接受了拼音文字運動的影響。儘管早期的研究還比較膚淺、幼稚，但傳統文字學研究視點的褊狹，得到了必要的矯正，研究領域也有所開拓。此外，拼音文字運動對於「白話文運動」和「國語統一運動」也曾起到積極的推進作用。對清末以後的拼音文字運動，今天我們可以用客觀的、歷史的眼光去評價它的特殊意義。但是，事實上除了「注音字母」和「國語羅馬字」兩種拼音方案曾被政府正式公布作為漢字注音的方案以外，其餘的各種拼音文字方案都被歷史無情地淘汰了，這頗值得我們總結和深思。我們認為，前人的失敗主要是由於：(1)不具備現實的可能性。清末到20世紀50年代前，中國社會一直是紛亂而不安定的，在這種情況下，要根本改變一種歷史悠久、使用面甚廣的文字體系是不可想像的。(2)缺乏足夠的理論準備。拼音文字的倡導者們對推行拼音文字的可能性、漢字系統的內部規律、漢字長期存在的原因、漢語與漢字的關係，以及漢語的特徵等基本理論問題，大都未能進行深入研究，有的甚至未能涉及，對語言文字學一般理論的認識很膚淺，未有足夠的理論研究和準備，僅憑主觀上的良好願望，是很難取得好的效果的。(3)沒有堅實的群眾基礎。文字使用的群體性和交際工具的職能決定了它的社會性特點。任何一種文字體系的確立和變革，都必須充分考慮到它的社會性。拼音文字運動發起於少數有識之士，它的正面有保守勢力的阻礙，而背後沒有一個強大群體的支撐，這就決定了它失敗的命運。我們還可以找到其他種種原因，總而言之，無論就現實的土壤，還是就它自身的條件來看，清末以後的拼音文字運動都不可能取得最後的成功。

二、1950年代後的文字改革運動

1949年中華人民共和國的成立，掀開了中國歷史新的一頁，漢字改革

運動也迎來了最爲有利的發展時機。由少數民族精英奔走呼號的歷史結束了，進入一個在政府直接領導下積極穩妥開展的「文字改革」新階段。近幾十年來，文字改革工作取得了顯著的成績，也積累了許多經驗和教訓。下面我們簡略介紹一下1950年代以來文字改革工作的基本情況和主要成績。

(一)基本情況

　　中華人民共和國成立以後，文字改革工作很快得到政府的重視。1949年10月10日，北京成立「中國文字改革協會」，這是團結文字改革工作者的第一個全國性的組織。1951年毛澤東曾兩次約請郭沫若、馬敘倫、沈雁冰等討論文字改革問題，並發表了「文字必須改革，要走世界文字共同的拼音方向」的看法。1951年5月教育部設立「中國文字改革研究委員會籌備會」，1952年2月5日成立「中國文字改革研究委員會」（簡稱「文改會」），馬敘倫、吳玉章分別任正、副主任委員。1954年12月，「中國文字改革研究委員會」改組爲「中國文字改革委員會」，直屬國務院領導，吳玉章、胡愈之分別任正、副主任，並任命委員23人。1956年2月，成立中央推廣普通話工作委員會，陳毅任主任。在國家成立文字改革機構的同時，地方性的組織也相繼成立。這些機構的建立，保證了文字改革工作有領導、有組織、有計畫、有步驟地開展。

　　1955年10月15-23日，教育部和中國文字改革委員會在北京聯合召開了全國文字改革會議。這次會議的任務「是在漢字改革的正確方針之下，首先解決兩個迫切的具體問題，這就是簡化漢字和推廣以北京語音爲標準音的普通話——漢民族共同語」[26]。會議通過了〈全國文字改革會議決議〉。〈全國文字改革會議決議〉就漢字簡化和推廣普通話問題提出了八條建議。10月25-31日，中國科學院召開了現代漢語規範問題學術會議。

26　見吳玉章，〈文字必須在一定條件下加以改革——在全國文字改革會議上的報告〉，1955年。

10月26日《人民日報》發表社論〈為進漢字改革、推廣普通話、實現漢語規範化而努力〉，提出了語文工作的三大任務。同年11月，教育部發出了〈關於在中小學和各級師範學校大力推廣普通話的指示〉。12月「文改會」和文化部共同公布了〈第一批異體字整理表〉。1956年1月國務院第23次全體會議通過了〈國務院關於公布漢字簡化方案的決議〉和〈國務院關於推廣普通話的指示〉，2月公布了〈漢字簡化方案〉。1958年1月10日周恩來在全國政協會議上作了〈當前文字改革的任務〉的報告，指出當前文字改革的三大任務是：簡化漢字，推廣普通話，制定和推行中文拼音方案，確定了文字改革的基本方向。1958年2月3日吳玉章在第一屆全國人民代表大會第五次會議上作了〈關於當前文字改革工作和中文拼音方案的報告〉（簡稱〈報告〉）。2月11日大會通過了〈關於中文拼音方案的決議〉，決定：(1)批准〈中文拼音方案〉。(2)原則同意吳玉章的〈報告〉，認為應該繼續簡化漢字，積極推廣普通話；〈中文拼音方案〉作為幫助學習漢字和推廣普通話的工具，應該首先在師範、中、小學校進行教學，積累教學經驗，同時在出版等方面逐步推行，並在實踐中進一步完善。至此，完成了文字改革主要的探討和準備工作，確定了方向、任務和方針，進入到推行實施的階段。1958年秋季，全國小學語文課本開始採用中文拼音給生字注音。1960年4月中共中央發出〈關於推廣注音識字的指示〉，介紹山西省萬榮縣注音識字的經驗。1963年7月，中央推廣普通話工作委員會、教育部、「文改會」發出關於轉發〈1963年上海市推廣普通話工作綱要〉的聯合通知。1964年3月，「文改會」編印〈簡化字總表〉，12月文化部、「文改會」共同發布〈印刷通用漢字字形表〉。1966年「文革」開始，文字改革受到干擾和衝擊，直到1977年以後才逐步恢復正常。1977年發表《第二次漢字簡化方案(草案)》。1978年8月教育部發出〈加強學校普通話和漢語拼音教學的通知〉。1982年，「推廣全國通用的普通話」寫進了新憲法。1985年12月16日國務院決定將「中國文字改革委員會」改名為「國家語言文字工作委員會」。1986年1月6-13日，國家教育委員會和國家語言文字工作委員會在北京聯合召開了全國語言文字工

作會議。國家語言文字工作委員會主任劉導生做了題爲〈新時期的語言文字工作〉的報告。會議著重對1955年全國文字改革會議以來，我國文字改革工作做了全面認眞的總結，研究和討論了如何貫徹執行新時期語言文字工作的方針、任務，交流了情況和經驗，並表彰了全國58個文字改革和推廣普通話先進單位以及194名積極分子。這次會議最重要的意義在於面對現代化建設和資訊化時代的需要，調整和明確了現階段語言文字工作的方向。它標誌著文字改革一個歷史階段的結束，語言文字工作新時期的到來。「新時期的語文建設，無論是實際工作還是研究工作，領域更寬了，任務更重了；對語言文字規範化、標準化的要求更高、更迫切了；對文字改革的認識更加符合實際，工作更加扎實、深入，跨出的步子也更加穩健了。」[27]

20世紀50年代以來文字改革工作的基本方向是正確的。但是也存在著兩個明顯的問題：一是對文字改革的長期性、複雜性和艱巨性認識不足，不注重開展深入的科學研究，急於求成。1977年公布的《第二次漢字簡化方案(草案)》(1986年廢止)就是一例。二是有把學術工作當行政工作的傾向，學術上未能眞正展開爭鳴。

(二)主要成績

1950年代以來圍繞著簡化漢字、推廣普通話、制定和推行中文拼音方案三大任務，經過廣大文字改革工作者的努力工作，文字改革取得了令人矚目的成績。

(1)漢字的整理和簡化。漢字的整理和簡化工作，開始於近代。1909年(宣統元年)《教育雜誌》創刊號即發表了陸費逵〈普通教育當採用俗體字〉一文，提倡簡體字。1920年錢玄同在《新青年》七卷三期上發表了〈減省漢字筆畫底提議〉。1922年錢玄同等又在國語統一籌備委員會上提

---

27 見〈努力完成新時期語文建設的光榮任務〉，載《語文建設》1986年第1期。

出「減省現行漢字的筆畫案」[28]。這個提案對漢字簡化的有關問題進行了
比較充分的論證，指出：減省現行漢字「實是目前最切要的辦法」，「減
省漢字筆畫，應該根據現在推行於民眾社會的簡體字」，還分析了簡體字
構成的八種方式，在當時產生了較大的影響。1928年胡懷琛出版了《簡易
字說》。1930年劉復、李家瑞編成《宋元以來俗字譜》。1934年杜定友發
表《簡字標準字表》。同年，徐則敏在《論語》半月刊發表〈550俗字
表〉(43-45期)。1935年錢玄同主持編成《簡體字譜》。1935年8月民國政
府教育部公布了《第一批簡體字表》，共324字(1936年2月又下令「不必
推行」)。1936年10月出版容庚的《簡體字典》(4445字)，11月出版了陳
光垚《常用簡字表》(3150字)。1937年5月北平研究院字體研究會發表了
《簡體字表》第一表(1700字左右)。漢字簡化工作雖然進行了很長時間，
學者們做了大量的工作，但因缺乏統一的規劃、組織和領導，在當時條件
下並未能付諸推行。1956年公布推行的《漢字簡化方案》是漢字簡化工作
的重要成果。這項工作開始於1952年，經三年的努力，1955年1月，公布
《漢字簡化方案草案》(簡稱《草案》)，向全國徵求意見，參加討論的各
界人士達二十萬以上。《草案》根據搜集的意見做了修訂，1955年10月經
全國文字改革會議討論通過，1956年才由國務院正式公布推行。《漢字簡
化方案》共有三表組成：第一表含230個簡化字(由245個繁體字簡化而
來)，從方案公布之日起即已通用；第二表含285個簡化字(由299個繁體字
簡化而來)，其中有95個從1956年6月起開始試用；第三表爲漢字偏旁簡化
表，包含54個簡化偏旁。以後又相繼公布了兩批簡化字。1964年5月編印
了《簡化字總表》(簡稱《總表》)。這個表包括：第一表352個簡化字(不
作偏旁用)；第二表132個簡化字(可作偏旁用)和14個簡化偏旁；第三表
1754個簡化字(由第二表簡化字和簡化偏旁類推而來)，共計2238字，簡化
了2264個繁體字(其中有兩個、三個以上的繁體合併爲一個簡體的)。簡化
是漢字自身發展的一個規律，文字改革中的漢字簡化工作，是對這個規律

---

28 見《國語月刊》一卷七期「漢字改革號」，1923年。

的合理運用。簡化後的漢字筆畫大爲減少，如《總表》第一、二表繁體字的平均筆畫每字16畫，簡化字的平均筆畫每字只有8畫，第三表繁體字的平均筆畫每字19畫，簡化後爲11畫。筆畫的減少自然提高了書寫的效率，爲普及教育、掃除文盲提供了便利。《簡化字總表》的問世，既吸收了長期以來漢字簡化的成果，也是對50年代以來公布的簡化字做的一次全面總結。這個表確定了簡化字的標準和規範，代表簡化漢字工作一個階段的結束。

　　在簡化漢字的同時，還做了漢字整理的工作。文化部和中國文字改革委員會1955年12月公布的《第一批異體字整理表》，列異體字810組，共計1865字，淘汰重複的異體字達1055個，新聞出版印刷單位首先實施此表。異體字是由於時空的差異造成的，在漢字體系中，異體的存在只能造成使用的混亂，增加使用的困難。對異體字的淘汰減少了漢字的字數，給出版、宣傳、文化教育工作帶來了便利。1965年元月，文化部和中國文字改革委員會又共同向出版單位頒布了《印刷通用漢字字形表》，收字6196個，對印刷字形進行了整理，規定了筆形、部位、筆數、筆順等，保證了書面文字形體的統一性和規範性。經整理的字形，寫法更爲簡便，形體也更加美觀。此外，1956年元旦起，開始提倡推廣報紙、期刊的橫排，一年後全國性期刊除一兩種外，均改爲橫排，新版各類圖書也逐步實現了橫排[29]。1955年3月到1964年8月，經國務院批准，將黑龍江省、青海省、江西省等的35個縣級以上地名所用的生僻字改爲同音常用字。1977年7月，中國文字改革委員會和國家標準計量局聯合發出〈關於部分計量單位名稱統一用字的通知〉，淘汰了部分計量單位舊譯名所用生僻字或複音字(如「瓩、浬」等)。1983年7月，中國文字改革委員會和文化部出版局聯合組成「統一漢字部首排檢法工作組」，擬訂了《統一漢字部首排檢法草案》，確定了201個部首。這些整理工作都是很有意義的。通過整理，漢

29　參閱吳玉章，〈中國文字改革的道路〉，見《文字改革文集》(中國人民大學出版社，1978)，頁109。

字的使用更加便利和規範了。

(2)《中文拼音方案》的制訂和推行。清末以來,中文拼音方案的選擇,一直是拼音化運動論爭的主要問題。中國文字改革研究委員會成立後即開始了中文拼音方案的研究,參考了各地熱心文字改革的人們提供的六百多種方案和以前的各種方案,擬訂了《中文拼音方案(草案)》,1956年2月公布後,在全國範圍內組織了討論,到9月中國文字改革委員會收到國內和國外(華僑)書面意見就有四千三百多件[30]。1956年8月,中國文字改革委員會根據以上意見對《中文拼音方案(草案)》做了修訂,送請國務院審核。10月,國務院設立「中文拼音方案審訂委員會」加以審訂。經過一年的工作,1957年10月提出修正草案,11月公布,1958年2月起在全國推行。周恩來指出:這個方案「是在過去的直音、反切以及各種拼音方案的基礎上發展出來的。從採用拉丁字母來說,它的歷史淵源遠則可以一直推溯到350多年以前,近則可以說是總結了60年來我國人民創製中文拼音方案的經驗。這個方案,比起歷史上存在過的以及目前還在沿用的各種拉丁字母的拼音方案來,確實更加完善」[31]。

《中文拼音方案》不是拼音文字,它的主要作用是給漢字注音,以便於漢字的教學和普通話的學習。方案公布以後,很快就推廣應用。幾十年來,在識字教學和推廣普通話方面,中文拼音的作用非常凸出。1958年以來,全國小學普遍進行了中文拼音教學,入學兒童學會拼音,借助字母注音學習漢字,為漢字教學提供了很大的便利。近些年進行的「注音識字,提前讀寫」實驗,效果更加顯著。在成人掃盲識字教育中,中文拼音注音也起到了積極的作用。拼音字母注音還有助於確定普通話的語音規範,為普通話的推廣提供了直接的標準。在電腦中文拼音輸入轉換漢字系統(拼音、漢字轉換法)的研製、編排索引等方面,中文拼音也產生了很好的效益。尤其值得注意的是中文拼音作為國際標準的確定:1977年,聯合國地

---

30 參閱〈關於《中文拼音方案(草案)》的說明〉。
31 見周恩來,〈當前文字改革的任務〉,《人民日報》1958年1月13日。

名標準化會議決議採用中文拼音作爲拼寫中國地名的國際標準；1982年，國際標準化組織(ISO)決議採用中文拼音作爲拼寫漢語的國際標準；同年，我國發表了GB3259-82《中文書刊名稱中文拼音拼寫法》、GB3304-82《中國各民族名稱的羅馬字母拼寫法和代碼》兩種國家標準。另外，對外人名音譯也一律以中文拼音爲標準。這表明中文拼音經過推行運用，已經被世界承認，確立了它在國際上的法定位置，這是漢語拼音推行運用獲得巨大成功的標誌。

　　(3)推廣普通話。作爲文字改革的任務之一，推廣普通話取得的成績首要的是明確了普通話的定義[32]。民族共同語的確定和推行，不僅是民族語言統一的大事，對加強漢民族政治、經濟、文化的統一，促進社會文明建設，充分發揮漢語的交際作用，以及發展民族間和國際間的關係，都有著積極的作用。推行普通話之初的另一個明確目的，則是爲推行拼音文字奠定基礎[33]。1950年代確定的推廣普通話的工作方針是：「大力提倡，重點推行，逐步普及。」根據這一方針，到1986年全國語言文字工作會議召開時，共舉辦了全國性的普通話研究班和進修班20期，培訓了2000多名骨幹；召開了五次全國普通話教學成績觀摩會議；普查了全國1800多個點的漢語方言，並編出一批學習普通話手冊；各地方還做了大量細緻的推廣工作。爲了適應現代化建設的需要，1986年全國語言文字工作會議提出，新時期工作的重點應放在推行和普及方面，採取更加積極的態度，有步驟地實施推廣和普及的計畫，20世紀內的目標是使普通話成爲教學語言、工作語言、宣傳語言和交際語言[34]，對普通話的推廣和普及提出了更高的要求和目標，任務是十分艱巨的。

　　漢字改革運動發生、發展的歷史，深受中國近代以來社會變遷的影

32　參閱〈國務院關於推廣普通話的指示〉，見《普通話論集》(文字改革出版社，1956年)，頁1。

33　參閱〈爲促進漢字改革、推廣普通話、實現漢字規範化而努力〉，《人民日報》1955年10月26日社論。

34　參閱劉導生，〈新時期的語言文字工作〉，載《語文建設》1986年第1-2期合刊號。

響。不論是「五四」時期，1930、1950，還是1980年代，漢字問題的幾次重要論爭，都與社會變更密切相關，許多學者甚至將漢字的命運、前途與民族的存亡聯繫在一起，給以深切的關注，在漢語文字學史上這是前所未有的現象。這種現象本身所包蘊的歷史文化內涵很值得我們作進一步的研究和總結。它的意義恐怕會遠遠超出文字學的範圍。漢字改革運動的成就與它漫長的歷史以及所付出的努力相比，顯然不能令人欣慰，但是，漢字改革運動開闢了漢語文字學研究的新領域，突破了傳統文字學注重「考古」的單一研究模式，研究熱點轉向現代漢字體系、漢字的應用和未來，這是漢語文字學史上的重要變化，意義是非常深遠的。1950年代以來，通過整理異體、簡化繁體、頒布標準字體等文字改革工作，揚棄了漢字體系中的消極因素，促進了漢字運用向規範化、標準化方面邁進。在研究方法和手段上，漢字改革運動促進了現代科學方法的引進和運用，大大豐富了漢語文字學的內容。「現代漢字學」作爲漢語文字學一個分支的萌生，可以說是漢字改革運動的直接產物，前景定是令人欣喜的。

第八章
世紀之交的文字學研究

20世紀90年代以來，處於新舊世紀之交的文字學研究取得了全面的發展和進步。文字學各個領域研究問題的深度和廣度，已發表成果的數量和質量，都非常引人注目，呈現出良好的發展勢頭。本章主要簡略介紹近十餘年來文字學研究的新進展，並展望文字學研究的發展走向。

一、現代漢字與漢字應用研究

現代漢字與漢字應用研究，長期以來是學者關注不夠的一個研究領域，近年來卻有了較為全面的發展。這種發展主要表現在以下各個方面：

(一)漢字簡化問題的研究

近年來，隨著《規範漢字表》研製工作的啟動，漢字簡化的有關問題又引起了學者們熱烈的討論。2002年6月在安徽大學召開的「簡化字問題學術研討會」，有五十多位學者與會，收到論文30篇。王寧、蘇培成、陸錫興、張振林等學者發表了一批頗有見地的論文。關於簡化字的研究主要有以下四個問題：

(1)簡化字與繁體字的對應轉換問題。有些簡化字與繁體字之間存在著複雜的對應轉換關係，對這樣的情況，蘇培成提出：「專用簡化字裡一個簡體對應一個繁體的不作調整；一個簡體對應兩個或三個繁體而轉換時

可能發生混淆的，如『發[發髮]』，要作調整。」[1]陸錫興則認為：「目前可把繁簡對應的問題放一放，先行解決同音兼併造成的字詞關係混淆的問題。這個關係理順了，繁簡體問題也就差不多了。」[2]

(2)同音代替簡化問題。同音代替簡化在使用時易出現問題，學者一直持有異議。有的學者認為：「同音代替以簡代繁的字，有的成功，有的失敗，要具體分析，區別對待，適當調整，以利應用。」[3]

(3)類推簡化問題。類推簡化方法的利在於利用了漢字偏旁的系統性，可大批量簡化漢字；而弊在於無限定類推，人為增加許多實際並不常使用的新字形，削弱了漢字的傳承性，拉大了繁體文本與簡體文本的距離，也就加大了大陸和港臺用字的差別。因此，目前人們討論的焦點是漢字簡化要不要繼續採用類推簡化的方法；如果採用類推簡化，其範圍究竟如何。有學者建議：「取消類推簡化。如果條件不成熟，可以考慮以《規範漢字表》為類推簡化的範圍。」[4]也有人認為：「《總表》所載有的簡化字已經能滿足一般需要，所以通常不用再去類推簡化。那些生僻字就讓它保留原樣好了，反正沒有多少人去用它。如果有一些類推簡化的繁體、異體、古體字由於某種原因而進入大眾傳播領域，具有較高的使用頻度，那就由語言文字工作委員會定期或不定期地整理公布是否類推簡化以及如何簡化。」[5]

(4)新簡化字問題。有人認為目前常用字中確有一些字筆畫較多、書寫不便，應再行簡化。陳永舜認為「適應資訊化的需要，再簡化一些漢字

---

1 見蘇培成，〈重新審視簡化字〉，簡化字問題學術研討會論文，合肥‧安徽大學，2002年6月；收入史定國主編，《簡化字研究》(商務印書館，2004)。以下未注明出處者均為此次會議交流論文。

2 見陸錫興，〈簡化字問題散論〉，收入史定國主編，《簡化字研究》(商務印書館，2004)。

3 見張振林，〈同音替代繁簡字宜作適當調整〉，收入史定國主編，《簡化字研究》(商務印書館，2004)。

4 見蘇培成，〈重新審視簡化字〉，收入史定國主編，《簡化字研究》(商務印書館，2004)。

5 見李先耕，〈簡化字應否無限類推〉，載《求是學刊》2002年第2期。

進而整理漢字」，「做好這次再簡化一部分漢字的工作，不愧對歷史」[6]。蘇培成則認為：「公布新簡化字的時機還不成熟，不宜貿然行動。要做好漢字簡化工作一定要審時度勢，逆潮流而動難以成功。」[7]

對簡化漢字的一些原則問題，學者們也提出不少真知灼見。裘錫圭希望「不要再破壞字形的表意和表音作用，不要再給漢字增加基本結構單位，不要再增加一些多音現象，不要再把意義可能混淆的字合併成一個字」[8]。王寧則反覆論述漢字的優化問題，認為「不論是從文化普及的需要和現代工作效率的需要，還是從漢字輸入電腦的需要，漢字的規範勢在必行，使漢字的規範方案符合優化原則，也是必不可少的工作」，「簡化只是優化的條件之一」，主張「漢字在優化基礎上的簡化」[9]。

(二)字形研究

字形研究是現代漢字屬性研究的重要部分。與《規範漢字表》研製相關的另一個專題學術會議「漢字字形問題學術研討會」，2002年8月在煙臺師範學院舉行。與會學者三十餘人，收到學術論文19篇。會議討論了字形變化的成因及類型、現行字形規範、海峽兩岸字形差異等問題。近年來字形問題的研究主要集中在筆畫、部件及現代中文字元等方面。

(1)筆畫研究。這方面的論文主要有：鄭硯田〈現代漢語通用字的筆畫變化〉（《語文建設》1996年第3期）、費錦昌〈現代漢字筆畫規範芻議〉（《世界漢語教學》1997年第2期）、毛惜珍〈漢字筆順規範問題〉（《語文論叢》第5輯，上海教育出版社，1997）、萬業馨〈漢字筆順研

6　見陳永舜，〈資訊化需要再簡化一些漢字〉，收入史定國主編，《簡化字研究》（商務印書館，2004）。

7　見蘇培成，〈重新審視簡化字〉，收入史定國主編，《簡化字研究》（商務印書館，2004）。

8　見裘錫圭，〈從純文字學角度看簡化字〉，載《語文建設》1991年第2期。

9　見王寧，〈漢字的優化與簡化〉，載《中國社會科學》1991年第1期；〈再論漢字簡化的優化原則〉，載《語文建設》1992年第2期；〈漢字的優化和簡化〉，收入史定國主編，《簡化字研究》（商務印書館，2004）。

究〉(崔永華主編《辭彙文字研究與對外漢語教學》，北京語言文化大學出版社，1997)、易洪川〈折筆的研究與教學〉(《語言文字應用》2001年第4期)等。總的來說，學者們的注意力主要集中在現代漢字筆形的分類、筆形的歸併、「豎鉤」筆形的歸類、「折筆」筆形的識別和稱說、筆形的排序、筆形的命名以及筆順的規範等方面。

(2)部件研究。這一時期發表的論文主要有：王述峰〈試論漢字部件的命名〉(《語文建設》1996年第7期)、曉東〈部件定義雜談〉(《語文論叢》第5輯，上海教育出版社，1997)、蘇培成〈漢字的部件拆分〉(《語文建設》1997第3期)、王寧〈漢字構形理據與現代漢字部件拆分〉(《語文建設》1997年第3期)、張國憲〈要重視構字部件的整理〉(《語文現代化論叢》第3輯，語文出版社，1997)、王寧與陳一凡〈談從理與從形拆分原則〉(《電腦世界》1998年4月27日)，等等。這方面研究的重點主要體現在：如何給部件以合理的定義、部件的分類、部件的切分(包括平面切分和層次切分)、單筆畫是否可作部件、漢字部件的規範、漢字部件的命名等方面。

(3)字元研究。學者們開始把中文字元理論引入到現代漢字研究中。蘇培成根據漢字使用字元的不同，從構字法角度把現代漢字分為七類：A. 獨體表意字；B. 會意字；C. 形聲字；D. 半意符半記號字；E. 半音符半記號字；F. 獨體記號字；G. 合體記號字[10]。郝恩美按字元的組合情況，把現代漢字合體字區分為五類：A. 義符＋義符，組成合義字；B. 音符＋義符，組成音義字；C. 記號＋記號，組成合體記號字；D. 義符＋記號，組成半義半記號字；E. 音符＋記號，組成半音半記號字[11]。此外，呂永進〈現代漢字左聲右形結構習得〉，試圖解釋380個左聲右形字的成因，並進而對漢字發展演變規律進行新的思考[12]。林濤〈兩用偏旁初析〉，對既

---

10 參閱蘇培成，〈現代漢字的構字法〉，載《語言文字應用》1994年第3期。

11 參閱郝恩美，〈現代漢字教學法探討〉，載《語言文字應用》1994年第3期。

12 參閱呂永進，〈現代漢字左聲右形結構習得〉，載《語言文字應用》1994年第2期。

可用為形旁又可用為聲旁的偏旁進行了初步研究[13]。在另一篇文章中，林濤分析了現代漢字形聲字形旁分布的三個特點：部位多，有定位、移位之分，多數形聲字形旁居左，並探討了形成這三個特點的原因[14]。

(三)規範漢字研究

由於現有的規範字表制定和發布的時間跨度很大，出臺的歷史背景不盡相同，字表與字表之間不可避免地存在著這樣那樣的矛盾，個別字表本身也有不盡完善的地方，所以近年來隨著漢字規範化工作的加強，對規範漢字的研究進一步得到學者的重視。費錦昌、魏勵在〈有關《漢字規範字表》的幾個問題〉一文中提出了制定新的《漢字規範字表》的設想[15]。陳煒湛〈論漢字規範的全民性〉認為在社會用字比較混亂、必須大力整頓的當代，強調漢字規範化具有全民性，有著極其重要的現實意義[16]。呂冀平主編《當前我國語言文字的規範化問題》一書，設有「文字的規範化問題」專章，從當前社會用字存在的問題入手進行分析，並尋求解決的對策[17]。2001年初，研製新的《規範漢字表》作為國家語委「十五」重點科研專案正式立項。張書岩〈研製《規範漢字表》的設想〉闡明了研製《規範漢字表》的必要性和總原則，就簡化漢字、整理異體字和印刷字形整理工作中的若干問題以及字表的字量問題逐一進行了探討，設想了《規範漢字表》的總框架[18]。課題組圍繞規範字表的制訂組織召開了專題學術研討會，就規範漢字有關問題開展研討，廣泛聽取專家學者的意見。字表制訂

13　參閱林濤，〈兩用偏旁初析〉，載《語文建設》1994年第10期。

14　參閱林濤，〈現代形聲字形旁的分布特點及成因〉，《語文現代化論叢》第2輯(語文出版社，1996)。

15　參閱費錦昌、魏勵，〈有關《漢字規範字表》的幾個問題〉，載《語言文字應用》1994年第3期。

16　參閱陳煒湛，〈論漢字規範的全民性〉，《語文現代化論叢》第3輯(語文出版社，1997)。

17　參閱呂冀平，《當前我國語言文字的規範化問題》(上海教育出版社，2000)。

18　參閱張書岩，〈研製《規範漢字表》的設想〉，載《語言文字應用》2002年第2期。

工作目前已進入專家審議階段，以王寧爲組長的專家組已多次召開會議，研究規範字表草案及有關問題。王寧、王鐵琨最近發表的有關論文，反映了對規範漢字以及字表制訂的思考和意見[19]。此外，這一時期還編寫出版了一些有關規範漢字的專著和正字書，如傅永和的《規範漢字》(語文出版社，1994)、王秉愚的《漢字的正字與正音》(語文出版社，1994)、王鐵琨和于虹的《最新漢字讀音書寫規範手冊》(天津人民出版社，1997)、馬致韋的《漢語普通話正音字典》(中信出版社，1998)、蘇培成的《錯別字辨析字典》(中信出版社，2000)以及費錦昌的《新華寫字字典》(商務印書館，2001)等。

(四)現代漢語異形詞研究

異形詞的整理及研究近年來更加引起學術界的關注，學者們圍繞異形詞的術語、性質、範圍、整理方法和某些異形詞的取捨展開了討論。這期間發表的論文有幾十篇。例如，孟慶章〈異形詞規範的範圍〉(《語文建設》1993年第6期)、孫光貴等〈異形詞的定義及詞形規範的範圍和原則〉(《語文建設》1994年第11期)、徐昌火〈異形詞規範的操作原則〉(《語文建設》1997年第1期)、蘇新春〈再論異形詞規範的俗成性原則——談異形詞規範中的三個問題〉(《語言文字應用》2002年第2期)和〈異形詞規範的三個基本性原則——評《第一批異形詞整理表(草案)》〉(《廈門大學學報》2002年第2期)、裘錫圭〈談談「異形詞」這個術語〉(《語言文字周報》2002年11月20日)等。2001年12月，教育部和國家語委發布了《第一批異形詞整理表》，整理了338組異形詞，每組推薦一個標準詞形，其餘逐漸淘汰。2002年12月，李行健主編的《現代漢語異形詞規範詞典》出版(上海辭書出版社，2002)。除已發布的338組異形詞外，該詞典還收入了普通話書面語中常見又需規範的一千多組異形詞。

---

19 參閱王寧，〈論漢字規範的社會性與科學性〉，載《中國社會科學》2004年第3期；王鐵琨，〈關於《規範漢字表》的研製〉，載《語言文字應用》2004年第2期。

(五)異體字研究

　　異形詞的整理和漢字規範化工作，使異體字問題再次引起學者們的關注。結合《規範漢字表》的制訂，2002年5月在江西省井岡山市召開了「異體字問題學術研討會」。會議有30位學者參加，收到27篇論文。李國英〈異體字的定義和類型〉、章瓊〈漢字異體字論〉、韓敬體〈異體字及其在現代漢字系統中的處理〉等論文，對異體字的定義和類型展開了探討，對20世紀50年代以來關於異體字的表述進行了梳理，並提出了自己的見解[20]。高更生整理研究了待規範異體字[21]。所謂待規範異體字，是指《第一批異體字整理表》沒有正式規範的、社會上並存並用的、同音同義而書寫形式不同的字。待規範異體字數量較多，據高更生統計，僅等同異體字和包孕異體字就有818組，可以淘汰異體字632個[22]。

(六)漢字檢字法的研究

　　關於漢字檢字法的研究主要集中在以下幾個方面：

　　(1)部首法的研究。對於1983年公布的《漢字統一部首(草案)》制訂的201部部首方案，陸續有人撰文討論。李志江認為：「此表〔按：指《漢字統一部首表(草案)》〕沒有對歸部有分歧的字一一處理，也就沒有從根本上解決統一的問題。」[23]章瓊說：「由於沒有制訂具體的單字歸部原則，《草案》只能是一紙空文。此後出版的各類工具書，在部首編排上依舊各行其是，並沒有據此立部。」[24]對部首的討論還涉及歸部的原則問

20　參閱李國英，〈異體字的定義和類型〉；章瓊，〈漢字異體字論〉；韓敬體，〈異體字及其在現代漢字系統中的處理〉，均收入張書岩主編，《異體字研究》(商務印書館，2004)。

21　參閱高更生，〈待規範異體字整理表(徵求意見稿)〉，收入《漢字研究》(山東教育出版社，2000)。

22　參閱高更生，《漢字研究》(山東教育出版社，2000)。

23　見李志江，〈語言文字規範化的規定和規範化字詞典的編寫〉，載《辭書研究》1995年第6期。

24　見章瓊，〈談漢字統一部首的立部與歸部〉，載《語文建設》1997年第8期。

題，即是據義還是據形。有人主張徹底據形[25]，有人主張將據義和據形結合起來[26]。

(2)筆畫法的研究。謝澤榮對「三同字」(即筆畫數相同、類筆形相同、類筆形順序相同的字)的排序方法進行了探索[27]。

(3)檢字法的綜合研究。羅偉達提出了評價字序法的三條標準：字有定序、有簡單而明確的規則、易學易查[28]；吳西成、陳桂成認爲「最佳的漢字檢字法必須具備三個基本條件：簡明、便捷、實用」[29]；程養之建議在現行通用的幾種方法的基礎上研究改進，統一各種方法的排檢規則，消除分歧，要求檢索規範化、標準化，這樣簡易性、檢準率、檢速率都可提高[30]；李志江認爲「繼續採用現行排檢法，能夠體現出其繼承性和普及性，所需的是對其不合理、不協調的部分加以改進，以接近並進而達到查檢的唯一性(準確性)」[31]。此外，還有人對排檢法與漢字輸入法的統一提出了意見[32]。

(七)海峽兩岸漢字比較及漢字「書同文」研究

(1)兩岸漢字比較研究。費錦昌對兩岸現行漢字的字形進行了比較分析後，得出這樣的結論：「在大約5000個使用頻率較高的現行漢字中，約

---

25 參閱曹乃木，〈部首查字法的歷史演進〉，載《語文建設》1993年第2期；李青梅，〈從《康熙字典》字的歸部看漢字的歸部原則〉，載《語文建設》1997年第2期。

26 參閱李志江，〈關於漢字排檢規範化的兩點意見〉，載《語文建設》1996年第2期。

27 參閱謝澤榮，〈「三同字」排序方法的探討〉，載《語文建設》1996年第4期。

28 參閱羅偉達，〈漢字字序法研究〉，載《辭書研究》1995年第5期。

29 見吳西成、陳桂成，〈漢字檢字法探索〉，載《辭書研究》1995年第5期。

30 參閱程養之，〈關於統一排檢法的探討〉，載《辭書研究》1995年第5期。

31 見李志江，〈關於漢字排檢規範化的兩點意見〉，載《語文建設》1996年第2期。

32 參閱劉春華，〈漢字排檢與編碼輸入應合二爲一〉，載《語文建設》1997年第2期。

有60%的字形存在或大或小的差異。在大陸和臺灣的常用字、通用字中，作爲印刷和書寫的標準字形，出現這麼多差異，應該引起兩岸的重視。」[33]高更生比較了兩岸漢字筆順的異同，把筆順不同的字分爲五大類23小類[34]。潘禮美對兩岸漢字的讀音情況進行了比較[35]。

　　(2)漢字「書同文」研究。大陸、臺灣、香港現行漢字在字形、筆順、字音上還存在著一些差異，如何實現祖國文字的「書同文」，近年來許多漢字研究者對此傾注了熱情。費錦昌〈海峽兩岸現行漢字字形的比較分析〉一文，不但深入比較了兩岸現行漢字字形的異同，還深入探討了實現海峽兩岸字形統一的問題。孫劍藝認爲「兩岸漢字的統一，應該本著前進和優化的原則，是前進和優化的結果」[36]。周有光提出要建立漢語漢字的共同規範，爲了促進這一發展，應當考慮以民間學術團體的地位進行三方面的共同磋商，建立漢語漢字的共同規範，開闢一條使漢語漢字向前發展的新的道路[37]。民間學術團體的「書同文」研究也十分活躍，已開始編輯出版《漢字「書同文」研究》系列叢書。

(八)漢字資訊處理研究

　　資訊處理是語言文字在資訊時代最重要和最有成效的實際應用。陳原主編《漢語語言文字資訊處理》(上海教育出版社，1997)一書收入八篇漢語漢字資訊處理方面的論文，包括陳一凡〈論漢字特徵資訊編碼鍵盤輸入〉、顧小鳳〈手寫體漢字識別〉、丁曉青和郭繁夏〈印刷體漢字識別新進展〉、張家騄〈言語識別〉、王之燆〈電腦系統中的漢字交換碼和內部碼〉、聞申生〈漢字的輸出——漢字字形技術〉、劉連元〈現代漢語語料

33　見費錦昌，〈海峽兩岸現行漢字字形的比較分析〉，載《語言文字應用》1993年第1期。

34　參閱高更生，〈海峽兩岸漢字筆順的規範〉，載《語文建設》1999年第3期。

35　參閱潘禮美，〈海峽兩岸審音比較〉，載《語文建設通訊》1995年第47期。

36　參閱潘禮美，〈海峽兩岸審音比較〉，載《語文建設通訊》1995年第47期。

37　參閱周有光，〈建立漢語漢字的共同規範〉，收入《漢字的應用與傳播》(華語教學出版社，2000)。

庫研製〉、傅永和〈漢語語言文字資訊處理現狀及展望〉等。該書所論述的重點不在大家都已熟悉的鍵入漢字的編碼問題(例如拼音輸入、形碼、形音碼，等等)，而是著重研究漢字識別(印刷體和手寫體，脫機和聯機)、語言識別。張普在這一時期出版了他的第三部有關中文資訊處理的著作——《漢字編碼鍵盤輸入文集》(中國標準出版社，1997)，書中收論文26篇，分爲「漢字編碼鍵盤輸入縱橫談」、「漢字鍵盤輸入的規範與評測研究」、「漢字編碼鍵盤輸入基礎理論研究」、「漢字編碼鍵盤輸入方法研究」、「其他有關漢字編碼鍵盤輸入的研究」共五個部分。其中一些論文在國內外產生了較大影響。顧小鳳著《漢字和電腦》(語文出版社，2000年)介紹了漢字和計算機相關的基本知識和許多新的訊息，包括漢字在計算機中如何表示，怎樣把漢字輸入計算機，計算機怎樣輸出漢字。此外，劉春華在《語文建設》上先後發表了〈統一漢字編碼的途徑、條件和前景〉(《語文建設》，1996年第3期)和〈漢字編碼的性能要求〉(《語文建設》，1996年第8期)，探討了漢字編碼的統一規範問題。周有光發表了〈利用漢語的內在規律，改進中文的輸入技術〉(《語文現代化論叢》第3輯，語文出版社，1997年)，具體闡述了改進中文輸入技術的八點意見。

(九)漢字教學方面的研究

漢字教學研究是漢字應用研究的又一個重要方面。漢字教學包括對國內學生的漢字教學和對國外學生(包括海外華僑子弟)的漢字教學。對國內學生的漢字教學是我國基礎教育階段學校語文教育的重要內容之一，幾十年來已經展開了細緻全面的研究，積累了十分豐富的經驗。近年來隨著我國對外開放的進一步擴大，在世界範圍內掀起了學習漢語漢字的熱潮，這期間的對外漢字教學研究成爲漢字學界新的研究熱點。王緯、王志勝等對漢字教學方法提出了新的設想[38]。費錦昌從宏觀上對對外漢字教學方法研

---

38 參閱王緯，〈漢字教學方法新論〉，載《江西教育科研》1996年第5期；王志勝，〈漢字教學的現狀與設想〉，載《青海師範大學學報》1997年第3期。

究、教材編寫、教學手段等問題提出了建議[39]。石定果、萬業馨通過調查，總結了對外漢字教學中值得注意的三個問題：第一，留學生對字音的高度重視超乎我們的想象；第二，留學生多數希望採取先整字然後歸納分析的教學步驟；第三，留學生多數贊成漢字和漢語教學同步進行，以免增加負擔[40]。卞覺非提出了完善對外漢字教學的措施：應該編製一份對外漢字教學大綱，詳列漢字教學要點；應該講究漢字教學方法；應該編寫一套能夠體現《漢語水平・漢字等級大綱》的教材[41]。此外，還有不少學者提出了一些新的教學建議。比如，朱志平提出將漢字構形學理論引入到對外漢字教學中[42]；周健、尉萬傳從考察外國學生的漢字學習策略入手，提出了改進漢字教學方法、提高漢字教學效率的設想[43]。

　　《中華人民共和國國家通用語言文字法》的頒布實施(2001年1月)，推動了現代漢字規範的研究工作和現代漢字研究。制訂《第一批異形詞整理表》(2001年12月)、《規範漢字表》的研製，都是與此相適應的重要工作[44]。語文出版社2001年還出版了《〈中華人民共和國通用語言文字法〉學習讀本》。

　　除上述對現代漢字一系列問題研究取得的進展外，學者們還開展了許多專題或綜合性的深入研究，編著了一批現代漢字學教材和著作。如蘇培成《現代漢字學綱要》(增訂本)(北京大學出版社，2001)、楊潤陸《現代漢字學通論》(長城出版社，2000)、萬業馨《應用漢字學概要》(安徽大

39　參閱費錦昌，〈對外漢字教學的特點、難點及其對策〉，載《北京大學學報》1998年第3期。

40　參閱石定果、萬業馨，〈關於對外漢字教學的調查報告〉，載《語言教學與研究》1998年第1期。

41　參閱卞覺非，〈漢字教學：教什麼？怎麼教？〉，載《語言文字應用》1999年第1期。

42　參閱朱志平，〈漢字構形說與對外漢字教學〉，載《語言教學與研究》2002年第4期。

43　參閱周健、尉萬傳，〈研究學習策略，改進漢字教學〉，載《暨南大學華文學院學報》2004年第1期。

44　參閱李宇明，〈規範漢字和《規範漢字表》〉，載《中國語文》2004年第1期。

學出版社，2005)、高更生《現行漢字規範問題》(商務印書館，2002)、李樂毅《簡化字源》(華語教學出版社，1996)、范可育等《楷字規範史》(華東師範大學出版社，2000)以及張書岩、王鐵琨等《簡化字溯源》(語文出版社，1997)，等等。最近由李宇明任編委會主任編纂的《漢字規範問題研究》叢書四種：《漢字規範百家談》、《簡化字研究》、《異體字研究》和《漢字字形研究》出版(商務印書館，2004)。這套叢書，不僅收錄了上文所述2002年圍繞《規範漢字表》研製組織召開的三次專題學術研討會的主要論文，還收集了許多學者關於現代漢字和漢字規範化研究的代表性成果和有價值的意見，是一套反映當前現代漢字主要問題研究最新成果的重要文集。

二、漢字理論研究

隨著出土材料的日益豐富和研究探索的不斷深入，在文字學理論研究方面近年來也取得了一定的進步。

(一)漢字起源的探索

由於新石器時期遺址刻畫符號(一類為幾何形符號，一類為象形符號)的不斷發現，漢字起源問題的研究引起學者們的高度關注，20世紀後20年發表了不少這方面的研究成果。但是對這些符號的性質及其與漢字起源的關係問題，還遠未形成統一的認識，即使對良渚文化遺址等陶器上多個成行的符號是否是文字，仍有很大的爭議。自1990年代以來，在田野考古工作中又發現了許多有關文字起源的線索。山東省鄒平縣丁公村龍山文化陶文的出土，河南省舞陽賈湖裴里崗文化龜甲契刻「符號」的出現，使漢字起源問題再一次引起關注，學者們提出了一些新的看法：

(1)部分學者認為，遠古中國域內的原始文字很有可能不只是與甲骨、金文成一個體系的文字，而是有多種系統的原始文字，並進一步指出像巴蜀文字，良渚文化陶器、玉器上的一種雲片形或是火焰形的符號就與

漢字的起源沒有直接關係，利用對商周文字解讀的知識技巧去考釋更早的符號或文字，只能是探索性的試驗[45]；也有學者進一步表述說漢字的起源與發展並非一元的、單線的，應是多元的、複線的、錯位的，各個人類群體都可能有自己的文字系統，最後彙入了漢字這一滔滔大河之中。但在發展過程中，由於種種原因，有的文字可能失傳了，有的文字載體受埋藏條件的限制而未能保存下來，但這些都應是漢字起源的重要組成部分。

(2)對原始文字有的學者進一步做了階段劃分，有「四階段」與「二階段」兩種說法[46]。從文字萌芽的出現到成爲成熟的成體系的文字，需要一個漫長的過程，而對這一漫長的過程進行比較細緻的分階段的分析，並根據考古材料描述每一階段的特點，應該說更切合文字發展的客觀事實。

(3)關於成熟文字的產生時代，不少學者認爲至遲在二里頭文化即相當於夏初已經出現了。而用以記錄語段的圖畫符號，可能在前仰韶時代和仰韶時代就已經逐步普遍地使用了[47]。

關於這方面的專題論文還有：張敏〈從史前陶文化談中國文字的起源與發展〉（《東南文化》1998年第1期）、李學勤〈文字起源研究的新視野〉（《中國文物報》1998年9月30日）、陸思賢〈夏家店下層文化兩幅彩繪陶文釋文〉（《文物春秋》2001年第4期）、孟世凱〈漢字起源試釋〉（《中國書法》2001年第2期）、杜金鵬〈關於二里頭文化的刻畫符號與文字問題〉（《中國書法》2001年第2期)等。有關研究無論對漢字起源的文字源頭體系、原始文字的發展階段，還是成熟文字產生的年代都提出了新的意見，較之以前的探討更深入也更加細緻。

45　參閱李學勤，〈文字起源研究是科學的重大課題〉，載《中國書法》2001年第2期。

46　參閱張居中、王昌遂，〈試論刻畫符號與文字起源——從舞陽賈湖契刻原始文字談起〉；徐義華，〈略論文字的起源〉，均見《中國書法》2001年第2期。

47　參閱張居中、王昌遂，〈試論刻畫符號與文字起源——從舞陽賈湖契刻原始文字談起〉，載《中國書法》2001年第2期。

(二)漢字性質的研究

　　20世紀70年代末以來，有很多學者對漢字的性質提出了看法，主要有三種觀點：即意音文字、表意文字、語素—音節文字。裘錫圭主張漢字的性質應當由漢字的字元的性質來決定，並認爲漢字早期階段(隸變以前)基本上是使用意符和音符的一種文字，可以稱爲意符音符文字，隸變以後的漢字可以稱爲意符音符記號文字[48]。裘氏之後，又有許多學者對這一問題展開討論，如李文〈再論漢字的性質〉(《南京師大學報》1997年第2期)、陳淑梅〈論判定漢字性質的標準及漢字的構意性質〉(《語文建設》1998年第8期)、張玉金〈論漢字的性質〉(《遼寧師大學報》2001年第5期)、龔嘉鎮〈論漢字的性質、功能與規律〉《文字學論叢》第2輯，崇文書局，2004)等，一些通論性的文字學著作也都涉及這方面的討論。有學者認爲從不同的角度可以給漢字以不同的定性，如根據漢字記錄漢語的方式、漢字符號的形態等，都可以得出不同的結果。還有的學者主張先將漢字系統分成三個層面，即系統、漢字、字元，從不同的層面也可以得出不同的結論，但是漢字系統的最底層單位是意符和音符，既不表意也不表音的字元——記號是不存在的，因而從字元層面上可以認爲漢字是表意和表音文字的集合。通過對漢字性質的討論，學界加深了對漢字的構形、漢字符號的功能和作用、漢字與語言的特殊關係、文字記錄語言的方式和手段等問題的探討，這樣就有利於認識的逐步統一[49]。

(三)漢字構形方式的研究

　　漢字結構或構形方式的研究，從1930年代以來就開始分成兩個主要方向：一是遵循傳統「六書」理論而進一步嚴密完善，或爲審其本義、探討歷代《說文》學家對「六書」的看法；二是根據出土的古文字材料對漢字

48　參閱裘錫圭，《文字學概要》(商務印書館，1988)。

49　參閱鄭振峰，〈20世紀關於漢字性質問題的研究〉，載《河北師大學報》2002年第3期。

的構形方式提出新說，以突破《說文》傳統。1980年代以來，有影響的代表性說法主要是裘錫圭「表意字、假借字和形聲字」新「三書說」[50]。不過許多學者仍認為，漢字最基本的構形方式主要是象形、指事、會意和形聲四種。也有少數學者在此基礎上做出更細的新的分類，但並不能改變以上兩個基本方向。由於地下資料的運用、研究工作更加系統深入，對一些構形方式的具體分析研究取得新的進展，如黃德寬、李國英關於古漢字和小篆形聲字的研究、石定國關於《說文》會意字的研究等[51]。

　　王寧《漢字構形學講座》提出漢字構形的基本元素是形位。形位是由個體字元中依層次切分出來的最小的、具有獨立的表現和區別造字意圖功能的構形單元組成。其中大部分是獨體字(成字構件)，少部分是不成字的繪形或指事符號(非字構件)。她將漢字構形模式總結為十一種，為漢字構形方式的理論研究提供了一種新思路[52]。她以其理論指導研究生對不同時期的漢字構形情況做了比較系統的查測研究工作[53]。

　　此外，還有一些學者從不同角度對漢字結構類型和構形模式提出新說，這無疑也是很有價值的探索[54]。

50　參閱裘錫圭，《文字學概要》(商務印書館，1988)。

51　參閱黃德寬，《古漢字形聲結構論》(黃山書社，1995)；〈論形聲結構的組合、特點和性質〉，載《安徽大學學報》1997年第3期；〈同聲通假：漢字構形與運用的矛盾統一〉，《中國語言學報》第9期(中華書局，1998)。李國英，《小篆形聲字研究》(北京師範大學出版社，1996)；〈論漢字形聲字的義符系統〉，載《中國社會科學》1996年第3期。石定國，《《說文》會意字研究》(北京語言學院出版社，1996)。

52　參閱王寧，《漢字構形學講座》(上海教育出版社，2002)。

53　參閱李運富，《楚系簡帛文字構形系統研究》(嶽麓書社，1997)；王立軍，《宋代雕版楷書構形系統研究》(上海教育出版社，2003)；劉延玲，《魏晉行書構形研究》(上海教育出版社，2004)。

54　參閱余延，〈20世紀漢字結構的理論研究〉，載《漢字文化》1997年第3期；沙宗元，〈百年來文字學通論性著作關於漢字結構研究的綜述〉，載《安徽大學學報》2004年第2期。

(四)漢字發展演變的研究

　　對漢字發展演變的研究，近年來已經突破長期以來只注重描述形體發展的局限，開始致力於揭示漢字內在的發展變化。在字體形態發展研究方面有趙平安《隸變研究》(河北大學出版社，1993)、劉志基《漢字體態學》(廣西教育出版社，1999)等論著的出版。依據出土的文字資料，給單個漢字和漢字系統建立歷史發展檔案，描述其發展演化軌跡並揭示其發展規律成為研究的重點。王蘊智的《殷周古文同源分化現象探索》(吉林人民出版社，1996)、何琳儀的《戰國古文聲系——戰國古文字典》(中華書局，1998)、郝士宏的《古文字同源分化研究》(安徽大學博士學位論文，2002年5月)，以及黃德寬主持完成的《古文字譜系疏證》(國家社科基金「九五」重點專案)等，在建立漢字發展沿革譜系、分析漢字分化孳乳方面進行了較為全面而深入的探討。

　　漢字的發展還體現為構形方式系統的演進。從歷代漢字發展演變的實際出發，黃德寬指出，構形方式隨著漢字體系的發展而發展，在漢字發展的不同歷史層面，各個構形方式的構形功能是不一樣的。構形方式之間此消彼長，互為補充，構成一個動態演進的系統。通過對每一時代新為生字結構類型的分布分析，從而可更進一步驗證漢字構形方式發展演進的規律[55]。在這一理論指導下江學旺、張靜博士等考察分析了西周金文和戰國楚文字，對漢字發展尤其是構形方式系統的發展獲得了更為科學準確的結論[56]。

　　劉又辛、方有國的《漢字發展史綱要》(中國大百科全書出版社，2000)是第一部全面研究漢字發展歷史的著作，作者對漢字發展史方面許多重要的問題發表了意見。

55　參閱黃德寬，〈漢字構形方式：一個歷時態演進的系統〉，載《安徽大學學報》1994年第3期；〈漢字構形方式的動態分析〉，載《安徽大學學報》2003年第4期。

56　分別為南京大學2001年、安徽大學2002年博士學位論文。

(五)漢字比較和闡釋研究

　　漢字理論探討的進一步深入，使得與不同文字體系進行比較研究成爲必要。饒宗頤的《符號、初文與字母——漢字樹》(商務印書館[香港]，1998年)，爲討論漢字的形成和發展提供了大量的新資料。作者「從世界的觀點出發」論述了許多漢字理論問題。聶鴻音《中國文字概略》(語文出版社，1988)，從更廣闊的視野將漢字和中國不同民族的文字進行比較觀察，對文字的基本理論和研究方法做了簡略而有深度的討論。王鋒《從漢字到漢字系文字——漢字文化圈文字研究》(民族出版社，2003)，對漢字系文字資料進行了較爲全面的研究和介紹。周有光《比較文字學初探》(語文出版社，1999)和王元鹿《比較文字學》(廣西教育出版社，2001)是兩部重要的比較文字學通論著作。他們比較系統地探討了比較文字學的有關問題，爲文字學理論研究和漢字相關理論問題的進一步探討開闢了新的途徑。喻遂生《納西東巴文研究叢稿》(巴蜀書社，2001)對漢字和納西東巴文也進行了專題比較研究，對漢字理論研究很富啓發意義。何丹新著《圖畫文字說與人類文字的起源》(中國社會科學出版社，2003)，從語言—文字類型學的原理出發，嘗試構擬新的普通文字學起源模式，是一部有理論深度的比較文字學著作。

　　漢字闡釋是漢字研究的方法問題，也是長期未能引起重視的漢字理論研究的重要課題。黃德寬、常森從傳統文化對漢字闡釋的影響等角度對這一問題開展了探討，先後發表了〈漢字形義關係的疏離與彌合〉(《語文建設》1994年第12期)、〈漢字闡釋與文化傳統〉(《學術界》1995年第1期)、〈關於漢字構形功能的確定〉(《安徽教育學院學報》1995年第2期)、〈歷史性：漢字闡釋的原則〉(《人文雜誌》1996年第2期)等論文，並出版了專著《漢字闡釋與文化傳統》(中國科學技術大學出版社，1995)。這些論作提出的理論問題值得進一步深入的研究。

　　此外，近年來還出版了龔嘉鎮《現行漢字形音關係研究》(湖北人民出版社，1995)、張玉金《當代中國文字學》(廣東教育出版社，2000)、

李萬福《漢文字學新論》(重慶出版社，2001)、黃亞平和孟華《漢字符號學》(上海古籍出版社，2001)、陳燕《漢字學概說》(天津人民出版社，2003)、張桂光《漢字學簡論》(廣東高等教育出版社，2004)等論著和多種文字學教材。

三、《說文》學與傳統文字學研究

自1970-80年代以來，研究中國傳統文化的許多學科蓬勃發展，其中以研究《說文解字》爲中心的《說文》學和傳統文字學也獲得了發展機遇。據統計，從1983-1993年十年間就發表研究《說文》方面的論著六百餘篇(部)。近十年來不僅又有一大批新作問世，而且水平有較大提高[57]。

(一)通論性與導讀性著作

1980年代，陸宗達、姚孝遂先後發表了《說文解字通論》(北京出版社，1981)和《許慎與《說文解字》》(中華書局，1983)，開創了新時期綜合研究《說文》的新局面。此後，各種關於《說文》的綜合性和導讀性著作日漸增多。王世賢《說文解字導論》(電子科技大學出版社，1993)、余國慶《說文學導論》(安徽教育出版社，1995)、鍾如雄《說文解字論綱》(四川人民出版社，2000)等，都具有一定的綜合研究的特色；普及性導讀著作較多，如張舜徽《說文解字導讀》(巴蜀書社，1990)、陳祥民《《說文解字》今讀與通檢》(吉林文史出版社，1992)、蘇寶榮《說文解字助讀》(陝西人民出版社，1993)、范進軍《《說文解字》古今音讀》(三秦出版社，1995)、湯可敬《說文解字今釋》(嶽麓書社，1997)等，這些讀物對《說文》的普及有積極作用。此外，一些文字學通論或學術史方面的論著也都有專門章節對《說文》及傳統文字學進行綜合評價。

57　《說文》學的新發展已引起學者的關注，張標，《20世紀《說文》學流別考論》(中華書局，2003)對此有詳盡述評。

　　總體而言，這一階段高水準綜合研究性著作較少，推廣普及類著作卻收穫頗豐。在普及性的著作中，許多作者儘管花了很大力氣，力圖能全面而淺易地把《說文》介紹給讀者，但是許多書在徵引古文字字形、古代文獻，以及吸收前人研究成果方面還存在一定的欠缺。

(二)《說文》部首研究

　　對《說文》部首的研究一直是傳統文字學較爲重視的課題。20世紀90年代以來，學者從部首的聲讀、性質、形成、編次、表義、派生等不同方面開展研究工作，有不少新的成果。如鄒曉麗《基礎漢字形義釋源——《說文》部首今讀本義》(北京出版社，1990)和〈《說文解字》540部首述議〉(《說文解字研究》第1輯，河南大學出版社，1991)、董蓮池《說文部首形義通釋》(東北師範大學出版社，2000)等，利用出土的古文字材料，對部首的形義做了解釋。董書晚出，後來居上，書中選用了大量準確的古文字字形與《說文》部首對照，並吸收了古文字學的新成果，因而取得了較大成績。

(三)字體研究

　　對籀文、古文等字體的微觀研究近年來取得了不少成果，代表性的有：趙平安《說文小篆研究》(廣西教育出版社，1998)、蔣冀騁〈《說文段注》改篆簡論〉(《古漢語研究》1992年第2期)、李天虹〈《說文》古文校補29則〉(《江漢考古》1992年第4期)、〈《說文》古文新證〉(《江漢考古》1995年第2期)、徐在國《隸定「古文」疏證》(安徽大學出版社，2002)、趙平安〈《說文》古文考辨(五篇)〉(《河北大學學報》1994年第4期)等。徐在國《隸定「古文」疏證》雖然不以「篆體古文」爲研究對象，但在疏證中往往涉及到《說文》古文，後世隸定的古文有的也是直接源於《說文》古文，因此，該書是研究《說文》古文隸定形體最爲全面的著作。此外，在《說文》重文和俗字研究方面也發表了一些論文。雖然目前《說文》所收的字體、字形還不能在出土的古文字資料中得到全部印

證，但是利用古文字資料比勘參校、匡謬訂訛，則是《說文》字體研究的重要工作。董琨〈古文字形體訛變對《說文解字》的影響〉（《中國語文》1991年第3期）、裘錫圭〈《說文》與出土古文字〉、劉釗〈《說文解字》匡謬(四則)〉、郭小武〈《說文》篆籀字彙與甲骨文字考釋〉等，都是這方面的力作[58]。

(四)「六書」研究

「六書」研究一直是以《說文》爲中心的傳統文字學的重點。近年來，仍有一些學者對轉注、會意、指事、象形等進行探討，發表了他們的研究成果，如馬海江〈試論象物造字法的構形特點〉（《東北師範大學學報》1993年增刊）、楚永安〈關於「指事」、「會意」的認識〉（《中國人民大學學報》1992年第6期）、石定國《《說文》會意字研究》（北京語言學院出版社，1996）、趙伯義〈《說文解字》指事發微〉（《說文學研究》第1輯，崇文書局，2004）、韓陳其〈論《說文》會意字〉（《徐州師院學報》1991年第4期）、向光忠〈許說會意發微〉（《說文解字研究》第1輯，河南大學出版社，1991)等。討論較多的則是「形聲」及「省聲」、「亦聲」字問題。學者們意識到形聲問題的複雜性，這方面的論文也較多，如劉成德〈論段玉裁對《說文解字》形聲字的改說〉（《蘭州大學學報》1991年第2期）、李國英《小篆形聲字研究》（北京師範大學出版社，1996）、李海霞〈形聲字造字類型的消長：從甲骨文到《說文》小篆〉（《古漢語研究》1999年第1期）、江學旺〈《說文解字》形聲字甲骨文源字考：論形聲字的形成途徑〉（《古漢語研究》2000年第2期）、黃金貴〈《說文》「形聲」定義辨析〉（《杭州大學學報》1997年第3期）；討論「省聲」等方面的論文有：趙永會〈段玉裁對《說文》省聲字的研究〉（《成都大學學報》1996年第3期）、宋易麟〈《說文》省聲的是與非〉（《江西師大學報》1998年第2期），等等。進一步討論「六書」本義和綜

58　以上各篇論文並見《說文解字研究》第1輯(河南大學出版社，1991)。

述「六書」研究的，有白兆麟〈論傳統「六書」之本原意義〉（《安徽大學學報》2003年第2期）、趙學清〈「六書」理論的歷史回顧及其在當代的發展〉（《聊城師範學院學報》1998年第3期)等。

(五)《說文》學術史研究

這可以包括對《說文》學術史的總結和關於歷代《說文》學著作的研究兩個方面。關於前者，新出中國文字學史、語言學史大多闢有《說文》學術史章節，同時也發表了一些專題論文，如董蓮池〈十五年來《說文解字》研究述評〉（《松遼學刊》1994年第3期）、班吉慶〈建國50年來的《說文解字》研究〉（《揚州大學學報》2000年第5期)等。張其昀《《說文》學源流考略》（貴州人民出版社，1998)與張標《20世紀《說文》學流別考論》（中華書局，2003)是各有側重的《說文》學術史專著。党懷興的《宋元明六書學研究》，對宋元明的「六書」學說進行了全面的總結和評價，是一部有價值的文字學史論著[59]。

對於《說文》學著作的研究，多集中在段注研究方面，涉及段注體例、右文、同源詞、引申系統、推求本義、俗字以及段玉裁的文字學理論貢獻等內容，許多論著更應歸於訓詁學研究的範疇。也有的學者對王筠《說文釋例》及其「六書」理論做了初步探討[60]。而其他方面有党懷興《《六書故》研究》（陝西師範大學出版社，2000)等。此外，周伯琦的《說文字原》、朱珔的《說文假借義證》、鄭珍的《說文逸字》和朱駿聲的《說文通訓定聲》等也均有整理研究之作問世。

(六)其他方面

對《說文解字》歷史、文化內涵方面的研究則產生了臧克和的《《說文解字》的文化說解》（湖北人民出版社，1994)、黃德寬和常森的《漢字

59　參閱党懷興，《宋元明六書學研究》(中國社會科學出版社，2003)。
60　參閱何添，《王筠說文六書相兼說研究》(吉林文史出版社，2000)；陳淑梅，〈試論王筠對漢字學的貢獻〉，載《古漢語研究》2001年第1期。

闡釋與文化傳統》(中國科技大學出版社，1995)、宋永培的《《說文》漢字體系與中國上古史》(廣西教育出版社，1996)、雷漢卿《《說文》示部字與神靈祭祀考》(巴蜀書社，2000)等幾部具有影響的代表性的論著。

利用古文字資料，考訂《說文》的專題論文有：王貴元〈說文解字新證〉(《古漢語研究》1999年第3期)、陳秉新和李立芳〈說文與古文字互證分類例說〉(《說文學研究》第1輯，崇文書局，2004)等，許多古文字研究論文也涉及這方面的內容，因較爲零散，至今缺乏全面整理。祝敏申《《說文解字》與中國古文字學》(復旦大學出版社，1998)是一部試圖從中國古文字學角度對《說文》進行深入觀察和研究的專著。

對《說文》全書重新予以注釋校訂的工作，就我們所知海內外有多人做過，所見已出版的有蘇寶榮《《說文解字》今注》(陝西人民出版社，2000)、臧克和與王平《《說文解字》新訂》(中華書局，2002)、季旭昇《說文新證》(上)(臺灣藝文印書館，2002)、董蓮池《說文解字考正》(作家出版社，2005)等，季書和董書在字形考訂和疏證方面廣引古文字研究最新成果，於《說文》研究和應用甚有裨益。

研究《說文》的注音方法、諧聲偏旁、聲訓等，並在此基礎上探究上古聲韻系統是研究《說文解字》的一個重要方面，有關這方面的研究成果也較多；《說文解字》辭彙和詞義研究等方面也有所突破。這些應分別歸於音韻學和訓詁學，故略而不述。

四、古文字研究

由於大批重要文物重現天日，尤爲引人注目的是文物上的大量文字資料的發現，如：殷墟花園莊東地甲骨文、陝西眉縣銅器群銘文、郭店竹簡、上海博物館藏戰國竹簡、湖南里耶秦簡、湖北江陵張家山漢簡，等等，使古文字研究在世紀之交再次成爲舉世矚目的顯學。近幾年來古文字研究所呈現的特點有二：一是原有古文字資料的研究不斷向縱深發展；二是新出土古文字資料得到廣泛的關注和研究。

(一)甲骨學研究

　　從1899年甲骨文發現至今已經一百餘年，對甲骨文的研究已經相當深入全面，在文字考釋、分期斷代、卜法、文例文法、校訂綴合、世系禮制、國家與社會、經濟與科技、軍事征伐、方國地理、文化生活、宗教與風俗、天文曆法等方面均取得了非常豐碩的成果，據統計百年來海內外學者有關甲骨學的論著達到一萬零幾百種之多。近幾年甲骨學的主要成果有：

　　(1)新的甲骨資料的發現和整理研究。1991年10月中國社會科學院考古研究所安陽工作隊在殷墟花園莊東地發掘了一個甲骨坑，出土甲骨1583片，其中有刻辭的689片。這次發現的甲骨文不僅數量巨大，而且以完整的卜甲為主，這在殷墟甲骨文發現史上是十分罕見的。其內容十分豐富，提供了一批前所未有的嶄新史料，具有重大的學術價值。經劉一曼、曹定雲整理研究，編撰出版了《殷墟花園莊東地甲骨》(雲南人民出版社，2003年)。

　　(2)對已發現資料的整理研究。近幾年出版了一批重要的已出甲骨資料整理的代表性著作，如：胡厚宣主編的《甲骨文合集釋文》(中國社會科學出版社，1999)，《甲骨文合集資料來源表》(中國社會科學出版社，1999)，中國社會科學院歷史研究所編《甲骨文合集補編》(語文出版社，1999)，唐蘭的《甲骨文自然分類簡編》(山西教育出版社，1999)，白于藍《殷墟甲骨刻辭摹釋總集校訂》(福建人民出版社，2004)和宋鎮豪、段志洪主編的《甲骨文獻集成》(1-40冊)(四川大學出版社，2001)等。饒宗頤主編的《甲骨文通檢》(香港中文大學出版社，1999)和蔡哲茂的《甲骨綴合集》(臺灣藝文印書館，1999)、《甲骨綴合續集》(文津出版社，2004)等也是重要的整理工作。這些資料的整理和出版，工程浩大，不僅極大地方便了研究工作，也必將推動甲骨學研究水平的提高。西周甲骨文研究，有徐錫台《周原甲骨文綜述》(三秦出版社，1991)、朱歧祥《周原甲骨研究》(臺灣學生書局，1997)和陳全方等《西周甲文注》(學林出版

社，2003)等著作問世。

(3)百年甲骨學史研究。隨著甲骨發現一百周年的到來，一批甲骨學史研究的論文和著作相繼問世，如宋鎮豪主編的《百年甲骨學論著目》(語文出版社，1999)、王宇信和楊升南主編的《甲骨學一百年》(社會科學文獻出版社，1999)等。

(4)甲骨文字考釋和斷代研究。甲骨文字的考釋和研究也取得了一些成果，于省吾主編的《甲骨文字詁林》(中華書局，1996)不僅集中反映了已有的甲骨文考釋成果，而且姚孝遂在按語中對許多文字的考釋提出了新的意見。裘錫圭等在甲骨文疑難字考釋方面也有新作[61]。趙誠的《甲骨文字學綱要》(商務印書館，1993)、李圃《甲骨文字學》(學林出版社，1995)和朱歧祥《甲骨文字學》(臺灣里仁書局，2002)是以甲骨文爲對象的古文字學理論著作。李學勤、彭裕商對甲骨分期的研究取得新的進展[62]，張世超從甲骨字迹對甲骨文及其斷代研究進行了新嘗試[63]。

此外，在甲骨文語法研究、甲骨文與殷商史研究等方面也有不少論著出版，此一併從略。

(二)金文研究

金文研究近年來也取得新的成就，主要表現在以下方面：

(1)有銘銅器不斷大量出土，使得金文研究有了重要的發展。如2003年1月19日在陝西眉縣楊家村發現了一窖青銅器，共有27件，均有銘文。其中兩件四十二年鼎，有282字，銘文年、月、月相、干支四要素齊備，是考訂西周年代、金文曆譜的重要資料，內容涉及冊命、戰爭，十分重要。圍繞新發現的銅器及其銘文，發表不少高水準的論文，如《文物》(2003年第6期)、《考古與文物》(2003年第3期)集中發表了馬承源、李學

61　如《第三屆國際中國古文字學研討會論文集》(香港中文大學，1997年)等發表的裘氏論文。

62　參閱李學勤、彭裕商，《殷墟甲骨分期研究》(上海古籍出版社，1996)。

63　參閱張世超，《殷墟甲骨字迹研究》(東北師範大學出版社，2002)。

勤、裘錫圭、王輝等二十多位學者的討論文章。《中國歷史文物》(2002年第6期)公布了記載夏禹事迹的燹公盨，同時還發表了李學勤、裘錫圭、朱鳳瀚、李零等一組研討論文。

(2)在金文資料整理方面有新的成績，收集新出金文的有劉雨等《近出殷周金文集錄》(中華書局，2003)、陝西省文物局編輯的《盛世吉金——陝西寶雞眉縣青銅器窖藏》(北京出版社，2003)；在金文索引編撰和古文字資訊化處理方面，華東師範大學中國文字研究與應用中心等研究單位做了大量工作，出版了《金文引得：殷商西周卷》(廣西教育出版社，2001)、《金文引得：春秋戰國卷》(廣西教育出版社，2002)，張亞初《殷周金文集成引得》2001年也由中華書局出版。

(3)在金文釋文、考釋和字編方面，陳直的《讀金日箚》(西北大學出版社，2000)、劉昭瑞的《宋代著錄商周青銅器銘文箋證》(中山大學出版社，2000)、陳雙新《兩周青銅樂器銘辭研究》(河北大學出版社，2002)、中國社會科學院考古研究所的《殷周金文集成釋文》(1-6冊)(香港中文大學出版社，2001)和施謝捷的《吳越文字彙編》(江蘇教育出版社，1998)等都具有較高水準。趙誠的《二十世紀金文研究述要》(書海出版社，2003)則全面介紹了20世紀金文研究方面的主要成果。

(4)在與金文研究密切相關的青銅器學方面，繼朱鳳瀚《古代中國青銅器》(南開大學出版社，1995)之後，馬承源的又一部重要的著作《中國青銅器研究》(上海古籍出版社，2002)出版。王世民等《西周青銅器分期斷代研究》(文物出版社，1999)反映了青銅器分期斷代研究的新成果，陳夢家的《西周銅器斷代》2003年也由中華書局重新編印出版。

此外，李學勤等主持的夏商周斷代工程，開展了一系列金文相關專題的研究，成果豐碩，有許多成果即將公開發表。

(三)戰國文字研究(含秦漢部分)

戰國文字研究近幾年發展最快。出土的戰國文字資料(尤其是楚簡)不僅數量多，而且內容重要。如郭店楚簡有《老子》(甲、乙、丙)、《緇

衣》、《五行》、《性自命出》、《太一生水》等古書，有些可與傳世本
對照，有些是早已亡佚的珍貴文獻。上海博物館收藏的戰國竹簡有古書一
百餘種，已經發表的有《孔子詩論》、《容成氏》、《周易》等。這些資
料一經公布，立即引起了海內外學術界的轟動，形成了一股戰國文字研究
熱潮，可以預言這種熱潮還將持續相當長一個時期。還有大批秦簡、漢簡
也相繼出土，內容都十分重要，因而秦漢簡牘的研究也引起了許多學者的
重視。近幾年戰國文字(含秦漢部分)研究的主要成就有：

（1）整理公布了一批珍貴的新出土資料。先後問世的有：荊門市博物
館編《郭店楚墓竹簡》（文物出版社，1998）、湖北文物考古研究所等編
《九店楚簡》（中華書局，2000）、陳松長編《香港中文大學文物館藏簡
牘》（香港中文大學文物館，2001）、馬承源主編《上海博物館藏戰國楚竹
書》（一）（二）（三）（四）（上海古籍出版社，2001, 2002, 2003, 2004），河南
省文物考古研究所編《新蔡葛陵楚墓》（大象出版社，2003）、中國文物研
究所等編《龍崗秦簡》（中華書局，2001）、張家山漢墓竹簡二四七號墓整
理小組編《張家山漢墓竹簡》（文物出版社，2001）以及中國簡牘集成編委
會編《中國簡牘集成》（1-12）（敦煌文藝出版社，2001）等。除戰國秦漢簡
牘之外，還公布和整理了一批其他資料，如蕭春源《珍秦齋藏印秦印篇》
和《珍秦齋藏印戰國篇》（澳門市政局，2000, 2001）、王人聰編《香港中
文大學藏印續集》（二）（三）（香港中文大學，1999, 2001）、莊新興《戰國
璽印分域編》（上海書店出版社，2001）、周曉陸等編《秦封泥集》（三秦
出版社，2000）、傅嘉儀編《新出土秦代封泥印集》（西泠印社，2002）、
王輝編《秦出土文獻編年》（新文豐出版公司，2000）等。

（2）出版了一大批校讀和研究新資料的論著。如劉信芳的《郭店楚簡
《老子》解詁》（臺灣藝文印書館，1999）、《簡帛五行解詁》（臺灣藝文
印書館，2000）、《楚帛書解詁》（臺灣藝文印書館，2002）、《包山楚簡
解詁》（臺灣藝文印書館，2003）和李零的《郭店楚簡校讀記》（增訂
本）（北京大學出版社，2002）、《上博楚簡三篇校讀記》（萬卷樓圖書有限
公司，2002）等，對楚簡帛書的校讀考訂形成系列；龐樸的《竹帛五行篇

校注及研究》(萬卷樓圖書有限公司，2000)、塗宗流和劉祖信的《郭店楚簡先秦儒家佚書校釋》(萬卷樓圖書有限公司，2001)、陳久金的《帛書及古典天文史料注析與研究》(萬卷樓圖書有限公司，2001)、廖名春的《郭店楚簡老子校釋》(清華大學出版社，2003)、劉釗的《郭店楚簡校釋》(福建人民出版社，2003)也都是這種類型的著作。李天虹的《郭店簡《性自命出》研究》、陳偉的《郭店竹書別釋》、劉樂賢的《簡帛數術文獻探論》、廖名春的《出土簡帛叢考》等(湖北教育出版社，2003)，則是一套反映中青年學者簡帛文獻研究成果的叢書。他們更側重於研究和解決疑難或有爭議的問題。

　　關於新出楚簡研究者甚眾，已召開了多次專題學術研討會，有許多論著和會議論文集出版，如《簡帛研究》第3輯(廣西教育出版社，1998)、《吉林大學古籍所建所十五周年紀念文集》(吉林大學出版社，1998)、《郭店楚簡研究》(遼寧教育出版社，1999)、《道家文化研究(「郭店楚簡」專號)》第17輯(三聯書店，1999)、《郭店楚簡國際學術研討會論文集》(湖北人民出版社，2000)、《郭店簡與儒學研究》(遼寧教育出版社，2000)、《上博館藏戰國楚竹書研究》及《上博館藏戰國楚竹書研究續編》(上海書店出版社，2002, 2004)、《古墓新知》(國際炎黃文化出版社，2003)和《新出土文獻與古代文明研究》(上海大學出版社，2004)等，都刊登或結集發表了這方面的大量論文。《古文字研究》、《文物》、《考古》和《華學》等許多專業雜誌近年也較多地發表了這方面的研究成果。

　　(3)新出了一批戰國文字研究著作。新材料的增多，使戰國秦漢文字的研究取得新的突破，近年來出版了許多高水準的研究著作，代表性的有李學勤《四海尋珍》(清華大學出版社，1998)、《綴古集》(上海古籍出版社，1998)、《林澐學術文集》(中國大百科全書出版社，1998)、黃錫全《古文字論集》(臺灣藝文印書館，1999)、《著名中年語言學家自選集‧李家浩卷》(安徽教育出版社，2002)、《張政烺文史論集》(中華書局，2004)、何琳儀《戰國古文字典》(中華書局，1998)和《戰國文字通

論(訂補)》(江蘇教育出版社，2003)、王人聰《古璽印與古文字論集》
(香港中文大學出版社，2000)、黃錫全《先秦貨幣通論》(紫禁城出版
社，2001)和《先秦貨幣研究》(中華書局，2001)、徐在國《隸定「古
文」疏證》(安徽大學出版社，2002)、王輝《秦文字集證》(臺灣藝文印
書館，1999)、陳昭容《秦系文字研究》(中央研究院歷史語言研究所，
2003)、駢宇騫和段書安《本世紀以來出土簡帛概述》(萬卷樓圖書有限公
司，1999)、吳辛丑《簡帛典籍異文研究》(中山大學出版社，2003)，等
等。這些論著有的是一些著名古文字學者的論文集，其中頗多論文涉及戰
國文字研究；有的則是就戰國秦漢文字資料進行的綜合研究；而徐在國對
傳抄古文的研究則是對戰國文字研究的開拓。除上述專著外，關於戰國文
字尤其是楚疑難字的考釋取得了很大成績，分別散見於各期刊和各家著述
之中，尚待全面梳理。

(4)一批反映戰國秦漢文字研究成果的文字編相繼問世。張光裕《郭
店楚簡研究・文字篇》(臺灣藝文印書館，1999)、張守中等《郭店楚簡文
字編》(文物出版社，2000)、陳松長《馬王堆簡帛文字編》(文物出版
社，2001)、駢宇騫《銀雀山漢簡文字編》(文物出版社，2001)，以及李
守奎《楚文字編》(華東師範大學出版社，2003)和湯余惠主編的《戰國文
字編》(福建人民出版社，2000)等，分別對不同批次、區域乃至整個戰國
文字研究成果進行了整理彙編，極便學者運用。

此外，李圃主編的《古文字詁林》，是一部彙錄歷代學者關於古文字
形、音、義考釋成果的大型工具書，收錄材料截止到1997年底，全書共12
巨冊，近期已經面世(上海教育出版社，1999-2004)。

五、俗字研究

俗字作為漢字符號系統的一部分始終存在著，並在正字以外有一定的
使用領域和獨特的使用功能。但是，長期以來俗字研究不登文字學研究的
大雅之堂，歷史上研究成果較少且多已散佚，即使有些俗字研究成果倖存

於世，文字學史著作也多視而不見。20世紀尤其是1980年代以來的俗字研究卻是文字學研究成就卓著的領域，因此，本部分擬作一總體回顧，以彌補缺憾。

(一)1980年代前的俗字研究

20世紀初由於新文化運動影響所及，提倡簡俗字提到了議事日程，人們開始重視漢語俗字，一批學者如錢玄同、黎錦熙、唐蘭等積極倡導使用簡俗字。1930年劉復、李家瑞遂有《宋元以來俗字譜》問世。但是，關於俗字的研究基本還是沈寂一片。

50年代的文字改革，促進了簡俗字的研究，出現了許多討論簡俗字的文章，如魏建功〈漢字發展史上簡體字的地位〉（《中國語文》1952年第4期）、曹伯韓〈關於漢字整理和簡化的各種意見〉（《新建設》1952年第2期）、易熙吾《簡體字原》（中華書局，1955）、陳光堯《簡化漢字字體說明》(中華書局，1956)等，不過這些論著只是從漢字改革的角度研究簡化字，雖然涉及俗字問題，但還不是對俗字的專門研究。蔣禮鴻的〈中國俗文字學研究導言〉是這一時期具有里程碑意義的文章。該文探討了正俗的關係，指出歷史上俗字研究存在的問題，闡明了俗字研究的重要意義，並總結了研究俗字的步驟和方法[64]。

(二)1980年代以來的俗字研究

蔣禮鴻提倡研究俗字二十年後，1986年朱德熙在「漢字問題學術討論會」上，再一次呼籲加強近代漢字、俗字研究。1989年裘錫圭也指出，對漢代以後各代文字的研究工作很需要加強[65]。這一時期的俗字研究逐漸成為文字學研究的一個新亮點，其研究內容、範圍、水平都有重要拓展和提高，主要包括以下方面：

64　參閱蔣禮鴻，〈中國俗文字學研究導言〉，載《杭州大學學報》（中國語文專號)1959年第3期。
65　參閱裘錫圭，〈四十年來文字學研究回顧〉，載《語文建設》1989年第3期。

　　(1)敦煌卷子的俗字研究。這一時期敦煌卷子的研究促進了敦煌俗字的研究，發表了許多文章，如潘重規發表了〈敦煌卷子俗寫文字與俗文學之研究〉(《孔孟月刊》1980年第7期)、〈《龍龕手鏡新編》‧序〉(《龍龕手鏡新編》卷首)、〈敦煌卷子俗寫文字的整理與發展〉(《敦煌學》第17期，臺北中國文化大學，1991)等一系列討論敦煌俗字的論文。劉燕文〈敦煌寫本字書《正名要錄》淺介〉(《文獻》1985年第5期)、周祖謨〈敦煌唐寫本字書序錄〉(《敦煌語言文學研究》，北京大學出版社，1988)、朱鳳玉〈敦煌寫本字樣書研究之一〉(臺北《華岡文科學報》1989年第17輯)和〈敦煌寫本「碎金」系字書初探〉(《第二屆敦煌學國際研討會論文集》，臺北漢學研究中心，1991)等，討論了有關敦煌字書俗字問題。郭在貽和張湧泉〈關於敦煌變文整理校勘中的幾個問題〉(《古漢語研究》1989年創刊號)、〈俗字研究與敦煌俗文學作品的校讀〉(《近代漢語研究》，商務印書館，1992)，以及張湧泉〈試論敦煌寫卷俗文字研究之意義〉(《敦煌研究院1990年敦煌學國際學術討論會論文集》)、〈敦煌寫卷俗字的類型及其考辨方法〉(香港《九州學刊》1992年第2期)等，進一步將敦煌俗字研究引向深入。此外，有張金泉〈論敦煌本《字寶》〉(《敦煌研究》1993年第2期)、杜愛英〈敦煌遺書中俗體字的諸種類型〉(《敦煌研究》1993年第3期)、郝茂〈論唐代敦煌寫本中的俗字〉(《新疆師範大學學報》1996年第1期)等俗字研究之作先後發表。

　　這一時期還出現了敦煌俗字整理和研究的專門著作，如潘重規等編輯的《敦煌俗字譜》(臺灣石門圖書公司，1978)，是第一部輯錄敦煌俗字的著作。張湧泉的《敦煌俗字研究》(上海教育出版社，1996)，是第一部全面、系統地研究和整理敦煌俗字的論著，上編《敦煌俗字研究導論》著重於理論總結和論述，下編《敦煌俗字彙考》滙集敦煌典型俗字，逐一考證。周祖謨《唐五代韻書集存》(中華書局，1983)、姜亮夫《敦煌學概說》(中華書局，1985)、蔣禮鴻《敦煌變文字義通釋(增訂本)》(上海古籍出版社，1981)和《義府續貂》(中華書局，1987)、郭在貽《敦煌變文校議》(嶽麓書社，1990)等著作，在敦煌俗字的收錄、考釋和理論研究等

方面皆有涉及，也是研究俗字的重要參考著作。

　　(2)字書俗字研究。字書俗字研究包括兩方面內容：一是歷代字書所收俗字的整理和研究。由敦煌寫本字書到傳世字書，是俗字研究的拓展和進步。這方面的主要論文有：顧之川〈俗字與《說文》俗體〉（《青海師範大學學報》1990年第2期）、侯尤峰〈《說文解字》徐鉉所注「俗字」淺析〉（《古漢語研究》1995年第2期）、羅會同〈《說文解字》中俗體字的產生與發展〉（《蘇州大學學報》1996年第3期）、施安昌《唐人《干祿字書》研究》（紫禁城出版社，1990）、劉燕文〈《集韻》與唐宋時期的俗字俗語〉（《語言學論叢》第16輯，商務印書館，1991）等。《漢字文化國際學術研討會論文集》（遼寧人民出版社，1998）也收錄了陳建裕〈《篆隸萬象名義》中的俗字初探〉、孔仲溫〈《玉篇》俗字孳乳的遞換類型析論〉、李添富〈《古今韻會舉要》俗字研究〉、楊徵祥〈《蒙古字韻》正俗字研究〉等四篇研究字書俗字的論文。有些專著也涉及字書俗字研究，如曾榮汾《字樣學研究》（臺灣學生書局，1988）專設「字樣之重鎮——《干祿字書》之析介」一章介紹《干祿字書》所存俗字；張湧泉《敦煌俗字研究》（上海教育出版社，1996），專設「研究敦煌俗字的重要參考書——《龍龕手鏡》」一章，對《龍龕手鏡》所收俗字與敦煌俗字進行比較，詳細介紹《龍龕手鏡》的俗字體例，並指出其缺點。蔣禮鴻遺著《類篇考索》（山東教育出版社，1996）也是考訂漢語俗字的重要著作。此外，臺灣黃沛榮主持的《歷代重要字書俗字研究》包括了季旭升〈《類篇》俗字研究〉、曾榮汾〈《字滙》俗字研究〉、許錟輝〈《字彙補》俗字研究〉、黃沛榮〈《正字通》俗字研究〉、蔡信發〈《康熙字典》俗字研究〉、孔仲溫〈《玉篇》俗字研究〉等六種[66]。

　　近五年來的字書俗字研究，又有若干論作發表，如：劉洋〈《說文段注》俗字類型考略〉（《殷都學刊》2000年第1期）、陳建裕和房秋鳳〈《篆隸萬象名義》中的俗字及其類型〉（《平頂山師專學報》2000年第3

66　其中〈《玉篇》俗字研究〉已經由臺灣學生書局2000年出版。

期)、王綿厚〈遼代佛學字書《龍龕手鏡》考略〉(《社會科學輯刊》2001年第6期)、符渝〈《干祿字書》的正字觀及現實意義〉(《北京師範大學學報[社科版]》2002年第4期)、鄭賢章〈《龍龕手鏡》未釋俗字考辨〉(《語言研究》2002年第2期)、劉中富〈《干祿字書》的異體字及其相關問題〉(《古籍整理研究學刊》2003年第4期)等。這些論著幾乎涉及歷代字書俗字。鄭賢章《《龍龕手鏡》研究》(湖南師範大學出版社,2004)分上、下兩篇,上篇有專章論及考釋《龍龕手鏡》俗字的方法和途徑,下篇是《龍龕手鏡》俗字彙考。在俗字的考釋上,以漢文佛經爲本,對《龍龕手鏡》中的俗字進行了詳盡的考證,辨析了許多釋義未詳或未作解釋的俗字,並補充了不少《龍龕手鏡》未收的佛經俗字,這是該書對俗字研究的一個貢獻。

二是大型字書對漢語俗字的收集和整理。當代大型字書收錄俗字的以《漢語大字典》(四川辭書出版社、湖北辭書出版社,1986-1990)和《中華字海》(中華書局、中國友誼出版公司,1994)爲代表。兩部字書規模宏大,收羅漢字資料以多與全爲追求目標,俗字的收錄量也就超過前代各類字書,在俗字輯錄、探源、辨析等方面基本上反映了當時俗字整理的總體水平,但是它們存在著許多不足。張湧泉《漢語俗字叢考》(中華書局,2000年)對這兩部字書在俗字楷定、辨識、注音、釋義等方面的錯誤和缺漏,糾正和補充達三千餘條。張書材料翔實,考證嚴密,可以說是當代俗字研究的一部力作。此外,張湧泉〈大型字典編纂中與俗字相關的幾個問題〉(《中國社會科學》1997年第4期)、周志鋒〈論俗字研究與大型字典的編纂〉(《辭書研究》1999年第3期)、姚永銘〈《漢語大字典》闕義字考〉(香港《中國語文通訊》1999年第1期)、鄭賢章〈從漢文佛典俗字看《漢語大字典》的缺漏〉(《中國語文》2002年第3期)、〈《中華字海》未釋俗字考〉(《古漢語研究》2003年第2期)、李國英〈楷體部分未釋字考〉(《古漢語研究》2003年第3期)等論文,對大型字書所收俗字及相關問題的研究均有創獲。

(3)碑刻俗字研究。碑刻文字的輯錄研究工作在宋代就已經開始,之

後從事碑刻文字滙集和研究的代有其人。因碑刻所用俗別字較多，所以輯錄碑刻俗字就成爲一個重要研究方面。如近年整理增訂的兩部碑刻別字新編就是這方面的代表作：其一，秦公的《碑別字新編》（文物出版社，1985）。這部書是在羅氏家族輯錄的《碑別字》及其增補本基礎上增訂而成的[67]。《廣碑別字》（國際文化出版公司，1995）則是在《碑別字新編》基礎上新增訂之作，收錄了歷代近三千種碑石中的碑別字，是目前所見收錄碑別字最多的一部碑別字編。其二，馬向欣《六朝別字記新編》（書目文獻出版社，1995）。這部書則是對清趙之謙《六朝別字記》[68]的校釋和整理。

　　(4)其他俗字研究。方言俗字也是俗字裡的大宗，但是這方面的研究卻很少。萬獻初的〈鄂南地名中的俗字評議〉（《咸寧師專學報》1994年第3期)就是一篇研究鄂南地名所涉俗字的文章。該文對鄂南20個方言地名俗字做了構形分析，並發現9個不見於任何字書的該地區自造的方言俗字。方言俗字的研究，有待學者的進一步關注。李榮《文字問題》（商務印書館，1987)有一章討論五種晚明刻本小說中的俗字，對許多俗字的源流演變做了深入探討。近幾年來，俗字研究的範圍又有所突破，大凡通俗文學、醫方、樂譜、農事等領域所用俗字皆有涉及，如吳文光和趙曉楠〈關於大曲《柁枝令歌頭》、《柁枝令》俗字譜及其考、譯〉（《中國音樂學》2000年第4期)、范登脈和賴文〈俗字研究在古醫籍整理中的應用〉（《中華醫史雜誌》2000年第3期)、王春豔〈論仁和寺本《太索》的俗字研究方法〉（《醫古文知識》2002年第3期)等。

　　此外，關於一般俗字考釋及綜合研究方面的論文有張標〈俗字考辨〉（《古漢語研究》2001年第3期)、周志鋒〈俗字俗語與明清白話著作校

---

67 清代羅振鋆作《碑別字》五卷，後羅振玉增補作《碑別字補》五卷。民國初年，羅振玉與其子羅福萇、羅福葆又增補成《增訂碑別字》五卷。此後，羅福葆又作《碑別字續拾》一卷。《碑別字新編》以上述諸書爲基礎增輯而成，收秦漢至民國碑刻別字俗體共12844個。

68 《六朝別字記》收有六朝石刻別字六百多字，並收集了有關收藏家、鑑賞家的考釋，1930年以手稿影印。

勘〉(《古籍整理研究學刊》2000年第2期)、鄭賢章〈刻本漢文佛典俗字的研究價值芻議〉(香港《中國語文通訊》2000年第55期)等。

(5)俗字理論研究。近代漢字及俗字理論研究近年來也取得了較大的成績,施安昌〈唐代正字學考〉(《故宮博物院院刊》1982年第3期)、張湧泉〈「別字」正名〉(《語文建設》1989年第4期)、陳五雲〈俗文字學芻議〉(《上海師範大學學報》1990年第2期)、張湧泉〈俗字研究與古籍整理〉(《古籍整理與研究》第5期,中華書局,1991)、李秀坤〈析漢字俗字現象〉(《遼寧教育學院學報》1992年第3期)、張湧泉〈試論漢語俗字研究的意義〉(《中國社會科學》1996年第2期)等論文對俗字的專題研究,推進了俗字研究的理論建設。陳建裕〈五十年來的漢語俗字研究〉(《平頂山師專學報》1999年第3期)、石雲孫〈論俗字〉(《安慶師範學院學報[社會科學版]》2000年第1期)、胡錦賢〈漢語俗字的產生和應用〉(《武漢交通管理幹部學院學報》2002年第3期)、姚永銘〈俗字研究的幾個問題〉(《古漢語研究》2003年第3期)和張湧泉〈大力加強近代漢字的研究〉(《浙江教育學院學報》2003年第6期)等論文,對俗字理論研究又有新的貢獻。

關於俗字理論研究1980年代以來還出版了幾部重要的著作:李榮《文字問題》(商務印書館,1987),不僅深入分析了許多俗字的源流演變,而且總結討論了俗字的字形分化、簡化、繁化、類化、改換偏旁、增加筆畫、同音代替等現象,對漢語俗字理論研究有開拓之功。張湧泉《漢語俗字研究》(嶽麓書社,1995)是第一部研究漢語俗字理論的專著,書中對俗字的定義、古今俗字材料和研究狀況、俗字研究的意義、俗字特點、俗字類型、俗字考辨方法等內容均有精到論述,建立了較為完整的漢語俗字理論體系。這部書與他的《敦煌俗字研究》和《漢語俗字叢考》在俗字研究的理論探索和具體考辨方面做到了較好結合。陳五雲《從新視覺看漢字:俗文字學》(河南人民出版社,2000)是繼《漢語俗字研究》以後的又一部研究漢語俗字理論的有見地的著作。該書討論了俗文字學的內容、俗文字學的研究方法、俗文字學的材料、俗文字產生的規律、俗文字的歷史、俗

文字的考釋等問題。孔仲溫《《玉篇》俗字研究》（臺灣學生書局，2000），雖以《玉篇》俗字為研究對象，但在俗字界定、分類、比較等方面皆有創見，而俗字綜論部分尤其精彩，揭示了俗字產生、流變、發展的一般規律。以上幾部著作基本奠定了俗字研究的理論基礎，是文字學研究的重要收穫。

六、基本評價和展望

簡單的回顧，足以展現世紀之交文字學所獲得的進步。我們曾認為21世紀的文字學研究大有可為[69]，世紀之交顯示的文字學發展的良好勢頭，使我們有理由相信，新世紀我們將迎來文字學研究發展的新階段。下面分別對有關領域的研究作一初步的評價和展望。

(一)現代漢字與漢字應用研究

近年來現代漢字及其應用研究，無論在涉及的問題和領域，還是在取得的成就等方面都達到了空前的水平，逐步適應了社會發展對語言文字研究的新要求，從根本上改變了現代漢字及其應用研究長期未能引起學者重視的局面。

在漢字簡化問題的研究方面，研究者已開始注意用科學、系統的觀點來看待漢字簡化，從聯繫的角度討論了正確處理簡化漢字工作中的種種關係，探討了漢字簡化的優化原則。簡化字字源的研究取得了新的進展，繁簡對照和轉換的整理研究工作也在不斷走向深入。

在字形方面，研究進展主要體現在對現代漢字筆形的分類整理、筆順的規範、漢字部件的切分、部件的規範及命名等方面。此外，對印刷用新舊字形的整理研究、對字元理論在現代漢字構字法上的應用等方面，也都

---

69 參閱黃德寬，〈文字學研究大有可為〉，見《21世紀的中國語言學》（一）（商務印書館，2004），頁220-224。

有不少收穫。

在規範漢字研究方面，所取得的進展包括：研究者對規範漢字的理論和實踐都做了相當全面的探討；編寫出版了相當一批規範漢字的字書；國家語委「十五」重點科研專案《規範漢字表》研製工作的啓動並取得初步成果；國家社科基金專案子課題《文字學名詞術語審定》和規範化研究也立項開展。

現代漢語異形詞研究方面，2001年12月《第一批異形詞整理表》的正式發布，標誌著對現代漢語異形詞的整理工作取得了重要的階段性成果；有關異形詞的一批討論文章，加深了對異形詞概念及其整理工作的理論認識。

異體字研究方面，對異體字概念的內涵進行了重新探索，對異體字的分類和整理更加細緻深入，對《第一批異體字整理表》進行了全面評價。同時，已有學者對大型字書的異形字、疑難字進行全面的整理研究，作為漢字異體字研究的基礎性工作，這些專案得到國家社會科學基金的立項支援，可望取得較高水準的成果。

漢字檢字法的研究，在以下幾個方面的進展值得重視：對漢字統一部首展開了討論，雖然人們的意見還未能取得一致，但這些討論無疑給將來的統一部首工作奠定了基礎；對包括筆畫、筆序在內的其他漢字檢字法的定序規則進一步細化，提出了很多有益的意見；對漢字檢字法的繼承和創新問題有了一些新的認識。

海峽兩岸漢字比較及「書同文」研究方面，研究者對海峽兩岸現行漢字的異同，包括字形、筆順、字音等方面，都進行了較爲充分的比較分析。這些研究一方面有助於人們清楚地認識到兩岸現行漢字存在著某些差異的客觀現實，另一方面也爲將來兩岸眞正實現「書同文」提供了必要的理論和實踐準備。

漢字資訊處理方面的研究，漢字輸入和輸出是漢字資訊處理的重要問題，近年來，在這方面已取得了許多重要成果。1997年發布的《資訊處理用GB13000.1字元集漢字部件規範》（GF3001-1997)對漢字輸入部件碼的

規範起到了重要作用；2000年7月國家質量技術監督局發布中華人民共和國國家標準《資訊技術數位鍵盤漢字輸入通用要求》（GB/T18031-2000），規定了資訊技術產品中用數位鍵盤輸入漢字時的通用要求；2001年2月國家語委發布語言文字規範《中文拼音方案的通用鍵盤表示規範》（GF3006-2001），規定了在使用通用鍵盤輸入中文拼音時，字母表、聲母表、韻母表、聲調符號及隔音符號的鍵位表示。研究者認為，中文拼音輸入法應該是我國的首選中文輸入法，智慧化是漢字鍵盤輸入的發展方向。非鍵盤輸入方法的研究方興未艾，前景廣闊[70]。

　　漢字教學方面的研究，結合對外漢語教學，主要就對外漢字教學的定義、內容、方法等方面展開了討論；運用認知心理學理論來探討漢字教學理論和方法；注重研究漢字本身特點，利用這些特點開展漢字教學以獲得良好的教學效果；將偏誤分析與仲介語理論運用到對外漢字教學方面，並取得了較大成果[71]。現代漢字學教材編寫和綜合研究方面，也取得了一些成果。

　　現代漢字研究在上述各方面雖取得較大進步，但是許多問題有待深入。比如，當前關於簡化字的政策原則和具體處理繁簡關係的技術問題；各種字形及其內部(筆形、部件等)的規範和整理問題；規範漢字的理論研究和規範字的確定及整理研究問題；異體字和異形詞的整理研究問題；海峽兩岸現行漢字和國際漢字(日本、韓國)的比較研究和資訊處理問題等。這些都是現代漢字方面需繼續深入研究的重要課題。總體看來，目前現代漢字研究的深入性和系統性還有待加強，課題零散、視野較窄、理論水平不高制約了現代漢字及其應用研究的發展。今後在進一步繼續結合國家語言文字政策制定、漢字規範化工作和漢字應用及教學需要開展研究的同時，應盡可能地加強現代漢字的基礎和應用理論研究，組織一些高水準的專題性或綜合性研究課題。

70　參閱蘇培成，《二十世紀的現代漢字研究》(書海出版社，2001)，頁557。

71　參閱潘先軍，〈近四年對外漢字教學研究述評〉，載《漢字文化》2003年第3期。

(二)漢字理論研究

　　漢字理論研究雖然由於古文字資料的大量發現和研究視野的進一步開闊而有所進步，但是總體來看，這方面仍是較為薄弱的環節，無論重視程度還是所取得的成果都與漢語文字學整體的發展不相適應。

　　漢字起源的討論，一方面寄希望於新資料提供的新線索，另一方面不同民族文字起源的比較研究將是尋求研究突破的重要途徑。雖然這方面的研究有了新的進展，但是作為漢字研究的重大疑難問題還將長期被關注。

　　關於漢字性質的研究，分歧的產生往往是由於討論問題所依據的材料、理論根據、研究方法的不同等因素造成的，在進一步研究中應注意對各種不同的意見予以合理的吸收和整合，做出更符合漢字實際和理論邏輯的闡述。

　　漢字結構的研究，由於歷代漢字資料極為豐富，最有可能取得突破，但是實際情況並非如此。許多從事古文字研究的學者對漢字的結構分析，滿足於依據舊說而就字論字，他們關注的重點並不在文字學理論問題；而研究語言文字學的不少學者對古文字資料和研究成果又缺少深入的鑽研和吸收，從而影響他們結合漢字實際進行理論的總結和探討，並取得應有的成就。研究漢字的學者如果能全面研究分析歷代文字尤其是古文字資料，對漢字結構理論的研究必然會獲得新的突破性進展。

　　漢字發展歷史的研究，目前已具備較為充分的條件，今後研究的重點應該放在漢字系統內在發展規律的揭示和斷代研究兩個方面。在斷代研究的基礎上，客觀、全面地描寫漢字的發展歷史，並進一步揭示漢字發展演變規律，是我們應該從事的重大課題。開展這項工作不僅漢字發展內在規律的揭示和斷代研究是基礎，對漢字發展研究視點的正確確定也顯得尤為重要。我們到底從哪些角度、依什麼標準來衡量漢字的發展，是目前還沒有完全解決而又必須解決的前提問題。

　　至於漢字比較研究和漢字闡釋的理論與方法研究，是漢字理論研究走向深入所必然要涉及的問題。近年來這些方面已有了可喜進展，研究文字

學的學者如果想在理論上有所建樹，應該對此給予更多的重視。

（三）《說文》學與傳統文字學研究

1980年代以來，《說文》學研究取得了豐碩的成果，形成了《說文》研究史上一個新的高潮。這主要表現為：對《說文》的價值和貢獻乃至缺陷，有了比較客觀公正的認識；開拓了傳統《說文》研究的領域，對《說文》的詞義系統、文化內涵、內在結構和文字學理論價值等進行了多角度的發掘；吸收古文字研究成果，對《說文》的各種字體進行了深入的研究，校正了許多訛誤字形；對《說文》分析字形結構的錯誤和存疑字做了糾正或給出新的解說；重視《說文》的普及和應用，新編了一批介紹《說文》的導論性著作和適合更多讀者需要的注釋本。這些新的成就的取得，具有鮮明的時代特色，與古文字研究的巨大成就和漢語言學研究的進步密切相關。

同時，我們也看到存在以下不足：根據古文字材料及古文獻研究成果重新訂正或注釋《說文》的高質量的成果尚未出現，一些普及性讀物重複編寫，水平不高；對歷代《說文》學專書的研究不平衡，對段注研究較多而對《說文釋例》、《說文通訓定聲》以及元明時期的著作研究不夠；還沒有一種全面綜合新成果尤其是古文字研究的新成果而編寫的高水準的通論性著作。我們相信，認真總結和反思上世紀80年代以來《說文》學研究情況，對上述不足予以必要的關注，《說文》學和傳統文字學的研究依然可以取得新的有價值的成果。

（四）古文字研究

近幾年古文字研究所呈現的特點和繁榮，一方面主要因新資料的不斷發現而帶來巨大影響，對新出古文字資料的整理研究取得很大成就；另一方面，世紀之交對百年來古文字研究的回顧和反思，促使一批綜合性的資料整理、研究和學術史專題研究工作的開展，也取得了比較凸出的成果。作為一門綜合性交叉學科，古文字研究向多學科拓展的深度和廣度都超過

以往。

但是，從文字學研究的角度看，這種繁榮的背後也存在著許多值得關注的問題。如在甲骨文和金文研究方面，研究隊伍和學者投入的精力相對較少，甲骨文和金文疑難文字的考釋工作進展不大，一些關係漢字發展演變和構形規律的重要現象，還缺乏系統全面的研究；戰國文字研究領域，由於多學科的介入，一些學者在對出土文獻文字結構分析和解釋方面比較隨意，導致不必要的人為混亂；文字學研究者忙於對新出資料疑難單字的考辨，對戰國時期各種文字現象的理論研究和概括尚少有關注。

古文字研究熱潮及其對相關學術領域的影響，將是新世紀初的一個重要學術現象而不斷持續和擴大。今後一個時期，研究的重點依然會在戰國文字方面。對戰國文字資料的綜合整理和滙集編纂以適應多學科的需要，將是一項重要的基礎工作；將戰國文字考訂的新成果進行彙編整理，權衡折中，以定是非，並進而研究戰國文字構形及其發展演變的規律，也是一個必須開展而又具有重大價值的課題。甲骨文和金文的研究處於攻堅階段，要取得突破性進展難度很大，應繼續鼓勵和支援一些學者在這個領域開展長期而艱苦細緻的研究工作。

(五)俗字研究

20世紀80年代以來的俗字研究，由原來以敦煌俗字為主要研究對象擴展到各方面的俗字，許多語言文字學者都在有意識地考證寫本或傳世經典中的俗字，並且利用俗字研究成果來解決一些語言文字學方面的問題，使長期不登大雅之堂的俗字研究呈現出一派繁榮景象。在俗字考釋方法和理論建樹上學者們也取得了不小的成績，已經初步建立起俗字研究的理論體系，使俗文字學作為文字學的一門新的分支學科成為可能。

俗字研究是一個有待進一步開拓的研究領域，還有許多課題需要學者解決。一是要加強各個歷史階段、各種文本的俗字的整理和研究。目前，除了敦煌俗字的整理和研究已經取得較大成績外，其他歷史階段相關資料的俗字輯錄整理和研究工作則還沒有充分展開，有的領域的俗字還少有涉

獵，如避諱俗字、行業俗字、占卜、符籙、畫押等俗字都有待研究。隨著地下出土的文獻的逐漸增多，古代各個時期的各種不同的文本又為我們研究俗字提供了更多的可能，如新出秦漢以降簡帛文獻、各地民間契約文書（如徽州文書等）、新出碑刻墓誌等都有許多俗字資料，這些材料的整理和研究工作任務相當繁重。

二是進一步加強歷代字書保留的俗字整理研究。從歷代字書入手研究俗字，已經取得不小的成績，尤其是臺灣學者，他們將《玉篇》等重要字書列入重要課題進行系統整理研究，這樣的工作值得提倡。我國各類字書資源十分豐富，尤其是民間流傳的俗用字書尚無人系統收集整理，如能對各類字書做出全面而有計畫的整理研究，將會為俗字研究提供更多新的資料。

三是進一步加強俗字的理論研究。俗字理論經張湧泉等研究闡發，成就斐然，但是在俗字的界定、俗字的範圍、俗字類型研究等方面還可進一步完善，應將俗字理論研究納入文字學理論體系的建設統籌考慮。

四是將俗字置於漢字發展史的宏觀背景下來研究。俗字研究者中，大部分是文獻研究者或者是語言研究者，真正的文字學者較少，這就使得許多研究工作還未能從文字學理論和漢字發展史的角度展開。俗字是漢字發展史上的一種現象，理應用文字學的方法，從漢字發展史角度來研究。考形辨義，理類別型，溯源析流，無論哪一項工作都離不開文字學的理論指導和漢字發展史的知識背景。我們認為，一方面，研究俗字的學者要加強自己的文字學修養；另一方面，文字學者也應關注俗字研究，只有這樣，才能使俗字研究作為文字學的新領域取得與其他文字學領域相媲美的成果。

初版後記

　　漢語文字學是一門古老而又有很大發展潛力的學科。然而，與兩千多年的歷史發展相比，理論研究的進展確實較爲緩慢了。我們撰寫這部《漢語文字學史》意在總結文字學發展的歷史，介紹先哲時賢的研究成果，以對這門古老學科的發展有所裨益。

　　這部書得以出版，第一，是因爲有前輩的指導和師友的幫助：吉林大學姚孝遂教授審閱了本書提綱和部分稿件，還不顧目疾爲之作序；南京大學萬業馨同志閱讀了有關章節，並提出了很好的意見。第二，要感謝出版社的大力扶持。

　　《詩》云：「嚶其鳴矣，求其友聲。」當我們將這部書奉獻給廣大讀者時，也展示了我們的疏漏和粗淺，盼望得到讀者和專家們的批評指正。

增訂本後記

　　本書的增訂出版，首先，要再次感謝安徽教育出版社的支援和幫助。十五年前，學術著作出版是很困難的，語言學和文字學著作的出版更是不易。當時安徽教育出版社以其支援學術著作尤其是語言文字學著作的出版而贏得學術界的讚譽和尊重，本書也因此獲得出版的機會，並能在今天修訂再版。

　　其次，要感謝編輯姚莉女士。爲此書的重新排印她既付出了辛勤的勞動，也貢獻了非常好的意見。

　　最後，要感謝我的同仁徐在國教授和學生郝士宏、沙宗元、方孝坤諸位博士，他們爲第四編第八章的增寫做了不少資料收集和前期工作。

　　本書1990年出版以來，漢語文字學的研究已經取得了凸出的成就。世紀之交呈現出的良好態勢，預示著新世紀的文字學一定會有全面的發展和巨大的進步。本書的增訂部分，只是對十餘年來文字學研究的主要成就作一個簡單的回顧；未來再次修訂本書時，我們相信會有更多的研究成果成爲本書必須予以評論和增加的內容。此次本書的增訂和修訂工作主要由本人完成，研究生袁金平、張振謙、閆華、胡北、王穎等同學協助做了一些文字校對和資料查核工作。

　　在本書增訂本即將面世之際，不禁讓我十分懷念曾指導和關心此書寫作的我尊敬的老師姚孝遂先生。1996年11月 22日至25日，「紀念于省吾先生百年誕辰學術研討會」在吉林大學古籍研究所召開。姚老師作爲研究所建所所長和于老的學生，抱病爲會議撰寫了〈辛勤求索，無怨無悔——對于老的懷念〉一文(收入《于省吾教授百年誕辰紀念文集》，吉林大學

出版社，1996）。然而姚老師卻沒能參加這次會議，在會議召開的前一周，他不幸與世長辭，這篇懷念文章也就成為姚老師的絕筆了。從對于老的深情回憶和治學精神的總結中，我們不僅能深切感受到他們的師生情誼，也能體會到姚老師自己對于老治學精神的發揚。姚老師晚年極為不幸，不僅因目疾幾乎喪失視力，而且他援外的愛子遭遇意外而身亡，這對他是沈重的打擊。作為了解這一切的學生，姚老師面對疾病和噩運表現出的毅力和堅強讓我深受震撼。他在患嚴重目疾之後，克服困難，組織完成了《殷墟甲骨刻辭摹釋總集》、《殷墟甲骨刻辭類纂》、《甲骨文字詁林》等大型專案，合作完成了《小屯南地甲骨考釋》，撰寫了三十多萬字的《甲骨文字詁林》按語和多篇古文字理論研究論文，同時他還指導多位博士研究生。凡是了解姚老師身體狀況的學者，沒有不為之感動的。「辛勤求索，無怨無悔」，于老如此，姚老師如此，每一個從事學術研究的真正學者也應該如此！修訂本書時，重新閱讀姚老師當年為本書所寫的序言手稿，手稿中那些因目力原因，寫得難以辨識的字跡和不時的跳行，使我再一次久久不能平靜。老師的精神和對學生的企盼之情，使這份手稿顯得尤其珍貴萬分。謹以此書的修訂再版作為對恩師逝世10周年的紀念。

黃德寬
2005 年秋於合肥

參考書目

說明：以下參考書目按學科內容分類編排；各類書的編排盡可能以首版的時間先後和重要程度為序；現注明的版本是作者推薦給讀者的較好或較易得到的版本。

王國維，《史籀篇疏證》王國維遺書本

孫星衍纂、梁章鉅增釋，《倉頡篇校證》蘇州寶華山房刻本，光緒五年
　　（1879）

史游，《急就章》四庫全書本。

任大椿輯，《字林考逸》渭南嚴氏重校補版本。

顧野王，《原本玉篇殘卷》，中華書局，1985。

———，《宋本玉篇》，中國書店，1983。

顏元孫，《干祿字書》小學彙函本。

張參，《五經文字》小學彙函本。

唐玄度，《新加九經字樣》小學彙函本。

郭忠恕，《汗簡》，中華書局，1983。

———，《佩觿》字學三書本。

夏竦，《古文四聲韻》，中華書局，1983。

司馬光等，《類篇》，中華書局，1984。

張有，《復古編》四庫全書本。

釋行均，《龍龕手鏡》，中華書局，1985。

李文仲，《字鑑》字學三書本。

梅膺祚，《字滙》青畏堂刻本。

張自烈，《正字通》康熙二畏重梓本。

張玉書等，《康熙字典》，成都古籍書店影印本，1980。

許慎，《說文解字》，中華書局影印本，1963。

徐鍇，《說文解字繫傳》，中華書局影印本，1987。

鄭樵，《通志·六書略》，世界書局，1936。

戴侗，《六書故》四庫全書本。

楊桓，《六書統》四庫全書本。

周伯琦，《說文字原》四庫全書本。

———，《六書正訛》四庫全書本。

趙撝謙，《六書本義》四庫全書本。

段玉裁，《說文解字注》，上海古籍出版社，1988。

桂馥，《說文解字義證》，中華書局，1987。

王筠，《說文釋例》，武漢市古籍書店，1983。

——，《說文句讀》，中國書店，1983。

朱駿聲，《說文通訓定聲》，中華書局，1984。

徐承慶，《說文解字注匡謬》恩進齋本。

鈕樹玉，《說文段注訂》碧螺山館本。

王紹蘭，《說文段注訂補》胡燏棻刻本，光緒十四年(1888)。

馮桂芬，《說文解字段注考》高燮用原稿影印，1928。

徐灝，《說文解字注箋》北京補刻本，1915。

嚴可均、姚文田，《說文校議》姚氏重刻本，同治十三年(1874)。

鈕樹玉，《說文解字校錄》，江蘇書局刊本，光緒十一年(1885)。

沈濤，《說文古本考》，無錫丁氏醫學書局影印本，1926。

莫友芝，《唐說文箋異》刻本，同治三年(1864)。

江聲，《六書說》小學類編本。

葉德輝，《六書古微》郋園小學四種本。

黃式三，《六書通故》禮書通故本。

曹仁虎，《轉注古義考》許學叢書本。
孫經世，《說文假借考》許學叢書本。
朱珔，《說文假借義證》，黃山書社，1997。
蔣和，《說文字原集注》刊本，乾隆五十三年(1788)。
吳大澂，《說文古籀補》刻本，光緒二十四年(1898)。
丁佛言，《說文古籀補補》，中華書局，1988。
強運開，《說文古籀三補》，中華書局，1986。
胡光煒，《說文古文考》收入《胡小石論文集三編》，上海古籍出版社，1995。
商承祚，《說文中之古文考》，上海古籍出版社，1983。
丁福保編，《說文解字詁林》，中華書局，1988。
張舜徽，《說文解字約注》，中州書畫社，1983。
黎經誥，《許學考》鉛印本，1927。
陸宗達，《說文解字通論》，北京出版社，1981。
姚孝遂，《許慎與《說文解字》》，中華書局，1983。
張標，《20世紀《說文》學流別考論》，中華書局，2003。
劉鶚，《鐵雲藏龜》抱殘守缺齋石印本，1903。
羅振玉，《殷虛書契》重印本，1932。
———，《殷虛書契後編》廣倉學宭影印本，1916。
王國維，《戩壽堂所藏殷虛文字》藝術叢編石印本，1917。
郭沫若，《卜辭通纂》，日本東京文求堂，1933。
唐蘭，《天壤閣甲骨文存》，北京輔仁大學，1939。
胡厚宣，《戰後寧滬新獲甲骨集》，北京來薰閣書店，1951。
———，《戰後南北所見甲骨錄》，北京來薰閣書店，1951。
———，《戰後京津新獲甲骨集》，群聯出版社，1954。
董作賓，《殷虛文字甲編》，商務印書館，1948。
———，《殷虛文字乙編(上、中、下)》，中央研究院歷史語言研究所，1948, 1949, 1953。

張秉權，《殷虛文字丙編(上、中、下)》，中央研究院歷史語言研究所，
　　1957-1972。

貝塚茂樹，《京都大學人文科學研究所藏甲骨文字》，京都大學人文科學
　　研究所，1959。

許進雄，《明義士所藏甲骨文字》，加拿大皇家安大略博物館，1972。

明義士著、許進雄編輯，《殷虛卜辭後編》，臺灣藝文印書館，1972。

周鴻翔，《美國所藏甲骨錄》，美國加州大學，1976。

許進雄，《懷特氏等收藏甲骨文集》，加拿大皇家安大略博物館，1979。

李學勤等，《英國所藏甲骨集》，中華書局，1985。

胡厚宣，《蘇德美日所見甲骨集》，四川辭書出版社，1988。

郭沫若主編、胡厚宣總編輯，《甲骨文合集》，中華書局，1978-1982。

胡厚宣主編，《甲骨文合集釋文》，中國社會科學出版社，1999。

───主編，《甲骨文合集資料來源表》，中國社會科學出版社，1999。

彭邦炯等，《甲骨文合集補編》，語文出版社，1999。

中國社會科學院考古研究所編，《小屯南地甲骨》，中華書局，1980-
　　1983。

中國社會科學院考古研究所編，《殷墟花園莊東地甲骨》，雲南人民出版
　　社，2004。

曾毅公，《甲骨綴合編》，北京修文堂書房，1950。

郭若愚等，《殷虛文字綴合》，科學出版社，1955。

嚴一萍，《甲骨綴合新編》，臺灣藝文印書館，1975。

───，《甲骨綴合新編補》，臺灣藝文印書館，1976。

蔡哲茂，《甲骨綴合集》，中央研究院歷史語言研究所，1999。

───，《甲骨綴合續集》，文津出版社，2004。

姚孝遂等，《殷墟甲骨刻辭摹釋總集》，中華書局，1988。

白于藍，《殷墟甲骨刻辭摹釋總集校訂》，福建人民出版社，2004。

島邦男，《殷墟卜辭綜類》，日本汲古書院增訂本，1971。

姚孝遂等，《殷墟甲骨刻辭類纂》，中華書局，1989。

羅振玉，《殷虛書契考釋》王國維手寫石印本，1914(1927年增訂本)。

———，《殷虛書契待問編》自印本，1916。

———，《殷商貞卜文字考》玉簡齋石印本，1910。

孫詒讓，《契文舉例》吉石庵叢書本，1917。

王襄，《簠室殷契類纂》天津博物院石印本，1920(1929年增訂本)。

商承祚，《殷虛文字類編》決定不移軒刻本，1923(1927年刪校本)。

陳邦懷，《殷虛書契考釋小箋》石印本，1925。

胡光煒，《甲骨文例》收入《胡小石論文集三編》，上海古籍出版社，1995。

郭沫若，《甲骨文字研究》，大東書局，1930。

朱芳圃，《甲骨學文字編》，商務印書館，1933。

于省吾，《雙劍誃殷契駢枝》石印本，1940。

———，《雙劍誃殷契駢枝續編》石印本，1941。

———，《雙劍誃殷契駢枝三編》石印本，1944。

———，《甲骨文字釋林》，中華書局，1979。

唐蘭，《殷虛文字記》，中華書局，1981。

屈萬里，《殷虛文字甲編考釋》，中央研究院歷史語言研究所，1961。

楊樹達，《積微居甲文說・卜辭瑣記》，中國科學院，1954。

———，《耐林廎甲文說・卜辭求義》，群聯出版社，1954。

姚孝遂、蕭丁，《小屯南地甲骨考釋》，中華書局，1985。

管燮初，《殷虛甲骨刻辭的語法研究》，中國科學院，1953。

張玉金，《甲骨文虛詞詞典》，中華書局，1994。

孫海波，《甲骨文編》，中華書局，1965。

金祥恒，《續甲骨文編》，臺灣藝文印書館，1959。

沈建華、曹錦炎，《新編甲骨文字形總表》，香港中文大學出版社，2001。

李孝定等，《甲骨文字集釋》，中央研究院歷史語言研究所，1965。

于省吾等，《甲骨文字詁林》，中華書局，1996。

徐中舒主編，《甲骨文字典》，四川辭書出版社，1988。

陳夢家，《殷虛卜辭綜述》，科學出版社，1956。

李學勤、彭裕商，《殷墟甲骨分期研究》，上海古籍出版社，1996。

王宇信，《西周甲骨探論》，中國社會科學出版社，1984。

徐錫台，《周原甲骨文綜述》，三秦出版社，1990。

朱歧祥，《周原甲骨研究》，臺灣學生書局，1997。

吳浩坤、潘悠，《中國甲骨學史》，上海人民出版社，1985。

陳煒湛，《甲骨文簡論》，上海古籍出版社，1987。

趙誠，《甲骨文字學綱要》，商務印書館，1993。

朱歧祥，《甲骨文字學》，臺灣里仁書局，2002。

董作賓、胡厚宣，《甲骨年表》，商務印書館，1937。

董作賓、黃然偉，《續甲骨年表》，中央研究院歷史語言研究所，1967。

宋鎮豪主編，《百年甲骨學論著目》，語文出版社，1999。

王宇信，《建國以來甲骨文研究》，中國社會科學出版社，1981。

王宇信、楊升南，《甲骨學一百年》，社會科學文獻出版社，1999。

呂大臨，《考古圖》宋人著錄金文叢刊本。

————，《考古圖釋文》宋人著錄金文叢刊本。

薛尚功，《歷代鐘鼎彝器款識法帖》宋人著錄金文叢刊本。

王俅，《嘯堂集古錄》宋人著錄金文叢刊本。

梁詩正等，《西清古鑑》內府刻本，乾隆二十年(1755)。

乾隆敕編，《寧壽鑑古》商務印書館石印本，1913。

王傑等，《西清續鑑甲編》涵芬樓石印本，1910。

————等，《西清續鑑乙編》北平古物陳列所石印本，1931。

錢坫，《十六長樂堂古器款識》，中國書店，1959。

阮元，《積古齋鐘鼎彝器款識》自刻本，嘉慶九年(1804)。

吳榮光，《筠清館金文》自刻本，道光二十一年(1841)。

潘祖蔭，《攀古樓彝款識》自刻本，同治十一年(1872)。

徐同柏，《從古堂款識學》同文書局石印本，光緒十二年(1886)。

吳式芬，《捃古錄金文》家刻本，光緒二十一年(1895)。

劉心源，《奇觚室吉金文述》石印本，光緒二十八年(1902)。

朱善旂，《敬吾心室彝器款識》石印本，光緒三十四年(1908)。

吳大澂，《愙齋集古錄》涵芬樓影印本，1918。

————，《愙齋集古錄釋文剩稿》涵芬樓影印本，1918。

孫詒讓，《古籀拾遺》自寫刻本，光緒十四年(1888)。

————，《古籀餘論》，燕京學社，1929。

————，《籀頠述林》刻本，1916。

方濬益，《綴遺齋彝器款識考釋》涵芬樓影印本，1935。

羅振玉，《殷文存》影印本，1917。

————，《貞松堂集古遺文》石印本，1930。

————，《貞松堂集古遺文補遺》石印本，1931。

————，《貞松堂集古遺文續編》石印本，1934。

————，《三代吉金文存》，中華書局，1982。

鄒安，《周金文存》廣倉學宭藝術叢編本，1918。

王辰，《續殷文存》考古學社石印本，1935。

于省吾，《雙劍誃吉金文選》石印本，1934。

————，《商周金文錄遺》，中華書局，1993。

中國社會科學院考古研究所，《殷周金文集成》，中華書局，1984-
　　1994。

中國社會科學院考古研究所，《殷周金文集成釋文》，香港中文大學出版
　　社，2001。

劉雨、盧岩，《近出殷周金文集錄》，中華書局，2002。

郭沫若，《兩周金文辭大系圖錄考釋》，科學出版社，1958。

上海博物館商周青銅器銘文選編寫組，《商周青銅器銘文選》，文物出版
　　社，1986。

郭沫若，《殷周青銅器銘文研究》，大東書局，1931。

————，《金文叢考》，日本文求堂，1932。

———，《金文餘釋之餘》，日本文求堂，1932。

———，《古代銘刻彙考》，日本文求堂，1933。

———，《古代銘刻彙考續編》，日本文求堂，1934。

楊樹達，《積微居金文說》，科學出版社，1959。

白川靜，《金文通釋》白鶴美術館志第1-52輯，1962-1980。

唐蘭，《唐蘭先生金文論集》，紫禁城出版社，1995。

———，《西周青銅器銘文分代史徵》，中華書局，1986。

李學勤，《新出青銅器研究》，文物出版社，1990。

容庚，《商周彝器通考》，燕京大學燕京學社，1941。

容庚、張維持，《殷周青銅器通論》，科學出版社，1958。

容庚，《金文編》，中華書局，1985(修訂本)。

———，《金文續編》，商務印書館，1935。

董蓮池，《金文編校補》，東北師範大學出版社，1995。

周法高主編，《金文詁林》，香港中文大學，1975。

周法高等，《金文詁林附錄》，香港中文大學，1977。

周法高，《金文詁林補》，中央研究院歷史語言研究所，1982。

陳夢家，《西周銅器斷代》，中華書局，2004。

王世民等，《西周青銅器分期斷代研究》，文物出版社，1999。

柯昌濟，《金文分域編》餘園叢刊鉛字本，1935。

———，《金文分域續編》鉛印本，1937。

中國社會科學院考古研究所，《新出金文分域簡目》，中華書局，1983。

孫稚雛，《金文著錄簡目》，中華書局，1981。

———，《青銅器論文索引》，中華書局，1986。

趙誠，《二十世紀金文研究述要》，書海出版社，2003。

李佐賢，《古泉滙》刻本，同治三年(1864)。

李佐賢、鮑康，《續泉滙》刻本，光緒元年(1875)。

丁福保，《古錢大辭典》，上海醫學書局，1938。

汪慶正主編，《中國歷代貨幣大系・先秦貨幣》，上海人民出版社，

1988。

商承祚等，《先秦貨幣文編》，書目文獻出版社，1983。

張頷，《古幣文編》，中華書局，1986。

鄭家相，《中國古代貨幣發展史》，三聯出版社，1958。

王獻唐，《中國古代貨幣通考》，齊魯書社，1979。

何琳儀，《古幣叢考》，臺灣文史哲出版社，1996。

黃錫全，《先秦貨幣通論》，紫禁城出版社，2001。

─────，《先秦貨幣研究》，中華書局，2001。

顧廷龍，《古陶文舂錄》，國立北平研究院，1936。

周進集藏、周紹良整理，《新編全本季木藏陶》，中華書局，1998。

金祥恒，《陶文編》，臺灣藝文印書館影印本，1964。

高明，《古陶文彙編》，中華書局，1990。

高明、葛英會，《古陶文字徵》，中華書局，1991。

陳介祺，《十鐘山房印舉》，中國書店，1985。

羅福頤，《古璽彙編》，文物出版社，1981。

─────，《古璽文編》，文物出版社，1981。

王人聰，《新出歷代璽印集釋》，香港中文大學文物館，1987。

羅福頤，《古璽印概論》，文物出版社，1981。

孫慰祖，《古封泥集成》，上海書店出版社，1994。

陳介祺、吳式芬，《封泥考略》，中國書店，1990。

吳幼潛編，《封泥彙編》，上海古籍書店，1984。

山西省文管會，《侯馬盟書》，文物出版社，1976。

劉節，《壽縣所出楚器圖釋》，北京圖書館，1935。

劉彬徽，《楚系青銅器研究》，湖北教育出版社，1995。

董楚平，《吳越徐舒金文集釋》，浙江古籍出版社，1992。

施謝捷，《吳越文字彙編》，江蘇教育出版社，1998。

張光裕、曹錦炎，《東周鳥篆文字編》，香港翰墨軒，1994。

張守中，《中山王彝器文字編》，中華書局，1981。

王輝，《秦銅器銘文編年集釋》，三秦出版社，1990。

王輝、程學華，《秦文字集證》，臺灣藝文印書館，1999。

蔡季襄，《晚周繒書考證》石印本，1944。

饒宗頤、曾憲通，《楚帛書》，中華書局香港分局，1985。

李零，《長沙子彈庫戰國楚帛書研究》，中華書局，1985。

曾憲通，《長沙楚帛書文字編》，中華書局，1993。

史樹青，《長沙仰天湖出土楚簡研究》，群聯出版社，1955。

河南省文物研究所，《信陽楚墓》，文物出版社，1986。

湖北省文物考古研究所等，《望山楚簡》，中華書局，1995。

湖北省博物館，《曾侯乙墓》，文物出版社，1989。

湖北荊沙鐵路考古隊，《包山楚簡》，文物出版社，1991。

陳偉，《包山楚簡初探》，武漢大學出版社，1996。

張守中，《包山楚簡文字編》，文物出版社，1996。

荊門市博物館，《郭店楚墓竹簡》，文物出版社，1998。

李零，《郭店楚簡校讀記》，北京大學出版社，2002。

張守中等，《郭店楚簡文字編》，文物出版社，2000。

湖北省文物考古研究所等，《九店楚簡》，中華書局，2000。

河南省文物考古研究所等，《新蔡葛陵楚墓》，大象出版社，2003。

馬承源主編，《上海博物館藏戰國楚竹書(一)(二)(三)(四)》，上海古籍
　　出版社，2001-2004。

上海大學古代文明研究中心等編，《上博館藏戰國楚竹書研究》，上海書
　　店出版社，2002。

上海大學古代文明研究中心等編，《上博館藏戰國楚竹書研究續編》，上
　　海書店出版社，2004。

商承祚，《戰國楚竹簡彙編》，齊魯書社，1995。

郭若愚，《戰國楚簡文字編》，上海書畫出版社，1994。

滕壬生，《楚系簡帛文字編》，湖北教育出版社，1995。

李守奎，《楚文字編》，華東師範大學出版社，2003。

李運富，《楚國簡帛文字構形系統研究》，嶽麓書社，1997。

劉釗，《出土簡帛文字叢考》，臺灣古籍出版公司，2004。

羅振玉，《石鼓文考釋》上虞羅氏刊本，1916。

郭沫若，《石鼓文研究‧詛楚文考釋》，科學出版社，1982。

羅君惕，《秦刻十碣考釋》，齊魯書社，1983。

陳昭容，《秦系文字研究》，中央研究院歷史語言研究所，2003。

湯余惠主編，《戰國文字編》，福建人民出版社，2001。

何琳儀，《戰國古文字典》，中華書局，1998。

———，《戰國文字通論(訂補)》，江蘇教育出版社，2003。

徐在國，《隸定「古文」疏證》，安徽大學出版社，2002。

高明，《古文字類編》，中華書局，1980。

徐中舒主編，《漢語古文字字形表》，四川人民出版社，1980。

周曉陸，《秦封泥集》，三秦出版社，2000。

許雄志主編，《秦印文字彙編》，河南美術出版社，2001。

羅振玉，《秦金石刻辭》石印本，1914。

———，《秦漢瓦當文字》，1914。

王昶，《金石萃編》，中華書局，1985。

陸增祥，《八瓊室金石補正》，文物出版社，1985。

馮雲鵬、馮雲鶴，《金石索》自寫刻本，道光元年(1821)。

容庚，《秦漢金文錄》，中央研究院歷史語言研究所專刊之五，1931。

孫慰祖、徐谷甫，《秦漢金文彙編》，上海書店出版社，1997。

陝西省博物館，《秦漢瓦當》，文物出版社，1964。

徐正考，《漢代銅器銘文文字編》，吉林大學出版社，2005。

商承祚，《石刻篆文編》，科學出版社，1957。

馬衡，《漢石經集存》，科學出版社，1957。

屈萬里，《漢魏石經文字》，山東省立圖書館，1923。

羅福頤，《漢印文字徵》，文物出版社，1982。

整理小組，《睡虎地秦墓竹簡》，文物出版社，1977。

張守中，《睡虎地秦簡文字編》，文物出版社，1994。

中國文物研究所等，《龍崗秦簡》，中華書局，2001。

國家文物局古文獻研究室，《馬王堆漢墓帛書[壹]》，文物出版社，
　　　1975。

國家文物局古文獻研究室，《馬王堆漢墓帛書[三]》，文物出版社，
　　　1978。

國家文物局古文獻研究室，《馬王堆漢墓帛書[肆]》，文物出版社，
　　　1986。

陳松長等，《馬王堆簡帛文字編》，文物出版社，2001。

整理小組，《銀雀山漢墓竹簡[壹]》，文物出版社，1985。

駢宇騫，《銀雀山漢簡文字編》，文物出版社，2001。

連雲港市博物館等，《尹灣漢墓簡牘》，中華書局，1997。

整理小組，《張家山漢墓竹簡》，文物出版社，2001。

羅振玉、王國維，《流沙墜簡》，中華書局，1993。

勞榦，《居延漢簡考釋》，臺灣藝文印書館，1976。

中國科學院考古研究所，《居延漢簡甲編》，科學出版社，1959。

中國社會科學院考古研究所，《居延漢簡乙編》，中華書局，1980。

簡牘整理小組，《居延漢簡補編》，中央研究院歷史語言研究所，1998。

甘肅省文物考古研究所等，《延新簡》，中華書局，1994。

洪適，《隸釋》四部叢刊三編本。

——，《隸續》洪氏晦木齋叢書本。

婁機，《漢隸字原》四庫全書本。

翟雲升，《隸篇》，中華書局，1985。

趙平安，《隸變研究》，河北大學出版社，1993。

———，《《說文》小篆研究》，廣西教育出版社，1999。

漢語大字典字形組，《秦漢魏晉篆隸字形表》，四川辭書出版社，1985。

潘重規等，《敦煌俗字譜》，臺灣石門圖書公司，1978。

張湧泉，《漢語俗字研究》，嶽麓書社，1995。

———，《敦煌俗字研究》，上海教育出版社，1996。

———，《漢語俗字叢考》，中華書局，2000。

孔仲溫，《《玉篇》俗字研究》，臺灣學生書局，2000。

施安昌，《唐人《干祿字書》研究》，紫禁城出版社，1990。

秦公，《碑別字新編》，文物出版社，1985。

———，《廣碑別字》，國際文化出版公司，1995。

馬向欣編，《六朝別字記新編》，書目文獻出版社，1995。

吳大澂，《字說》臺灣藝文書店影印本。

孫詒讓，《名原》自刻本，光緒三十一年(1905)。

林義光，《文源》寫印本，1920。

章炳麟，《文始》章氏叢書本。

———，《小學答問》章氏叢書本。

黃侃，《黃侃論學雜著》，上海古籍出版社，1980。

———，《文字聲韻訓詁筆記》，上海古籍出版社，1983。

王國維，《觀堂集林》，中華書局，1959。

孫海波，《古文聲系》來薰閣寫印本，1935。

容庚，《容庚選集》，天津人民出版社，1994。

沈兼士，《沈兼士學術論文集》，中華書局，1986。

楊樹達，《積微居小學述林》，中華書局，1983。

———，《積微居小學金石論叢》，科學出版社，1955。

朱芳圃，《殷周文字叢釋》，中華書局，1962。

馬衡，《凡將齋金石叢稿》，中華書局，1977。

張政烺，《張政烺文史論集》，中華書局，2003。

朱德熙，《朱德熙古文字論集》，中華書局，1995。

裘錫圭，《古文字論集》，中華書局，1992。

李學勤，《當代學者自選文庫‧李學勤卷》，安徽教育出版社，1999。

曾憲通，《曾憲通學術文集》，汕頭大學出版社，2002。

李家浩，《著名中年語言學家自選集‧李家浩卷》，安徽教育出版社，

2002。

唐蘭，《古文字學導論》，齊魯書社，1981。

李學勤，《古文字學初階》，中華書局，1985。

林澐，《古文字研究簡論》，吉林大學出版社，1986。

高明，《中國古文字學通論》，文物出版社，1987。

啟功，《古代字體論稿》，文物出版社，1979。

朱宗萊，《文字學形義篇》北京大學鉛印本，1908。

何仲英，《新著中國文字學大綱》，商務印書館，1922。

顧實，《中國文字學》，商務印書館，1926。

呂思勉，《文字學四種》，上海教育出版社，1985。

蔣善國，《中國文字之原始及其構造》，商務印書館，1930。

———，《漢字形體學》，文字改革出版社，1959。

馬宗霍，《文字學發凡》，商務印書館，1935。

周兆沅，《文字形義學》，商務印書館，1935。

張世祿，《中國文字學概要》，文通書局，1941。

唐蘭，《中國文字學》，上海古籍出版社，1979。

黃約齋，《漢字字體變遷簡史》，文字改革出版社，1956。

梁東漢，《漢字的結構及其流變》，上海教育出版社，1959。

周有光，《漢字改革概論》，文字改革出版社，1979。

———，《比較文字學初探》，語文出版社，1998。

高亨，《文字形義學概論》，山東人民出版社，1963。

李榮，《文字問題》，商務印書館，1987。

裘錫圭，《文字學概要》，商務印書館，1988。

王鳳陽，《漢字學》，吉林文史出版社，1989。

詹鄞鑫，《漢字說略》，遼寧教育出版社，1991。

聶鴻音，《中國文字概略》，語文出版社，1998。

王寧，《漢字構形學講座》，上海教育出版社，2002。

蘇培成，《現代漢字學綱要》，北京大學出版社，1994。

高更生，《漢字研究》，山東教育出版社，2000。

李孝定，《漢字的起源與演變論叢》，臺灣聯經出版公司，1986。

劉又辛、方有國，《漢字發展史綱要》，中國大百科全書出版社，2000。

王元鹿，《比較文字學》，廣西教育出版社，2001。

胡樸安，《中國文字學史》，商務印書館，1937。

倪海曙，《中國拼音文字運動史簡編》，上海時代出版社，1950。

劉葉秋，《中國字典史略》，中華書局，1983。

漢語文字學史 增訂本

2008年11月初版　　　　　　　　　　　　　　　定價：新臺幣550元

著　者　黃　德　寬
　　　　陳　秉　新
發 行 人　林　載　爵

出 版 者　聯經出版事業股份有限公司　　　叢書主編　沙　淑　芬
台 北 市 忠 孝 東 路 四 段 5 5 5 號　　　校　對　陳　龍　貴
編輯部地址：台北市忠孝東路四段561號4樓　　封面設計　蔡　婕　岑
叢書主編電話：(02)27634300轉5226
發　行　所：台北縣新店市寶橋路235巷6弄5號7樓
　　　電話：(02)29133656
台北忠孝門市：台北市忠孝東路四段561號1樓
　　　電話：(02)27683708
台北新生門市：台北市新生南路三段94號
　　　電話：(02)23620308
台 中 門 市：台 中 市 健 行 路 3 2 1 號
　　　電話：(04)22371234ext.5
高 雄 門 市：高 雄 市 成 功 一 路 3 6 3 號
　　　電話：(07)2211234ext.5
郵 政 劃 撥 帳 戶 第 0 1 0 0 5 5 9 - 3 號
郵 撥 電 話：2 7 6 8 3 7 0 8
印 刷 者　世 和 印 製 企 業 有 限 公 司

行政院新聞局出版事業登記證局版臺業字第0130號

聯經網址：www.linkingbooks.com.tw
電子信箱：linking@udngroup.com

國家圖書館出版品預行編目資料

漢語文字學史 增訂本/ 黃德寬、
　陳秉新著 . 初版 . 臺北市：聯經，2008年
　448面；17×23公分
　ISBN　978-957-08-3348-5（平裝）

　1.漢語文字學　2.歷史

802.209　　　　　　　　　　　97021055